PSYCHOPATHIA SEXUALIS

AVEC RECHERCHES SPÉCIALES SUR

L'INVERSION SEXUELLE

PAR (By)

RICHARD VON KRAFFT-EBING

PRÉFACE

Peu de personnes se rendent un compte exact de la puissante influence que la vie sexuelle exerce sur les sentiments, les pensées et les actes de la vie intellectuelle et sociale.

Schiller, dans sa poésie: Les Sages, reconnaît ce fait et dit: «Pendant que la philosophie soutient l'édifice du monde, la faim et l'amour en forment les rouages.»

Il est cependant bien surprenant que les philosophes n'aient prêté qu'une attention toute secondaire à la vie sexuelle.

Schopenhauer, dans son ouvrage: Le monde comme volonté et imagination1, trouve très étrange ce fait que l'amour n'ait servi jusqu'ici de thème qu'aux poètes et ait été dédaigné par les philosophes, si l'on excepte toutefois quelques études superficielles de Platon, Rousseau et Kant.

Note 1:
T. II, p. 586 et suiv.

Ce que Schopenhauer et, après lui, Hartmann, le philosophe de l'Inconscient, disent de l'amour, est tellement erroné, les conclusions qu'ils tirent sont si peu sérieuses que, en faisant abstraction des ouvrages de Michelet2 et de Mantegazza3, qui sont des causeries spirituelles plutôt que des recherches scientifiques, on peut considérer la psychologie expérimentale et la métaphysique de la vie sexuelle comme un terrain qui n'a pas encore été exploré par la science.

Note 2:
L'Amour.

Note 3:
Physiologie de l'amour.

Pour le moment, on pourrait admettre que les poètes sont meilleurs psychologues que les philosophes et les psychologues de métier; mais ils sont gens de sentiment et non pas de raisonnement; du moins, on pourrait leur reprocher de ne voir qu'un côté de leur objet. À force de ne contempler que la lumière et les chauds rayons de l'objet dont ils se nourrissent, ils ne distinguent plus les parties ombrées. Les productions de l'art poétique de tous les pays et de toutes les époques peuvent fournir une matière inépuisable à qui voudrait écrire une monographie de la psychologie de l'amour, mais le grand problème ne saurait être résolu qu'à l'aide des sciences naturelles et particulièrement de la médecine qui étudie la question psychologique à sa source anatomique et physiologique et l'envisage à tous les points de vue.

Peut-être la science exacte réussira-t-elle à trouver le terme moyen entre la conception désespérante des philosophes tels que Schopenhauer et Hartmann4 et la conception naïve et sereine des poètes.

Note 4:
Voici l'opinion philosophique de Hartmann sur l'amour: «L'amour, dit-il dans son volume La Philosophie de l'Inconscient (Berlin, 1869, p. 583), nous cause plus de

douleurs que de plaisirs. La jouissance n'en est qu'illusoire. La raison nous ordonnerait d'éviter l'amour, si nous n'étions pas poussés par notre fatal instinct sexuel. Le meilleur parti à prendre serait donc de se faire châtrer.» La même opinion, moins la conclusion, se trouve aussi exprimée dans l'ouvrage de Schopenhauer: Le Monde comme Volonté et Imagination, t. II, p. 586.

L'auteur n'a nullement l'intention d'apporter des matériaux pour élever l'édifice d'une psychologie de la vie sexuelle, bien que la psycho-pathologie puisse à la vérité être une source de renseignements importants pour la psychologie.

Le but de ce traité est de faire connaître les symptômes psycho-pathologiques de la vie sexuelle, de les ramener à leur origine et de déduire les lois de leur développement et de leurs causes. Cette tâche est bien difficile et, malgré ma longue expérience d'aliéniste et de médecin légiste, je comprends que je ne pourrai donner qu'un travail incomplet.

Cette question a une haute importance: elle est d'utilité publique et intéresse particulièrement la magistrature. Il est donc nécessaire de la soumettre à un examen scientifique.

Seul le médecin légiste qui a été souvent appelé à donner son avis sur des êtres humains dont la vie, la liberté et l'honneur étaient en jeu, et qui, dans ces circonstances, a dû, avec un vif regret, se rendre compte de l'insuffisance de nos connaissances pathologiques, pourra apprécier le mérite et l'importance d'un essai dont le but est simplement de servir de guide pour les cas incertains.

Chaque fois qu'il s'agit de délits sexuels, on se trouve en présence des opinions les plus erronées et l'on prononce des verdicts déplorables; les lois pénales et l'opinion publique elles-mêmes portent l'empreinte de ces erreurs.

Quand on fait de la psycho-pathologie de la vie sexuelle l'objet d'une étude scientifique, on se trouve en présence d'un des côtés sombres de la vie et de la misère humaine; et, dans ces ténèbres, l'image divine créée par l'imagination des poètes, se change en un horrible masque. À cette vue on serait tenté de désespérer de la moralité et de la beauté de la créature faite «à l'image de Dieu».

C'est là le triste privilège de la médecine et surtout de la psychiatrie d'être obligée de ne voir que le revers de la vie: la faiblesse et la misère humaines.

Dans sa lourde tâche elle trouve cependant une consolation: elle montre que des dispositions maladives ont donné naissance à tous les faits qui pourraient offenser le sens moral et esthétique; et il y a là de quoi rassurer les moralistes. De plus, elle sauve l'honneur de l'humanité devant le jugement de la morale et l'honneur des individus traduits devant la justice et l'opinion publique. Enfin, en s'adonnant à ces recherches, elle n'accomplit qu'un devoir: rechercher la vérité, but suprême de toutes les sciences humaines.

L'auteur se rallie entièrement aux paroles de Tardieu (Des attentats aux mœurs): «Aucune misère physique ou morale, aucune plaie, quelque corrompue qu'elle soit, ne doit effrayer celui qui s'est voué à la science de l'homme, et le ministère sacré du médecin, en l'obligeant à tout voir, lui permet aussi de tout dire.»

Les pages qui vont suivre, s'adressent aux hommes qui tiennent à faire des études approfondies sur les sciences naturelles ou la jurisprudence. Afin de ne pas inciter les profanes à la lecture de cet ouvrage, l'auteur lui a donné un titre compréhensible seulement des savants, et il a cru devoir se servir autant que possible de termes techniques. En outre, il a trouvé bon de n'exprimer qu'en latin certains passages qui auraient été trop choquants si on les avait écrits en langue vulgaire.

Puisse cet essai éclairer le médecin et les hommes de loi sur une fonction importante de la vie. Puisse-t-il trouver un accueil bienveillant et combler une lacune dans la littérature scientifique où, sauf quelques articles et quelques discussions casuistiques, on ne possède jusqu'ici que les ouvrages incomplets de Moreau et de Tarnowsky.

ÉTUDE MÉDICO-LÉGALE

PSYCHOPATHIA SEXUALIS

INVERSION SEXUELLE

I

FRAGMENTS D'UNE PSYCHOLOGIE DE LA VIE SEXUELLE

L'instinct sexuel comme base des sentiments éthiques.—L'amour comme passion.— La vie sexuelle aux diverses époques de la civilisation.—La pudeur.—Le Christianisme.— La monogamie.—La situation de la femme dans l'Islam.—Sensualité et moralité.—La vie sexuelle se moralise avec les progrès de la civilisation.—Périodes de décadence morale dans la vie des peuples.—Le développement des sentiments sexuels chez l'individu.—La puberté.—Sensualité et extase religieuse.—Rapports entre la vie sexuelle et la vie religieuse.—La sensualité et l'art.—Caractère idéaliste du premier amour.—Le véritable amour.—La sentimentalité.—L'amour platonique.—L'amour et l'amitié.—Différence entre l'amour de l'homme et celui de la femme.—Célibat.—Adultère.—Mariage.— Coquetterie.—Le fétichisme physiologique.—Fétichisme religieux et érotique.—Les cheveux, les mains, les pieds de la femme comme fétiches.—L'œil, les odeurs, la voix, les caractères psychiques comme fétiches.

La perpétuité de la race humaine ne dépend ni du hasard ni du caprice des individus: elle est garantie par un instinct naturel tout-puissant, qui demande impérieusement à être satisfait. La satisfaction de ce besoin naturel ne procure pas seulement une jouissance des sens et une source de bien-être physique, mais aussi une satisfaction plus élevée: celle de perpétuer notre existence passagère en léguant nos qualités physiques et intellectuelles à de nouveaux êtres. Avec l'amour physiologique, dans cette poussée de volupté à assouvir son instinct, l'homme est au même niveau que la bête; mais il peut s'élever à un degré où l'instinct naturel ne fait plus de lui un esclave sans volonté, où les passions, malgré leur origine sensuelle, font naître en lui des sentiments plus élevés et plus nobles, et lui ouvrent un monde de sublime beauté morale.

3

C'est ainsi qu'il peut se placer au-dessus de l'instinct aveugle et trouver dans la source inépuisable de ses sens un objet de stimulation pour un plaisir plus noble, un mobile qui le pousse au travail sérieux et à la lutte pour l'idéal. Aussi Maudsley5 a très justement remarqué que le sentiment sexuel est la base du développement des sentiments sociaux. «Si on ôtait à l'homme l'instinct de la procréation et de tout ce qui en résulte intellectuellement, on arracherait de son existence toute poésie et peut-être toute idée morale.»

Note 5:
Deutsche Klinik, 1873, 2, 3.

En tout cas la vie sexuelle est le facteur le plus puissant de l'existence individuelle et sociale, l'impulsion la plus forte pour le déploiement des forces, l'acquisition de la propriété, la fondation d'un foyer, l'inspiration des sentiments altruistes qui se manifestent d'abord pour une personne de l'autre sexe, ensuite pour les enfants et qui enfin s'étendent à toute la société humaine. Ainsi toute l'éthique et peut-être en grande partie l'esthétique et la religion sont la résultante du sens sexuel.

Mais, si la vie sexuelle peut devenir la source des plus grandes vertus et de l'abnégation complète, sa toute-puissance offre aussi le danger de la faire dégénérer en passion puissante et de donner naissance aux plus grands vices.

L'amour, en tant que passion déchaînée, ressemble à un volcan qui brûle tout et consomme tout; c'est un gouffre qui ensevelit l'honneur, la fortune et la santé.

Au point de vue de la psychologie, il est fort intéressant de suivre toutes les phases du développement que la vie sexuelle a traversées aux diverses époques de la civilisation jusqu'à l'heure actuelle6. À l'état primitif, la satisfaction des besoins sexuels est la même pour l'homme et pour les animaux. L'acte sexuel ne se dérobe pas au public; ni l'homme ni la femme ne se gênent pour aller tout nus7.

Note 6:
Voy. Lombroso: L'Homme criminel.

Note 7:
Voy. Ploss: Das Weib., 1884, p. 196 et suiv.

On peut constater encore aujourd'hui cet état primitif chez beaucoup de peuples sauvages tels que les Australiens, les Polynésiens et les Malais des Philippines.

La femme est le bien commun des hommes, la proie temporaire du plus fort, du plus puissant. Celui-ci recherche les plus beaux individus de l'autre sexe et par là il fait instinctivement une sorte de sélection de la race.

La femme est une propriété mobilière, une marchandise, objet de vente, d'échange, de don, tantôt instrument de plaisir, tantôt instrument de travail.

Le relèvement moral de la vie sexuelle commence aussitôt que la pudeur entre dans les mœurs, que la manifestation et l'accomplissement de la sexualité se cachent devant la société, et qu'il y a plus de retenue dans les rapports entre les deux sexes. C'est de là qu'est venue l'habitude de se couvrir les parties génitales—«ils se sont aperçu qu'ils étaient nus»—et de faire en secret l'acte sexuel.

La marche vers ce degré de civilisation a été favorisée par le froid du climat qui fait naître le besoin de se couvrir le corps. Ce qui explique en partie ce fait, résultant des recherches anthropologiques, que la pudeur s'est manifestée plus tôt chez les peuples du Nord que chez les Méridionaux8.

Note 8:
Voy. l'ouvrage si intéressant et si riche en documents anthropologiques de Westermark: The history of human mariage. «Ce n'est pas, dit Westermark, le sentiment de la pudeur qui a fait naître l'habitude de se couvrir le corps, mais c'est le vêtement qui a produit le sentiment de la pudeur.» L'habitude de se couvrir les parties génitales est due au désir qu'ont les femmes et les hommes de se rendre mutuellement plus attrayants.

Un autre résultat du développement psychique de la vie sexuelle, c'est que la femme cesse d'être une propriété mobilière. Elle devient une personne, et, bien que pendant longtemps encore sa position sociale soit de beaucoup inférieure à celle de l'homme, l'idée que la femme a le droit de disposer de sa personne et de ses faveurs, commence à être adoptée et gagne sans cesse du terrain.

Alors la femme devient l'objet des sollicitations de l'homme. Au sentiment brutal du besoin sexuel se joignent déjà des sentiments éthiques. L'instinct se spiritualise, s'idéalise. La communauté des femmes cesse d'exister. Les individus des deux sexes se sentent attirés l'un vers l'autre par des qualités physiques et intellectuelles, et seuls deux individus sympathiques s'accordent mutuellement leurs faveurs. Arrivée à ce degré, la femme sent que ses charmes ne doivent appartenir qu'à l'homme qu'elle aime; elle a donc tout intérêt à les cacher aux autres. Ainsi, avec la pudeur apparaissent les premiers principes de la chasteté et de la fidélité conjugale, pendant la durée du pacte d'amour.

La femme arrive plus tôt à ce niveau social, quand les hommes, abandonnant la vie nomade, se fixent à un endroit, créent pour la femme un foyer, une demeure. Alors, naît en même temps le besoin de trouver dans l'épouse une compagne pour le ménage, une maîtresse pour la maison.

Parmi les peuples d'Orient les anciens Égyptiens, les Israélites et les Grecs, parmi les nations de l'Occident les Germains, ont atteint dans l'antiquité ce degré de civilisation. Aussi trouve-t-on chez eux l'appréciation de la virginité, de la chasteté, de la pudeur et de la fidélité conjugale, tandis que chez les autres peuples plus primitifs on offrait sa compagne à l'hôte pour qu'il en jouisse charnellement.

La moralisation de la vie sexuelle indique déjà un degré supérieur de civilisation, car elle s'est produite beaucoup plus tard que beaucoup d'autres manifestations de notre développement intellectuel. Comme preuve, nous ne citerons que les Japonais chez qui l'on a l'habitude de n'épouser une femme qu'après qu'elle a vécu pendant des années dans les maisons de thé qui là-bas jouent le même rôle que les maisons de prostitution européennes. Chez les Japonais, on ne trouve pas du tout choquant que les femmes se montrent nues. Toute femme non mariée peut se prostituer sans perdre de sa valeur comme future épouse. Il en ressort que, chez ce peuple curieux, la femme, dans le mariage, n'est qu'un instrument de plaisir, de procréation et de travail, mais qu'elle ne représente aucune valeur éthique.

La moralisation de la vie sexuelle a reçu son impulsion la plus puissante du christianisme, qui a élevé la femme au niveau social de l'homme et qui a transformé le pacte d'amour entre l'homme et la femme en une institution religieuse et morale9.

Note 9:
Cette opinion, généralement adoptée et soutenue par beaucoup d'historiens, ne saurait être acceptée qu'avec certaines restrictions. C'est le Concile de Trente qui a proclamé nettement le caractère symbolique et sacramental du mariage, quoique, bien avant, l'esprit de la doctrine chrétienne eût affranchi et relevé la femme de la position inférieure qu'elle occupait dans l'antiquité et dans l'Ancien Testament.

Cette tardive réhabilitation de la femme s'explique en partie par les traditions de la Genèse, d'après lesquelles la femme, faite de la côte de l'homme, n'était qu'une créature secondaire; et par le péché originel qui lui a attiré cette malédiction: «Que ta volonté soit soumise à celle de l'homme.» Comme le péché originel, dont l'Ancien Testament rend la femme responsable, constitue le fondement de la doctrine de l'Église, la position sociale de la femme a dû rester inférieure jusqu'au moment où l'esprit du christianisme l'a emporté sur la tradition et sur la scholastique. Un fait digne de remarque: les Évangiles, sauf la défense de répudiation (Math., 18, 9), ne contiennent aucun passage en faveur de la femme. L'indulgence envers la femme adultère et la Madeleine repentante ne touche en rien à la situation sociale de la femme. Par contre, les lettres de saint Paul insistent pour que rien ne soit changé dans la situation sociale de la femme. «Les femmes, dit-il, doivent être soumises à leurs maris; la femme doit craindre l'homme.» (Épîtres aux Corinthiens, 11, 3-12. Aux Éphésiens, 5, 22-23)

Des passages de Tertullien nous montrent combien les Pères de l'Église étaient prévenus contre la race d'Ève: «Femme, dit Tertullien, tu devrais aller couverte de guenilles et en deuil; tes yeux devraient être remplis de larmes: tu as perdu le genre humain.»

Saint Jérôme en veut particulièrement aux femmes. Il dit entre autres: «La femme est la porte de Satan, le chemin de l'injustice, l'aiguillon du scorpion» (De cultu feminarum, t. 1)

Le droit canonique déclare: «Seul l'être masculin est créé selon l'image de Dieu et non la femme; voilà pourquoi la femme doit servir l'homme et être sa domestique.»

Le Concile provincial de Mâcon, réuni au VIe siècle, discutait sérieusement la question de savoir si la femme a une âme.

Ces opinions de l'Église ont produit leur effet sur les peuples qui ont embrassé le christianisme. À la suite de leur conversion au christianisme, les Germains ont réduit la taxe de guerre des femmes, évaluation naïve de la valeur de la femme. (J. Falke, Die ritterliche Gesellschaft. Berlin, 1863, p. 49.—Uber die schützung beider Geschlechter bei den Juden s. Mosis, 27, 3-4.)

La polygamie, reconnue légitime par l'Ancien Testament (Deutéronome, 21-15), n'est pas interdite par le Nouveau. En effet, des souverains chrétiens (des rois mérovingiens, comme Chlotaire 1er, Charibert 1er, Pépin 1er et beaucoup de Francs nobles) ont été polygames. À cette époque, l'Église n'y trouvait rien à redire. (Weinhold, Die deutchen Frauen im mittelalter, II, p. 15. Voy. aussi: Unger: Die Ehe, et l'ouvrage de Louis Bridel: La Femme et le Droit, Paris, 1884.)

Ainsi on a admis ce fait que l'amour de l'homme, au fur et à mesure que marche la civilisation, ne peut avoir qu'un caractère monogame et doit se baser sur un traité durable. La nature peut se borner à exiger la perpétuité de la race; mais une communauté, soit famille, soit État, ne peut exister sans garanties pour la prospérité physique, morale et intellectuelle des enfants procréés. En faisant de la femme l'égale de l'homme, en instituant le mariage monogame et en le consolidant par des liens juridiques, religieux et moraux, les peuples chrétiens ont acquis une supériorité matérielle et intellectuelle sur les peuples polygames et particulièrement sur les partisans de l'Islam.

Bien que Mahomet ait eu l'intention de donner à la femme comme épouse et membre de la société, une position plus élevée que celle d'esclave et d'instrument de plaisir, elle est restée, dans le monde de l'Islam, bien au-dessous de l'homme, qui seul peut demander le divorce et qui l'obtient facilement.

En tout cas, l'Islam a exclu la femme de toute participation aux affaires publiques et, par là, il a empêché son développement intellectuel et moral. Aussi, la femme musulmane est restée un instrument pour satisfaire les sens et perpétuer la race, tandis que les vertus de la femme chrétienne, comme maîtresse de maison, éducatrice des enfants et compagne de l'homme, ont pu se développer dans toute leur splendeur. L'Islam, avec sa polygamie et sa vie de sérail, forme un contraste frappant en face de la monogamie et de la vie de famille du monde chrétien. Ce contraste se manifeste aussi dans la manière dont les deux cultes envisagent la vie d'outre-tombe. Les croyants chrétiens rêvent un paradis exempt de toute sensualité terrestre et ne promettant que des délices toutes spirituelles; l'imagination du musulman rêve d'une existence voluptueuse dans un harem peuplé de superbes houris.

Malgré tout ce que la religion, l'éducation et les mœurs peuvent faire pour dompter les passions sensuelles, l'homme civilisé est toujours exposé au danger d'être précipité de la hauteur de l'amour chaste et moral dans la fange de la volupté brutale.

Pour se maintenir à cette hauteur-là, il faut une lutte sans trêve entre l'instinct et les bonnes mœurs, entre la sensualité et la moralité. Il n'est donné qu'aux caractères doués d'une grande force de volonté de s'émanciper complètement de la sensualité et de goûter cet amour pur qui est la source des plus nobles plaisirs de l'existence humaine.

L'humanité est-elle devenue plus morale au cours de ces derniers siècles? Voilà une question sujette à discussion. Dans tous les cas elle est devenue plus pudique, et cet effet de la civilisation qui consiste à cacher les besoins sensuels et brutaux, est du moins une concession faite par le vice à la vertu.

En lisant l'ouvrage de Scherr (Histoire de la civilisation allemande), chacun recueillera l'impression que nos idées de moralité se sont épurées en comparaison de celles du moyen âge; mais il faudra bien admettre que la grossièreté et l'indécence de cette époque ont fait place à des mœurs plus décentes sans qu'il y ait plus de moralité.

Si cependant on compare des époques plus éloignées l'une de l'autre, on constatera sûrement que, malgré des décadences périodiques, la moralité publique a fait des progrès à mesure que la civilisation s'est développée, et que le christianisme a été un des moyens les plus puissants pour amener la société sur la voie des bonnes mœurs.

Nous sommes aujourd'hui bien loin de cet âge où la vie sexuelle se manifestait dans l'idolâtrie sodomite, dans la vie populaire, dans la législation, et dans la pratique du culte des anciens Grecs, sans parler du culte du Phallus et de Priape chez les Athéniens et les Babyloniens, ni des Bacchanales de l'antique Rome, ni de la situation privilégiée que les hétaïres ont occupée chez ces peuples.

Dans ce développement lent et souvent imperceptible de la moralité et des bonnes mœurs, il y a quelquefois des secousses et des fluctuations, de même que dans l'existence individuelle la vie sexuelle a son flux et son reflux.

Dans la vie des peuples les périodes de décadence morale coïncident toujours avec les époques de mollesse et de luxe. Ces phénomènes ne peuvent se produire que lorsqu'on demande trop au système nerveux qui doit satisfaire à l'excédent des besoins. Plus la nervosité augmente, plus la sensualité s'accroît, poussant les masses populaires aux excès et à la débauche, détruisant les bases de la société: la moralité et la pureté de la vie de famille. Et quand la débauche, l'adultère et le luxe ont rongé ces bases, l'écroulement de l'État, la ruine politique et morale devient inévitable. L'exemple de Rome, de la Grèce, de la France sous Louis XIV et Louis XV, peuvent nous servir de leçons10. Dans ces périodes de décadence politique et morale on a vu des aberrations monstrueuses de la vie sexuelle, mais ces aberrations ont pu, du moins en partie, être attribuées à l'état névropathologique ou psychopathologique de la population.

Note 10:
Voy. Friedlander: Sittengeschichte Roms; Wiedmeister: Cæsarenwahnsinn; Suétone; Moreau: Des aberrations du sens génésique.

Il ressort de l'histoire de Babylone, de Ninive, de Rome, de même que de celle des capitales modernes, que les grandes villes sont des foyers de nervosité et de sensualité dégénérée. À ce propos il faut rappeler que, d'après l'ouvrage de Ploss, les aberrations du sens génésique ne se produisent pas chez les peuples barbares ou semi-barbares, si l'on veut excepter les Aleutes et la masturbation des femmes orientales et hottentotes11.

Note 11:

8

Cette assertion est en contradiction avec les constatations de Lombroso et de Friedreich. Ce dernier, notamment, prétend que la pédérastie est très fréquente chez les sauvages de l'Amérique. (Hdb. der Gerichtsärztl. Praxis, 1843, I, p. 271.)

L'étude de la vie sexuelle de l'individu doit commencer au moment du développement de la puberté et le suivre à travers toutes ses phases, jusqu'à l'extinction du sens sexuel.

Mantegazza, dans son livre: Physiologie de l'Amour, fait une belle description de la langueur et des désirs qui se manifestent à l'éveil de la vie sexuelle, de ces pressentiments, de ces sentiments vagues dont l'origine remonte à une époque bien antérieure au développement de la puberté. Cette période est peut-être la plus importante au point de vue psychologique. Le nombre de nouvelles idées et de nouveaux sentiments qu'elle fait naître nous permet déjà de juger de l'importance que l'élément sexuel exerce sur la vie psychique.

Ces désirs d'abord obscurs et incompris, naissent de sensations que des organes qui viennent de se développer ont éveillées; ils produisent en même temps une vive agitation dans le monde des sentiments.

La réaction psychologique de la vie sexuelle se manifeste dans la période de la puberté par des phénomènes multiples, mais tous mettent l'âme dans un état passionnel et tous éveillent le désir ardent d'exprimer sous une forme quelconque cet état d'âme étrange, de l'objectiver pour ainsi dire.

La poésie et la religion s'offrent d'elles-mêmes pour satisfaire ce besoin; elles reçoivent un stimulant de la vie sexuelle elle-même, lorsque la période de développement du sens génésique est passée et que les désirs incompris et obscurs sont précisés. Qu'on songe combien fréquente est l'extase religieuse à l'âge de la puberté, combien de fois des tentations sexuelles se sont produites dans la vie des Saints12 et en quelles scènes répugnantes, en quelles orgies ont dégénéré les fêtes religieuses de l'antiquité, de même que les meetings de certaines sectes modernes, sans parler du mysticisme voluptueux qui se trouve dans les cultes des peuples de l'antiquité.

Note 12:
Consulter Friedreich, qui a cité de nombreux exemples. Ainsi la nonne Blankebin était sans cesse tourmentée par la préoccupation de savoir ce qu'a pu devenir la partie du corps du Christ qu'on a enlevée lors de la circoncision.

Veronica Juliani, béatifiée par le pape Pie II, a, par vénération pour l'Agneau céleste, pris un agneau véritable dans son lit, l'a couvert de baisers et l'a laissé téter à ses mamelles, qui donnaient quelques gouttelettes de lait.

Sainte Catherine de Gènes souffrait souvent d'une telle chaleur intérieure que pour l'apaiser elle se couchait par terre et criait: «Amour, amour, je n'en peux plus!» Elle avait une affection particulière pour son père confesseur. Un jour elle porta à son nez la main du confesseur et elle sentit un parfum qui lui pénétra au cœur, «parfum céleste, dont les charmes pourraient réveiller les morts».

9

Sainte Armelle et sainte Elisabeth étaient tourmentées d'une passion analogue pour l'enfant Jésus. On connaît les tentations de saint Antoine de Padoue. Nous citons encore comme très caractéristique cette prière trouvée dans un très ancien missel: «Oh! puissé-je t'avoir trouvé, très charmant Emmanuel, puissé-je t'avoir dans mon lit! Combien mon âme et mon corps s'en réjouiraient! Viens, rentre chez moi, mon cœur sera ta chambre!»

Par contre, nous voyons souvent la volupté non satisfaite chercher et trouver une compensation dans l'extase religieuse13.

Note 13:
Consulter Friedreich: Diagnostik der psych. Krankheiten, p. 247, et Neumann: Lehrb. der Psychiatrie, p. 80.

La connexité entre le sens sexuel et religieux se montre aussi dans le domaine psychopathologique. Il suffit de rappeler à ce propos la puissante sensualité que manifestent beaucoup d'individus atteints de monomanie religieuse; la confusion bizarre du délire religieux et sexuel, comme on le constate si souvent dans les psychoses, par exemple chez les femmes maniaques qui s'imaginent être la mère de Dieu, mais surtout dans les psychoses produites par la masturbation; enfin les flagellations cruelles et voluptueuses, les mutilations, les castrations et même le crucifiement, tous actes inspirés par un sentiment maladif d'origine religieuse et génitale en même temps.

Quand on veut expliquer les corrélations psychologiques qui existent entre la religion et l'amour, on se heurte à de grandes difficultés. Pourtant les analogies ne manquent pas.

Le sens sexuel et le sens religieux, envisagés au point de vue psychologique, se composent l'un et l'autre de deux éléments.

La notion la plus primitive de la religion, c'est le sentiment de la dépendance, fait constaté par Schleiermacher bien avant que les sciences nouvelles de l'anthropologie et de l'ethnographie aient abouti au même résultat par l'observation de l'état primitif. Chez l'homme seul, arrivé à un niveau de civilisation plus élevé, le deuxième élément qui est vraiment éthique, c'est-à-dire l'amour de la divinité, entre dans le sentiment religieux. Aux mauvais démons des peuples primitifs succèdent les êtres à deux faces, tantôt bons, tantôt irrités, qui peuplent les mythologies plus compliquées; enfin on arrive à l'adoration du Dieu souverainement bon, distributeur du salut éternel, que ce salut soit la prospérité terrestre promise par Jehova, ou les délices du paradis de Mahomet, ou la béatitude éternelle du ciel des chrétiens, ou le Nirvana espéré par les Bouddhistes.

Pour le sens sexuel, c'est l'amour, l'espoir d'une félicité sans bornes, qui est l'élément primaire. En second lieu apparaît le sentiment de la dépendance. Ce sentiment existe en germe chez les deux êtres; pourtant il est plus développé chez la femme, étant donnés la position sociale de cette dernière et son rôle passif dans la procréation; par exception, il peut prévaloir chez des hommes dont le caractère psychique tend vers le féminisme.

Dans le domaine religieux aussi bien que dans le domaine sexuel, l'amour est mystique et transcendantal. Dans l'amour sexuel, on n'a pas conscience du vrai but de l'instinct, la propagation de la race, et la force de l'impulsion est si puissante qu'on ne saurait l'expliquer par une connaissance nette de la satisfaction. Dans le domaine religieux le bonheur désiré et l'être aimé sont d'une nature telle qu'on ne peut pas en avoir une conception empirique. Ces deux états d'âme ouvrent donc à l'imagination le champ le plus vaste. Tous les deux ont un objet illimité: le bonheur, tel que le mirage de l'instinct sexuel le présente, paraît incomparable et incommensurable à côté de toutes les autres sensations de plaisir; on peut en dire autant des félicités promises par la foi religieuse et qu'on se représente comme infinies en temps et en qualité.

L'infini étant commun aux deux états d'âme que nous venons de décrire, il s'ensuit que ces deux sentiments se développent avec une puissance irrésistible et renversent tous les obstacles qui s'opposent à leur manifestation. Leur similitude en ce qui concerne la nature inconcevable de leur objet, fait que ces deux états d'âme sont susceptibles de passer à l'état d'une vague extase où la vivacité du sentiment l'emporte sur la netteté et la stabilité des idées. Dans ce délire l'espoir d'un bonheur inconcevable ainsi que le besoin d'une soumission illimitée jouent un rôle également important.

Les points communs qui existent entre les deux extases, points que nous venons d'établir, expliquent comment, lorsqu'elles sont poussées à un degré très élevé, l'une peut être la conséquence de l'autre, ou bien l'une et l'autre peuvent surgir en même temps, car toute émotion forte d'une fibre vivante de l'âme peut exciter les autres. La sensation qui agit d'une manière continuelle et égale évoque tantôt l'une, tantôt l'autre de ces deux sphères imaginatives. Ces deux états d'âme peuvent aussi dégénérer en un penchant à la cruauté active ou passive.

Dans la vie religieuse cet état engendre le besoin d'offrir des sacrifices. On offre un holocauste d'abord parce qu'on croit qu'il sera apprécié matériellement par la divinité, ensuite pour l'honorer et lui rendre hommage, comme tribut; enfin parce qu'on croit expier par ce moyen le péché ou la faute qu'on a commise envers la divinité, et acquérir la félicité.

Si, comme cela arrive dans toutes les religions, le sacrifice consiste dans la torture de soi-même, il est, chez les natures religieuses très sensibles, non seulement un symbole de soumission et le prix d'un bonheur futur acheté par les peines du moment, mais c'est aussi une joie réelle, parce que tout ce qu'on croit venir de la divinité chérie, tout ce qui se fait par son commandement ou en son honneur, doit remplir l'âme de plaisir. L'ardeur religieuse devient alors l'extase, état dans lequel l'intellect est tellement préoccupé des sensations et des jouissances psychiques que la notion de la torture subie peut exister sans la sensation de la douleur.

L'exaltation du délire religieux peut amener à trouver de la joie dans le sacrifice des autres, si la notion du bonheur religieux est plus forte que la pitié que nous inspire la douleur d'autrui. Des phénomènes analogues peuvent se produire dans le domaine de la vie sexuelle ainsi que le prouvent le Sadisme et particulièrement le Masochisme.

Ainsi l'affinité souvent constatée entre la religion, la volupté et la cruauté14, peut se résumer par la formule suivante: le sens religieux et le sens sexuel, arrivés au maximum de leur développement, présentent des similitudes en ce qui concerne le quantum et la nature de l'excitation; ils peuvent donc se substituer dans certaines conditions. Tous deux peuvent dégénérer en cruauté, si les conditions pathologiques nécessaires existent.

Note 14:
Cette trinité trouve son expression non seulement dans les phénomènes de la vie réelle, tels qu'ils viennent d'être décrits, mais aussi dans la littérature dévote et même dans les beaux-arts des périodes de décadence. Sous ce rapport, on peut rappeler la triste célébrité du groupe de sainte Thérèse de Bernini, qui, prise d'un évanouissement hystérique, s'affaisse sur une blanche nuée, tandis qu'un ange amoureux lui lance dans le cœur la flèche de l'amour divin (Lübke).

Le facteur sexuel exerce aussi une grande influence sur le développement du sens esthétique. Que seraient les beaux-arts et la poésie sans l'élément sexuel! C'est l'amour sensuel qui donne cette chaleur d'imagination sans laquelle il n'y a pas de véritable œuvre d'art; c'est à la flamme des sentiments sensuels que l'art puise son brûlant enthousiasme. On comprend alors pourquoi les grands poètes et les grands artistes sont des natures sensuelles. Le monde de l'idéal s'ouvre quand le sens sexuel fait son apparition. Celui qui, à cette période de la vie, n'a pu s'enflammer pour le beau, le noble et le grand, restera un philistin toute sa vie. Même ceux qui ne sont point des poètes se mettent à faire des vers. Au moment du développement de la puberté, quand la réaction physiologique commence à se produire, les langueurs vagues, particulières à cette période, se manifestent par des tendances au sentimentalisme outré et à la mortification qui se développent jusqu'au tædium vitæ; souvent il s'y joint le désir de causer de la douleur à autrui, ce qui offre une analogie vague avec le phénomène de la connexité psychologique qui existe entre la volupté et la cruauté.

L'amour de la première jeunesse a un caractère romanesque et idéaliste. Il glorifie l'objet aimé jusqu'à l'apothéose. À ses débuts il est platonique et préfère les êtres de la poésie et de l'histoire. Avec l'éveil de la sensualité, cet amour court risque de reporter son pouvoir d'idéalisation sur des personnes de l'autre sexe qui, au point de vue physique, intellectuel et social, sont bien loin d'être remarquables. Il peut en résulter des mésalliances, des faux pas, toute l'histoire tragique de l'amour passionné qui se met en conflit avec les principes moraux et sociaux et qui parfois trouve une solution sinistre dans le suicide ou le double suicide.

L'amour trop sensuel ne peut jamais être ni durable ni vraiment profond. Voilà pourquoi le premier amour est toujours très passager: il n'est que le flamboiement subit d'une passion, un feu de paille.

Il n'y a de véritable amour que celui qui se base sur la connaissance des qualités morales de la personne aimée, qui n'espère pas seulement des jouissances, mais qui est prêt à supporter des souffrances pour l'être aimé et à faire tous les sacrifices. L'amour de l'homme doué d'une grande force de caractère ne recule devant aucune difficulté ni aucun danger quand il s'agit d'arriver à la possession de la femme adorée et de la conserver. Il engendre les actes d'héroïsme, le mépris de la mort. Mais un tel amour court risque, dans certaines circonstances, de pousser au crime, surtout s'il n'y a pas un fonds solide de moralité. Un des vilains côtés de cet amour est la jalousie. L'amour de l'homme faible est sentimental; il peut conduire au suicide s'il n'est pas payé de retour ou s'il se heurte à des difficultés, tandis que, dans des conditions analogues, l'homme fort peut devenir un criminel. L'amour sentimental risque souvent de dégénérer en caricature, surtout quand l'élément sensuel n'est pas assez fort. Qu'on se rappelle, à ce propos, les chevaliers Toggenbourg, les Don Quichotte, beaucoup de ménestrels et de trouvères du moyen âge.

Cet amour a un caractère fadasse, doucereux: par là même il peut devenir ridicule; tandis que, dans d'autres cas, les manifestations de ce sentiment puissant du cœur humain évoquent ou la compassion, ou l'estime, ou l'horreur.

Souvent cet amour faible se porte sur d'autres objets: en poésie il produit des poèmes insipides, en esthétique il mène à l'outrancisme, en religion au mysticisme, à l'extase, et même, quand il y a un fond sensuel plus fort, aux idées sectaires et à la folie religieuse. Il y a quelque chose de tout cela dans l'amour non mûri de la puberté.

Les vers et les rimes, à cette période, ne supportent pas la lecture, à moins qu'ils n'aient pour auteurs des poètes de vocation.

Malgré toute l'éthique dont l'amour a besoin pour s'élever à sa vraie et pure expression, sa plus profonde racine est pourtant la sensualité.

L'amour platonique est une absurdité, une duperie de soi-même, une fausse interprétation d'un sentiment.

Quand l'amour a pour cause le désir sexuel, il ne peut se comprendre qu'entre individus de sexe différent et capables de rapports sexuels. Si ces conditions manquent ou si elles disparaissent, l'amour est remplacé par l'amitié.

Il est à remarquer le rôle important que jouent les fonctions sexuelles dans le développement et la conservation de la confiance de l'homme en lui-même. On s'en rend compte quand on voit l'onaniste aux nerfs affaiblis et l'homme devenu impuissant perdre leur caractère viril et la confiance en leur propre valeur.

M. Gyurkovechky (Männl. Impotenz. Vienne, 1889) fait justement remarquer que les vieillards et les jeunes gens diffèrent psychiquement surtout par leur degré de puissance génitale, car l'impuissance porte une grave atteinte à la gaieté, à la vie intellectuelle, à l'énergie et au courage. Plus l'homme qui a perdu sa puissance génitale est jeune et plus il était porté aux choses sensuelles, plus cette atteinte est grave.

Une perte subite de la puissance génitale peut, dans ces conditions, produire une grave mélancolie et pousser même au suicide; car, pour de pareilles natures, la vie sans amour est insupportable. Mais, même dans ces cas où la réaction n'est pas aussi violente, celui qui en est atteint devient morose, envieux, égoïste, jaloux, misanthrope; l'énergie et le sentiment d'honneur s'affaiblissent; il devient même lâche.

On peut constater les mêmes phénomènes chez les Skopzys de Russie, qui, après s'être émasculés, perdent leur caractère viril.

La perte de la virilité se manifeste d'une manière bien plus frappante encore chez certains individus, chez qui elle produit une véritable effémination.

Au point de vue psychologique, la femme, à la fin de sa vie sexuelle, après la ménopause, tout en étant moins bouleversée, présente néanmoins un changement assez notable. Si la vie sexuelle qu'elle vient de traverser a été heureuse, si des enfants sont venus réjouir le cœur de la mère au seuil de la vieillesse, le changement de son individualité biologique échappe à son attention. La situation est tout autre quand la stérilité ou une abstinence imposée par des conditions particulières ont empêché la femme de goûter les joies de la maternité.

Ces faits mettent bien en relief la différence qui existe entre la psychologie sexuelle de l'homme et celle de la femme, entre leurs sentiments et leurs désirs sexuels.

Chez l'homme, sans doute, l'instinct sexuel est plus vif que chez la femme. Sous le coup d'une forte poussée de la nature, il désire, quand il arrive à un certain âge, la possession de la femme. Il aime sensuellement, et son choix est déterminé par des qualités physiques. Poussé par un instinct puissant, il devient agressif et violent dans sa recherche de l'amour. Pourtant, ce besoin de la nature ne remplit pas toute son existence psychique. Son désir satisfait, l'amour, chez lui, fait temporairement place aux intérêts vitaux et sociaux.

Tel n'est pas le cas de la femme. Si son esprit est normalement développé, si elle est bien élevée, son sens sexuel est peu intense. S'il en était autrement, le monde entier ne serait qu'un vaste bordel où le mariage et la famille seraient impossibles. Dans tous les cas, l'homme qui a horreur de la femme et la femme qui court après les plaisirs sexuels sont des phénomènes anormaux.

La femme se fait prier pour accorder ses faveurs. Elle garde une attitude passive. Ce rôle s'impose à elle autant par l'organisation sexuelle qui lui est particulière que par les exigences des bonnes mœurs.

Toutefois, chez la femme, le côté sexuel a plus d'importance que chez l'homme. Le besoin d'aimer est plus fort chez elle; il est continu et non pas épisodique; mais cet amour est plutôt psychique que sensuel.

L'homme, en aimant, ne voit d'abord que l'être féminin; ce n'est qu'en second lieu qu'il aime la mère de ses enfants; dans l'imagination de la femme, au contraire, c'est le père de son enfant qui tient le premier rang; l'homme, comme époux, ne vient qu'après. Dans le choix d'un époux, la femme est déterminée plutôt par les qualités intellectuelles que par les qualités physiques. Après être devenue mère, elle partage son amour entre l'enfant et l'époux. Devant l'amour maternel, la sensualité s'éclipse. Aussi, dans les rapports conjugaux qui suivent sa maternité, la femme voit plutôt une marque d'affection de l'époux qu'une satisfaction des sens.

La femme aime de toute son âme. Pour la femme, l'amour c'est la vie; pour l'homme, c'est le plaisir de la vie. L'amour malheureux blesse l'homme; pour la femme, c'est la mort ou au moins la perte du bonheur de la vie. Une thèse psychologique digne d'être étudiée, ce serait de savoir si une femme peut, dans son existence, aimer deux fois d'un amour sincère et profond. Dans tous les cas, la femme est plutôt monogame, tandis que l'homme penche vers la polygamie.

La puissance des désirs sexuels constitue la faiblesse de l'homme vis-à-vis de la femme. Il dépend d'autant plus de la femme qu'il est plus faible et plus sensuel. Sa sensualité s'accroît avec son nervosisme. Ainsi s'explique ce fait que, dans les périodes d'amollissement et de plaisirs, la sensualité s'accroît d'une façon formidable. Mais alors la société court le danger de voir l'État gouverné par des femmes et entraîné à une ruine complète (le règne des maîtresses à la cour de Louis XIV et Louis XV; les hétaïres de la Grèce dans l'antiquité). La biographie de bien des hommes d'État anciens et modernes nous montre qu'ils étaient esclaves des femmes par suite de leur grande sensualité, sensualité due à leur constitution névropathique.

L'Église catholique a fait preuve d'une subtile connaissance de la psychologie humaine, en astreignant ses prêtres à la chasteté et au célibat; elle a voulu, par ce moyen, les émanciper de la sensualité pour qu'ils puissent se consacrer entièrement à leur mission.

Malheureusement le prêtre qui vit dans le célibat est privé de cet effet ennoblissant que l'amour et, par suite, le mariage, produisent sur le développement du caractère.

Comme la nature a attribué à l'homme le rôle de provocateur dans la vie sexuelle, il court le risque de transgresser les limites tracées par la loi et les mœurs.

L'adultère chez la femme est, au point de vue moral, plus grave et devrait être jugé devant la loi plus sévèrement que l'adultère commis par l'homme. La femme adultère comble son propre déshonneur par celui de l'époux et de la famille, sans tenir compte de la maxime: Pater incertus. L'instinct naturel et sa position sociale font facilement fauter l'homme, tandis que la femme est protégée par bien des choses. Même les rapports sexuels de la femme non mariée doivent être jugés autrement que ceux de l'homme célibataire. La société exige de l'homme célibataire de bonnes mœurs; de la femme, la chasteté. Avec la civilisation et la vie sociale de nos temps la femme ne peut servir, au point de vue sexuel, les intérêts sociaux et moraux qu'en tant qu'elle est épouse.

Le but et l'idéal de la femme, même de celle qui est tombée dans la fange et dans le vice, est et sera toujours le mariage. La femme, comme le dit fort justement Mantegazza, ne demande pas seulement à satisfaire son instinct sexuel, mais elle recherche aussi protection et aide pour elle et pour ses enfants. L'homme animé de bons sentiments, fût-il des plus sensuels, recherche pour épouse une femme qui a été chaste et qui l'est encore. Dans ses aspirations vers l'unique but digne d'elle, la femme se sert de la pudeur, cuirasse et ornement de l'être féminin. Mantegazza dit avec beaucoup de finesse que «c'est une des formes physiques de l'estime de soi-même chez la femme».

15

L'étude anthropologique et historique du développement de ce plus bel ornement de la femme n'entre pas dans le cadre de notre sujet. Il est probable que la pudeur féminine est un produit de la civilisation perpétué par l'atavisme.

Ce qui forme un contraste bien curieux avec elle, c'est l'étalage occasionnel des charmes physiques, sanctionné par la loi de la mode et la convention sociale, et auquel la vierge, même la plus chaste, se prête dans les soirées de bal. Les mobiles qui président à cette exhibition se comprennent. Heureusement la fille chaste ne s'en rend pas compte, de même qu'elle ne comprend pas les raisons de certaines modes qui reviennent périodiquement et qui ont pour but de faire mieux ressortir certaines parties plastiques du corps, comme les fesses, sans parler du corsage, etc.

De tout temps et chez tous les peuples, le monde féminin a manifesté de la tendance à se parer et à mettre en évidence ses charmes. Dans le monde des animaux la nature a distingué le mâle par une plus grande beauté. Les hommes, au contraire, désignent les femmes sous le nom de beau sexe. Évidemment cette galanterie est le produit de la sensualité masculine. Tant que les femmes s'attifent uniquement dans le but d'être parées, tant qu'elles ne se rendent pas clairement compte de la cause physiologique de ce désir de plaire, il n'y a rien à redire. Aussitôt qu'elles le font en pleine connaissance de cause, cette tendance dégénère en manie de plaire.

L'homme qui a la manie de s'attifer, se rend ridicule toujours. Chez la femme on est habitué à cette petite faiblesse, on n'y trouve rien de répréhensible tant qu'elle n'est pas l'accessoire d'une tendance pour laquelle les Français ont trouvé le mot de coquetterie.

En fait de psychologie naturelle de l'amour, les femmes sont de beaucoup supérieures aux hommes. Elles doivent cette supériorité soit à l'hérédité, soit à l'éducation, le domaine de l'amour étant leur élément particulier; mais elles la doivent aussi à leur plus grand degré d'intuition (Mantegazza).

Même quand l'homme est arrivé au faîte de la civilisation, on ne peut pas lui faire un reproche de voir dans la femme avant tout un objet de satisfaction pour son instinct naturel. Mais il lui incombe l'obligation de n'appartenir qu'à la femme de son choix. Dans les États civilisés il en résulte un traité normal et obligatoire, le mariage; et, comme la femme a besoin de protection et d'aide pour elle et ses enfants, il en résulte un code matrimonial.

En vue de certains phénomènes pathologiques que nous traiterons plus tard, il est nécessaire d'étudier les processus psychologiques qui rapprochent un homme et une femme, les attachent l'un à l'autre au point que, parmi tous les individus d'un même sexe, seuls tel ou telle paraissent désirables.

Si l'on pouvait démontrer que les procédés de la nature sont dirigés vers un but déterminé,—leur utilité ne saurait être niée,—cette sorte de fascination par un seul individu du sexe opposé, avec de l'indifférence pour tous les autres individus de ce même sexe, fait qui existe réellement chez les amoureux vraiment heureux, paraîtrait comme une admirable disposition de la création pour assurer les unions monogames qui seules peuvent servir le but de la nature.

16

Quand on analyse scientifiquement cette flamme amoureuse, cette «harmonie des âmes», cette «union des cœurs», elle ne se présente nullement comme «un mystère des âmes»; dans la plupart des cas on peut la ramener à certaines qualités physiques, parfois morales, au moyen desquelles la personne aimée exerce sa force d'attraction.

On parle aussi du soi-disant fétichisme. Par fétiche on entend ordinairement des objets, des parties ou des qualités d'objets qui, par leurs rapports et leur association, forment un ensemble ou une personnalité capable de produire sur nous un vif intérêt ou un sentiment, d'exercer une sorte de charme,—(fetisso en portugais),—ou du moins une impression très profonde et particulièrement personnelle que n'explique nullement la valeur ni la qualité intrinsèque de l'objet symbolique15.

Note 15:
À consulter: Max Müller, qui fait dériver le mot «fétiche» étymologiquement du mot factitius (factice, chose insignifiante).

Quand la personne qui est dans cet état d'esprit, pousse l'appréciation individuelle du fétiche jusqu'à l'exaltation, un cas de fétichisme se produit. Ce phénomène, très intéressant au point de vue psychologique, peut s'expliquer par une loi d'association empirique: le rapport qui existe entre une représentation fractionnelle et une représentation d'ensemble. L'essentiel dans ce cas c'est que l'accentuation du sentiment personnel provoqué par l'image fractionnelle se manifeste dans le sens d'une émotion de plaisir. Ce phénomène se rencontre surtout dans deux ordres d'idées qui ont entre elles une affinité psychique: l'idée religieuse et les conceptions érotiques. Le fétichisme religieux a d'autres liens et une autre signification que le fétichisme sexuel. Le premier naît de cette idée fixe que l'objet revêtu du prestige de fétiche ou l'idole n'est pas un simple symbole, mais possède des qualités divines, ou bien il lui attribue par superstition une puissance miraculeuse (reliques), certaines vertus protectrices (amulettes).

Il n'en est pas de même dans le fétichisme érotique. Celui-ci est psychologiquement motivé par le fait que des qualités physiques ou psychiques d'une personne, ou même des qualités d'objets dont cette personne se sert, deviennent un fétiche, en éveillant par association d'idées une image d'ensemble et en produisant une vive sensation de volupté. Il y a analogie avec le fétichisme religieux en ce sens: que bien souvent des objets insignifiants (des os, des ongles, des cheveux, etc.) servent de fétiches et peuvent provoquer des sensations de plaisir qui vont jusqu'à l'extase.

En ce qui concerne le développement de l'amour physiologique, il est probable qu'on doit chercher et trouver son origine dans le charme fétichiste et individuel qu'une personne d'un sexe exerce sur un individu de l'autre sexe.

Le cas le plus simple est celui où une émotion sensuelle coïncide avec le moment où l'on aperçoit une personne de l'autre sexe et quand cette vue augmente l'excitation sensuelle. L'impression optique et l'impression du sentiment s'associent, et cette liaison devient plus forte à mesure que la réapparition du sentiment évoque le souvenir de l'image optique ou que la réapparition de l'image éveille de nouveau une émotion sexuelle qui peut aller jusqu'à l'orgasme ou à la pollution, comme dans les songes.

17

Dans ce cas la vue de l'ensemble du corps produit l'effet d'un fétiche.

Comme le fait remarquer Binet, des parties d'un individu, des qualités physiques ou morales peuvent aussi agir comme fétiches sur une personne du sexe opposé, si la vue de ces parties de l'individu coïncide accidentellement avec une excitation sexuelle ou si elle en provoque une.

C'est un fait établi par l'expérience que cette association d'idées dépend du hasard, que l'objet fétiche peut être très varié, et qu'il en résulte les sympathies les plus étranges de même que les antipathies les plus curieuses.

Ce fait physiologique du fétichisme explique les sympathies individuelles entre homme et femme, la préférence qu'on donne à une personne déterminée sur toutes les autres du même sexe. Comme le fétiche ne représente qu'un symbole individuel, il est évident que son impression ne peut se produire que sur un individu déterminé. Il évoque de très fortes sensations de plaisir; par suite il fait, par un trompe-l'œil, disparaître les défauts de l'objet aimé—(l'amour rend aveugle)—et provoque une exaltation fondée sur l'impression individuelle, exaltation qui paraît aux autres inexplicable et même ridicule. On s'explique ainsi que l'homme calme ne puisse pas comprendre l'amoureux qui idolâtre la personne aimée, en fait un véritable culte et lui attribue des qualités que celle-ci, vue objectivement, ne possède nullement. Ainsi s'explique également le fait que l'amour devient plus qu'une passion, qu'il se présente comme un état psychique exceptionnel dans lequel l'impossible paraît possible, le laid semble beau, le vulgaire sublime, état dans lequel tout autre intérêt et tout autre devoir disparaissent.

Tarde (Archives de l'anthropologie criminelle, 5e année, n° 3) fait judicieusement ressortir que, non seulement chez les individus mais aussi chez les nations, le fétiche peut être différent, mais que l'idéal général de la beauté reste toujours le même chez les peuples civilisés de la même époque.

À Binet revient le grand mérite d'avoir approfondi l'étude et l'analyse de ce fétichisme en amour. Il fait naître des sympathies spéciales. Ainsi l'un se sont attiré par une taille élancée, un autre par une taille épaisse; l'un aime la brune, l'autre la blonde. Pour l'un, c'est l'expression particulière de l'œil; pour l'autre, le timbre de la voix, ou une odeur particulière, même artificielle (parfums), ou la main, ou le pied, ou l'oreille, etc., qui forment le charme fétichique individuel, et sont pour ainsi dire le point de départ d'une série compliquée de processus de l'âme dont l'expression totale est l'amour, c'est-à-dire le désir de posséder physiquement et moralement l'objet aimé.

À ce propos il convient de rappeler une condition essentielle pour la constatation de l'existence du fétichisme encore à l'état physiologique.

Le fétiche peut conserver d'une manière durable sa vertu sans qu'il soit pour cela un fétiche pathologique. Mais ce cas n'existe que quand l'idée de fraction va jusqu'à la représentation de l'ensemble et que l'amour provoqué par le fétiche finit par embrasser comme objet l'ensemble de la personnalité physique et morale.

L'amour normal ne peut être qu'une synthèse, une généralisation. Louis Brunn (Deutsches Montagsblatt, Berlin, 20.8.88) dit très spirituellement dans son étude sur Le fétichisme en amour:

«L'amour normal nous paraît comme une symphonie qui se compose de toutes sortes de notes. Il en résulte les excitations les plus diverses. Il est pour ainsi dire polythéiste. Le fétichisme ne connaît que la note d'un seul instrument; il est la résultante d'une seule excitation déterminée: il est monothéiste.»

Quiconque a quelque peu réfléchi sur ce sujet, reconnaîtra qu'on ne peut parler de véritable amour—(on n'abuse que trop souvent de ce mot)—que lorsque la totalité de la personne physique et morale forme l'objet de l'adoration.

Tout amour a nécessairement un élément sensuel, c'est-à-dire le désir de posséder l'objet aimé et d'obéir, en s'unissant avec lui, aux lois de la nature.

Mais celui qui n'aime que le corps de la personne d'un autre sexe, qui ne tend qu'à satisfaire ses sens, sans posséder l'âme, sans avoir la jouissance spirituelle et partagée, n'aime pas d'un véritable amour, pas plus que le platonique qui n'aime que l'âme et qui dédaigne les jouissances charnelles, ce qui se rencontre dans certains cas d'inversion sexuelle.

Pour l'un, c'est le corps; pour l'autre, c'est l'âme qui constituent le fétiche: l'amour de tous les deux n'est que du fétichisme.

De pareils individus forment en tous cas un degré de transition vers le fétichisme pathologique.

Cette remarque est d'autant plus juste qu'un autre critérium du véritable amour est celui-ci: l'acte sexuel doit absolument procurer une satisfaction morale16.

Note 16:
Le spinal cérébral postérieur de Magnan, qui trouve son plaisir avec n'importe quelle femme et auquel n'importe quelle femme plaît, ne peut que satisfaire sa volupté. L'amour acheté ou forcé n'est pas un véritable amour (Mantegazza). Celui qui a inventé le proverbe: Sublata lucerna, nullum discrimen inter feminas, a dû être un horrible cynique. Le pouvoir pour l'homme de faire l'acte d'amour n'est pas une garantie que l'acte procure réellement la plus grande jouissance amoureuse.

Parmi les phénomènes physiologiques du fétichisme il me reste encore à parler de ce fait très intéressant que, parmi le grand nombre d'objets susceptibles de devenir fétiches, il y en a quelques-uns qui sont particulièrement choisis par un grand nombre de personnes.

Les objets particulièrement attractifs pour l'homme sont: les cheveux, la main, le pied de la femme, l'expression du regard.

Quelques-uns d'entre eux ont, dans la pathologie du fétichisme, une importance particulière. Tous ces faits remplissent évidemment dans l'âme de la femme un rôle dont quelquefois elle ne se doute pas; d'autres fois c'est préméditation de sa part.

Une des principales préoccupations de la femme, c'est de soigner ses cheveux, et elle y consacre souvent plus de temps et d'argent qu'il ne faudrait. Avec quel soin la mère ne soigne-t-elle pas déjà la chevelure de sa petite fille! Quel rôle important pour le coiffeur! La perte d'une partie des cheveux fait le désespoir des jeunes femmes. Je me rappelle le cas d'une femme coquette qui en était devenue mélancolique et qui a fini par le suicide. Les femmes aiment à parler coiffure; elles portent envie à toutes celles qui ont une belle chevelure.

De beaux cheveux constituent un puissant fétiche pour beaucoup d'hommes. Déjà, dans la légende de la Loreley, cyrène qui attire les hommes dans l'abîme, on voit figurer comme fétiche ses «cheveux dorés» qu'elle lisse avec un peigne d'or. Une attraction non moins grande est exercée par la main et le pied; mais alors, souvent,—pas toujours cependant,—des sentiments masochistes et sadistes contribuent à créer un fétiche d'un caractère particulier.

Il y a des uranistes qui ne sont pas impuissants avec une femme, des époux qui n'aiment pas leur épouse, et qui pourtant sont capables de remplir leurs devoirs conjugaux. Dans ces cas le sentiment de la volupté fait pour la plupart du temps défaut; puisque, en réalité, il n'y a alors qu'une sorte d'onanisme qui souvent ne peut se pratiquer qu'avec le concours de l'imagination qui évoque l'image d'un autre être aimé. Cette illusion peut même produire une sensation de volupté, mais cette rudimentaire satisfaction physique n'est due qu'à un artifice psychique, tout comme chez l'onaniste solitaire qui souvent a besoin du concours de l'imagination pour obtenir une sensation voluptueuse. En général, l'orgasme qui produit la sensation de volupté, ne peut être obtenu que là où il y a une intervention psychique.

Dans le cas où il y a des empêchements psychiques (indifférence, antipathie, répugnance, crainte d'infection vénérienne ou de grossesse, etc.), la sensation voluptueuse ne paraît guère se produire.

Par association d'idées, un gant ou un soulier peuvent devenir fétiches.

Brunn rappelle à ce propos et avec raison que, dans les mœurs du moyen âge, une des plus précieuses marques d'hommage et de galanterie était de boire dans le soulier d'une belle femme, usage qu'on trouve encore aujourd'hui en Pologne. Dans le conte de Cendrillon, le soulier joue également un rôle très important.

L'expression de l'œil a une importance particulière pour faire jaillir l'étincelle amoureuse. Un œil névrosé peut jouer souvent le rôle de fétiche chez des personnes des deux sexes. «Madame, vos beaux yeux me font mourir d'amour» (Molière).

Il y a une foule d'exemples de faits où les odeurs du corps jouent le rôle de fétiche, phénomène consciemment ou inconsciemment utilisé dans l'Ars amandi de la femme. Déjà la Ruth de l'Ancien Testament s'est parfumée pour captiver Booz.

20

La demi-mondaine, des temps anciens et modernes, consomme beaucoup de parfums. Jaeger, dans sa «Découverte de l'âme», donne de nombreuses indications sur les sympathies des odeurs.

Binet assure que la voix aussi peut devenir un fétiche. A ce sujet il rapporte une observation faite par Dumas, observation que ce dernier a utilisée dans sa nouvelle: La maison du veuf.

Il est question d'une femme qui devint amoureuse de la voix d'un ténor et qui fit des infidélités à son mari.

Le roman de Belot: Les Baigneuses de Trouville, vient à l'appui de cette supposition. Binet croit que, dans bien des mariages conclus avec des cantatrices, c'est le charme fétichiste de la voix qui a agi. Il attire en outre l'attention sur cet autre fait intéressant que, chez les oiseaux chanteurs, la voix a la même signification sexuelle que l'odorat chez les quadrupèdes.

Ainsi les oiseaux attirent par le chant la femelle qui, la nuit, vole vers celui des mâles qui chante le mieux.

Il ressort des faits pathologiques du masochisme et du sadisme que des particularités de l'âme peuvent aussi agir comme fétiche, au sens le plus large du mot.

Ainsi s'explique le phénomène des idiosyncrasies; et la vieille maxime de gustibus non est disputandum, a toujours sa valeur.

II

FAITS PHYSIOLOGIQUES

Maturité sexuelle.—La limite d'âge dans la vie sexuelle.—Le sens sexuel.—Localisation.—Le développement physiologique de la vie sexuelle.—Érection.—Le centre d'érection.—La sphère sexuelle et le sens olfactif.—La flagellation comme excitant des sens.—La secte des flagellants.—Le Flagellum salutis de Paullini.—Zones érogènes.—L'empire sur l'instinct sexuel.—Cohabitation.—Éjaculation.

Pendant la période des processus anatomiques et physiologiques qui se font dans les glandes génitales, il se manifeste chez les individus un instinct qui les pousse à perpétuer l'espèce (instinct sexuel).

L'instinct sexuel, à cet âge de maturité, est une loi physiologique.

La durée des processus anatomico-physiologiques dans les organes sexuels, ainsi que la durée de la puissance de l'instinct génésique, diffèrent selon les individus et les peuples. Race, climat, conditions héréditaires et sociales, exercent une influence décisive. On sait que les Méridionaux présentent une sensualité bien plus grande que les gens du Nord. Le développement sexuel a lieu bien plus tôt chez les habitants du Midi que chez ceux des

21

pays septentrionaux. Chez la femme des pays du Nord, l'ovulation, qui se manifeste par le développement du corps et les hémorragies périodiques des parties génitales (menstruation), ne se montre qu'entre treize et quinze ans; chez l'homme, le développement de la puberté (qui se manifeste par la mue de la voix, le développement des poils sur la figure et sur le mont de Vénus, les pollutions périodiques, etc.), ne se montre qu'à partir de quinze ans. Au contraire, chez les habitants des pays chauds, le développement sexuel s'effectue plusieurs années plus tôt, chez la femme quelquefois même à l'âge de huit ans.

Il est à remarquer que les filles des villes se développent à peu près un an plus tôt que les filles de la campagne, et que plus la ville est grande, plus le développement, cæteris paribus, est précoce.

Les conditions héréditaires n'exercent pas une influence moins grande sur le libido et la puissance virile. Il y a des familles où, à côté d'une grande force physique et d'une grande longévité, le libido et une puissance virile intense se conservent jusqu'à un âge très avancé. Il y en a d'autres où la vita sexualis éclôt tard et s'éteint bien avant le temps.

Chez la femme, la période d'activité des glandes génitales est plus limitée que chez l'homme, chez qui la production du sperme peut se prolonger jusqu'à l'âge le plus avancé.

Chez la femme, l'ovulation cesse trente ans après le début de la nubilité. Cette période de stérilité des ovaires s'appelle la ménopause. Celle phase biologique ne représente pas seulement une mise hors fonction et une atrophie définitive des organes génitaux, mais un processus de transformation de tout l'organisme. Dans l'Europe centrale, la maturité sexuelle de l'homme commence vers l'âge de dix-huit ans; sa puissance génésique atteint son maximum vers l'âge de quarante ans. À partir de cette époque, elle baisse lentement.

La potentia generandi s'éteint ordinairement vers l'âge de soixante-deux ans; la potentia coeundi peut se conserver jusqu'à l'âge le plus avancé. L'instinct sexuel existe sans discontinuer pendant toute la période de la vie sexuelle; il n'y a que son intensité qui change. Il ne se manifeste jamais d'une façon intermittente ou périodique, sous certaines conditions physiologiques, comme c'est le cas chez les animaux.

Chez l'homme, l'intensité de l'instinct a des fluctuations, des hauts et des bas, selon l'accumulation et la dépense du sperme; chez la femme, l'instinct sexuel augmente d'intensité au moment de l'ovulation, de sorte que, post menstrua, le libido sexualis est plus accentué.

Le sens sexuel, en tant qu'il se manifeste comme sentiment, idée et instinct, est un produit de l'écorce cérébrale. On n'a pas encore pu jusqu'ici bien déterminer le siège du centre sexuel dans le cerveau.

Les rapports étroits qui existent entre la vie sexuelle et le sens olfactif[17] font supposer la sphère sexuelle et la sphère olfactive se trouvent à la périphérie du cerveau, très près l'une de l'autre, ou du moins qu'il existe entre elles des liens puissants d'association.

Note 17:

Ferrier suppose que le centre de l'olfaction se trouve dans le gyrus uncinatus. Zuckerkandl, dans son ouvrage: Über das Riechcentrum, concluant d'après des études d'anatomie comparée, considère la corne d'Ammon comme faisant partie du centre olfactif.

La vie sexuelle se manifeste d'abord par des sensations parties des organes sexuels en voie de développement. Ces sensations éveillent l'attention de l'individu. La lecture, certains faits observés dans la vie sociale—(aujourd'hui malheureusement ces observations se font trop souvent à un âge prématuré),—transforment les pressentiments en idées nettes. Ces dernières s'accentuent par des sensations organiques, des sensations de volupté. À mesure que ces idées érotiques s'accroissent par des sensations voluptueuses, se développe le désir de reproduire des sensations semblables (instinct sexuel).

Il s'établit alors une dépendance mutuelle entre les circonvolutions cérébrales (origine des sensations et des représentations) et les organes de la génération. Par suite de processus anatomico-physiologiques, tels que l'hyperémie, l'élaboration du sperme, l'ovulation, les organes génésiques font naître des idées et des désirs sexuels.

La périphérie du cerveau réagit sur les organes de la génération par des idées perçues ou reproduites. Cela se fait par le centre d'innervation des vaisseaux et le centre de l'éjaculation. Tous deux se trouvent dans la moelle épinière et sont probablement très rapprochés l'un de l'autre. Tous les deux sont des centres réflexes.

Le centrum erectionis (Goltz, Eckhard) est un point intermédiaire intercalé entre le cerveau et l'appareil génital. Les nerfs qui le relient avec le cerveau passent probablement par les pédoncules cérébraux. Ce centre peut être mis en activité par des excitations centrales (physiques et organiques), par une excitation directe de ses nerfs dans les pédoncules cérébraux, la moelle cervicale, ainsi que par l'excitation périphérique des nerfs sensitifs (pénis, clitoris et annexes). Il n'est pas directement soumis à l'influence de la volonté.

L'excitation de ce centre est transmise par des nerfs qui se relient à la première et à la troisième paires des nerfs sacrés (nervi erigentes), et arrive ainsi jusqu'aux corps caverneux.

L'action de ces nerfs érectifs qui transmettent l'érection est paralysante. Ils paralysent l'appareil d'innervation ganglionnaire dans les organes érectiles sous l'influence desquels se trouvent les fibres musculaires des corps caverneux (Kœlliker et Kohlrausch). Sous l'influence de ces nervi erigentes les fibres musculaires des corps érectiles deviennent flasques et ils se remplissent de sang. En même temps, les artères dilatées du réseau périphérique des corps érectiles exercent une pression sur les veines du pénis et le reflux du sang se trouve barré. Cet effet est encore accentué par la contraction des muscles bulbo et ischio-caverneux qui s'étendent comme des aponévroses sur la surface dorsale du pénis.

Le centre d'érection est sous la dépendance des actions nerveuses excitantes ou paralysantes parties du centre cérébral. Les représentations et les perceptions d'images sexuelles agissent comme excitants. D'après les expériences faites sur les corps de pendus, le centre d'érection semble aussi pouvoir être mis en action par l'excitation des voies de communication qui se trouvent dans la moelle épinière. Le même fait peut se produire par des excitations organiques qui ont lieu à la périphérie du cerveau (centre psycho-sexuel?), ainsi que le prouvent les observations faites sur des aliénés et des malades atteints d'affections cérébrales. Le centre d'érection peut être directement excité par des maladies de la moelle épinière, dans leur première période, quand elles atteignent la moelle lombaire (tabes et surtout myélitis).

Voici les causes qui peuvent fréquemment produire une excitation réflexe du centre génital: excitation des nerfs sensitifs périphériques des parties génitales et de leur voisinage par la friction; excitations de l'urètre (gonorrhée), du rectum (hémorroïdes et oxyures), de la vessie (quand elle est pleine d'urine, surtout le matin, ou quand elle est excitée par un calcul); réplétion des vésicules séminales par le sperme, ce qui se produit quand on est couché sur le dos et que la pression des viscères sur les veines du bassin produit une hyperhémie des parties génitales.

Le centre d'érection peut être excité aussi par l'irritation des nombreux nerfs et ganglions qui se trouvent dans le tissu de la prostate (prostatite, cathétérisme). Ce centre est aussi soumis à des influences paralysantes de la part du cerveau, ainsi que nous le montre l'expérience de Goltz qui a montré que, chez des chiens, quand la moelle épinière est tranchée, l'érection se produit plus facilement.

À l'appui de cette démonstration vient encore s'ajouter le fait que, chez l'homme, l'influence de la volonté ou une forte émotion (crainte de ne pas pouvoir coïter, surprise inter actum sexualem, etc.) peuvent empêcher l'érection ou la faire cesser quand elle existe. La durée de l'érection dépend de la durée des causes excitantes (excitation des sens ou sensation), de l'absence des causes entravantes, de l'énergie d'innervation du centre, ainsi que de la production tardive ou hâtive de l'éjaculation.

La cause importante et centrale du mécanisme sexuel réside dans la périphérie du cerveau. Il est tout naturel de supposer qu'une région de cette périphérie (centre cérébral) soit le siège des manifestations et des sensations sexuelles, des images et des désirs, le lieu d'origine de tous les phénomènes psychosomatiques qu'on désigne ordinairement sous les noms de sens sexuel, sens génésique et instinct sexuel. Ce centre peut être animé aussi bien par des excitations centrales que par des excitations périphériques.

Des excitations centrales peuvent se produire par suite d'irritations organiques dues à des maladies de la périphérie du cerveau. Elles se produisent physiologiquement par des excitations psychiques (représentations de la mémoire ou perceptions des sens).

Dans les conditions physiologiques, il s'agit surtout de perceptions visuelles et d'images évoquées par la mémoire (par exemple, par une lecture lascive); puis d'impressions tactiles (attouchements, serrements de mains, accolade, etc.). Par contre le sens auditif et le sens olfactif ne jouent qu'un rôle secondaire dans le domaine physiologique. Mais, dans certaines circonstances pathologiques, ce dernier a une grande importance pour l'excitation sexuelle. Chez les animaux, l'influence des perceptions olfactives sur le sens génésique est de toute évidence. Althaus (Beiträge zur Physiol. u. Pathol. des Olfactorius, Arch. für Psych., XII, H. 1) déclare nettement que le sens olfactif est d'une grande importance pour la reproduction de l'espèce. Il fait ressortir que les animaux de sexe différent sont attirés l'un vers l'autre par la perception olfactive et que, à la période du rut, il s'exhale de leurs parties génitales une odeur pénétrante. Une expérience faite par Schiff vient à l'appui de cette assertion. Schiff a enlevé les nerfs olfactifs à de jeunes chiens nouveau-nés, et il a constaté que ces mêmes chiens, devenus grands, ne pouvaient distinguer un mâle d'une femelle. Mantegazza (Hygiène de l'amour) a fait un essai en sens inverse. Il a enlevé les yeux à des lapins et il a constaté que cette défectuosité artificielle n'a nullement empêché l'accouplement de ces animaux. Cette expérience nous montre quelle importance paraît avoir le sens olfactif dans la vita sexualis des animaux.

Il est à noter aussi que certains animaux (musc, chat de Zibeth, castor) ont, dans les parties génitales, des glandes qui dégagent des matières fortement odorantes.

Même en ce qui concerne l'homme, Althaus a mis en relief les corrélations qui existent entre le sens olfactif et le sens génésique. Il cite Cloquet (Osphrésiologie, Paris, 1826). Celui-ci appelle l'attention sur le pouvoir excitant des fleurs; il rappelle l'exemple de Richelieu qui vivait dans une atmosphère imprégnée des plus forts parfums pour stimuler ses fonctions sexuelles.

Zippe (Wiener med. Wochenschrift, 1879, n° 25), parlant d'un cas de kleptomanie observé chez un onaniste, fait aussi ressortir ces corrélations, et il cite comme témoin Hildebrand qui dit, dans sa Physiologie populaire: «On ne peut pas nier que le sens olfactif n'ait quelque connexité avec les fonctions sexuelles.» Les parfums des fleurs provoquent souvent des sensations de volupté et, si nous nous rappelons ce passage du Cantique des cantiques: «Mes mains dégouttaient de myrrhe et la myrrhe s'est écoulée sur mes doigts posés sur le verrou de la serrure»,—nous verrons que le roi Salomon avait déjà fait cette observation. En Orient, les parfums sont très aimés à cause de leur effet sur les parties génitales, et les appartements des femmes du Sultan exhalent l'odeur de toutes sortes de fleurs.

Most, professeur à Rostock, raconte le fait suivant: «J'ai appris d'un jeune paysan voluptueux qu'il avait excité à la volupté maintes filles chastes et atteint facilement son but en passant, pendant la danse, son mouchoir sous ses aisselles et en essuyant ensuite, avec ce mouchoir, la figure de sa danseuse.» La perception intime de la transpiration d'une personne peut devenir la première cause d'un amour passionné. Comme preuve, nous citerons le cas de Henri III qui, à l'occasion des noces de Marguerite de Valois avec le roi de Navarre, s'essuya la figure avec la chemise trempée de sueur de Marie de Clèves. Bien que Marie fût la fiancée du prince de Condé, Henri conçut subitement pour elle une passion si violente qu'il n'y pouvait résister et que, fait historique, il la rendit pour cela très malheureuse. On raconte un fait analogue sur Henri IV. Sa passion pour la belle Gabrielle aurait pris naissance parce que, dans un bal, il se serait essuyé le front avec le mouchoir de cette dame.

Le professeur Jaeger (Entdecke der Seele) indique dans son livre le même fait, quand il dit (page 173) que la sueur joue un rôle important dans les affections sexuelles et qu'elle exerce une vraie séduction.

De la lecture de l'ouvrage de Ploss (Das Weib), il ressort que, en psychologie, on voit maintes fois la transpiration du corps exercer une sorte d'attraction sur une personne d'un autre sexe.

À ce propos, il faut citer un usage qui, au rapport de Jagor, exista chez les amoureux indigènes des îles Philippines. Lorsqu'il arrive, dans ce pays, qu'un couple amoureux est forcé de se séparer pour quelque temps, l'homme et la femme échangent des pièces de linge dont ils se sont servis, pour s'assurer une mutuelle fidélité. Ces objets sont soigneusement gardés, couverts de baisers et reniflés. La prédilection de certains libertins et de certaines femmes sensuelles pour les parfums[18] prouve également la connexité qui existe entre le sens olfactif et le sens sexuel.

Note 18:
Comparer Laycock (Nervous diseases of women, 1840), qui trouve un rapport entre la prédilection pour le musc et les parfums similaires et l'exaltation sexuelle chez les femmes.

Il faut encore citer un cas très remarquable, rapporté par Heschl (Wiener Zeitschrift f. pract. Heilkunde, 22 März 1861), cas où il a constaté simultanément le manque des deux bosses olfactives et l'atrophie des parties génitales. Il s'agissait d'un homme de quarante-cinq ans, bien fait, dont les testicules avaient le volume d'une fève, étaient dépourvus de canaux déférents et dont le larynx avait des dimensions féminines. Il y avait chez lui absence totale de nerfs olfactifs. Le triangle olfactif et le sillon à la base inférieure des lobes antérieurs du cerveau manquaient également. Les trous de la lame criblée étaient clairsemés; au lieu de nerfs, c'étaient des prolongements de la dure-mère qui passaient par ces trous. Sur la membrane pituitaire du nez, on constatait la même absence de nerfs. Il faut noter aussi le consensus qui se manifeste nettement entre l'organe olfactif et l'organe sexuel dans certaines maladies mentales. Les hallucinations olfactives sont très fréquentes dans les psychoses des deux sexes qui ont pour origine la masturbation, de même que dans les psychoses des femmes, causées par les maladies des parties génitales ou les phénomènes de la ménopause; par contre, dans les cas où il n'y a pas de causes sexuelles, les hallucinations olfactives sont très rares.

Je mets en doute cependant que, chez les individus normaux, les sensations olfactives jouent, comme chez les animaux, un grand rôle dans l'excitation du centre sexuel[19].

Note 19:
L'observation suivante, que nous donne Binet, semble contredire cette opinion. Malheureusement il ne nous a rien dit sur la personnalité du sujet de son observation. Dans tous les cas, sa constatation est très significative pour la connexité qui existe entre le sens olfactif et le sens sexuel. D..., étudiant en médecine, étant assis un jour sur un banc dans un square et occupé à lire un livre de pathologie, remarqua que, depuis un moment, il était gêné par une érection persistante. En se retournant, il s'aperçut qu'une femme qui

répandait une odeur assez forte, était assise sur l'autre bout du banc. Il attribua à l'impression olfactive, qu'il avait ressentie sans en avoir conscience, le phénomène d'excitation génitale.

Nous avons cru devoir parler, dès maintenant, de la connexité qui existe entre le sens olfactif et le sens sexuel, étant donnée l'importance de ce consensus pour la compréhension de certains cas pathologiques.

Il y a, à côté de ces rapports physiologiques, un fait intéressant à noter: c'est qu'il existe une certaine analogie histologique entre le nez et les organes génitaux, puisque tous deux (y compris le mamelon) contiennent un tissu érectile.

J.N. Mackenzie (Journal of medical Science, 1884) a rapporté, à ce sujet, de curieuses observations cliniques et physiologiques. Il a constaté: 1° que chez un certain nombre de femmes, dont le nez était sain, il se produisait régulièrement, à l'époque de la menstruation, une congestion des corps bulbeux du nez, qui disparaissait après la menstruation; 2° le phénomène d'une menstruation nasale substitutrice qui, plus tard, a été souvent remplacée par une hémorrhagie utérine, mais qui, dans certains cas, s'est manifestée périodiquement au moment de la menstruation, pendant toute la durée de la vie sexuelle; 3° des phénomènes d'irritation nasale, tels que des éternuements, etc., au moment d'une émotion sexuelle; et 4° l'inverse de ce phénomène, c'est-à-dire des excitations accidentelles du système génital, à la suite d'une maladie du nez.

Mackenzie a aussi observé que, chez beaucoup de femmes atteintes de maladies du nez, ces maladies empirent pendant la menstruation; il a, en outre, constaté que des excès in Venere peuvent provoquer une inflammation de la membrane pituitaire ou l'accentuer si elle existe déjà.

Il rappelle aussi ce fait d'expérience que les masturbateurs sont ordinairement atteints de maladies du nez et souffrent souvent d'impressions olfactives anormales, de même que de rhinorrhagies. D'après les expériences de Mackenzie, il y a des maladies du nez qui résistent à tout traitement tant qu'on n'a pas supprimé les maladies génitales qui existent en même temps chez le malade et qui, peut-être, sont la cause de la maladie nasale.

La sphère sexuelle de l'écorce cérébrale peut être excitée par des phénomènes produits dans les organes génitaux et dans le sens des désirs et des représentations sexuels. Cet effet peut être produit par tous les éléments qui, par une action centripète, excitent le centre d'érection (excitation des vésicules séminales quand elles sont remplies; gonflement des follicules de Graf; excitation sensible quelconque, produite dans le voisinage des parties génitales; hyperhémie et turgescence des parties génitales, particulièrement des organes érectiles, des corps caverneux du pénis, du clitoris; vie sédentaire et luxueuse; plethora abdominalis; température élevée; lit chaud; vêtements chauds; usage de cantharide, de poivre et d'autres épices).

Le libido sexualis peut être aussi éveillé par l'excitation des nerfs du siège (flagellation). Ce fait est très important pour la compréhension de certains phénomènes physiologiques[20].

Note 20:
Meibomius, De flagiorum usu in re medica, London, 1765. Boileau: The history of the flagellants, London, 1783.

Il arrive quelquefois que, par une correction appliquée sur le derrière, on éveille chez des garçons les premiers mouvements de l'instinct sexuel et on les pousse par là à la masturbation. C'est un fait que les éducateurs de la jeunesse devraient bien retenir.

En présence des dangers que ce genre de punition peut offrir aux élèves, il serait désirable que les parents, les maîtres d'école et les précepteurs n'y eussent jamais recours.

La flagellation passive peut éveiller la sensualité, ainsi que le prouve l'histoire de la secte des flagellants, très répandue aux XIIIe, XIVe et XVe siècles, et dont les adeptes se flagellaient eux-mêmes, soit pour faire pénitence, soit pour mortifier la chair dans le sens du principe de chasteté prêché par l'Église, c'est-à-dire l'émancipation du joug de la volupté.

À son début, cette secte fut favorisée par l'Église. Mais, comme la flagellation agissait comme un stimulant de la sensualité et que ce fait se manifestait par des incidents très fâcheux, l'Église se vit dans la nécessité d'agir contre les flagellants. Les faits suivants, tirés de la vie de deux héroïnes de la flagellation, Maria-Magdalena de Pazzi et Élisabeth de Genton, sont une preuve caractéristique de la stimulation sexuelle produite par la flagellation.

Maria-Magdalena, fille de parents d'une haute position sociale, était religieuse de l'ordre des Carmes, à Florence, en 1580. Les flagellations, et plus encore les conséquences de ce genre de pénitence, lui ont valu une grande célébrité et une place dans l'histoire. Son plus grand bonheur était quand la prieure lui faisait mettre les mains derrière le dos et la faisait fouetter sur les reins mis à nu, en présence de toutes les sœurs du couvent.

Mais les flagellations qu'elle s'était fait donner dès sa première jeunesse avaient complètement détraqué son système nerveux; il n'y avait pas une héroïne de la flagellation qui eût tant d'hallucinations qu'elle. Pendant ces hallucinations, elle délirait toujours d'amour. La chaleur intérieure semblait vouloir la consumer, et elle s'écriait souvent: «Assez! n'attise pas davantage cette flamme qui me dévore. Ce n'est pas ce genre de mort que je désire; il y aurait trop de plaisir et trop de charmes.» Et ainsi de suite. Mais l'esprit de l'Impur lui suggérait les images les plus voluptueuses, de sorte qu'elle était souvent sur le point de perdre sa chasteté.

Il en était presque de même avec Élisabeth de Genton. La flagellation la mettait dans un état de bacchante en délire. Elle était prise d'une sorte de rage quand, excitée par une flagellation extraordinaire, elle se croyait mariée avec son «idéal». Cet état lui procurait un bonheur si intense qu'elle s'écriait souvent: «O amour! O amour infini! O amour! O créatures, criez donc toutes avec moi: Amour! amour!»

On connaît aussi ce fait, confirmé par Taxil (op. cit., p. 145), que des viveurs se font quelquefois flageller, avant l'acte sexuel, pour exciter leur puissance génitale languissante.

On trouve une confirmation très intéressante de ces faits dans les observations suivantes que nous empruntons au Flagellum salutis de Paullini (1re édition, 1698, réimprimée à Stuttgart, 1847):

«Il y a certaines nations, notamment les Perses et les Russes, chez lesquels, et particulièrement chez les femmes, les coups sont considérés comme une marque particulière d'amour et de faveur. Les femmes russes surtout ne sont contentes et joyeuses que lorsqu'elles ont reçu de bons coups de leurs maris, ainsi que nous l'explique, dans un récit curieux, Jean Barclajus.

«Un Allemand nommé Jordan vint en Moscovie et, comme le pays lui plaisait, il s'y établit et épousa une femme russe qu'il aimait beaucoup et pour laquelle il était gentil en tous points. Mais elle faisait toujours la mine, baissait les yeux, et ne faisait entendre que des plaintes et des gémissements. L'époux voulut savoir pourquoi, car il ne pouvait comprendre ce qu'elle avait. «Eh! dit-elle, vous prétendez m'aimer et vous ne m'en avez encore donné aucune preuve.» Il l'embrassa et la pria de lui pardonner si, par hasard et à son insu, il l'avait offensée: il ne recommencerait plus. «Rien ne me manque, répondit-elle, sauf le fouet qui, selon l'usage de mon pays, est une marque d'amour.» Jordan se le tint pour dit et il se conforma à l'usage. À partir de ce moment cette femme aima éperdument son mari.

«Une pareille histoire nous est racontée aussi par Peter Petreus, d'Erlesund, avec ce détail complémentaire, qu'au lendemain de la noce les hommes ajoutent aux objets indispensables du ménage, un fouet.»

À la page 73 de ce livre curieux, nous lisons encore:

«Le célèbre comte Jean Pic de la Mirandole, assure qu'un de ses amis qui était un gaillard insatiable, était si paresseux et si inhabile aux luttes amoureuses qu'il ne pouvait rien faire avant qu'il n'eût reçu une bonne raclée. Plus il voulait satisfaire son désir, plus il exigeait de coups et de violences puisqu'il ne pouvait avoir de bonheur s'il n'avait été fouetté jusqu'au sang. Dans ce but, il s'était fait faire une cravache spéciale qu'il mettait pendant la journée dans du vinaigre; ensuite il la donnait à sa compagne et la priait à genoux de ne pas frapper à côté, mais de frapper fort, le plus fort possible. C'est, dit le brave comte, le seul homme qui trouve son plaisir dans une torture pareille. Et comme cet homme n'était pas méchant, il reconnaissait et détestait sa faiblesse. Une pareille histoire est mentionnée par Cœlius Rhodigin, à qui l'a empruntée le célèbre jurisconsulte Andréas Tiraquell. À l'époque du célèbre médecin Otto Brunfels, vivait dans la résidence du grand électeur bavarois, à Munich, un bon gas qui, cependant, ne pouvait jamais faire l'amour sans avoir reçu auparavant des coups bien appliqués. M. Thomas Barthelin a connu aussi un Vénitien qu'il fallait échauffer et stimuler à l'acte sexuel par des coups. De même Cupidon entraîne ses fidèles avec une baguette d'hyacinthe. Il y a quelques années, vivait à Lubeck, dans la Muhlstrasse, un marchand de fromages qui, accusé d'adultère devant les autorités, devait être expulsé de la ville. Mais la catin avec laquelle il s'était commis, alla chez les magistrats et demanda grâce pour lui en racontant combien pénibles étaient au coupable ses accouplements. Car il ne pouvait rien faire avant qu'on ne lui eût donné une bonne volée de bois vert. Le gaillard, par honte et de crainte d'être ridiculisé, ne voulait

29

pas l'avouer d'abord, mais, quand on le pressa de questions, il ne sut plus nier. Dans les Pays-Bas réunis, dit-on, il y eut un homme de grande considération qui était affligé de la même maladie et qui était incapable de faire la bagatelle s'il n'avait pas reçu des coups auparavant. Lorsque les autorités en furent informées, cet homme fut non seulement révoqué de ses fonctions mais encore puni comme il le méritait. Un ami, un physicien digne de foi, qui habitait une ville libre de l'Empire allemand, me rapporta, le 14 juillet de l'année passée, comme quoi une femme de mauvaises mœurs, étant à l'hôpital, avait raconté à une de ses camarades qu'un individu l'avait invitée, elle et une autre femme de la même catégorie, à aller avec lui dans la forêt. Lorsqu'elles furent arrivées, le gaillard coupa des verges, exposa son derrière tout nu et ordonna aux femmes de taper dessus, ce qu'elles firent. Ce qu'il a fait ensuite avec les femmes, on peut le deviner facilement. Non seulement des hommes se sont excités à la lubricité par les coups, mais des femmes aussi, afin de jouir davantage. La Romaine se faisait fouetter dans ce but par Lupercus. Car ainsi chante Juvénal:

Steriles moriuntur, et illis
Turgida non prodest condita pyscido Lyde:
Nec prodest agili palmas præbere Luperco.

Il y a, chez la femme ainsi que chez l'homme, d'autres régions et organes érectibles qui peuvent produire l'érection, l'orgasme et même l'éjaculation. Ces «zones érogènes» sont chez la femme, tant qu'elle est virgo, le clitoris, et, après la défloration, le vagin et le col de l'utérus.

Le mamelon surtout semble avoir un effet érogène chez la femme. La titillatio hujus regionis joue un rôle important dans l'Ars erotica. Dans son Anatomie topographique (édition de 1865, p. 552), Hyrtl cite Valentin Hildenbrandt qui avait observé, chez une jeune fille, une anomalie particulière du penchant sexuel, qu'il appelait suctusstupratio. Cette jeune fille s'était laissé téter les mamelons par son galant. Bientôt, en tirant, elle arriva à pouvoir les sucer elle-même, ce qui lui causait les sensations les plus agréables. Hyrtl rappelle, à ce propos, qu'on voit quelquefois des vaches qui tètent leurs propres tétines.

L. Brunn (Zeitg f. Litteratur, etc., d. Hamburger Correspondenten) fait remarquer, dans une étude intéressante sur «La sensualité et l'amour du prochain», avec quel zèle la mère qui nourrit elle-même son nourrisson, s'occupe de faire téter l'enfant. Elle le fait, dit-il, «par amour pour l'être faible, incomplet, impuissant».

Il est tout indiqué de supposer, qu'en dehors des mobiles éthiques dont nous venons de faire mention, que le fait de donner à téter à l'enfant produit peut-être une sensation de plaisir charnel et joue un rôle assez important. Ce qui plaide en faveur de cette hypothèse, c'est une observation de Brunn, observation très juste en elle-même, bien que mal interprétée. Il rappelle que, d'après les observations de Houzeau, chez la plupart des animaux, la tendresse intime entre la mère et l'enfant n'existe que pendant la période de l'allaitement et qu'elle fait place, plus tard, à une indifférence complète.

Le même fait (l'affaiblissement de l'affection pour l'enfant après le sevrage) a été observé par Bastian chez certains peuples sauvages.

30

Dans certains états pathologiques, ainsi que cela ressort de la thèse de doctorat de Chambard, des endroits du corps voisins des mamelles (chez les hystériques) ou des parties génitales peuvent jouer le rôle de zones érogènes.

Chez l'homme, la seule zone érogène, au point de vue physiologique, c'est le gland et peut-être aussi la peau des parties extérieures des organes génitaux. Dans certains cas pathologiques, l'anus peut devenir érogène—cela expliquerait l'automasturbation anale, cas très fréquent, et la pédérastie passive (Comparez Garnier, Anomalies sexuelles, Paris, p. 514, et A. Moll, L'Inversion sexuelle, p. 163).

Le processus psychophysiologique qui forme le sens sexuel, est ainsi composé:

1° Représentations évoquées par le centre ou par la périphérie;

2° Sensations de plaisir qui se rattachent à ces évocations.

Il en résulte le désir de la satisfaction sexuelle (libido sexualis). Ce désir devient plus fort à mesure que l'excitation du cône cérébral, par des images correspondantes et par l'intervention de l'imagination, accentue les sensations de plaisir, et que, par l'excitation du centre d'érection et l'hyperhémie des organes génitaux, ces sensations de plaisir sont poussées jusqu'aux sensations de volupté (sécrétion de liquor prostaticus dans l'urèthre, etc.).

Si les circonstances sont favorables à l'accomplissement de l'acte sexuel et satisfont l'individu, il cédera au penchant qui devient de plus en plus vif. Dans le cas contraire, il se produit des idées qui font cesser le rut, entravent la fonction du centre d'érection et empêchent l'acte sexuel.

Les idées qui arrêtent les désirs sexuels doivent être à la portée de l'homme civilisé, chose importante pour lui. La liberté morale de l'individu dépend, d'une part, de la puissance des désirs et des sentiments organiques qui accompagnent la poussée sexuelle; d'autre part, des idées qui lui opposent un frein.

Ces deux éléments décident si l'individu doit ou non aboutir à la débauche et même au crime. La constitution physique et, en général, les influences organiques exercent une puissante action sur la force des éléments impulsifs; l'éducation et la volonté morale sont les mobiles des idées de résistance.

Les forces impulsives et les forces d'arrêt sont choses variables. L'abus de l'alcool produit à ce sujet une influence néfaste, puisqu'il éveille et augmente le libido sexualis et diminue en même temps la force de résistance morale.

LA COHABITATION21

Note 21:
Comparez Roubaud: Traité de l'impuissance et de la stérilité, Paris, 1878.

La condition fondamentale pour l'homme, c'est une érection suffisante. Anjel fait observer (Archiv für Psychiatrie, VIII, H. 2) avec raison que, dans l'excitation sexuelle, ce n'est pas seulement le centre d'érection qui est excité, mais que l'excitation nerveuse se répand sur tout le système vaso-moteur des nerfs. La preuve en est: la turgescence des organes pendant l'acte sexuel, l'injection des conjunctiva, la proéminence des bulbes, la dilatation des pupilles, les battements du cœur (par paralysie des nerfs vaso-moteurs du cœur qui viennent du sympathique du cou, ce qui produit une dilatation des artères du cœur et ensuite l'hyperhémie et un plus fort ébranlement des ganglions cardiaques). L'acte sexuel va de pair avec une sensation de volupté qui, chez l'homme, est probablement provoquée par le passage du sperme à travers les canaux éjaculateurs dans l'urèthre, effet de l'excitation sensible des parties génitales. La sensation de volupté se produit chez l'homme plus tôt que chez la femme, s'accroît comme une avalanche au moment où l'éjaculation commence et atteint son maximum au moment de l'éjaculation complète, pour disparaître rapidement post ejaculationem.

Chez la femme la sensation de volupté se manifeste plus tard, s'accroît lentement, et subsiste dans la plupart des cas après l'éjaculation.

Le fait le plus décisif dans la cohabitation, c'est l'éjaculation. Cette fonction dépend d'un centre (génito-spinal) dont Budge a démontré l'existence et qu'il a placé à la hauteur de la quatrième vertèbre lombaire. Ce centre est un centre réflexe, il est excité par le sperme qui, à la suite de l'excitation du gland, est poussé par phénomène réflexe hors des vésicules séminales dans la portion membraneuse de l'urèthre. Quand ce passage de la semence, qui a lieu avec une sensation de volupté croissante, représente une quantité suffisante pour agir assez fortement sur le centre d'éjaculation, ce dernier entre en action. La voie motrice du réflexe se trouve dans le quatrième et le cinquième nerf lombaire. L'action consiste dans une agitation convulsive du muscle bulbo-caverneux (innervé par les troisième et quatrième nerfs sacrés) et ainsi le sperme est projeté au dehors.

Chez la femme aussi il se produit un mouvement réflexe quand elle se trouve au maximum de l'agitation sexuelle et voluptueuse. Il commence par l'excitation des nerfs sensibles des parties génitales et consiste en un mouvement péristaltique dans les trompes et l'utérus jusqu'à la portio vaginalis, ce qui fait sortir la glaire tubaire et utérine.

Le centre d'éjaculation peut être paralysé par des influences venant de l'écorce cérébrale (coït à contre-cœur, en général émotions morales, et quelque peu par influence de la volonté).

Dans les conditions normales, l'acte sexuel terminé, l'érection et le libido sexualis disparaissent, et l'excitation psychique et sexuelle fait place à une détente agréable.

III

NEURO-PSYCHOPATHOLOGIE GÉNÉRALE22

Fréquence et importance des symptômes pathologiques.—Tableau des névroses sexuelles.—Irritation du centre d'érection.—Son atrophie.—Arrêts dans le centre d'érection.—Faiblesse et irritabilité du centre.—Les névroses du centre d'éjaculation.—

Névroses cérébrales.—Paradoxie ou instinct sexuel hors de la période normale.—Éveil de l'instinct sexuel dans l'enfance.—Renaissance de cet instinct dans la vieillesse.— Aberration sexuelle chez les vieillards expliquée par l'impuissance et la démence.— Anesthésie sexuelle ou manque d'instinct sexuel.—Anesthésie congénitale; anesthésie acquise.—Hyperesthésie ou exagération morbide de l'instinct.—Causes et particularités de cette anomalie.—Paresthésie du sens sexuel ou perversion de l'instinct sexuel.—Le sadisme.—Essai d'explication du sadisme.—Assassinat par volupté sadique.— Anthropophagie.—Outrages aux cadavres.—Brutalités contre les femmes; la manie de les faire saigner ou de les fouetter.—La manie de souiller les femmes.—Sadisme symbolique.—Autres actes de violence contre les femmes.—Sadisme sur des animaux.— Sadisme sur n'importe quel objet.—Les fouetteurs d'enfants.—Le sadisme de la femme.— La Penthésilée de Kleist.—Le masochisme.—Nature et symptômes du masochisme.— Désir d'être brutalisé ou humilié dans le but de satisfaire le sens sexuel.—La flagellation passive dans ses rapports avec le masochisme.—La fréquence du masochisme et ses divers modes.—Masochisme symbolique.—Masochisme d'imagination.—Jean-Jacques Rousseau.—Le masochisme chez les romanciers et dans les écrits scientifiques.— Masochisme déguisé.—Les fétichistes du soulier et du pied.—Masochisme déguisé ou actes malpropres commis dans le but de s'humilier et de se procurer une satisfaction sexuelle.—Masochisme chez la femme.—Essai d'explication du masochisme.—La servitude sexuelle.—Masochisme et sadisme.—Le fétichisme; explication de son origine.—Cas où le fétiche est une partie du corps féminin.—Le fétichisme de la main.— Les difformités comme fétiches.—Le fétichisme des nattes de cheveux; les coupeurs de nattes.—Le vêtement de la femme comme fétiche.—Amateurs ou voleurs de mouchoirs de femmes.—Les fétichistes du soulier.—Une étoffe comme fétiche.—Les fétichistes de la fourrure, de la soie et du velours.—L'inversion sexuelle.—Comment on contracte cette disposition.—La névrose comme cause de l'inversion sexuelle acquise.—Degrés de la dégénérescence acquise.—Simple inversion du sens sexuel.—Éviration et défémination.— La folie des Scythes.—Les Mujerados.—Les transitions à la métamorphose sexuelle.— Métamorphose sexuelle paranoïque.—L'inversion sexuelle congénitale.—Diverses formes de cette maladie.—Symptômes généraux.—Essai d'explication de cette maladie.— L'hermaphrodisme psychique.—Homosexuels ou uranistes.—Effémination ou viraginité.—Androgynie et gynandrie.—Autres phénomènes de perversion sexuelle chez les individus atteints d'inversion sexuelle.—Diagnostic, pronostic et thérapeutique de l'inversion sexuelle.

Note 22:
Sources: Parent-Duchatelet, Prostitution dans la ville de Paris, 1837.—Rosenbaum, Entstehung der Syphilis, Halle, 1839.—Le même, Die Lustseuche im Alterthum, Halle, 1839.—Descuret, La médecine des passions, Paris, 1860.—Casper, Klin. Novellen, 1863.—Bastian, Der Mensch in der Geschichte.—Friedländer, Sittengeschichte Roms.— Wiedemeister, Cæsarenwahnsinn.—Scherr, Deutsche Kultur und Sittengeschichte, t. I, chap. IX.—Tardieu, Des attentats aux mœurs, 7e édit., 1878.—Emminghaus, Psychopathologie, pp. 98, 225, 230, 232.—Schüle, Handbuch der Geisteskrankheiten, p. 114.—Marc, Die Geisteskrankheiten, trad. par Ideler, II, p. 128.—V. Krafft, Lehrb. d. Psychiatrie, 7e édit., p. 90; Lehrb. d. ger. Psychopathol., 3e édit. p. 279; Archiv f. Psychiatrie, VII, 2.—Moreau, Des aberrations du sens génésique, Paris, 1880.—Kirn, Allg. Zeitschrift f. Psychiatrie, XXXIX, cahiers 2 et 3.—Lombroso, Instinct sexuel et crimes dans leurs rapports (Goltdammers Archiv, t. XXX).—Tarnowsky, Die

Krankhaften Erscheinungen des Geschlechtssinne, Berlin, 1886.—Ball, La Folie érotique, Paris, 1888.—Sérieux, Recherches cliniques sur les anomalies de l'instinct sexuel, Paris, 1888.—Hammond, Sexuelle Impotenz, traduit par Sallinger, Berlin, 1889.

Chez les hommes civilisés de notre époque les fonctions sexuelles se manifestent très souvent d'une manière anormale. Cela s'explique en partie par les nombreux abus génitaux, en partie aussi par ce fait que ces anomalies fonctionnelles sont souvent le signe d'une disposition morbide du système nerveux central, disposition résultant, dans la plupart des cas, de l'hérédité. (Symptômes fonctionnels de dégénérescence.)

Comme les organes de la génération ont une importante corrélation fonctionnelle avec tout le système nerveux, rapports psychiques et somatiques, la fréquence des névroses et psychoses générales dues aux maladies sexuelles (fonctionnelles ou organiques), se comprend facilement.

TABLEAU SCHÉMATIQUE DES NÉVROSES SEXUELLES

I.—NÉVROSES PÉRIPHÉRIQUES

1° SENSITIVES

a, Anesthésie; b, Hyperesthésie; c, Névralgie.

2° SÉCRÉTOIRES

a, Aspermie; b, Polyspermie.

3° MOTRICES

a, Pollutions (spasmes); Spermatorrhée (paralysie).

II.—NÉVROSES SPINALES

1° AFFECTIONS DU CENTRE D'ÉRECTION

a) L'excitation (priapisme) se produit par une action réflexe due à des excitations sensitives périphériques, directement par l'excitation organique des voies de communication du cerveau au centre d'érection (maladies spinales de la partie inférieure de la moelle cervicale et de la partie supérieure de la moelle dorsale) ou du centre lui-même (certains poisons) ou enfin par des excitations psychiques.

Dans ce dernier cas, il y a satyriasis, c'est-à-dire prolongation anormale de l'érection et du libido sexualis. Quand il y a seulement excitation réflexe ou excitation directe organique, le libido peut faire défaut et le priapisme être accompagné d'un sentiment de dégoût.

b) La paralysie provient de la destruction du centre ou des voies de communication (nervi erigentes), dans les maladies de la moelle épinière (impuissance paralytique).

Une forme atténuée de cet état est la diminution de la sensibilité du centre par le surmenage (suite des excès sexuels, surtout onanisme) ou par l'intoxication due à des sels de brome, etc. Cette paralysie peut être accompagnée d'une anesthésie cérébrale, souvent d'une anesthésie des parties génitales externes. Souvent il se produit dans ce cas de l'hyperesthésie cérébrale (libido sexualis accentué, lubricité).

Une forme particulière de l'anesthésie incomplète se produit dans les cas où le centre n'est sensible qu'à certaines excitations spéciales auxquelles il répond par l'érection. Ainsi il y a des hommes chez qui le contact sexuel avec une épouse chaste ne donne pas une excitation suffisante pour amener l'érection, mais chez qui l'érection se produit quand ils viennent à coïter avec une prostituée ou qu'ils accomplissent un acte sexuel contre nature. Les excitations psychiques, en tant qu'elles peuvent venir en compte dans ces cas, peuvent être cependant inadéquates (voir plus bas paresthésie et perversions du sens sexuel).

c) Entraves.—Le centre d'érection peut devenir incapable de fonctionner par suite des influences cérébrales. Ainsi agissent certaines émotions (dégoût, crainte des maladies vénériennes), ou bien la crainte de n'avoir pas la puissance nécessaire[23].

Note 23:
Magnan cite un exemple intéressant dans lequel une obsession de nature non sexuelle peut entrer en jeu (Voir Ann. méd.-psych., 1885). Un étudiant de vingt et un ans, très chargé au point de vue de l'hérédité, autrefois onaniste, a continuellement à lutter contre l'obsession du chiffre 13. Toutes les fois qu'il veut se livrer au coït, cette obsession du chiffre 13 empêche chez lui l'érection et rend l'acte impossible.

Dans le premier cas, rentrent souvent les hommes qui ont pour la femme une aversion invincible, ou qui craignent une infection, ou encore ceux qui sont atteints d'une perversion sexuelle; dans le deuxième cas rentrent les névropathes (neurasthéniques hypocondriaques), souvent aussi des gens dont la puissance génitale est affaiblie (onanistes), des gens qui ont une raison ou croient en avoir une de se méfier de leur puissance génésique.

Cet état psychique agit comme entrave, et rend l'acte sexuel avec une personne de l'autre sexe temporairement ou pour jamais impossible.

d) Débilité sensitive.—Il existe alors une sensibilité anormale avec relâchement rapide de l'énergie du centre. Il peut s'agir d'un dérangement fonctionnel du centre lui-même, ou d'une faiblesse d'innervation des nervi erigentes, ou enfin d'une faiblesse du muscle ischio-caverneux. Avant de passer aux anomalies qui vont suivre, il faut encore faire mention des cas où, par suite d'une éjaculation anormalement hâtive, l'érection est insuffisante.

2° AFFECTIONS DU CENTRE D'ÉJACULATION

a) L'éjaculation anormalement facile est due au manque d'arrêt cérébral qui se manifeste par suite d'une trop grande excitation psychique, ou d'une faiblesse sensitive du centre. Dans ce cas, une simple idée lascive suffit, dans certaines circonstances, pour mettre en action le centre très entaché de neurasthénie spinale, pour la plupart des cas par suite d'abus sexuels. Une troisième possibilité, c'est l'hyperesthésie de l'urèthre: le sperme en sortant provoque une action réflexe immédiate et très vive du centre d'éjaculation. Dans ce cas, la seule approche des parties génitales de la femme peut suffire pour amener l'éjaculation ante portam.

Quand l'hyperesthésie uréthrale intervient causalement, l'éjaculation peut produire un sentiment de douleur au lieu d'un sentiment de volupté. Dans la plupart des cas d'hyperesthésie uréthrale, il y a faiblesse sensitive du centre.

Ces deux troubles fonctionnels sont importants dans l'étiologie de la pollutio nimia et diurna.

La sensation de volupté peut pathologiquement faire défaut. Cela peut se rencontrer chez des hommes ou des femmes héréditairement chargés (anesthésie, aspermie), à la suite de maladies (neurasthénie, hystérie), ou à la suite de surexcitations suivies d'affaissement (chez les mérétrices).

Le degré de l'émotion motrice et psychique qui se manifeste pendant l'acte sexuel dépend de l'intensité de la sensation voluptueuse. Dans certains états pathologiques, cette émotion peut tellement s'accroître que les mouvements du coït prennent un caractère convulsif, soustrait à l'influence de la volonté, et peuvent même se transformer en convulsions générales.

b) Difficulté anormale de l'éjaculation.—Elle est causée par l'insensibilité du centre (absence du libido, atrophie organique du centre par des maladies du cerveau et de la moelle épinière, atrophie fonctionnelle à la suite d'abus sexuels, marasme, diabète, morphinisme). Dans ce cas, l'atrophie du centre est souvent accompagnée de l'anesthésie des parties génitales. Elle peut être aussi la conséquence d'une lésion de l'arc réflexe ou de l'anesthésie périphérique (uréthrale) ou de l'aspermie. L'éjaculation ne se produit pas au cours de l'acte sexuel, ou très tardivement, ou enfin après coup sous forme de pollution.

III.—NÉVROSES CÉRÉBRALES

1° Paradoxie, c'est-à-dire émotions sexuelles produites en dehors de l'époque des processus anatomico-physiologiques dans la zone des parties génitales.

2° Anesthésie (manque de penchant sexuel).—Ici toutes les impulsions organiques données par les parties génitales, de même que toutes les représentations, toutes les impressions optiques, auditives et olfactives, laissent l'individu dans l'indifférence sexuelle. Physiologiquement ce phénomène se produit dans l'enfance et dans la vieillesse.

3° Hyperesthésie (penchant augmenté jusqu'au satyriasis).—Ici, il y a une aspiration anormalement vive pour la vie sexuelle, désir qui est provoqué par des excitations organiques, psychiques et sensorielles. (Acuité anormale du libido, lubricité insatiable.) L'excitation peut être centrale (nymphomanie, satyriasis), périphérique, fonctionnelle, organique.

4° Paresthésie (perversion de l'instinct sexuel), c'est-à-dire excitation du sens sexuel par des objets inadéquats.

Ces anomalies cérébrales tombent dans le domaine de la psychopathologie. Les anomalies spinales et périphériques peuvent se combiner avec celles-ci. Ordinairement elles se rencontrent chez des individus non atteints de maladies mentales. Elles peuvent se présenter sous diverses combinaisons et devenir le mobile de délits sexuels. C'est pour cette raison qu'elles demandent à être traitées à fond dans l'exposé qui va suivre. L'intérêt principal, cependant, doit revenir aux anomalies causées par le cerveau, ces anomalies poussant souvent à des actes pervers et même criminels.

A.—PARADOXIE.—INSTINCT SEXUEL EN DEHORS DE LA PÉRIODE DES PROCESSUS ANATOMICO-PHYSIOLOGIQUES

1° Instinct sexuel dans l'enfance.—Tout médecin neuro-pathologue et tout médecin d'enfants savent que les mouvements de la vie sexuelle peuvent se manifester chez les petits enfants. Il faut citer, à ce propos, les communications très remarquables d'Ultzmann sur la masturbation dans l'enfance24.

Note 24:
Louyer-Villermay rapporte ainsi un cas d'onanisme chez une fille de trois à quatre ans; de même, Moreau (Aberrations du sens génésique, 2e édit., p. 209) parle d'un enfant de deux ans. À consulter Maudsley: Physiologie et Pathologie de l'âme, p. 218; Hirschsprung (Kopenhagen), Berlin. klin. Wochenschrift, 1886, n° 38; Lombroso, L'Uomo delinquente.

Il faut bien distinguer les cas nombreux où, à la suite de phimosis, balanites, oxyures dans l'anus ou dans le vagin, les enfants éprouvent des démangeaisons aux parties génitales, y font des attouchements, en ressentent une sorte de volupté et arrivent ainsi à la masturbation. Il faut bien séparer de tous ces cas ceux où, sans aucune cause périphérique, mais uniquement par des processus cérébraux, l'enfant éprouve des désirs et des penchants sexuels. Dans ces derniers cas seulement il s'agit d'une manifestation précoce de la vie sexuelle. Il est probable qu'on se trouve là en présence d'un phénomène partiel d'un état morbide neuro-psychopathique. Une observation de Marc (Les maladies mentales) nous fournit une preuve frappante de cet état. Le sujet était une fille de huit ans, issue d'une famille très honorable et qui, dénuée de tout sentiment moral, se livrait à la masturbation depuis l'âge de quatre ans. Præterea cum pueris, decem usque duodecim annos natis, stupra fecit. Elle était hantée par l'idée d'assassiner ses parents pour hériter et pour pouvoir s'amuser ensuite avec des hommes.

Dans ces cas de libido précoce, les enfants sont amenés à la masturbation, et, comme ils sont fortement tarés, ils aboutissent souvent à l'idiotie ou aux formes graves des névroses ou psychoses dégénératives.

Lombroso (Archiv. di Psychiatria, IV. p. 22) a recueilli des documents sur des enfants héréditairement tarés. Il parle, entre autres, d'une fille de trois ans qui se masturbait sans cesse et sans vergogne. Une autre fille a commencé à l'âge de huit ans et a continué à s'onaniser après son mariage, surtout pendant la durée de sa grossesse. Elle a accouché douze fois. Cinq de ses enfants sont morts très jeunes; quatre étaient des hydrocéphales, deux (des garçons) se sont livrés à la masturbation, l'un à partir de l'âge de quatre ans, l'autre à partir de l'âge de sept ans.

Zambacco (L'Encéphale, 1882, n° 12) raconte l'histoire abominable de deux sœurs avec précocité et perversion du sens sexuel. L'aînée, R..., se masturbait déjà à l'âge de sept ans, stupra cum pueris faciebat, volait quand elle pouvait le faire, sororem quatuor annorum ad masturbationem illixit, faisait à l'âge de dix ans les actes les plus hideux, ne put pas même être détournée de sa rage par le ferrum candens ad clitoridem; elle se masturba une fois avec la soutane d'un prêtre pendant que celui-ci l'exhortait à s'amender, etc., etc.

2° Réveil du penchant sexuel à l'âge de sénilité.—Il y a des cas rares où l'instinct sexuel se conserve jusqu'à un âge très avancé. «Senectus non quidem annis sed viribus magis æstimatur» (Zittmann). Œsterlen (Maschkas Handbuch, III, p. 18) rapporte même le cas d'un vieillard de quatre-vingt-trois ans qui fut condamné par une cour d'assises wurtembergeoise à trois ans de travaux forcés pour délit contre les mœurs. Malheureusement il ne dit rien du genre du délit ni de l'état psychique de l'accusé.

Les manifestations de l'instinct sexuel à un âge très avancé ne constituent pas, par elles-mêmes, un cas pathologique. Mais il faut nécessairement admettre des conditions pathologiques quand l'individu est usé (décrépitude), quand sa vie sexuelle est déjà éteinte depuis longtemps, et quand, chez un homme dont autrefois peut-être les besoins sexuels n'étaient pas très forts, l'instinct se manifeste avec une grande puissance et demande à être satisfait impérieusement, souvent même se pervertit.

Dans de pareils cas, le bon sens fera soupçonner l'existence de conditions pathologiques. La science médicale a bien établi qu'un penchant de ce genre est basé sur des changements morbides dans le cerveau, altérations qui peuvent mener à l'idiotie sénile (gagaïsme, gâtisme).

Ce phénomène morbide de la vie sexuelle peut être le précurseur de la démence sénile et se présente longtemps avant qu'il existe des faits manifestes de faiblesse intellectuelle. L'observateur attentif et expérimenté pourra toujours démontrer, même dans cette phase prodromique, un changement de caractère in pejus et un affaiblissement du sens moral qui va de pair avec cet étrange réveil sexuel. Le libido de l'homme qui est sur le point de tomber en démence sénile, se manifeste au début par des paroles et des gestes lascifs. Les enfants sont les premiers attaqués par ces vieillards cyniques, qui sont en train de verser dans l'atrophie cérébrale, et dans la dégénérescence psychique. Les occasions plus faciles d'aborder les enfants, et aussi la conscience d'une puissance défectueuse, peuvent expliquer ce fait attristant; une puissance génésique défectueuse et un sens moral très abaissé expliquent encore pourquoi les actes sexuels de ces vieillards sont toujours pervers. Ce sont des équivalents de l'acte physiologique dont ils ne sont plus capables. Comme tels, les annales de la médecine légale enregistrent l'exhibition des parties génitales (voir Lasègue: Les exhibitionnistes. Union médicale, 1871, 1er mai), l'attouchement voluptueux des parties génitales des enfants (Legrand du Saulle, La folie devant les tribunaux, p. 30), l'excitation des enfants à la masturbation du séducteur, l'onanisation de la victime (Hirn, Maschkas Handbuch d. ger. Med., p. 373), la flagellation des enfants.

Dans cette phase, l'intelligence du vieillard peut encore être assez conservée pour qu'il cherche à éviter l'éclat et les révélations, tandis que son sens moral a trop baissé pour qu'il puisse juger de la moralité de l'acte et pour qu'il puisse résister à son penchant. Avec l'apparition de la démence, ces actes deviennent de plus en plus éhontés. Alors la préoccupation d'impuissance disparaît et le malade recherche des adultes; mais sa puissance génésique défectueuse le réduit à se contenter des équivalents du coït. Dans ce cas, le vieillard est souvent amené à la sodomie, et alors, comme le fait remarquer Tarnoswsky (op. cit., p. 77), dans l'acte sexuel avec des oies, des poules, etc., l'aspect de l'animal mourant, ses mouvements convulsifs procurent une satisfaction complète au malade. Les actes sexuels pervers accomplis sur des adultes sont aussi abominables et aussi psychologiquement compréhensibles d'après les faits que nous venons de mentionner.

L'observation 49 de mon traité de Psychopathologie légale nous montre combien le désir sexuel peut devenir intense au cours de la dementia senilis quum senex libidinosus germanam suam filiam æmulatione motus necaret et adspectu pectoris cæsi puellæ moribundæ delectaretur.

Dans le cours de cette maladie, des délires érotiques peuvent se produire avec épisodes maniaques ou sans ces épisodes, ainsi que cela ressort du fait suivant.

Observation 1.—J. René s'est adonné de tout temps aux plaisirs sexuels, mais en gardant le décorum. Il a, depuis l'âge de soixante-seize ans, montré un affaiblissement graduel de ses facultés mentales en même temps qu'une augmentation progressive dans la perversion du sens moral. Autrefois avare et de très bonne tenue, consumpsit bona sua cum meretricibus, lupanaria frequentabat, ab omni femina in via occurrente, ut uxor fiat sua voluit, aut ut coitum concederet, et il a tellement offensé les mœurs publiques, qu'il a fallu l'interner dans une maison d'aliénés. Là, son excitation sexuelle se surexcita et devint un état de véritable satyriasis qui dura jusqu'à sa mort. Il se masturbait sans cesse, même en public, divaguait sur des idées obscènes; il prenait les hommes de son entourage pour des femmes et les poursuivait de ses sales propositions (Legrand du Saulle, La Folie, p. 533).

Un pareil état d'excitation sexuelle exagérée (nymphomanie, furor uterinus) peut se produire chez des femmes tombées en dementia senilis, bien qu'elles aient été auparavant des femmes très convenables.

Il ressort de la lecture de Schopenhauer (Le monde comme volonté et comme représentation, 1859, t. II, p. 461) que, dans la dementia senilis, le penchant morbide et pervers peut se porter exclusivement vers les personnes du sexe du malade (voir plus loin). La manière de satisfaire ce penchant est, dans ce cas, la pédérastie passive ou la masturbation mutuelle, comme je l'ai constaté dans le cas suivant.

Observation 2.—M. X..., quatre-vingts ans, d'une haute position sociale, issu d'une famille tarée, cynique, a toujours eu de grands besoins sexuels. Selon son propre aveu, il préférait, étant encore jeune homme, la masturbation au coït. Il eut des maîtresses, fit à l'une d'elles un enfant, se maria par amour à l'âge de quarante-huit ans et fit encore six enfants; durant la période de sa vie conjugale, il ne donna jamais à son épouse aucun motif de se plaindre. Je ne pus avoir que des détails incomplets sur sa famille. Il est cependant établi que son frère était soupçonné d'amour homosexuel et qu'un de ses neveux est devenu fou à la suite d'excès de masturbation. Depuis des années, le caractère du patient qui était bizarre et sujet à des explosions violentes de colère, est devenu de plus en plus excentrique. Il est devenu méfiant et la moindre contrariété dans ses désirs le met dans un état qui peut provoquer des accès de rage pendant lesquels il lève même la main sur son épouse.

Depuis un an on a remarqué chez lui des symptômes nets de dementia senilis incipiens. La mémoire s'est affaiblie; il se trompe sur les faits du passé et parfois ne sait plus s'y reconnaître. Depuis quatorze mois, on constate chez ce vieillard de véritables explosions d'amour pour certains de ses domestiques hommes, particulièrement pour un garçon jardinier. D'habitude tranchant et hautain envers ses subalternes, il comble ce favori de faveurs et de cadeaux, et ordonne à sa famille ainsi qu'aux employés de sa maison de montrer la plus grande déférence à ce garçon. Il attend, dans un état de véritable rut, les heures de rendez-vous. Il éloigne de la maison sa famille pour pouvoir rester seul et sans gêne avec son favori; il s'enferme avec lui pendant des heures entières et, quand les portes se rouvrent, on trouve le vieillard tout épuisé, couché sur son lit. En dehors de cet amant, ce vieillard a encore périodiquement des rapports avec d'autres domestiques mâles. Hoc constat amatos eum ad se trahere, ab iis oscula concupiscere, genitalia sua tangi jubere itaque masturbationem mutuam fieri. Ces manies produisent chez lui une véritable démoralisation. Il n'a plus conscience de la perversité de ses actes sexuels, de sorte que son honorable famille est désolée et n'a d'autre recours que de le mettre sous tutelle, de le placer dans une maison de santé. On n'a pu constater chez lui d'excitation érotique pour l'autre sexe, bien qu'il partage encore avec sa femme la chambre à coucher commune. En ce qui concerne la sexualité pervertie et le complet affaissement du sens moral de ce malheureux, il est à remarquer, comme fait curieux, qu'il questionne les servantes de sa belle-fille pour savoir si cette dernière n'a pas d'amant.

B.—ANESTHÉSIE (MANQUE DE PENCHANT SEXUEL)

1° Comme anomalie congénitale.—On ne peut considérer comme exemples incontestables d'absence du sens sexuel, occasionnée par des causes cérébrales, que les cas dans lesquels, malgré le développement et le fonctionnement normal des parties génitales (production du sperme, menstruation), tout penchant pour la vie sexuelle manque absolument ou a manqué de tout temps. Ces individus sans sexe, au point de vue fonctionnel, sont très rares. Ce sont des êtres dégénérés chez lesquels on peut rencontrer des troubles cérébraux fonctionnels, des symptômes de dégénérescence psychique et même des stigmates de dégénérescence anatomique. Legrand du Saulle cite un cas classique et qui rentre dans cette catégorie (Annales médico-psychol., 1876, mai.)

Observation 3.—D..., trente-trois ans, né d'une mère atteinte de la monomanie de la persécution. Le père de cette femme était également atteint de la monomanie de la persécution et finit par le suicide. La mère était folle, et la mère de celle-ci a été prise de folie puerpérale. Trois frères du malade sont morts en bas âge, un autre survivant était

40

d'un caractère anormal. D... était déjà, à l'âge de treize ans, hanté par l'idée qu'il deviendrait fou. À l'âge de quatorze ans, il fit une tentative de suicide.

Plus tard, vagabondage; comme soldat, fréquents actes d'insubordination et folies.

Il était d'une intelligence bornée, ne présentait aucun symptôme de dégénérescence, avait les parties génitales normales, et eut, à l'âge de dix-sept ou dix-huit ans, des écoulements de sperme. Il ne s'est jamais masturbé, n'a jamais eu de sentiments sexuels et n'a jamais désiré avoir des rapports avec les femmes.

Observation 4.—P..., trente-six ans, journalier, a été reçu au commencement du mois de novembre dans ma clinique pour une paralysie spinale spasmodique. Il prétend être issu d'une famille bien portante. Depuis l'enfance il est bègue. Le crâne est microcéphale. Le malade est un peu niais. Il n'a jamais été sociable et n'a jamais eu de penchants sexuels. L'aspect d'une femme ne lui dit rien. Jamais il ne s'est manifesté chez lui de penchant pour la masturbation. Il a des érections fréquentes, mais seulement le matin, à l'heure du réveil, lorsque la vessie est pleine; il n'y a pas trace d'excitation sexuelle. Les pollutions chez lui sont très rares pendant son sommeil, environ une fois par an, et alors il rêve qu'il a affaire à des femmes. Mais ces rêves n'ont pas un caractère érotique bien net. Il prétend ne pas éprouver de sensation de volupté proprement dite au moment de la pollution. Il affirme que son frère, âgé de trente-quatre ans, est, au point de vue sexuel, constitué comme lui; quant à sa sœur, il la croit dans le même cas. Un frère cadet, dit-il, est d'une sexualité normale. L'examen des parties génitales du malade n'a pas permis de constater aucune anomalie, sauf un phimosis.

Hammond (Impuissance sexuelle, Berlin, 1889), ne peut citer parmi ses nombreuses observations que les trois cas suivants d'anæsthesia sexualis:

Observation 5.—W..., trente-trois ans, vigoureux, bien portant, avec des parties génitales normales, n'a jamais éprouvé de libido et a en vain essayé d'éveiller son sens sexuel absent par des lectures obscènes et des relations avec des mérétrices.

Ces tentatives ne lui causaient qu'un dégoût allant jusqu'à la nausée, de l'épuisement nerveux et physique; et même, lorsqu'il força la situation, il ne put qu'une seule fois arriver à une érection bien passagère. W... ne s'est jamais masturbé; depuis l'âge de dix-sept ans, il a eu une pollution tous les deux mois. Des intérêts importants exigeaient qu'il se mariât. Il n'avait pas l'horror feminæ, désirait vivement avoir un foyer et une femme, mais il se sentait incapable d'accomplir l'acte sexuel, et il est mort célibataire pendant la guerre civile de l'Amérique du Nord.

Observation 6.—X..., vingt-sept ans, avec des parties génitales normales, n'a jamais éprouvé de libido. L'érection ne peut avoir lieu par des excitations mécaniques ni par la chaleur; mais, au lieu du libido, il se produit alors chez lui un penchant aux excès alcooliques. Par contre, ces derniers provoquaient des érections spontanées et, dans ces moments, il se masturbait parfois. Il avait de l'aversion pour les femmes et le coït lui causait du dégoût.

S'il en essayait lorsqu'il était en érection, celle-ci cessait immédiatement. Il est mort dans le coma, par suite d'un accès d'hyperhémie du cerveau.

Observation 7.—Mme O..., d'une constitution normale, bien portante, bien réglée, âgée de trente-cinq ans, mariée depuis quinze ans, n'a jamais éprouvé de libido, et n'a jamais ressenti de sensation érotique dans le commerce sexuel avec son mari. Elle n'avait pas d'aversion pour le coït, et il paraît que parfois elle le trouvait agréable, mais elle n'avait jamais le désir de répéter la cohabitation.

À côté de ces cas de pure anesthésie, nous devons rappeler aussi ceux où, comme dans les précédents, le côté psychique de la vita sexualis présente une page blanche dans la biographie de l'individu, mais où de temps en temps des sentiments sexuels rudimentaires se manifestent au moins par la masturbation. (Comparez le cas transitoire, observation 6.) D'après la subdivision établie par Magnan, classification intelligente mais non rigoureusement exacte et d'ailleurs trop dogmatique, la vie sexuelle serait, dans ce cas, limitée dans la zone spinale. Il est possible que, dans certains de ces cas, il existe néanmoins virtuellement un coté psychique de la vita sexualis, mais il a des bases faibles et se perd par la masturbation avant de pouvoir prendre racine pour se développer ultérieurement.

Ainsi s'expliqueraient les cas intermédiaires entre l'anesthésie sexuelle (psychique) congénitale et l'anesthésie acquise. Celle-ci menace nombre de masturbateurs tarés. Au point de vue psychologique, il est intéressant de constater que, lorsque la vie sexuelle se dessèche trop vite, il se produit aussi une défectuosité éthique.

Comme exemples remarquables, citons les deux faits suivants que j'ai déjà cités autrefois dans l'Archiv für Psychiatrie:

Observation 8.—F... J..., dix-neuf ans, étudiant, est né d'une mère nerveuse dont la sœur était épileptique. À l'âge de quatre ans, affection aiguë du cerveau qui a duré quinze jours. Enfant, il n'avait pas de cœur; froid pour ses parents; comme élève, il était étrange, renfermé, s'isolait, toujours cherchant et lisant. Bien doué pour l'étude. À partir de l'âge de quinze ans, il s'est livré à la masturbation. Depuis sa puberté, il a un caractère excentrique, hésite continuellement entre l'enthousiasme religieux et le matérialisme, étudie la théologie et les sciences naturelles. À l'Université, ses camarades le considéraient comme un toqué. Il lisait alors exclusivement Jean-Paul et faisait l'école buissonnière. Manque absolu de sentiments sexuels pour l'autre sexe. S'est laissé une fois entraîner au coït, mais n'y a éprouvé aucun plaisir sexuel, a trouvé que le coït est une ineptie et n'a jamais essayé d'y revenir. Sans aucun motif sérieux, l'idée de suicide lui est venue souvent; il en a fait le sujet d'une thèse philosophique dans laquelle il déclare que le suicide ainsi que la masturbation sont des actes très utiles. Après des études préliminaires répétées sur l'effet des poisons qu'il essayait sur lui-même, il a tenté de se suicider avec 57 grammes d'opium; mais il guérit et on le transporta dans un asile d'aliénés.

Le malade est dépourvu de tout sentiment moral et social. Ses écrits dénotent une banalité et une frivolité incroyables. Il possède de vastes connaissances, mais sa logique est tout à fait étrange et biscornue. Il n'y a pas trace de sentiments affectifs. Avec une ironie et une indifférence de blasé sans pareil, il raille tout, même les choses les plus

42

sublimes. Avec des sophismes et de fausses conclusions philosophiques, il plaide la légitimité du suicide, dont il a l'intention d'user, comme un autre accomplirait une affaire des plus ordinaires. Il regrette qu'on lui ait enlevé son canif. Sans cela, il aurait pu, comme Sénèque, s'ouvrir les veines pendant qu'il était au bain. Un ami lui donna dernièrement un purgatif au lieu d'un poison qu'il avait demandé. Il dit, en faisant un calembour, que cette drogue l'avait mené aux cabinets au lieu de le mener dans l'autre monde. Seul le grand opérateur, armé de la faux du trépas, pourrait lui couper sa «vieille idée folle et dangereuse», etc.

Le malade a le crâne volumineux, de forme rhomboïde, et déformé; la partie gauche du front est plus plate que la partie droite. L'occiput est très droit. Les oreilles sont très écartées et fortement décollées; l'orifice extérieur de l'oreille forme une fente étroite. Les parties génitales sont flasques, les testicules très mous et très petits.

Quelquefois le malade se plaint d'être possédé de la manie du doute. Il est forcé de creuser les problèmes les plus inutiles, hanté par une obsession qui dure des heures entières, qui lui est pénible et qui le fatigue outre mesure. Il se sent alors tellement exténué, qu'il n'est plus capable de concevoir aucune idée juste.

Au bout d'un an, le malade a été renvoyé de l'asile comme incurable. Rentré chez lui, il passait son temps à lire et à pleurer, s'occupait de l'idée de fonder un nouveau christianisme parce que, dit-il, le Christ était atteint de la monomanie des grandeurs et avait dupé le monde avec des miracles (!).

Après un séjour d'un an chez son père, une excitation psychique s'étant subitement produite, il fut de nouveau interné dans l'asile. Il présentait un mélange de délire initial, de délire de persécution (diable, antéchrist, se croit persécuté, monomanie de l'empoisonnement, voix qui le persécutent) et de monomanie des grandeurs (se croit le Christ, le Rédempteur de l'univers). En même temps ses actes étaient impulsifs et incohérents. Au bout de cinq mois, cette maladie mentale intercurrente disparaissait, et le malade revenait à son état d'incohérence intellectuelle primitive et de défectuosité morale.

Observation 9.—E..., trente ans, ouvrier peintre sans place, a été pris en flagrant délit: il voulait couper le scrotum d'un garçon qu'il avait attiré dans un bois. Il donna comme motif qu'il voulait détruire cette partie du corps, pour que le monde ne se peuple pas davantage. Dans son enfance, disait-il, il s'était, pour la même raison, fait des coupures aux parties génitales. Son arbre généalogique ne peut pas être établi. Dès son enfance, E... était un anormal au point de vue intellectuel; il rêvassait, n'était jamais gai; facile à exciter, emporté, il allait toujours méditant; c'était un faible d'esprit. Il détestait les femmes, aimait la solitude, et lisait beaucoup. Quelquefois il riait en lui-même et faisait des bêtises. Dans ces dernières années, sa haine des femmes s'est accentuée; il en veut surtout aux femmes enceintes par qui, dit-il, la misère s'augmente dans le monde. Il déteste aussi les enfants, maudit celui qui lui a donné la vie; il a des idées communistes, s'emporte contre les riches et les prêtres, contre Dieu qui l'a fait naître si pauvre. Il déclare qu'il vaudrait mieux châtrer les enfants que d'en faire de nouveaux qui seront condamnés à la pauvreté et à la misère. Ce fut toujours son idée, et, à l'âge de quinze ans déjà, il avait essayé de s'émasculer pour ne pas contribuer au malheur et à l'augmentation du nombre des hommes. Il méprise le sexe féminin qui contribue à augmenter la population. Deux fois seulement, dans sa vie, il s'est fait manustuprer par des femmes; sauf cet incident il n'a jamais eu affaire avec elles. Il a, de temps en temps, des désirs sexuels, c'est vrai, mais jamais le désir de leur donner une satisfaction naturelle.

E... est un homme vigoureux et bien musclé. La constitution de ses parties génitales n'accuse rien d'anormal. Sur le scrotum et sur le pénis on trouve de nombreuses cicatrices de coupures, traces d'anciennes tentatives d'émasculation. Il prétend que la douleur l'a empêché d'exécuter complètement son projet. À la jointure du genou droit il existe un genu valgum. On n'a pu noter aucun symptôme d'onanisme. Il est d'un caractère sombre, entêté et emporté. Les sentiments sociaux lui sont absolument étrangers. En dehors de l'insomnie et de maux de tête fréquents, il n'y a pas chez lui de troubles fonctionnels.

Il faut distinguer ces cas cérébraux de ceux où l'absence ou bien l'atrophie des organes de la génération constituent la cause de l'impotence fonctionnelle, ainsi que cela se voit chez les hermaphrodites, les idiots et les crétins.

Un cas de ce genre se trouve mentionné dans le livre de Maschka.

Observation 10.—La plaignante demande le divorce à cause de l'impuissance de son mari qui n'a encore jamais accompli avec elle l'acte sexuel. Elle a trente et un ans et elle est vierge. L'homme est un peu faible d'esprit; au physique il est fort; les parties génitales extérieures sont bien constituées. Il prétend n'avoir jamais eu d'érection complète ni d'éjaculation, et il dit que les rapports avec les femmes le laissent absolument indifférent.

L'aspermie seule ne peut pas être une cause d'anesthésie sexuelle; car, d'après les expériences d'Ullzmann25, même dans le cas d'aspermie congénitale, la vita sexualis et la puissance génésique peuvent se produire d'une façon tout à fait satisfaisante. C'est une nouvelle preuve que l'absence du libido ab origine ne doit pas être attribuée qu'à des causes cérébrales.

Note 25:
Ueber männliche Sterilität (Wiener med. Presse, 1875, n° 1); Ueber potentia cœundi et generandi (Wiener Klinik, 1885, Heft 1, S. 5).

Les naturæ frigidæ de Zacchias représentent une forme atténuée de l'anesthésie. On les rencontre plus souvent chez les femmes que chez les hommes. Peu de penchant pour les rapports sexuels et même aversion manifeste, bien entendu sans avoir un autre équivalent sexuel, absence de toute émotion psychique ou voluptueuse pendant le coït qu'on accorde simplement par devoir, voilà les symptômes de cette anomalie de laquelle j'ai souvent entendu des maris se plaindre devant moi. Dans de pareils cas, il s'agissait toujours de femmes névropathiques ab origine. Certaines d'entre elles étaient en même temps hystériques.

2° Anesthésie acquise.—La diminution acquise du penchant sexuel ainsi que l'extinction de ce sentiment, peut être attribuée à diverses causes.

Celles-ci peuvent être organiques ou fonctionnelles, psychiques ou somatiques, centrales ou périphériques.

44

À mesure qu'on avance en âge, il se produit physiologiquement une diminution du libido; de même, immédiatement après l'acte sexuel, il y a disparition temporaire du libido.

Les différences en ce qui concerne la durée de la conservation du penchant sexuel sont très grandes et variables selon la nature de chaque individu. L'éducation et le genre de vie ont une grande influence sur l'intensité de la vita sexualis.

Les occupations qui fatiguent l'esprit (études approfondies), le surmenage physique, l'abstinence, les chagrins, la continence sexuelle sont sûrement nuisibles à l'entretien du penchant sexuel.

L'abstinence agit d'abord comme stimulant. Tôt ou tard, selon la constitution physique, l'activité des organes génitaux se relâche et en même temps le libido s'affaiblit.

En tout cas, il y a chez l'individu sexuellement mûr, une corrélation intime entre le fonctionnement de ses glandes génésiques et le degré de son libido. Mais le premier n'est pas toujours décisif, ainsi que nous le démontre ce fait que des femmes sensuelles, même après la ménopause, continuent leurs rapports sexuels et peuvent présenter des phases d'excitation sexuelle, mais d'origine cérébrale.

On peut aussi, chez les eunuques, voir le libido subsister longtemps encore après que la production du sperme a cessé.

D'autre part, l'expérience nous apprend que le libido a pour condition essentielle la fonction des glandes génésiques, et que les faits que nous venons de citer ne constituent que des phénomènes exceptionnels. Comme causes périphériques de la diminution du libido ou de sa disparition, on peut admettre la castration, la dégénérescence des glandes génésiques, le marasme, les excès sexuels sous forme de coït et de masturbation, l'alcoolisme. De même, on peut expliquer la disparition du libido dans le cas de troubles généraux de la nutrition (diabète, morphinisme etc.)

Enfin nous devons encore faire mention de l'atrophie des testicules qu'on a quelquefois constatée à la suite des maladies des centres cérébraux (cervelet).

Une diminution de la vita sexualis due à la dégénérescence des nerfs et du centre génito-spinal, se produit dans les cas de maladies du cerveau et de la moelle épinière. Une lésion d'origine centrale atteignant l'instinct sexuel peut être produite organiquement par une maladie de l'écorce cérébrale (dementia paralytica à l'état avancé), fonctionnellement par l'hystérie (anesthésie centrale), et par la mélancolie ou l'hypocondrie.

C.—HYPERESTHÉSIE (EXALTATION MORBIDE DE L'INSTINCT SEXUEL)

La pathologie se trouve en présence d'une grande difficulté quand elle doit, même dans un cas isolé, dire si le désir de la satisfaction sexuelle a atteint un degré pathologique. Emminghaus (Psychopathologie, p. 225) considère comme évidemment morbide le retour du désir immédiatement après la satisfaction sexuelle, surtout si ce désir captive toute

45

l'attention de l'individu; il porte le même jugement quand le libido se réveille à l'aspect de personnes et d'objets qui en eux-mêmes n'offrent aucun intérêt sexuel. En général, l'instinct sexuel et le besoin correspondant sont proportionnés à la force physique et à l'âge.

À partir de l'époque de la puberté, l'instinct sexuel monte rapidement à une intensité considérable; il est très puissant entre 20 et 40 ans, il diminue ensuite lentement. La vie conjugale paraît conserver et régler l'instinct.

Les changements répétés d'objet dans la satisfaction sexuelle augmentent les désirs. Comme la femme a moins de besoins sexuels que l'homme, une augmentation de ces besoins chez elle doit toujours faire supposer un cas pathologique, surtout quand ils se manifestent par l'amour de la toilette, par la coquetterie ou même par l'andromanie, et font dépasser les limites tracées par les convenances et les bonnes mœurs.

Dans les deux sexes, la constitution physique joue un rôle important. Souvent une constitution névropathique s'accompagne d'une augmentation morbide du besoin sexuel; des individus atteints de cette défectuosité souffrent pendant une grande partie de leur existence et portent péniblement le poids de cette anomalie constitutionnelle de leur instinct. Par moments la puissance de l'instinct sexuel peut acquérir chez eux l'importance d'une mise en demeure organique et compromettre sérieusement leur libre arbitre. La non-satisfaction du penchant peut alors amener un véritable rut ou un état psychique plein d'angoisse, état dans lequel l'individu succombe à son instinct: alors sa responsabilité devient douteuse.

Si l'individu ne succombe pas à la violence de son penchant, il court risque d'amener, par une abstinence forcée, son système nerveux à la neurasthénie ou d'augmenter gravement une neurasthénie déjà existante.

Même chez les individus d'une organisation normale, l'instinct sexuel n'est pas une quantité constante. À part l'indifférence temporaire qui suit la satisfaction, l'apaisement de l'instinct par une abstinence prolongée qui a pu surmonter heureusement certaines phases de réaction du désir sexuel, exerce une grande influence sur la vita sexualis; il en est de même du genre de vie.

Les habitants des grandes villes qui sont sans cesse ramenés aux choses sexuelles et excités aux jouissances ont assurément de plus grands besoins génésiques que les campagnards. Une vie sédentaire, luxueuse, pleine d'excès, une nourriture animale, la consommation de l'alcool, des épices, etc., ont un effet stimulant sur la vie sexuelle.

Chez la femme, le désir augmente après la menstruation. Chez les femmes névropathiques l'excitation, à cette période, peut atteindre à un degré pathologique.

Un fait très remarquable, c'est le grand libido des phtisiques. Hoffmann rapporte le cas d'un paysan phtisique qui, la veille de sa mort, avait encore satisfait sa femme.

Les actes sexuels sont: le coït (éventuellement le viol), faute de mieux, la masturbation, et, lorsqu'il y a défectuosité du sens moral, la pédérastie et la bestialité. Si, à côté d'un instinct sexuel démesuré, la puissance a baissé ou même s'est éteinte, alors toutes sortes d'actes de perversité sexuelle sont possibles.

Le libido excessif peut être provoqué par une cause périphérique ou centrale. Il peut avoir pour cause le prurit des parties génitales, l'eczéma, ainsi que l'action de certaines drogues qui stimulent le désir sexuel, comme par exemple les cantharides.

Chez les femmes, il y a souvent, au moment de la ménopause, une excitation sexuelle occasionnée par le prurit; mais souvent ce fait se produit lorsqu'elles sont tarées au point de vue nerveux. Magnan (Annales médico-psychol., 1885) rapporte le cas d'une dame qui avait les matins de terribles accès d'erethismus genitalis, et celui d'un homme de cinquante-cinq ans qui, pendant la nuit, était torturé par un priapisme insupportable. Dans les deux cas il y avait nervosisme.

Une excitation sexuelle d'origine centrale se produit souvent chez des individus tarés, comme les hystériques, et dans les états d'exaltation psychique26.

Note 26:
Pour les individus chez lesquels l'hyperesthésie sexuelle très avancée va de pair avec la faiblesse sensitive et acquise de l'appareil sexuel, il peut même arriver qu'au seul aspect de femmes désirables, le mécanisme non seulement de l'érection, mais même celui de l'éjaculation soit mis en action sans qu'il y ait une excitation périphérique des parties génitales. Le mouvement part alors du centre psychosexuel. Il suffit à ces individus de se trouver en face d'une femme, soit dans un wagon de chemin de fer, soit dans un salon ou ailleurs: ils se mettent psychiquement en relation sexuelle et arrivent à l'orgasme et à l'éjaculation.

Hammond (op. cit., p. 40) décrit une série de malades semblables qu'il a traités pour de l'impuissance acquise. Il rapporte que ces individus, pour désigner leur procédé, se servent de l'expression de «coït idéal». A. Moll, de Berlin, m'a communiqué un cas tout à fait analogue. À Berlin aussi on se servait de la même expression.

Quand l'écorce cérébrale et le centre psychosexuel se trouvent dans un état d'hyperesthésie (sensibilité anormale de l'imagination, facilité des associations d'idées), non seulement les sensations visuelles et tactiles, mais encore les sensations auditives et olfactives peuvent suffire pour évoquer des idées lascives.

Magnan (op. cit.) rapporte le cas d'une demoiselle qui, dès sa nubilité, eut des désirs sexuels toujours croissants et qui, pour les satisfaire, se livrait à la masturbation. Par la suite, cette dame éprouvait, à l'aspect de n'importe quel homme, une violente émotion sexuelle, et, comme alors elle ne pouvait pas répondre d'elle, elle se renfermait dans sa chambre où elle restait jusqu'à ce que l'orage fût passé. Finalement elle se livrait à tout venant pour calmer les désirs violents qui la faisaient souffrir. Mais ni le coït, ni l'onanisme ne lui procuraient le soulagement désiré, et elle fut internée dans un asile d'aliénés.

On peut citer encore le cas d'une mère de cinq enfants qui, se sentant malheureuse à cause de la violence de ses désirs sexuels, fit plusieurs tentatives de suicide et demanda plus tard à être admise dans une maison de santé. Là son état s'améliora, mais elle n'osait plus quitter l'asile.

On trouve plusieurs cas bien caractéristiques concernant des individus des deux sexes, dans l'ouvrage de l'auteur de Ueber gewisse Anomalien des Geschlechtstriebs, Observations 6 et 7 (Archiv für Psychiatrie, VII, 2.)

En voici deux.

Observation 11.—Le 7 juillet 1874, dans l'après-midi, l'ingénieur Clemens qui se rendait pour affaires de Trieste à Vienne, quitta le train à la station de Bruck, et, traversant la ville, vint dans la commune de Saint-Ruprecht, située près de Bruck, où il fit une tentative de viol sur une femme de soixante-dix ans restée seule à la maison. Il fut pris par les habitants du village et arrêté par les autorités locales. Interrogé, il prétendit qu'il avait voulu chercher l'établissement de voirie pour assouvir sur une chienne son instinct sexuel surexcité. Il souffre souvent de pareils accès de surexcitation. Il ne nie pas son acte, mais il l'excuse par sa maladie. La chaleur, le cahot du wagon, le souci de sa famille qu'il voulait rejoindre, lui ont complètement troublé les sens et l'ont rendu malade. Il ne manifeste ni honte, ni repentir. Son attitude était franche; il avait l'air calme; les yeux étaient rouges, brillants; la tête chaude, la langue blanche, le pouls plein, mou, battant plus de 100 pulsations, les doigts un peu tremblants.

Les déclarations de l'accusé sont précises, mais précipitées; son regard est fuyant, avec l'expression manifeste de la lubricité. Le médecin légiste, qui avait été appelé, a été frappé de son état pathologique, comme si l'accusé eût été au début du délire alcoolique.

Clemens a quarante-cinq ans, est marié, père d'un enfant. Les conditions de santé de ses parents et des autres membres de sa famille lui sont inconnues. Dans son enfance, il était faible, névropathe. À l'âge de cinq ans il a eu une lésion à la tête à la suite d'un coup de houe. Il porte encore sur l'os de l'occiput droit et sur l'os frontal droit une cicatrice longue d'un pouce et large d'un demi-pouce. L'os est un peu enfoncé. La peau qui le recouvre est adhérente à l'os.

La pression sur cet endroit lui cause une douleur qui s'irradie dans la branche inférieure du trijumeau. Souvent même il s'y produit spontanément des douleurs. Dans sa jeunesse, il avait souvent des syncopes. Avant l'âge de puberté, pneumonie rhumatismale et inflammation d'intestins. Dès l'âge de sept ans, il éprouvait une sympathie étrange pour les hommes, notamment pour un colonel. À l'aspect de cet homme, il sentait comme un coup de poignard dans son cœur; il embrassait le sol où le colonel avait mis le pied. À l'âge de dix ans, il tomba amoureux d'un député du Reichstag. Plus tard encore, il s'enflammait pour des hommes, mais cet enthousiasme était purement platonique. À partir de quatorze ans, il se masturbait. À l'âge de dix-sept ans, il avait ses premiers rapports avec des femmes. Avec l'habitude du coït normal disparurent les anciens phénomènes d'inversion sexuelle. Dans sa jeunesse il se trouvait dans un état particulier de psychopathie aiguë qu'il désigne lui-même comme une «sorte de clairvoyance». À partir de l'âge de quinze ans, il souffrit d'hémorroïdes avec symptômes de plethora abdominalis. Après l'abondante hémorragie hémorroïdale qu'il avait régulièrement toutes les trois ou quatre semaines, il se sentait mieux. En outre il était toujours en proie à une pénible excitation sexuelle qu'il soulageait tantôt par l'onanisme, tantôt par le coït. Toute femme qu'il rencontrait l'excitait. Même quand il se trouvait au milieu de femmes de sa famille, il se sentait poussé à leur faire des propositions immorales. Parfois il réussissait à dompter ses instincts; d'autres fois il était irrésistiblement entraîné à des actes immoraux. Quand, dans de pareils cas, on le mettait à part, il en était content; car, disait-il, j'ai besoin d'une pareille correction et de ce soutien contre ces désirs trop puissants qui me gênent moi-même. On n'a pu reconnaître aucune périodicité dans ses excitations sexuelles.

Jusqu'en 1861, il fit des excès in Venere et récolta plusieurs blennorrhagies et chancres.

En 1861, il se maria. Il se sentait satisfait sexuellement, mais devenait importun à sa femme par ses besoins excessifs. En 1864, il eut, à l'hôpital, un accès de monomanie; il retomba malade la même année et fut transporté dans l'asile d'Y... où il resta interné jusqu'en 1867.

Dans la maison de santé il souffrit de récidives de son état maniaque, avec grandes excitations sexuelles. Il désigne comme cause de sa maladie, à cette époque, un catarrhe intestinal et beaucoup de contrariétés.

Plus tard, il se rétablit. Il était bien portant, mais souffrait beaucoup de l'excès de ses besoins sexuels. Aussitôt qu'il était éloigné de sa femme, son désir devenait si violent qu'il lui était égal de le satisfaire avec des êtres humains ou avec des animaux. Pendant la saison d'été surtout ces poussées devenaient excessives; en même temps il se produisait un afflux de sang aux intestins. Clemens qui a des réminiscences de lectures médicales, est d'avis que, chez lui, le système ganglionnaire domine le système cérébral.

Au mois d'octobre 1873, ses occupations l'obligèrent à vivre loin de sa femme. Jusqu'au jour de Pâques, il n'avait eu aucun rapport sexuel, sauf qu'il s'était masturbé par-ci par-là. À partir de cette époque, il se servait de femmes et de chiennes. Du 15 juin jusqu'au 7 juillet, il n'avait eu aucune occasion de satisfaire son besoin sexuel. Il éprouvait une agitation nerveuse, se sentait fatigué, il lui semblait qu'il allait devenir fou. Le désir violent de revoir sa femme, qui vivait à Vienne, l'éloignait de son service. Il prit un congé. La chaleur de la route, la trépidation du chemin de fer, l'avaient complètement troublé; il ne pouvait plus supporter son état de surexcitation génitale, compliqué d'un fort afflux de sang aux intestins. Il avait le vertige. Alors, arrivé à Bruck, il quitta le wagon. Il était, dit-il, tout troublé, ne savait pas où il allait, et à un moment l'idée lui vint de se jeter à l'eau; il y avait comme un brouillard devant ses yeux.

Mulierem tunc adspexit, penem nudavit, feminamque amplecti conatus est. La femme cependant cria au secours, et c'est ainsi qu'il fut arrêté.

Après l'attentat, la conscience claire de son acte lui vint subitement. Il l'avoua franchement, se souvint de tous les détails, mais il soutint que son action avait quelque chose de morbide. C'était plus fort que lui.

Clemens souffrait encore quelquefois de maux de tête, de congestions; il était, par moments, très agité, inquiet, et dormait mal. Ses fonctions intellectuelles ne sont pas

49

troublées, mais c'est naturellement un homme bizarre, d'un caractère mou et sans énergie. L'expression de la figure a quelque chose de fauve et porte un cachet de lubricité et de bizarrerie. Il souffre d'hémorroïdes. Les parties génitales ne présentent rien d'anormal. Le crâne est, dans sa partie frontale, étroit et un peu fuyant. Le corps est grand et bien fait. Sauf une diarrhée, on n'a remarqué chez lui aucun trouble des fonctions végétatives.

Observation 12.—Mme E..., quarante-sept ans. Un oncle maternel fut atteint d'aliénation mentale; le père était un homme exalté qui faisait des excès in Venere. Le frère de la malade est mort d'une affection aiguë du cerveau. Dès son enfance, la malade était nerveuse, excentrique, romanesque, et manifestait, à peine sortie de l'enfance, un penchant sexuel excessif. Elle s'adonna, dès l'âge de dix ans, aux jouissances sexuelles. Elle se maria à l'âge de dix-neuf ans. Elle faisait assez bon ménage avec son mari. L'époux, bien que suffisamment doué, ne lui suffisait pas; elle eut, jusqu'à ces dernières années, toujours quelques amis en dehors de son mari. Elle avait pleine conscience de la honte de ce genre de vie, mais elle sentait sa volonté défaillir en présence du penchant insatiable qu'elle cherchait du moins à dissimuler. Elle disait plus tard que c'était de l'andromanie qu'elle avait souffert.

La malade a accouché six fois. Il y a six ans, elle est tombée de voiture et a subi un ébranlement cérébral considérable. À la suite de cet accident, il se produisit chez elle une mélancolie compliquée du délire de la persécution. Cette maladie l'amena à l'asile d'aliénés. La malade approche de la ménopause; elle a eu, ces temps derniers, des menstrues fréquentes et très abondantes. La violence de son ancien penchant s'est atténué, ce qu'elle constate avec plaisir. Son attitude actuelle est décente. Faible degré de descensus uteri et prolapsus ani.

L'hyperesthésie sexuelle peut être continue avec des exacerbations, ou bien intermittente, ou même périodique. Dans le dernier cas, c'est une névrose cérébrale particulière (voir la Pathologie spéciale), ou une manifestation d'un état d'excitation psychique général (Manie épisodique dans la dementia paralytica senilis, etc.).

Un cas remarquable de satyriasis intermittent a été publié par Lentz dans le Bulletin de la Société de méd. légale de Belgique, n° 21.

Observation 13.—Depuis trois ans, le cultivateur D..., âgé de trente-cinq ans, marié et jouissant de l'estime générale, avait des accès d'excitation sexuelle, qui devenaient de plus en plus fréquents et plus violents. Depuis un an, ces accès se sont aggravés et sont devenus des crises de satyriasis. On n'a rien pu constater au point de vue héréditaire, pas plus qu'au point de vue organique.

D... tempore, quum libidinibus valde afficeretur, decim vel quindecim cohabitationes per 24 horas exegit, neque tamen cupiditates suas satiavit.

Peu à peu se développait en lui un état d'éréthisme généralisé, avec une irascibilité allant jusqu'à des accès de colère pathologiques; en même temps, il se manifestait un penchant à abuser des boissons alcooliques, et bientôt se montrèrent des symptômes d'alcoolisme. Ses accès de satyriasis étaient tellement violents que le malade n'avait plus d'idées nettes et que, poussé par son instinct aveugle, il se laissait aller à des actes lascifs.

Qua de causa factum est ut uxorem suam alienis viris immovere animalibus ad coeundum tradi, cum ipso filiabus præsentibus concubitum exsequi jusserit, propterea quod hæc facta majorem ipsi voluptatem afferent. Il ne se souvient pas du tout des faits qui se passent au moment de ces crises, et son excitation extrême peut l'amener jusqu'à la rage. D... avoue qu'il a eu des moments où il n'était plus maître de lui-même; s'il était resté sans satisfaction, il eût été contraint de s'attaquer à la première femme venue. Cet état d'excitation sexuelle disparaît tout d'un coup après chaque émotion morale violente.

Les deux observations suivantes nous montrent quel état violent, dangereux et pénible constitue l'hyperesthésie sexuelle pour ceux qui sont atteints de cette anomalie.

Observation 14 (Hyperæsthesia sexualis. Delirium acutum ex abstinentia).—Le 29 mai 1882, F..., vingt-trois ans, cordonnier, célibataire, a été reçu à la clinique. Il est né d'un père coléreux, très violent et d'une mère névropathique, dont le frère était aliéné.

Le sujet n'a jamais été gravement malade ni ne s'est adonné à la boisson, mais, de tout temps, il a eu de grands besoins sexuels. Il y a cinq jours, il a été atteint d'une affection psychique aiguë. Il a fait, en plein jour et devant deux témoins, une tentative de viol, a eu du délire obscène, s'est masturbé avec excès; il y a trois jours, il a eu un accès de folie furieuse, et, lors de son arrivée à la clinique, il était en état de delirium acutum très grave, avec de la fièvre et des phénomènes d'excitation motrice très violents. Par un traitement à l'ergotine, on amena la guérison.

Le 5 janvier 1888, le même individu fut reçu une seconde fois, présentant des symptômes de folie furieuse. D'abord, il était morose, irascible, disposé à pleurer et atteint d'insomnie. Ensuite, après avoir attaqué sans succès des femmes, il se mit dans une rage de plus en plus violente.

Le 6 janvier, son état s'est aggravé; il a du delirium acutum très grave (jactation, grincement de dents, grimaces, etc., symptômes d'incitations motrices; température allant jusqu'à 40°,7). Il se masturbait tout à fait instinctivement. Il a été guéri par un traitement énergique à l'ergotine, qui a duré jusqu'au 11 janvier. Après sa guérison, le malade a donné des explications très intéressantes sur la cause de sa maladie.

De tout temps, il eut de grands besoins sexuels. Son premier coït eut lieu à l'âge de seize ans. La continence lui a causé des maux de tête, une grande irascibilité psychique, de l'abattement, un manque de goût pour le travail, de l'insomnie. Comme il vivait à la campagne, il n'avait que rarement l'occasion de satisfaire ses besoins; il y suppléait par la masturbation. Il lui fallait se masturber une ou deux fois par jour.

Depuis deux mois, il n'avait pas coïté. Son excitation sexuelle s'est de plus en plus exaltée; il ne pensait qu'au moyen de satisfaire son instinct. La masturbation ne suffisait plus pour faire cesser les tourments de plus en plus pénibles dus à la continence. Ces jours derniers, il eut un désir violent de coïter; insomnie de plus en plus aiguë et irritabilité. Il ne se souvient que sommairement de la période de sa maladie. Le malade était guéri au mois de décembre. C'est un homme très convenable. Il considère son instinct irrésistible comme un cas pathologique et redoute l'avenir.

Observation 15.—Le 11 juillet 1884, R..., trente-trois ans, employé, atteint de paranoia persecutoria et neurasthenia sexualis, a été reçu à la clinique. Sa mère était névropathe. Son père est mort d'une maladie de la moelle épinière. Dès son enfance, il eut un instinct sexuel très puissant dont il prit pleine conscience à l'âge de six ans. Depuis cette époque, masturbation; à partir de quinze ans, pédérastie, faute de mieux; quelquefois tendances à la sodomie. Plus tard, abus du coït dans le mariage, cum uxore. De temps à autre même des impulsions perverses, idée de faire le cunnilingus, de donner des cantharides à sa femme, dont le libido ne correspond pas au sien. Peu de temps après le mariage, la femme mourut. La situation économique du malade devient de plus en plus mauvaise; il n'a plus les moyens de se procurer des femmes. Il revient à l'habitude de la masturbation, se sert de lingua canis pour provoquer l'éjaculation. De temps en temps accès de priapisme et état frisant le satyriasis. Il était alors forcé de se masturber pour éviter le stuprum. À mesure que la neurasthénie sexuelle a augmenté, s'accompagnant de velléités de mélancolie, il y a diminution du libido nimia, ce qu'il a considéré comme un soulagement salutaire.

Un exemple classique d'hyperesthésie sexuelle pure est le cas suivant que j'emprunte à la Folie lucide de Trélat et qui est très précieux pour l'étude de certaines Messalines, devenues célèbres dans l'histoire.

Observation 16.—Mme V... souffre depuis sa première jeunesse d'andromanie. De bonne famille, d'un esprit cultivé, bonne de caractère, d'une décence allant jusqu'à la faculté de rougir, elle était, encore jeune fille, la terreur de sa famille. Quandoquidem sola erat cum homine sexus alterius, negligens, utrum infans sit an vir, an senex, utrum pulcher an teter, statim corpus nudavit et vehementer libidines suas satiari rogavit vel vim et manus ei injecit. On essaya de la guérir par le mariage. Maritum quam maxime amavit neque tamen sibi temperare potuit quin a quolibet viro, si solum apprehenderat, seu servo, seu mercenario, seu discipulo coitum exposceret.

Rien ne put la guérir de ce penchant. Même lorsqu'elle fut devenue grand'mère, elle resta Messaline. Puerum quondam duodecim annos natum in cubiculum allectum stuprare voluit. Le garçon se défendit et se sauva. Elle reçut une verte correction de son frère. C'était peine perdue. On l'interna dans un couvent. Là, elle fut un modèle de bonne tenue et n'encourut aucun reproche. Aussitôt revenue du couvent, les scandales recommencèrent dans la ville. La famille la chassa et lui servit une petite rente. Elle se mit à travailler et gagnait le nécessaire, ut amantes sibi emere posset.

Quiconque aurait vu cette dame, mise proprement, de manières distinguées et agréables, n'aurait pu se douter quels immenses besoins sexuels elle avait encore à l'âge de soixante-cinq ans. Le 17 janvier 1854, sa famille, désespérée par de nouveaux scandales, la fit interner dans une maison de santé. Elle y vécut jusqu'au mois de mai 1858 et y succomba à une apoplexia cerebri à l'âge de soixante-treize ans. Sa conduite, avec la surveillance de l'établissement, était irréprochable. Mais aussitôt qu'on l'abandonnait à elle-même et qu'une occasion favorable se présentait, ses penchants sexuels se faisaient jour, même peu de temps avant sa mort. À l'exception de son anomalie sexuelle, les aliénistes n'ont rien constaté chez elle pendant les quatre années qu'ils la soignèrent.

D.—PARESTHÉSIE DU SENS SEXUEL (PERVERSION SEXUELLE)

Il se produit dans ce cas un état morbide des sphères de représentation sexuelle avec manifestation de sentiments faisant que des représentations, qui d'habitude doivent provoquer physico-psychologiquement des sensations désagréables, sont au contraire accompagnées de sensations de plaisir. Et même il peut se produire une association anormale et tellement forte de ces deux phénomènes qu'ils peuvent aller jusqu'à la forme passionnelle.

Comme résultat pratique, on a des actes pervertis (Perversion de l'instinct sexuel). Ce cas se produit d'autant plus facilement que les sensations de plaisir poussées jusqu'à la passion, empêchent la manifestation des représentations contraires qui pourraient encore exister et provoquer des sensations désagréables. Il se produit toujours lorsque, par suite de l'absence totale des idées de morale, d'esthétique ou de justice, les représentations contraires sont devenues impossibles. Mais ce cas n'est que trop fréquent quand la source des représentations et des sentiments éthiques (sentiment sexuel normal) est troublée ou empoisonnée.

Il faut considérer comme pervertie toute manifestation de l'instinct sexuel qui ne répond pas au but de la nature, c'est-à-dire à la perpétuité de la race, si cette manifestation s'est produite malgré l'occasion propice pour satisfaire d'une manière naturelle le besoin sexuel. Les actes sexuels pervertis que la paresthésie provoque sont très importants au point de vue clinique, social et médico-légal; aussi est-il indispensable de les traiter ici à fond et de vaincre à cet effet tout le dégoût esthétique et moral qu'ils nous inspirent.

La perversion de l'instinct sexuel, comme je le démontrerai plus loin, ne doit pas être confondue avec la perversité des actes sexuels. Celle-ci peut se produire sans être provoquée par des causes psychopathologiques. L'acte pervers concret, quelque monstrueux qu'il soit, n'est pas une preuve. Pour distinguer entre maladie (perversion) et vice (perversité), il faut remonter à l'examen complet de l'individu et du mobile de ses actes pervers. Voilà la clef du diagnostic. (Voir plus bas.)

La paresthésie peut se combiner avec l'hyperesthésie. Cette combinaison clinique se présente très souvent. Alors, on peut sûrement s'attendre à des actes sexuels. La perversion de l'activité sexuelle peut avoir comme objectif la satisfaction sexuelle avec des personnes de l'autre sexe ou du même sexe.

Ainsi nous arrivons à classer en deux grands groupes les phénomènes de la perversion sexuelle.

I.—AFFECTION SEXUELLE POUR DES PERSONNES DE L'AUTRE SEXE AVEC MANIFESTATION PERVERSE DE L'INSTINCT.

A.—RAPPORTS ENTRE LA CRUAUTÉ ACTIVE, LA VIOLENCE ET LA VOLUPTÉ.—SADISME27

Note 27:

Ainsi nommé d'après le mal famé marquis de Sade, dont les romans obscènes sont ruisselants de volupté et de cruauté. Dans la littérature française «Sadisme» est devenu le mot courant pour désigner cette perversion.

C'est un fait connu et souvent observé que la volupté et la cruauté se montrent fréquemment associées l'une à l'autre. Des écrivains de toutes les écoles ont signalé ce phénomène28. Même à l'état physiologique, on voit fréquemment des individus sexuellement fort excitables mordre ou égratigner leur consors pendant le coït29.

Note 28:
Entre autres: Novalis, dans ses Fragmenten; Goerres: Christliche Mystik, t. III, p. 400.

Note 29:
Comparez les célèbres vers d'Alfred de Musset à l'Andalouse:

Qu'elle est superbe en son désordre
Quand elle tombe les seins nus,
Qu'on la voit béante se tordre
Dans un baiser de rage et mordre
En hurlant des mots inconnus!
Les anciens auteurs avaient déjà appelé l'attention sur la connexité qui existe entre la volupté et la cruauté.

Blumröder (Ueber Irresein, Leipzig, 1836, p. 51) hominem vidit qui compluria vulnera in musculo pectorali habuit, quæ femina valde libidinosa in summa voluptate mordendo effecit.

Dans un essai «Ueber Lust und Schmerz» (Friedreichs Magazin für Seelenkunde, 1830, II, 5), il appelle l'attention particulièrement sur la corrélation psychologique qui existe entre la volupté et la soif du sang. Il rappelle à ce sujet la légende indienne de Siwa et Durga (Mort et Volupté), les sacrifices d'hommes avec mystères voluptueux, les désirs sexuels de l'âge de puberté associés à un penchant voluptueux pour le suicide, à la flagellation, aux pincements, aux blessures faites aux parties génitales dans le vague et obscur désir de satisfaire le besoin sexuel.

Lombroso aussi (Verzeni e Agnoletti, Roma, 1874) cite de nombreux exemples de tendance à l'assassinat pendant la surexcitation produite par la volupté.

Par contre, bien souvent, quand le désir de l'assassinat est excité, il entraîne après lui la sensation de volupté. Lombroso rappelle le fait cité par Mantegazza que, dans les horreurs d'un pillage, les soldats éprouvent ordinairement une volupté bestiale30.

Note 30:
Au milieu de l'exaltation du combat l'image de l'exaltation de la volupté vient à l'esprit. Comparez, chez Grillparzer, la description d'une bataille faite par un guerrier:

«Et lorsque sonne le signal,—que les deux armées se rencontrent,—poitrine contre poitrine,—quels délices des dieux!—Par ici, par là—des ennemis,—des frères,—sont abattus par l'acier mortel.—Recevoir et donner la mort et la vie,—dans l'échange alternant et chancelant,—dans une griserie sauvage!» (Traum ein Leben, acte I).

Ces exemples forment des cas de transition entre les cas manifestement pathologiques.

Très instructifs aussi les exemples des Césars dégénérés (Néron, Tibère), qui se réjouissaient en faisant égorger devant eux des jeunes gens et des vierges, ainsi que le cas de ce monstre, le maréchal Gilles de Rays (Jacob, Curiosités de l'Histoire de France, Paris, 1858) qui a été exécuté en 1440 pour viols et assassinats commis pendant huit ans sur plus de huit cents enfants. Il avoua que c'était, à la suite de la lecture de Suétone et des descriptions des orgies de Tibère, de Caracalla, que l'idée lui était venue d'attirer des enfants dans son château, de les souiller en les torturant et de les assassiner ensuite. Ce monstre assura avoir éprouvé un bonheur indicible à commettre ces actes. Il avait deux complices. Les cadavres des malheureuses victimes furent brûlés et seules quelques têtes d'enfants exceptionnellement belles furent gardées comme souvenir.

Quand on veut expliquer la connexité existant entre la volupté et la cruauté, il faut remonter à ces cas qui sont encore presque physiologiques où, au moment de la volupté suprême, des individus, normaux d'ailleurs mais très excitables, commettent des actes, comme mordre ou égratigner, qui habituellement ne sont inspirés que par la colère. Il faut, en outre, rappeler que l'amour et la colère sont non seulement les deux plus fortes passions, mais encore les deux uniques formes possibles de la passion forte (sthénique). Toutes les deux cherchent leur objet, veulent s'en emparer, et se manifestent par une action physique sur l'objet; toutes les deux mettent la sphère psycho-motrice dans la plus grande agitation et arrivent par cette agitation même à leur manifestation normale.

Partant de ce point de vue, on comprend que la volupté pousse à des actes qui, dans d'autres cas, ressemblent à ceux inspirés par la colère31.

Note 31:
Schultz (Wiener med. Wochenschrift, 1869, n° 49) rapporte le cas curieux d'un homme de vingt-huit ans qui ne pouvait faire avec sa femme le coït qu'après s'être mis artificiellement en colère.

L'une comme l'autre est un état d'exaltation, constitue une puissante excitation de toute la sphère psychomotrice. Il en résulte un désir de réagir par tous les moyens possibles et avec la plus grande intensité contre l'objet qui provoque l'excitation. De même que l'exaltation maniaque passe facilement à l'état de manie de destruction furieuse, de même l'exaltation de la passion sexuelle produit quelquefois le violent désir de détendre l'excitation générale par des actes insensés qui ont une apparence d'hostilité. Ces actes représentent pour ainsi dire des mouvements psychiques et accessoires; il ne s'agit point d'une simple excitation inconsciente de l'innervation musculaire (ce qui se manifeste aussi quelquefois sous forme de convulsions aveugles), mais d'une vraie hyperbolie de la volonté à produire un puissant effet sur l'individu qui a causé notre excitation. Le moyen le plus efficace pour cela, c'est de causer à cet individu une sensation de douleur. En partant de ce cas où, dans le maximum de la passion voluptueuse, l'individu cherche à causer une douleur à l'objet aimé, on arrive à des cas où il y a sérieusement mauvais traitements, blessures et même assassinat de la victime32.

Note 32:
Voir Lombroso (Uomo delinquente), qui cite des faits analogues chez les animaux en rut.

Dans ces cas, le penchant à la cruauté qui peut s'associer à la passion voluptueuse, s'est augmenté démesurément chez un individu psychopathe, tandis que, d'autre part, la défectuosité des sentiments moraux fait qu'il n'y a pas normalement d'entraves ou qu'elles sont trop faibles pour réagir.

Ces actes sadiques monstrueux ont, chez l'homme, chez lequel ils se produisent plus fréquemment que chez la femme, encore une autre cause puissante due aux conditions physiologiques.

Dans le rapport des deux sexes, c'est à l'homme qu'échoit le rôle actif et même agressif, tandis que la femme se borne au rôle passif et défensif33.

Note 33:
Chez les animaux aussi c'est ordinairement le mâle qui poursuit la femelle de ses propositions d'amour. On peut aussi souvent remarquer que la femelle prend la fuite ou feint de la prendre. Alors il s'engage une scène semblable à celle qui a lieu entre l'oiseau de proie et l'oiseau auquel il fait la chasse.

Pour l'homme, il y a un grand charme a conquérir la femme, à la vaincre; et, dans l'Ars amandi, la décence de la femme qui reste sur la défensive jusqu'au moment où elle a cédé, est d'une grande importance psychologique. Dans les conditions normales, l'homme se voit en présence d'une résistance qu'il a pour tâche de vaincre, et c'est pour cette lutte que la nature lui a donné un caractère agressif. Mais ce caractère agressif peut, dans des conditions pathologiques, dépasser toute mesure et dégénérer en une tendance à subjuguer complètement l'objet de ses désirs jusqu'à l'anéantissement et même à le tuer34.

Note 34:
La conquête de la femme se fait aujourd'hui sous une forme civile, en faisant la cour, par séduction et en employant la ruse, etc. Mais l'histoire de la civilisation et l'anthropologie nous apprennent qu'autrefois et maintenant encore il est certains peuples chez qui la force brutale, le rapt de la femme, et même l'habitude de la rendre inoffensive par des coups de massue remplacent les sollicitations d'amour. Il est possible qu'un retour à l'atavisme contribue, avec de pareils penchants, à favoriser les accès de sadisme.

Dans les Jahrbücher für Psychologie (II, p. 128), Schaefer (Iéna) rapporte deux observations d'A. Payer. Dans le premier cas, un état d'excitation sexuelle excessif s'est développé à l'aspect de scènes de bataille, même en peinture; dans l'autre cas, c'est la torture cruelle de petits animaux qui produisit cet effet. Schaefer ajoute: «La combativité et l'envie de tuer sont, dans toutes les espèces animales, tellement l'attribut du mâle, que l'existence d'une connexité entre ces penchants mâles et les penchants purement sexuels ne saurait être mise en doute. Je crois cependant pouvoir assurer, en me fondant sur des observations qui ne sauraient être contestées, que, même chez des individus mâles doués d'une parfaite santé psychique et sexuelle, les premiers signes précurseurs, mystérieux et obscurs des désirs sexuels peuvent faire apparition à la suite de lectures de scènes de bataille ou de chasse émouvantes. Une poussée inconsciente pousse les jeunes gens à chercher une sorte de satisfaction dans les jeux de guerre (lutte corps à corps). Dans ces jeux aussi l'instinct fondamental de la vie sexuelle arrive à son expression: le lutteur cherche à se mettre en contact extensif et intensif avec son partenaire, avec l'arrière-pensée plus ou moins nette de le terrasser ou de le vaincre.

Si ces deux éléments constitutifs se rencontrent, si le désir prononcé et anormal d'une réaction violente contre l'objet aimé s'unit à un besoin exagéré de subjuguer la femme, alors les explosions les plus violentes du sadisme se produiront.

Le sadisme n'est donc qu'une exagération pathologique de certains phénomènes accessoires de la vita sexualis qui peuvent se produire dans des circonstances normales, surtout chez le mâle. Naturellement, il n'est pas du tout nécessaire, et ce n'est pas la règle, que le sadiste ait conscience de ces éléments de son penchant. Ce qu'il éprouve, c'est uniquement le désir de commettre des actes violents et cruels sur les personnes de l'autre sexe, et une sensation de volupté rien qu'en se représentant ces actes de cruauté. Il en résulte une impulsion puissante à exécuter les actes désirés. Comme les vrais motifs de ce penchant restent inconnus à celui qui agit, les actes sadistes sont empreints des caractères des actes impulsifs.

Quand il y a association entre la volupté et la cruauté, non seulement la passion voluptueuse éveille le penchant à la cruauté, mais le contraire aussi peut avoir lieu: l'idée et surtout la vue d'actes cruels agissent comme un stimulant sexuel et sont dans ce sens employés par des individus pervers35.

Note 35:
Il arrive aussi que la vue accidentelle du sang versé mette le mécanisme psychique et prédisposé du sadiste en mouvement et éveille le penchant qui était à l'état latent.

Il est impossible empiriquement d'établir une distinction entre les cas de sadisme congénital et de sadisme acquis. Beaucoup d'individus tarés originellement font pendant longtemps tous les efforts possibles pour résister à leurs penchants pervers. Si la puissance sexuelle existe encore, ils ont au commencement une vita sexualis normale, souvent grâce à l'évocation d'images de nature perverse. Plus tard seulement, après avoir vaincu successivement toutes les contre-raisons éthiques et esthétiques et après avoir constaté à plusieurs reprises que l'acte normal ne procure pas de satisfaction complète, le penchant morbide se fait jour et se manifeste extérieurement. Une disposition perverse et ab origine se traduit alors tardivement par des actes. Voilà ce qui produit souvent l'apparence d'une perversion acquise et trompe sur le vrai caractère congénital du mal. A priori, on peut cependant supposer que cet état psychopathique existe toujours ab origine. Nous verrons plus loin les raisons en faveur de cette hypothèse.

Les actes sadistes diffèrent selon le degré de leur monstruosité, selon l'empire du penchant pervers sur l'individu qui en est atteint, ou bien selon les éléments de résistance qui existent encore, éléments qui, cependant, peuvent être plus ou moins affaiblis par des défectuosités éthiques originelles, par la dégénérescence héréditaire, par la folie morale.

Ainsi naissent une longue série de formes qui commencent par les crimes les plus graves et qui finissent par des actes puérils qui n'ont d'autre but que d'offrir une satisfaction symbolique au besoin pervers du sadiste.

On peut encore classer les actes sadiques selon leur genre. Il faut alors distinguer s'ils ont lieu après la consommation du coït dans lequel le libido nimia n'a pas été satisfait, ou si, dans le cas d'affaiblissement de la puissance génésique, ils servent de préparatifs pour la stimuler, ou si enfin, dans le cas d'une absence totale de la puissance génésique, les actes sadiques doivent remplacer le coït devenu impossible et provoquer l'éjaculation. Dans les deux derniers cas, il y a, malgré l'impuissance, un libido violent, ou du moins ce libido subsistait chez l'individu à l'époque où il a constaté l'habitude des actes sadiques. L'hyperesthésie sexuelle doit toujours être considérée comme la base des penchants sadistes. L'impuissance si fréquente chez les individus psycho-névropathiques dont il est ici question, à la suite d'excès faits dès la première jeunesse, est ordinairement de la faiblesse spinale. Quelquefois il se peut qu'il y ait une sorte d'impuissance psychique par la concentration de la pensée vers l'acte pervers, à côté duquel alors l'image de la satisfaction normale s'efface.

Quel que soit le caractère extérieur de l'acte, pour le comprendre il est essentiel d'examiner les dispositions perverses de l'âme et le sens du penchant de l'individu atteint.

A.—ASSASSINAT PAR VOLUPTÉ36 (VOLUPTÉ ET CRUAUTÉ, AMOUR DU MEURTRE POUSSÉ JUSQU'À L'ANTHROPOPHAGIE)

Note 36:
Comparez: Meizger Ger. Arzneiw, édité par Remer, p. 539; Klein's Annalen, X, p. 176, XVIII, p. 311; Heinroth, System der Psych. ger. Med., p. 270; Neuer Pitaval, 1855, 23 Th. (cas Blaize Ferrage).

Le fait le plus horrible mais aussi le plus caractéristique pour montrer la connexité qui existe entre la volupté et la cruauté, c'est le cas d'Andreas Bichel que Feuerbach a publié dans son Aktenmæssigen Darstellung merkwürdiger Verbrechen.

B. puellas stupratas necavit et dissecuit.—À propos de l'assassinat commis sur une de ses victimes, il s'est exprimé dans les termes suivants au cours de son interrogatoire:

«Je lui ai ouvert la poitrine et j'ai tranché avec un couteau les parties charnues du corps. Ensuite j'ai apprêté le corps de cette personne, comme le boucher a l'habitude de faire avec la bête qu'il vient de tuer. Je lui ai coupé le corps en deux avec une hache de façon à l'enfouir dans le trou creusé d'avance dans la montagne et destiné à recevoir le cadavre. Je puis dire qu'en ouvrant la poitrine j'étais tellement excité que je tressaillais et que j'aurais voulu trancher un morceau de chair et le manger.»

Lombroso37 cite aussi des cas de ce genre, entre autres celui d'un nommé Philippe qui avait l'habitude d'étrangler post actum les prostituées et qui disait: «J'aime les femmes, mais cela m'amuse de les étrangler après avoir joui d'elles.»

Note 37:
Geschlechtstrieb und Verbrechen in ihren gegenseitigen Beziehungen, Goltdammers Archiv, Bd. XXX.

Un nommé Grassi (V. Lombroso op. cit., p. 12) a été pris nuitamment d'un désir sexuel pour une parente. Irrité par la résistance de cette femme, il lui donna plusieurs coups de couteau dans le bas-ventre, et lorsque le père et l'oncle de la malheureuse voulurent le retenir, il les tua tous deux. Immédiatement après il alla calmer dans les bras d'une prostituée son rut sexuel. Mais cela ne lui suffisait pas; il assassina son propre père et égorgea plusieurs bœufs dans l'étable.

Il ressort des faits que nous venons d'énumérer que, sans aucun doute, un grand nombre d'assassinats par volupté sont dus à l'hyperesthésie associée à la paresthésie sexuelle. De même, à un degré plus élevé, la perversion sexuelle peut amener à commettre des actes de brutalité sur des cadavres, comme par exemple le dépècement du cadavre, l'arrachement voluptueux des entrailles. Le cas de Bichel indique clairement la possibilité d'une pareille observation.

De notre temps, on peut citer comme exemple Menesclou (V. Annales d'hygiène publique) sur lequel Lasègue, Brouardel et Motet ont donné un rapport. On le jugea d'esprit sain, et il fut guillotiné.

Observation 17.—Le 18 avril 1880, une fille de quatre ans disparut de la maison de ses parents. Le 16 on arrêta Menesclou, un des locataires de cette maison. Dans ses poches on trouva les avant-bras de l'enfant; de la cheminée on retira la tête et les viscères à moitié carbonisés. Dans les lieux d'aisance on trouva aussi des parties du cadavre. On n'a pu retrouver les parties génitales de la victime. Menesclou, interrogé sur le sort de l'enfant, se troubla. Les circonstances ainsi qu'une poésie lascive trouvée sur lui, ne laissèrent plus subsister aucun doute: il avait assassiné l'enfant après en avoir abusé. Menesclou ne manifesta aucun repentir; son acte, disait-il, était un malheur. L'intelligence de l'accusé est bornée. Il ne présente aucun stigmate de dégénérescence anatomique; il a l'ouïe dure et il est scrofuleux.

Menesclou a vingt ans. À l'âge de neuf mois il eut des convulsions; plus tard, il souffrit d'insomnies; enuresis nocturna; il était nerveux, se développa tardivement et d'une façon incomplète. À partir de l'âge de puberté il devint irritable, manifestant des penchants mauvais; il était paresseux, indocile, impropre à toute occupation. Il ne se corrigea pas, même dans la maison de correction. On le mit dans la marine; là non plus il n'était bon à rien. Rentré de son service, il vola ses parents et eut de mauvaises fréquentations. Il n'a jamais couru après les femmes. Il se livrait avec ardeur à l'onanisme et, à l'occasion, il se livrait à la sodomie sur des chiennes. Sa mère souffrait de mania menstrualis periodica; un oncle était fou, un autre oncle ivrogne.

L'autopsie du cerveau de Menesclou a permis de constater une altération morbide des deux lobes frontaux, de la première et de la seconde circonvolution temporale ainsi que d'une partie des circonvolutions occipitales.

Observation 18.—Alton, garçon de magasin en Angleterre, va se promener dans les environs de la ville. Il attire une enfant dans un bosquet, rentre après y avoir passé quelque temps, va au bureau où il inscrit sur son carnet la note suivante: Killed to day a young girl, it was fine and hot (Assassiné aujourd'hui une jeune fille; le temps était beau; il faisait chaud).

On remarque l'absence de l'enfant, on se met à sa recherche et on la trouve déchirée en morceaux; certaines parties de son corps, entre autres les parties génitales, n'ont pu être retrouvées. Alton ne manifesta pas la moindre trace d'émoi et ne fournit aucune explication ni sur le mobile ni sur les circonstances de son acte horrible. C'était un individu psychopathe qui avait de temps à autre des états de dépression avec tædium vitæ.

Son père avait eu un accès de manie aiguë, un parent proche souffrait de manie avec penchants à l'assassinat. Alton fut exécuté.

Dans de pareils cas, il peut arriver que l'individu morbide éprouve le désir de goûter la chair de la victime assassinée et que, cédant à cette aggravation perverse de ses représentations objectives, il mange des parties du cadavre.

Observation 19.—Léger, vigneron, vingt-quatre ans, dès sa jeunesse sombre, renfermé et fuyant toute société, s'en va pour chercher de l'ouvrage. Pendant huit jours il rôde dans une forêt. Puellam apprehendit duodecim annorum: stupratæ genitalia mutilat, cor eripit, en mange, boit le sang et enfouit le cadavre. Arrêté, il nie d'abord, mais finit par avouer son crime avec un sang-froid cynique. Il écoute son arrêt de mort avec indifférence et est exécuté. À l'autopsie, Esquirol a constaté des adhérences pathologiques entre les méninges et le cerveau (Georgel, Compte rendu du procès Léger, Feldtmann, etc.).

Observation 20.—Tirsch, pensionnaire de l'hospice de Prague, cinquante-cinq ans, de tout temps concentré, bizarre, brutal, très irascible, maussade, vindicatif, condamné à vingt ans de prison pour viol d'une fille de dix ans, avait, ces temps derniers, éveillé l'attention par ses accès de rage pour des raisons futiles et par son tædium vitæ.

En 1864, après avoir été éconduit par une veuve à laquelle il proposait le mariage, il avait pris en haine les femmes. Le 8 juillet, il rôdait avec l'intention d'assassiner un individu du sexe qu'il détestait tant.

Vetulam occurrentem in silvam allexit, coitum poposcit, renitentem prostravit, jugulum feminæ compressit «furore captus». Cadaver virga betulæ desecta verberare voluit nequetamen id perfecit, quia conscientia sua hæc fieri vetuit, cultello mammas et genitalia desecta domi cocta proximis diebus cum globis comedit. Le 12 septembre, lorsqu'on l'arrêta, on trouva encore les restes de cet horrible repas. Il allégua comme mobile de son acte «une soif intérieure» et demanda lui-même à être exécuté, puisqu'il avait été de tout temps un paria dans la société. En prison, il manifestait une irascibilité excessive, et

60

parfois il avait des accès de rage pendant lesquels il refusait toute nourriture. On a fait la remarque que la plupart de ses anciens excès coïncidaient avec des explosions d'irritation et de rage. (Maschka, Prager Vierteljahrsschrift, 1886, I, p. 79; Gauster dans Maschka's Handb. der ger. Medicin IV, p. 489.)

Dans la catégorie de ces monstres psycho-sexuels rentre sans doute l'éventreur de Whitechapel38 que la police cherche toujours sans pouvoir le découvrir.

Note 38:
Comparez entre autres: Spitzka, The Journal of nervous and mental Diseases, déc. 1888; Kiernan, The medical Standard, nov.-déc. 1888.

L'absence régulière de l'utérus, des ovaires et de la vulve chez les dix victimes de ce Barbe-bleue moderne, fait supposer qu'il cherche et trouve encore une satisfaction plus vive dans l'anthropophagie.

Dans d'autres cas d'assassinat par volupté, le stuprum n'a pas lieu soit pour des raisons physiques, soit pour des raisons psychiques, et le crime sadiste seul remplace le coït.

Le prototype de pareils cas est celui de Verzeni. La vie de ses victimes dépendait de la manifestation hâtive ou tardive de l'éjaculation. Comme ce cas mémorable renferme tout ce que la science moderne connaît sur la connexité existant entre la volupté, la rage de tuer et l'anthropophagie, il convient d'en faire ici une mention détaillée, d'autant plus qu'il a été bien observé.

Observation 21.—Vincent Verzeni, né en 1849, arrêté depuis le 11 janvier 1872, est accusé: 1° d'avoir essayé d'étrangler sa cousine Marianne, alors que celle-ci, il y a quatre ans, était couchée et malade dans son lit; 2° d'avoir commis le même délit sur la personne de l'épouse d'Arsuffi, âgée de vingt-sept ans; 3° d'avoir essayé d'étrangler Mme Gala en lui serrant la gorge pendant qu'il était agenouillé sur son corps; 4° il est, en outre, soupçonné d'avoir commis les assassinats suivants:

Au mois de décembre, le matin entre sept et huit heures, Jeanne Molta se rendit dans une commune voisine. Comme elle ne rentrait pas, le maître chez qui elle était servante, partit à sa recherche et trouva sur un sentier, près du village, le cadavre de cette fille horriblement mutilé. Les viscères et les parties génitales étaient arrachés du corps et se trouvaient près du cadavre. La nudité du cadavre, des érosions aux cuisses faisaient supposer un attentat contre la pudeur; la bouche remplie de terre indiquait que la fille avait été étouffée. Près du cadavre, sous un monceau de paille, on trouva une partie détachée du mollet droit et des vêtements. L'auteur du crime est resté inconnu.

Le 28 août 1871, de bon matin, Mme Frigeni, âgée de vingt-huit ans, alla aux champs. Comme à huit heures elle n'était pas encore rentrée, son mari partit pour aller la chercher. Il la retrouva morte dans un champ, portant autour du cou des traces de strangulation et de nombreuses blessures; le ventre ouvert laissait sortir les entrailles.

61

Le 29 août, à midi, comme Maria Previtali, âgée de dix-neuf ans, traversait les champs, elle fut poursuivie par son cousin Verzeni, traînée dans un champ de blé, jetée par terre, serrée au cou. Quand il la relâcha un moment pour s'assurer qu'il n'y avait personne dans le voisinage, la fille se releva et obtint, sur ses instantes prières, que Verzeni la laissât partir après lui avoir fortement serré les mains.

Verzeni fut traduit devant le tribunal. Il a vingt-deux ans, son crâne est de grandeur moyenne, asymétrique. L'os frontal droit est plus étroit et plus bas que le gauche; la bosse frontale droite est peu développée, l'oreille droite plus petite que la gauche (d'un centimètre en hauteur et de trois en largeur); la partie inférieure de l'hélix manque aux deux oreilles; l'artère de la tempe est un peu athéromateuse. Nuque de taureau, développement énorme de l'os zygomatique et de la mâchoire inférieure, pénis très développé, manque du frenulum, léger strabisme alternans divergens (insuffisance des muscles recti interni et myopie). Lombroso conclut de ces marques de dégénérescence à un arrêt congénital du développement du lobe frontal droit. À ce qu'il paraît, Verzeni est un héréditaire. Deux de ses oncles sont des crétins, un troisième est un microcéphale, imberbe, chez qui un des testicules manque, tandis que l'autre est atrophié. Le père présente des traces de dégénérescence pellagreuse et eut un accès d'hypocondria pellagrosa. Un cousin souffrait d'hyperhémie cérébrale, un autre est kleptomane.

La famille de Verzeni est dévote et d'une avarice sordide. Il est d'une intelligence au-dessus de la moyenne, sait très bien se défendre, cherche à trouver un alibi et à démentir les témoins. Dans son passé on ne trouve aucun signe d'aliénation mentale. Son caractère est étrange; il est taciturne et aime la solitude. En prison, son attitude est cynique; il se masturbe et cherche à tout prix à voir des femmes.

Verzeni a fini par avouer ses crimes et dire les mobiles qui l'y avaient poussé.

L'accomplissement de ses crimes, dit-il, lui avait procuré une sensation extrêmement agréable (voluptueuse), accompagnée d'érection et d'éjaculation. À peine avait-il touché sa victime au cou, qu'il éprouvait des sensations sexuelles. En ce qui concerne ces sensations, il lui était absolument égal que les femmes fussent vieilles, jeunes, laides ou belles. D'habitude, il éprouvait du plaisir rien qu'en serrant le cou de la femme, et dans ce cas il laissait la victime en vie. Dans les deux cas cités, la satisfaction sexuelle tardait à venir, et alors il avait serré le cou jusqu'à ce que la victime fût morte. La satisfaction qu'il éprouvait pendant ces strangulations était plus grande que celle que lui procurait la masturbation. Les contusions à la peau des cuisses et du pubis étaient faites avec les dents lorsqu'il suçait, avec grand plaisir, le sang de sa victime. Il avait sucé un morceau de mollet et l'avait emporté pour le griller à la maison; mais, se ravisant, il l'avait caché sous un tas de paille, de crainte que sa mère ne s'aperçût de ses menées. Il avait emporté avec lui les vêtements et les viscères; il les porta pendant quelque temps parce qu'il avait du plaisir à les renifler et à les palper. La force qu'il possédait dans ces moments de volupté était énorme. Il n'a jamais été fou; en exécutant ses actes, il ne voyait plus rien autour de lui (évidemment l'excitation sexuelle, poussée au plus haut degré, a supprimé en lui la faculté de perception; acte instinctif). Après il éprouvait toujours un certain bien-être et un sentiment de grande satisfaction. Il n'a jamais éprouvé de remords. Jamais l'idée ne lui est venue de toucher aux parties génitales des femmes qu'il avait torturées, ni de souiller ses victimes; il lui suffisait de les étrangler et d'en boire le sang. En effet, les assertions de ce vampire moderne semblent avoir un fondement de vérité. Les penchants sexuels normaux paraissent lui avoir été étrangers. Il avait deux maîtresses, mais il se contentait de les regarder, et il est lui-même étonné qu'en leur présence, l'envie ne lui soit pas venue de les étrangler ou de leur empoigner les mains. Il est vrai qu'avec elles il n'éprouvait pas la même jouissance qu'avec ses victimes. On n'a constaté chez lui aucune trace de sens moral, ni de repentir, etc.

Verzeni déclara lui-même qu'il deviendrait bon si on le tenait enfermé; car, rendu à la liberté, il ne pourrait pas résister à ses envies. Verzeni a été condamné aux travaux forcés à perpétuité. (Lombroso, Verzeni e Agnoletti. Roma, 1873.)

Les aveux faits par Verzeni après sa condamnation sont très intéressants:

«J'éprouvais un plaisir indicible quand j'étranglais des femmes; je sentais alors des érections et un véritable désir sexuel. Rien que de renifler des vêtements de femme, cela me procurait déjà du plaisir. La sensation de plaisir que j'éprouvais en serrant le cou d'une femme était plus grande que celle que me causait la masturbation. En buvant le sang du pubis, j'éprouvais un grand bonheur. Ce qui me faisait encore beaucoup de plaisir, c'était de retirer de la chevelure des assassinées les épingles à cheveux. J'ai pris les vêtements et les viscères pour avoir le plaisir de les renifler et de les palper. Ma mère, finalement, s'aperçut de mes agissements, car, après chaque assassinat ou tentative d'assassinat, elle apercevait des taches de sperme sur ma chemise. Je ne suis pas fou; mais, au moment d'égorger, je ne voyais plus rien. Après la perpétration de l'acte, j'étais satisfait et me sentais bien. Jamais l'idée ne m'est venue de toucher ou de regarder les parties génitales. Il me suffisait d'empoigner le cou des femmes et de sucer leur sang. J'ignore encore aujourd'hui comment la femme est faite. Pendant que j'étranglais et aussi après, je me pressais contre le corps de la femme, sans porter mon attention sur une partie du corps plutôt que sur l'autre.»

V... a été amené seul à ses actes pervers après avoir remarqué, à l'âge de douze ans, qu'il éprouvait un plaisir étrange toutes les fois qu'il avait des poulets à tuer. Voilà pourquoi il en avait tué alors en quantité, alléguant qu'une belette avait pénétré dans la basse-cour. (Lombroso Goltdammers Archiv. Bd. 30, p. 13.)

Lombroso (Goltdammers Archiv.) cite encore un cas analogue qui s'est passé à Vittoria en Espagne.

Observation 22.—Le nommé Gruyo, quarante et un ans, autrefois d'une conduite exemplaire et qui avait été marié trois fois, a étranglé six femmes en dix ans. Les victimes étaient presque toutes des filles publiques et pas jeunes. Après les avoir étranglées, il leur arrachait per vaginam les intestins et les reins. Il abusa de quelques-unes de ses victimes avant de les assassiner; sur d'autres il ne commit aucun acte sexuel, par suite de l'impuissance qui lui vint plus tard. Il opérait ses atrocités avec tant de précaution que, pendant dix ans, il put rester à l'abri de toute poursuite.

B.—NÉCROPHILES

Au groupe horrible des assassins par volupté les nécrophiles font naturellement suite, car, chez ces derniers, comme chez les premiers, une représentation qui en soi évoque l'horreur et fait frémir l'homme sain ou non dégénéré, est accompagnée de sensations de plaisir, et devient ainsi une impulsion aux actes de nécrophilie.

Les cas de viol de cadavres décrits dans la littérature par les poètes et les romanciers, font l'impression de phénomènes pathologiques; seulement ils ne sont ni exactement observés ni exactement décrits, si l'on veut toutefois excepter le cas du célèbre sergent Bertrand. (Voir plus loin.)

Dans certains cas, il ne se produit peut-être pas d'autre phénomène qu'un désir effréné qui ne considère pas la mort de l'objet aimé comme un empêchement à la satisfaction sensuelle.

Tel est peut-être le septième des cas rapportés par Moreau.

Un homme de vingt-trois ans a fait une tentative de viol sur Madame X..., âgée de cinquante-trois ans, a tué cette femme qui se défendait, puis en a abusé sexuellement et, l'acte commis, l'a jetée à l'eau. Mais il a repêché le cadavre pour le souiller de nouveau. L'assassin a été guillotiné. On a trouvé à l'autopsie les méninges frontales épaissies et adhérentes à l'écorce cérébrale.

D'autres auteurs français ont cité des exemples de nécrophilie. Deux fois, il était question de moines qui étaient de garde auprès d'une morte; dans un troisième cas, il est question d'un idiot atteint de manie périodique. Après avoir commis un viol, il fut interné dans un asile d'aliénés; là, il pénétra dans la salle mortuaire pour violer des cadavres de femmes.

Dans d'autres cas, le cadavre est manifestement préféré à la femme vivante. Si l'auteur ne commet pas d'autres actes de cruauté—dépècement, etc.—sur le corps du cadavre, il est alors probable que c'est l'inertie du cadavre qui en fait le charme. Il se peut qu'un cadavre qui présente la forme humaine avec une absence totale de volonté, soit, par ce fait même, capable de satisfaire le besoin morbide de subjuguer d'une manière absolue et sans aucune possibilité de résistance l'objet désiré.

Brière de Boismont (Gazette médicale, 1859, 2 juillet) raconte l'histoire d'un nécrophile qui, après avoir corrompu les gardiens, s'est introduit dans la chambre mortuaire où gisait le cadavre d'une fille de seize ans, enfant d'une famille très distinguée. Pendant la nuit, on entendit dans la chambre mortuaire un bruit comme si un meuble eût été renversé. La mère de la jeune fille décédée pénétra dans la chambre et aperçut un homme en chemise qui venait de sauter du lit de la morte. On le prit d'abord pour un voleur, mais bientôt on s'aperçut de quoi il s'agissait. On apprit que le nécrophile, fils d'une grande famille, avait déjà souvent violé des cadavres de jeunes femmes. Il a été condamné aux travaux forcés à perpétuité.

L'histoire suivante, racontée par Taxil (La Prostitution contemporaine, p. 171), est aussi d'un grand intérêt pour l'étude de la nécrophilie.

Un prélat venait de temps en temps dans une maison publique à Paris et commandait qu'une prostituée, vêtue de blanc comme un cadavre, l'attendît couchée sur une civière.

À l'heure fixée, il arrivait revêtu de ses ornements, entrait dans la chambre transformée en chapelle ardente, faisait comme s'il disait une messe, se jetait alors sur la fille qui pendant tout ce temps devait jouer le rôle d'un cadavre39.

Note 39:
Simon (Crimes et Délits, p. 209) cite une observation de Lacassagne auquel un homme très convenable a avoué qu'il n'éprouvait de forte excitation sexuelle que lorsqu'il assistait à un enterrement.

Les cas où l'auteur maltraite et dépèce le cadavre, sont plus faciles à expliquer. Ils font un pendant immédiat aux assassins par volupté, étant donné que la volupté chez ces individus est liée à la cruauté ou du moins au penchant à se livrer à des voies de fait sur la femme. Peut-être un reste de scrupule moral fait-il reculer l'individu devant l'idée de commettre des actes cruels sur la personne d'une femme vivante, peut-être l'imagination omet-elle l'assassinat par volupté et ne s'en tient-elle qu'au résultat de l'assassinat: le cadavre. Il est probable que l'idée de l'absence de volonté du cadavre joue ici un rôle.

Observation 23.—Le sergent Bertrand est un homme d'une constitution délicate, d'un caractère étrange; il était, dès son enfance, toujours taciturne et aimait la solitude.

Les conditions de santé de sa famille ne sont pas suffisamment connues, mais on a pu établir que, dans son ascendance, il y avait des cas d'aliénation mentale. Il prétend avoir été affecté d'une étrange manie de destruction dès son enfance. Il brisait tout ce qui lui tombait entre les mains.

Dès son enfance, il en vint à la masturbation sans y avoir été entraîné. À l'âge de neuf ans, il commença à éprouver de l'affection pour les personnes de l'autre sexe. À l'âge de treize ans, le puissant désir de satisfaire ses sens avec des femmes se réveilla en lui; il se masturbait sans cesse. En se livrant à cet acte, il se représentait toujours une chambre remplie de femmes. Il se figurait alors, dans son imagination, qu'il accomplissait avec elles l'acte sexuel et qu'il les maltraitait ensuite. Bientôt il se les représentait comme des cadavres, et, dans son imagination, il se voyait souillant ces cadavres. Parfois, quand il se trouvait dans cet état, l'idée lui vint d'avoir affaire aussi à des cadavres d'hommes, mais cette idée le remplissait toujours de dégoût.

Ensuite il éprouva le vif désir de se mettre en contact avec de véritables cadavres.

Faute de cadavres humains, il se procurait des cadavres d'animaux, auxquels il ouvrait le ventre, arrachait les entrailles, pendant qu'il se masturbait. Il prétend avoir éprouvé alors un plaisir indicible. En 1846, les cadavres ne lui suffisaient plus. Il tua deux chiens, avec lesquels il fit la même chose. Vers la fin de 1846, il lui vint, pour la première fois, l'envie de se servir de cadavres humains. D'abord, il résista. En 1847, comme il venait d'apercevoir par hasard, au cimetière, la tombe d'un mort qu'on venait d'enterrer, cette envie le prit si violemment, en lui causant des maux de tête et des battements de cœur, que, bien qu'il y eût du monde tout près et danger d'être découvert, il se mit à déterrer le cadavre. N'ayant sous la main aucun instrument pour le dépecer, il prit la bêche d'un fossoyeur et se mit à frapper avec rage sur le cadavre. En 1847 et 1848 se manifestait pendant quinze jours, avec de violents maux de tête, l'envie de brutaliser des cadavres. Au milieu des plus grands dangers et des plus grandes difficultés, il satisfit environ quinze fois ce penchant. Il déterrait les cadavres avec ses ongles, et, telle était son excitation, qu'il ne sentait même pas les blessures qu'il se faisait aux mains. Une fois en possession du cadavre, il l'éventrait avec son sabre ou son couteau, arrachait les entrailles pendant qu'il se masturbait. Le sexe des morts, prétend-il, lui était absolument égal; mais on a constaté que ce vampire moderne avait déterré plus de cadavres de femmes que de cadavres d'hommes. Pendant ces actes, il se trouvait dans une excitation sexuelle indescriptible. Après avoir dépecé les cadavres, il les enterrait de nouveau.

Au mois de juillet 1848, il tomba, par hasard, sur le cadavre d'une fille de seize ans.

C'est alors que, pour la première fois, s'éveilla en lui l'envie de pratiquer le coït sur le cadavre. «Je le couvrais de baisers et le pressais comme un enragé contre mon cœur. Toute la jouissance qu'on peut éprouver avec une femme vivante n'est rien en comparaison du plaisir que j'éprouvai. Après en avoir joui environ quinze minutes, je dépeçai, comme d'habitude, le cadavre et en arrachai les entrailles. Ensuite je l'enterrai de nouveau.»

C'est à partir de cet attentat, prétend B..., qu'il a senti l'envie de jouir sexuellement des cadavres avant de les dépecer, ce qu'il a fait avec trois cadavres de femmes. Mais le vrai mobile qui le faisait déterrer les cadavres était resté le même: le dépècement, et le plaisir qu'il éprouvait à cet acte était plus grand que celui que lui procurait le coït pratiqué sur le cadavre.

Ce dernier acte n'était qu'un épisode de l'acte principal et n'a jamais pu complètement satisfaire son rut. Voilà pourquoi, après l'acte sexuel, il mutilait les cadavres.

Les médecins légistes admirent le cas de monomanie. Le conseil de guerre condamna B... à un an de prison.

(Michéa, Union méd., 1849.—Lunier, Annales méd.-psychol., 1849, p. 153.— Tardieu, Attentats aux mœurs, 1878, p. 114.—Legrand, La Folie devant les Tribunaux, p. 524.)

C.—MAUVAIS TRAITEMENTS INFLIGÉS À DES FEMMES (PIQÛRES, FLAGELLATIONS, ETC.)

À la catégorie des assassins par volupté et à celle des nécrophiles qui a beaucoup d'affinités avec la première, il faut joindre celle des individus dégénérés qui éprouvent du charme et du plaisir à blesser la victime de leurs désirs et à voir le sang couler.

Un monstre de ce genre était le fameux marquis de Sade40, qui a donné son nom à cette tendance à unir la volupté à la cruauté.

66

Note 40:

Taxil (op. cit., p. 180) donne des renseignements détaillés sur ce monstre psychosexuel qui, évidemment, a dû présenter un état de satyriasis habituel associé à une paresthesia sexualis.

De Sade était cynique au point de vouloir sérieusement idéaliser sa cruelle sensualité et se faire l'apôtre d'une doctrine fondée sur ce sentiment pervers. Ses menées étaient devenues si scandaleuses (entre autres il invita chez lui une société de dames et de messieurs qu'il mit en rut en leur faisant servir des bonbons de chocolat mélangés de cantharide) qu'on dut l'enfermer dans la maison de santé de Charenton. Pendant la Révolution (1790), il fut remis en liberté. Il écrivit alors des romans ruisselants de volupté et de cruauté. Lorsque Bonaparte devint consul, le marquis de Sade lui fit cadeau de la collection de ses romans, reliés avec luxe. Le consul fit détruire les œuvres du marquis et interner de nouveau l'auteur à Charenton, où celui-ci mourut en 1814, à l'âge de soixante-quatre ans.

Le coït n'avait pour lui de charme que lorsqu'il pouvait faire saigner par des piqûres l'objet de ses désirs. Sa plus grande volupté était de blesser des prostituées nues et de panser ensuite leurs blessures.

Il faut aussi classer dans cette catégorie le cas d'un capitaine dont l'histoire nous est racontée par Brierre de Boismont. Ce capitaine forçait sa maîtresse, avant le coït qu'il faisait très fréquemment, à se poser des sangsues ad pudenda. Finalement cette femme fut atteinte d'une anémie très grave et devint folle.

Le cas suivant, que j'emprunte à ma clientèle, nous montre d'une façon bien caractéristique la connexité qui existe entre la volupté, la cruauté et le penchant à verser, ou à voir couler du sang.

Observation 24.—M. X..., vingt-cinq ans, est né d'un père lunatique, mort de dementia paralytica et d'une mère de constitution hystéro-neurasthénique. C'est un individu faible au physique, de constitution névropathique et portant de nombreux stigmates de dégénérescence anatomique. Étant enfant, il avait déjà des tendances à l'hypocondrie et des obsessions. De plus, son état d'esprit passait de l'exaltation à la dépression. Déjà, à l'âge de dix ans, le malade éprouvait une étrange volupté à voir couler le sang de ses doigts. Voilà pourquoi il se coupait ou se piquait souvent les doigts et éprouvait de ces blessures un bonheur indicible. Alors il se produisit des érections lorsqu'il se blessait, de même lorsqu'il voyait le sang d'autrui, par exemple une bonne qui s'était blessée au doigt. Cela lui causait des sensations d'une volupté particulière. Puis sa vita sexualis s'éveilla de plus en plus. Il se mit à se masturber sans qu'il y fût amené par personne.

Pendant l'acte de la masturbation, il lui revenait des images et des souvenirs de femmes baignées de sang. Maintenant, il ne lui suffisait plus de voir couler son propre sang. Il était avide de la vue du sang de jeunes femmes, surtout de celles qui lui étaient sympathiques. Souvent il pouvait à peine contenir son envie de blesser deux de ses cousines et une femme de chambre. Mais des femmes qui par elles-mêmes ne lui étaient pas sympathiques, provoquaient chez lui ce désir si elles l'impressionnaient par une toilette particulière, par les bijoux et les coraux dont elles étaient parées. Il put résister à ce penchant, mais son imagination était toujours hantée par des idées sanguinaires qui entretenaient en lui des émotions voluptueuses. Il y avait une corrélation intime entre les deux sphères d'idées et de sentiments. Souvent d'autres fantaisies cruelles l'obsédaient. Ainsi, par exemple, il se représentait dans le rôle d'un tyran qui fait mitrailler le peuple. Par une obsession de son imagination, il se dépeignait les scènes qui se passeraient si l'ennemi envahissait une ville, s'il violait, torturait et enlevait les vierges. Dans ses moments de calme, le malade qui était d'ailleurs d'un bon caractère et sans défectuosité éthique, éprouvait une honte et un profond dégoût de pareilles fantaisies, cruelles et voluptueuses. Aussi ce travail d'imagination cessait aussitôt qu'il s'était procuré une satisfaction sexuelle par la masturbation.

Peu d'années suffirent pour rendre le malade neurasthénique. Alors le sang et les scènes sanguinaires évoqués par son imagination, ne suffisaient plus pour arriver à l'éjaculation. Afin de se délivrer de son vice et de ses rêves de cruauté, le malade eut des rapports sexuels avec des femmes.

Le coït n'était possible que lorsque le malade s'imaginait que la fille saignait des doigts. Il ne pouvait avoir d'érection sans avoir présente cette image dans son idée. L'idée cruelle de blesser n'avait alors pour objectif que la main de la femme. Dans les moments de plus grande excitation sexuelle, le seul aspect d'une main de femme sympathique était capable de lui donner les érections les plus violentes.

Effrayé par la lecture d'un ouvrage populaire sur les conséquences funestes de l'onanisme, il s'imposa une abstinence rigoureuse et tomba dans un état grave de neurasthénie générale compliquée d'hypocondrie, tædium vitæ. Grâce à un traitement médical très compliqué et très actif, le malade se rétablit au bout d'un an. Depuis trois ans, il est d'un esprit sain; il a, comme auparavant, de grands besoins sexuels, mais il n'est hanté que très rarement par ses anciennes idées sanguinaires. X... a tout à fait renoncé à la masturbation. Il trouve de la satisfaction dans la jouissance sexuelle normale; il est parfaitement puissant et n'a plus besoin d'avoir recours à ses idées sanguinaires.

Quelquefois ces tendances à la volupté cruelle ne se produisent chez des individus tarés qu'épisodiquement et dans certains états exceptionnels déterminés, ainsi que nous le montre le cas suivant, rapporté par Tarnowsky (op. cit., p. 61).

Observation 25.—Z..., médecin, de constitution névropathique, réagissant faiblement contre l'alcool, pratiquant le coït normal dans les circonstances ordinaires, sentait, aussitôt qu'il avait bu du vin, que le simple coït ne satisfaisait plus son libido augmenté par cette boisson. Dans cet état, il était forcé, pour avoir une éjaculation et obtenir le sentiment d'une satisfaction complète, de piquer les nates de la puella, de les couper avec une lancette, de voir le sang et de sentir comment la lame pénètre dans la chair vivante.

Mais la plupart des individus atteints de cette forme de perversion, présentent cette particularité que le charme de la femme ne les excite pas. Déjà dans le premier des cas cités plus haut, l'imagination a dû recourir à l'idée de l'écoulement du sang pour que l'érection puisse se produire.

Le cas suivant a rapport à un homme qui, par suite de la masturbation dès son enfance, a perdu la faculté d'érection, de sorte que, chez lui, l'acte sadique remplace le coït.

Observation 26.—Le piqueur de filles de Bozen (communiqué par Demme, Buch der Verbrechen, Bd. II, p. 341). En 1829, une enquête judiciaire fut ouverte contre B..., soldat, âgé de trente ans. À différentes époques, et dans plusieurs endroits, il avait blessé avec un couteau ou un canif des filles au derrière, mais de préférence dans la région des parties génitales. Il donna comme mobile de ces attentats un penchant sexuel poussé jusqu'à la frénésie et qui ne trouvait de satisfaction que par l'idée ou le fait de piquer des femmes. Ce penchant l'avait obsédé pendant des journées. Cela troublait ses idées et ce trouble ne cessait que quand il avait répondu par un acte à son penchant. Au moment de piquer, il éprouvait la satisfaction d'un coït accompli, et cette satisfaction était augmentée par l'aspect du sang ruisselant sur son couteau. Dès l'âge de dix ans, l'instinct sexuel se manifesta violemment chez lui. Il se livra tout d'abord à la masturbation et sentit que son corps et son esprit en étaient affaiblis.

Avant de devenir «piqueur de filles», il avait satisfait son instinct sexuel en abusant de petites filles impubères, les masturbant et commettant des actes de sodomie. Peu à peu l'idée lui était venue qu'il éprouverait du plaisir en piquant une belle jeune fille aux parties génitales et en voyant couler le sang le long de son couteau.

Dans ses effets, on a trouvé des imitations d'objets servant au culte, des images obscènes peintes par lui et représentant d'une façon étrange la conception de Marie, «l'idée de Dieu figée» dans le sein de la Sainte Vierge.

Il passait pour un homme bizarre, très irascible, fuyant les hommes, avide de femmes, et morose. On ne constata chez lui aucune trace de honte ni de repentir. Évidemment c'était un individu devenu impuissant par suite d'excès sexuels prématurés, mais que la persistance d'un libido sexualis violent poussait à la perversion sexuelle41.

Note 41:
Voy. Krauss, Psychologie des Verbrechens, 1884, p. 188; Dr Hofer, Annalen der Staatsarzneikunde, 6. III. 2; Schmidt's Jahrbücher, Bd 59, p. 94.

Observation 27.—Dans les premières années qui suivirent 1860, la population de Leipzig était terrorisée par un homme qui avait l'habitude d'assaillir, avec un poignard, les jeunes filles dans la rue et de les blesser au bras supérieur. Enfin on réussit à l'arrêter et l'on constata que c'était un sadique qui, au moment où il blessait les filles, avait une éjaculation, et chez qui l'acte de faire une blessure aux filles était un équivalent du coït. (Wharton, A treatise on mental unsoundness, Philadelphia 1873, § 62342).

Note 42:
Les journaux rapportent qu'en décembre 1896 une série d'attentats analogues ont été commis à Mayence. Un garçon, entre quatorze et seize ans, s'approchait des filles et des

femmes et leur blessait les jambes avec un instrument aigu. Il fut arrêté et fit l'impression d'un aliéné. On n'a donné aucun détail sur ce cas, probablement de nature sadique.

Dans les trois cas suivants, il y a également impuissance, mais elle peut être d'origine psychique, la note dominante de la vita sexualis étant ab origine basée sur le penchant sadiste et ses éléments normaux se trouvant atrophiés.

Observation 28 (communiquée par Demme, Buch der Verbrechen, VII, p. 281).— Le coupeur de filles d'Augsbourg, le nommé Bartle, négociant en vins, avait déjà des penchants sexuels à l'âge de quatorze ans, mais une aversion prononcée pour la satisfaction de l'instinct par le coït, aversion qui allait jusqu'au dégoût du sexe féminin. Déjà, à cette époque, il lui vint à l'idée de faire des plaies aux filles et de se procurer par ce moyen une satisfaction sexuelle. Il y renonça cependant faute d'occasions et d'audace.

Il dédaignait la masturbation; par-ci par-là il avait des pollutions sous l'influence de rêves érotiques avec des filles blessées.

Arrivé à l'âge de dix-neuf ans, il fit, pour la première fois, une blessure à une fille. Hæc faciens sperma ejaculavit, summa libidine affectus. L'impulsion à de pareils actes devint de plus en plus forte. Il ne choisissait que des filles jeunes et jolies et leur demandait auparavant si elles étaient mariées ou non. L'éjaculation et la satisfaction sexuelle ne se produisaient que lorsqu'il s'apercevait qu'il avait réellement blessé la fille. Après l'attentat, il se sentait toujours faible et mal à l'aise; il avait aussi des remords.

Jusqu'à l'âge de trente-deux ans, il ne blessait les filles qu'en coupant la chair, mais il avait toujours soin de ne pas leur faire de blessures dangereuses. À partir de cette époque et jusqu'à l'âge de trente-six ans, il parvint à dompter son penchant. Ensuite il essaya de se procurer de la jouissance en serrant les filles aux bras ou au cou, mais par ce procédé il n'arrivait qu'à l'érection, jamais à l'éjaculation. Alors il essaya de frapper les filles avec un couteau resté dans sa gaine, mais cela ne produisit pas non plus l'effet voulu. Enfin il donna un coup de couteau pour de bon et eut un plein succès, car il s'imaginait qu'une fille blessée de cette manière perdait plus de sang et ressentait plus de douleur que si on lui avait incisé la peau. À l'âge de trente-sept ans, il fut pris en flagrant délit et arrêté. Dans son logement, on trouva un grand nombre de poignards, de stylets et de couteaux. Il déclara que le seul aspect de ces armes, mais plus encore de les palper, lui avait procuré des sensations voluptueuses et une vive excitation.

En tout, il aurait blessé cinquante filles, s'il faut s'en tenir à ses aveux.

Son extérieur était plutôt agréable. Il vivait dans une situation bien rangée, mais c'était un individu bizarre et qui fuyait la société.

Observation 29.—J.H..., vingt-cinq ans, est venu en 1883 à la consultation pour neurasthénie et hypocondrie très avancées. Le malade avoue s'être masturbé depuis l'âge de quatorze ans; jusqu'à l'âge de dix-huit ans il en usa moins fréquemment, mais depuis il n'a plus la force de résister à ce penchant. Jusque-là, il n'a jamais pu s'approcher d'une femme, car il était soigneusement surveillé par ses parents qui, à cause de son état maladif, ne le laissaient jamais seul. D'ailleurs, il n'avait pas de désir prononcé pour cette jouissance qui lui était inconnue.

Il arriva, par hasard, qu'un jour, une fille de chambre de sa mère cassa une vitre en lavant les carreaux de la fenêtre. Elle se fit une blessure profonde à la main. Comme il l'aidait à arrêter le sang, il ne put s'empêcher de le sucer, ce qui le mit dans un état de violente excitation érotique allant jusqu'à l'orgasme complet et à l'éjaculation.

À partir de ce moment, il chercha par tous les moyens à se procurer la vue du sang frais de personnes du sexe féminin et autant que possible à en goûter. Il préférait celui des jeunes filles. Il ne reculait devant aucun sacrifice ni aucune dépense d'argent pour se procurer ce plaisir.

Au début, la femme de chambre se mettait à sa disposition et se laissait, selon le désir du jeune homme, piquer au doigt avec une aiguille et même avec une lancette. Mais lorsque la mère l'apprit, elle renvoya la femme de chambre. Maintenant il est obligé d'avoir recours à des mérétrices pour obtenir un équivalent, ce qui lui réussit assez souvent, malgré toutes les difficultés qu'il a à surmonter. Entre temps, il se livre à la masturbation et à la manustupratio per feminam, ce qui ne lui donne jamais une satisfaction complète et ne lui vaut qu'une fatigue et les reproches qu'il se fait intérieurement. À cause de son état nerveux, il fréquentait beaucoup les stations thermales; il a été deux fois interné dans des établissements spéciaux où il demandait lui-même à entrer. Il usa de l'hydrothérapie, de l'électricité et de cures appropriées sans obtenir un résultat sensible.

Parfois il réussit à corriger sa sensibilité sexuelle anormale et son penchant à l'onanisme par l'emploi des bains de siège froids, du camphre monobromé et des sels de brome. Cependant, quand le malade se sent libre, il revient immédiatement à son ancienne passion et n'épargne ni peine ni argent pour satisfaire son désir sexuel de la façon anormale décrite plus haut.

Observation 30 (communiquée par Albert Moll, de Berlin).—L... T..., vingt et un ans, commerçant dans une ville rhénane, appartient à une famille dans laquelle il y a plusieurs personnes nerveuses et psychopathes. Une de ses sœurs est atteinte d'hystérie et de mélancolie.

Le malade a toujours été d'un caractère très tranquille; il était même timide. Étant à l'école, il s'isolait souvent de ses camarades, surtout quand ceux-ci parlaient de filles. Il lui semblait toujours choquant de traiter, dans une conversation avec dames, mariées ou non, la question du coucher ou du lever, ou même d'en faire mention.

Dans les premières années de ses études, le malade travaillait bien; plus tard, il devint paresseux et ne put plus faire de progrès. Le malade vint, le 17 août 1870, consulter le docteur Moll sur les phénomènes anormaux de sa vie sexuelle. Cette démarche lui fut conseillée par un médecin ami, la docteur X..., auquel il avait fait des confidences auparavant.

Le malade fait l'impression d'un homme très timide, farouche. Il avoue sa timidité, surtout en présence d'autres personnes, son manque de confiance en lui-même et d'aplomb. Ce fait a été confirmé par le docteur X...

En ce qui concerne sa vie sexuelle, le malade peut en faire remonter les premières manifestations à l'âge de sept ans. Alors il jouait souvent avec ses parties génitales, et il fut quelquefois puni pour cela. En se masturbant ainsi, il prétend avoir obtenu des érections; il se figurait toujours qu'il frappait avec des verges une femme sur les nates dénudées jusqu'à ce qu'elle en eût des durillons.

«Ce qui m'excitait surtout, raconte le malade, c'est l'idée que la personne flagellée était une femme belle et hautaine, et que je lui infligeais la correction en présence d'autres personnes, surtout des femmes, pour qu'elle sentît la force de mon pouvoir sur elle. Je cherchai donc de bonne heure à lire des livres où il est question de corrections corporelles, entre autres un ouvrage où il était question des mauvais traitements infligés aux esclaves romains.

«Cependant je n'avais pas d'érections quand les mauvais traitements que je me représentais consistaient en coups donnés sur le dos ou sur les épaules. Tout d'abord je crus que ce genre d'excitation passerait avec le temps, et voilà pourquoi je n'en parlai à personne.»

Le malade, qui s'était onanisé de bonne heure, continua. Au moment de sa masturbation, il évoquait toujours la même image de flagellation. Depuis l'âge de treize ou quatorze ans, le malade avait des éjaculations quand il se masturbait. Decimum septimum annum agens primum feminam adiit coeundi causa neque coitum perficere potuit libidine et erectione deficientibus. Mox autem iterum apud alteram coitum conatus est nullo successu. Tum feminam per vim verberavit. Tantopere erat excitatus ut mulierem dolore clamantem atque lamentantem verberare non desierit. Il ne pensait pas que ce fait pouvait lui attirer des poursuites judiciaires qui, d'ailleurs, n'ont pas eu lieu. Par ce procédé, il obtenait l'érection, l'orgasme et l'éjaculation. Il accomplissait l'acte de la manière suivante: il serrait de ses deux genoux la femme de manière que son pénis touchait le corps de celle-ci, mais sans immissio penis in vaginam, ce qui lui paraissait tout à fait superflu.

Plus tard le malade eut tant de honte de battre des femmes et fut en proie à des idées si noires, qu'il pensa souvent au suicide. Pendant les trois années suivantes, le malade alla encore chez des femmes. Mais jamais il ne leur demanda plus de se laisser battre par lui. Il essayait d'arriver à l'érection en pensant aux coups donnés à la femme; mais cet artifice n'avait aucun succès, neque membrum a muliere tractatum se erexit. Après avoir fait cet essai et échoué, le malade prit la résolution de se confier à un médecin.

Le malade fournit encore une série d'autres renseignements sur sa vita sexualis. L'anomalie de son instinct sexuel l'avait autant gêné que son intensité. Il se couchait avec des idées sexuelles qui le poursuivaient toute la nuit et revenaient au moment de son réveil le matin. Il n'était jamais à l'abri de la résurrection de ces idées morbides qui l'excitaient, idées auxquelles au début il se livrait avec délectation, mais dont il ne pouvait se débarrasser pour quelque temps que par la masturbation.

À une de mes questions, le malade répond qu'en dehors des coups sur le dos et surtout sur les nates de la femme, les autres violences n'exerçaient aucun charme sur lui. Ligotter la femme, fouler son corps aux pieds, n'avaient pas du charme pour lui. Ce fait est d'autant plus à relever que les coups donnés à la femme ne procurent au patient un plaisir sexuel que parce que ces coups sont «humiliants et déshonorants» pour la femme; celle-ci doit sentir qu'elle est complètement en son pouvoir. Le malade n'éprouverait aucun charme s'il frappait la femme sur une autre partie du corps que celle dont il a été fait mention, ou s'il lui causait des douleurs d'un autre genre.

Multo minorem ei affert voluptatem si nates suæ a muliere verberantur; tamen ea res sæpe ejaculationem seminis effecit sed hæc fieri putat erectione deficiente.

Inter verbera autem penem in vaginam immittendo nullum voluptatem se habere ratus qualibet parte corporis femininæ pene tacta semen ejaculat. De même qu'en battant la femme le charme pour lui consistait dans l'humiliation de celle-ci, il se sentait de même excité sexuellement par le fait contraire, c'est-à-dire par l'idée d'être humilié lui-même par des coups et de se trouver entièrement livré à la puissance de la femme. Pourtant tout autre genre d'humiliation que des coups reçus sur les fesses, ne pouvait l'exciter. Il lui répugnait de se laisser ligoter et fouler aux pieds par une femme.

Les rêves du malade en tant qu'ils étaient de nature érotique, se mouvaient toujours dans le même ordre d'idées que ses penchants sexuels à l'état de veille. Dans ses rêves il avait souvent des pollutions. Les idées sexuelles perverties ont-elles apparu d'abord dans les rêves ou à l'état de veille? Le patient n'a pu donner sur ce sujet de renseignements précis, bien que le souvenir de la première excitation remonte à l'âge de sept ans. Cependant il croit que ces idées lui sont venues à l'état de veille. Dans ses rêves, le malade battait souvent des personnes du sexe mâle, ce qui lui causait aussi des pollutions. À l'état de veille, l'idée de battre des hommes ne lui causait que peu d'excitation. Le corps nu de l'homme n'a pour lui aucun charme, tandis qu'il se sent nettement attiré par le corps nu d'une femme, bien que son libido ne trouve de satisfaction que lorsque les faits sus-mentionnés ont lieu, et bien qu'il n'éprouve aucun désir du coït in vaginam.

Le traitement du malade eut essentiellement pour but d'amener chez lui un coït normal, autant que possible avec penchant normal, car il était à supposer que si l'on réussissait à rendre normale sa vie sexuelle, il perdrait aussi son caractère farouche et craintif qui le gêne beaucoup. Dans le traitement que j'ai employé (Dr Moll), pendant trois mois et demi, j'ai usé des trois moyens suivants:

1° J'ai défendu expressément au malade qui désire vivement être guéri, de s'abandonner avec plaisir à ses idées perverses. Il va de soi que je ne lui donnai pas le conseil absurde de ne plus penser du tout à la flagellation. Un pareil conseil ne pourrait être suivi par le malade, car ces idées lui viennent indépendamment de sa volonté et apparaissent rien qu'en lisant par hasard le mot «frapper». Ce que je lui défendis expressément, c'était d'évoquer lui-même de pareilles idées et de s'y abandonner volontairement. Au contraire, je lui recommandai de faire tout pour concentrer ses idées sur un autre sujet.

2° J'ai permis, j'ai même recommandé au malade, puisqu'il s'intéresse aux femmes nues, de se représenter dans son imagination des femmes dans cet état. Je lui fis cette recommandation bien qu'il prétende que ce n'est pas au point de vue sexuel que les femmes nues l'intéressent.

3° J'ai essayé par l'hypnose, qui était très difficile à obtenir, et par la suggestion, d'aider le malade dans cette nouvelle voie. Pour le moment, toute tentative de coït lui a été interdite afin d'éviter qu'il se décourage par un échec éventuel.

Au bout de deux mois et demi, ce traitement eut pour résultat que, d'après les affirmations du patient du moins, les idées perverses venaient plus rarement et étaient de plus en plus reléguées au second rang; l'image des femmes nues lui donnait des érections qui devenaient de plus en plus fréquentes et qui l'amenaient souvent à se masturber avec l'idée du coït sans qu'il s'y mêle l'idée de battre une femme. Pendant son sommeil, il n'avait que rarement des rêves érotiques; ceux-ci avaient comme sujet, tantôt le coït normal, tantôt les coups donnés aux femmes. Deux mois et demi après le début de mon traitement, j'ai conseillé au malade d'essayer le coït. Il l'a fait depuis quatre fois. Je lui recommandai de choisir toujours une femme qui lui fût sympathique, et j'essayai, avant le coït, d'augmenter son excitation sexuelle par de la tinctura cantharidum.

Les quatre essais—le dernier a eu lieu le 29 novembre 1800—ont donné les résultats suivants. La première fois, la femme a dû faire de longues manipulations sur le pénis pour qu'il y eût érection; alors l'immissio in vaginam réussit et il y eut éjaculation avec orgasme. Pendant toute la durée de l'acte, il ne lui vint point l'idée qu'il battait la femme ou qu'il en était battu: la femme l'excitait suffisamment pour qu'il pût pratiquer le coït. Au second essai, le résultat fut meilleur et plus prompt. Les manipulations de la femme sur les parties génitales ne furent nécessaires que dans une très faible mesure. Au troisième essai, le coït ne réussit qu'après que le malade eut, pendant longtemps, pensé à la flagellation et se fût mis, par ce moyen, en érection; mais il n'en vint point à des voies de fait. Au quatrième essai, le coït réussit sans aucune évocation d'idées de frapper et sans aucune manipulation de la femme sur le pénis.

Il est évident que, jusqu'en ce moment, on ne peut considérer comme guéri le malade dont il est ici question. De ce que le malade a pu quelquefois pratiquer le coït d'une manière à peu près normale ou tout à fait normale, cela ne veut pas dire qu'il en sera toujours capable à l'avenir, d'autant plus que l'idée de battre lui cause toujours un grand plaisir, bien que cette idée lui vienne maintenant plus rarement qu'autrefois. Pourtant il y a des probabilités pour que le penchant anormal qui, à l'heure actuelle, s'est considérablement atténué, diminue dans l'avenir ou disparaisse peut-être complètement.

Ce cas, observé avec beaucoup de soin, est extrêmement intéressant à bien des points de vue. Il montre nettement une des raisons cachées du sadisme, la tendance à réduire la femme à une sujétion sans limites, tendance qui est entrée dans ce cas dans la conscience de l'individu. C'est d'autant plus curieux que l'individu en question était d'un caractère timide, et, dans ses autres rapports sociaux, d'allures excessivement modestes et mêmes craintives. Ce cas nous montre aussi clairement qu'il peut exister un libido puissant et entraînant l'individu malgré tous les obstacles, tandis qu'en même temps il y a absence de tout désir du coït, la note dominante du sentiment étant tombée sur la sphère des idées sadistes et voluptueusement cruelles. Le cas en question contient en même temps quelques faibles éléments de masochisme.

Il n'est pas rare d'ailleurs que des hommes aux penchants pervertis payent des prostituées pour qu'elles se laissent flageller et même blesser jusqu'au sang.

Les ouvrages qui s'occupent de la prostitution contiennent des renseignements sur ce sujet, entre autres la volume de Coffignon: La Corruption à Paris.

D.—PENCHANT À SOUILLER LES FEMMES

Quelquefois l'instinct pervers qui pousse le sadique à blesser les femmes, à les traiter d'une manière humiliante et avilissante, peut se manifester par une tendance à les barbouiller avec des matières dégoûtantes ou salissantes.

Dans cette catégorie il faut classer le cas suivant, rapporté par Arndt(Vierteljahrsschr. f. ger. Medicin, N. F. XVII, H. 1).

Observation 31.—A..., étudiant en médecine à Greifswald, accusatus quod iterum iterumque puellis honestis parentibus natis in publico genitalia sua e bracis dependentia plane nudata quæ antea summo amiculo (pans de redingote) tecta erant, ostenderat. Nonnunquam puellas fugientes secutus easque ad se attractas urina oblivit. Hæc luce clara facta sunt; nunquam aliquid hæc faciens locutus est.

A... est âgé de vingt-trois ans, fort au physique, proprement mis et de manières décentes. Crâne un peu progeneum. Atteint de pneumonie chronique à la pointe droite du poumon. Emphysème. Pouls: 60; en émotion: 70 à 80 coups. Parties génitales normales. Se plaint de troubles périodiques de la digestion, de constipation, de vertiges et d'une excitation sexuelle excessive qui l'a poussé de bonne heure à l'onanisme, mais jamais à la satisfaction normale de ses besoins sexuels. Se plaint aussi d'être d'humeur mélancolique de temps en temps, d'idées qui lui viennent de se torturer lui-même, ainsi que de tendances perverses dont il ne saurait s'expliquer le mobile. Ainsi, par exemple, il rit dans des occasions graves, a quelquefois l'idée de jeter son argent à l'eau, de courir sous une pluie torrentielle.

Le père de l'inculpé est de tempérament nerveux, la mère sujette à des maux de tête nerveux. Un frère souffrait de crises épileptiques.

Dès sa première jeunesse, l'inculpé montrait un tempérament nerveux, était sujet aux crampes et aux syncopes, et était pris d'un état de catalepsie momentané lorsqu'on le grondait sévèrement. En 1869, il suivait les cours de médecine à Berlin. En 1870, il prit part à la guerre comme ambulancier. Ses lettres de cette époque dénotent de la mollesse et de l'apathie. En rentrant au printemps de 1871, son irritabilité d'humeur éveilla l'attention de son entourage. Il se plaignait souvent à cette époque de malaises physiques et des désagréments que lui causait une liaison féminine.

Il passait pour un homme très convenable.

75

En prison, il est calme et quelquefois pensif. Il attribue ses actes à des excitations sexuelles très gênantes et qui, ces temps derniers, étaient devenues excessives. Il s'était parfaitement rendu compte de l'immoralité de ses actes, et après coup, il en avait toujours eu de la honte. En les accomplissant, il n'a pas éprouvé une véritable satisfaction sexuelle. Il n'a pas une connaissance parfaite de la vraie portée de sa situation. Il se considère comme un martyre, une victime d'un pouvoir méchant. On suppose que chez lui le libre arbitre est supprimé.

Ce penchant se manifeste aussi dans l'instinct sexuel paradoxal qui se réveille à l'âge de sénilité et qui souvent se fait jour d'une façon perverse.

Ainsi Turnowsky (op. cit., p. 76) nous rapporte le cas suivant:

Observation 32.—J'ai connu un malade qui s'est couché avec une femme en toilette de soirée et fortement décolletée, sur un divan bas, dans une chambre très éclairée. Ipse apud janum alius cubiculi obscurati constitit adspiciendo aliquantulum feminam, excitatus in eam insiluit excrementa in sinus ejus deposuit. Hæc faciens ejaculationem quamdam se sentire confessus est.

Un journaliste viennois me communique le fait que des hommes, en payant des prix exorbitants, décident des prostituées à tolérer, ut illi viri in ora earum spuerent, et fæces et urinas in ora explerent43.

Note 43:
Léo Taxil, dans son ouvrage: La Corruption fin de siècle, rapporte (p. 223) des faits analogues. Il y a aussi des hommes qui exigent introductio linguæ meretricis in anum.

Dans cette catégorie paraît aussi rentrer le cas suivant raconté par le Dr Pascal (Igiene dell'amore):

Observation 33.—Un homme avait une maîtresse. Ses rapports avec elle se bornaient aux actes suivants: elle devait se laisser noircir les mains avec du charbon ou de la suie de chandelle, ensuite elle devait se mettre devant une glace, de sorte qu'il pût voir dans la glace les mains salies. Durant sa conversation souvent assez prolongée avec sa maîtresse, il portait sans cesse ses regards dans la glace sur l'image des mains salies, et puis il prenait congé d'elle, l'air très satisfait.

Très remarquable aussi à ce point de vue, le cas suivant qui m'a été communiqué par un médecin. Un officier n'était connu dans un lupanar à K..., que sous le sobriquet de «d'huile». L'huile lui procurait des érections et des éjaculations, à la condition qu'il fît entrer la puellam publicam nudam dans un seau rempli d'huile et qu'il lui enduisît d'huile tout le corps.

En présence de ces faits, la supposition s'impose que certains individus qui abîment les vêtements de femmes (en versant dessus, par exemple, de l'acide sulfurique ou de l'encre), doivent obéir au désir de satisfaire un instinct sexuel pervers. C'est là aussi une façon de causer de la douleur. Les personnes endommagées sont toujours des femmes, tandis que ceux qui commettent le dégât sont des hommes. Dans tous les cas, il serait bon, dans de pareilles affaires judiciaires, de prêter à l'avenir quelque attention à la vita sexualis des agresseurs.

Le caractère sexuel de ces attentats est mis en lumière par le cas de Bachmann que nous citerons plus loin (Observ. 93) et dans lequel le mobile sexuel du délit fut prouvé jusqu'à l'évidence.

E.—AUTRES ACTES DE VIOLENCE SUR DES FEMMES. SADISME SYMBOLIQUE

Dans les groupes énumérés plus haut, toutes les formes sous lesquelles l'instinct sadiste se manifeste contre la femme, ne sont pas encore épuisées. Si le penchant n'est pas trop puissant ou s'il y a encore assez de résistance morale, il peut se faire que l'inclination sadiste se satisfasse par un acte en apparence puéril et insensé, mais qui, pour l'auteur, possède un caractère symbolique.

Tel semble être le sens des deux cas suivants.

Observation 34.—(Dr Pascal, Igiene dell' Amore). Un homme avait l'habitude d'aller une fois par mois, à une date fixe, chez sa maîtresse et de lui couper alors, avec une paire de ciseaux, les mèches qui lui tombaient sur le front. Cet acte lui procurait le plus grand plaisir. Il n'exigeait jamais autre chose de la fille.

Observation 35.—Un homme, habitant Vienne, fréquente régulièrement plusieurs prostituées, rien que pour leur savonner la figure et y passer ensuite un rasoir comme s'il voulait leur faire la barbe. Numquam puellas lædit, sed hæc faciens valde excitatur libidine et sperma ejaculat44.

Note 44:
Léo Taxil (op. cit., p. 224) raconte que, dans les lupanars de Paris, on tient à la disposition de certains clients des instruments qui représentent des gourdins mais qui, en réalité, ne sont que des vessies gonflées du genre de celles avec lesquelles les clowns, dans les cirques, se donnent des coups. Des sadiques se donnent par ce moyen l'illusion qu'ils battent des femmes.

Unique dans son genre est le cas suivant qui malheureusement n'a pas été assez étudié au point de vue scientifique.

Observation 36.—Au cours d'un procès devant un tribunal correctionnel de Vienne, on a révélé le fait suivant. Dans un jardin de restaurant public, un comte N... est venu un jour accompagné d'une femme et a scandalisé le public par ses menées. Il exigea de la femme qui était avec lui, qu'elle s'agenouillât devant lui et qu'elle l'adorât les mains jointes. Ensuite il lui ordonna de lécher ses bottes. Enfin il exigea d'elle, en plein public, quelque chose d'inouï (osculum ad nates ou quelque chose d'analogue) et ne céda que lorsque la femme eut juré d'accomplir l'acte demandé chez elle, dans l'intimité.

Ce qui frappe dans ce cas c'est le besoin de l'homme perverti d'humilier la femme devant témoins (à comparer les fantaisies des sadistes cités plus haut, observation 30), et le fait que le désir d'humilier la femme tient le premier rang, et que c'est seulement un acte de nature symbolique. À côté de cela, dans ce cas incomplètement observé, les actes cruels sont aussi probables.

F.—SADISME PORTANT SUR DES OBJETS QUELCONQUES. FOUETTEURS DE GARCONS

En dehors des actes sadiques sur des femmes dont on vient de lire la description, il y en a aussi qui se pratiquent sur des êtres ou des objets quelconques, sur des enfants, sur des animaux, etc. L'individu peut, dans ces cas, se rendre nettement compte que son penchant cruel vise en réalité les femmes et qu'il maltraite, faute de mieux, le premier objet qui se trouve à sa portée.

L'état du malade peut aussi être tel qu'il s'aperçoive que seul le penchant aux actes cruels est accompagné d'émotions voluptueuses, tandis que le véritable motif de sa cruauté (qui pourrait seul expliquer la tendance voluptueuse à de pareils actes) reste pour lui obscur.

La première alternative suffit pour expliquer les cas cités par le Dr Albert (Friedreichs Blætter f. ger Med., 1859) et où il s'agit de précepteurs voluptueux qui, sans aucun motif, donnaient des fessées à leurs élèves.

Si, d'autre part, des garçons, on voyant appliquer une correction à leurs camarades, sont mis dans un état d'excitation sexuelle et reçoivent ainsi une direction pour leur vita sexualis dans l'avenir, cela nous fait penser à la seconde alternative, à un instinct sadique inconscient par rapport à son objet, comme dans les deux exemples suivants.

Observation 37.—R..., vingt-cinq ans, négociant, s'est adressé à moi au printemps de l'année 1889 pour me consulter au sujet d'une anomalie de sa vita sexualis, anomalie qui lui fait craindre une maladie et des malheurs dans la vie matrimoniale.

Le malade est d'une famille nerveuse; il était, dans son enfance, délicat, faible, nerveux, d'ailleurs bien portant sauf des morbilli. Plus tard, il s'est bien développé au physique et est devenu vigoureux.

À l'âge de huit ans, il fut témoin, à l'école, des corrections que le maître appliquait aux garçons, leur prenant la tête entre ses genoux et leur fouettant ensuite le derrière.

Cette vue causa au malade une émotion voluptueuse. Sans avoir une idée du danger et de la honte de l'onanisme, il se satisfit par la masturbation, et, à partir de ce moment, il se masturba fréquemment, en évoquant toujours le souvenir des garçons qu'il avait vu fouetter.

Il continua ces pratiques jusqu'à l'âge de vingt ans. Alors il apprit quelle est la portée de l'onanisme, il s'en effraya et essaya d'enrayer son penchant à la masturbation; mais il avait recours à la masturbation psychique qu'il croyait inoffensive et justifiable au point de vue de la morale; à cet effet, il évoquait le souvenir des enfants fouettés.

Le malade devint neurasthénique, souffrit de pollutions, essaya de se guérir par la fréquentation des maisons publiques, mais il n'arriva jamais à avoir une érection. Il fit alors des efforts pour acquérir des sentiments sexuels normaux en recherchant la société des dames convenables. Mais il reconnut bientôt qu'il était insensible aux charmes du beau sexe.

Le malade est un homme de constitution physique normale, intelligent et doué d'un bel esprit. Il n'y a chez lui aucun penchant pour les personnes de son propre sexe.

Mon ordonnance médicale consista en préceptes pour combattre la neurasthénie et pour arrêter les pollutions. Je lui défendis la masturbation psychique et manuelle, je l'engageai à se tenir à l'écart de toute excitation sexuelle, et je lui fis prévoir un traitement hypnotique pour le ramener tout doucement à la vita sexualis normale.

Observation 38.—Sadisme larvé. N..., étudiant, est venu au mois de décembre 1890 à ma clinique. Depuis sa plus tendre jeunesse, il se livre à la masturbation. D'après ses assertions, il a été sexuellement excité en voyant son père appliquer une correction à ses frères, et plus tard, lorsque le maître d'école punissait les élèves. Témoin de ces actes, il éprouvait toujours des sensations voluptueuses. Il ne sait pas dire au juste à quelle date ce sentiment s'est pour la première fois manifesté chez lui; vers l'âge de six ans cela a déjà pu se produire. Il ne sait pas non plus précisément quand il a commencé à se masturber, mais il affirme nettement que son penchant sexuel a été éveillé à l'aspect de la flagellation des autres et que c'est ce fait qui l'a amené inconsciemment à se masturber. Le malade se rappelle bien que, dès l'âge de quatre ans jusqu'à l'âge de huit ans, il a été, lui aussi, à plusieurs reprises, fouetté sur le derrière, mais qu'il n'en a ressenti que de la douleur, jamais de la volupté. Comme il n'avait pas toujours l'occasion de voir battre les autres, il se représentait ces scènes dans son imagination. Cela excitait sa volupté, et alors il se masturbait. Toutes les fois qu'il le pouvait, il s'arrangeait à l'école de façon à pouvoir assister à la correction appliquée aux autres. Parfois il éprouvait le désir de fouetter lui-même ses camarades. À l'âge de douze ans, il sut décider un camarade à se laisser battre par lui. Il en éprouva une grande volupté. Mais lorsque l'autre prit sa revanche et le battit à son tour, il ne ressentit que de la douleur.

Le désir de battre les autres n'a jamais été très fort chez lui. Le malade trouvait plus de satisfaction à jouir des scènes de flagellation qu'il évoquait dans son imagination. Il n'a jamais eu d'autres tendances sadiques, jamais le désir de voir couler du sang, etc.

Jusqu'à l'âge de quinze ans, son plaisir sexuel fut la masturbation jointe au travail d'imagination dont il est fait mention plus haut.

À partir de cette époque, il fréquenta les cours de danse et les demoiselles; alors ses anciens jeux d'imagination cessèrent presque complètement et n'évoquèrent que faiblement des sensations voluptueuses, de sorte que le malade les a tout à fait abandonnés. Il essaya alors de s'abstenir de la masturbation, mais il n'y réussit pas, bien qu'il fit souvent le coït et qu'il y éprouvât plus de plaisir que dans la masturbation. Il voudrait se débarrasser de l'onanisme, qu'il considère comme une chose indigne. Il n'en éprouve pas d'effets nuisibles. Il fait le coït une fois par mois, mais il se masturbe chaque nuit une ou deux fois. Il est maintenant normal au point de vue sexuel, sauf l'habitude de la masturbation. On ne trouve chez lui aucune trace de neurasthénie. Ses parties génitales sont normales.

Observation 39.—L. P..., quinze ans, de famille de haut rang, est né d'une mère hystérique. Le frère et le père de Mme P... sont morts dans une maison de santé.

Deux frères du jeune P... sont morts, pendant leur enfance, de convulsions. P... a du talent, il est sage, calme, mais, par moments, coléreux, entêté et violent. Il souffre d'épilepsie et se livre à la masturbation. Un jour, on découvrit que P..., en donnant de l'argent à un camarade pauvre, nommé B... et âgé de quatorze ans, avait décidé ce dernier à se laisser pincer aux bras, aux cuisses et aux fesses. Quand B... se mit à pleurer, P... s'excita, frappa de la main droite sur B..., tandis qu'avec la gauche il farfouillait dans la poche gauche de son pantalon.

P... avoua que le mauvais traitement qu'il avait infligé à son ami, qu'il aimait d'ailleurs beaucoup, lui avait causé un plaisir particulier. Comme, pendant qu'il battait son ami, il se masturbait, l'éjaculation qui en fut la suite, disait-il, lui procura plus de plaisir que celle de la masturbation solitaire. (V. Gyurkovochky, Pathologie und Therapie der männlichen Impotenz, 1889, p. 80.)

Dans tous ces mauvais traitements d'origine sadique exercés sur des garçons, on ne peut pas admettre une combinaison du sadisme avec l'inversion sexuelle, comme cela arrive quelquefois aux personnes atteintes d'inversion sexuelle.

Il n'y a aucun signe positif en faveur de cette hypothèse; d'ailleurs, l'absence d'inversion sexuelle ressort aussi de l'examen du groupe suivant où, à côté de l'objet des mauvais traitements, l'animal, le sens de l'instinct pour la femme se fait souvent assez bien sentir.

G.—ACTES SADIQUES SUR DES ANIMAUX

Dans bien des cas, des hommes sadiques et pervers qui reculent devant un crime commis sur des hommes, ou qui, en général, ne tiennent qu'à voir souffrir un être vivant quelconque, ont recours à la torture des animaux ou au spectacle d'un animal mourant pour exciter ou augmenter leur volupté.

Le cas rapporté par Hofman dans son Cours de médecine légale est très caractéristique.

D'après les dépositions de plusieurs prostituées devant le tribunal de Vienne, il y avait, dans la capitale autrichienne, un homme qui, avant de faire l'acte sexuel, avait l'habitude de s'exciter en torturant et en tuant des poulets, des pigeons et d'autres oiseaux. Cette habitude lui avait valu, de la part des prostituées, le sobriquet du «Monsieur aux poules» (Hendlherr).

Une observation de Lombroso est très précieuse pour expliquer ces faits. Il a observé deux hommes qui, toutes les fois qu'ils tuaient des poulets ou des pigeons, avaient une éjaculation.

Dans son Uomo delinquente, p. 201, le même auteur raconte qu'un célèbre poète était toujours très excité sexuellement toutes les fois qu'il voyait dépecer un veau qu'on venait de tuer ou qu'il apercevait de la viande saignante.

D'après Mantegazza, des Chinois dégénérés auraient l'habitude de se livrer à un sport horrible qui consisterait à sodomiser des canards et à leur couper le cou avec un sabre tempore ejaculationis(!).

Mantegazza (Fisiologia del piacere, 5e éd., p. 394-395) rapporte qu'un homme qui avait vu couper le cou à un coq, avait depuis ce moment la passion de fouiller dans les entrailles chaudes et sanglantes d'un coq tué, parce que, ce faisant, il éprouvait une sensation de volupté.

Dans ce cas et dans les cas analogues, la vita sexualis est ab origine, telle que la vue du sang et du meurtre provoque des sentiments voluptueux.

Il en est de même dans le cas suivant.

Observation 40.—C. L..., quarante-deux ans, ingénieur, marié, père de deux enfants. Est issu de famille névropathique: le père est emporté, potator; la mère, hystérique, a souffert d'accès éclamptiques.

Le malade se souvient qu'étant enfant il aimait beaucoup à voir tuer des animaux domestiques et surtout des cochons. À cet aspect, il avait des sensations de volupté bien prononcées et de l'éjaculation. Plus tard, il visitait les abattoirs pour se réjouir au spectacle du sang versé et des animaux se débattant dans l'agonie. Toutes les fois que l'occasion se présentait, il tuait lui-même un animal, ce qui lui causait toujours un sentiment qui suppléait au plaisir sexuel.

Ce n'est que lorsqu'il eut atteint l'âge adulte qu'il reconnut le caractère anormal de son état. Le malade n'avait pas d'aversion proprement dite pour les femmes, mais avoir des rapports plus intimes avec elles lui paraissait une horreur. Sur le conseil d'un médecin, il épousa, à l'âge de vingt-cinq ans, une femme qui lui était sympathique; il espérait, de cette manière, pouvoir se débarrasser de son anomalie. Bien qu'il eût beaucoup d'affection pour sa femme, il ne put accomplir que très rarement le coït avec elle, et encore lui fallait-il, pour cela, beaucoup d'efforts et la tension de son imagination. Malgré cet état de choses, il engendra deux enfants. En 1866, il prit part à la guerre austro-prussienne. Les lettres adressées du champ de bataille à sa femme étaient conçues en termes exaltés et enthousiastes. Depuis la bataille de Kœniggraetz, il a disparu.

Dans le cas que nous venons de citer, la faculté du coït normal a été fortement diminuée par la prédominance des idées perverses. Dans le cas suivant, on pourra constater une suppression complète de cette faculté.

Observation 41.—(Dr Pascal. Igiene dell Amore.) Un individu se présentait chez des prostituées, leur faisait acheter des poules vivantes et des lapins, et exigeait qu'on torturât ces animaux en sa présence. Il tenait à ce qu'on leur arrachât les yeux et les entrailles.

81

Quand il tombait sur une puella qui se laissait décider à ces actes et qui se signalait par une cruauté extraordinaire, il était enchanté, payait et s'en allait, sans lui demander autre chose, sans même la toucher.

Il ressort des deux derniers chapitres que les souffrances de tout être sensible peuvent devenir, pour des natures disposées au sadisme, la source d'une jouissance sexuelle perverse. Il y a donc un sadisme qui a pour objet des êtres quelconques.

Mais il serait erroné et exagéré de vouloir expliquer tous les cas de cruauté étrange et extraordinaire par la perversion sadique, et, comme cela se fait quelquefois, de donner le sadisme comme mobile à toutes les atrocités historiques, ou à certains phénomènes de la psychologie des masses contemporaines.

La cruauté naît de sources différentes, et elle est naturelle chez l'homme primitif.

La pitié est un phénomène secondaire, c'est un sentiment acquis assez tard. L'instinct de combativité et de destruction qui, dans l'état préhistorique, était une arme si précieuse, continue toujours à produire son effet, prenant une nouvelle incarnation dans notre société civilisée contre le criminel, pendant que son objectif primitif, «l'ennemi», existe toujours.

Qu'on ne se contente pas de la mort simple, mais qu'on exige aussi la torture du vaincu, cela s'explique en partie par le sentiment de puissance qui veut être satisfait par ce moyen et, d'autre part, par l'immensité de l'instinct de revanche. De cette façon, on peut expliquer toutes atrocités des monstres historiques sans avoir recours au sadisme, qui a pu parfois entrer en jeu, mais qui, étant une perversion relativement rare, ne doit pas être toujours considéré comme mobile unique.

Il faut, en outre, tenir compte d'un élément psychique qui explique le grand attrait que les exécutions publiques ont encore de nos jours sur les masses: c'est le désir d'avoir des sensations fortes et inaccoutumées, un spectacle rare. Devant ce désir, la pitié est condamnée au silence, surtout chez les natures brutales et blasées.

Il y a évidemment beaucoup d'individus pour qui, malgré ou peut-être grâce à leur vive pitié, tout ce qui se rattache à la mort et aux souffrances exerce une force d'attraction mystérieuse. Ces individus cèdent à un instinct obscur et, malgré leur répugnance intérieure, cherchent à s'occuper de ces spectacles ou, faute de mieux, des images et des circonstances qui les retracent. Cela n'est pas non plus du sadisme, tant qu'aucun élément sexuel n'entre en scène, bien que des fils mystérieux, nés dans le domaine de l'inconscience, puissent relier ces phénomènes à un fonds de sadisme ignoré.

SADISME CHEZ LA FEMME

On s'explique facilement que le sadisme, perversion fréquente chez l'homme, ainsi que nous l'avons constaté, soit de beaucoup plus rare chez la femme. D'abord, le sadisme dont un des éléments constitutifs est précisément la subjugation de l'autre sexe, n'est, en réalité, qu'une accentuation pathologique de la virilité du caractère sexuel; ensuite, les puissants obstacles qui s'opposent à la manifestation de ce penchant monstrueux sont évidemment encore plus difficiles à surmonter pour la femme que pour l'homme.

Toutefois, il y a aussi des cas de sadisme chez la femme, ce qui ne peut s'expliquer que par le premier élément constitutif de ce penchant et par la surexcitation générale de la zone motrice.

Jusqu'ici, on n'en a scientifiquement observé que deux cas.

Observation 42.—Un homme marié s'est présenté chez moi et m'a montré de nombreuses cicatrices de blessures sur ses bras. Voici ce qu'il m'a raconté sur l'origine de ces cicatrices. Toutes les fois qu'il veut s'approcher de sa jeune femme, qui est un peu nerveuse, il est obligé d'abord de se couper au bras. Elle suce ensuite le sang de la blessure et alors il se produit chez elle une vive excitation sexuelle.

Ce cas rappelle la légende très répandue des vampires dont l'origine pourrait peut-être se rattacher à des faits sadiques45.

Note 45:
Cette légende est répandue surtout dans la presqu'île Balkanique. Chez les Grecs modernes, elle remonte à l'antique mythologie des Lamies, femmes qui suçaient le sang. Gœthe a traité ce sujet dans sa Fiancée de Corinthe. Les vers qui ont trait au vampirisme: «Sucent le sang de ton cœur, etc.», ne sont complètement compréhensibles qu'avec l'étude comparée des documents antiques.

Dans un second cas de sadisme féminin, qui m'a été communiqué par M. le Dr Moll de Berlin, il y a, à côté de la tendance perverse de l'instinct, insensible aux procédés normaux de la vie sexuelle, comme cela se voit fréquemment, des traces de masochisme.

Observation 43.—Mme H..., vingt-six ans, est née d'une famille dans laquelle il n'y aurait eu ni maladies de nerfs ni troubles psychiques. Par contre, la malade présente des symptômes d'hystérie et de neurasthénie. Bien que mariée et mère d'un enfant, Mme H... n'a jamais eu le désir d'accomplir le coït. Élevée comme jeune fille dans des principes très sévères, elle resta, jusqu'à son mariage, dans une ignorance naïve des choses sexuelles. Depuis l'âge de quinze ans, elle a des menstrues régulières. Ses parties génitales ne présentent aucune anomalie essentielle. Non seulement le coït ne lui procure aucun plaisir, mais c'est pour elle un acte désagréable. L'aversion pour le coït s'est de plus en plus accentuée chez elle. La malade ne comprend pas comment on peut considérer un pareil acte comme le suprême bonheur de l'amour, sentiment qui, à son avis, est trop élevé pour pouvoir être rattaché à l'instinct sexuel. Il faut rappeler, à ce propos, que la malade aime sincèrement son mari. Elle a beaucoup de plaisir à l'embrasser, un plaisir sur la nature duquel elle ne saurait donner aucune indication précise. Mais elle ne peut pas comprendre que les parties génitales puissent jouer un rôle en amour. Mme H... est, du reste, une femme très sensée, douée d'un caractère féminin.

Si oscule dat conjugi, magnam voluptatem percipit in mordendo eum. Gratissimum ei esset conjugem mordere eo modo ut sanguis fluat. Contenta esset si loco coitus

83

morderetur a conjuge ipsæque eum mordere liceret. Tamen eam pœniteret, si morsu magnam dolorem faceret. (Dr Moll).

On rencontre dans l'histoire des exemples de femmes, quelques-unes illustres, dont le désir de régner, la cruauté et la volupté, font supposer une perversion sadiste chez ces Messalines. Il faut compter dans la catégorie de ces femmes Messaline Valérie, elle-même, Catherine de Médicis, l'instigatrice de la Saint-Barthélémy et dont le plus grand plaisir était de faire fouetter en sa présence les dames de sa cour, etc.46.

Note 46:
Heinrich von Kleist, poète de génie mais évidemment d'un esprit déséquilibré, nous donne dans sa Penthésilée le portrait horrible d'une sadique parfaite imaginée par lui.

Dans la 22e scène de cette pièce, Kleist nous présente son héroïne: elle est prise d'une rage de volupté et d'assassinat, déchire en morceaux Achille, qu'elle avait poursuivi dans son rut et dont elle s'est emparée par la ruse.

«En lui arrachant son armure, elle enfonce ses dents dans la poitrine blanche du héros, ainsi que ses chiens qui veulent surpasser leur maîtresse. Les dents d'Oxus et de Sphynx pénètrent à droite et à gauche. Quand je suis arrivé, elle avait la bouche et les mains ruisselantes de sang.» Plus loin, quand Penthésilée est dégrisée, elle s'écrie: «Est-ce que je l'ai baisé mort?—Non, je ne l'ai pas baisé? L'ai-je mis en morceaux? Alors c'est un leurre. Baisers et morsures sont la même chose, et celui qui aime de tout son cœur peut les confondre.»

Dans la littérature moderne on trouve des descriptions de scènes de sadisme féminin, dans les romans de Sacher-Masoch, dont il sera question plus loin, dans la Brunhilde de Ernst von Wildenbruch, dans la Marquise de Sade de Rachilde, etc.

MASOCHISME47 OU EMPLOI DE LA CRUAUTÉ ET DE LA VIOLENCE SUR SOI-MÊME POUR PROVOQUER LA VOLUPTÉ.

Note 47:
Ainsi nommé d'après Sacher-Masoch, dont les romans et les contes traitent de préférence de ce genre de perversion.

Le masochiste est le contraire du sadiste. Celui-ci veut causer de la douleur et exerce des violences; celui-là, au contraire, tient à souffrir et à se sentir subjugué avec violence.

Par masochisme, j'entends cette perversion particulière de la vita sexualis psychique qui consiste dans le fait que l'individu est, dans ses sentiments et dans ses pensées sexuels, obsédé par l'idée d'être soumis absolument et sans condition à une personne de l'autre sexe, d'être traité par elle d'une manière hautaine, au point de subir même des humiliations et des tortures. Cette idée s'accompagne d'une sensation de volupté; celui qui en est atteint, se plaît aux fantaisies de l'imagination qui lui dépeint des situations et des scènes de ce genre; il cherche souvent à réaliser ces images et, par cette perversion de son penchant sexuel, il devient fréquemment plus ou moins insensible aux charmes normaux de l'autre sexe, incapable d'une vita sexualis normale, psychiquement impuissant. Cette impuissance psychique n'a nullement pour base l'horror sexus alterius; elle est fondée sur ce fait que la satisfaction du penchant pervers peut, comme dans les cas normaux, venir de la femme, mais non du coït.

Il y a aussi des cas où, à côté de la tendance perverse de l'instinct, l'attrait pour les plaisirs réguliers est encore à peu près conservé et des rapports sexuels normaux ont encore lieu à côté des manifestations perverses. Dans d'autres cas, l'impuissance n'est pas purement psychique, mais bien physique, c'est-à-dire spinale. Car cette perversion, comme presque toutes les autres perversions de l'instinct sexuel, ne se développe que sur le terrain d'une individualité psychopathique dans la plupart des cas tarée, et ces individus se livrent ordinairement dès leur première jeunesse à des excès sexuels, surtout des excès de masturbation auxquels les pousse la difficulté de réaliser leurs fantaisies.

Le nombre des cas de masochisme incontestable qu'on a observé jusqu'ici est déjà considérable. Le masochisme existe-t-il simultanément avec une vie sexuelle normale, ou domine-t-il exclusivement l'individu? Le malade atteint de cette perversion cherche-t-il, et dans quelle mesure, à réaliser ses fantaisies étranges? A-t-il par cette perversion plus ou moins perdu sa puissance sexuelle ou non? Tout cela dépend de l'intensité de la perversion, de la force des mobiles contraires, éthiques et esthétiques, ainsi que de la vigueur relative, de la constitution physique et psychique de l'individu atteint. Au point de vue de la psychopathie, l'essentiel c'est le trait commun qui se trouve dans tous ces cas: tendance du penchant sexuel à la soumission et à la recherche des mauvais traitements de la part de l'autre sexe.

On peut appliquer au masochisme tout ce qui a été dit plus haut du sadisme relativement au caractère impulsif (mobiles obscurs) de ses actes et au caractère congénital de cette perversion.

Chez le masochiste aussi il y a une gradation dans les actes, depuis les faits les plus répugnants et les plus monstrueux jusqu'aux plus puérils et aux plus ineptes, selon le degré d'intensité des penchants pervers et l'intensité de la force de réaction morale et esthétique. Mais ce qui empêche d'aller jusqu'aux conséquences extrêmes du masochisme, c'est l'instinct de la conservation. Voilà pourquoi l'assassinat et les blessures graves qui peuvent se commettre sous l'influence de la passion sadique, ne trouvent pas, autant qu'on sait, leur pendant masochiste dans la réalité. Il est cependant possible que les désirs pervers des masochistes puissent, dans leur imagination, aller jusqu'à ces conséquences extrêmes. (Voir l'observation 53.)

Les actes auxquels se livrent certains masochistes se pratiquent en même temps que le coït, c'est-à-dire qu'ils servent de préparatifs. Chez d'autres, ces actes servent d'équivalent au coït. Cela dépend seulement de l'état de la puissance sexuelle qui chez la plupart est psychiquement ou physiquement atteinte par suite de la perversion des représentations sexuelles. Mais cela ne change rien au fond de la chose.

A.—RECHERCHE DES MAUVAIS TRAITEMENTS ET DES HUMILIATIONS DANS UN BUT DE SATISFACTION SEXUELLE

L'autobiographie d'un masochiste qui va suivre, nous fournit une description détaillée d'un cas typique de cette étrange perversion.

Observation 44.—Je suis issu d'une famille névropathique dans laquelle, en dehors de toutes sortes de bizarreries de caractère et de conduite, il y a aussi diverses anomalies au point de vue sexuel.

De tout temps, mon imagination fut très vive, et, de bonne heure, elle fut portée vers les choses sexuelles. En même temps, j'étais, autant que je puis me rappeler, adonné à l'onanisme, longtemps avant ma puberté, c'est-à-dire avant d'avoir des éjaculations. À cette époque déjà, mes pensées, dans des rêveries durant des heures entières, s'occupaient des rapports avec le sexe féminin. Mais les rapports dans lesquels je me mettais idéalement avec l'autre sexe étaient d'un genre bien étrange. Je m'imaginais que j'étais en prison et livré au pouvoir absolu d'une femme, et que cette femme profitait de son pouvoir pour m'infliger des peines et des tortures de toutes sortes. À ce propos, les coups et les flagellations jouaient un grand rôle dans mon imagination, ainsi que d'autres actes et d'autres situations qui, toutes, marquaient une condition de servitude et de soumission. Je me voyais toujours à genoux devant mon idéal, ensuite foulé aux pieds, chargé de fers et jeté en prison. On m'imposait de graves souffrances comme preuve de mon obéissance et pour l'amusement de ma maîtresse. Plus j'étais humilié et maltraité dans mon imagination, plus j'éprouvais de délices en me livrant à ces rêves. En même temps, il se produisit en moi un grand amour pour les velours et les fourrures que j'essayais toujours de toucher et de caresser et qui me causaient aussi des émotions de nature sexuelle.

Je me rappelle bien d'avoir, étant enfant encore, reçu plusieurs corrections de mains de femmes. Je n'en ressentais alors que de la honte et de la douleur, et jamais je n'ai eu l'idée de rattacher les réalités de ce genre à mes rêves. L'intention de me corriger et de me punir m'émouvait douloureusement, tandis que, dans les rêves de mon imagination, je voyais toujours ma «maîtresse» se réjouir de mes souffrances et de mes humiliations, ce qui m'enchantait. Je n'ai pas non plus à rattacher à mes fantaisies les ordres ou la direction des femmes qui me surveillaient pendant mon enfance. De bonne heure, j'ai pu, par la lectures d'ouvrages, apprendre la vérité sur les rapports normaux des deux sexes; mais cette révélation me laissa absolument froid. La représentation des plaisirs sexuels resta attachée aux images avec lesquelles elle se trouvait unie dès la première heure. J'avais aussi, il est vrai, le désir de toucher des femmes, de les serrer dans mes bras et de les embrasser; mais les plus grandes délices, je ne les attendais que de leurs mauvais traitements et des situations dans lesquelles elles me faisaient sentir leur pouvoir. Bientôt je reconnus que je n'étais pas comme les autres hommes; je préférais être seul afin de pouvoir me livrer à mes rêvasseries. Les filles ou femmes réelles m'intéressaient peu dans ma première jeunesse, car je ne voyais guère la possibilité qu'elles puissent jamais agir comme je le désirais. Dans les sentiers solitaires, au milieu des bois, je me flagellais avec les branches tombées des arbres et laissais alors libre cours à mon imagination. Les images de femmes hautaines me causaient de réelles délices, surtout quand ces femmes étaient des reines et portaient des fourrures. Je cherchais de tous côtés les lectures en rapport avec mes idées de prédilection. Les Confessions de Jean-Jacques Rousseau, qui me tombèrent alors sous la main, furent pour moi une grande révélation. J'y ai trouvé la description d'un état qui, dans ses points principaux, ressemblait au mien. Je fus encore plus frappé de retrouver des idées en harmonie avec les miennes, lorsque j'eus appris à connaître les ouvrages de Sacher-Masoch. Je dévorais ces livres avec avidité, bien que les scènes sanguinaires dépassaient souvent mon imagination et me faisaient alors horreur. Toutefois, le désir de réaliser ces scènes ne m'est pas venu, même à l'époque de la puberté. En présence d'une femme, je n'éprouvais aucune émotion sensuelle, tout au plus la vue d'un pied féminin me donnait passagèrement le désir d'en être foulé.

Cette indifférence ne concernait cependant que le domaine purement sensuel. Dans les premières années de ma puberté, je fus souvent pris d'une affection enthousiaste pour des jeunes filles de ma connaissance, affection qui se manifestait avec toutes les extravagances particulières à ces émotions juvéniles. Mais jamais l'idée ne m'est venue de relier le monde de mes idées sensuelles avec ces purs idéals. Je n'avais même pas à repousser une pareille association d'idées, elle ne se présentait jamais. C'est d'autant plus curieux que mes imaginations voluptueuses me paraissaient étranges et irréalisables, mais nullement vilaines ni répréhensibles. Ces rêves aussi étaient pour moi une sorte de poésie; il me restait deux mondes séparés l'un de l'autre: dans l'un, c'était mon cœur ou plutôt ma fantaisie qui s'excitait esthétiquement; dans l'autre, ma force d'imagination s'enflammait par la sensualité. Pendant que mes sentiments «transcendantaux» avaient pour objet une jeune fille bien connue, je me voyais dans d'autres moments aux pieds d'une femme mûre, qui me traitait comme je viens de le décrire plus haut. Mais je n'attribuais jamais ce rôle de tyran à une femme connue. Dans les rêves de mon sommeil, ces deux formes de représentations érotiques apparaissaient tour à tour, mais jamais elles ne se confondaient. Seules les images de la sphère sensuelle ont provoqué des pollutions.

À l'âge de dix-neuf ans, je me laissai conduire par des amis chez des prostituées, bien que, dans mon for intérieur, il me répugnât de les suivre; je le fis par curiosité. Mais je n'éprouvai, chez les prostituées, que de la répugnance et de l'horreur, et je me sauvai aussitôt que je pus sans avoir ressenti la moindre excitation ou émotion sensuelles. Plus tard, je répétai l'essai de ma propre initiative pour voir si je n'étais pas impuissant, car mon premier échec m'affligeait beaucoup. Le résultat fut toujours le même: je n'eus pas la moindre émotion ni érection. Tout d'abord il m'était impossible de considérer une femme en os et en chair comme objet de la satisfaction sensuelle. Ensuite, je ne pouvais renoncer à des états et à des situations qui, in sexualibus, étaient pour moi la chose essentielle, et sur lesquelles je n'aurais, pour rien au monde, dit un mot à qui que ce soit. L'immissio penis à laquelle je devais procéder me paraissait un acte sale et insensé. En second lieu, ce fut une répugnance contre des femmes qui appartenaient à tous et la crainte d'être infecté par elles. Livré à la solitude, ma vie sexuelle continuait comme autrefois. Toutes les fois que les anciennes images de mes imaginations surgissaient, j'avais des érections vigoureuses et presque chaque jour des éjaculations. Je commençais à souffrir de toutes sortes de malaises nerveux, et je me considérais comme impuissant, malgré les vigoureuses érections et les violents désirs qui se manifestaient quand j'étais seul. Malgré cela, je continuais, par intervalles, mes essais avec des prostituées. Avec le temps, je me débarrassai de ma timidité et j'arrivai à vaincre en partie la répugnance que m'inspirait tout contact avec une femme vile et commune.

Mes imaginations ne me suffisaient plus. J'allais maintenant plus souvent chez les prostituées et je me faisais masturber quand je n'avais pu accomplir le coït. Je crus d'abord que j'y trouverais un plaisir plus réel qu'à mes rêveries; au contraire, j'y trouvai un plaisir moins grand. Quand la femme se déshabillait, j'examinais avec attention les pièces de ses vêtements. Le velours et la soie jouaient le premier rôle; mais tout autre objet d'habillement m'attirait aussi, et surtout les contours du corps féminin, tels qu'ils étaient dessinés par le corset et les jupons. Je n'avais, pour le corps nu de la femme, guère d'autre intérêt qu'un intérêt esthétique. Mais, de tout temps, je m'attachai surtout aux bottines à hauts talons et j'y associais toujours l'idée d'être foulé par ces talons ou de baiser le pied en guise d'hommage, etc., etc.

Enfin, je surmontai mes dernières répugnances, et un jour, pour réaliser mes rêves, je me laissai flageller et fouler aux pieds par une prostituée. Ce fut pour moi une grande déception. Cela était, pour mes sentiments, brutal, répugnant et ridicule à la fois. Les coups ne me causèrent que de la douleur, et les autres détails de cette situation, de la répugnance et de la honte. Malgré cela, j'obtins, par des moyens mécaniques, une éjaculation, en même temps qu'à l'aide de mon imagination je transformais la situation réelle en celle que je rêvais. La situation rêvée différait de celle que j'avais créée, surtout par le fait que je m'imaginais une femme qui devait m'infliger des mauvais traitements avec un plaisir égal à celui avec lequel je les recevais d'elle. Toutes mes imaginations sexuelles étaient échafaudées sur l'existence d'un pareil sentiment chez la femme, femme tyrannique et cruelle, à laquelle je devais me soumettre. L'acte qui devait montrer cet état d'esclavage ne m'était que d'une importance secondaire. Ce n'est qu'après ce premier essai, d'une réalisation impossible, que je reconnus nettement quelle était la véritable tendance de mes désirs. En effet, dans mes rêves voluptueux, j'avais souvent fait abstraction de toute représentation de mauvais traitements, et je me bornais à me représenter une femme aimant à donner des ordres, au geste impérieux, à la parole faite pour le commandement, à qui je baisais le pied, ou des choses analogues. Ce n'est qu'alors que je me rendis clairement compte de ce qui m'attirait en réalité. Je reconnus que la flagellation n'était qu'un moyen d'exprimer fortement la situation désirée, mais, qu'en elle-même, la flagellation était sans valeur, me causant plutôt un sentiment désagréable et même douloureux ou répugnant.

Malgré cette déception, je ne renonçai point à essayer de transporter dans la réalité mes représentations érotiques, maintenant que le premier pas dans ce sens avait été fait. Je comptais que mon imagination une fois habituée à la nouvelle réalité, je trouverais les éléments nécessaires pour obtenir des effets plus forts. Je cherchais les femmes qui s'appropriaient le mieux à mon dessein et je les instruisais soigneusement de la comédie compliquée que je voulais leur faire jouer. J'appris en même temps que la voie m'avait été préparée par des prédécesseurs qui avaient les mêmes sentiments que moi. La puissance de ces comédies, pour agir sur mes imaginations et sur ma sensibilité, restait bien problématique. Ces scènes m'ont servi pour me montrer, d'une manière plus vive, quelques détails secondaires de la situation que je désirais; mais, ce qu'elles donnaient de ce côté, elles l'enlevaient en même temps à la chose principale que mon imagination seule, sans le secours d'une duperie grossière et de commande, pouvait me procurer en rêve, d'une manière beaucoup plus facile. Les sensations physiques produites par les mauvais traitements, variaient. Plus l'illusion réussissait, plus je ressentais la douleur comme un plaisir. Ou, pour être plus exact, je considérais alors en mon esprit les mauvais traitements comme des actes symboliques. Il en sortit l'illusion de la situation tant désirée, illusion qui, tout d'abord, s'accompagna d'une sensation de plaisir psychique. Ainsi la perception du caractère douloureux des mauvais traitements a été quelquefois supprimée. Le processus était analogue, mais de beaucoup plus simple, parce qu'il restait sur le terrain psychique, quand je me soumettais à de mauvais traitements moraux, à des humiliations. Ceux-ci aussi s'accentuaient avec la sensation de plaisir, à la condition que je réussisse à me tromper moi-même. Mais cette duperie réussissait rarement bien et jamais complètement. Il restait toujours dans ma conscience un élément troublant. Voilà pourquoi je revenais, entre temps, à la masturbation solitaire. D'ailleurs, avec les autres procédés également, la scène se terminait habituellement par une éjaculation provoquée par l'onanisme, éjaculation qui, parfois, avait lieu sans que j'eusse besoin de recourir à des moyens mécaniques.

Je continuai ce manège pendant des années entières. Ma puissance sexuelle s'affaiblissait de plus en plus, mais non mes désirs et encore moins l'empire que mes étranges idées sexuelles avaient sur moi. Tel est, encore aujourd'hui, l'état de ma vita sexualis. Le coït, que je n'ai jamais pu accomplir, me paraît toujours, dans mon idée, comme un de ces actes étranges et malpropres que je connais par la description des aberrations sexuelles. Mes propres idées sexuelles me paraissent naturelles et n'offensent en rien mon goût, d'ailleurs très délicat. Leur réalisation, il est vrai, ne me donne guère de satisfaction complète, pour les raisons que je viens d'exposer plus haut. Je n'ai jamais obtenu, pas même approximativement, une réalisation directe et véritable de mes imaginations sexuelles. Toutes les fois que je suis entré en relations plus intimes avec une femme, j'ai senti que la volonté de la femme était soumise à la mienne, et jamais je n'ai éprouvé le contraire. Je n'ai jamais rencontré une femme qui, dans les rapports sexuels, aurait manifesté le désir de régner. Les femmes qui veulent régner dans le ménage et, comme on dit, porter la culotte, sont choses tout à fait différentes de mes représentations érotiques. En dehors de la perversion de ma vita sexualis, il y a encore bien des symptômes d'anomalie dans la totalité de mon individualité: ma disposition névropathique se manifeste par de nombreux symptômes sur le terrain physique et psychique. Je crois, en outre, pouvoir constater des anomalies héréditaires de caractère dans le sens d'un rapprochement vers le type féminin. Du moins je considère comme telle mon immense faiblesse de volonté et mon manque surprenant de courage vis-à-vis des hommes et des animaux, ce qui contraste avec mon sang-froid habituel. Mon extérieur physique est tout à fait viril.

L'auteur de cette autobiographie m'a encore donné les renseignements suivants:

Une de mes préoccupations constantes était de savoir si les idées étranges qui me dominent au point de vue sexuel, se rencontrent aussi chez d'autres hommes, et, depuis les premiers renseignements que j'ai obtenus par hasard, j'ai fait de nombreuses recherches dans ce sens. Il est vrai que les observations sur cette question sont difficiles à faire et ne sont pas toujours sûres, étant donné qu'il s'agit là d'un processus intime de la sphère des représentations. J'admets l'existence du masochisme là où je trouve des actes pervers dans les rapports sexuels, actes que je ne peux pas m'expliquer autrement que par cette idée dominante. Je crois que cette anomalie est très répandue.

Toute une série de prostituées de Berlin, de Paris, de Vienne et d'ailleurs m'ont donné des renseignements sur ce sujet, et j'ai appris de cette manière combien sont nombreux mes compagnons de douleur. J'eus toujours la précaution de ne pas leur raconter des histoires moi-même ni de leur demander si telle ou telle chose leur était arrivée, mais je les laissais raconter au hasard d'après leur expérience personnelle.

La flagellation simple est si répandue que presque chaque prostituée est outillée pour cela. Les cas manifestes de masochisme sont aussi très fréquents. Les hommes atteints de cette perversion se soumettent aux tortures les plus raffinées. Avec des prostituées auxquelles on a fait la leçon, ils exécutent toujours la même comédie: l'homme se prosterne humblement; il y a ensuite coups de pied, ordres impériaux, injures et menaces apprises par cœur, ensuite flagellation, coups sur les diverses parties du corps et toutes sortes de tortures, piqûres d'épingles jusqu'à faire saigner, etc. La scène se termine parfois par le coït, souvent par une éjaculation sans coït. Quelques prostituées m'ont montré, à deux reprises différentes, des chaînes en fer avec menottes que leurs clients se faisaient fabriquer pour être enchaînés, puis les pois secs sur lesquels ils se mettaient à genoux, les coussins hérissés d'aiguilles sur lesquels ils devaient s'asseoir sur un ordre de la femme, et bien d'autres objets analogues. Parfois l'homme pervers exige que la femme lui ligote le pénis pour lui causer des douleurs, qu'elle lui pique la verge avec des épingles, qu'elle lui donne des coups de canif ou qu'elle le frappe avec un bout de bois. D'autres se font légèrement égratigner avec la pointe d'un couteau ou d'un poignard, mais il faut qu'en même temps la femme les menace de mort.

Dans toutes ces scènes, la symbolique de la soumission est la principale chose. La femme est habituellement appelée la «maîtresse» (Herrin), l'homme l'«esclave».

Dans toutes ces comédies exécutées avec des prostituées, scènes qui doivent paraître à l'homme normal comme une folie malpropre, le masochiste n'a qu'un maigre équivalent. J'ignore si les rêves masochistes peuvent se réaliser dans une liaison amoureuse.

Si par hasard un pareil fait se produit, il doit être bien rare, car un goût conforme chez la femme (sadisme féminin, comme le dépeint Sacher-Masoch) doit se rencontrer bien rarement. La manifestation d'une anomalie sexuelle chez la femme se bute à de plus grands obstacles, entre autres la pudeur, etc., que la manifestation d'une perversion chez l'homme. Moi-même je n'ai jamais remarqué la moindre avance faite par une femme dans ce sens, et je n'ai pu faire aucun essai d'une réalisation effective de mes imaginations. Une fois un homme m'a avoué confidentiellement sa perversion masochiste, et il a prétendu en même temps qu'il avait trouvé son idéal.

Les deux faits suivants sont analogues à celui de l'observation 44.

Observation 45.—M. Z...., vingt-neuf ans, élève de l'école polytechnique, est venu me consulter parce qu'il se croyait atteint de tabes. Le père était nerveux et est mort tabétique. La sœur de son père était folle. Plusieurs parents sont nerveux à un haut degré et gens bien étranges.

En l'examinant de plus près, j'ai constaté que le malade est un sexuel, spinal et cérébral, asthénique. Il ne présente aucun symptôme anamnestique ni présent de tabes dorsalis. La question qui s'imposait était de savoir s'il avait abusé de ses organes génitaux. Il répond que, dès sa première jeunesse, il s'est livré à la masturbation. Au cours de l'examen, on a relevé les intéressantes anomalies psychopathiques suivantes.

À l'âge de cinq ans, la vita sexualis s'éveilla chez le malade sous forme d'un penchant voluptueux à se flageller et en même temps d'un désir de se faire flageller par d'autres. Pour cela il ne songeait pas à des individus concrets et sexuellement différenciés. Faute de mieux, il se livrait à la masturbation, et avec les années il parvint à avoir des éjaculations.

Longtemps auparavant, il avait commencé à se satisfaire par la masturbation en évoquant en même temps des images de scènes de flagellation.

Devenu adulte, il vint deux fois au lupanar pour s'y faire fouetter par des mérétrices. À cet effet, il choisissait la plus belle fille; mais il fut déçu, il n'arriva pas à l'érection et encore moins à l'éjaculation.

Il reconnut alors que la flagellation était chose secondaire, et que l'essentiel c'était l'idée d'être soumis à la volonté de la femme. La première fois il n'arriva pas à provoquer cet état, mais il réussit à un second essai. Il obtint un succès complet, parce qu'il avait présente l'idée de la sujétion.

Avec le temps, il arriva en excitant son imagination à évoquer des représentations masochistes, à pratiquer le coït, même sans flagellation, mais il n'en éprouva que peu de satisfaction, de sorte qu'il préféra avoir des rapports sexuels à la façon des masochistes. Grâce à ses désirs congénitaux de flagellation, il ne trouvait de plaisir aux scènes masochistes que lorsqu'il était flagellé ad podicem ou que du moins son imagination lui composait une scène semblable. Dans les moments de grande excitabilité, il lui suffisait même de raconter de pareilles scènes à une belle fille. Ce récit provoquait de l'orgasme, et il arrivait la plupart du temps à l'éjaculation.

Il s'ajouta de bonne heure à cet état une représentation fétichiste vivement impressionnante. Il s'aperçut qu'il n'était attiré et satisfait que par des femmes qui portaient des jupons courts et des bottes montantes (costume hongrois). Il ignore comment cette idée fétichiste lui est venue. Même chez les garçons, la jambe chaussée d'une botte montante le charme, mais c'est un charme purement esthétique et sans aucune note sensuelle; il n'a d'ailleurs jamais remarqué en lui des sentiments homosexuels. Le malade attribue son fétichisme au fait qu'il a une prédilection pour les mollets. Mais il n'est excité que par un mollet de femme chaussé d'une botte élégante. Les mollets nus et en général les nudités féminines n'exercent pas sur lui la moindre impression sexuelle.

L'oreille humaine constitue pour le malade une représentation fétichiste accessoire et d'importance secondaire. Il éprouve une sensation à caresser les oreilles des belles personnes, c'est-à-dire d'individus qui ont l'oreille bien faite. Avec les hommes cette caresse ne lui procure qu'un plaisir faible, mais il est très vif avec les femmes.

Il a aussi un faible pour les chats. Il les trouve simplement beaux; tous leurs mouvements lui sont agréables. L'aspect d'un chat peut même l'arracher à la plus profonde dépression morale. Le chat est pour lui sacré; il voit dans cet animal, pour ainsi dire, un être divin. Il ne peut nullement se rendre compte de la raison de cette idiosyncrasie étrange.

Ces temps derniers, il a plus souvent des idées sadiques dans le sens de la flagellation des garçons. Dans l'évocation de ces images de flagellation, les hommes aussi bien que les femmes jouent un rôle, mais généralement ces dernières, et alors son plaisir est de beaucoup plus grand.

Le malade trouve qu'à côté de l'état de masochisme qu'il connaît et qu'il ressent, il y a encore chez lui un autre état qu'il désigne par le mot de «pagisme».

Tandis que ses jouissances et ses actes masochistes sont tout à fait empreints d'un caractère et d'une note de sensualité brutale, son «pagisme» consiste dans l'idée d'être le page d'une belle fille. Il se représente cette fille comme tout à fait chaste, «mais piquante» et vis-à-vis de laquelle il occuperait la position d'un esclave, mais avec des rapports chastes et un dévouement purement «platonique». Cette idée délirante de servir de page à une «belle créature» se manifeste avec un plaisir délicieux, mais qui n'a rien de sexuel. Il en éprouve une satisfaction morale exquise, contrairement au masochisme de note sensuelle, et voilà pourquoi il croit que son «pagisme» est une chose à part.

Au premier aspect, l'extérieur physique du malade n'offre rien d'étrange; mais son bassin est excessivement large avec des hanches étalées; il est anormalement oblique et a le caractère féminin très prononcé. Il rappelle aussi qu'il a souvent des démangeaisons et des excitations voluptueuses dans l'anus (zone érogène) et qu'il peut se procurer de la satisfaction ope digiti.

Le malade doute de son avenir. Il ne pourra être guéri, dit-il, que s'il peut prendre un véritable intérêt à la femme, mais sa volonté ainsi que son imagination sont trop faibles pour cela.

Ce que le malade de cette observation désigne sous le nom de «pagisme» n'a rien qui diffère du caractère du masochisme, ainsi que cela résulte de la comparaison des deux cas suivants de masochisme symbolique et d'autres cas encore. Cette conclusion est encore corroborée par le fait que, dans ce genre de perversion, le coït est quelquefois dédaigné comme un acte inadéquat et que, dans de pareils cas, il se produit souvent une exaltation fantastique de l'idéal pervers.

Observation 46.—X..., homme de lettres, vingt-huit ans, taré, hyperesthésique dès son enfance, a rêvé à l'âge de six ans, plusieurs fois, qu'une femme le battait ad nates. Il se réveillait après ce rêve en proie à la plus vive émotion voluptueuse; il fut amené à la masturbation. À l'âge de huit ans, il demanda un jour à la cuisinière de le battre. À partir de l'âge de dix ans, neurasthénie. Jusqu'à l'âge de vingt-cinq ans, il eut des rêves de flagellations, et quelquefois il évoquait à l'état de veille ces images et se masturbait en même temps.

Il y a trois ans, cédant à une obsession, il s'est fait battre par une puella. Le malade fut alors déçu, car ni l'érection ni l'éjaculation ne se produisirent. Nouvel essai dans ce sens à l'âge de vingt-sept ans pour forcer, par ce moyen, l'érection et l'éjaculation. Il ne réussit qu'en ayant recours à l'artifice suivant. Pendant qu'il essayait le coït, la puella lui devait raconter comment elle battait les autres impuissants et le menacer d'en faire autant avec lui. En outre, il était obligé de s'imaginer qu'il se trouvait ligoté et tout à fait à la merci de la femme, et que, sans aucun moyen de défense, il recevait d'elle des coups des plus douloureux. À l'occasion, il était obligé, pour être puissant, de se faire ligoter pour de bon. C'est ainsi que le coït lui réussissait. Les pollutions n'étaient accompagnées de sensations de volupté que lorsqu'il rêvait (cas très rare) être maltraité ou voir comment une puella en fouettait d'autres. Il n'eut jamais une vraie sensation de volupté dans le coït. Chez la femme, il n'y a que les mains qui l'intéressent. Il préfère avant tout des femmes vigoureuses, à la poigne solide. Toutefois, son besoin de flagellation n'est qu'idéal, car, ayant l'épiderme très sensible, quelques coups lui suffisent dans les plus mauvais cas. Des coups donnés par des hommes lui seraient désagréables. Il voudrait se marier. L'impossibilité de demander la flagellation à une femme honnête et la crainte d'être impuissant sans ce procédé créent son embarras et lui font éprouver le désir de se guérir.

Dans les trois cas cités jusqu'ici, la flagellation passive servait aux individus atteints de la perversion masochiste comme une forme de la servitude envers la femme, situation tant désirée par eux. Le même moyen est employé par un grand nombre de masochistes.

Or la flagellation passive, comme on sait, peut, par l'irritation mécanique des nerfs du séant, produire des érections réflexes[48].

Note 48:
Comparez plus haut, le chapitre d'introduction.

Les débauchés affaiblis ont recours à ces effets de la flagellation pour stimuler leur puissance génitale amoindrie; et cette perversité—et non perversion—est très fréquente.

Il convient donc d'examiner quels rapports il y a entre la flagellation passive des masochistes et celle des débauchés qui, bien que physiquement affaiblis, ne sont pas psychiquement pervers.

Il ressort déjà des renseignements fournis par des individus atteints de masochisme, que cette perversion est bien autre chose et quelque chose de plus grand que la simple flagellation.

Pour le masochiste, c'est la soumission à la femme qui constitue le point le plus important; le mauvais traitement n'est qu'une manière d'exprimer cette condition et, il faut ajouter, la manière la plus expressive. L'action a pour lui une valeur symbolique; c'est un moyen pour arriver à la satisfaction de son état d'âme et de ses désirs particuliers.

Par contre, l'homme affaibli qui n'est pas masochiste, ne cherche qu'une excitation de son centre spinal, à l'aide d'un moyen mécanique.

Ce sont les aveux de ces individus, et souvent aussi les circonstances accessoires de l'acte, qui nous permettent, dans un cas isolé, de dire s'il y a masochisme réel ou simple flagellantisme (réflexe). Il importe, pour juger cette question, de tenir compte des faits suivants:

1° Chez le masochiste, le penchant à la flagellation passive existe presque toujours ab origine. Il se montre comme désir, avant même qu'une expérience sur l'effet réflexe du procédé ait été faite; souvent ce désir ne se manifeste d'abord que dans des rêves ainsi qu'on le verra plus loin dans l'observation 48.

2° Chez le masochiste, la flagellation passive n'est ordinairement qu'une des nombreuses et diverses formes des mauvais traitements dont l'image naît dans son imagination et qui souvent se réalise. Dans les cas où les mauvais traitements ainsi que les marques d'humiliation purement symboliques sont employés en dehors de la flagellation, il ne peut pas être question d'un effet d'excitation physique et réflexe. Dans ces cas donc, il faut toujours conclure à une anomalie congénitale, à la perversion.

3° Il y a encore une particularité bien importante à considérer, c'est que si on donne au masochiste la flagellation tant désirée, elle ne produit pas toujours un effet aphrodisiaque. Souvent elle est suivie d'une déception plus ou moins vive, ce qui arrive toutes les fois que le but du masochiste qui veut se créer par l'illusion la situation tant désirée d'être à la merci de la femme, n'est pas atteint et que la femme qu'il a chargée d'exécuter cette comédie apparaît comme l'instrument docile de sa propre volonté. À ce sujet comparez les trois cas précédents et l'observation 50, plus loin.

Entre le masochisme et le simple réflexe des flagellants, il y a un rapport analogue à celui qui existe entre l'inversion sexuelle et la pédérastie acquise.

Cette manière de voir n'est nullement infirmée par le fait que chez le masochiste la flagellation peut aussi amener un effet réflexe et qu'une punition corporelle reçue dans la jeunesse peut éveiller pour la première fois la volupté et faire en même temps sortir de son état latent la vita sexualis du masochiste.

Il faut qu'alors le fait soit caractérisé par les circonstances énumérées plus haut pour pouvoir être considéré comme masochisme.

Quand on ne possède pas de détails sur l'origine des cas, les circonstances accessoires, comme celles que nous avons citées, peuvent tout de même en faire reconnaître clairement le caractère masochiste. C'est ce qui arrive dans les deux cas suivants.

Observation 47.—Un malade du docteur Tarnowsky a fait louer, par une personne de confiance, un appartement, pour les périodes de ses accès, et il a fait instruire le personnel (trois prostituées) de tout ce qu'on doit lui faire.

Il venait de temps en temps; alors on le déshabillait, on le masturbait, on le flagellait, ainsi qu'il l'avait ordonné. Il faisait semblant d'opposer une résistance, demandait grâce; alors on lui donnait à manger, comme c'était dans les instructions, on le laissait dormir, mais on le retenait malgré ses protestations, et on le battait s'il se montrait récalcitrant.

Ce manège durait quelques jours. L'accès passé, on le relâchait, et il rentrait chez sa femme et ses enfants qui ne se doutaient pas le moins du monde de sa maladie. L'accès revenait une ou deux fois par an. (Tarnowsky, op. cit.)

Observation 48.—X..., trente-quatre ans, très chargé, souffre d'inversion sexuelle. Pour plusieurs raisons, il n'a pas trouvé l'occasion de se satisfaire avec un homme, malgré ses grands besoins sexuels. Par hasard, il rêva, une nuit, qu'une femme le fouettait. Il eut une pollution.

Ce rêve l'amena à se laisser fouetter par des mérétrices, pour remplacer chez lui l'amour homosexuel. Conducit sibi non nunquam meretricem, ipse vestimenta sua omnia deponit, dum puellæ ultimum tegumentum deponere non licet, puellam pedibus ipse percutere, flagellare, verberare jubet. Qua re summa libidine affectus pedem feminæ lambit quod solum eum libidinosum facere potest: tum ejaculationem assequitur. Aussitôt l'éjaculation produite, il est pris du plus grand dégoût d'une situation moralement si avilissante, il se dérobe ensuite le plus rapidement possible.

Il y a aussi des cas où la seule flagellation passive constitue tout ce que rêve l'imagination des masochistes, sans autres idées d'humiliation, et sans que l'individu se rende nettement compte de la véritable nature de cette marque de soumission.

Ces cas sont très difficiles à distinguer de ceux du flagellantisme simple et réflexe. Ce qui permet alors de faire le diagnostic différentiel, c'est la constatation de l'origine primitive du désir avant toute expérience de l'effet réflexe (voir plus haut), et aussi ce fait que dans les cas de masochisme vrai, il s'agit ordinairement d'individus déjà pervers dès la première jeunesse et chez qui la réalisation du désir souvent n'est pas mise à exécution ou produit une déception (voir plus haut), puis que tout se passe dans le domaine de l'imagination.

À ce propos, nous citerons un autre cas de masochisme typique dans lequel toute la sphère des représentations particulières à cette perversion paraît complètement atteinte. Ce cas pour lequel nous avons une autobiographie détaillée de l'état psychique du malade, ne diffère de l'observation 44 que parce que l'individu atteint a tout à fait renoncé à réaliser sas fantaisies perverses et que, à côté de la perversion existante de la vita sexualis, les plaisirs normaux ont encore assez d'effet pour rendre possibles les rapports sexuels dans les conditions ordinaires.

Observation 49.—J'ai trente-cinq ans; mon état physique et intellectuel est normal. Dans ma parenté la plus étendue—en ligne directe et collatérale—je ne connais aucun cas de trouble psychique. Mon père qui, à ma naissance, était âgé d'environ trente ans, avait, autant que je sais, une prédilection pour les femmes de haute taille et d'une beauté plantureuse.

Déjà, dans ma première enfance, je me plaisais aux représentations d'idées qui avaient pour sujet le pouvoir absolu d'un homme sur l'autre. L'idée de l'esclavage avait pour moi quelque chose de très excitant; l'émotion était également forte en me voyant dans le rôle du maître comme dans celui du serviteur. J'étais excité outre mesure à la pensée qu'un homme pouvait en posséder un autre, le vendre, le battre; et à la lecture de La Case de l'oncle Tom (ouvrage que je lus à l'époque où j'entrais en puberté), j'avais des érections. Ce qui était surtout excitant pour moi, c'était l'idée d'un homme attelé à une voiture où un autre homme, armé d'un fouet, était assis et le dirigeait, le faisant marcher à coups de fouet.

95

Jusqu'à l'âge de vingt ans, ces représentations étaient objectives et sans sexe, c'est-à-dire que l'homme attelé dans mon imagination était une tierce personne (pas moi-même), et la personne qui commandait n'était pas nécessairement du sexe féminin.

Aussi ces idées étaient-elles sans influence sur mon instinct sexuel, ainsi que sur la manifestation de cet instinct. Bien que ces scènes créées dans mon imagination m'aient causé des érections, je ne me suis jamais de ma vie masturbé; à partir de l'âge de dix-neuf ans, j'ai fait le coït sans le concours des représentations imaginaires susindiquées et sans y penser. Toutefois, j'avais une grande prédilection pour les femmes mûres, plantureuses et de haute taille, bien que je ne dédaignasse pas non plus les plus jeunes.

À partir de l'âge de vingt et un ans, les représentations commencèrent à s'«objectiver»; il s'y ajoutait une chose «essentielle», c'est que la «maîtresse» devait être une personne grande, forte, et d'au moins quarante ans. À partir de ce moment, je fus toujours soumis à mes idées; ma maîtresse était une femme brutale qui m'exploitait à tous les points de vue, même au point de vue sexuel, qui m'attelait devant sa voiture et faisait ainsi ses promenades, une femme que je devais suivre comme un chien et aux pieds de laquelle je devais me coucher nu pour être battu et fouetté.

Voilà quelle était la base fixe des représentations de mon imagination autour desquelles se groupaient toutes les autres images.

J'éprouvais, à me livrer à ces idées, un grand plaisir qui me causait des érections, mais jamais d'éjaculation. À la suite de la grande excitation sexuelle que me donnaient ces images, je cherchais une femme, de préférence une femme d'un extérieur correspondant à mon idéal, et je faisais le coït avec elle sans aucun autre procédé et sans être, pendant l'acte, dominé par les images en question. J'avais en outre des penchants pour d'autres femmes et je faisais avec elles le coït sans y être amené par l'impression de l'image évoquée.

Bien que j'aie mené, d'après ce qu'on a pu voir jusqu'ici, une vie pas trop anormale au point de vue sexuel, ces images se présentaient périodiquement et avec régularité à mon esprit, et c'étaient presque toujours les mêmes scènes que mon imagination évoquait. À mesure que mon instinct sexuel augmentait, les intervalles entre l'apparition des images devenaient de plus en plus longs. Actuellement ces représentations se montrent tous les quinze jours ou toutes les trois semaines. Si je faisais le coït la veille, j'en empêcherais peut-être le retour. Je n'ai jamais essayé de donner un corps à ces représentations très précises et très caractéristiques, c'est-à-dire de les relier avec le monde extérieur; je me suis contenté de me délecter des jeux de mon imagination, car j'étais profondément convaincu que jamais je ne pourrais obtenir une réalisation de mon «idéal», pas même une réalisation approximative. L'idée d'arranger une comédie avec des filles publiques payées, me paraissait ridicule et inutile, car une personne que je payerais ne pourrait jamais, dans mon idée, occuper la place d'«une souveraine» cruelle. Je doute qu'il y ait des femmes à tendances sadiques, telles que les héroïnes des romans de Sacher-Masoch. Quand même il y en aurait, et que j'aurais le bonheur d'en trouver une, mes rapports avec elle, dans la vie réelle, m'auraient toujours paru comme une comédie. Eh bien! me disais-je, si je tombais sous l'esclavage d'une Messaline, je crois que, à la suite des privations qu'elle m'imposerait,

96

j'en aurais bientôt assez de cette vie tant désirée et que, dans les intervalles de lucidité, je ferais tous mes efforts pour pouvoir reprendre ma liberté.

Pourtant j'ai trouvé un moyen d'obtenir une réalisation approximative. Après avoir, par l'évocation de ces scènes imaginaires fortement excité mon instinct sexuel, je vais trouver une prostituée; arrivé chez elle, je me représente vivement dans mon imagination une de ces scènes d'esclavage où je m'attribue le rôle principal. Au bout d'une demi-heure pendant laquelle mon imagination me dépeint ces situations et que l'érection augmente de plus en plus, je fais le coït avec une volupté plus vive et avec une forte éjaculation. Quand l'éjaculation a eu lieu, le charme est rompu. Honteux, je m'éloigne le plus vite possible et j'évite de me remémorer ce qui s'est passé. Ensuite, quinze jours se passent sans que je sois hanté par mes idées. Quand le coït m'a satisfait, il arrive même que, pendant la période calme qui précède l'accès, je ne puis pas comprendre comment on peut avoir des goûts masochistes. Mais un autre accès arrive sûrement tôt ou tard. Je dois cependant faire remarquer que je fais aussi le coït sans y être préparé par de pareilles représentations; je le fais aussi avec des femmes qui me connaissent bien et en présence desquelles je renie entièrement les fantaisies dont il est question. Mais, dans ces derniers cas, je ne suis pas toujours puissant, tandis que, sous le coup des idées masochistes, ma puissance sexuelle est absolue. Je ne crois pas inutile de faire encore remarquer que, pour mes autres pensées et mes autres sentiments, j'ai des dispositions esthétiques, et que je méprise au plus haut degré les mauvais traitements infligés à un homme. Finalement je dois encore rappeler que la forme du dialogue a aussi son importance. Dans mes représentations, il est essentiel que la «Souveraine» me tutoie, tandis que moi je suis obligé de l'appeler «vous» et «madame». Le fait d'être tutoyé par une personne qui s'y prête et cela comme expression d'une puissance absolue, m'a causé des sensations voluptueuses dès ma première jeunesse et m'en cause encore aujourd'hui.

J'ai eu le bonheur de trouver une femme qui me convient à tous les points de vue, même au point de vue de la vie sexuelle, bien qu'elle soit loin de ressembler à mon idéal masochiste.

Elle est douce, mais plantureuse, qualité sans laquelle je ne peux pas m'imaginer aucun plaisir sexuel.

Les premiers mois de mon mariage se passèrent d'une manière normale au point de vue sexuel; les accès masochistes ne venaient plus; j'avais perdu presque complètement le goût du masochisme. Mais le premier accouchement de ma femme arriva, et l'abstinence par conséquent me fut imposée. Alors les penchants masochistes se manifestèrent régulièrement toutes les fois que le libido se faisait sentir et, malgré mon amour profond et sincère pour ma femme, je fus alors fatalement amené à faire le coït extra-conjugal avec représentations masochistes.

À ce propos, il y a un fait curieux à constater.

Le coitus maritalis que j'ai repris plus tard n'était pas suffisant pour éloigner les idées masochistes, comme cela a lieu régulièrement avec le coït masochiste.

97

Quant à l'essence du masochisme, je suis d'avis que les idées, par conséquent le côté intellectuel, constituent le phénomène principal, le phénomène lui-même. Si la réalisation des idées masochistes (par conséquent la flagellation passive, etc.) était le but désiré, alors comment expliquer ce fait contradictoire qu'une grande partie des masochistes n'essaient jamais de réaliser leurs idées, ou, s'ils le font, qu'ils en sortent complètement dégrisés ou au moins qu'ils n'y trouvent pas la satisfaction qu'ils espéraient.

Enfin je ne voudrais pas laisser échapper l'occasion de confirmer, par mon expérience, que le nombre des masochistes, surtout dans les grandes villes, paraît être très considérable. La seule source pour de pareils renseignements, car il n'y a guère de communications inter viros, est dans les dépositions des prostituées et, comme elles s'accordent dans les points principaux, on peut considérer certains faits comme prouvés.

Ainsi il est bien établi que chaque prostituée expérimentée est munie d'un instrument destinée à la flagellation (habituellement une baguette); mais il faut, à ce propos, rappeler qu'il y a des hommes qui se font flageller pour stimuler leurs désirs sexuels, et qui, contrairement aux masochistes, considèrent la flagellation comme un moyen.

D'autre part, presque toutes les prostituées sont d'accord dans leurs assertions pour dire qu'il y a un certain nombre d'hommes qui aiment à jouer le rôle d'esclaves, c'est-à-dire à s'entendre appeler ainsi, à se laisser injurier, fouler aux pieds et même battre.

Bref, le nombre des masochistes est plus grand qu'on ne le suppose.

La lecture du chapitre de votre livre sur ce sujet m'a fait, ainsi que vous pouvez vous l'imaginer, une formidable impression. Je crus à une guérison, mais à une guérison par la logique d'après la maxime: tout comprendre, c'est tout guérir.

Il est vrai qu'il ne faut entendre le mot guérison qu'avec une certaine restriction, et qu'il faut bien distinguer entre sentiments généraux et idées concrètes. Les premiers ne peuvent jamais se supprimer. Ils surgissent comme l'éclair; ils sont là et l'on ne sait comment ni d'où ils viennent. Mais on peut éviter la pratique du masochisme en s'abandonnant aux images concrètes et cohérentes ou du moins on peut l'endiguer en quelque sorte.

À l'heure qu'il est, ma situation a changé. Je me dis: Quoi! tu t'enthousiasmes pour des objets que réprouve non seulement le sens esthétique des autres, mais aussi le tien! Tu trouves beau et désirable ce qui, d'après ton jugement, est vilain, bas, ridicule et en même temps impossible! Tu désires une situation dans laquelle en réalité tu ne voudrais jamais entrer! Voilà les contre-motifs qui agissent comme entraves, dégrisent et coupent court aux fantaisies. En effet, depuis la lecture de votre livre (au commencement de cette année), je ne me suis pas une seule fois laissé aller aux rêveries, bien que les tendances masochistes se manifestent à intervalles réguliers.

Du reste, je dois avouer que le masochisme, malgré son caractère pathologique très prononcé, non seulement ne peut pas gâter le bonheur de ma vie, mais n'a pas non plus la moindre action sur ma vie sociale. Pendant la période exempt du masochisme, je suis un homme très normal en ce qui concerne mes actions et mes sentiments. Au moment de mes accès masochistes, il se produit une grande révolution dans le monde de mes sentiments, mais ma vie extérieure ne change en rien. J'ai une profession qui exige que je me montre beaucoup dans la vie publique. Or, j'exerce ma profession, pendant l'état masochiste, aussi bien que pendant d'autres périodes.

L'auteur de ce mémoire m'a encore envoyé les notes suivantes:

I. D'après mon expérience, le masochisme est dans tous les cas congénital et n'est jamais créé par l'individu. Je sais positivement que je n'ai jamais été battu sur les fesses, que mes idées masochistes se sont manifestées dès ma première jeunesse, et que j'ai caressé de pareilles idées depuis le moment où j'ai commencé à penser. Si l'origine de ces idées était due à un coup reçu, je n'en aurais pas assurément perdu le souvenir. Ce qui est caractéristique, c'est que ces idées étaient là bien avant l'existence du libido.

Mais alors les représentations étaient tout à fait sans sexe. Je me rappelle qu'étant enfant, j'étais très excité (pour ne pas dire agité) lorsqu'un garçon plus âgé que moi me tutoyait, tandis que je lui disais: «vous». Je recherchais les conversations avec lui et j'avais soin d'arranger les choses de telle façon que ces tutoiements reviennent le plus souvent possible au cours de notre entretien. Plus tard, quand je fus plus avancé au point de vue sexuel, ces choses n'avaient de charme pour moi que lorsqu'elles avaient lieu avec une femme relativement plus âgée.

II. Je suis, au point de vue physique et psychique, d'un caractère tout à fait viril. Très barbu et le corps entier très poilu. Dans mes rapports non masochistes avec la femme, la position dominante de l'homme est pour moi une condition indispensable, et je repousserais avec énergie toute tentative qui y porterait atteinte. Je suis énergique bien que médiocrement brave, mais le manque de bravoure disparaît surtout quand mon orgueil a été blessé. En présence des événements de la nature (orage, tempête sur la mer, etc.), je suis tout à fait calme 49.

Note 49:
Cette différence de bravoure en présence des éléments de la nature d'un côté, et en présence des conflits de la volonté de l'autre, est en tout cas bien frappante (comparez Observation 44); bien que, dans ce cas, elle constitue la seule marque d'effeminatio dont il a été fait mention.

Mes penchants masochistes n'ont pas, non plus, rien de ce qu'on pourrait appeler de féminin ou d'efféminé. Il est vrai qu'alors domine le penchant à être sollicité et recherché par la femme; cependant les rapports avec la «Souveraine», rapports tant désirés, ne sont pas les mêmes que ceux qui existent entre femme et homme; mais c'est la condition de l'esclave vis-à-vis du maître, de l'animal domestique vis-à-vis de son propriétaire. En tirant les conséquences extrêmes du masochisme, on ne peut conclure autrement qu'en disant que l'idéal du masochiste c'est d'avoir une situation analogue à celle du chien ou du cheval. Ces deux animaux sont la propriété d'un maître qui les maltraite à sa guise sans qu'il doive en rendre compte à qui que ce soit.

C'est précisément ce pouvoir absolu sur la vie et sur la mort, comme on ne le possède que sur l'esclave et sur l'animal domestique, qui constitue l'alpha et l'oméga de toutes les représentations masochistes.

III. La base de toutes les idées masochistes c'est le libido. Dès qu'il y a flux ou reflux dans ce dernier, le même phénomène se produit dans les fantaisies du masochisme. D'autre part, les images évoquées, aussitôt qu'elles se présentent à l'esprit, renforcent considérablement le libido. Je n'ai pas naturellement de grands besoins sexuels. Mais, quand les représentations masochistes surgissent dans mon imagination, je suis poussé au coït à tout prix (dans la plupart des cas je suis alors entraîné vers les femmes les plus viles), et si je ne cède pas assez tôt à cette poussée, le libido monte en peu de temps jusqu'au satyriasis. On pourrait à ce propos parler de cercle vicieux.

Le libido se produit ou parce que j'ai laissé passer un certain laps de temps ou par une excitation particulière, quand même elle ne serait pas de nature masochiste, par exemple par un baiser. Malgré cette origine, le libido, en vertu des idées masochistes qu'il évoque, se transforme en un libido masochiste, c'est-à-dire impur.

Il est du reste incontestable que le désir est considérablement renforcé par les impressions accidentelles, et surtout par le séjour dans les rues d'une grande ville. La vue de belles femmes imposantes in natura de même qu'in effigie produit de l'excitation. Pour celui qui est sous le coup du masochisme, toute la vie des phénomènes extérieurs est empreinte de masochisme, du moins pendant la durée de l'accès. La gifle que la patronne donne à l'apprenti, le coup de fouet du cocher, tout cela produit au masochiste de profondes impressions, tandis que ces faits le laissent froid ou lui causent même du dégoût en dehors des périodes d'accès.

IV. En lisant les romans de Sacher-Masoch, je fus déjà frappé par l'observation que, chez le masochiste, des sentiments sadistes se mêlent de temps en temps aux autres sentiments. Chez moi aussi j'ai découvert parfois des sentiments sporadiques de sadisme. Je dois cependant faire observer que les sentiments sadistes ne sont pas aussi marqués que les sentiments masochistes, et, outre qu'ils ne se manifestent que rarement et d'une façon accessoire, ils ne sortent jamais du cadre de la vie des sentiments abstraits, et surtout ils ne revêtent jamais la forme des représentations concrètes et cohérentes. Toutefois, l'effet sur le libido est le même dans les deux cas.

Ce cas est remarquable par l'exposé complet des faits psychiques qui constituent le masochisme.

Le cas qu'on va lire plus loin, l'est aussi par l'extravagance particulière des actes émanant de la perversion. Ce cas est particulièrement de nature à montrer nettement les rapports qui existent entre la soumission à la femme, l'humiliation par la femme et l'étrange effet sexuel qui en résulte.

Observation 50.—Masochisme. M. Z..., fonctionnaire, cinquante ans, grand, musculeux, bien portant, prétend être né de parents sains; cependant, à sa naissance, le père avait trente ans de plus que la mère. Une sœur de deux ans plus âgée que Z..., est atteinte de la monomanie de la persécution.

L'extérieur de Z... n'offre rien d'étrange. Le squelette est tout à fait viril, la barbe est forte, mais le torse n'a pas de poil du tout. Il dit lui-même qu'il est un homme sentimental qui ne peut rien refuser à personne; toutefois il est emporté, brusque, mais il se repent aussitôt de ses mouvements de colère. Z... prétend n'avoir jamais pratiqué l'onanisme. Dès sa jeunesse, il avait des pollutions nocturnes dans lesquelles l'acte sexuel n'a jamais joué un rôle, mais toujours la femme seule. Il rêvait, par exemple, qu'une femme qui lui était sympathique, s'appuyait fortement contre lui ou, qu'étant couché sur l'herbe, la femme par plaisanterie montait sur son dos. De tout temps, Z... eut horreur du coït avec une femme. Cet acte lui paraissait bestial. Malgré cela, il se sentait attiré vers la femme. Il ne se sentait à son aise et à sa place que dans la compagnie de belles filles et de belles femmes. Il était très galant sans être importun.

Une femme plantureuse, avec de belles formes et surtout un beau pied, pouvait, quand il la voyait assise, le mettre dans la plus grande excitation. Il sentait alors le désir violent de s'offrir pour lui servir de siège et pouvoir «supporter tant de splendeur». Un coup de pied, un soufflet, venus d'elle, lui auraient été le plus grand bonheur. L'idée de faire le coït avec elle lui faisait horreur. Il éprouvait le besoin de se mettre au service de la femme. Il lui semblait que les femmes aiment à monter à cheval. Il délirait à l'idée délicieuse de se fatiguer sous le poids d'une belle femme pour lui procurer du plaisir. Il se dépeignait une pareille situation dans tous les sens; il voyait dans son imagination le beau pied muni d'éperons, les superbes mollets, les cuisses rondes et molles. Toute dame de belle taille, tout beau pied de dame excitait fortement son imagination, mais jamais il ne laissait voir ces sensations étranges qui lui paraissaient à lui-même anormales, et il savait toujours se dompter. Mais, d'autre part, il n'éprouvait aucun besoin de lutter contre elles; au contraire, il aurait regretté d'abandonner ses sentiments qui lui sont devenus si chers.

À l'âge de trente-deux ans, Z... fit par hasard la connaissance d'une femme de vingt-sept ans qui lui était très sympathique, qui était divorcée de son mari et qui se trouvait dans la misère. Il s'intéressa à elle, travailla pour elle pendant des mois et sans aucune intention égoïste. Un soir elle lui demanda impérieusement une satisfaction sexuelle; elle lui fit presque violence. Le coït eut lieu. Z... prit la femme chez lui, vécut avec elle, faisant le coït avec modération; mais il considérait le coït plutôt comme une charge que comme un plaisir; ses érections devinrent faibles; il ne put plus satisfaire la femme et, un jour, celle-ci déclara qu'elle ne voulait plus continuer ses rapports avec lui puisqu'il l'excitait sans la satisfaire. Bien qu'il aimât profondément cette femme, il ne pouvait renoncer à ses fantaisies étranges. Il vécut donc en camarade avec elle, regrettant beaucoup de ne pouvoir la servir de la façon qu'il aurait désiré.

La crainte que ses propositions soient mal accueillies, ainsi qu'un sentiment de honte, l'empêchaient de se révéler à elle. Il trouvait une compensation dans ses rêves. Il rêvait entre autres être un beau coursier fougueux et être monté par une belle femme. Il sentait le poids de la cavalière, les rênes auxquelles il devait obéir, la pression de la cuisse contre ses flancs, il entendait sa voix belle et gaie. La fatigue lui faisait perler la sueur, l'impression de l'éperon faisait le reste et provoquait parfois l'éjaculation au milieu d'une vive sensation de volupté.

101

Sous l'obsession de pareils rêves, Z..., il y a sept ans, surmonta ses craintes et chercha à reproduire dans la réalité une scène analogue.

Il réussit à trouver des «occasions convenables».

Voici ce qu'il rapporte à ce sujet: «... Je savais toujours m'arranger de façon que, dans une occasion donnée, elle s'assît spontanément sur mon dos. Alors je m'efforçais de lui rendre cette situation aussi agréable que possible, et je faisais tant et si bien qu'à la prochaine occasion c'était elle qui me disait: «Viens, je veux chevaucher sur toi.» Étant de grande taille, je m'appuyais des deux mains sur une chaise, je mettais mon dos dans une position horizontale et elle l'enfourchait comme les hommes ont l'habitude de monter à cheval. Je contrefaisais alors autant que possible tous les mouvements d'un cheval et j'aimais à être traité par elle comme une monture et sans aucun égard. Elle pouvait me battre, piquer, gronder, caresser, tout faire selon son bon plaisir. Je pouvais supporter, pendant une demi-heure ou trois quarts d'heure, des personnes pesant 60 à 80 kilogrammes. Après ce laps de temps, je demandais toujours un moment de repos. Pendant cet entr'acte, les rapports entre ma «souveraine» et moi étaient tout à fait inoffensifs, et nous ne parlions pas même de ce qui venait de se passer. Un quart d'heure après, j'étais complètement reposé, et je me mettais de nouveau à la disposition de ma «souveraine». Quand le temps et les circonstances le permettaient, je continuais ce manège trois ou quatre fois de suite. Il arrivait que je m'y livrais dans la matinée et dans l'après-midi du même jour. Après, je ne sentais aucune fatigue ni aucun malaise, seulement j'avais peu d'appétit dans ces journées. Quand c'était possible, je préférais avoir le torse nu pour mieux sentir les coups de cravache. Ma «souveraine» était obligée d'être décente. Je la préférais avec de belles bottines, de beaux bas, des pantalons courts et serrant aux genoux, le torse complètement habillé, la tête coiffée d'un chapeau et les mains gantées.»

M. Z... rapporte ensuite que, depuis sept ans, il n'a plus fait le coït, mais qu'il se sentait tout de même puissant.

Le «chevauchage par la femme» remplace complètement pour lui cet acte «bestial», même lorsqu'il ne parvient pas à l'éjaculation.

Depuis huit mois, Z... a fait le voeu de renoncer à son sport masochiste, et il a tenu parole. Toutefois, il avoue que si une femme un peu belle lui disait sans ambage: «Viens, je veux t'enfourcher!» il n'aurait pas la force de résister à cette tentation. Z... demande à être éclairé et à savoir si son anomalie est guérissable, s'il doit être détesté comme un homme vicieux ou s'il n'est qu'un malade qui mérite de la pitié.

Le cas que voici ressemble beaucoup au précédent.

Observation 51.—Un homme trouve sa satisfaction sexuelle de la manière suivante. Il va de temps en temps chez une puella publica. Il fait serrer son pénis dans un anneau de porcelaine, tels qu'on en emploie pour suspendre les rideaux des fenêtres. On attache sur cet anneau deux ficelles qu'on passe entre ses jambes par derrière et qu'on attache ensuite au lit. Alors l'homme prie la femme de le fouetter sans miséricorde et de le traiter comme un cheval rétif. Plus la femme le pousse à tirer par ses cris et par les coups de fouet, plus il sent augmenter en lui l'excitation sexuelle; il a une érection probablement favorisée mécaniquement par la compression des vena dorsalis penis qui sont serrées par l'anneau lorsque les ficelles sont trop tendues. L'érection augmentant, le membre est comprimé par l'anneau, et enfin l'éjaculation se produit avec une vive sensation de volupté.

Déjà, dans les observations précédentes, l'action d'être foulé aux pieds joue un rôle, à côté d'autres phénomènes, pour exprimer chez le masochiste les situations d'humilié et de souffre-douleur. On voit l'emploi exclusif et étendu dans la plus grande mesure de ce moyen dans le cas classique suivant que Hammond (op. cit., p. 28), cite d'après une observation du Dr Cox50, de Colorado.

Note 50:
Transactions of the Colorado State medical society quoted in the Alienist and Neurologist, 1883. April, p. 347.

Ces cas forment un degré intermédiaire entre un autre genre de perversion et constituent un groupe spécial.

Observation 52.—X..., mari modèle, avec des principes moraux rigoureux, père de plusieurs enfants, est pris par moments, ou pour mieux dire par accès, de l'envie d'aller au bordel, d'y choisir deux ou trois des plus grandes filles et de s'enfermer avec elles. Alors il met son torse à nu, se couche par terre, croise les bras sur l'abdomen, ferme les yeux et fait marcher la puella sur sa poitrine nue, sur son cou et sa figure, en la priant d'enfoncer vigoureusement à chaque pas les talons dans sa chair. À l'occasion, il demande des filles encore plus lourdes ou quelques autres exercices qui rendent le procédé encore plus cruel. Au bout de deux ou trois heures, il en a assez, paie son compte et va à ses affaires pour revenir, une semaine après, se procurer de nouveau ce plaisir étrange.

Il arrive aussi quelquefois qu'il fait monter une de ces filles sur sa poitrine, et les autres doivent alors la prendre et la faire tourner sur ses talons comme une toupie jusqu'à ce que la peau de M. X... saigne sous les talons des bottines.

Souvent une des filles est obligée de se placer de façon à ce qu'elle tienne la bottine sur ses deux yeux et que le talon presse un peu la pupille de l'un des yeux tandis que l'autre pied chaussé est sur le cou. Dans cette position, il soutient le poids d'une personne d'environ 150 livres pendant quatre ou cinq minutes.

L'auteur parle d'une douzaine de cas analogues dont il a eu connaissance. Hammond suppose avec raison que cet homme, étant devenu impuissant dans ses rapports avec les femmes, cherchait et trouvait, par ce procédé étrange, un équivalent du coït; pendant qu'il laissait piétiner son corps jusqu'à en saigner, il éprouvait d'agréables sensations sexuelles accompagnées d'éjaculation.

Les neuf cas de masochisme que nous avons cités jusqu'ici et beaucoup d'autres cas analogues dont les auteurs font mention, constituent l'opposé du groupe des cas sadistes dont nous avons donné la description plus haut. De même que, dans ce groupe des sadistes, des hommes pervers cherchent une excitation et trouvent une satisfaction en maltraitant la femme, de même, dans le masochisme, ils cherchent à obtenir un effet semblable en endurant des mauvais traitements.

Mais, fait curieux, le groupe des sadistes, celui des assassins même, n'est pas sans avoir un pendant correspondant à celui du masochisme.

Dans ses extrêmes conséquences, le masochisme devrait aboutir au vif désir de se faire donner la mort par une personne de l'autre sexe, de même que le sadisme atteint son plus haut degré dans l'assassinat par volupté. Mais contre cette extrême conséquence se dresse l'instinct de la conservation, de sorte que l'idée extrême n'arrive jamais à être mise à exécution.

Quand tout l'édifice du masochisme n'est échafaudé qu'in petto, l'imagination des individus atteints peut même aller jusqu'aux idées extrêmes, ainsi que le prouve le cas suivant.

Observation 53.—Un homme d'âge moyen, marié et père de famille, qui a toujours mené une vita sexualis normale, mais qui prétend être né d'une famille très nerveuse, me fait les communications suivantes. Dans sa premières jeunesse, il était sexuellement très excité toutes les fois qu'il voyait une femme qui égorgeait un animal avec un couteau. À partir de cette époque, il fut pendant des années plongé dans ce rêve voluptueux que des femmes armées de couteaux le piquaient, le blessaient et même le tuaient. Plus tard, quand il commença à avoir des rapports sexuels normaux, ces idées perdirent pour lui tout leur charme pervers.

Il faut rapprocher ce dernier cas des observations citées plus haut et d'après lesquelles il y a des hommes qui trouvent une jouissance sexuelle à se laisser blesser légèrement par des femmes et à être menacés de mort par elles.

Ces fantaisies donneront peut-être l'explication de l'étrange fait qui va suivre et que je dois à une communication de M. le Dr Kœrber de Hankau (Silésie).

Observation 54.—Une dame m'a raconté l'histoire suivante. Jeune fille ignorante, elle fut mariée à un homme d'environ trente ans. La première nuit du mariage, il lui mit presque par force un petit bassin avec du savon dans les mains; il voulut alors, sans autre marque d'amour, qu'elle lui savonnât le menton et le cou comme s'il devait se faire la barbe. La jeune femme, tout à fait inexpérimentée, fit ce que son mari exigeait, et fut très étonnée de n'avoir, pendant les premières semaines de son mariage, appris rien autre chose des mystères de la vie matrimoniale. Son mari lui déclara que son plus grand plaisir était de se faire savonner la figure par elle. La jeune femme ayant plus tard consulté des amies, décida son mari à faire le coït et, comme elle l'affirme formellement, elle eut de lui par la suite trois enfants. Le mari est travailleur, même très rangé, mais il est brusque et morose. Il exerce le métier de négociant.

Il est très admissible que l'homme dont il est ici question ait considéré l'acte d'être rasé (ou les préparatifs par le savonnage) comme la réalisation symbolique d'idées de blessures et d'égorgement, de fantaisies sanguinaires, comme les idées qui hantèrent, dans un autre cas, un homme d'un certain âge pendant sa jeunesse, et que c'est cette symbolisation qui lui a procuré l'excitation et la satisfaction sexuelles. La parfaite contre-partie sadiste de ce cas ainsi envisagé se trouve dans l'observation 35 qui traite d'un cas de sadisme symbolique.

D'ailleurs, il y a tout un groupe de masochistes qui se contentent des signes symboliques de la scène qui correspond à leur perversion. Ce groupe correspond au groupe des sadistes «symboliques», ainsi que les groupes masochistes que nous avons cités plus haut correspondent aux autres groupes du sadisme. Les désirs pervers du masochiste peuvent (bien entendu toujours dans son imagination) aller jusqu'à «l'assassinat passif par volupté», mais, d'autre part, ils peuvent se contenter de simples indications symboliques de cette situation désirée. D'habitude cette situation se traduit par des mauvais traitements, ce qui, objectivement, dépasse le rêve d'être tué, mais reste en deçà de l'idée subjective.

À côté de l'observation 54, nous tenons encore à citer quelques cas analogues dans lesquels les scènes désirées et arrangées par le masochiste n'ont qu'un caractère purement symbolique et ne servent que pour indiquer la situation tant désirée.

Observation 55.—(Pascal, Igiene dell Amore.) Tous les trois mois, un homme d'environ quarante-cinq ans, venait chez une prostituée et lui payait 10 francs pour faire ce qui suit. La puella devait le déshabiller, lui lier pieds et mains, lui bander les yeux et en outre fermer les volets des fenêtres pour rendre la chambre obscure. Alors elle le faisait asseoir sur un divan et l'abandonnait dans cet état.

Une demi-heure plus tard, la fille devait revenir et délier les cordes. L'homme payait alors et s'en allait satisfait pour revenir dans trois mois.

Il paraît que cet homme en restant dans l'obscurité, complétait par son imagination l'idée qu'il était livré sans défense au pouvoir absolu d'une femme. Le cas suivant est encore plus étrange; c'est une comédie compliquée pour satisfaire des désirs masochistes.

Observation 56.—(Dr Pascal, ibid.) À Paris, un individu se rendait à des soirées fixées d'avance dans un appartement dont la propriétaire était disposée à se prêter à ses penchants étranges. Il entrait en tenue de soirée dans le salon de la dame qui devait le recevoir en grande toilette et d'un air hautain. Il l'appelait «marquise» et elle devait l'appeler: «mon cher comte». Il parlait ensuite du bonheur de la trouver toute seule, de son amour et de l'heure du berger. La dame devait alors jouer le rôle d'une dame froissée dans sa dignité. Le prétendu comte s'enflammait de plus en plus et demandait à la pseudo-marquise de lui poser un baiser sur l'épaule. Grande scène d'indignation; elle sonne, un valet loué exprès à cet effet, entre et met le comte à la porte. Le comte s'en va très content et paie richement les personnes qui ont joué cette comédie préparée.

Il faut distinguer de ce «masochisme symbolique» le «masochisme idéal» dans lequel la perversion psychique reste dans le domaine de l'idée et de l'imagination et n'essaie jamais de transporter dans la réalité les scènes rêvées. On peut considérer comme exemples de «masochisme idéal» les observations 49 et 53. On peut y faire rentrer aussi les deux cas suivants: le premier concerne un individu taré physiquement et intellectuellement, portant des marques de dégénérescence, et chez lequel l'impuissance physique et psychique s'est produite très tôt.

105

Observation 57.—M. Z..., vingt-deux ans, célibataire, m'a été amené par son tuteur pour consultation médicale, le jeune homme étant très nerveux et, de plus, sexuellement anormal. Son père, au moment de la conception, avait une maladie de nerfs.

Le malade était un enfant vif et doué de talents. On constata chez lui la masturbation dès l'âge de sept ans. À partir de neuf ans, il devint distrait, oublieux, ne pouvant faire de progrès dans ses études.

On était obligé de l'aider par des répétitions et par protection; c'est avec beaucoup de peine qu'il put finir ses classes au Real-gymnasium; pendant son année de volontariat, il se fit remarquer par son indolence, son manque de mémoire et divers coups de tête.

Ce qui amena à demander une consultation médicale fut un incident dans la rue. Z... s'était approché d'une dame et, d'une manière très importune, au milieu des marques d'une vive surexcitation, il avait voulu entamer une conversation à tout prix.

Le malade donne comme motif qu'il a voulu, par la conversation avec une honnête fille, s'exciter afin d'être capable de faire le coït avec une prostituée.

Le père de Z... considère son fils comme un garçon originairement bon et moral, mais sans énergie, faible, troublé, souvent désespéré des insuccès de la vie qu'il a menée jusqu'ici, comme un homme indolent qui ne s'intéresse qu'à la musique pour laquelle il a beaucoup de talent.

L'extérieur physique du malade, notamment son crâne plagiocéphale, ses grandes oreilles écartées, l'innervation du côté droit de la bouche, l'expression névropathique des yeux, indiquent un névropathe dégénéré.

Z... est d'une grande taille, robuste de corps, d'une apparence tout à fait virile. Le bassin est viril, les testicules sont bien développés; pénis très gros, mons Veneris très poilu, le testicule droit descend plus bas que le gauche, le réflexe crémastérien des deux côtés est faible. Au point de vue intellectuel, le malade est au-dessous de la moyenne. Il sent lui-même son insuffisance, se plaint de son indolence et prie qu'on lui rende la force de caractère. Son attitude gauche, embarrassée, son regard effarouché et son maintien nonchalant indiquent la masturbation. Le malade convient que, depuis l'âge de sept ans jusqu'à il y a un an et demi, il s'est masturbé de 8 à 12 fois par jour. Jusqu'à ces dernières années, époque où il devint neurasthénique (douleurs à la tête, incapacité intellectuelle, irritation spinale, etc.), il prétend avoir éprouvé toujours beaucoup de volupté en se masturbant. Depuis, il n'a plus cette sensation, et la masturbation a perdu pour lui tout son charme. Il est devenu de plus en plus timide, mou, sans énergie, lâche et craintif; il ne prend plus intérêt à rien, ne vaque à ses affaires que par devoir et se sent exténué. Il n'a jamais pensé au coït et, à son point de vue d'onaniste, il ne comprend pas comment les autres peuvent y trouver du plaisir.

J'ai recherché l'inversion sexuelle; j'ai obtenu un résultat négatif.

Il prétend n'avoir jamais senti de penchant pour les personnes de son propre sexe. Il croit plutôt avoir eu par ci par là une faible inclination pour les femmes. Il prétend avoir été amené à l'onanisme de lui-même. À l'âge de treize ans, il remarqua pour la première fois l'émission de sperme à la suite des manipulations onanistes.

Ce n'est qu'après avoir longuement insisté que Z... consentit à révéler tout entière sa vita sexualis. Ainsi qu'il ressort des renseignements qui suivront, on pourrait le classer comme un cas de masochisme idéal combiné à un sadisme rudimentaire. Le malade se rappelle bien distinctement que, dès l'âge de six ans, des «idées de violence» ont germé spontanément dans son esprit. Il était obsédé par l'idée que la fille de chambre lui écartait de force les jambes pour montrer ses parties génitales à d'autres personnes; qu'elle essayait de le jeter dans l'eau froide ou bouillante pour lui causer de la douleur. Ces idées de violence étaient accompagnées du sensations de volupté et provoquaient la masturbation. Plus tard, c'est le malade lui-même qui évoquait dans son imagination ces tableaux afin de se stimuler à la masturbation. Ils jouaient même un rôle dans ses rêves, mais ils n'amenaient jamais la pollution, évidemment parce que le malade se masturbait outre mesure pendant la journée.

Avec le temps se joignirent à ces idées masochistes de violence des idées sadiques. D'abord c'était l'image de garçons qui, par violence, se masturbaient mutuellement et se coupaient réciproquement les parties génitales. Souvent alors il se mettait en imagination dans le rôle d'un de ces garçons, tantôt dans le rôle actif, tantôt dans le rôle passif.

Plus tard, son esprit fut préoccupé par l'image de filles et de femmes qui s'exhibitionnaient l'une devant l'autre; il se présentait à son imagination des scènes où la fille de chambre écartait de force les cuisses d'une autre fille et lui tirait les poils du pubis; ensuite c'étaient des garçons cruels qui piquaient des filles et leur pinçaient les parties génitales.

Tous ces tableaux provoquaient chez lui des excitations sexuelles; mais il n'eut jamais de penchants à jouer un rôle actif dans ces scènes ou de les subir passivement. Il lui suffisait de se servir de ces représentations pour l'automasturbation. Depuis un an et demi ces scènes et ces désirs sont devenus plus rares, à la suite de la diminution du libido et de l'imagination sexuelle, mais leur sujet est resté toujours le même. Les idées de violence masochiste prévalent sur les idées sadistes. Depuis ces temps derniers, quand il aperçoit une dame, il lui vient toujours l'idée qu'elle a les mêmes idées sexuelles que lui. Cela explique en partie son embarras dans son commerce avec le monde. Comme le malade a entendu dire qu'il serait débarrassé de ses idées sexuelles qui lui sont devenues importunes, s'il s'habituait à une satisfaction normale de son instinct, il a, au cours des derniers dix-huit mois, tenté deux fois d'accomplir le coït, bien que cet acte lui répugnât et qu'il ne se promît aucun succès. Aussi l'essai s'est-il terminé chaque fois par un échec complet. La seconde fois il éprouva, au moment de sa tentative, une telle répugnance qu'il repoussa la fille et se sauva à toutes jambes.

Le second cas est l'observation suivante qu'un collègue a mise à ma disposition. Bien qu'aphoristique elle est de nature à montrer le caractère du masochisme, la conscience de la soumission.

107

Observation 58.—Masochisme. Z...., vingt-sept ans, artiste, de vigoureuse constitution physique, d'extérieur agréable, prétend n'être pas taré; bien portant pendant son enfance; est depuis l'âge de vingt-trois ans nerveux et enclin aux idées hypocondriaques. Au point de vue sexuel, il a un penchant à la fanfaronnade, mais toutefois il n'est pas capable de grands exploits. Malgré les avances que lui font les femmes, ses rapports avec elles se bornent à des caresses innocentes. Avec cela, il a un penchant curieux à convoiter les femmes qui se montrent farouches avec lui. Depuis l'âge de vingt-cinq ans, il a fait lui-même la constatation que les femmes, fussent-elles les plus laides, provoquent en lui une excitation sexuelle aussitôt qu'il aperçoit un trait impérieux et hautain dans leur caractère. Un mot de colère de la bouche d'une femme suffit pour provoquer chez lui les érections les plus violentes. Il était un jour assis au café et entendit la caissière, femme d'ailleurs très laide, gronder vertement et d'une voix énergique le garçon. Cette scène lui causa une violente émotion sexuelle qui, en peu de temps, aboutit à l'éjaculation. Z... exige des femmes avec lesquelles il doit avoir des rapports sexuels qu'elles le repoussent et lui fassent des misères de toutes sortes. Il dit que, seules, les femmes qui ressemblent aux héroïnes des romans de Sacher-Masoch pourraient l'exciter.

Ces faits où toute la perversion de la vita sexualis ne se manifeste que dans le domaine de l'imagination et de la vie intérieure des idées et de l'instinct, et n'arrive que rarement à la connaissance d'autrui, paraissent être assez fréquents. Leur signification pratique, comme en général celle du masochisme qui n'offre pas un aussi grand intérêt médico-légal que le sadisme, consiste uniquement dans l'impuissance psychique dans laquelle tombent ordinairement les individus atteints de cette perversion; leur portée pratique consiste en outre dans un penchant violent à la satisfaction solitaire sous l'influence d'images adéquates et dans les conséquences que ces pratiques peuvent entraîner.

Le masochisme est une perversion très fréquente, cela ressort suffisamment de ce qu'on en a déjà cité scientifiquement des cas relativement très nombreux; les diverses observations publiées plus haut en prouvent aussi la grande extension.

Les ouvrages qui s'occupent de la prostitution des grandes villes contiennent également de nombreux documents sur cette matière51.

Note 51:
Léo Taxil (op. cit., p. 238), donne la description de scènes masochistes dans les bordels de Paris. Là aussi on appelle «esclave» l'homme atteint de cette perversion.

Un fait intéressant et digne d'être noté, c'est qu'un des hommes les plus célèbres de tous les temps ait été atteint de cette perversion et en ait parlé dans son autobiographie bien qu'avec une interprétation quelque peu erronée.

Il ressort des Confessions de Jean-Jacques Rousseau que ce grand homme était atteint de masochisme.

Rousseau, dont la vie et la maladie ont été analysées par Mœbius (J.-J. Rousseau Krankheitsgeschichte, Leipzig 1889) et par Châtelain (La folie de J.-J. Rousseau, Neuchâtel 1890) raconte dans ses Confessions (1re partie Ier livre) combien Mlle

Lambercier, alors âgée de trente ans, lui en imposait lorsque, à l'âge de huit ans, il était en pension et en apprentissage chez le frère de cette demoiselle. L'irritation de la dame, quand il ne savait promptement répondre à une de ses questions, ses menaces de le fouetter, lui faisaient la plus profonde impression. Ayant reçu un jour une punition corporelle de la main de Mlle L..., il éprouva, en dehors de la douleur et de la honte, une sensation voluptueuse et sensuelle qui lui donna une envie violente de recevoir encore d'autres corrections. Seule la crainte de faire de la peine à la dame, empêchait Rousseau de provoquer les occasions pour éprouver cette douleur voluptueuse. Un jour cependant il s'attira malgré lui une nouvelle punition de la main de Mlle L... Ce fut la dernière, car Mlle Lambercier dut s'apercevoir de l'effet étrange que produisait cet acte et, à partir de ce moment, elle ne laissa plus dormir dans sa chambre ce garçon de huit ans. Depuis R... éprouvait le besoin de se faire punir de la même façon qu'avec Mlle Lambercier, par des dames qui lui plaisaient, bien qu'il affirme n'avoir rien su des rapports sexuels avant d'être devenu jeune homme. On sait que ce ne fut qu'à l'âge de trente ans que Rousseau fut initié aux vrais mystères de l'amour par Mme de Warens et qu'il perdit alors son innocence. Jusque-là il n'avait que des sentiments et des langueurs pour les femmes en vue d'une flagellation passive et d'autres idées masochistes.

Rousseau raconte in extenso combien, avec ses grands besoins sexuels, il a souffert de cette sensualité étrange et évidemment éveillée par les coups de fouet, languissant de désirs et hors d'état de pouvoir les manifester. Ce serait cependant une erreur de croire que Rousseau ne tenait qu'à la flagellation seule. Celle-ci n'éveillait en lui qu'une sphère d'idées appartenant au domaine du masochisme. C'est là que se trouve en tout cas le noyau psychologique de son intéressante auto-observation. L'essentiel chez Rousseau c'était l'idée d'être soumis à la femme. Cela ressort nettement de ses Confessions où il déclare expressément:

«Être aux genoux d'une maîtresse impérieuse, obéir à ses ordres, avoir des pardons à lui demander, étaient pour moi de très douces jouissances.»

Ce passage prouve donc que la conscience de la soumission et de l'humiliation devant la femme était pour lui la principale chose.

Il est vrai que Rousseau lui-même était dans l'erreur en supposant que ce penchant à s'humilier devant la femme n'avait pris naissance que par la représentation de la flagellation qui avait donné lieu à une association d'idées.

«N'osant jamais déclarer mon goût, je l'amusais du moins par des rapports qui m'en conservaient l'idée.»

Pour pouvoir saisir complètement le cas de Rousseau et découvrir l'erreur dans laquelle il a dû tomber fatalement lui-même en analysant son état d'âme, il faut comparer son cas avec les nombreux cas établis de masochisme parmi lesquels il y en a tant qui n'ont rien à faire avec la flagellation et qui par conséquent nous montrent clairement le caractère originel et purement psychique de l'instinct d'humiliation.

C'est avec raison que Binet (Revue anthropologique, XXIV, p. 256) qui a analysé à fond le cas de Rousseau, attire l'attention sur la signification masochiste de ce cas en disant:

«Ce qu'aime Rousseau dans les femmes, ce n'est pas seulement le sourcil froncé, la main levée, le regard sévère, l'attitude impérieuse, c'est aussi l'état émotionnel dont ces faits sont la traduction extérieure; il aime la femme fière, dédaigneuse, l'écrasant à ses pieds du poids de sa royale colère.»

L'explication de ce fait énigmatique de psychologie a été résolue par Binet par l'hypothèse qu'il s'agissait de fétichisme, à cette différence près que l'objectif du fétichisme, l'objet d'attrait individuel (le fétiche), ne doit pas toujours être une chose matérielle comme la main, le pied, mais qu'il peut être aussi une qualité intellectuelle. Il appelle ce genre d'enthousiasme «amour spiritualiste» en opposition avec l'«amour plastique», comme cela a lieu dans le fétichisme ordinaire.

Ces remarques sont intéressantes, mais elles ne font que donner un mot pour désigner un fait; elles n'en fournissent aucune explication. Est-il possible de trouver une explication de ce phénomène? C'est une question qui nous occupera plus loin.

Chez Baudelaire, un auteur français célèbre ou plutôt mal réputé et qui a fini dans l'aliénation mentale, on trouve des éléments de masochisme et de sadisme. Baudelaire est aussi issu d'une famille d'aliénés et d'exaltés. Il était dès son enfance physiquement anormal. Sa vita sexualis était certainement morbide. Il entretenait des liaisons amoureuses avec des personnes laides et répugnantes, des négresses, des naines, des géantes. Il exprima à une très belle femme le désir de la voir suspendue par les mains pour pouvoir baiser ses pieds. Cet enthousiasme pour le pied nu se montre aussi dans une de ses poésies enfiévrées comme un équivalent de la jouissance sexuelle. Il déclarait que les femmes sont des animaux qu'il faut enfermer, battre et bien nourrir. Cet homme qui avouait ses penchants masochistes et sadistes, a fini dans l'idiotie paralytique (Lombroso: L'homme de génie).

Dans les ouvrages scientifiques on n'a, jusqu'à ces temps derniers, prêté aucune attention aux faits qui constituent le masochisme. On doit rappeler cependant que Tarnowsky (Die krankhaften Erscheinungen des Geschlechtssinns, Berlin, 1866) a rencontré dans sa pratique des hommes intelligents, très heureux en ménage, qui de temps en temps éprouvaient le désir irrésistible de se soumettre aux traitements les plus brutaux et les plus cyniques, de se faire injurier et battre par des Cynèdes, des pédérastes actifs ou des prostituées.

À remarquer aussi le fait observé par Tarnowsky, que, chez certains individus adonnés à la flagellation passive, les coups seuls, quand même ils font saigner le corps, n'amènent pas toujours le succès désiré (puissance ou du moins éjaculation au moment de la flagellation). «Il faut alors déshabiller de force l'individu en question, lui ligoter les mains, l'attacher à un banc, etc.; pendant ces manœuvres, il fait semblant d'opposer une résistance et de proférer des injures. Seuls, dans ces conditions, les coups de fouet ou de verge produisent une excitation qui aboutit à l'éjaculation.»

L'ouvrage d'O. Zimmermann (Die Wonne des Leids, Leipzig, 1885) renferme bien des documents sur ce sujet, puisés dans l'histoire de la littérature et de la civilisation52.

Note 52:
Il faut cependant bien séparer le masochisme de la thèse principale soutenue dans cet ouvrage, que l'amour contient toujours une part de douleur. De tout temps on a dépeint les langueurs de l'amour non partagé comme pleines de délices et de souffrances à la fois, et les poètes ont parlé des «tortures délicieuses» de la «volupté douloureuse». Il ne faut pas confondre cela avec les phénomènes du masochisme, ainsi que le fait Zimmermann. De même on ne peut comprendre dans cette catégorie les cas où l'on appelle cruelle l'amante qui ne veut pas se livrer. Toutefois, il est curieux de remarquer que Hamerling (Amor und Psyche, 4e chant), pour exprimer ce sentiment, a choisi des images tout à fait masochistes, telles que la flagellation, etc.

Plus récemment ce sujet a attiré l'attention.

A. Moll, dans son ouvrage «Les perversions de l'instinct génital» (édition française, Paris, Carré, 1893), cite une série de cas de masochisme qu'on a observés chez des individus atteints d'inversion sexuelle, entre autres le cas d'un masochiste à inversion sexuelle qui donne à un homme habitué à cela une instruction détaillée en vingt paragraphes pour se faire traiter en esclave et torturer.

Au mois de juin 1891, M. Dimitri von Stefanowsky, actuellement substitut du procureur impérial à Iaroslaw, en Russie, m'a dit que depuis trois ans déjà il a porté son attention sur ce phénomène de perversion de la vita sexualis que j'ai décrit sous le nom de masochisme, mais qu'il a désigné par le mot de «passivisme». Il y a un an et demi il a fait présenter par le professeur Kowalewsky de Charkow un travail sur ce sujet dans les Archives russes de psychiatrie, et, au mois de novembre 1888, il a fait à la Société juridique de Moscou une conférence sur ce sujet au point de vue juridique et psychologique (reproduite dans le Juridischen Boten, organe de la société en question).

V. Schrenk-Notring consacre, dans son ouvrage récemment paru (Die suggestions-therapie bei krankhaften erscheinungen des geschlechtssinnes, etc., Stuttgart, 1892), au masochisme ainsi qu'au sadisme quelques chapitres et cite plusieurs observations53.

Note 53:
Dans la littérature nouvelle, dans les romans et les contes, la perversion psycho-sexuelle qui fait le sujet de ce chapitre, a été traitée par Sacher-Masoch, dont les écrits, plusieurs fois cités, contiennent des descriptions de l'état d'âme morbide de ces individus. Beaucoup de gens atteints de cette perversion signalent les ouvrages de Sacher-Masoch comme une description typique de leur propre état psychique.

Zola a, dans sa Nana, une scène masochiste, de même que dans Eugène Rougon. Le décadentisme littéraire, plus moderne, en France et en Allemagne, s'occupe beaucoup de masochisme et de sadisme. Le roman moderne russe, s'il faut en croire Stefanowski, traite aussi ce sujet; mais, d'après les communications du voyageur Johann-Georg Forster (en 1751-94), cet état jouait déjà un rôle dans la chanson populaire russe.

111

Au groupe des masochistes se rattache celui des fétichistes du pied et des chaussures, dont on compte des exemples nombreux. Ce groupe forme une transition avec les phénomènes d'une autre perversion distincte, le fétichisme, mais il est plus près du masochisme que du fétichisme, voilà pourquoi nous l'avons fait rentrer dans celui-là.

Par fétichistes j'entends des individus dont l'intérêt sexuel se concentre exclusivement sur une partie déterminée du corps de la femme ou sur certaines parties du vêtement féminin.

Une des formes les plus fréquentes du fétichisme consiste dans ce fait que le pied ou le soulier de la femme sont le fétiche qui devient l'unique objet des sentiments et des penchants sexuels.

Or il est fort probable, et cela ressort déjà de la classification logique des cas observés, que la plupart des cas de fétichisme des chaussures, peut-être tous, ont pour base un instinct d'humiliation masochiste plus ou moins conscient.

Déjà, dans le cas de Hammond (observation 52), le plaisir d'un masochiste consiste à se faire piétiner sur le corps. Les individus des observations 44 et 48 se laissent aussi fouler aux pieds; celui de l'observation 58, equus eroticus, est en extase devant le pied de la femme, et ainsi de suite. Dans la plupart des cas de masochisme, être foulé aux pieds est la principale forme expressive de la condition de servitude54.

Note 54:
Le désir de se laisser piétiner sur le corps se retrouve aussi chez les fanatiques religieux. Comparez Turgenjew: Contes étranges.

Parmi les nombreux cas précis de fétichisme des souliers, le cas suivant, rapporté par le docteur A. Moll, de Berlin, est particulièrement apte à montrer la connexité qui existe entre le masochisme et le fétichisme des souliers.

Ce cas offre beaucoup d'analogies avec celui que nous présente Hammond, mais il est relaté avec plus de détails et d'ailleurs très minutieusement observé.

Observation 59.—O. L..., trente et un ans, comptable dans une ville wurtembergeoise, issu d'une famille tarée.

Le malade est un homme de grande taille, fort, avec l'aspect d'une santé florissante. En général il est d'un tempérament calme; mais, dans certaines circonstances, il peut devenir très violent. Il dit lui-même qu'il est querelleur et chicaneur. L... est d'un bon caractère, généreux; pour la moindre raison il se sent porté à pleurer. À l'école, il passait pour un élève de talent, avec un don d'assimilation facile. Le malade souffre de temps en temps de congestions à la tête, mais pour le reste il se porte bien, si ce n'est qu'il se sent déprimé et souvent mélancolique, par suite de sa perversion sexuelle, dont on lira plus loin la description.

On n'a pu constater que fort peu de chose sur ses antécédents héréditaires.

Le malade donne sur le développement de sa vie sexuelle les renseignements suivants.

Dès sa première jeunesse, quand il n'avait que huit ou neuf ans, il souhaitait être chien et lécher les bottes de son maître d'école. Il croit qu'il est possible que cette idée lui ait été suggérée par le fait qu'il a vu un jour comment un chien léchait les bottes de quelqu'un; mais il ne peut l'affirmer formellement. En tout cas, ce qui lui paraît certain, c'est que les premières idées sur ce sujet lui sont venues pendant qu'il était à l'état de veille et non en rêve.

À partir de l'âge de dix ans et jusqu'à quatorze ans, L... cherchait toujours à toucher les bottines de ses camarades et même celles des petites filles; mais il ne choisissait que des camarades dont les parents étaient riches ou nobles. Un de ses condisciples, fils d'un riche propriétaire, avait des bottes d'écuyer; L..., en l'absence de son camarade, prenait souvent ces bottes dans ses mains, se frappait avec sur le corps ou les pressait sur sa figure. L... fit de même avec les bottes élégantes d'un officier de dragons.

Après la puberté, le désir se porta exclusivement sur les chaussures de femmes. Entre autres, pendant la saison de patinage, le malade cherchait par tous les moyens l'occasion d'aider aux femmes et aux filles à attacher ou à ôter leurs patins; mais il ne choisissait que des femmes ou des filles riches et distinguées. Quand il passait dans la rue ou ailleurs, il ne faisait que guetter les bottines élégantes. Sa passion pour les chaussures allait si loin qu'il prenait le sable ou la crotte qu'elles avaient foulé et le mettait dans son porte-monnaie et quelquefois dans sa bouche. N'ayant encore que quatorze ans, L... allait au lupanar et fréquentait un café-concert uniquement pour s'exciter par la vue de bottes élégantes; les souliers avaient moins de prise sur lui; sur ses livres d'école et sur les murs des cabinets il dessinait toujours des bottes. Au théâtre, il ne regardait que les souliers des dames. L... suivait dans les rues et même sur des bateaux à vapeur, pendant des heures entières, les dames qui portaient des bottines élégantes; il songeait en même temps avec enchantement comment il pourrait arriver à toucher ces bottines. Cette prédilection particulière pour les bottines s'est conservée chez lui jusqu'à maintenant. L'idée de se laisser piétiner par des dames bottées ou de pouvoir baiser ces bottines procure à L... la plus grande volupté. Il s'arrête devant les magasins de chaussures, rien que pour contempler les bottines. C'est surtout la forme élégante de la bottine qui l'excite.

Le patient aime surtout les bottines boutonnées très haut ou lacées très haut, avec des talons très hauts; mais les bottines moins élégantes, même avec des talons bas, excitent le malade si la femme est très riche, de haute position, et surtout si elle est fière.

À l'âge de vingt ans, L... tenta le coït, mais ne put y réussir, «malgré les plus grands efforts», comme il le dit. Pendant sa tentative de coït, le malade ne songeait pas aux souliers, mais il avait essayé de s'exciter préalablement par la vue de chaussures; il prétend que sa trop grande excitation fut cause de son échec. Il a tenté jusqu'ici le coït quatre ou cinq fois, mais toujours en vain; dans une de ces tentatives, le malade, qui est déjà très à plaindre, a eu le malheur de contracter une lues. Je lui demandai comment il comprenait la suprême volupté; il me déclara: «Ma plus grande volupté, c'est de me coucher nu sur le parquet et de me laisser ensuite piétiner par des filles chaussées de bottines élégantes; bien entendu, cela n'est possible qu'au lupanar.» D'ailleurs, le malade prétend que, dans bien des «lupanars», on connaît bien ce genre de perversion sexuelle des hommes. La preuve que cette perversion n'est pas très rare, c'est que les puellæ appellent les hommes de ce genre les «clients aux bottes». Le malade a rarement exécuté l'acte tel qu'il serait pour lui le plus beau et le plus agréable. Il n'a jamais eu d'idées qui l'aient poussé au coït, du moins pas dans le sens d'une immissio penis in vaginam; il n'y pourrait trouver aucun plaisir. De plus, il a, avec le temps, pris peur du coït, ce qui s'explique suffisamment par l'échec de ses tentatives; il dit lui-même que le fait de ne pouvoir achever le coït l'a toujours gêné. Le malade n'a jamais pratiqué l'onanisme proprement dit. Sauf les quelques cas où il a satisfait son penchant sexuel par l'onanisme avec des bottines ou par des pratiques analogues, il ne connaît pas ce genre de satisfaction, car, dans son excitation provoquée par les bottines, il s'en tient aux érections, et c'est tout au plus si, parfois, il a un écoulement lent et faible d'un liquide qu'il croit être du sperme.

L'aspect d'un soulier seul et d'un soulier qui n'est porté par personne excite aussi le malade, mais pas dans la même mesure que le soulier porté par une femme. Des souliers tout neufs et qui n'ont pas encore été portés l'excitent beaucoup moins que les souliers qui ont été déjà portés, mais qui ne sont pas usés et ont encore l'aspect neuf. C'est ce genre de souliers qui excite le plus le malade.

Le malade est aussi excité par les bottines de dames quand elles ne sont pas portées. Dans ce cas, L... se représente la dame pour compléter l'image; il presse la bottine contre ses lèvres et son pénis. L... «mourrait de plaisir» si une femme, honnête et fière, piétinait sur lui avec ses souliers.

Abstraction faite des qualités citées plus haut, telles que fierté, richesse, distinction qui, jointes à l'élégance de la bottine, offrent un charme particulier, le malade n'est pas insensible non plus aux qualités physiques du sexe féminin. Il a de l'enthousiasme pour les belles femmes, même sans penser aux bottines; mais cette affection ne vise aucune satisfaction sexuelle. Même dans leurs relations avec l'idée des bottines, les charmes physiques jouent un rôle; une femme laide et vieille ne saurait l'exciter, eût-elle les bottines les plus élégantes; les autres parties de la toilette et d'autres conditions encore jouent un rôle important, ce qui ressort déjà du fait que ce sont les bottines élégantes, portées par des femmes de distinction, qui produisent un effet particulièrement émotionnel sur lui. Une servante grossière, dans sa tenue de travail, ne l'exciterait pas, quand même elle serait chaussée des bottines les plus élégantes.

À l'heure qu'il est, ni les souliers, ni les bottines d'hommes ne produisent plus aucun charme sur le malade; il ne se sent pas non plus attiré sexuellement vers les hommes.

Par contre, d'autres circonstances provoquent très facilement une érection chez lui. Si un enfant s'assied sur ses genoux, s'il pose la main pendant quelque temps sur un chien ou sur un cheval, s'il est en chemin de fer ou s'il se promène à cheval, il se produit chez lui des érections qu'il attribue, dans ces derniers cas, aux mouvements du corps.

Chaque matin, il a des érections, et il est capable d'en provoquer en très peu de temps rien qu'en pensant qu'il touche des bottes comme il les désire. Autrefois, il avait souvent des pollutions nocturnes, environ toutes les trois ou quatre semaines, tandis que maintenant elles sont plus rares et n'ont lieu que tous les trois ou quatre mois.

Dans ses rêves érotiques, le malade est toujours excité sexuellement par la même pensée qui l'excite à l'état de veille. Depuis quelque temps, il croit sentir un écoulement de sperme au moment de ses érections; mais il n'en conclut ainsi que parce qu'il sent quelque chose de mouillé au bout de son pénis.

Toute lecture qui touche de près à la sphère sexuelle du malade l'excite d'une manière générale; ainsi, en lisant La Vénus à la fourrure, de Sacher-Masoch, il est si excité que «le sperme ne fait que filer».

D'ailleurs, cette sorte d'écoulement constitue pour L... une satisfaction complète de son instinct sexuel.

Je le questionnai pour savoir si les coups qu'il recevrait d'une femme l'exciteraient; il crut devoir répondre par l'affirmative. Il est vrai qu'il n'a jamais fait une expérience dans ce sens; mais quand une femme lui donnait, par plaisanterie, quelques coups, cela lui produisait toujours une impression très agréable.

Le malade éprouverait surtout un grand plaisir si une femme, même déchaussée, lui donnait des coups de pied. Mais il ne croit pas que les coups par eux-mêmes produiraient l'excitation: c'est plutôt l'idée d'être maltraité par la femme, ce qui peut se faire aussi bien par des injures que par des voies de fait. Du reste les coups et les injures n'auraient d'effet que s'ils venaient d'une femme orgueilleuse et distinguée.

En général, c'est le sentiment de l'humiliation et du dévouement de caniche qui lui procure de la volupté. «Si, dit-il, une dame m'ordonnait de l'attendre même par le froid le plus rigoureux, j'éprouverais, malgré la rigueur de la saison, une grande volupté.»

Je lui demandai si, en voyant la bottine, il était saisi d'un sentiment d'humiliation, il me répondit: Je crois que cette passion générale de l'humiliation s'est concentrée spécialement sur les bottines de dames, parce qu'on dit, sous forme symbolique, qu'une personne «n'est pas digne de délier les cordons des souliers d'une autre», et qu'un subordonné doit être à genoux.

Les bas de la femme exercent aussi un effet excitant sur le malade, mais à un degré moindre, et peut-être uniquement parce qu'ils évoquent l'idée de la bottine. La passion pour les bottines de dames a augmenté de plus en plus, et ce n'est que dans ces dernières années qu'il a cru s'apercevoir d'une diminution de cette passion. Il ne va plus que rarement chez les filles publiques; en outre, il est capable de se retenir. Pourtant cette passion le domine encore entièrement, et lui gâte tout autre plaisir. Une belle bottine de dame détournerait ses regards du plus beau des paysages. Actuellement il va souvent, pendant la nuit, dans les couloirs d'un hôtel, prend des bottines de dames élégantes qu'il baise, qu'il presse contre sa figure, mais surtout contre son pénis.

115

Le malade, qui a une belle situation matérielle, a fait, il y a quelque temps, un voyage en Italie dans l'unique but de devenir, sans se faire connaître, le valet d'une femme riche et de haute position. Ce projet n'a pas réussi.

Il est venu à la consultation et n'a pas suivi de traitement médical jusqu'ici.

Le récit de cette maladie que nous venons de reproduire, s'étend jusqu'à une période récente, pendant laquelle L... m'a donné par correspondance des renseignements sur son état de santé.

L'histoire qu'on vient de lire, se passe de longs commentaires. Elle me paraît une des images les plus exactes de la maladie; elle est de nature à éclaircir l'affinité supposée par Krafft-Ebing entre le fétichisme des chaussures et le masochisme55.

Note 55:
Le docteur Moll (op. cit., p. 130) fait cependant remarquer, contre cette manière de voir, dans le fétichisme du pied et des chaussures un phénomène de masochisme parfois latent et inexplicable: que le fétichiste préfère souvent des bottines à hauts talons, des chaussures d'une forme particulière, tantôt celles à boutons, tantôt les vernies. Contre cette objection il faut remarquer d'abord que les hauts talons caractérisent la bottine de la femme et qu'ensuite le fétichiste, abstraction faite du caractère sexuel de son penchant, a l'habitude d'exiger de son fétiche certaines particularités de nature esthétique. Comparez plus loin, Observation 90.

Le principal plaisir pour le malade c'est, comme il l'a déclaré toujours et sans que par des questions on lui ait suggéré sa réponse, la soumission à la femme qui doit être placée bien au-dessus de lui et par sa fierté et par sa grande position sociale.

Nombreux sont les cas où, dans les limites de la sphère des idées masochistes complètement développées, le pied, la bottine ou la botte d'une femme, considérés comme instruments d'humiliation, deviennent l'objet d'un intérêt sexuel tout à fait particulier. Dans leurs gradations nombreuses qu'on peut facilement suivre, ils représentent la transition bien reconnaissable vers d'autres cas dans lesquels les penchants masochistes sont de plus en plus relégués au second rang et peu à peu échappent à la conscience, tandis que l'intérêt pour le soulier de la femme reste vivace dans la conscience et présente un penchant en apparence inexplicable. Ce sont de nombreux cas de fétichisme de la chaussure.

Les adorateurs si nombreux des souliers qui, comme tous les fétichistes, offrent aussi quelque intérêt au point de vue médico-légal (vol de chaussures), forment la limite entre le masochisme et le fétichisme.

On peut les considérer pour la plus grande partie ou même tous comme des masochistes larvés avec mobile inconscient, chez qui le pied ou le soulier de la femme est arrivé à une importance par lui-même, comme fétiche masochiste.

116

À ce propos nous allons citer encore deux cas dans lesquels les chaussures de la femme forment le centre de l'intérêt, il est vrai, mais où pourtant des penchants masochistes manifestes jouent encore un rôle important (Comparez observation 44).

Observation 60.—M. X..., vingt-cinq ans, né de parents sains, n'ayant jamais eu de maladies sérieuses, met à ma disposition l'autobiographie suivante.

À l'âge de dix ans, j'ai commencé à me masturber, mais sans idée voluptueuse. À cette époque déjà, je le sais pertinemment, la vue et l'attouchement des bottines de femmes élégantes avaient pour moi un charme particulier; aussi mon plus vif désir était de pouvoir me chausser de semblables bottines, désir que je réalisais à l'occasion des mascarades. Il y avait encore une autre idée qui me tourmentait: mon idéal était de me voir dans une situation humble; j'aurais voulu être esclave, battu, bref subir tout à fait les traitements qu'on trouve décrits dans les nombreuses histoires d'esclaves. Je ne saurais dire si ce désir s'est éveillé en moi spontanément ou s'il m'a été inspiré à la suite de la lecture d'histoires d'esclaves.

À l'âge de treize ans, je suis entré en puberté; avec les éjaculations qui se produisaient, mes sensations de volupté s'accrurent, et je me masturbai plus fréquemment, souvent deux ou trois fois par jour.

Dès l'âge de douze ans jusqu'à seize ans, je me figurais toujours, pendant l'acte de la masturbation, qu'on me forçait de porter des bottines de fille. La vue d'une bottine élégante au pied d'une fille un tant soit peu belle me grisait, et je reniflais avec avidité l'odeur du cuir. Afin de pouvoir sentir du cuir pendant l'acte de la masturbation, je m'achetai des manchettes en cuir que je reniflais en me masturbant. Mon enthousiasme pour les bottines de femme en cuir est encore le même aujourd'hui, seulement, depuis l'âge de dix-sept ans, il s'y mêle aussi le désir d'être valet, de cirer des bottines de femmes distinguées, d'être obligé de les aider à se chausser et à se déchausser.

Mes rêves nocturnes ne me montrent que des scènes où les bottines jouent un certain rôle: tantôt je suis couché aux pieds d'une dame pour renifler et lécher ses bottines.

Depuis un an, j'ai renoncé à l'onanisme et je vais ad puellas; le coït ne peut avoir lieu que lorsque je concentre ma pensée sur des bottines de dame à boutons; à l'occasion, je prends le soulier de la puella dans le lit. Je n'ai jamais eu de malaises à la suite de mes actes d'onanisme d'autrefois. J'apprends avec facilité, j'ai une bonne mémoire et jamais de ma vie je n'ai eu de maux de tête. Voilà tout ce qui concerne ma personne.

Encore quelques mots concernant mon frère. J'ai la ferme conviction que, lui aussi, il est fétichiste du soulier; parmi les nombreux faits qui me le prouvent je ne relève que le suivant: il éprouve un immense plaisir à se laisser piétiner sur le corps par une belle cousine. D'ailleurs je me fais fort de dire d'un homme qui s'arrête devant un magasin de chaussures pour regarder les marchandises, si c'est un «amant des souliers» ou non. Cette anomalie est très fréquente; quand, en compagnie de camarades, j'amène la conversation sur la question de savoir qu'est-ce qui excite le plus chez la femme, j'entends très souvent

117

déclarer que c'est plutôt la femme habillée que la femme nue; mais chacun se garde bien de nommer son fétiche spécial.

Je suppose aussi qu'un de mes oncles est fétichiste du soulier.

Observation 61 (Rapportée par Mantegazza dans ses Études anthropologiques).— X..., américain, de bonne famille, bien constitué au point de vue physique et moral, n'était, depuis l'âge de la puberté, excité que par des souliers de femme. Le corps de la femme et même le pied nu ou seulement chaussé d'un bas ne lui faisaient aucune impression, mais le pied chaussé d'un soulier ou même le soulier seul lui causaient des érections et même des éjaculations. Il lui suffisait seulement de voir des bottes élégantes, c'est-à-dire des bottines de cuir noir boutonnées sur le côté, et avec de hauts talons. Son instinct génital était puissamment excité lorsqu'il touchait ou embrassait ces bottines ou bien qu'il s'en chaussait. Son plaisir augmente quand il peut planter des clous dans les talons, de façon à ce qu'en marchant les pointes des clous s'enfoncent dans sa chair. Il en éprouve des douleurs épouvantables mais en même temps une véritable volupté. Son suprême plaisir est de se mettre à genoux devant les beaux pieds d'une dame élégamment chaussée et de se laisser fouler par ces pieds. Si la porteuse de ces souliers est une femme laide, les chaussures ne produisent pas d'effet et l'imagination du malade se refroidit. S'il n'a à sa disposition que des souliers, il arrive par son imagination à y rattacher une belle femme et alors l'éjaculation se produit. Ses rêves nocturnes n'ont pour objet que des bottines de belles femmes. La vue des souliers de femmes dans les étalages choque le malade comme quelque chose de contraire à la morale, tandis qu'une conversation sur la nature de la femme lui paraît inoffensive et inepte. À plusieurs reprises, il a tenté le coït, mais sans succès. Il n'arrivait jamais à l'éjaculation.

Dans le cas suivant, l'élément masochiste est encore assez distinct, mais à côté il y a aussi des velléités sadistes (Comparez plus haut les tortureurs de bêtes).

Observation 62.—Jeune homme vigoureux, vingt-six ans. Ce qui l'excite sensuellement dans le beau sexe, ce sont uniquement des bottines élégantes aux pieds d'une femme bien «chic», surtout quand les bottines sont de cuir noir avec un talon très haut. La bottine sans la porteuse lui suffit. C'est sa suprême volupté de voir la bottine, de la palper et de l'embrasser. Le pied nu d'une dame ou seulement chaussé d'un bas le laisse absolument froid. Depuis son enfance il a un faible pour les bottines de dames. X... est puissant; pendant l'acte sexuel, il faut que la personne soit élégamment mise et qu'elle ait avant tout de belles bottines. Arrivé à l'apogée de l'émotion voluptueuse, des idées cruelles se mêlent à son admiration des bottines. Il faut qu'il pense avec délice aux douleurs d'agonie qu'a souffert l'animal dont la peau a fourni la matière des bottines. De temps en temps, il se sent poussé à apporter des poules et d'autres animaux vivants chez la Phryné pour que celle-ci les écrase de ses élégantes bottines et lui procure ainsi une plus grande volupté. Il appelle ce procédé «sacrifier aux pieds de Vénus». D'autres fois, la femme chaussée est obligée de le piétiner; plus elle l'écrase, plus il éprouve de plaisir.

Jusqu'à il y a un an, il se contentait, comme il ne trouvait aucun charme à la femme même, de caresser des bottines de femmes de son goût, et, au milieu de ces caresses, il avait des éjaculations et une satisfaction complète (Lombroso, Archiv. di psichiatria, IX, fascic. 3).

Le cas suivant rappelle en partie le troisième de cette série par l'intérêt que le malade attache aux clous des souliers (comme causes de douleur) et en partie le quatrième cas en ce qui concerne les éléments sadiques qui se font discrètement sentir.

Observation 63.—X..., trente-quatre ans, marié, issu de parents névropathiques; dons son enfance, a souffert de convulsions graves; étonnamment précoce (à l'âge de trois ans il savait déjà lire!), mais développé dans une seule direction, nerveux dès sa première enfance; a été saisi à l'âge de sept ans du violent désir de s'occuper de souliers de femmes ou plutôt des clous de ces souliers. Les voir, mais plus encore les toucher et les compter, procurait à X... un plaisir indescriptible.

Pendant la nuit, il lui fallait se figurer comment ses cousines se font prendre mesures pour des bottines, comment il clouait à l'une d'elles un fer à cheval ou lui coupait les pieds.

Avec le temps, ces scènes de souliers ont pris empire sur lui pendant la journée, et sans grande peine elles provoquaient des érections et des éjaculations. Souvent il prenait des souliers de femmes demeurant dans le même appartement; il lui suffisait de les toucher avec son pénis pour avoir une éjaculation. Pendant quelque temps, alors qu'il était étudiant, il réussit à refouler ces idées. Mais il vint un temps ou il se sentit forcé de guetter ne fût-ce que le bruit des pas féminins sur le pavé des rues, ce qui le faisait frémir de volupté, de même que de voir planter des clous dans des bottines de femmes, ou de voir des chaussures de femmes étalées dans les vitrines des magasins. Il se maria, et, dans les premiers mois de son mariage, il n'eut pas de ces impulsions. Peu à peu, il devint hystérique et neurasthénique.

À cette période, il avait des accès hystériques aussitôt qu'un cordonnier lui parlait de clous de souliers de dames ou de l'acte de clouer les talons des souliers de femmes. La réaction était encore plus violente quand il voyait une belle femme avec des souliers à gros clous. Pour avoir des éjaculations, il lui suffisait de découper en carton des talons de souliers de dames et d'y planter des clous, ou bien il achetait des souliers de dames, y faisait mettre des clous dans un magasin, les traînait sur le parquet, chez lui, et enfin les touchait avec le bout de son pénis. Mais spontanément aussi il lui venait des images voluptueuses de souliers, et au milieu de ces scènes il se satisfaisait par la masturbation.

X... est assez intelligent, zélé dans son emploi, mais il lutte en vain contre sa perversion. Il est atteint de phimosis; le pénis est court et incurvé à sa base, très peu apte à l'érection. Un jour le malade se laissa aller à se masturber en présence d'une dame arrêtée devant la boutique d'un cordonnier; il fut arrêté comme criminel. (Blanche, Archives de neurologie, 1882, n° 22.)

Il faut encore rappeler à ce propos le cas (cité plus loin, observation 111) d'un individu atteint d'inversion sexuelle et dont la sexualité n'était préoccupée que de bottines de domestiques masculins. Il aurait voulu se laisser piétiner sur le corps par eux, etc.

Un élément masochiste se manifeste encore dans le cas suivant.

119

Observation 64 (Dr Pascal, Igiene del' amore).—X..., négociant, a périodiquement, surtout quand il fait mauvais temps, les désirs suivants. Il aborde une prostituée, la première venue, et la prie de venir avec lui chez un cordonnier où il lui achète une belle paire de bottines vernies, à la condition qu'elle s'en chausse immédiatement. Cela fait, la femme doit traverser les rues, autant que possible dans les endroits les plus sales et les ruisseaux pour bien crotter les bottines. Puis, X... conduit la personne dans un hôtel et, à peine enfermé avec elle dans la chambre, il se précipite sur ses pieds, y frotte ses lèvres, ce qui lui procure un plaisir extraordinaire. Après avoir nettoyé les bottines de cette façon, il fait un cadeau en argent à la femme et s'en va.

De tous ces cas il ressort que le soulier est un fétiche chez le masochiste, évidemment en raison des rapports qui existent entre l'image du pied chaussé de la femme et l'idée d'être piétiné et humilié.

Si donc, dans d'autres cas de fétichisme du soulier, la bottine de la femme se montre comme seul excitant des désirs sexuels, on peut supposer qu'alors les mobiles masochistes sont restés à l'état latent. L'idée d'être foulé aux pieds, reste dans les profondeurs du domaine de l'inconscient, et c'est l'idée seule du soulier, en tant que moyen pour réaliser ces actes, qui surgit dans la conscience. Ainsi s'expliquent bien des cas qui autrement resteraient tout à fait inexplicables.

Il s'agit là d'un masochisme larvé dont le mobile pourrait paraître inconscient, sauf dans le cas exceptionnel où il est établi que son origine est due à une association d'idées provoquée par un incident précis dans le passé du malade, ainsi qu'on le verra dans les observations 87 et 88.

Ces cas de penchant sexuel pour les souliers de femme, sans motif conscient et sans qu'on en ait pu établir la cause ni l'origine, sont très nombreux56. Nous citerons comme exemples les trois faits suivants.

Note 56:
Au fétichisme du pied se rattachent évidemment ces faits de certains individus qui, non satisfaits par le coït ou incapables de l'accomplir, le remplacent par le tritus membri inter pedes mulieris.

Observation 65.—Ecclésiastique, cinquante ans. Il se montre de temps en temps dans des maisons de prostituées, sous prétexte de louer une chambre dans ces maisons; il entre en conversation avec une puella, lance des regards de convoitise vers les souliers de la femme, lui en ôte un, osculatur et mordet caligam libidine captus; ad genitalia denique caligam premit, ejaculat semen semineque ejaculato axillas pectusque terit, revient de son extase voluptueuse, demande à la propriétaire du soulier la faveur de le garder quelques jours et le rapporte avec mille remerciements après le délai fixé. (Cantarano, La Psichiatria, V. p. 205.)

Observation 66.—Z..., étudiant, vingt-trois ans, issu d'une famille tarée: la sœur était mélancolique, le frère souffrait d'hysteria virilis. Le malade fut, dès sa première enfance, un être étrange, a souvent des malaises hypocondriaques. En lui donnant une consultation pour une «maladie de l'esprit», je trouve chez lui un homme à l'intelligence embrouillée, taré, présentant des symptômes neurasthéniques et hypocondriaques. Mes soupçons de masturbation se confirment. Le malade fait des révélations très intéressantes sur sa vita sexualis.

À l'âge de dix ans, il s'est senti vivement attiré par le pied d'un camarade. À l'âge de douze ans, il a commencé à s'enthousiasmer pour les pieds de femmes. C'était pour lui un plaisir délicieux de les voir. À l'âge de quatorze ans, il commença à pratiquer l'onanisme, en se représentant dans son imagination un très beau pied de femme. À partir de ce moment, il s'extasiait devant les pieds de sa sœur qui avait trois ans de plus que lui. Les pieds d'autres dames, en tant que celles-ci lui étaient sympathiques, l'excitaient sexuellement. Chez la femme, il n'y a que le pied qui l'intéresse. L'idée d'un rapport sexuel avec une femme lui fait horreur. Il n'a jamais essayé de faire le coït. À partir de douze ans, il n'éprouve plus aucun intérêt pour le pied masculin.

La forme de la chaussure du pied féminin lui est indifférente; ce qui est important, c'est que la personne lui soit sympathique. L'idée de jouir des pieds de prostituées lui inspire du dégoût. Depuis des années, il est amoureux des pieds de sa sœur. Rien qu'en voyant ses souliers, sa sensualité se trouve violemment excitée. Une accolade, un baiser de sa sœur ne produisent pas cet effet. Son suprême bonheur est de pouvoir enlacer le pied d'une femme sympathique et d'y poser ses lèvres. Souvent il fut tenté de toucher avec son pénis un des souliers de sa sœur; mais jusqu'ici il a su réprimer ce désir, d'autant plus que, depuis deux ans, sa faiblesse génitale étant très grande, l'aspect d'un pied suffit pour le faire éjaculer.

On apprend par son entourage que le «malade» a une «admiration ridicule» pour les pieds de sa sœur, de sorte que celle-ci l'évite et tâche toujours de lui cacher ses pieds. Le malade sent lui-même que son penchant sexuel pervers est morbide, et il est péniblement impressionné de ce que ses fantaisies malpropres aient précisément choisi comme objet le pied de sa propre sœur. Autant qu'il lui est possible, il évite les occasions et cherche à se compenser par la masturbation au cours de laquelle il a toujours présents dans son imagination des pieds de femmes, ainsi que dans ses pollutions nocturnes. Quand le désir devient trop violent, il ne peut plus résister à l'envie de voir les pieds de sa sœur.

Immédiatement après l'éjaculation, il est pris d'un vif dépit d'avoir été trop faible. Son affection pour le pied de sa sœur lui a valu bien des nuits blanches. Il s'étonne souvent qu'il puisse toujours continuer à aimer sa sœur. Bien qu'il trouve juste que sa sœur cache ses pieds devant lui, il en est souvent irrité, car cela l'empêche d'avoir sa pollution. Le malade insiste sur le fait qu'autrement il est d'une bonne moralité, ce qui est confirmé par son entourage.

Observation 67.—S..., de New-York, est accusé de vols commis sur la voie publique. Dans son ascendance, il y a de nombreux cas de folie; le frère et la sœur de son père sont également anormaux au point de vue intellectuel. À l'âge de sept ans, il eut deux fois un violent ébranlement du cerveau. À l'âge de treize ans, il est tombé d'un balcon. À l'âge de quatorze ans, S... eut de violents maux de tête. Au moment de ces accès, ou du moins immédiatement après, il se manifestait en lui un penchant étrange à voler un soulier, jamais une paire, appartenant aux membres féminins de sa famille, et de le cacher dans un coin. Quand on lui fait des reproches, il nie ou il prétend ne plus se rappeler cette affaire. L'envie de prendre des souliers lui vient périodiquement tous les trois ou quatre mois. Une fois il a essayé de dérober un soulier au pied d'une bonne; une autre fois il a enlevé un soulier de la chambre de sa sœur. Au printemps, il a déchaussé par force deux dames qui se promenaient dans la rue et leur a pris leurs souliers. Au mois d'août, S... quitta de bon matin son logement pour aller travailler dans l'atelier d'imprimerie où il était employé comme typographe.

Un moment après son départ, il arracha à une fille, dans la rue, un soulier, se sauva avec, et courut à son atelier où on l'arrêta pour vol.

Il prétend ne pas savoir grand'chose sur son action; à la vue du soulier, il lui vient, comme un éclair subit, l'idée qu'il en a besoin. Dans quel but? Il n'en sait rien. Il a agi avec absence d'esprit. Le soulier se trouvait, comme il l'avoua, dans une poche de son veston. En prison il était dans un tel état de surexcitation mentale qu'on craignit un accès de folie. Remis en liberté, il enleva encore les souliers de sa femme pendant qu'elle dormait. Son caractère moral, son genre de vie étaient irréprochables. C'était un ouvrier intelligent; seulement les occupations variées qui se suivaient trop rapidement le troublaient et le rendaient incapable de travailler. Il fut acquitté. (Nichols, Americ J. J., 1859; Beck, Medical jurisprud., 1860, vol. 1, p. 732.)

Le Dr Pascal (op. cit.) a cité encore quelques observations analogues et beaucoup d'autres m'ont été communiquées par des collègues et des malades.

C.—ACTES MALPROPRES COMMIS DANS LE BUT DE S'HUMILIER ET DE SE PROCURER UNE SATISFACTION SEXUELLE.—MASOCHISME LARVÉ

On a constaté de nombreux exemples d'hommes pervers dont l'excitation sexuelle, était produite par les sécrétions ou même par les excréments des femmes, qu'ils cherchent à toucher.

Ces cas ont probablement toujours comme base un penchant obscur au masochisme, avec recherche de la plus basse humiliation de soi-même et efforts pour y arriver.

Cette corrélation se dégage nettement des aveux faits par des personnes atteintes de cette hideuse perversion. L'observation qu'on va lire plus loin et qui concerne un individu atteint d'inversion sexuelle, est très instructive sous ce rapport.

Le sujet de cette observation ne s'extasie pas seulement à l'idée d'être l'esclave de l'homme aimé, invoquant pour cela le roman La Vénus à la fourrure de Sacher-Masoch, sed etiam sibi fingit amatum poscere ut crepidas sudore diffluentes olfaciat ejusque stercore vescatur. Deinde narrat, quia non habeat, quæ confingat et exoptet, eorum loco suas crepidas sudore infectas olfacere suoque stercore vesci, inter quæ facta pene erecto se voluptate perturbari semenque ejaculari.

La signification masochiste des actes dégoûtants existe encore clairement dans le cas suivant qu'un collègue m'a communiqué.

122

Observation 68.—H.-R. G..., propriétaire, major en retraite, qui est mort à l'âge de soixante ans, est issu d'une famille où la légèreté, les dettes et le relâchement des idées éthiques sont héréditaires. Dès sa jeunesse, il s'adonna aux débauches les plus folles. Il était connu comme organisateur «des bals de nu». D'un caractère brutal et cynique, mais sévère et exact dans son service militaire qu'il a dû quitter pour une affaire malpropre qui n'a jamais été divulguée, il vécut en particulier pendant dix-sept ans. Insouciant de l'administration de sa fortune, il s'introduisait partout comme viveur; mais on l'évitait à cause de sa lascivité. Malgré sa brusquerie, on lui fit sentir qu'il était mis au ban de la bonne société. Voilà ce qui le décida à fréquenter ensuite de préférence le monde commun des cochers, des ouvriers et le «zinc» des cabarets. On n'a pu établir s'il avait des rapports sexuels avec des hommes; mais il est bien certain que, même à un âge avancé, il organisait avec un monde très mélangé des symposies, et, jusqu'à la fin de ses jours, il garda la réputation d'un débauché.

Dans les dernières années de sa vie, il avait pris l'habitude de stationner le soir, près des maisons en construction; il choisissait, parmi les ouvriers qui quittaient le bâtiment, les plus sales et les invitait à l'accompagner.

Il est bien établi qu'il faisait déshabiller ces journaliers, qu'il leur suçait ensuite l'orteil, et que, par ce procédé, il réveillait son libido qu'il satisfaisait ensuite.

Cantarano a publié aussi dans La Psichiatria (V. Année, p. 207) une observation d'un individu qui, avant de pratiquer le coït, et pour la même raison, suçait et mordait l'orteil de la puella qui depuis longtemps n'avait pas été lavé.

J'ai connu plusieurs cas où en dehors d'autres actes masochistes (mauvais traitements, humiliations), les malades s'adonnaient à ces penchants dégoûtants, et les dépositions faites par ces individus mêmes ne laissent plus subsister aucun doute sur la signification de ces actes malpropres. De pareils faits nous aident à comprendre d'autres cas qui, si on ne les envisageait pas dans leurs associations avec le penchant masochiste à l'humiliation, deviendraient absolument inexplicables57.

Note 57:
Il y a, dans ces cas, analogie avec les excès du délire religieux. L'extatique religieuse Antoinette Bouvignon de la Porte mélangeait sa nourriture avec des excréments afin de se mortifier (Zimmermann, op. cit., p. 124). Marie Alacoque, béatifiée depuis, léchait, pour sa mortification, les déjections des malades et suçait leurs orteils couverts de plaies.

Il est cependant vraisemblable que l'individu pervers n'a pas conscience de la vraie signification de ce penchant, et qu'il ne se rend compte que de son envie pour les choses dégoûtantes. Par conséquent, là aussi il y a masochisme larvé.

À cette catégorie de pervertis appartiennent d'autres cas observés par Cantarano (mictio et dans un autre cas même defæcatio puellæ ad linguam viri ante actum, usage d'aliments à odeur fécale pour être puissant), et enfin le cas suivant qui m'a été également communiqué par un médecin.

123

Observation 69.—Un prince russe très décrépit a fait déféquer sa maîtresse sur sa poitrine; elle dut s'accroupir au-dessus de lui en lui tournant le dos. De cette manière, il a pu réveiller les restes de son libido.

Un autre entretient très généreusement une maîtresse, à la condition qu'elle mange exclusivement du pain d'épice. Ut libidinosus fiat et ejaculare possit, excrementa feminæ ore excipit. Un médecin brésilien m'a raconté plusieurs cas de defæcatio feminæ in os viri qui sont parvenus à sa connaissance.

De pareils faits arrivent partout et ne sont pas rares. Toutes les sécrétions possibles, la salive, la mucosité nasale et même le cérumen des oreilles sont employés dans ce but et avalés avec avidité, oscula ad nates et même ad anum. (Le Dr Moll, op. cit., p. 135, rapporte des faits analogues chez les homosexuels). Le désir pervers très répandu de pratiquer le cunnilungus provient peut-être souvent de velléités masochistes.

Pelanda (Archivio di Psichiatria X, fascicolo 3-4) rapporte le fait suivant.

Observation 70.—W..., quarante-cinq ans, taré, était, dès l'âge de huit ans, adonné à la masturbation. A decimo sexto anno libidines suas bibendo recentem feminarum urinam satiavit. Tanta erat voluptas urinam bibentis ut nec aliquid olfaceret nec saperet, hæc faciens. Après l'avoir bu, il éprouvait toujours du dégoût, avait mal au cœur et se jurait de ne plus recommencer. Une seule fois il éprouva le même plaisir en buvant l'urine d'un garçon de neuf ans, avec lequel il s'était livré une fois à la fellatio. Le malade est atteint de délire épileptique.

Les faits cités dans ce groupe sont en parfaite opposition avec ceux du groupe des sadistes.

Il faut classer dans cette catégorie les faits plus anciens que Tardieu (Étude médico-légale sur les attentats aux mœurs, p. 206) avait déjà observés chez des individus séniles. Il décrit comme «renifleurs» ceux qui in secretos locos nimirum theatrorum posticos convenientes quo complures feminæ ad micturiendum festinant, per nares urinali odore excitati, illico se invicem polluunt.

Les «stercoraires» dont parle Taxil (La prostitution contemporaine) sont uniques dans ce genre.

Enfin, il faut encore donner place ici au fait suivant qui m'a été communiqué par un médecin.

Observation 71.—Un notaire, connu dans son entourage comme un original et un misanthrope depuis sa jeunesse et qui, pendant qu'il faisait ses études, était très adonné à l'onanisme, avait l'habitude, comme il le raconte lui-même, de stimuler ses désirs sexuels en prenant un certain nombre de feuilles de papier de latrine dont il s'était servi; il les étalait sur la couverture de son lit, les regardait et reniflait jusqu'à ce que l'érection se produisît, érection dont il se servait ensuite pour accomplir l'acte de la masturbation. Après sa mort, on a trouvé près de son lit un grand panier rempli de ces papiers. Sur chaque feuille, il avait soigneusement noté la date.

Il s'agit ici probablement d'une évocation imaginaire d'actes accomplis, comme dans les exemples précédents.

D.—LE MASOCHISME CHEZ LA FEMME

Chez la femme, la soumission volontaire à l'autre sexe est un phénomène physiologique. Par suite de son rôle passif dans l'acte de la procréation, par suite des mœurs des sociétés de tous les temps, chez la femme l'idée des rapports sexuels se rattache en général à l'idée de soumission. C'est pour ainsi dire le diapason qui règle la tonalité des sentiments féminins.

Celui qui connaît l'histoire de la civilisation sait dans quelle condition de soumission absolue la femme fut tenue de tout temps jusqu'à l'époque d'une civilisation relativement plus élevée58.

Note 58:
Les livres de droit du commencement du moyen âge donnaient à l'homme le droit de tuer sa femme; ceux des périodes suivantes lui accordaient encore le droit de la châtier. On en a fait un ample usage, même dans les classes élevées (Comparez Schultze, Das hæfische Leben sur Zeit des Minnesangs, Bd I. p. 163 f.). À côté on trouve le paradoxal hommage rendu aux femmes du moyen âge.

Un observateur attentif de la vie sociale reconnaîtra facilement, aujourd'hui même, comment les coutumes de nombreuses générations jointes au rôle passif que la nature a attribué à la femme, ont développé dans le sexe féminin la tendance instinctive à se soumettre à la volonté de l'homme. Il remarquera aussi que les femmes trouvent inepte une accentuation trop forte de la galanterie usuelle, tandis qu'une nuance d'attitude impérieuse est accueillie avec un blâme hautement manifesté, mais souvent avec un plaisir secret59.

Note 59:
Comparez les paroles de Lady Milford dans Kabale und Liebe de Schiller: «Nous autres femmes, nous ne pouvons choisir qu'entre la domination et la servitude; mais le plus grand bonheur du pouvoir n'est qu'un misérable pis-aller, si ce plus grand bonheur d'être esclaves d'un homme que nous aimons nous est refusé.» (Acte II, scène 1.)

Sous le vernis des mœurs de salon, l'instinct de la servitude de la femme est partout reconnaissable.

Ainsi il est tout indiqué de considérer le masochisme comme une excroissance pathologique des éléments psychiques, surtout chez la femme, comme une accentuation morbide de certains traits de son caractère sexuel psychique; il faut donc chercher son origine primitive dans le sexe féminin.

On peut admettre comme bien établi que le penchant à se soumettre à l'homme— (qu'on peut toutefois considérer comme une utile institution acquise et comme un phénomène qui s'est développé conformément à certains faits sociaux)—existe chez la femme, jusqu'à un certain point, comme un phénomène normal.

Que, dans ces circonstances, on n'arrive pas souvent à «la poésie» de l'hommage symbolique, cela tient en partie à ce que l'homme n'a pas la vanité du faible qui veut faire ostentation de son pouvoir (comme les dames du moyen âge en présence de leur cavalier servant), mais qu'il préfère en tirer un profit réel. Le barbare fait labourer ses champs par sa femme; le philistin de notre civilisation spécule sur la dot. La femme supporte volontiers ces deux états.

Il est probable qu'il y a chez les femmes des cas assez fréquents d'une accentuation pathologique de cet instinct dans le sens du masochisme, mais la manifestation en est réprimée par les conventions sociales. D'ailleurs, beaucoup de jeunes femmes aiment avant tout être à genoux devant leurs époux ou leurs amants. Chez tous les peuples slaves, dit-on, les femmes de basse classe s'estiment malheureuses quand elles ne sont pas battues par leurs maris.

Un correspondant hongrois m'assure que les paysannes du comitat de Somogy ne croient pas à l'amour de leur mari tant qu'elles n'ont pas reçu de lui une première gifle comme marque d'amour.

Il est difficile au médecin observateur d'apporter des documents humains sur le masochisme de la femme. Des résistances internes et externes, pudeur et convenances, opposent des obstacles presque insurmontables aux manifestations extérieures des penchants sexuels pervers de la femme.

De là vient qu'on n'a pu jusqu'ici constater scientifiquement qu'un seul cas de masochisme chez la femme; encore ce cas est entouré de circonstances accessoires qui le rendent obscur.

Observation 72.—Mlle V. X..., trente-cinq ans, née d'une famille très chargée, se trouve depuis quelques années dans la phase initiale d'une paranoia persecutoria. Cette maladie a eu pour cause une neurasthenia cerebrospinalis dont le point de départ doit être cherché dans une surexcitation sexuelle. Depuis l'âge de vingt-quatre ans, la malade était adonnée à l'onanisme. À la suite d'un espoir matrimonial déçu et d'une violente excitation sensuelle, elle en est venue à la masturbation et à l'onanisme psychique. Il n'y eut jamais chez elle d'affection pour des personnes de son propre sexe. Voici les dépositions de la malade: «À l'âge de six à huit ans, l'envie m'a prise d'être fouettée. Comme je n'ai jamais été battue et que je n'ai jamais assisté à la flagellation d'autrui, je ne peux pas m'expliquer comment ce désir étrange a pu se produire chez moi. Je ne peux que m'imaginer qu'il est congénital. J'éprouvais un véritable sentiment de délice à ces idées de flagellation et, dans mon imagination, je me représentais combien ce serait bon d'être fouettée par une amie. Jamais la fantaisie ne m'est venue de me laisser fouetter par un homme. Je jouissais à l'idée seule et n'ai jamais essayé de mettre à exécution mes fantaisies. À partir de l'âge de dix ans, j'ai perdu ces idées. Ce n'est qu'à l'âge de trente-quatre ans, lorsque j'eus lu les Confessions de Rousseau, que je compris ce que signifiait cette envie d'être flagellée, et qu'il s'agissait chez moi des mêmes idées morbides que chez Rousseau. Jamais, depuis l'âge de dix ans, je n'ai eu de pareilles tendances.»

126

Ce cas doit évidemment, par son caractère primitif ainsi que par l'évocation de Rousseau, être classé comme cas de masochisme. Que ce soit une amie qui, dans l'imagination, exerce le rôle de flagellant, cela s'explique simplement par le fait qu'ici les sentiments masochistes entrent dans la conscience d'une enfant avant que la vita sexualis soit développée et que le penchant pour l'homme se manifeste. L'inversion sexuelle est absente dans ce cas d'une façon absolue.

ESSAI D'EXPLICATION DU MASOCHISME

Les faits de masochisme comptent certainement parmi les plus intéressants de la psychopathologie. Avant d'essayer de les expliquer, il faut d'abord bien établir ce qui est essentiel et ce qui est secondaire dans ce phénomène.

L'essentiel, dans le masochisme, c'est, dans tous les cas, l'envie d'être absolument soumis à la volonté d'une personne de l'autre sexe (dans le sadisme, au contraire, le règne absolu sur cette personne), mais avec provocation et accompagnement de sensations sexuelles se traduisant par du plaisir qui va jusqu'à produire l'orgasme. Le secondaire, c'est, d'après le critérium précédent, la manière spéciale dont cette condition de dépendance ou de règne est manifestée, que ce soit par des actes purement symboliques ou qu'il y ait en même temps désir de supporter des douleurs causées par une personne de l'autre sexe.

Tandis qu'on peut considérer le sadisme comme une excroissance pathologique du caractère sexuel viril dans ses particularités psychiques, le masochisme est plutôt une excroissance morbide des particularités psychiques propres à la femme.

Il existe sans doute aussi des cas très fréquents de masochisme chez l'homme; ce sont ceux qui deviennent pour la plupart apparents et remplissent presque à eux seuls toute la casuistique. Nous en avons donné les raisons plus haut.

Tout d'abord, à l'état d'excitation voluptueuse, chaque impression exercée sur l'excité par la personne qui est le point de départ du charme sexuel, vient indépendamment du genre de cette impression.

C'est encore une chose tout à fait normale que des tapes légères et de petits coups de poing soient considérés comme des caresses60.

Like the lovers pinch wich hurts and is desired.
(Shakespeare, Antonius and Cleopatra.)
Note 60:
Nous trouvons des faits analogues chez les animaux inférieurs. Les chenilles du poumon (Pulmonata Cuv.) possèdent une soi-disant «flèche d'amour», baguette de chaux pointue qui se trouve dans une pochette particulière de leur corps et qu'elles font sortir au moment de l'accouplement. C'est un organe d'excitation sexuelle qui, d'après sa constitution, doit être un excitant douloureux.

De là il n'y a pas loin à conclure que le désir d'éprouver une très forte impression de la part du consors amène, dans le cas d'une accentuation pathologique de l'ardeur amoureuse, à l'envie de recevoir des coups, la douleur étant toujours un moyen facile pour produire une forte impression physique. De même que, dans le sadisme, la passion sexuelle aboutit à une exaltation dans laquelle l'excès de l'émotion psychomotrice déborde dans les sphères voisines, il se produit de même, dans le masochisme, une extase dans laquelle la marée montante d'un seul sentiment engloutit avidement toute impression venant de la personne aimée et la noie dans la volupté.

La seconde cause, la plus puissante du masochisme, doit être cherchée dans un phénomène très répandu qui rentre déjà dans le domaine d'un état d'âme insolite et anormal, mais pas encore dans celui d'un état perverti.

J'entends ici ce fait fréquent qu'on observe dans des cas très nombreux et sous les formes les plus variées, qu'un individu tombe d'une façon étonnante et insolite sous la dépendance d'un individu de l'autre sexe, jusqu'à perdre toute volonté, dépendance qui force l'assujetti à commettre et à tolérer des actes compromettant souvent gravement ses propres intérêts, contraires et aux lois et aux mœurs.

Dans les phénomènes de la vie normale, cette dépendance varie selon l'intensité du penchant sexuel qui est ici en jeu et le peu de force de volonté qui devrait contrebalancer l'instinct. Il n'y a donc qu'une différence quantitative, mais non pas qualitative, comme c'est le cas dans les phénomènes du masochisme.

J'ai désigné sous le nom de servitude sexuelle ce fait de dépendance anormale, mais non encore perverse, d'un homme vis-à-vis d'un individu de l'autre sexe, fait qui offre un grand intérêt, surtout au point de vue médico-légal. Je l'ai nommé ainsi parce que les conditions qui en résultent sont empreintes d'une marque de servitude61. La volonté du sujet dominateur commande à celle du sujet asservi, comme la volonté du maître à celle du serviteur62.

Note 61:
Comparer l'essai de l'auteur «Sur la servitude sexuelle et le masochisme» dans Psychiatrische Jahrbücher, t. X, p. 169, où ce sujet a été traité à fond, surtout au point de vue médico-légal.

Note 62:
Bien qu'on les emploie au figuré pour de pareilles situations, j'ai cru devoir éviter ici les expressions esclave et esclavage, parce que ce sont des termes qu'on emploie de préférence pour le masochisme dont il faut bien distinguer la «servitude».

L'expression de servitude ne doit pas être confondue non plus avec la sujétion de la femme de J. St. Mill. Mill désigne par cette expression des mœurs et des lois, des phénomènes historiques et sociaux. Mais ici nous ne parlons que de faits nés de mobiles individuels particuliers et qui sont en contradiction avec les lois et les mœurs en usage. En outre, il est question des deux sexes.

Cette servitude sexuelle est, comme nous le disions, un phénomène anormal, même au point de vue psychique.

Elle commence là où la règle extérieure, les limites de la dépendance d'une partie sur l'autre ou de la dépendance mutuelle, tracées par la loi et les mœurs, sont transgressées à la suite d'une particularité individuelle due à l'intensité de mobiles qui en eux-mêmes sont tout à fait normaux. La servitude sexuelle n'est pas du tout un phénomène pervers: les agents moteurs sont les mêmes que ceux qui mettent en mouvement, quoique avec moins de vivacité, la vita sexualis psychique renfermée dans les limites et les règles normales.

La peur de perdre sa compagne, le désir de la contenter toujours, de la conserver aimable et disposée aux rapports sexuels, sont ici les mobiles qui poussent le sujet asservi.

D'un côté un amour excessif qui, surtout chez la femme, n'indique pas toujours un degré excessif de sensualité; de l'autre, une faiblesse de caractère: tels sont les premiers éléments de ce processus insolite63.

Note 63:
Le fait le plus important, dans ces cas, c'est peut-être que l'habitude d'obéir développe une sorte de mécanisme d'obéissance inconsciente qui fonctionne avec une exactitude automatique et qui n'a pas à lutter contre des idées contraires, parce qu'il est au delà de la limite de la conscience nette, et qu'il peut être manié comme un instrument inerte par la partie régnante.

Le mobile de l'autre sujet, c'est l'égoïsme, qui peut se donner libre cours.

Les faits de servitude sexuelle sont très variés dans leurs formes, et leur nombre est très grand64.

Note 64:
Dans les littératures de tous les pays et de toutes les époques, la servitude sexuelle joue un grand rôle. Les phénomènes insolites mais non pervers de la vie de l'âme sont pour le poète des sujets heureux et qu'il lui est permis de traiter. La description la plus célèbre de la «servitude» chez l'homme, est celle de l'abbé Prévost dans sa Manon Lescaut. Une description parfaite de la servitude chez la femme se trouve dans le roman Leone Leoni, de George Sand. Il faut citer ici la Kæthchen von Heilbronn de Kleist, qui lui-même désigne cette pièce comme l'opposé de sa Penthésilée (sadisme), enfin la Griselidis de Halm et beaucoup d'autres poésies analogues.

Nous rencontrons à chaque pas dans la vie des hommes tombés dans la servitude sexuelle. Il faut compter parmi les gens de cette catégorie les maris qui vivent sous la domination de leur femme, surtout les hommes déjà vieux qui épousent de jeunes femmes et qui veulent racheter leur disproportion d'âge et de qualités physiques par une condescendance absolue à tous les caprices de l'épouse; il faut aussi classer dans cette catégorie les hommes trop mûrs qui, en dehors du mariage, veulent renforcer leurs dernières chances d'amour par d'immenses sacrifices, et aussi les hommes de tout âge qui, pris d'une violente passion pour une femme, se heurtent à une froideur calculée et doivent capituler dans de dures conditions; les gens très amoureux qui se laissent entraîner à épouser des catins connues; les hommes qui, pour courir après des aventurières, abandonnent tout, jouent leur avenir; les maris et les pères qui délaissent épouse et enfants, et qui placent les revenus d'une famille aux pieds d'une hétaïre.

Quelque nombreux que soient les exemples de servitude chez l'homme, tout observateur un peu impartial de la vie conviendra que leur nombre et leur importance sont bien inférieurs à ceux observés chez la femme. Ce fait est facilement explicable. Pour l'homme, l'amour n'est presque toujours qu'un épisode; il a une foule d'autres intérêts importants; pour la femme, au contraire, l'amour est la vie: jusqu'à la naissance des enfants, l'amour tient le premier rang, et souvent même après la naissance des enfants. Ce qui est encore plus important, c'est que l'homme peut dompter son penchant ou l'apaiser dans des accouplements pour lesquels il trouve de nombreuses occasions. La femme, dans les classes supérieures, quand elle est alliée à un homme, est obligée de se contenter de lui seul, et, même dans les basses couches sociales, la polyandrie se heurte encore à des obstacles considérables.

Voilà pourquoi, pour la femme, l'homme qu'elle possède signifie le sexe tout entier. Son importance pour elle devient par ce fait immense. De plus, les rapports normaux, tels que la loi et les mœurs les ont établis entre l'homme et la femme, sont loin d'être établis d'après les règles de la parité et destinent déjà la femme à une grande dépendance.

Sa servitude deviendra encore plus grande par les concessions qu'elle fait à l'amant pour obtenir de lui cet amour qui pour elle ne peut se remplacer; dans la même mesure s'augmenteront les prétentions des hommes qui sont décidés à mettre à profit leurs avantages et à faire métier d'exploiter l'abnégation illimitée de la femme.

Tels sont: le coureur de dot qui se fait payer des sommes énormes pour détruire les illusions qu'une vierge s'était faite de lui; le séducteur réfléchi et calculateur qui compromet une femme et spécule en même temps sur la rançon et le chantage; le soldat aux galons d'or, l'artiste musicien à la crinière de lion qui savent provoquer chez la femme un brusque: «Toi ou la mort!» un bon moyen pour payer les dettes ou pour s'assurer une vie facile; le simple troupier qui, dans la cuisine, fait payer son amour par la cuisinière en bons repas; l'ouvrier-compagnon qui mange les économies de la patronne qu'il a épousée; et enfin le souteneur qui force par des coups la prostituée, dont il vit, à lui gagner chaque jour une certaine somme. Ce ne sont là que quelques-unes des diverses formes de la servitude dans laquelle la femme tombe forcément par suite de son grand besoin d'amour et des difficultés de sa position.

Il était nécessaire de donner une courte description de la servitude sexuelle, car il faut évidemment voir en elle le terrain propice d'où la principale racine du masochisme est sortie. La servitude ainsi que le masochisme consistent essentiellement en ce que l'individu atteint de cette anomalie se soumet absolument à la volonté d'une personne d'un autre sexe et subit sa domination65.

Note 65:
Il peut se produire des cas où la servitude sexuelle se traduise par les mêmes actes que ceux qui sont particuliers au masochisme. Quand des hommes brutaux battent leurs femmes et que celles-ci le tolèrent par amour, sans cependant avoir la nostalgie des coups, il y a dans cette servitude un trompe-œil qui peut nous faire croire à l'existence du masochisme.

On peut cependant faire une démarcation nette entre les deux phénomènes, car ils diffèrent non pas par leur gradation, mais par leur nature. La servitude sexuelle n'est pas une perversion; elle n'a rien de morbide. Les éléments auxquels elle doit son origine, l'amour et la faiblesse de la volonté, ne sont pas pervers; seule la disproportion de leurs forces mutuelles donne un résultat anormal qui souvent est opposé aux intérêts personnels, aux mœurs et aux lois. Le mobile auquel la partie subjuguée obéit en subissant la domination, c'est le penchant normal vers la femme (ou réciproquement vers l'homme), penchant dont la satisfaction est le prix et la compensation de la servitude subie. Les actes de la partie subjuguée, actes qui sont l'expression de la servitude sexuelle, sont accomplis sur l'ordre de la partie dominante pour servir à la cupidité de cette dernière. Ils n'ont pour la partie assujettie aucun but indépendant, ils ne sont pour elle que des moyens d'obtenir ou de conserver la possession de la partie dominatrice, ce qui est le vrai but final. Enfin, la servitude est une conséquence de l'amour pour une personne déterminée; elle n'a lieu que lorsque cet amour s'est déclaré.

Les choses sont tout autres dans le masochisme qui est nettement morbide, et qui, en un mot, est une perversion. Là, le mobile des actes et des souffrances de la partie assujettie se trouve dans le charme que la tyrannie exerce sur elle. Elle peut, en même temps, désirer aussi le coït avec la partie dominante; dans tous les cas, son penchant vise aussi les actes servant d'expression à la tyrannie comme objets directs de sa satisfaction. Ces actes dans lesquels le masochisme trouve son expression, ne sont pas pour le subjugué un moyen d'arriver au but comme c'est le cas dans la servitude, car ils sont eux-mêmes le but final. Enfin, dans le masochisme, la nostalgie de la soumission se manifeste a priori, avant qu'il y ait une affection pour un objet d'amour concret.

La connexité qu'on peut admettre entre la servitude et le masochisme vient du trait commun des phénomènes externes de la dépendance, malgré la différence des mobiles; la transition de l'anomalie à la perversion se produit probablement de la façon suivante.

Celui qui reste pendant longtemps en état de servitude sexuelle sera plus enclin à contracter de légères tendances masochistes. L'amour, qui supporte volontiers la tyrannie pour l'amour de la personne aimée, devient alors directement un amour de la tyrannie. Quand l'idée d'être tyrannisé s'est longtemps associée à une représentation de l'objet aimé, accompagnée d'un sentiment de plaisir, cette manifestation de la sensation de plaisir finit par se reporter sur la tyrannie même et il se produit de la perversion. Voilà comment le masochisme peut être acquis66.

Note 66:
C'est un fait bien intéressant et qui repose sur l'analogie qui existe entre la sujétion et le masochisme, relativement à leur manifestation extérieure, que pour décrire la servitude sexuelle on emploie généralement, soit par plaisanterie, soit au figuré, des expressions comme celles-ci: «esclavage, être enchaîné, porter des fers, agiter le fouet sur quelqu'un, atteler quelqu'un à son char de triomphe, être aux pieds de quelqu'un, sous le règne de la culotte, etc.», toutes choses qui, prises au pied de la lettre, sont pour le masochiste, l'objet de ses désirs pervers.

Ces locutions imagées sont d'un fréquent usage dans la vie ordinaire et sont presque devenues triviales. Elles ont pris leur origine dans la langue poétique. De tout temps la

131

poésie a vu dans l'image d'ensemble d'une violente passion amoureuse, l'état de dépendance de l'objet qui peut ou qui doit se refuser, et les phénomènes de la servitude se sont toujours présentés à l'observation des poètes. Le poète, en choisissant des termes comme ceux que nous venons de citer, pour représenter avec des images frappantes la dépendance de l'amoureux, suit absolument le même chemin que le masochiste qui, pour se représenter d'une manière frappante sa dépendance (qui est pour lui le but), cherche à réaliser des situations correspondant à son désir.

Déjà la poésie antique désigne l'amante par le mot domina et emploie de préférence l'image de la captivité chargée de fers (Horace, Od., IV, 11). Dès cette époque et jusqu'aux temps modernes, (comparez Grillparzer, Ottokar, IVe acte: «Régner est si doux, presque aussi doux qu'obéir») la poésie galante de tous les siècles est remplie de phrases et de métaphores semblables. Sous ce rapport, l'histoire de l'origine du mot «maîtresse» est aussi très intéressante.

Mais la poésie réagit sur la vie. C'est de cette façon qu'a pu prendre naissance le service des dames chez les courtisanes du moyen âge. Ce service avec adoration des femmes comme «maîtresses» dans la société aussi bien que dans les liaisons d'amour isolées, en assimilant les rapports entre féaux et serfs avec les rapports entre le chevalier et sa dame, avec la soumission à tous les caprices féminins, aux épreuves d'amour et aux vœux, à l'engagement d'obéissance à tous les ordres des dames, apparaît comme un développement et un perfectionnement systématique de la servitude amoureuse. Certains phénomènes extrêmes, commue, par exemple, les souffrances d'Ulric de Lichtenstein ou de Pierre Vidal au service de leurs dames, ou les menées de la confrérie des «Galois» en France qui cherchaient le martyre par amour et se soumettaient à toutes sortes de tortures, portent déjà une empreinte bien visible du caractère masochiste, et montrent la transition naturelle d'un état vers l'autre.

Un faible degré de masochisme peut bien être engendré par la servitude et peut, par conséquent, être acquis. Mais le vrai masochisme complet et profondément enraciné, avec sa nostalgie brûlante de soumission dès la première enfance, tel que le dépeignent les personnes mêmes qui en sont atteintes, est toujours congénital.

La meilleure explication de l'origine du masochisme complet, perversion toutefois assez rare, serait dans l'hypothèse que cette perversion est née de la servitude sexuelle, anomalie de plus en plus fréquente, qui parfois se transmet par hérédité à un individu psychopathe de façon à dégénérer en perversion. On a démontré plus haut qu'un léger déplacement des éléments psychiques qui jouent ici un rôle, peut amener cette transition. Ce que peut faire, pour les cas possibles de masochisme acquis, l'habitude associative, l'hérédité peut le faire pour les cas bien établis de masochisme congénital. Aucun élément nouveau ne s'ajoute alors à la servitude; au contraire, un élément disparaît, le raisonnement qui rattache l'amour à la dépendance, et qui constitue la différence entre l'anomalie et la perversion, entre la servitude et le masochisme. Il est tout naturel que ce soit la partie d'instinct seule qui se transmette par hérédité.

Cette transition de l'anomalie à la perversion par transmission héréditaire s'effectuera facilement, surtout dans le cas où la disposition psychopathique du descendant fournit un autre facteur pour le masochisme, c'est-à-dire l'élément que nous avons appelé la première

132

cause du masochisme: la tendance des natures sexuellement hyperesthésiées à assimiler aux impressions sexuelles toute impression qui part de l'objet aimé.

C'est de ces deux éléments, la servitude sexuelle d'une part, et d'autre part la prédisposition à l'extase sexuelle qui accepte avec plaisir les mauvais traitements, c'est de ces deux éléments, disons-nous, dont les causes peuvent être ramenées jusqu'au domaine des faits physiologiques, que le masochisme tire son origine, quand il trouve un terrain psychopathique propice et que l'hyperesthésie sexuelle amène jusqu'au degré morbide de la perversion les circonstances physiologiques et anormales de la vita sexualis67.

Note 67:
Quand on voit, ainsi que cela a été démontré plus haut, que la «servitude sexuelle» est un phénomène qui a été constaté bien plus fréquemment et avec une intensité plus grande dans le sexe féminin que dans le sexe masculin, la conclusion s'impose: que le masochisme (sinon toujours, du moins habituellement) est un legs de la «servitude» des ascendants féminins. De cette façon, il entre en rapport, bien qu'éloigné, avec l'inversion sexuelle, en raison de ce fait qu'une perversion qui devrait être particulière à la femme, se transmet à l'homme. Cette manière d'envisager le masochisme comme une inversion sexuelle rudimentaire, comme une effeminatio partielle qui, dans ce cas, n'atteint que les traits secondaires du caractère de la vita sexualis (manière de voir que j'ai déjà, dans la 6e édition de cet ouvrage, exprimée d'une façon très nette), est encore corroborée par les dépositions des malades des observations 44 et 49, citées plus haut, et dont les sujets sont aussi marqués d'autres traits d'effémination, tous les deux désignant comme leur idéal une femme relativement plus âgée qui les aurait recherchés et conquis.

Il faut cependant noter le fait que la sujétion joue aussi un rôle considérable dans la vita sexualis masculine, et que, par conséquent, le masochisme peut s'expliquer sans l'hypothèse de la transmission des éléments féminins à l'homme. Il ne faut pas oublier non plus, à ce propos, que le masochisme et son opposé le sadisme se rencontrent quelquefois en combinaisons irrégulières avec l'inversion sexuelle.

En tout cas, le masochisme, en tant que perversion sexuelle congénitale, représente aussi dans le tableau de l'hérédité un signe de dégénérescence fonctionnelle, et cette constatation clinique a été en particulier confirmée par mes propres observations de masochisme et de sadisme.

Il est facile de prouver que cette tendance psychiquement anormale et particulière par laquelle le masochisme se manifeste, représente une anomalie congénitale; elle ne se greffe pas sur l'individu porté à la flagellation, par suite d'une association d'idées, comme le supposent Rousseau et Binet.

Cela ressort de ces cas nombreux, même de la majorité de ces cas, où la flagellation n'est jamais venue à l'idée du masochiste, mais où le penchant pervers visait exclusivement des actes symboliques, qui expriment la soumission sans causer de douleurs physiques.

Les détails de l'observation 52 nous renseignent à ce sujet.

Mais on arrive à la même conclusion, c'est-à-dire à la constatation que la flagellation passive ne peut pas être le noyau qui réunit tous les autres éléments autour de lui, même quand on examine de plus près les cas dans lesquels la flagellation passive joue un rôle, comme dans les observations 44 et 49.

Sous ce rapport, l'observation 50 est particulièrement instructive, car il ne peut pas y être question d'une stimulation sexuelle produite par une punition reçue dans l'enfance. Dans ce cas, il est surtout impossible de relier le phénomène à un fait ancien, car l'objet du principal intérêt sexuel n'est pas réalisable, même avec un enfant.

Enfin l'origine purement psychique du masochisme est prouvée par la comparaison du masochisme avec le sadisme. (Voir plus loin.)

Si la flagellation passive se rencontre si fréquemment dans le masochisme, cela s'explique simplement par le fait que la flagellation est le moyen le plus efficace d'exprimer l'état de soumission.

Je ne puis que répéter que ce qui différencie absolument la simple flagellation passive de la flagellation basée sur un désir masochiste, c'est que, dans le premier cas, l'acte est un moyen pour rendre possible le coït ou l'éjaculation, tandis que, dans le dernier cas, c'est un moyen pour obtenir une satisfaction de l'âme dans le sens des désirs masochistes.

Ainsi que nous l'avons vu plus haut, les masochistes se soumettent aussi à d'autres mauvais traitements et à des souffrances pour lesquelles il ne peut être question d'une excitation voluptueuse réflexe. Comme ces faits sont très nombreux, il faut examiner dans quelle proportion existent la douleur et le plaisir dans de pareils actes, et aussi dans la flagellation des masochistes.

De la déposition d'un masochiste, il résulte le fait suivant.

La proportion n'est pas telle que l'individu éprouve simplement comme plaisir physique ce qui ordinairement cause de la douleur; mais l'individu se trouvant en extase masochiste, ne sent pas la douleur, soit que, grâce à son état passionnel, (comme chez le soldat au milieu de la mêlée et de la bataille), il n'ait pas la perception de l'impression physique produite sur les nerfs de son épiderme, soit que, grâce à la trop grande abondance de sensations voluptueuses (comme chez les martyrs ou dans l'extase religieuse), l'idée des mauvais traitements n'entre dans son esprit que comme un symbole et sans les attributs de la douleur.

Dans la deuxième alternative, il y a pour ainsi dire une surcompensation de la douleur physique par le plaisir psychique, et c'est cet excédent qui reste seul comme plaisir psychique dans la conscience. Cet excédent de plaisir est encore renforcé soit par l'influence des réflexes spinaux, soit par une accentuation particulière des impressions sensibles dans le sensorium; il se produit une espèce d'hallucination de volupté physique, avec une localisation vague de la sensation projetée au dehors.

134

Des phénomènes analogues paraissent se produire dans l'auto-flagellation des extasiés religieux (fakirs, derviches hurlants, flagellants), seulement les images qui provoquent la sensation de plaisir ont une autre forme. Là aussi on perçoit l'idée de la torture sans ses attributs de douleur, la conscience étant trop remplie par l'idée accentuée du plaisir de servir Dieu en subissant des tortures, de racheter ses péchés, de gagner le ciel, etc.

MASOCHISME ET SADISME

Le sadisme est l'opposé complet du masochisme. Tandis que celui-ci veut supporter des douleurs et se sentir soumis, celui-là cherche à provoquer la souffrance et à violenter.

Le parallélisme est complet. Tous les actes et toutes les scènes qui sont exécutés par le sadiste d'une façon active, constituent l'objet des désirs du masochiste dans son rôle passif. Dans les deux perversions ces actes passent graduellement des procédés symboliques aux tortures les plus graves. L'assassinat par volupté lui-même, comble du sadisme, trouve sa contre-partie passive dans le masochisme, bien entendu uniquement comme imagination, ainsi que cela résulte de l'observation 53. Ces deux perversions peuvent, dans des circonstances favorables, subsister à côté d'une vita sexualis normale; dans les deux cas, les actes par lesquels elles se manifestent servent de préparatifs au coït ou bien le remplacent68.

Note 68:
Naturellement toutes deux ont à combattre des contre-motifs esthétiques et éthiques dans le for intérieur. Mais, lorsqu'il les a vaincus, le sadisme, en se manifestant dans le monde extérieur, entre en conflit avec le Code pénal. Tel n'est pas le cas du masochisme, ce qui explique la plus grande fréquence des actes masochistes. Par contre, à la réalisation de ces derniers s'opposent l'instinct de la conservation et la crainte de la douleur physique. La signification pratique du masochisme n'existe que dans ses rapports avec l'impuissance psychique, tandis que celle du sadisme a surtout une portée médico-légale.

L'analogie ne concerne pas seulement les symptômes extérieurs; elle s'étend aussi à l'essence intime des deux perversions.

On doit les considérer toutes les deux comme des psychopathies congénitales chez des individus dont l'état psychique est anormal et qui sont atteints surtout d'hyperæsthesia sexualis psychique, et habituellement d'autres anomalies accessoires; dans chacune de ces deux perversions on peut établir l'existence de deux éléments constitutifs qui tirent leur origine de faits psychiques intervenant dans la zone physiologique.

Ainsi que je l'ai indiqué plus haut, pour le masochisme, ces éléments consistent dans les faits suivants: 1° Dans la passion sexuelle, chaque action partant du consors provoque par elle-même et indépendamment de la nature de cette action une sensation de plaisir qui, dans le cas d'hyperæsthesia sexualis, peut aller jusqu'à compenser et au delà toute sensation de douleur; 2° La «servitude sexuelle» produisant dans la vie psychique des phénomènes qui en eux-mêmes ne sont pas de nature perverse, peut, dans des conditions pathologiques, devenir un besoin de soumission morbide s'accompagnant de sensations de plaisir, ce qui—quand même l'hypothèse d'une hérédité maternelle serait laissée de

135

côté—indique une dégénérescence pathologique de l'instinct physiologique de soumission qui caractérise la femme.

De même, pour expliquer le sadisme, on trouve deux éléments constitutifs dont l'origine peut être ramenée jusque dans le domaine physiologique: 1° Dans la passion sexuelle, il peut se produire une sorte d'émotion psychique, un penchant à agir sur l'objet aimé de la façon la plus forte possible ce qui, chez des individus sexuellement hyperesthésiés, peut devenir une envie de causer de la douleur; 2° Le rôle actif de l'homme, la nécessité de conquérir la femme, peuvent, dans des circonstances pathologiques données, se transformer en désir d'obtenir d'elle une soumission illimitée.

Ainsi le masochisme et le sadisme se présentent comme la contre-partie complète l'un de l'autre. Ce qui corrobore ce fait, c'est que, pour les individus atteints de l'une ou de l'autre de ces deux perversions, l'idéal est toujours une perversion opposée à la leur et qui se manifesterait chez une personne de l'autre sexe. Comme exemples à l'appui, il suffit de citer les observations 44 et 49 ainsi que les Confessions de Rousseau.

La comparaison du masochisme et du sadisme peut encore servir à écarter complètement cette hypothèse que le masochisme tirerait son origine primitive de l'effet réflexe de la flagellation passive, et que tout le reste ne serait que le produit d'associations d'idées se rattachant au souvenir de la flagellation, ainsi que l'a soutenu Binet dans son explication du cas de Jean-Jacques Rousseau et ainsi que Rousseau lui-même l'a cru. De même la torture active qui, pour le sadiste, est le but du désir sexuel, ne produit aucune excitation des nerfs sensitifs; par conséquent l'origine psychique de cette perversion ne saurait être mise en doute. Mais le sadisme et le masochisme sont tellement similaires, ils se ressemblent tellement en tous points, que la conclusion par analogie de l'un à l'autre est permise, et qu'elle suffirait à elle seule à établir le caractère psychique du masochisme.

La comparaison de tous les éléments et phénomènes du masochisme et du sadisme étant faite, si nous résumons le résultat de tous les cas observés plus haut, nous pouvons établir que: le plaisir à causer de la douleur et le plaisir à la subir ne sont que deux faces différentes d'un même processus psychique dont l'origine essentielle est l'idée de la soumission active ou passive, tandis que la réunion de la cruauté et de la volupté n'a qu'une importance psychologique d'ordre secondaire. Les actes cruels servent à exprimer cette soumission, tout d'abord parce qu'ils constituent le moyen le plus fort de traduire cet état, et puis, parce qu'ils représentent la plus forte impression que, sauf le coït et en dehors du coït, un individu peut produire sur un autre.

Le sadisme et le masochisme sont le résultat d'associations d'idées dans le même sens que tous les phénomènes compliqués de la vie psychique. La vie psychique consiste, à part la production des éléments primitifs de la conscience, uniquement en associations et disjonctions de ces éléments.

Le résultat principal des analyses que nous venons de faire, c'est que le masochisme et le sadisme, ne sont point le produit d'une association de hasard due à un incident occasionnel, à une coïncidence de temps, mais qu'ils sont bien nés d'associations dont la préformation, même dans les circonstances normales, est très rapprochée, ou qui, dans certaines conditions (hyperesthésie sexuelle), se nouent très facilement. Un instinct sexuel

136

accru d'une façon anormale se développe non seulement en hauteur mais aussi en largeur. En débordant sur les sphères voisines, il se confond avec elles et accomplit ainsi l'association pathologique qui est l'essence de ces deux perversions69.

Note 69:

V. Schrenk-Notzing qui, dans l'explication de toutes les perversions, met au premier rang l'occasion et qui préfère l'hypothèse d'une perversion acquise grâce aux circonstances extérieures à l'hypothèse de la prédisposition congénitale, donne aux phénomènes du masochisme et du sadisme (qu'il appelle «algolagnie active et passive») une place intermédiaire entre la perversion acquise et congénitale. Ces phénomènes, il est vrai, ne peuvent, dans certains cas, s'expliquer que par une prédisposition congénitale; mais, ajoute-t-il, dans une partie des autres cas, l'acquisition par une coïncidence de hasard doit évidemment jouer le rôle principal (op. cit., p. 179).

La démonstration de cette dernière assertion est faite avec casuistique. L'auteur reproduit deux observations de la Psychopathia sexualis de l'édition actuelle, et il montre comment, dans ces cas, une coïncidence occasionnelle, l'aspect d'une fille saignante ou d'un enfant fouetté, d'une part, une excitation sexuelle du spectateur, d'autre part, peut fournir la raison suffisante d'une association pathologique.

En présence de cette hypothèse, il faut cependant considérer comme concluant le fait, que chez tout individu hyperesthésique, les excitations et les mouvements précoces de la vie sexuelle ont coïncidé au point de vue du temps, avec bien des éléments hétérogènes, tandis que les associations pathologiques, ne se relient qu'à certains faits peu nombreux et bien déterminés (faits sadistes et masochistes). Nombre d'élèves se sont livrés aux excitations et aux satisfactions sexuelles pendant les leçons de grammaire, de mathématiques, dans la salle de classe et dans des lieux secrets, sans que des associations perverses en soient résultées.

Il en ressort jusqu'à l'évidence que l'aspect des scènes de flagellation et d'actes semblables peut bien faire sortir de son état latent une association pathologique, déjà existante, mais qu'il ne peut pas en créer une, sans compter que, parmi les faits nombreux qui se présentent, ce sont précisément avec ceux qui normalement provoquent le déplaisir que l'instinct sexuel éveillé se met en rapport.

Ce que nous venons de dire servira également de réponse à l'opinion de Binet qui, lui aussi, veut expliquer par des associations de hasard tous les phénomènes dont il est ici question.

Bien entendu, les choses ne se passent pas toujours de cette manière, et il y a des cas d'hyperesthésie sans perversion. Les cas de pure hyperæsthesia sexualis, du moins ceux qui sont d'une intensité frappante, sont plus rares que les cas de perversion. Ce qui est intéressant, mais ce qui est bien difficile à expliquer, ce sont les cas où le masochisme et le sadisme se manifestent simultanément chez le même individu. Telles sont les observations 49 et 57, mais surtout l'observation 30, qui montre que c'est précisément l'idée de la soumission soit active, soit passive, qui forme la base du désir pervers. On peut, dans bien d'autres cas, reconnaître aussi les traces plus ou moins nettes d'un état de choses analogue. Évidemment c'est toujours l'une des deux perversions qui l'emporte et de beaucoup.

Étant donnée cette prédominance décisive de l'une des deux perversions et leur manifestation tardive dans ce cas, on peut supposer que seule l'une des deux, la perversion prédominante, est congénitale, tandis que l'autre a été acquise. Les idées de soumission et de mauvais traitements actifs ou passifs, accompagnées de sensations de plaisir, se sont profondément enracinées chez l'individu. À l'occasion, l'imagination essaie de se placer dans la même sphère de représentation, mais avec un rôle inverse. Elle peut même arriver à une réalisation de cette inversion. Ces essais, soit en imagination, soit en réalité, sont, dans la plupart des cas, bientôt abandonnés comme n'étant pas adéquats à la tendance primitive.

Le masochisme et le sadisme se trouvent aussi combinés avec l'inversion sexuelle en des formes et des degrés très variés. L'individu atteint d'inversion sexuelle peut être sadiste aussi bien que masochiste. Comparez à ce sujet l'observation 48 de ce livre, l'observation 49 de la 7e édition et les nombreux cas d'inversion sexuelle qui seront traités plus loin.

Toutes les fois que sur la base d'une individualité névropathique s'est développée une perversion sexuelle, l'hyperesthésie sexuelle, qu'il faut supposer dans ce cas, peut aussi produire les symptômes du masochisme et du sadisme; tantôt une de ces deux perversions, tantôt toutes les deux ensemble, de sorte que l'une est engendrée par l'autre. Le masochisme et le sadisme se présentent donc comme les formes fondamentales des perversions sexuelles qui peuvent se montrer sur tout le terrain des aberrations de l'instinct génital.

3.—ASSOCIATION DE L'IMAGE DE CERTAINES PARTIES DU CORPS OU DU VÊTEMENT FÉMININ AVEC LA VOLUPTÉ.—FÉTICHISME

Dans nos considérations sur la psychologie de la vie sexuelle normale, qui ont servi d'entrée en matière à ce livre, nous avons montré que, même dans les limites de l'état physiologique, l'attention particulièrement concentrée sur certaines parties du corps de personnes de l'autre sexe et surtout sur certaines formes de ces parties du corps, peut devenir d'une grande importance psycho-sexuelle. Qui plus est, cette force d'attraction particulière pour certaines formes et certaines qualités agit sur beaucoup d'hommes et même sur la plupart; elle peut être considérée comme le vrai principe de l'individualisation en amour.

Cette prédilection pour certains traits distincts du caractère physique de personnes de l'autre sexe, prédilection à côté de laquelle il y a aussi quelquefois une préférence manifeste pour certains caractères psychiques, je l'ai désignée par le mot «fétichisme», en m'appuyant sur Binet (Du fétichisme en amour, Revue Philosophique, 1887) et sur Lombroso (préface de l'édition allemande de son ouvrage). En effet, l'enthousiasme et l'adoration de certaines parties du corps ou d'une partie de la toilette, à la suite des ardeurs sexuelles, rappelle à beaucoup de points de vue l'adoration des reliques, des objets sacrés, etc., dans les cultes religieux. Ce fétichisme physiologique a été déjà traité à fond plus haut.

Cependant, sur le terrain psycho-sexuel, il y a, a côté du fétichisme physiologique, un fétichisme incontestablement pathologique et érotique, sur lequel nous possédons déjà de

138

nombreux documents humains et dont les phénomènes présentent un grand intérêt en clinique psychiatrique et même dans certaines circonstances médico-légales. Ce fétichisme pathologique ne se rapporte pas uniquement à certaines parties du corps vivant, mais même à des objets inanimés qui cependant sont toujours des parties de la toilette de la femme et par là se trouvent en connexité étroite avec son corps.

Ce fétichisme pathologique se rattache par des liens intermédiaires et graduels avec le fétichisme physiologique, de sorte que—du moins pour le fétichisme du corps—il est presque impossible d'indiquer par une ligne de démarcation nette où la perversion commence. En outre, la sphère totale du fétichisme corporel ne se trouve pas en dehors de la sphère des choses qui, dans les conditions normales, agissent comme stimulants de l'instinct génital; au contraire, il y trouve sa place. L'anomalie consiste seulement, en ce qu'une impression d'une partie de l'image de la personne de l'autre sexe, absorbe par elle-même tout l'intérêt sexuel, de sorte qu'à côté de cette impression partielle, toutes les autres impressions s'effacent ou laissent plus ou moins indifférent.

Voilà pourquoi il ne faut pas considérer le fétichiste d'une partie du corps comme un monstrum per excessum, tel que le sadiste ou le masochiste, mais plutôt comme un monstrum per defectum. Ce n'est pas la chose qui agit sur lui comme charme qui est anormale, c'est plutôt le fait que les autres parties n'ont plus de charme pour lui; c'est, en un mot, la restriction du domaine de son intérêt sexuel, qui constitue ici l'anomalie. Il est vrai que cet intérêt sexuel resserré dans des limites plus étroites, éclate avec d'autant plus d'intensité, et avec une intensité poussée jusqu'à l'anomalie. On pourrait bien indiquer comme un moyen pour déterminer la ligne de démarcation du fétichisme pathologique, d'examiner tout d'abord si l'existence du fétiche est une conditio sine qua non pour pouvoir accomplir le coït. Mais, en examinant les faits de plus près, nous verrons que la délimitation basée sur ce principe n'est exacte qu'en apparence. Il y a des cas nombreux où, malgré l'absence du fétiche, le coït est encore possible, bien qu'incomplet, forcé (souvent avec le secours de l'imagination qui représente des objets en rapport avec le fétiche); mais c'est surtout un coït qui ne satisfait pas et même fatigue. Ainsi, en examinant de plus près les phénomènes psychiques et subjectifs, on ne trouve que des cas intermédiaires dont une partie n'est caractérisée que par une préférence purement physiologique, tandis que pour les autres il y a impuissance psychique en l'absence du fétiche.

Il vaudrait peut-être mieux chercher le critérium de l'élément pathologique du fétichisme corporel sur le terrain de la subjectivité psychique.

La concentration de l'intérêt sexuel sur une partie déterminée du corps, sur une partie—ce sur quoi il faut insister—qui n'a aucun rapport direct avec le sexus (comme les mamelles ou les parties génitales externes), amène souvent les fétichistes corporels à ne plus considérer le coït comme le vrai but de leur satisfaction sexuelle, mais à le remplacer par une manipulation quelconque faite sur la partie du corps qu'ils considèrent comme fétiche. Ce penchant dévoyé peut être considéré, chez le fétichiste corporel, comme le critérium de l'état morbide, que l'individu atteint soit capable ou non de faire le coït.

139

Mais le fétichisme des choses ou des vêtements peut, dans tous les cas, être considéré comme un phénomène pathologique, son objet se trouvant en dehors de la sphère des charmes normaux de l'instinct génital.

Là aussi les symptômes présentent une analogie apparente avec les faits de la vita sexualis physiquement normale; mais en réalité l'ensemble intime du fétichisme pathologique est de nature tout à fait différente. Dans l'amour exalté d'un homme physiquement normal, le mouchoir, le soulier, le gant, la lettre, la fleur «qu'elle a donné», la mèche de cheveux, etc., peuvent aussi être des objets d'idolâtrie, mais uniquement parce qu'ils représentent une forme du souvenir de l'amante absente ou décédée, et qu'ils servent à reconstituer la totalité de la personnalité aimée. Le fétichiste pathologique ne saisit pas les rapports de ce genre. Pour lui, le fétiche est la totalité de sa représentation. Partout où il l'aperçoit il en ressent une excitation sexuelle, et le fétiche produit sur lui son impression70.

Note 70:
Dans Thérèse Raquin, de Zola, où l'homme embrasse plusieurs fois les bottines de l'amante, il s'agit d'un fait tout différent de celui des fétichistes du soulier ou des bottines qui, à l'aspect de n'importe quelle bottine au pied d'une dame, ou même d'une bottine seule, entrent en extase voluptueuse et arrivent même à l'éjaculation.

D'après les faits observés jusqu'ici, le fétichisme pathologique paraît ne se produire que sur le terrain d'une prédisposition psychopathique et héréditaire ou sur celui d'une maladie psychique existante. De là vient qu'il se montre combiné avec d'autres perversions primitives de l'instinct génital et qui ont la même source. Chez les individus atteints d'inversion sexuelle, chez les sadistes et les masochistes, le fétichisme se rencontre souvent sous ses formes les plus variées. Certaines formes du fétichisme corporel (le fétichisme de la main ou du pied) ont même avec le masochisme et le sadisme des relations plus ou moins obscures.

Bien que le fétichisme se base sur une disposition psychopathique générale et congénitale, cette perversion en elle-même n'est pas primitive de sa nature comme celles que nous avons traitées jusqu'ici; elle n'est pas congénitale, comme nous l'avons dit du sadisme et du masochisme. Tandis que, dans le domaine des perversions sexuelles qui nous ont occupé jusqu'ici, l'observateur n'a rencontré que des cas d'origine congénitale, il trouvera dans le domaine du fétichisme des cas exclusifs de perversion acquise.

Tout d'abord, pour le fétichisme, on peut souvent établir qu'une cause occasionnelle a fait naître cette perversion.

Ensuite, on ne trouve pas dans le fétichisme ces phénomènes physiologiques qui, dans le domaine du sadisme et du masochisme, sont poussés par une hyperesthésie sexuelle générale jusqu'à la perversion, et qui justifient l'hypothèse de leur origine congénitale. Pour le fétichisme, il faut chaque fois un incident qui fournisse matière à la perversion. Ainsi que je l'ai dit plus haut, c'est un phénomène de la vie sexuelle normale, de s'extasier devant telle ou telle partie de la femme: mais c'est précisément la concentration de la totalité de l'intérêt sexuel sur cette impression partielle, qui constitue le point essentiel, et cette concentration doit s'expliquer par un motif spécial pour chaque individu atteint de ce genre d'aberration.

On peut donc se rallier à l'opinion de Binet que, dans la vie de tout fétichiste, il faut supposer un incident, qui a déterminé par des sensations de volupté l'accentuation de cette impression isolée. Cet incident doit être placé à l'époque de la plus tendre jeunesse, et coïncide ordinairement avec le premier éveil de la vita sexualis. Ce premier éveil a eu lieu simultanément avec une impression sexuelle provoquée par une apparition partielle (car ce sont toujours des choses qui ont quelque rapport avec la femme); il enregistre cette impression partielle et la garde comme objet principal de l'intérêt sexuel pour toute la durée de sa vie.

Ordinairement, l'individu atteint ne se rappelle pas l'occasion qui a fait naître l'association d'idées. Il ne lui reste dans la conscience que le résultat de cette association. Dans ce cas, c'est en général la prédisposition aux psychopathies, l'hyperesthésie qui est congénitale[71].

Note 71:
Quand Binet prétend, au contraire, que toute perversion sexuelle, sans exception, repose sur un incident pareil agissant sur un individu prédisposé—(il entend par prédisposition uniquement l'hyperesthésie en général),—il faut remarquer que cette hypothèse n'est ni nécessaire ni suffisante pour expliquer les autres perversions sexuelles, excepté le fétichisme, ainsi que nous l'avons démontré précédemment. On ne peut pas comprendre comment, la vue d'un individu qu'on flagelle, aurait précisément pour effet d'exciter sexuellement un autre individu, même très excitable, si l'alliance physiologique entre la volupté et la cruauté, chez cet individu anormalement excitable n'avait produit un sadisme primitif. Cependant, les associations d'idées sur lesquelles repose le fétichisme érotique, ne sont pas tout à fait dues au hasard. De même que les associations sadistes et masochistes sont préformées par le voisinage d'éléments respectifs dans l'âme du sujet, de même la possibilité des associations fétichistes est préparée par les attributs de l'objet et s'explique aussi par cette préparation. Ce sont toujours les impressions d'une partie de la femme (y compris le vêtement) dont il s'agit dans ce cas. Les associations fétichistes dues au pur hasard n'ont pu être constatées que dans très peu des cas qui seront cités plus loin.

Comme les perversions que nous avons étudiées jusqu'ici, le fétichisme peut se manifester à l'extérieur par les actes les plus étranges, les plus contraires à la nature et même par des actes criminels: satisfaction sur le corps de la femme loco indebito, vol et rapt d'objets agissant comme fétiches, souillure de ces objets, etc.

Là aussi tout dépend de l'intensité du penchant pervers et de la force relative des contre-motifs éthiques.

Les actes pervers des fétichistes peuvent, comme ceux des individus atteints d'autres perversions, remplir à eux seuls toute la vita sexualis externe, mais ils peuvent aussi se manifester à côté de l'acte sexuel normal, selon que la puissance physique et psychique, l'excitabilité par les charmes normaux se sont plus ou moins conservées. Dans le dernier cas, la vue ou l'attouchement du fétiche sert souvent d'acte préparatoire nécessaire.

141

D'après ce que nous venons de dire, la grande importance pratique qui se rattache aux faits de fétichisme pathologique se montre dans deux circonstances.

Premièrement, le fétichisme pathologique est souvent une cause d'impuissance psychique72.

Note 72:
On peut considérer comme une sorte de fétichisme psychique, le fait très fréquent, que de jeunes maris qui autrefois ont beaucoup fréquenté les prostituées, se trouvent impuissants en présence de la chasteté de leurs jeunes épouses. Un de mes clients n'a jamais été puissant en présence de sa jeune femme, belle et chaste, parce qu'il était habitué aux procédés lascifs des prostituées. S'il essayait de temps en temps le coït avec les puellæ, il était parfaitement puissant. Hammond rapporte un cas tout à fait analogue et très intéressant. Il est vrai que dans de pareils cas le remords ainsi que la crainte d'être impuissant jouent un certain rôle.

Comme l'objet sur lequel se concentre l'intérêt sexuel du fétichiste, n'a par lui-même aucun rapport immédiat avec l'acte sexuel normal, il arrive souvent que le fétichiste cesse, par sa perversion, d'être sensible aux charmes normaux, ou que, du moins, il ne peut faire le coït qu'en concentrant son imagination sur le fétiche. Dans cette perversion, de même que dans beaucoup d'autres, il y a tout d'abord, par suite de la difficulté à obtenir une satisfaction adéquate, une tendance continuelle à l'onanisme psychique et physique, surtout chez les individus encore jeunes et chez d'autres encore que des contre-motifs esthétiques font reculer devant la réalisation de leurs désirs pervers. Inutile de dire que l'onanisme, soit psychique soit physique, auquel ils ont été amenés, réagit d'une façon funeste sur leur constitution physique et sur leur puissance.

Secondement, le fétichisme est d'une grande importance médico-légale. De même que le sadisme peut dégénérer en assassinat, provoquer des coups et des blessures, le fétichisme peut pousser au vol et même à des actes de brigandage.

Le fétichisme érotique a pour objet, ou une certaine partie du corps du sexe opposé, ou une certaine partie de la toilette de la femme, ou même une étoffe qui sert à l'habillement. (Jusqu'ici on ne connaît des cas de fétichisme pathologique que chez l'homme; voilà pourquoi nous ne parlons que du corps et de la toilette de la femme.)

Les fétichistes se divisent donc en trois groupes.

A.—LE FÉTICHE EST UNE PARTIE DU CORPS DE LA FEMME

Dans le fétichisme physiologique, ce sont surtout l'œil, la main, le pied et les cheveux de la femme qui deviennent souvent fétiches; de même dans le fétichisme pathologique, ce sont la plupart du temps ces mêmes parties du corps qui deviennent l'objet unique de l'intérêt sexuel. La concentration exclusive de l'intérêt sur ces parties pendant que toutes les autres parties de la femme s'effacent, peut amener la valeur sexuelle de la femme à tomber jusqu'à zéro, de sorte qu'au lieu du coït, ce sont des manipulations étranges avec l'objet fétiche qui deviennent le but du désir. Voilà ce qui donne à ces cas un caractère pathologique.

Observation 73 (Binet, op. cit.).—X..., trente-sept ans, professeur de lycée; dans son enfance a souffert de convulsions. À l'âge de dix ans il commença à se masturber, avec des sensations voluptueuses se rattachant à des idées bien étranges. Il était enthousiasmé pour les yeux de la femme; mais comme il voulait à tout prix se faire une idée quelconque du coït et qu'il était tout à fait ignorant in sexualibus, il en arriva à placer le siège des parties génitales de la femme dans les narines, endroit qui est le plus proche des yeux. Ses désirs sexuels très vifs tournent, à partir de ce moment, autour de cette idée. Il fait des dessins qui représentent des profils grecs très corrects, des têtes de femmes, mais avec des narines si larges que l'immissio penis devient possible.

Un jour, il voit dans un omnibus une fille chez laquelle il croit reconnaître son idéal. Il la poursuit jusque dans son logement, demande sa main, mais on le met à la porte; il revient toujours jusqu'à ce qu'on le fasse arrêter. X... n'a jamais eu de rapports sexuels avec des femmes.

Les fétichistes de la main sont très nombreux. Le cas suivant que nous allons citer n'est pas encore tout à fait pathologique. Nous le citons comme cas intermédiaire.

Observation 74.—B..., de famille névropathique, très sensuel, sain d'esprit, tombe en extase à la vue d'une belle main de femme jeune, et sent alors de l'excitation sexuelle allant jusqu'à l'érection. Baiser et presser la main, c'est pour lui le suprême bonheur.

Il se sent malheureux tant qu'il voit cette main recouverte d'un gant. Sous prétexte de dire la bonne aventure, il cherche à s'emparer des mains. Le pied lui est indifférent. Si les belles mains sont ornées de bagues, cela augmente son plaisir. Seule la main vivante, et non l'image d'une main, lui produit cet effet voluptueux. Mais, quand il s'est épuisé à la suite de coïts réitérés, la main perd alors pour lui son charme sexuel. Au début, le souvenir des mains féminines le troublait même dans ses travaux. (Binet, op. cit.)

Binet rapporte que ces cas d'enthousiasme pour la main de la femme sont très nombreux.

Rappelons à ce propos qu'il y a enthousiasme pour la main de la femme dans l'observation 24 pour des motifs sadistes et dans l'observation 46 pour des raisons masochistes. Ces cas admettent donc des interprétations multiples.

Mais cela ne veut pas dire que tous les cas de fétichisme de la main ou même la plupart de ces cas demandent ou nécessitent une interprétation sadiste ou masochiste.

Le cas suivant, très intéressant et observé minutieusement, nous apprend que, bien qu'au début un élément sadiste ou masochiste ait été en jeu, cet élément semble avoir disparu à l'époque de la maturité de l'individu et après que la perversion fétichiste se fut complètement développée. On peut supposer que, dans ce cas, le fétichisme a pris naissance par une association accidentelle; c'est une explication très suffisante.

Observation 75.—Cas de fétichisme de la main communiqué par le docteur Albert Moll.—P. L..., vingt-huit ans, négociant en Westphalie. À part le fait que le père du

143

malade était un homme d'une mauvaise humeur excessive et d'un caractère un peu violent, aucune tare héréditaire ne peut être notée dans sa famille.

À l'école, le malade n'était pas très appliqué; il n'a jamais pu concentrer pendant longtemps son attention sur un sujet; en revanche, dès son enfance, il avait beaucoup d'amour pour la musique. Son tempérament fut toujours un peu nerveux.

En 1890 il est venu me voir, se plaignant de maux de tête et de ventre qui m'ont fait l'effet de douleurs neurasthéniques. Le malade avoue en outre qu'il manque d'énergie. Ce n'est qu'après des questions bien déterminées et bien précises, que le malade m'a donné les renseignements suivants sur sa vie sexuelle. Autant qu'il peut se rappeler, c'est à l'âge de sept ans que se sont manifestés chez lui les premiers symptômes d'émotion sexuelle. Si pueri ejusdem fere ætatis mingentis membrum adspexit, valde libidinibus excitatus est. L... assure que cette émotion était accompagnée d'érections manifestes.

Séduit par un autre garçon, L... a été amené à l'onanisme à l'âge de sept ou huit ans. «D'une nature très facile à exciter, dit L..., je me livrai très fréquemment à l'onanisme jusqu'à l'âge de dix-huit ans, sans que j'aie eu une conception nette ni des conséquences fâcheuses ni de la signification de ce procédé.» Il aimait surtout cum nonnulis commilitonibus mutuam masturbationem tractare; mais il ne lui était pas du tout indifférent d'avoir tel ou tel garçon; au contraire, il n'y avait que peu de ses camarades qui auraient pu le satisfaire dans ce sens. Je lui demandai pour quelle raison il préférait un garçon à un autre; L... me répondit que ce qui le séduisait dans la masturbation mutuelle avec un camarade d'école, c'était quand un de ses camarades avait une belle main blanche. L... se rappelle aussi que souvent, au commencement de la leçon de gymnastique, il s'occupait à faire des exercices seul sur une barre qui se trouvait dans un coin éloigné; il le faisait dans l'intention ut quam maxime excitaretur idque tantopere assecutus est, ut membro manu non tacto, sine ejaculatione—puerili ætate erat—voluptatem clare senserit. Il est encore un incident fort intéressant de sa première jeunesse dont le malade se rappelle. Un de ses camarades favoris N..., avec lequel L... pratiquait la masturbation mutuelle, lui fit un jour la proposition suivante: ut L... membrum N...i apprehendere conaretur; N... se débattrait autant que possible et essayerait d'en empêcher L... L... accepta la proposition.

L'onanisme était donc directement associé à une lutte des deux garçons, lutte dans laquelle N... était toujours vaincu73.

Note 73:
C'est ainsi une sorte de sadisme rudimentaire chez L... et de masochisme rudimentaire chez N...

La lutte se terminait régulièrement ut tandem coactus sit membrum masturbari. L... m'affirme que ce genre de masturbation lui a procuré un plaisir tout à fait particulier de même qu'à N... Il se masturba fréquemment jusqu'à dix-huit ans. Instruit par un ami des conséquences de ses pratiques, L... fit tous les efforts possibles et usa de toute son énergie pour lutter contre sa mauvaise habitude. Cela lui réussit peu à peu, jusqu'à ce qu'il eut accompli son premier coït, ce qui lui arriva à vingt et un ans et demi; il abandonna alors complètement l'onanisme qui lui paraît maintenant incompréhensible, et il est pris de dégoût en songeant qu'il a pu trouver du plaisir à pratiquer l'onanisme avec des garçons. Aucune puissance humaine, dit-il, ne pourrait aujourd'hui le décider à toucher le membre d'un autre homme; la vue seule du pénis d'autrui lui est odieuse. Tout penchant pour l'homme a disparu chez lui et le malade ne se sent attiré que vers la femme.

Il faut cependant rappeler que malgré son penchant bien prononcé pour la femme, il subsiste toujours chez L... un phénomène anormal.

Ce qui l'excite surtout chez la femme, c'est la vue d'une belle main; L... est de beaucoup plus émotionné en touchant une belle main de femme, quam si eamdem feminam plane nudatam adspiceret.

Jusqu'à quel point va la prédilection de L... pour une belle main de femme? Nous allons le voir par le fait suivant.

L... connaissait une belle jeune femme, douée de tous les charmes; mais sa main était quelque peu trop grande et n'était peut-être pas toujours aussi propre que L... l'aurait désiré. Par suite de cette circonstance, il était non seulement impossible à L... de porter un intérêt sérieux à cette dame, mais il n'était même pas capable de la toucher. Il dit qu'il n'y a rien qui le dégoûte autant que des ongles mal soignés; seul l'aspect d'ongles malpropres le met dans l'impossibilité de tolérer le moindre contact avec une dame, fût-elle la plus belle. D'ailleurs, pendant les années précédentes, L... avait souvent remplacé le coït ut puellam usque ad ejaculationem effectam membrum suum manu tractare jusserit.

Je lui demande ce qui l'attire particulièrement dans la main de la femme, s'il voit surtout dans la main le symbole du pouvoir et s'il éprouve du plaisir à subir une humiliation directe de la femme. Le malade me répond que c'est uniquement la belle forme de la main qui l'excite, qu'être humilié par une femme ne lui procurerait aucune satisfaction et que, jusqu'ici, jamais l'idée ne lui est venue de voir dans la main le symbole ou l'instrument du pouvoir de la femme. Sa prédilection pour la main de la femme est encore aujourd'hui si forte chez lui, ut majore voluptate afficiatur si manus feminæ membrum tractat, quam coitu in vaginam. Pourtant, le malade préfère accomplir le coït, parce que celui-ci lui paraît naturel, tandis que l'autre procédé lui semble être un penchant morbide. Le contact d'une belle main féminine sur son corps cause au malade une érection immédiate; il dit que l'accolade et les autres genres de contact sont loin de lui faire une impression aussi puissante.

Ce n'est que dans les dernières années que le malade a fait plus souvent le coït, mais toujours il lui en coûtait de s'y décider.

De plus, il n'a pas trouvé dans le coït la satisfaction pleine et entière qu'il cherchait. Mais quand L... se trouve près d'une femme qu'il désire posséder, son émotion sexuelle augmente au seul aspect de cette femme, au point de provoquer l'éjaculation. L... affirme formellement que, dans une pareille occurrence, il s'abstient intentionnellement de toucher ou de presser son membre. L'écoulement du sperme qui a lieu dans ce cas procure à L... un plaisir de beaucoup plus grand que l'accomplissement du coït réel[74].

Note 74:

145

Donc hyperesthésie sexuelle à un très haut degré (comparez plus haut).

Les rêves du malade, dont nous avons encore à nous occuper, ne concernent jamais le coït. Quand, au milieu de la nuit, il a des pollutions, celles-ci arrivent sous l'influence d'idées tout autres que celles qui hantent, dans des circonstances analogues, les hommes normaux. Ces rêves du malade sont des reconstitutions des scènes de son séjour à l'école. Pendant cette période, le malade avait, en dehors de la masturbation mutuelle dont il a été question plus haut, des éjaculations toutes les fois qu'il était saisi d'une grande anxiété.

Quand, par exemple, le professeur dictait un devoir et que L... ne pouvait pas suivre dans la traduction, il avait souvent une éjaculation75. Les pollutions nocturnes qui se produisent parfois maintenant, sont toujours accompagnées de rêves portant sur un sujet analogue ou identique aux incidents de l'école dont nous venons de parler.

Note 75:
Cela est aussi de l'hyperesthésie sexuelle. Toute émotion forte, de quelque nature qu'elle soit, met la sphère sexuelle en ébullition (Binet, Dynamogénie générale). Le docteur Moll me communique à ce sujet le cas suivant:

«Un fait analogue m'est rapporté par M. E..., âgé de vingt-huit ans. Celui-ci, un commerçant, avait souvent à l'école et aussi en dehors de l'école une éjaculation avec un sentiment de volupté, quand il était pris d'une forte angoisse. En outre, presque toute douleur morale ou physique lui produit un effet analogue. Le malade E... prétend avoir un instinct génital normal, mais il souffre d'impuissance nerveuse.»

Le malade croit que, par suite de son penchant et de ses sensations contre nature, il est incapable d'aimer une femme longtemps.

Jusqu'ici, on n'a pu entreprendre un traitement médical de la perversion sexuelle du malade.

Ce cas de fétichisme de la main ne repose certainement ni sur le masochisme ni sur le sadisme; il s'explique simplement par l'onanisme mutuel que le malade a pratiqué de très bonne heure. Il n'y a pas là d'inversion sexuelle non plus. Avant que l'instinct génital ait pu se rendre nettement compte de son objet, la main d'un condisciple a été employée. Aussitôt que le penchant pour l'autre sexe se dessine, l'intérêt concentré sur la main en général est reporté sur la main de la femme.

Chez les fétichistes de la main, qui, selon Binet, sont très nombreux, il se peut que d'autres associations d'idées arrivent au même résultat.

À côté des fétichistes de la main je rangerai, comme suite naturelle, les fétichistes du pied. Mais tandis que le fétichisme de la main est rarement remplacé par le fétichisme du gant, qui appartient, à proprement parler, au groupe du fétichisme d'objets inanimés, nous trouvons l'enthousiasme pour le pied nu de la femme, qui présente bien rarement quelques signes pathologiques très peu accusés, mais qui est remplacé par les innombrables cas de fétichisme du soulier et de la bottine.

La raison en est bien facile à comprendre. Dans la plupart des cas le garçon voit la main de la femme dégantée, et le pied revêtu d'une chaussure. Ainsi les associations d'idées de la première heure qui déterminent chez les fétichistes la direction de la vita sexualis, se rattachent naturellement à la main nue; mais quand il s'agit du pied, elles se rattachent au pied couvert d'une chaussure.

Le fétichisme de la chaussure pourrait trouver sa place dans le groupe des fétichistes du vêtement qui sera étudié plus loin; mais à cause de son caractère masochiste qu'on a pu prouver dans la plupart des cas, il a été analysé en grande partie dans les pages précédentes.

En dehors de l'œil, de la main et du pied, la bouche et l'oreille remplissent encore souvent le rôle de fétiches. A. Moll fait en particulier mention de pareils cas. (Comparez aussi le roman de Belot La bouche de Madame X... qui, d'après l'assertion de l'auteur, repose sur une observation prise dans la vie réelle.)

Dans ma pratique j'ai rencontré le cas suivant qui est assez curieux.

Observation 76.—Un homme très chargé m'a consulté pour son impuissance, qui le pousse au désespoir.

Tant qu'il fut célibataire, son fétiche était la femme aux formes plantureuses. Il épousa une femme de complexion correspondant à son goût; il était parfaitement puissant avec elle et très heureux. Quelques mois plus tard, sa femme tomba gravement malade et maigrit considérablement. Quand, un jour, il voulut de nouveau remplir ses devoirs conjugaux, il fut tout à fait impuissant et il l'est resté. Mais quand il essaye le coït avec des femmes fortes, il redevient tout de suite puissant.

Des défauts physiques même peuvent devenir des fétiches.

Observation 77.—X..., vingt-huit ans, issu d'une famille gravement chargée. Il est neurasthénique, se plaint de manquer de confiance en lui-même, il a de fréquents accès de mauvaise humeur, avec tendance au suicide, contre laquelle il a souvent une forte lutte à soutenir. À la moindre contrariété, il perd la tête et se désespère. Le malade est ingénieur dans une fabrique, dans la Pologne russe; il est de forte constitution physique, sans stigmates de dégénérescence. Il se plaint d'avoir une «manie» étrange, qui souvent, le fait douter qu'il soit un homme sain d'esprit. Depuis l'âge de dix-sept ans, il n'est sexuellement excité que par l'aspect des difformités féminines, particulièrement des femmes qui boitent et qui ont les jambes déformées. Le malade ne peut pas se rendre compte des premières associations qui ont attaché son libido à ces défauts de la beauté féminine.

Depuis la puberté, il est sous l'influence de ce fétichisme, qui lui est très pénible. La femme normale n'a pour lui aucun charme; seule l'intéresse la femme boiteuse, avec des pieds-bots ou des pieds défectueux. Quand une femme est atteinte d'une pareille défectuosité, elle exerce sur lui un puissant charme sensuel, qu'elle soit belle ou laide.

Dans ses rêves de pollutions, il ne voit que des femmes boiteuses. De temps à autre, il ne peut pas résister à l'impulsion d'imiter une femme qui boite. Dans cet état, il est pris d'un violent orgasme et il se produit chez lui une éjaculation, accompagnée de la plus vive sensation de volupté. Le malade affirme être très libidineux et souffrir beaucoup de la non-satisfaction de ses désirs. Toutefois, il n'a pratiqué son premier coït qu'à l'âge de vingt-deux ans, et, depuis, il n'a coïté qu'environ cinq fois en tout. Bien qu'il soit puissant, il n'y a pas éprouvé la moindre satisfaction. S'il avait la chance de coïter une fois avec une femme boiteuse, cela serait pour lui bien autre chose. Dans tous les cas, il ne pourrait se décider au mariage, à moins que sa future ne soit une boiteuse.

Depuis l'âge de vingt ans, le malade présente aussi des symptômes de fétichisme des vêtements. Il lui suffit souvent de mettre des bas de femme ou des souliers ou des pantalons de femme. De temps en temps, il s'achète ces objets de toilette féminine, s'en revêt en secret, en éprouve alors une excitation voluptueuse et arrive, par ce moyen, à l'éjaculation. Des vêtements qui ont déjà été portés par des femmes n'ont pour lui aucun charme. Ce qu'il aimerait le mieux, ce serait de s'habiller en femme aux moments de ses excitations sensuelles, mais il n'a pas encore osé le faire, de crainte d'être découvert.

Sa vita sexualis se borne aux pratiques sus-mentionnées. Le malade affirme avec certitude et d'une façon digne de foi qu'il ne s'est jamais adonné à la masturbation. Depuis ces temps derniers, il est très fatigué par des pollutions en même temps que ses malaises neurasthéniques augmentent.

Un autre exemple est Descartes, qui (Traité des Passions, CXXXVI) a fait lui-même des réflexions sur l'origine des penchants étranges à la suite de certaines associations d'idées. Il a toujours eu du goût pour les femmes qui louchent, parce que l'objet de son premier amour avait ce défaut (Binet, op. cit.).

Lydstone (A Lecture on sexual perversion, Chicago 1890), rapporte le cas d'un homme qui a entretenu une liaison amoureuse avec une femme à qui on avait amputé une cuisse. Quand il fut séparé de cette femme, il rechercha sans cesse et activement des femmes atteintes de la même défectuosité. Un fétiche négatif!

Quand la partie du corps féminin qui constitue le fétiche peut être détachée, les actes les plus extravagants peuvent se produire à la suite de cette circonstance.

Aussi les fétichistes des cheveux constituent-ils une catégorie très intéressante et en outre importante au point de vue médico-légal. Comme ces admirateurs des cheveux de la femme se rencontrent fréquemment aussi sur le terrain physiologique, et que probablement, les différents sens (l'œil, l'odorat, l'ouïe par les froissements, et même le sens tactile chez les fétichistes du velours et de la soie), perçoivent aussi dans les conditions physiologiques des émotions qui se traduisent par une sensation voluptueuse, on a constaté par contre toute une série de cas pathologiques de forme semblable, et on a vu, sous l'impulsion puissante du fétichisme des cheveux, des individus se laisser entraîner à commettre des délits. C'est le groupe des coupeurs de nattes76.

Note 76:
Moll (op. cit.) rapporte: «Le nommé X... est très excité sexuellement toutes les fois qu'il aperçoit une femme avec une natte; des cheveux tombant librement ne sauraient produire sur lui la même impression, fussent-ils des plus beaux.»

Il n'est pas juste, toutefois, de prendre pour des fétichistes tous les coupeurs de nattes; car, dans certains cas, l'âpreté au gain matériel est le mobile; la natte est une marchandise et non pas un fétiche.

Observation 78.—Un coupeur de nattes, P..., quarante ans, ouvrier serrurier, célibataire, né d'un père temporairement frappé d'aliénation mentale et d'une mère très nerveuse. Il s'est bien développé dans son enfance, était intelligent, mais de bonne heure, il fut atteint de tics et d'obsessions. Il ne s'est jamais masturbé; il aimait platoniquement, avait souvent des projets de mariage, ne coïtait que rarement avec des prostituées, mais ne se sentait jamais satisfait dans ses rapports avec ces dernières: au contraire, il en éprouvait plutôt du dégoût. Il y a trois ans, il eut de gros malheurs (ruine financière); en outre, il traversa une affection fébrile, aggravée par des accès de délire. Ces épreuves ont gravement atteint le système nerveux central du malade qui, du reste, est chargé héréditairement. Le soir du 28 août 1889, P... a été arrêté en flagrant délit, place du Trocadéro, à Paris, au moment où, dans la foule, il avait coupé la natte d'une jeune fille. On l'arrêta la natte en main, et une paire de ciseaux en poche. Il allégua un trouble momentané des sens, une passion funeste et indomptable, et il avoua avoir déjà coupé à dix reprises des nattes qu'il gardait chez, lui et qu'il contemplait de temps en temps avec délices.

Dans la perquisition à son domicile, on trouva chez lui 65 nattes et queues assorties et mises en paquets. Déjà, le 15 décembre 1886, P... avait été arrêté une fois dans des circonstances analogues, mais on l'avait relâché, faute de preuves suffisantes.

P... déclare que, depuis trois ans, il se sent anxieux, ému et pris de vertige toutes les fois qu'il reste le soir seul dans sa chambre; et c'est alors qu'il est saisi de l'envie de toucher des cheveux de femme. Lorsqu'il a eu l'occasion de tenir effectivement dans la main la natte d'une jeune fille, libidine valde excitatus est neque amplius puella tacta, erectio et ejaculatio evenit. Il s'en étonne d'autant plus qu'autrefois, dans ses relations les plus intimes avec les femmes, il n'avait jamais éprouvé une sensation pareille. Un soir il ne put résister au désir de couper la natte d'une fille. Arrivé chez lui, la natte dans sa main, l'effet voluptueux se renouvela. Il avait le désir de se passer la natte sur le corps et d'en envelopper ses parties génitales. Enfin, après avoir épuisé ces pratiques, il en avait honte, et pendant quelques jours il n'osait plus sortir. Après plusieurs mois de tranquillité, il fut de nouveau poussé à porter la main sur des cheveux de femme, de n'importe quelle femme. Quand il arrivait à son but, il se sentait comme possédé d'un pouvoir surnaturel et hors d'état de lâcher sa proie. S'il ne pouvait atteindre l'objet de sa convoitise, il en devenait profondément triste, rentrait chez lui, fouillait dans sa collection de nattes, les touchait, les palpait, ce qui lui donnait un violent orgasme qu'il satisfaisait alors par la masturbation. Les nattes exposées dans les vitrines des coiffeurs le laissaient tout à fait froid. Il lui fallait des nattes tombant de la tête d'une femme.

Au moment précis où il commettait ses attentats, P... prétend avoir été toujours saisi d'une si vive émotion qu'il n'avait qu'une perception incomplète de tout ce qui se passait autour de lui, et que, par conséquent, il n'en a pu garder qu'un souvenir fort vague. Aussitôt qu'il touchait les nattes avec des ciseaux, il avait de l'érection et, au moment de les couper, il avait une éjaculation.

149

Depuis qu'il a éprouvé, il y a trois ans, des revers de fortune, sa mémoire, prétend-il, s'est affaiblie; son esprit se fatigue vite; il est tourmenté d'insomnies, de soubresauts, quand il dort. P... se repent vivement de ses actes.

On a trouvé chez lui, non seulement des nattes, mais aussi des épingles à cheveux, des rubans et autres objets de toilette féminine qu'il s'était fait donner en cadeaux. De tout temps, il eut une véritable manie à collectionner des objets de ce genre, de même que des feuilles de journaux, des morceaux de bois et autres objets sans aucune valeur, mais dont jamais il n'aurait voulu se désaisir. Il avait aussi une répugnance étrange et qu'il ne pouvait s'expliquer, à traverser certaines rues; quand il essayait de le faire, il se sentait tout à fait mal.

L'examen des médecins a démontré qu'on avait affaire à un héréditaire, que les actes incriminés avaient un caractère impulsif dénué de tout libre arbitre, et qu'ils lui étaient imposés par une obsession renforcée par des sentiments sexuels anormaux. Acquittement. Internement dans un asile d'aliénés. (Voisin, Socquet, Motet, Annales d'hygiène, 1890, avril.)

Pour faire suite à ce cas, nous en citerons un autre analogue qui mérite toute notre attention, car il a été soigneusement observé; il fournit un exemple pour ainsi dire classique et jette une vive lumière sur le fétichisme ainsi que sur l'éveil de cette perversion par une association d'idées.

Observation 79.—Un coupeur de nattes. E..., vingt-cinq ans; une tante du coté maternel épileptique; un frère a souffert de convulsions. E... prétend avoir été bien portant pendant son enfance et avoir bien travaillé à l'école. À l'âge de quinze ans, il éprouva, pour la première fois, une sensation voluptueuse avec érection, en voyant une belle fille du village se peigner les cheveux. Jusque-là les personnes de l'autre sexe n'avaient fait sur lui aucune impression. Deux mois plus tard, à Paris, il se sentit vivement excité à la vue de jeunes filles dont les cheveux flottaient autour de la nuque. Un jour il ne put se retenir de prendre la natte d'une jeune fille et de la tortiller entre ses doigts. Il fut arrêté et condamné à trois mois de prison.

Peu de temps après, il fut soldat et fit cinq ans de service. Pendant cette période, il n'eut pas à redouter de voir des nattes. Cependant il rêvait parfois de têtes de femmes avec des nattes ou des cheveux flottants. À l'occasion, il faisait le coït avec des femmes, mais sans que leurs cheveux agissent comme fétiche.

Rentré à Paris, il eut de nouveau des rêves du genre sus-indiqué et, de nouveau, il se sentit excité à la vue des cheveux de femmes.

Jamais il ne rêve du corps entier de la femme; ce ne sont que des têtes à nattes qui lui apparaissent. Ces temps derniers, l'excitation sexuelle due à ce fétiche est devenue si forte qu'il a dû recourir à la masturbation.

Il était de plus en plus en proie à l'obsession de toucher des cheveux de femme, ou, de préférence, de posséder des nattes pour pouvoir se masturber avec.

Depuis quelque temps, l'éjaculation se produit chez lui aussitôt qu'il tient des cheveux de femme entre ses doigts. Un jour il a réussi à couper dans la rue trois nattes d'une longueur de vingt-cinq centimètres sur la tête de petites filles qui passaient. Une tentative semblable faite sur une quatrième enfant amena son arrestation. Il manifesta un repentir profond et de la honte.

Depuis qu'il est interné dans une maison d'aliénés, il en est arrivé à n'être plus excité à la vue des nattes de femme. Il a l'intention, aussitôt remis en liberté, de rentrer dans son pays où les femmes portent les cheveux relevés et attachés en haut. (Magnan, Archives de l'anthropologie criminelle, t. V, n° 28.)

Nous citerons encore le fait suivant, qui est aussi de nature à nous éclairer sur le caractère psychopathique de ces phénomènes et dont la curieuse guérison mérite attention.

Observation 80.—Fétichisme des nattes de cheveux. M. X..., entre trente et quarante ans, appartenant à une classe sociale très élevée, célibataire, issu d'une famille censée être sans tare; dès son enfance, nerveux, sans esprit de suite, bizarre; prétend que depuis l'âge de huit ans, il s'est senti puissamment attiré par les cheveux des femmes, particulièrement lorsqu'il se trouvait en présence de jeunes filles. Lorsqu'il eut neuf ans, une jeune fille de treize ans fit avec lui des actes d'impudicité. Mais il n'était pas à même de comprendre, et il n'y eut chez lui aucune excitation.

Sa sœur, âgée de douze ans, s'occupait beaucoup de lui; elle l'embrassait et le pressait souvent contre elle. Il se laissait faire parce que les cheveux de cette jeune fille lui plaisaient beaucoup.

À l'âge d'environ dix ans, il commença à éprouver des sensations voluptueuses à l'aspect des cheveux des femmes qui lui plaisaient. Peu à peu, ces sensations se produisirent spontanément, et aussitôt s'y joignait le souvenir imaginaire de cheveux de jeunes filles. À l'âge de onze ans, il fut entraîné à la masturbation par des camarades d'école. Le lien d'association des sentiments sexuels avec l'idée fétichiste, était alors déjà solidement établi et se faisait jour, toutes les fois que le malade pratiquait avec ses camarades des actes d'impudicité. Avec les années, le fétiche devint de plus en plus puissant. Les fausses nattes même commençaient à l'exciter, pourtant il préférait les vraies. Quand il en pouvait toucher ou y poser ses lèvres, il se sentait tout heureux. Il rédigeait en prose des articles, il faisait des poésies sur la beauté des cheveux des femmes; il dessinait des nattes et se masturbait en même temps. À partir de l'âge de quatorze ans, il devint tellement excité par son fétiche qu'il en avait des érections violentes. Contrairement au goût qu'il avait, étant encore petit garçon, il n'était plus excité que par les nattes bien touffues, noires et solidement tressées. Il éprouvait une envie folle de poser ses lèvres sur ces nattes et de les mordre. L'attouchement des cheveux ne lui donnait que peu de satisfaction; c'était plutôt la vue qui lui en procurait, mais avant tout, le fait d'y poser les lèvres et de les mordre.

Si cela lui était impossible, il se sentait malheureux jusqu'au tædium vitæ. Il essayait alors de se dédommager en évoquant dans son imagination l'image d'«aventures de nattes» et en se masturbant en même temps.

Souvent, dans la rue, au milieu d'une bousculade de la foule, il ne pouvait pas se retenir de poser un baiser sur la tête des dames. Cela fait, il courait chez lui pour se masturber. Parfois il réussissait à résister à cette impulsion, mais alors il était forcé, oppressé d'une angoisse vive, de prendre vite la fuite, pour échapper au cercle magique du fétiche. Une fois seulement, au milieu de la bousculade d'une foule, il eut l'obsession de couper la natte d'une jeune fille. Il éprouva pendant cette tentative une vive anxiété, ne réussissant pas avec son canif, et échappa avec peine en se sauvant au danger d'être pris.

Devenu grand, il essaya de se satisfaire par le coït avec des puellis. Il provoquait une érection violente en baisant les nattes, mais il ne pouvait pas arriver à l'éjaculation. Voilà pourquoi il n'était pas satisfait du coït. Pourtant son idée favorite était de coïter en baisant des nattes. Cela ne lui suffisait pas, puisque par ce moyen il n'arrivait pas non plus à l'éjaculation. Faute de mieux, il vola un jour à une dame les cheveux qu'elle avait laissés en se peignant; il se les mettait dans la bouche et se masturbait en évoquant dans son esprit en même temps l'image de la dame. Dans l'obscurité, il n'avait aucun intérêt pour la femme, parce qu'il ne voyait pas ses cheveux. Des cheveux défaits n'avaient pour lui aucun charme, les poils des parties génitales non plus. Ses rêves érotiques n'avaient pour sujet que des nattes. Ces temps derniers, le malade était tellement excité sexuellement qu'il tomba dans une sorte de satyriasis. Il devint incapable de vaquer à ses affaires, et, il se sentait si malheureux, qu'il essaya de s'étourdir par l'alcool. Il en consomma de grandes quantités, fut pris de délire alcoolique et dut être transporté à l'hôpital. Après l'avoir guéri de l'intoxication, un traitement approprié fit disparaître assez rapidement son excitation sexuelle, et, lorsque le malade fut renvoyé de l'hôpital, il était délivré de son idée fétichiste qui ne se manifestait que rarement dans ses rêves nocturnes.

L'examen du corps a fait constater l'état normal des parties génitales et l'absence totale de stigmates de dégénérescence.

Ces cas de fétichisme des nattes, qui mènent à des vols de nattes de femmes, paraissent se rencontrer de temps en temps dans tous les pays. Au mois de novembre 1890, des villes entières des États-Unis de l'Amérique ont été, au dire des journaux américains, inquiétées par un coupeur de nattes.

B.—LE FÉTICHE EST UNE PARTIE DU VÊTEMENT FÉMININ

On sait combien grande est, en général, l'importance des bijoux et de la toilette de la femme, même pour la vita sexualis normale de l'homme. La civilisation et la mode ont créé pour la femme des traits artificiels de caractère sexuel dont l'absence peut être considérée comme une lacune et peut produire une impression étrange, quant on se trouve en présence d'une femme nue, malgré l'effet sensuel que doit normalement produire cette vue[77].

Note 77:
Comparez les remarques de Gœthe sur son aventure à Genève (Lettres de Suisse).

À ce propos, il ne faut pas oublier que la toilette de la femme a souvent tendance à faire ressortir, et même à exagérer, certaines particularités du sexe, des traits de caractère sexuel secondaires, tels que la gorge, la taille, les hanches.

Chez la plupart des individus, l'instinct génital s'éveille longtemps avant de pouvoir trouver l'occasion d'avoir des rapports intimes avec l'autre sexe, et les appétits de la première jeunesse se préoccupent habituellement d'images du corps de la femme vêtue. De là vient que souvent, au début de la vita sexualis, la représentation de l'excitant sexuel et celle du vêtement féminin s'associent. Cette association peut devenir indissoluble; la femme vêtue peut être pour toujours préférée à la femme nue, surtout lorsque les individus en question, se trouvant sous la domination d'autres perversions, n'arrivent pas à une vita sexualis normale ni à la satisfaction par les charmes naturels.

Par suite de cette circonstance, il arrive alors que, chez des individus psychopathes et sexuellement hyperesthésiques, la femme habillée est toujours préférée à la femme nue. Rappelons-nous bien que, dans l'observation 48, la femme n'a jamais dû laisser tomber ses derniers voiles, et que l'equus eroticus de l'observation 40 préfère la femme habillée. Plus loin encore, on trouvera une déclaration de ce genre faite par un inverti.

Le Dr Moll (op. cit.) fait mention d'un malade qui ne pouvait faire le coït avec une puella nuda; la femme devait être revêtue au moins d'une chemise. Le même auteur cite un individu atteint d'inversion sexuelle qui est sous le coup du même fétichisme du vêtement.

La cause de ce phénomène doit évidemment être cherchée dans l'onanisme psychique de ces individus. Ils ont, à la vue de bien des personnes habillées, éprouvé des désirs avant de s'être trouvé en présence de nudités[78].

Note 78:
Un phénomène analogue en ce qui concerne l'objet, mais tout à fait différent en ce qui concerne le moyen psychique, est le fait que le corps à demi revêtu, produit souvent plus de charme que le corps tout nu. Cela tient aux effets de contraste et à la passion de l'attente qui sont des phénomènes généraux et n'ont rien de pathologique.

Une seconde forme de fétichisme du vêtement, forme plus prononcée, consiste en ce que ce n'est pas généralement la femme habillée qu'on préfère, mais c'est seulement un certain genre d'habillement qui devient fétiche. Il est bien concevable qu'une forte impression sexuelle, surtout si elle se produit de très bonne heure, et si elle se rattache au souvenir d'une certaine toilette de femme, puisse, chez des individus hyperesthésiques, éveiller un intérêt intense pour ce genre de toilette. Hammond (op. cit., p. 46) rapporte le cas suivant qu'il emprunte au Traité de l'impuissance de Roubaud.

Observation 81.—X..., fils d'un général, a été élevé à la campagne. À l'âge de quatorze ans il fut initié par une jeune dame aux mystères de l'amour. Cette dame était une blonde, qui portait les cheveux en boucles; afin de ne pas être découverte, elle gardait habituellement ses vêtements, ses guêtres, son corset et sa robe de soie, quand elle avait une conversation intime avec son jeune amant.

Après avoir terminé ses études, X... fut envoyé en garnison; il voulut profiter de sa liberté pour se payer du plaisir; il constata que son penchant sexuel ne pouvait s'exciter que dans certaines conditions déterminées. Ainsi une brune ne lui faisait aucun effet, et une femme en costume de nuit pouvait éteindre complètement tout son enthousiasme en amour. Une femme, pour éveiller ses désirs, devait être blonde, chaussée de guêtres, avoir un corset et une robe de soie, en un mot être vêtue tout à fait comme la dame qui avait pour la première fois éveillé chez lui l'instinct génital. Il a toujours résisté aux tentatives qu'on a faites pour le marier, sachant qu'il ne pourrait s'acquitter de ses devoirs conjugaux avec une femme en costume de nuit.

Hammond rapporte encore (page 42), un cas où le coïtus maritalis n'a pu être obtenu qu'à l'aide d'un costume déterminé. Le Dr Moll fait mention de plusieurs cas semblables chez des hétéro- et homo-sexuels. Comme cause primitive, il faut toujours supposer une association d'idées qui s'est produite à la première heure. C'est la seule raison plausible de ce fait que, chez ces individus, tel costume agit avec un charme irrésistible, quelle que soit la personne qui porte le fétiche. On comprend ainsi que, d'après le récit de Coffignon, des hommes qui fréquentent les bordels, insistent pour que les femmes avec lesquelles ils ont affaire, mettent un costume particulier, de ballerine, de religieuse, etc., et que les maisons publiques soient, à cet effet, munies de toute une garde-robe pour déguisements.

Binet (op. cit.) raconte le cas d'un magistrat, qui n'était amoureux que des Italiennes qui viennent à Paris pour poser dans les ateliers, et que cet amour avait pour véritable objet leur costume particulier. La cause en a pu être bien établie; c'était l'effet de la première impression au moment de l'éveil de l'instinct génital.

Une troisième forme du fétichisme du vêtement, qui présente un degré beaucoup plus avancé vers l'état pathologique, se présente plus fréquemment à l'observation du médecin. Elle consiste dans le fait que ce n'est plus la femme, habillée ou même habillée d'une certaine façon, qui agit en première ligne comme excitant sexuel; mais l'intérêt sexuel se concentre tellement sur une certaine partie de la toilette de la femme, que la représentation de cet objet de toilette, accentuée par un sentiment de volupté, se détache complètement de l'idée d'ensemble de la femme, et acquiert par là une valeur indépendante. Voilà le vrai terrain du fétichisme du vêtement; un objet inanimé, une partie isolée du vêtement suffit par elle seule à l'excitation et à la satisfaction du penchant sexuel. Cette troisième forme de fétichisme du vêtement est aussi la plus importante au point de vue médico-légal.

Dans un grand nombre de cas de ce genre, il s'agit de pièces de linge de femme qui, par leur caractère intime, sont surtout de nature à produire des associations d'idées dans ce sens.

Observation 82.—K..., quarante-cinq ans, cordonnier, prétend n'avoir aucune tare héréditaire; il est d'un caractère bizarre, mal doué intellectuellement, d'habitus viril, sans stigmates de dégénérescence; d'une conduite généralement sans reproche, il fut pris en flagrant délit le 5 juillet 1876, au soir, emportant du linge volé qu'il avait gardé dans un endroit caché. On trouva chez lui trois cents objets de toilette de femme, entre autres, des chemises de femme, des pantalons de femme, des bonnets de nuit, des jarretières et même une poupée. Quand on l'arrêta, il avait sur le corps une chemise de femme. Déjà, à l'âge de treize ans, il s'était livré à son impulsion à voler du linge de femme; puni une première fois, il devint plus prudent; il commettait ses vols avec ruse et beaucoup d'adresse. Quand cette impulsion lui venait, il avait toujours de l'angoisse et se sentait la tête lourde. Dans de pareils moments, il ne pouvait résister, coûte que coûte. Peu lui importait à qui il enlevait ces objets.

La nuit, quand il était au lit, il mettait les objets de toilette qu'il avait volés, en même temps il évoquait dans son imagination l'image de belles femmes, et il éprouvait une sensation voluptueuse avec écoulement de sperme.

Voilà évidemment le mobile de ses vols; en tous cas, il n'avait jamais vendu aucun des objets volés, mais il les tenait cachés dans un endroit quelconque. Il déclara qu'il avait eu autrefois des rapports sexuels normaux avec des femmes. Il nie avoir jamais pratiqué l'onanisme ou la pédérastie ou d'autres actes sexuels anormaux. À l'âge de vingt-cinq ans, il fut fiancé, mais l'engagement fut rompu par sa faute. Il n'était pas à même de comprendre que ses actes étaient criminels, et en outre, empreints d'un caractère morbide. (Passow, Vierteljahrsschrift für ger. Medicin. N. F. XXVIII, p. 61; Krauss, Psychologie des Verbrechens, 1884, p. 190.)

Hammond (op. cit., p. 43) rapporte un cas de passion pour une partie du vêtement de la femme. Dans ce cas aussi, le plaisir du malade consiste à porter sur son corps un corset de femme, de même que d'autres pièces de toilette féminine, sans qu'il y ait chez lui trace d'inversion sexuelle. La douleur que lui cause à lui ou à une femme un corset trop fortement lacé, lui fait plaisir: élément sadico-masochiste.

Tel est encore le cas que rapporte Diez (Der Selbstmord, 1838, p. 24). Il s'agit d'un jeune homme qui ne pouvait résister à l'impulsion de déchirer du linge de femme. Pendant qu'il déchirait, il avait toujours une éjaculation.

Une alliance entre le fétichisme et la manie de détruire le fétiche (sorte de sadisme contre un objet inanimé), semble se rencontrer assez souvent. Comparez observation 93.

Le tablier est une pièce du vêtement qui n'a aucun caractère intime proprement dit, mais qui, par l'étoffe et la couleur, rappelle le linge du corps, et qui, par l'endroit où il est porté, évoque des idées de rapports sexuels. (Comparez l'emploi métonymique en allemand des mots tablier et jupon dans la locution Ieder Schürze nachlaufen, etc. Ceci dit, nous arriverons à mieux comprendre le cas suivant.

Observation 83.—C..., trente-sept ans, de famille très chargée, crâne plagiocéphale, facultés intellectuelles faibles, a aperçu à l'âge de quinze ans, un tablier qu'on avait suspendu pour le faire sécher. Il se ceignit de ce tablier et se masturba derrière une haie.

Depuis il ne put voir un tablier sans répéter l'acte. Quand il voyait passer quelqu'un, femme ou homme, ceint d'un tablier, il était forcé de courir après. Pour le guérir de ses vols répétés de tabliers, on le mit, à l'âge de seize ans, dans la marine. Là, il n'y avait pas de tabliers et par conséquent il resta tranquille. Revenu à l'âge de dix-neuf ans, il eut de nouveau l'impulsion de voler des tabliers, ce qui lui amena des complications fâcheuses. Il fut plusieurs fois arrêté; enfin, il essaya de se guérir de sa manie en s'enfermant dans un couvent de Trappistes. Aussitôt sorti du couvent, il recommença.

À l'occasion d'un vol récent, on l'a soumis à l'examen de médecins légistes, et on l'a ensuite transporté dans une maison de santé. Il ne volait jamais autre chose que des tabliers. C'était pour lui un plaisir d'évoquer le souvenir du premier tablier volé. Ses rêves n'avaient pour sujet que des tabliers. Plus tard, il se servait de ces évocations de souvenirs, soit pour pouvoir accomplir le coït à l'occasion soit pour se masturber (Charcot-Magnan, Arch. de Neurologie, 1882, Nr. 12).

Un cas analogue à cette série d'observations que nous venons de citer, est rapporté par Lombroso (Amori anormali precoci nei pazzi. Arch. di psych., 1883, p. 17). Un garçon, très chargé héréditairement, avait déjà à l'âge de quatre ans, des érections et une forte émotion sexuelle à la vue des objets blancs et surtout du linge. Le contact, le froissement de ces objets, lui procuraient de la volupté. À l'âge de dix ans, il commença à se masturber à la vue du linge blanc empesé. Il paraît être atteint de folie morale; il a été exécuté pour assassinat.

Le cas suivant de fétichisme du jupon est combiné à des circonstances bien particulières.

Observation 84.—M. Z...., trente-cinq ans, fonctionnaire, est l'enfant unique d'une mère nerveuse et d'un père bien portant. Il était nerveux dès son enfance; à la consultation on remarque son œil névropathe, son corps fluet et délicat, ses traits fins, sa voix grêle et sa barbe très clairsemée. Sauf des symptômes d'une légère neurasthénie, on ne constate chez le malade rien de morbide. Les parties génitales sont normales, de même que les fonctions sexuelles. Le malade prétend ne s'être masturbé que quatre ou cinq fois, lorsqu'il était encore petit garçon.

Déjà, à l'âge de treize ans, le malade était très excité sexuellement à la vue de vêtements mouillés, tandis que les mêmes vêtements à l'état sec ne l'excitaient nullement. Son plus grand plaisir était de regarder, par une pluie torrentielle, les femmes trempées. Quand il en rencontrait, et si la femme avait une figure sympathique, il éprouvait une volupté intense, une violente érection et se sentait poussé au coït.

Il prétend n'avoir jamais eu l'envie de se procurer des jupons trempés ou de mouiller une femme. Le malade n'a pu fournir aucun renseignement sur l'origine de sa pica.

Il est possible que l'instinct génital se soit éveillé pour la première fois à la vue d'une femme qui, par la pluie, a relevé ses jupons et fait voir ses charmes. Ce penchant obscur et qui ne se rendait pas encore bien compte de son véritable objet, s'est reporté sur les jupons trempés, phénomène qui a continué à se produire.

Les amateurs de mouchoirs de femmes se rencontrent souvent: voilà pourquoi ces cas sont importants au point de vue médico-légal. Ce qui peut contribuer à la grande propagation du fétichisme du mouchoir, c'est peut-être que le mouchoir est la pièce du linge féminin qui est le plus souvent exposée aux regards, même dans les rapports non intimes; il peut tomber par hasard entre les mains d'une tierce personne en lui apportant le parfum spécial et moite de sa propriétaire. C'est peut-être pour cela que l'idée du mouchoir s'associe si fréquemment avec les premières sensations de volupté, association qu'il faut supposer dans ces cas.

Observation 85.—Un garçon boulanger de trente-deux ans, célibataire et jusqu'ici d'antécédents nets, a été pris au moment où il volait le mouchoir d'une dame. Il avoua, avec un repentir sincère, qu'il avait déjà volé 80 à 90 mouchoirs de cette façon. Il ne recherchait que des mouchoirs de femme et exclusivement de femmes jeunes et qui lui plaisaient.

L'extérieur de l'inculpé ne présente rien d'intéressant. Il s'habille très soigneusement; il a une attitude bizarre, craintive, déprimée, avec un genre trop obséquieux et très peu viril qui va souvent jusqu'au ton larmoyant et aux pleurs. On reconnaît aussi en lui une maladresse manifeste, de la faiblesse de la faculté d'assimilation, de la paresse dans l'orientation des idées et dans la réflexion. Une de ses sœurs est épileptique. Il vit dans une bonne situation; il n'a jamais été gravement malade, et il s'est bien développé.

En relatant sa biographie, il fait preuve de manque de mémoire, de manque de clarté; faire du calcul lui est difficile, bien qu'à l'école il faisait des progrès et apprenait avec facilité. Son air craintif, son manque d'assurance font soupçonner l'onanisme. L'inculpé avoue que, depuis l'âge de dix-neuf ans, il s'est livré avec excès à ce vice.

Depuis quelques années, il a souffert des suites de ce vice: dépression, fatigue, tremblements des jambes, douleurs dans le dos, dégoût du travail. Souvent il était en proie à une dépression mélancolique avec peur; alors il évitait les hommes. Il avait des idées exagérées et fantastiques sur les conséquences des rapports sexuels avec les femmes, et voilà pourquoi il ne pouvait se décider au coït. Ces temps derniers cependant il a songé à se marier.

C'est avec un repentir profond et comme un débile qu'il est, que X... m'avoua qu'il y a six mois, en voyant au milieu de la foule une belle jeune fille, il se sentit sexuellement très excité, il dut se frotter contre elle et éprouva le désir de se dédommager par une satisfaction plus complète de son désir sexuel en lui prenant son mouchoir. Bien qu'il se rendît compte du caractère délictueux de son action, il ne put résister à son impulsion. En même temps, il éprouva une angoisse terrible, causée en partie par le désir génital qui l'obsédait, et aussi par la peur d'être découvert.

À la suite de cet incident, aussitôt qu'il voyait une femme sympathique, il était saisi d'une excitation sexuelle violente, avec battement de cœur, érection, impetus coeundi, et il éprouvait l'obsession de se frotter contre la personne en question et, faute de mieux, de lui voler son mouchoir.

Le rapport des médecins légistes fait très judicieusement valoir sa débilité d'esprit congénitale, l'influence démoralisante de l'onanisme, et attribue son penchant anormal à un instinct génital pervers, dans lequel on trouve une connexité intéressante entre le sens génésique et le sens olfactif, connexité observée d'ailleurs sur le terrain physiologique. On reconnut l'irrésistibilité de l'impulsion morbide. X... fut acquitté. (Zippe, Wiener med. Wochenschrift, 1879, n° 23.)

Je dois à l'obligeance de M. le docteur Fritsch, médecin légiste au Landesgericht de Vienne, d'autres renseignements sur ce fétichiste du mouchoir qui, au mois d'août 1890, fut de nouveau arrêté au moment où il cherchait à tirer un mouchoir de la poche d'une dame.

Une perquisition domiciliaire a amené la découverte de 446 mouchoirs de dames. L'accusé prétend avoir brûlé deux paquets de ces corpora delicti. Au cours de l'enquête, on a, en outre, constaté que, déjà en 1883, X... avait été condamné à quinze jours de prison pour avoir volé 27 mouchoirs, et que, pour un délit analogue, on lui avait infligé, en 1866, trois semaines de prison.

En ce qui concerne ses rapports de parenté, on sait que son père a beaucoup souffert de congestions, et qu'une fille de son frère est une imbécile de constitution névropathique.

X... s'est marié en 1879, et commença par s'établir boulanger. En 1881, il fit faillite. Bientôt après, sa femme, qui était toujours en mésintelligence avec lui et qui prétendait qu'il ne remplissait pas ses devoirs conjugaux (fait contesté par X...), demanda le divorce. Il vécut ensuite comme garçon boulanger dans l'établissement de son frère.

Il regrette profondément son malheureux penchant pour les mouchoirs de dames; mais, dit-il, quand il se trouve dans son état critique, il ne peut malheureusement pas se maîtriser. Il éprouve alors une sensation délicieuse, et il lui semble être poussé par quelqu'un. Parfois, il réussit à se retenir; mais, si la jeune dame lui est sympathique, il succombe à la première impulsion. Dans de pareils moments, il est tout trempé de sueur, par suite de la peur d'être découvert et par suite de l'impulsion à commettre son acte. Il prétend avoir éprouvé des émotions sensuelles à l'aspect de mouchoirs de femmes dès l'âge de la puberté. Il ne peut se rappeler les incidents précis sous le coup desquels l'association d'idées fétichistes s'est établie chez lui. L'émotion sensuelle à la vue de dames, de la poche desquelles sortait un bout de mouchoir, s'est augmentée de plus en plus. À plusieurs reprises cela lui a donné des érections, mais jamais d'éjaculation. Il prétend avoir eu, depuis sa vingt et unième année, quelquefois des velléités de satisfaction normale de l'instinct sexuel, et avoir fait le coït sans difficulté et sans avoir recours à l'évocation mentale d'un mouchoir. Quand le fétiche eut pris plus d'empire sur lui, le vol des mouchoirs est devenu pour lui une satisfaction beaucoup plus grande. Le vol du mouchoir d'une dame sympathique avait pour lui autant de valeur que s'il avait eu des rapports sexuels avec cette dame. Il éprouvait alors un véritable orgasme.

Quand il ne pouvait prendre un mouchoir convoité, il en ressentait une excitation pleine de tourments, avec tremblements et sueurs sur tout le corps.

Il gardait dans un endroit spécial les mouchoirs de dames qui lui étaient particulièrement sympathiques; il était heureux de les contempler et éprouvait alors un sentiment de bien-être. Leur odeur aussi lui causait une sensation délicieuse; mais, dit-il, c'était l'odeur particulière à la lingerie et non pas celle des parfums artificiels qui excitait ses sens. Il prétend ne s'être masturbé que rarement.

Sauf des maux de tête périodiques et des vertiges, X... ne se plaint d'aucun malaise. Il regrette profondément son malheur, son penchant morbide, le mauvais démon qui le pousse à ces actes criminels. Il n'a qu'un désir, c'est de trouver quelqu'un qui puisse l'en guérir. Au physique, il présente de légers symptômes de neurasthénie, des anomalies dans la circulation du sang, des pupilles inégales.

Il fut prouvé que X... avait agi sous l'influence d'une obsession morbide et irrésistible. Acquittement.

Ces cas de fétichisme du mouchoir qui entraînent l'individu anormal à commettre des vols, sont très nombreux. Ils se rencontrent aussi chez des personnes atteintes d'inversion sexuelle, ainsi que le prouve le cas suivant, pris dans l'ouvrage de M. le docteur Moll que nous avons déjà plusieurs fois cité79.

Note 79:
Page 124 (op. cit.), le docteur Moll dit, à propos de ce penchant chez les hétéro-sexuels: «La passion pour les mouchoirs peut être si violente que l'homme se trouve littéralement subjugué par ce petit objet. Voici ce qui me fut raconté par une femme: «Je connais un monsieur, me dit-elle; il me suffit, quand je le vois de loin, de tirer de ma poche le coin de mon mouchoir pour qu'il me suive comme un chien. Je puis aller n'importe où, il ne me quitte plus. Que ce monsieur se trouve en voiture ou soit occupé par une affaire très sérieuse, aussitôt qu'il voit mon mouchoir, il abandonne tout pour me suivre.»

Observation 86.—Fétichisme du mouchoir combiné avec l'inversion sexuelle.—K..., trente-huit ans, ouvrier, homme solidement bâti, se plaint de malaises nombreux, tels que faiblesse des jambes, douleurs dans le dos, maux de tête, manque de courage au travail, etc. Ses plaintes font penser manifestement à la neurasthénie avec tendance à l'hypocondrie. Ce n'est qu'après avoir suivi plusieurs mois mon traitement, qu'il avoua qu'il était aussi anormal au point de vue sexuel.

K... n'a jamais eu aucun penchant pour les femmes; par contre, les beaux hommes ont exercé sur lui, de tout temps, un charme particulier.

Le malade s'est beaucoup masturbé depuis sa jeunesse jusqu'à l'époque où il est venu me consulter. K... n'a jamais pratiqué ni l'onanisme mutuel, ni la pédérastie. Il ne croit pas qu'il y aurait trouvé une satisfaction quelconque, car, malgré sa prédilection pour les hommes, le plaisir principal pour lui est d'avoir un morceau de linge blanc d'homme; mais, là encore, c'est la beauté du propriétaire qui joue un rôle important. Ce sont surtout les mouchoirs des beaux hommes qui l'excitent sexuellement. Sa plus grande volupté consiste à se masturber dans des mouchoirs d'hommes. C'est pour cette raison qu'il enlevait souvent des mouchoirs à ses amis; pour éviter d'être découvert comme voleur, le malade laissait toujours un de ses propres mouchoirs chez l'ami pour remplacer celui qu'il venait de voler. De cette façon, K... voulait échapper au soupçon de vol et faire croire à un changement de mouchoir. D'autres pièces de linge d'homme ont aussi excité K..., mais pas au même point que les mouchoirs.

K... a souvent fait le coït avec des femmes; il eut des érections suivies d'éjaculation, mais sans aucune sensation de volupté. De plus, le malade n'éprouvait aucune envie particulière de pratiquer le coït. L'érection et l'éjaculation ne se produisaient que, lorsqu'au milieu de l'acte, le malade pensait au mouchoir d'un homme. Il y arrivait encore plus facilement quand il prenait avec lui le mouchoir d'un ami et le tenait en main pendant l'acte.

Conformément à sa perversion sexuelle, ses pollutions nocturnes aussi se produisent sous l'influence de représentations voluptueuses dans lesquelles le linge d'homme joue le rôle principal.

On rencontre plus fréquemment que les fétichistes du linge les fétichistes du soulier de la femme. Ces cas sont, pour ainsi dire, innombrables, et un grand nombre déjà ont été scientifiquement analysés, tandis que pour le fétichisme du gant je n'ai que quelques rares communications de troisième main. Relativement aux causes de la rareté du fétichisme du gant, voir plus haut.

Dans le fétichisme du soulier il n'y a pas de rapport étroit entre l'objet et le corps de la femme, rapport qui rend explicable le fétichisme du linge. C'est pour cette raison, et aussi parce qu'il y a toute une série de cas soigneusement étudiés, dans lesquels l'adoration fétichiste de la chaussure de la femme a, d'une manière incontestable et bien établie, pris naissance dans une sphère d'idées masochistes; c'est pour ces motifs, disons-nous, qu'on peut, à juste titre, admettre l'hypothèse d'une cause de nature masochiste, bien que déguisée, toutes les fois que, dans un cas déterminé, on ne peut trouver une autre origine.

C'est pour ce motif que j'ai inséré dans le chapitre sur le masochisme la plus grande partie des observations sur le fétichisme du soulier ou du pied qui étaient à ma disposition. Là, nous avons, en montrant les diverses transitions, déjà suffisamment démontré le caractère régulièrement masochiste de cette forme du fétichisme érotique.

Cette hypothèse du caractère masochiste du fétichisme du soulier, n'est réfutée et infirmée, que là où l'on a acquis la preuve qu'un accident de hasard a amené une association entre les émotions sexuelles et l'image du soulier de la femme; car la formation a priori d'une pareille association d'idées est tout à fait improbable.

Une corrélation de ce genre existe dans les deux observations suivantes.

Observation 87.—Fétichisme du soulier.—M. von P..., de vieille noblesse polonaise, trente-deux ans, m'a consulté en 1890, au sujet de sa vita sexualis anormale. Il affirme être issu d'une famille tout à fait saine, mais être nerveux depuis son enfance et avoir souffert à l'âge de onze ans de chorea minor. Depuis l'âge de dix ans, il souffre beaucoup d'insomnie, et de malaises neurasthéniques.

Il prétend n'avoir connu la différenciation des sexes qu'à l'âge de quinze ans; c'est de cette époque que datent ses penchants sexuels. À l'âge de dix-sept ans, une institutrice française l'a séduit, mais ne lui a pas permis d'accomplir le coït, de sorte que seule une excitation sensuelle (masturbation mutuelle) a pu avoir lieu. Au milieu de cette scène, son regard tomba sur les bottines très élégantes de cette femme. Cette vue lui fit une profonde impression. Ses relations avec cette personne dissolue se continuèrent pendant quatre mois. Durant ces attouchements, les bottines de l'institutrice devenaient un fétiche pour le malheureux jeune homme. Il commença à s'intéresser aux chaussures de dames, et rôdait afin de rencontrer de belles bottines de dames. Le fétiche soulier prit sur son esprit un ascendant de plus en plus grand. Sicuti calceolus mulieris gallicæ penem tetigit, statim summa cum voluptate sperma ejaculavit. Quand on eut éloigné celle qui l'avait séduit, il dut aller chez les puellas avec lesquelles il avait recours au même procédé. Ordinairement cela suffisait pour le satisfaire. Ce n'est que rarement et subsidiairement qu'il avait recours au coït. Son penchant pour cet acte disparaissait de plus en plus. Sa vita sexualis se bornait aux pollutions dues à des rêves, où, seules les chaussures de dames jouaient un rôle, et à satisfaire ses sens avec des chaussures de femmes, apposita ad mentulam; mais il fallait que la puella fît cette manipulation. Dans le commerce avec l'autre sexe, il n'y avait que la bottine qui l'excitât sensuellement, et encore la bottine devait être élégante, de forme française, avec talon d'un noir reluisant comme l'était la première. Avec le temps sont survenues des conditions accessoires: souliers d'une prostituée très élégante, chic, avec des jupons empesés et autant que possible des bas noirs.

Le reste de la femme ne l'intéresse pas. Le pied nu lui est tout à fait indifférent. Aussi au point de vue de l'âme, la femme n'exerce pas le moindre charme sur lui. Il n'a jamais eu des tendances masochistes, comme de vouloir être foulé aux pieds d'une femme. Avec les années son fétichisme a pris un tel empire sur lui que, dans la rue, s'il aperçoit une dame d'un certain extérieur et chaussée d'une certaine façon, il est si violemment excité qu'il est forcé de se masturber. Une légère pression sur le pénis suffit à cet individu très neurasthénique pour provoquer une éjaculation. Des chaussures dans les étalages et, depuis quelque temps, la lecture même d'une simple annonce de magasin de chaussures suffisent pour le mettre dans un état d'émotion violente.

Son libido étant très vif, il se soulageait par la masturbation, quand il ne pouvait se servir de chaussures. Le malade reconnut vite l'inconvénient et le danger de son état, et, bien qu'il se portât physiquement bien, sauf ses malaises neurasthéniques, il éprouvait tout de même une profonde dépression morale. Il consulta plusieurs médecins. L'hydrothérapie, l'hypnotisme furent employés sans aucun résultat. Les médecins les plus célèbres lui conseillaient de se marier et l'assuraient qu'aussitôt qu'il aimerait sérieusement une jeune fille, il serait débarrassé de son fétiche. Le malade n'avait aucune confiance en son avenir; pourtant il suivit le conseil des médecins. Il fut cruellement déçu dans cette espérance éveillée par l'autorité des médecins, bien qu'il se soit allié avec une dame que distinguent de grandes qualités physiques et intellectuelles. La première nuit de son mariage fut terrible pour lui; il se sentit criminel et ne toucha pas à sa femme. Le lendemain il vit une prostituée avec le «certain chic» qu'il aimait. Il eut la faiblesse d'avoir des rapports avec elle, à sa façon accoutumée. Il acheta alors une paire de bottines de femme très élégantes et les cacha dans le lit nuptial; en les touchant, il put, quelques jours plus tard, remplir ses devoirs conjugaux. L'éjaculation ne venait que tardivement, car il devait se forcer au coït; au bout de quelques semaines, l'artifice employé n'avait déjà plus d'effet, son imagination ayant perdu de sa vivacité. Le malade se sentait excessivement malheureux, et il aurait autant aimé mettre immédiatement fin à ses jours. Il ne pouvait plus satisfaire sa femme qui avait sexuellement de grands besoins et qui avait été très excitée par les rapports qu'elle avait eus jusqu'ici avec lui; il voyait combien elle en souffrait moralement et physiquement. Il ne pouvait ni ne voulait révéler son secret à son épouse. Il éprouvait du dégoût pour les rapports conjugaux; il avait peur de sa femme, craignait les soirées et les tête-à-tête avec elle. Il arriva à ne plus avoir d'érections.

Il fit de nouveau des essais avec des prostituées; il se satisfaisait en touchant leurs souliers et ensuite la puella était obligée calceolo mentulam tangere; il éjaculait ou, si l'éjaculation ne se produisait pas, il essayait le coït avec la femme vénale, mais sans résultat, car alors l'éjaculation se faisait subitement.

Le malade vient à la consultation tout désespéré. Il regrette profondément d'avoir, malgré sa conviction intime, suivi le conseil funeste des médecins, d'avoir rendu malheureuse une très brave femme et de lui avoir causé un préjudice physique et moral. Pouvait-il répondre devant Dieu de continuer une pareille vie? Quand même il se confesserait à sa femme et qu'elle ferait tout ce qu'il désire, cela ne lui servirait à rien, car il lui faudrait encore le «parfum du demi-monde».

L'extérieur de ce malheureux ne présente rien de frappant, sauf sa douleur morale. Les parties génitales sont tout à fait normales. La prostate est un peu grosse. Il se plaint d'être tellement sous l'obsession des idées de chaussures, qu'il rougit quand il est question de bottines. Toute son imagination ne s'occupe que de ce sujet. Quand il est dans sa propriété à la campagne, il se voit souvent forcé de partir pour la ville la plus proche, qui est encore à dix lieues de distance, afin de pouvoir satisfaire son fétichisme devant les étalages et aussi avec des puellis.

On ne pouvait entreprendre aucun traitement médical chez ce malheureux, car sa confiance dans les médecins était profondément ébranlée. Un essai d'hypnose et de suppression des associations fétichistes par la suggestion a échoué, par suite de l'émotion morale de ce pauvre jeune homme qu'obsède l'idée d'avoir rendu sa femme malheureuse.

Observation 88.—X..., vingt-quatre ans, de famille chargée (frère de sa mère et grand'père maternel fous, sœur épileptique, autre sœur souffrant de migraines, parents d'un tempérament très irritable), a eu à l'époque de sa dentition quelques accès de convulsions. À l'âge de sept ans, il fut entraîné à l'onanisme par une bonne. La première fois, X... trouva plaisir à ces manipulations cum illa puella fortuito pede calceolo tecto penem tetigit.

Ce fait a suffi pour créer chez l'enfant taré une association d'idées, grâce à laquelle, dorénavant, le seul aspect d'un soulier de femme et ensuite le rappel d'un souvenir dans ce sens pouvaient provoquer de l'érection et de l'éjaculation. Il se masturbait alors en regardant des souliers de femme ou en se les représentant dans son imagination. À l'école, il était vivement excité par les souliers de l'institutrice. En général, les bottines qui étaient en partie cachées par une longue robe lui produisaient toujours cet effet.

Un jour il ne put pas s'empêcher de saisir l'institutrice par les bottines, ce qui lui causa une vive émotion sexuelle. Malgré les coups qu'il reçut, il ne put s'empêcher de réitérer ce manège. Enfin, on reconnut qu'il y avait là un mobile morbide, et on le plaça sous la direction d'un maître d'école. Il s'abandonnait alors aux délicieux souvenirs de la scène des bottines avec l'institutrice; cela lui donnait des érections, de l'orgasme et, à partir de l'âge de quatorze ans, même des éjaculations. En outre, il se masturbait en pensant à un soulier de femme. Un jour l'idée lui vint d'augmenter son plaisir en se servant d'un soulier de dame pour la masturbation. Il prit souvent en secret des souliers et s'en servait à cet effet.

Rien de la femme ne pouvait l'exciter sexuellement; l'idée du coït lui inspirait de l'horreur. Les hommes ne l'intéressaient pas non plus.

À l'âge de dix-huit ans, il s'établit comme marchand et fit entre autres le commerce de chaussures. Il éprouvait une excitation sexuelle toutes les fois qu'il essayait des souliers aux pieds des dames ou qu'il pouvait manipuler des souliers usés par des femmes.

Un jour, il eut, au milieu de ces pratiques, un accès épileptique qui, bientôt, fut suivi d'un second, pendant qu'il se masturbait, comme à son habitude. Ce n'est qu'alors qu'il reconnut le danger de ces procédés sexuels pour sa santé. Il combattit son penchant à l'onanisme, ne vendit plus de chaussures et s'efforça de se débarrasser de cette association morbide entre les chaussures de femmes et les fonctions sexuelles. Mais alors il se produisit des pollutions fréquentes sous l'influence de rêves érotiques ayant pour sujet des chaussures de femmes, et les accès épileptiques ne cessèrent point. Bien qu'il n'eût pas le moindre penchant sexuel pour le sexe féminin, il se décida à conclure un mariage, ce qui lui parut être le seul remède possible.

Il épousa une femme jeune et belle. Malgré une vive érection produite en pensant aux souliers de sa femme, il fut tout à fait impuissant dans ses essais de cohabitation, car le dégoût du coït et des rapports intimes en général, l'emportait sur l'influence de la représentation du soulier, son stimulant sexuel. Pour se guérir de son impuissance, le malade s'adressa au docteur Hammond qui traita son épilepsie par le brome, et qui lui conseilla de fixer ses regards pendant le coït sur un soulier attaché au-dessus du lit nuptial et de se figurer que sa femme était un soulier.

Le malade guérit de ses accès épileptiques et devint puissant. Il pouvait faire le coït tous les huit jours. Son excitation sexuelle, à la vue des souliers de dames, s'atténuait de plus en plus. (Hammond, Impuissance sexuelle.)

Ces deux cas de fétichisme du soulier qui, comme en général tous les cas de fétichisme, se basent sur des associations subjectives et accidentelles, ainsi qu'on vient de le prouver, n'ont rien d'extraordinaire en ce qui concerne la cause objective. Dans le premier cas il s'agit d'une impression partielle dégagée de l'ensemble de la femme; dans le second cas, d'une impression partielle produite par une manipulation excitante.

Mais on a aussi observé des cas—il est vrai que jusqu'ici il n'y en a que deux—où l'association décisive n'a nullement été amenée par un rapport entre la nature de l'objet et les choses qui normalement peuvent provoquer une excitation.

Observation 89.—L..., trente-sept ans, employé de commerce, d'une famille très chargée, a eu, à l'âge de cinq ans, sa première érection, en voyant un parent plus âgé qui couchait dans la même chambre, mettre son bonnet de nuit. Le même effet se produisit quand, plus tard, il vit un soir une vieille dame mettre son bonnet de nuit.

Plus tard, il lui suffisait, pour se mettre en érection, de la seule idée d'une tête de vieille femme laide, coiffée d'un bonnet de nuit. Le seul aspect d'un bonnet de femme, ou d'une femme nue, ou d'un homme nu, le laissaient absolument froid. Mais le contact d'un bonnet de nuit lui donnait une érection et parfois même une éjaculation.

L... n'était pas un masturbateur et, jusqu'à l'âge de trente-deux ans, lorsqu'il épousa une belle fille qu'il aimait, il n'avait jamais pratiqué aucune manœuvre sexuelle.

Pendant sa nuit de noce, il resta insensible jusqu'à ce que, dans son embarras, il se vit obligé d'évoquer le souvenir de la tête de vieille femme laide coiffée d'un bonnet de nuit. Aussitôt le coït réussit.

Dans la période qui suivit, il dut parfois recourir à ce moyen. Depuis son enfance, il avait de temps en temps de profondes dépressions de caractère avec tendances au suicide, et quelquefois aussi des hallucinations terrifiantes pendant la nuit. En regardant par la fenêtre, il était saisi de vertige et d'angoisse. C'était un homme gauche, bizarre, embarrassé, et mal doué intellectuellement. (Charcot et Magnan, Arch. de Neurol., 1882, n° 12.)

Dans ce cas très curieux, une coïncidence fortuite entre la première émotion sexuelle et une impression tout à fait hétérogène, semble avoir seule déterminé le caractère du penchant.

Un cas presque aussi étrange de fétichisme d'association accidentelle est rapporté par Hammond (op. cit., p. 50). Un homme marié, âgé de trente ans, et qui en somme était tout à fait bien portant et psychiquement normal, aurait vu l'impuissance se déclarer à la suite d'un changement de logement et disparaître après qu'on lui eut remis sa chambre à coucher dans son ancien état.

C.—LE FÉTICHE EST UNE ÉTOFFE

Il y a un troisième groupe principal de fétichistes, dont le fétiche n'est ni une partie du corps féminin, ni une partie des vêtements de la femme, mais une étoffe déterminée, qui même ne sert pas toujours à la confection de la toilette féminine, et qui cependant peut, par elle-même, en tant que matière, faire naître ou accentuer les sentiments sexuels. Ces étoffes sont: les fourrures, le velours et la soie.

Ces cas se distinguent des faits précédents de fétichisme érotique du vêtement par le fait que ces étoffes ne sont pas, comme le linge, en rapports étroits avec le corps féminin et n'ont pas, comme les souliers ou les gants, une corrélation avec des parties déterminées du corps féminin ou ne sont pas une signification symbolique quelconque de ces parties.

Ce genre de fétichisme ne peut pas provenir non plus d'une association accidentelle, comme dans les cas tout à fait particuliers du bonnet de nuit ou des meubles de la chambre à coucher; mais ils forment un groupe dont l'objet est homogène. Il faut donc supposer que certaines sensations tactiles—(une sorte de chatouillement qui a une parenté éloignée avec les sensations voluptueuses)—sont, chez des individus hyperesthésiques, la cause première de ce genre de fétichisme.

À ce propos nous donnerons tout d'abord une observation personnelle exposée par un homme qui lui-même était atteint de cet étrange fétichisme.

Observation 90.—N..., trente-sept ans, issu de famille névropathique, de constitution névropathique lui-même, déclare:

Depuis ma première jeunesse, j'ai une passion profondément enracinée pour les fourrures et le velours, parce que ces étoffes éveillent en moi une émotion sexuelle, et que leur vue et leur contact me procurent un plaisir voluptueux. Je ne puis me rappeler qu'un incident quelconque ait occasionné ce penchant étrange—(coïncidence de la première émotion sexuelle avec l'impression de ces étoffes, respectivement première excitation pour une femme vêtue de ces étoffes).—En somme, je ne me souviens pas comment a commencé cette prédilection. Je ne veux point exclure absolument la possibilité d'un pareil incident, ni d'une liaison accidentelle de la première impression qui aurait pu créer une association d'idées; mais je crois peu probable que pareille chose ait pu se passer, car je suis convaincu qu'un incident de ce genre se serait profondément gravé dans ma mémoire.

Ce que je sais, c'est qu'étant encore petit enfant, j'aimais vivement voir des fourrures et les caresser, et qu'en faisant ainsi j'éprouvais un vague sentiment de volupté. Lors de la première manifestation de mes idées sexuelles concrètes, c'est-à-dire quand mes idées sexuelles se dirigèrent vers la femme, j'avais déjà une prédilection particulière pour la femme vêtue de ces étoffes.

Cette prédilection m'est restée jusqu'à l'âge d'homme mûr. Une femme qui porte une fourrure ou qui est vêtue de velours, m'excite plus rapidement et plus violemment qu'une femme sans ces accessoires. Ces étoffes, il est vrai, ne sont pas la conditio sine qua non de l'excitation; le désir se produit aussi sans elles pour les charmes habituels; mais l'aspect, et surtout le contact de ces tissus fétichistes, constituent pour moi un moyen, aident puissamment les autres charmes normaux, et me procurent une augmentation du plaisir érotique. Souvent, la seule vue d'une femme à peine jolie, mais vêtue de ces étoffes, me donne la plus violente excitation et m'entraîne complètement. La simple vue de mes tissus fétiches me fait un plaisir bien plus grand encore que l'attouchement.

L'odeur pénétrante de la fourrure m'est indifférente, plutôt désagréable, et je ne la supporte, qu'à cause de son association avec des sensations agréables de la vue et du tact. Je languis du plaisir de pouvoir toucher ces étoffes sur le corps d'une femme, de les caresser, de les embrasser et d'y mettre ma figure. Mon plus grand plaisir est de voir et de sentir inter actum mon fétiche sur les épaules de la femme.

La fourrure et le velours isolément me produisent l'impression que je viens de décrire. L'effet de la première est de beaucoup plus fort que celui du dernier. Mais la combinaison de ces deux matières produit le plus grand effet. Des pièces de vêtements féminins en velours ou en fourrure, que je vois et touche détachées de leur porteuse,

165

m'excitent sexuellement aussi, quoiqu'à un degré moindre,—de même les couvertures confectionnées en fourrure, qui ne font nullement partie de la toilette féminine, le velours et la peluche des meubles et des draperies. De simples gravures représentant des toilettes en fourrures et en velours sont pour moi l'objet d'un intérêt érotique, et même le seul mot «fourrure» a pour moi une vertu magique et me donne des idées érotiques.

La fourrure est pour moi tellement l'objet de l'intérêt sexuel, qu'un homme qui porte une fourrure à effet, me produit une impression très désagréable, horripilante et scandaleuse, comme l'effet que produirait sur tout individu normal, un homme en costume et dans l'attitude d'une ballerine. De même je trouve répugnant l'aspect d'une vieille femme laide couverte d'une belle fourrure; cette vue éveille en moi des sentiments qui s'entrechoquent.

Ce plaisir érotique de voir des fourrures et du velours est tout à fait différent de mes appréciations purement esthétiques. J'ai un goût très vif pour les belles toilettes de femmes, et en même temps une prédilection particulière pour les dentelles, mais c'est un goût d'une nature purement esthétique. Je trouve la femme en toilette de dentelles ou bien parée avec une autre belle toilette, plus belle qu'une autre, mais la femme vêtue de mes étoffes fétiches est la plus charmante pour moi.

La fourrure n'exerce sur moi l'effet dont j'ai parlé que lorsqu'elle est à poils fins, touffus, lisses, longs, et se dressant en haut. C'est de ces qualités que dépend l'impression. Je reste tout à fait indifférent, non seulement aux fourrures à poils drus, emmêlés, espèce qu'on estime comme inférieure, mais aussi aux fourrures qu'on estime comme très belles et supérieures, mais dont on a enlevé les poils qui redressent (castor, chien de mer) ou qui ont naturellement les poils courts (hermine) ou trop long et couchés (singe, ours). Les poils redressés ne me produisent l'impression spécifiques que chez la zibeline, la martre, etc. Or, le velours est fait de poils fins touffus et redressés en haut, ce qui expliquerait l'impression analogue qu'il me produit. L'effet paraît dépendre d'une impression déterminée de l'extrémité pointue des poils sur les terminaisons des nerfs sensitifs.

Mais je ne peux pas m'expliquer quel rapport cet effet étrange sur les nerfs tactiles peut avoir avec la vie sexuelle. Le fait est que tel est le cas chez beaucoup d'hommes. Je fais encore remarquer expressément, qu'une belle chevelure de femme me plaît beaucoup, mais qu'elle ne joue pas un rôle plus grand que tout autre charme féminin, et qu'en touchant des fourrures je ne pense nullement à des cheveux de femme. (La sensation tactile dans les deux cas n'a pas d'ailleurs la moindre analogie.) En général il ne s'y attache aucune idée. La fourrure par elle-même réveille en moi la sensualité. Comment? Voilà ce qui me paraît absolument inexplicable.

Le seul effet esthétique produit par la beauté des fourrures grand genre, à laquelle chacun est plus ou moins sensible, par la fourrure qui, depuis la Fornarina de Raphaël et l'Hélène Fourment de Rubens, a été employée par beaucoup de peintres comme cadre et ornement des charmes féminins, et qui dans la mode, dans l'art et la science de la toilette féminine, joue un si grand rôle—cet effet esthétique, dis-je, n'explique rien dans ce cas, ainsi que j'ai déjà eu l'occasion de le faire remarquer. Cet effet esthétique que les belles fourrures produisent sur les hommes normaux, les fleurs, les rubans, les pierres précieuses et les autres parures le produisent sur moi, comme chez tout le monde. Habilement employés, ces objets font mieux ressortir la beauté féminine et peuvent ainsi, dans certaines circonstances, produire indirectement un effet sensuel. Mais ils ne produisent jamais sur moi le même effet sensuel direct que les étoffes fétiches dont j'ai parlé.

Bien que chez moi, comme peut-être chez tous les autres fétichistes, il faille bien distinguer l'impression sensuelle de l'impression esthétique, cela ne m'empêche pas d'exiger de mon fétiche une série de conditions esthétiques concernant la forme, la coupe, la couleur, etc. Je pourrais m'étendre ici longuement sur ces exigences de mon penchant, mais je laisse de côté ce point qui ne touche pas le fond du sujet. Je ne voulais qu'attirer l'attention sur ce fait que le fétichisme érotique se complique encore d'un mélange d'idées purement esthétiques.

L'effet particulièrement érotique de mes étoffes fétichistes, ne peut pas s'expliquer par l'association avec l'idée du corps d'une femme qui porterait ces étoffes, pas plus que par un effet d'esthétique quelconque. Car, premièrement, ces étoffes me produisent de l'effet, même quand elles sont isolées et détachées du corps, quand elles se présentent comme simple matière; et, secondement, des parties de la toilette intime (corset, chemise) qui, sans doute, évoquent des associations, ont sur moi une action beaucoup plus faible. Les étoffes fétichistes ont toutes pour moi une valeur sensuelle intrinsèque. Pourquoi? C'est pour moi une énigme. Les plumes sur les chapeaux de femme ou les éventails produisent sur moi la même impression fétichiste que la fourrure et le velours: similitude de la sensation tactile et du chatouillement étrange produit par le mouvement léger de la plume. Enfin l'effet fétichiste, quoiqu'à un degré très atténué, est encore provoqué par d'autres étoffes unies, telles que la soie, le satin, etc., tandis que les étoffes rugueuses, le drap grossier, la flanelle, me produisent plutôt un effet répugnant.

Enfin, je tiens encore à rappeler que j'ai lu quelque part un essai de Carl Vogt sur les hommes microcéphales: il y est raconté comment un microcéphale, à la vue d'une fourrure, s'y est précipité et l'a caressée en manifestant une vive joie. Je suis loin de voir pour cette raison, dans le fétichisme très commun de la fourrure, une régression atavique vers les goûts des ancêtres de la race humaine qui étaient couverts de peaux d'animaux. Le microcéphale dont parle Carl Vogt faisait, avec le sans-gêne qui lui était naturel, un attouchement qui lui était agréable, mais dont le caractère n'était pas sexuellement sensuel; il y a beaucoup d'hommes normaux qui aiment à caresser un chat, à toucher des fourrures, du velours, sans en être sexuellement excités.

On trouve encore dans la littérature quelques cas de ce genre.

Observation 91.—Un garçon de douze ans éprouva une vive émotion sexuelle en se couvrant un jour, par hasard, d'une couverture en fourrure. À partir de ce moment, il commença à se masturber en se servant de fourrures ou en prenant dans son lit un petit chien à longs poils. Il avait des éjaculations suivies quelquefois d'accès hystériques. Ses pollutions nocturnes étaient occasionnées par des rêves où il se voyait couché nu sur une fourrure soyeuse qui l'enveloppait complètement. Les charmes de la femme ou de l'homme n'avaient aucune prise sur lui.

167

Il devint neurasthénique, souffrit de la monomanie de l'observation, croyant que tout le monde s'apercevait de son anomalie sexuelle; il eut, pour cette cause du tædium vitæ et devint fou.

Il était très chargé, avait les parties génitales mal conformées, et d'autres signes de dégénérescence anatomique. (Tarnowsky, op. cit., p. 22.)

Observation 92.—C... est un amateur enragé de velours. Il se sent attiré d'une manière normale vers les belles femmes, mais il est particulièrement excité lorsque la personne de rencontre avec laquelle il a des rapports est vêtue de velours.

Ce qui est frappant dans ce cas, c'est que ce n'est pas la vue du velours, mais le contact qui produit l'excitation. C... me disait qu'en passant la main sur une jaquette de femme en velours, il avait une excitation sexuelle telle qu'aucun autre moyen ne saurait jamais en provoquer une pareille chez lui. (Dr Moll, op. cit., p. 127.)

Un médecin m'a communiqué le cas suivant. Un des habitués d'un lupanar était connu sous le sobriquet de «Velours». Il avait l'habitude de revêtir de velours une puella qui lui était sympathique et de satisfaire ses penchants sexuels rien qu'en caressant sa figure avec un coin de la robe en velours, sans qu'il y ait autre contact entre lui et la femme.

Un autre témoin m'assure que, surtout chez les masochistes, l'adoration des fourrures, du velours et de la soie est très fréquente (Comparez plus haut, observation 44, 4580).

Note 80:
Dans les romans de Sacher-Masoch la fourrure joue aussi un rôle important; elle sert même de titre à un de ses romans. Mais son explication, qui fait de la fourrure, de l'hermine, le symbole de la domination, et en fait pour la même raison le fétiche des hommes dépeints dans ce roman, me paraît spécieuse et peu satisfaisante.

Le cas suivant est un cas de fétichisme d'étoffe bien curieux. On voit se joindre au fétichisme l'impulsion à détruire le fétiche. Ce penchant est, dans ce cas, ou un élément de sadisme contre la femme qui porte l'étoffe ou un sadisme impersonnel dirigé contre l'objet, tendance qui se rencontre souvent chez les fétichistes.

Cet instinct de destruction a fait du cas dont nous parlons une cause criminelle très curieuse.

Observation 93.—Au mois de juillet 1891, a dû comparaître devant la seconde chambre du tribunal correctionnel de Berlin le garçon serrurier Alfred Bachmann, âgé de vingt-cinq ans.

Au mois d'avril de la même année, la police avait reçu plusieurs plaintes: une main méchante avait, avec un instrument bien tranchant, coupé les robes de plusieurs dames. Le soir du 25 avril, on réussit à prendre l'agresseur mystérieux dans la personne de l'accusé. Un agent de la police remarqua l'accusé qui cherchait d'une étrange façon à se blottir contre une dame qui traversait un passage, accompagnée d'un monsieur. Le fonctionnaire pria la dame d'examiner sa robe, pendant qu'il tenait l'homme suspect. On constata que la robe avait reçu une longue entaille. L'accusé fut amené au poste où on le visita. En dehors d'un couteau bien aiguisé dont il avoua s'être servi pour déchirer des robes, on trouva encore sur lui deux rubans de soie comme on en emploie pour la garniture des robes de femmes. L'accusé avoua qu'il les avait détachés des robes dans une bousculade. Enfin, la visite amena encore la découverte sur son corps d'un foulard de soie de dame. Quant à ce dernier objet, il prétendit l'avoir trouvé. Comme on ne pouvait infirmer son assertion à ce sujet, on ne l'accusa sous ce chef que de fraude d'objets trouvés, tandis que ses deux autres actes lui valurent, dans les deux cas où les endommagées demandaient des poursuites, une accusation pour destruction d'objets et, dans deux autres cas, une accusation de vol. L'accusé qui a été déjà plusieurs fois condamné, est un homme à la figure pâle et sans expression. Il donna devant le juge une explication bien étrange de sa conduite énigmatique. La cuisinière d'un commandant, dit-il, l'avait jeté au bas de l'escalier alors qu'il demandait l'aumône, et, depuis ce temps, il avait une haine implacable contre le sexe féminin. On douta de sa responsabilité, et on le fit examiner par un médecin attaché au service de l'Administration.

Aux débats judiciaires, l'expert déclara qu'il n'y avait aucune raison de considérer comme un aliéné l'accusé dont, il est vrai, l'intelligence était très peu développée. L'accusé se défendit d'une façon bien étrange. Une impulsion irrésistible, dit-il, le force de s'approcher des femmes qui portent des robes de soie. Le contact avec une étoffe de soie est pour lui tellement délicieux que, même pendant sa détention, il se sentait ému, quand, en cardant de la laine, un fil de soie lui tombait par hasard dans les mains.

Le procureur royal, M. Muller, considéra simplement l'accusé comme un homme méchant et dangereux, qu'il fallait, pour un certain laps de temps, rendre incapable de nuire. Il requit contre lui la peine d'un an de prison. Le tribunal condamna l'accusé à six mois de prison et à la perte de ses droits civiques pour un an.

II.—SENS SEXUEL FAIBLE OU NUL POUR L'AUTRE SEXE ET REMPLACÉ PAR UN PENCHANT SEXUEL POUR LE MÊME SEXE (SENS HOMOSEXUEL OU INVERTI).

Une des parties constitutives les plus solides de la conscience du moi, à l'époque de la pleine maturité sexuelle, c'est d'avoir la conviction de représenter une individualité sexuelle bien déterminée, et d'éprouver le besoin, pendant les processus physiologiques (formation de la semence et de l'œuf), d'accomplir des actes sexuels conformes à l'individualité sexuelle, actes qui consciemment ont pour but la conservation de la race.

Sauf quelques sentiments et quelques impulsions obscurs, le sens sexuel et l'instinct génital restent à l'état latent jusqu'à l'époque du développement des organes génitaux. L'enfant est de generis neutrius. Quand même, dans cette période où la sexualité latente n'existe que virtuellement et n'est pas encore annoncée par des sentiments organiques puissants, ni entrée dans la conscience, il se produirait prématurément des excitations des organes génitaux, soit spontanément, soit par une influence externe, et qu'elles trouveraient une satisfaction par la masturbation, il y a dans tout cela absence totale de rapports idéals avec les personnes de l'autre sexe, et les actes sexuels de ce genre ont plus ou moins la signification de phénomènes spinaux réflexes.

Le fait de l'innocence ou de la neutralité sexuelle mérite d'autant plus d'attention que déjà, de très bonne heure, l'enfant constate une différenciation entre les enfants des deux sexes par l'éducation, les occupations, les vêtements etc. Ces impressions toutefois ne sont pas perçues par l'âme, car elles ne sont pas appuyées sexuellement, l'organe central (l'écorce cérébrale) des idées et des sentiments sexuels n'étant pas encore développé et n'ayant pas encore la faculté de perception.

Quand commence le développement anatomique et fonctionnel des organes génitaux avec la différenciation simultanée des formes du corps, attribut de l'un ou l'autre sexe, on voit apparaître chez le garçon, ainsi que chez la jeune fille, les bases d'un état d'âme conforme au sexe de chacun, état que contribuent puissamment à développer l'éducation et les influences externes, étant donné que l'individu est devenu plus attentif.

Si le développement sexuel est normal et n'est pas troublé dans son cours, il se forme un caractère bien déterminé et conforme à la nature du sexe. Les rapports avec les personnes de l'autre sexe font alors naître certains penchants, certaines réactions, et, au point de vue psychologique, il est bien remarquable de voir avec quelle rapidité relative se forme le type moral particulier au sexe de chaque individu.

Tandis que, dans l'enfance, la pudeur, par exemple, n'est qu'une exigence de l'éducation mal comprise par l'enfant et qui, incompréhensible pour lui, étant donnée son innocence, ne peut arriver qu'à une expression incomplète; la pudeur paraît au jeune homme et à la vierge comme une obligation impérieuse de l'estime de soi-même à laquelle on ne peut toucher sans provoquer une puissante réaction vaso-motrice et un désir psychique.

Si la disposition primitive est favorable, normale, si les facteurs nuisibles au développement psycho-sexuel restent hors de jeu, il se forme une individualité psycho-sexuelle si harmonique, si solidement construite et si conforme au sexe représenté par l'individu, que même la perte des organes génitaux, à une époque ultérieure (par la castration, par exemple), ou bien le climax ou le senium ne la peuvent plus changer dans son essence.

Cela ne veut pas dire que l'homme émasculé, la femme châtrée, le jeune homme et le vieillard, la vierge et la matrone, l'homme puissant et l'homme impuissant, ne diffèrent pas l'un de l'autre dans leur état d'âme.

Une question très intéressante et très importante pour la matière que nous allons traiter est de savoir si c'est l'influence périphérique des glandes génitales (testicules et ovaires) ou si ce sont les conditions cérébrales centrales qui sont décisives pour le développement psycho-sexuel. Un fait qui plaide en faveur de l'importance des glandes génitales, est que l'absence congénitale de celles-ci ou leur enlèvement avant la puberté ont une influence puissante sur le développement du corps et sur le développement psycho-sexuel, de sorte que ce dernier est arrêté et prend une direction dans le sens du sexe contraire (eunuques, viragines, etc.).

170

Toutefois les processus physiques qui se passent dans les organes génitaux ne sont que des facteurs auxiliaires, mais non pas les facteurs exclusifs de la formation d'une individualité psycho-sexuelle; cela ressort du fait que, malgré une constitution normale au point de vue physiologique et anatomique, il peut se développer un sentiment sexuel contraire au caractère du sexe que l'individu représente.

La cause ici ne peut se trouver que dans une anomalie des conditions centrales, dans une disposition psycho-sexuelle anormale. Cette disposition est, sous le rapport de sa cause anatomique et fonctionnelle, encore enveloppée de mystère. Comme, dans presque tous les cas en question, l'inverti présente des tares névropathiques de plusieurs sortes et que ces tares peuvent être mises en corrélation avec des conditions dégénératives héréditaires, on peut, au point de vue clinique, considérer cette anomalie du sentiment psychosexuel comme un stigmate de dégénérescence fonctionnelle. Cette sexualité perverse se manifeste spontanément et sans aucune impulsion externe, au moment du développement de la vie sexuelle, comme phénomène individuel d'une dégénérescence anormale de la vita sexualis; et alors elle nous frappe comme un phénomène congénital; ou bien elle ne se développe qu'au cours d'une vie sexuelle qui, au début, a suivi les voies normales, et elle a été produite par certaines influences manifestement nuisibles: alors elle nous apparaît comme une perversion acquise. Pour le moment, on ne peut pas encore expliquer sur quoi repose le phénomène énigmatique du sens homosexuel acquis et l'on en est réduit aux hypothèses. Il paraît probable, d'après l'examen minutieux des cas dits acquis, que là aussi la disposition consiste dans une homosexualité, du moins en une bisexualité latente qui, pour devenir apparente, a eu besoin d'être influencée par des causes accidentelles et motrices qui l'ont fait sortir de son état de sommeil.

On trouve, dans les limites de l'inversion sexuelle, des gradations diverses du phénomène, gradations qui correspondent presque complètement au degré de tare héréditaire de l'individu, de sorte que, dans les cas peu prononcés, on ne trouve qu'un hermaphroditisme psychique; dans les cas un peu plus graves, les sentiments et les penchants homosexuels sont limités à la vita sexualis; dans les cas plus graves, toute la personnalité morale, et même les sensations physiques sont transformées dans le sens de la perversion sexuelle; enfin, dans les cas tout à fait graves, l'habitus physique même paraît transformé conformément à la perversion.

C'est sur ces faits cliniques que repose par conséquent la classification suivante des différentes formes de cette anomalie psycho-sexuelle.

A.—LE SENS HOMOSEXUEL COMME PERVERSION ACQUISE.

L'important ici est de prouver qu'il y a penchant pervers pour son propre sexe, et non pas de constater des actes sexuels accomplis sur des individus de même sexe. Ces deux phénomènes ne doivent pas être confondus; on ne doit pas prendre la perversité pour de la perversion. Souvent on a l'occasion d'observer des actes pervers sexuels qui ne sont pas basés sur la perversion. C'est surtout le cas dans les actes sexuels entre personnes de même sexe et notamment dans la pédérastie. Là il n'est pas toujours nécessaire que la paraesthesia sexualis soit en jeu, mais il y a souvent de l'hyperesthésie avec impossibilité physique ou psychique d'une satisfaction sexuelle naturelle.

Ainsi nous rencontrons des rapports homosexuels chez des onanistes ou des débauchés devenus impuissants, ou bien chez des femmes ou des hommes sensuels détenus dans les prisons, chez des individus confinés à bord d'un vaisseau, dans les casernes, dans les pensionnats, dans les bagnes, etc.

Ces individus reprennent les rapports sexuels normaux aussitôt que les obstacles qui les empêchaient cessent d'exister.

Très souvent, la cause d'une pareille aberration temporaire est la masturbation avec ses conséquences chez les individus jeunes. Rien n'est aussi capable de troubler la source des sentiments nobles et idéaux que fait naître le sentiment sexuel avec son développement normal, que l'onanisme pratiqué de bonne heure: il peut même la faire tarir complètement. Il enlève au bouton de rose qui va se développer et le parfum et la beauté, et ne laisse que le penchant grossièrement sensuel et brutal pour la satisfaction sexuelle. Quand un individu corrompu de cette manière arrive à l'âge où il peut procréer, il n'a plus ce caractère esthétique et idéal, pur et ingénu, qui l'attire vers l'autre sexe. Alors l'ardeur du sentiment sensuel est éteinte et l'inclination pour l'autre sexe diminue considérablement. Cette défectuosité influence d'une façon défavorable la morale, l'éthique, le caractère, l'imagination, l'humeur, le monde des sentiments et des penchants du jeune onaniste, homme ou femme; avec les circonstances, elle amène le désir pour l'autre sexe à tomber à zéro, de sorte que la masturbation est préférée à toute satisfaction naturelle.

Parfois le développement de sentiments sexuels élevés pour l'autre sexe est contrarié par la peur hypocondriaque d'une infection vénérienne ou par une infection contractée effectivement, ou par une fausse éducation qui, avec intention, a rappelé ces dangers et les a exagérés, chez les filles par la crainte légitime des suites du coït (peur de devenir enceinte), ou bien par le dégoût de l'homme par suite de ses défectuosités physiques et morales. Alors la satisfaction devient perverse et le penchant se manifeste avec une violence morbide. Mais la satisfaction sexuelle perverse pratiquée de trop bonne heure n'atteint pas seulement les facultés mentales, elle atteint aussi le corps, car elle produit des névroses de l'appareil sexuel (faiblesse irritative du centre d'érection et d'éjaculation, sensations de volupté défectueuses au moment du coït, etc.), tout en maintenant l'imagination dans une émotion continuelle et en excitant le libido.

Pour presque tous les masturbateurs il vient un moment où, effrayés d'apprendre les conséquences de leur vice en les constatant sur eux-mêmes (neurasthénie), ou bien poussés vers l'autre sexe soit par séduction soit par l'exemple d'autrui, ils voudraient fuir leur vice et rendre leur vita sexualis normale.

Les conditions morales et physiques sont, dans ce cas, les plus défavorables qu'on puisse imaginer. La chaleur du pur sentiment est éteinte, le feu de l'ardeur sexuelle manque de même que la confiance en soi-même, car tout masturbateur est plus ou moins lâche. Quand le jeune pécheur réunit ses énergies pour essayer le coït, il en revient déçu, car la sensation de volupté manque et il n'a pas de plaisir, ou bien la force physique pour accomplir l'acte lui fait défaut. Cet échec a la signification d'une catastrophe et l'amène à l'impuissance psychique absolue. Une conscience qui n'est pas nette, le souvenir d'échecs honteux empêchent toute réussite en cas de nouveaux essais. Mais le libido sexualis qui continue à subsister, exige impérieusement une satisfaction, et la perversion morale et physique éloigne de plus en plus l'individu de la femme.

Pour différentes raisons (malaises neurasthéniques, peur hypocondriaque des suites, etc.), l'individu se détourne aussi des pratiques de la masturbation. Dans ce cas il peut pour un moment et passagèrement être poussé à la bestialité. L'idée des rapports avec les gens de son propre sexe s'impose alors facilement; elle est amenée par l'illusion de sentiments d'amitié qui, sur le terrain de la pathologie sexuelle, se lient aisément avec des sentiments sexuels.

L'onanisme passif et mutuel remplace alors les procédés habituels. S'il se trouve un séducteur, et il y en a tant malheureusement, nous avons alors le pédéraste d'éducation, c'est-à-dire un homme qui accomplit des actes d'onanisme avec des personnes de son propre sexe, et qui se plaît dans un rôle actif correspondant à son véritable sexe, mais qui, au point de vue des sentiments de l'âme, est indifférent non seulement aux personnes de l'autre sexe, mais aussi à celles de son propre sexe.

Voilà le degré auquel peut arriver la perversité sexuelle d'un individu de disposition normale, exempt de tare et jouissant de ses facultés mentales. On ne peut citer aucun cas où la perversité soit devenue une perversion, une inversion du penchant sexuel[81].

Note 81:
Garnier (Anomalies sexuelles, Paris, pp. 568-569 rapporte deux cas (Observations 222 et 223) qui semblent être en contradiction avec cette thèse, surtout le premier, où le chagrin éprouvé à la suite de l'infidélité de l'amante a fait succomber le sujet aux séductions des hommes. Mais il ressort clairement de cette observation que cet individu n'a jamais trouvé de plaisir aux actes homosexuels. Dans l'observation 223, il s'agit d'un efféminé ab origine, du moins d'un hermaphrodite psychique. L'opinion de ceux qui rendent une fausse éducation et les états psychologiques exclusivement responsables de l'origine des sentiments et penchants homosexuels, est tout à fait erronée.

On peut donner à un individu exempt de toute tare l'éducation la plus efféminée, et à une femme l'éducation la plus virile; ni l'un ni l'autre ne deviendront homosexuels. C'est la disposition naturelle qui est importante et non pas l'éducation et les autres éléments accidentels comme, par exemple, la séduction. Il ne peut être question d'inversion sexuelle que lorsque la personne exerce sur une autre du même sexe un charme psycho-sexuel, c'est-à-dire qu'elle provoque le libido, l'orgasme, et surtout lorsqu'elle produit l'effet d'une attraction psychique. Tout autres sont les cas où, par suite d'une trop grande sensualité et d'une absence de sens esthétique, l'individu se sert, faute de mieux, du corps d'un individu de même sexe pour pratiquer avec lui un acte d'onanisme (non le coït dans le sens d'un entraînement de l'âme).

Moll, dans son excellente monographie, signale, d'une manière très claire et très convaincante, l'importance décisive de la prédisposition héréditaire en présence de l'importance très relative des causes occasionnelles (Comparez op. cit., pp. 156-175). Il connaît beaucoup de cas «où des rapports sexuels pratiqués avec des hommes pendant une certaine période n'ont pu amener la perversion». Moll dit aussi d'une manière très

173

significative: «Je connais une épidémie de ce genre (onanisme mutuel) qui s'est produite dans une école berlinoise où un élève, aujourd'hui acteur, avait introduit d'une manière éhontée l'onanisme mutuel. Bien que je connaisse les noms de nombreux uranistes berlinois, je n'ai pu établir avec probabilité qu'aucun des anciens élèves de ce lycée soit devenu uraniste; par contre, je sais assez exactement que beaucoup d'entre eux, à l'heure qu'il est, se comportent, au point de vue sexuel, d'une façon normale.»

Tout autre est la situation de l'individu taré. La sexualité perverse latente se développe sous l'influence de la neurasthénie causée par la masturbation, l'abstinence ou d'autres causes.

Peu à peu le contact avec des personnes de son propre sexe met l'individu en émotion sexuelle. Ces idées sont renforcées par des sensations de plaisir et provoquent des désirs correspondants. Cette réaction, nettement dégénérative, est le commencement d'un processus de transformation du corps et de l'âme, processus qui sera décrit plus loin en détail et qui présente un des phénomènes psycho-pathologiques les plus intéressants. On peut reconnaître dans cette métamorphose divers degrés ou phases.

Premier degré: Inversion simple du sens sexuel.

Ce degré est atteint quand une personne du même sexe produit sur un individu un effet aphrodisiaque, et que ce dernier éprouve pour l'autre un sentiment sexuel. Mais le caractère et le genre du sentiment restent encore conformes au sexe de l'individu. Il se sent dans un rôle actif; il considère son penchant pour son propre sexe comme une aberration et cherche éventuellement un remède.

Avec cette amélioration épisodique de la névrose il se peut qu'au début des sentiments sexuels normaux se manifestent et se maintiennent. L'observation suivante nous paraît tout à fait apte à montrer par un exemple frappant cette étape sur la route de la dégérérescence psycho-sexuelle.

Observation 94.—Inversion acquise.

Je suis fonctionnaire; je suis né, autant que je sais, d'une famille exempte de tares; mon père est mort d'une maladie aiguë, ma mère vit: elle est assez nerveuse. Une de mes sœurs est devenue depuis quelques années d'une religiosité exagérée.

Quant à moi, je suis de grande taille et j'ai tout à fait le caractère viril dans mon langage, ma démarche et mon maintien. Je n'ai pas eu de maladies, sauf la rougeole; mais, depuis l'âge de treize ans, j'ai souffert de ce qu'on appelle des maux de tête nerveux.

Ma vie sexuelle a commencé à l'âge de treize ans, en faisant la connaissance d'un garçon un peu plus âgé que moi, quocum alter alterius genitalia tangendo delectabar. À l'âge de quatorze ans, j'eus ma première éjaculation. Amené à l'onanisme par deux de mes camarades d'école, je le pratiquai, tantôt avec eux, tantôt solitairement, mais toujours en me représentant dans mon imagination des êtres du sexe féminin. Mon libido sexualis était très grand; il en est encore de même aujourd'hui. Plus tard, j'ai essayé d'entrer en relations avec une servante jolie, grande, ayant de fortes mammæ; id solum assecutus sum,

174

ut me præsente superiorem corporis sui partem enudaret mihique concederet os mammasque osculari, dum ipsa penem meum valde erectum in manum suam recepit eumque trivit. Quamquam violentissime coitum rogavi hoc solum concessit, ut genitalia ejus tangerem.

Devenu étudiant à l'Université, je visitai un lupanar et je réussis le coït sans effort.

Mais un incident est arrivé qui a produit en moi une évolution. Un soir, j'accompagnais un ami qui rentrait chez lui et, comme j'étais un peu gris, je le saisis ad genitalia en plaisantant. Il ne se défendit pas beaucoup; je montai ensuite avec lui dans sa chambre, nous nous masturbâmes, et nous pratiquâmes assez souvent dans la suite cette masturbation mutuelle; il y avait même immissio penis in os avec éjaculation. Ce qui est étrange, c'est que je n'étais pas du tout amoureux de ce camarade, mais passionnément épris d'un autre de mes camarades dont l'approche ne m'a jamais produit la moindre excitation sexuelle et, dans mon idée, je ne mettais jamais sa personne en rapport avec des faits sexuels. Mes visites au lupanar, où j'étais un client bien vu, devenaient de plus en plus rares; je trouvais une compensation chez mon ami et ne désirais plus du tout les rapports sexuels avec les femmes.

Nous ne pratiquions jamais la pédérastie; nous ne prononcions pas même ce mot. Depuis le commencement de cette liaison avec mon ami, je me suis remis à me masturber davantage; naturellement l'idée de la femme fut de plus en plus reléguée au second rang; je ne pensais qu'à des jeunes gens vigoureux avec de gros membres. Je préférais surtout les garçons imberbes de seize à vingt-cinq ans, mais il fallait qu'ils soient jolis et propres. J'étais surtout excité par les jeunes ouvriers en pantalon d'étoffe de manchester ou de drap anglais; les maçons principalement me produisaient cette impression.

Les personnes de mon monde ne m'excitaient pas du tout; mais, à l'aspect d'un fils du peuple, vigoureux et énergique, j'avais une émotion sexuelle bien prononcée. Toucher ces pantalons, les ouvrir, saisir le pénis, puis embrasser le garçon, voilà ce qui me paraissait le plus grand bonheur.

Ma sensibilité pour les charmes féminins s'est un peu émoussée, mais, dans les rapports sexuels avec la femme, surtout quand elle a des seins forts, je suis toujours puissant sans avoir besoin de me créer dans mon imagination des scènes excitantes. Je n'ai jamais essayé de séduire à mes vils désirs un jeune ouvrier ou quelqu'un de son monde, et je ne le ferai jamais; mais j'en ai souvent envie. Quelquefois je fixe dans ma mémoire l'image d'un de ces garçons et je me masturbe chez moi.

Je n'ai aucun goût pour les occupations féminines. Je n'aime pas trop à être dans la société des dames; la danse m'est désagréable. Je m'intéresse vivement aux beaux arts. Si j'ai parfois un sentiment d'inversion sexuelle, c'est, je crois, en partie une conséquence de ma grande paresse qui m'empêche de me déranger pour entamer une liaison avec une fille; toujours fréquenter le lupanar, cela répugne à mes sentiments esthétiques. Aussi je retombe toujours dans ce maudit onanisme auquel il m'est bien difficile de renoncer.

Je me suis déjà dit cent fois que, pour avoir des sentiments sexuels tout à fait normaux, il me faudrait avant tout étouffer ma passion presque indomptable pour ce maudit onanisme, aberration si répugnante pour mes sentiments esthétiques. J'ai pris tant et tant de fois la ferme résolution de combattre cette passion de toute la force de ma volonté! Mais jusqu'ici je n'ai pas réussi. Au lieu de chercher une satisfaction naturelle quand l'instinct génital devenait trop violent chez moi, je préférais me masturber, car je sentais que j'en éprouverais plus de plaisir.

Et cependant l'expérience m'a appris que j'étais toujours puissant avec les filles, sans difficulté et sans avoir recours à des images des parties génitales viriles, sauf une seule fois ou je ne suis pas arrivé à l'éjaculation, parce que la femme—c'était dans un lupanar—manquait absolument de charme. Je ne peux pas me débarrasser de l'idée ni me défendre du grave reproche que je me fais à ce sujet, que l'inversion sexuelle dont sans doute je suis atteint à un certain degré, n'est que la conséquence de mes masturbations excessives, et cela me cause d'autant plus de dépression morale que j'avoue ne guère me sentir la force de renoncer par ma propre volonté à ce vice.

À la suite de mes rapports sexuels avec un condisciple et ami de longue date, rapports qui n'ont commencé que pendant notre séjour à l'Université et après sept ans de relations amicales, le penchant pour les satisfactions anormales du libido s'est renforcé en moi.

Permettez-moi de vous raconter encore un épisode qui m'a préoccupé pendant des mois entiers.

L'été 1882 je fis la connaissance d'un collègue de l'Université, de six ans plus jeune que moi, et qui m'avait été recommandé par plusieurs jeunes gens, à moi et à d'autres personnes de ma connaissance. Bientôt j'éprouvai un intérêt profond pour ce jeune homme qui était très beau, de formes bien proportionnées, de taille svelte et d'aspect bien portant. Après des relations de quelques semaines avec lui, cet intérêt devint un sentiment d'amitié intense et plus tard un amour passionné entremêlé des tourments de la jalousie. Je m'aperçus bientôt que des mouvements sensuels se confondaient avec cette affection. Malgré ma ferme résolution de me contenir vis-à-vis de ce jeune homme que j'estimais à cause de son excellent caractère, pourtant une nuit, après force libations de bière, nous étions dans ma chambre où nous vidions une bouteille de vin en l'honneur de notre amitié sincère et durable; je succombai à l'envie irrésistible de le presser contre moi, etc., etc.

Le lendemain lorsque je le revis, j'avais tellement honte que je n'osais pas le regarder dans les yeux. J'éprouvais le repentir le plus amer de ma faute et me faisais les plus violents reproches d'avoir ainsi souillé cette amitié qui aurait dû rester pure et noble. Pour lui prouver que je n'avais agi que sous le coup d'une impulsion momentanée, j'insistai auprès de lui pour qu'il fît avec moi un voyage à la fin du semestre. Il y consentit, après quelques hésitations dont les raisons étaient assez claires pour moi. Nous avons alors couché plusieurs nuits dans la même chambre, sans que j'aie jamais fait la moindre tentative pour répéter l'acte de la nuit mémorable. Je voulais lui parler de cet incident, mais je n'en avais pas le courage. Lorsque, le semestre suivant, nous fûmes séparés l'un de l'autre, je ne pus me décider à lui écrire sur cette affaire, et quand, au mois de mars, je lui fis une visite à X..., j'eus la même faiblesse. Et pourtant, j'éprouvais le besoin impérieux de lui expliquer ce point obscur, par un entretien franc et loyal. Au mois d'octobre de la même année, j'étais à X..., et ce n'est qu'alors que je trouvai le courage nécessaire pour une explication sans réserves. J'implorai son pardon, qu'il m'accorda volontiers; je lui demandai même pourquoi il ne m'avait pas alors opposé une résistance résolue; il me répondit qu'il m'avait en partie laissé faire par complaisance, que d'autre part, étant ivre, il se trouvait dans un certain état d'apathie. Je lui exposai alors ma situation d'une manière détaillée, je lui donnai aussi à lire la Psychopathia sexualis et lui exprimai le ferme espoir que par ma force de volonté j'arriverais à dompter complètement mon penchant contre nature. Depuis cette explication mes relations avec cet ami sont devenues des plus heureuses et des plus satisfaisantes; les sentiments amicaux sont de part et d'autre intimes, sincères, et j'espère durables aussi.

Dans le cas où je n'apercevrais pas une amélioration dans mon état, je me déciderais à me soumettre complètement à votre traitement, d'autant plus que, d'après l'étude de votre ouvrage, je crois pouvoir dire que je n'appartiens pas à la catégorie des soi-disant uranistes et qu'une ferme volonté secondée et dirigée par le traitement d'un homme compétent pourrait faire de moi un homme aux sentiments normaux.

Observation 95.—Ilma S...82, vingt-neuf ans, non mariée, fille de négociant, est issue d'une famille lourdement tarée.

Note 82:
Comparez: Experimentelle Studien auf dem Gebiete des Hypnotismus de l'auteur, 3e édition, 1893.

Le père était potator et finit par le suicide, de même que le frère et la sœur de la malade. Une sœur souffre d'hysteria convulsiva. Le grand-père du côté maternel s'est brûlé la cervelle dans un accès de folie. La mère était maladive et est morte paralysée par apoplexie. Elle n'a jamais été gravement malade; elle est bien douée intellectuellement, romanesque, d'imagination vive et rêveuse. Réglée à dix-huit ans, sans malaises; les menstruations furent irrégulières. À l'âge de quatorze ans, chlorose et catalepsie par frayeur. Plus tard, hysteria gravis et accès de folie hystérique. À l'âge de dix-huit ans, liaison avec un jeune homme, liaison qui n'en est pas restée aux termes platoniques. Elle répondait avec ardeur et chaleur à l'amour de cet homme. Des allusions faites par la malade indiquent qu'elle était très sensuelle et que, après le départ de son amant, elle s'est livrée à la masturbation. La malade mena ensuite une vie romanesque. Pour pouvoir gagner son pain, elle s'habilla en homme, devint précepteur dans une famille, quitta cette place parce que la maîtresse de la maison, ne connaissant pas son sexe, tomba amoureuse d'elle et la poursuivit de ses assiduités. Elle devint ensuite employé de chemins de fer. En compagnie de ses collègues, elle était obligée, pour cacher son sexe, de fréquenter les bordels et d'écouter des propos malséants. Cela lui répugnait; elle donna sa démission, se rhabilla en femme, et chercha dorénavant à gagner son pain par des occupations féminines. On l'a arrêtée pour vol et, par suite de crises hystéro-épileptiques, on l'a transportée à l'hôpital.

Là on découvrit chez elle des penchants pour son propre sexe. La malade devint importune par ses poursuites après les gardes-malades féminines et ses camarades d'hôpital.

On prit son inversion sexuelle pour une perversion acquise. La malade a donné à ce sujet d'intéressantes explications qui ont rectifié l'erreur.

On porte sur moi, dit-elle, un jugement erroné, quand on croit qu'en présence du sexe féminin, je me sens homme. Au contraire, dans ma manière de penser et de sentir, je me conduis en femme. J'ai aimé mon cousin comme une femme est capable d'aimer un homme.

Le changement de mes sentiments a pris naissance par le fait qu'à Budapest, déguisée en homme, j'eus l'occasion d'observer mon cousin. Je vis combien il m'avait trompée. Cette constatation m'a causé une grande douleur d'âme. Je savais que jamais je ne serais plus capable d'aimer un homme, car je suis de celles qui n'aiment qu'une fois dans leur vie. Puis, en compagnie de mes collègues de chemin de fer, je fus obligée d'écouter les conversations les plus choquantes et de fréquenter les maisons les plus mal famées. Ayant ainsi pu entrevoir les menées du monde masculin, je conçus une aversion invincible pour les hommes. Mais, comme je suis d'un naturel passionné et que j'éprouve le besoin de m'attacher à une personne aimée et de me donner entièrement, je me sentis de plus en plus attirée vers les femmes et les filles qui m'étaient sympathiques, et surtout vers celles qui brillaient par leurs qualités intellectuelles.

L'inversion sexuelle, évidemment acquise, de cette malade se manifestait souvent d'une manière impétueuse et très sensuelle; elle a gagné du terrain par la masturbation, une surveillance permanente dans les hôpitaux ayant rendu impossible toute satisfaction sexuelle avec des personnes de son propre sexe. Le caractère et le genre d'occupation sont restés féminins. Elle ne présentait pas les caractères de la virago. D'après les communications que l'auteur vient de recevoir, la malade, après un traitement de deux ans à l'asile, a guéri de sa névrose et de sa perversion sexuelle.

Observation 96.—X..., dix-neuf ans, né d'une mère souffrant d'une maladie de nerfs; deux sœurs du père et de la mère étaient folles. Le malade, de tempérament nerveux, bien doué, bien développé au physique, de conformation normale, a été, à l'âge de douze ans, amené par son frère aîné à pratiquer l'onanisme mutuel.

Plus tard, le malade persévéra dans ce vice, en le pratiquant solitairement. Depuis trois ans, il lui vint, pendant l'acte de la masturbation, d'étranges fantaisies dans le sens d'une inversion sexuelle.

Il se figure être une femme, par exemple être une ballerine, et faire le coït avec un officier ou un cavalier de cirque. Ces images perverses accompagnent l'acte d'onanisme depuis que le malade est devenu neurasthénique.

Il reconnaît lui-même les dangers de la masturbation, il la combat désespérément, mais toujours et toujours il finit par succomber à son violent penchant.

Si le malade réussit à s'en abstenir pendant quelques jours, il se produit alors chez lui des impulsions normales dans le sens des rapports sexuels avec des femmes; mais la crainte d'une infection arrête ces impulsions et le pousse de nouveau à la masturbation.

Ce qui est digne d'être remarqué, c'est que les rêves érotiques de ce malheureux n'ont pour sujet que la femme.

Au cours de ces derniers mois, le malade est devenu neurasthénique et hypocondriaque à un degré très avancé. Il craint le tabes.

Je lui conseillai de faire traiter sa neurasthénie, de supprimer la masturbation et d'arriver à la cohabitation aussitôt que sa neurasthénie se serait atténuée.

Observation 97.—X..., trente-cinq ans, célibataire, né d'une mère malade, déprimée au moral. Le frère est hypocondriaque.

Le malade était bien portant, vigoureux, de tempérament vif et sensuel, avait un instinct génital puissant qui s'éveilla de trop bonne heure; il s'est masturbé étant encore tout petit garçon, a fait le premier coït à l'âge de quatorze ans et, assure-t-il, avec plaisir; il fut complètement puissant. À l'âge de quinze ans, un homme a essayé de le débaucher et l'a manustupré. X... en éprouva du dégoût et se sauva de cette situation «dégoûtante». Devenu grand, il fit des excès de coït avec un libido indomptable. En 1880, il devint neurasthénique, souffrit de la faiblesse de ses érections et d'ejaculatio præcox; il devint en même temps de plus en plus impuissant et cessa d'éprouver du plaisir à l'acte sexuel. À cette époque, il eut, pendant une certaine période, un penchant qui lui était auparavant étranger et qui lui paraît encore aujourd'hui inexplicable, pour les rapports sexuels cum puellis non pubibus XII ad XIII annorum. Son libido s'augmentait à mesure que sa puissance s'affaiblissait.

Peu à peu il conçut un penchant pour les garçons de treize à quatorze ans. Il était poussé à s'approcher d'eux.

Quodsi ei occasio data est, ut tangere posset pueros, qui si placuere, penis vehementer se erexit tum maxime quum crura puerorum tangere potuisset. Abhinc feminas non cupivit. Nonnunquam feminas ad coïtum coegit sed erectio debilis, ejaculatio præmatura erat sine ulla voluptate.

Il n'avait plus d'intérêt que pour les jeunes garçons. Il en rêvait et avait alors des pollutions. À partir de 1882, il eut parfois l'occasion, concumbere cum juvenibus. Il était alors sexuellement très excité et se soulageait par la masturbation.

Ce n'est que par exception qu'il osa, socios concumbentes tangere et masturbationem mutuam adsequi. Il détestait la pédérastie. La plupart du temps il était obligé de satisfaire par la masturbation solitaire ses besoins sexuels. Pendant cet acte, il évoquait le souvenir et l'image de garçons sympathiques. Après les rapports sexuels avec des garçons, il se sentait toujours ragaillardi, frais, mais en même temps moralement déprimé par l'idée d'avoir commis un acte pervers, immoral et encourant des peines. Il fait la constatation très pénible que son penchant détestable était plus puissant que sa volonté.

X... suppose que son amour pour son propre sexe a pour cause ses excès des plaisirs sexuels normaux; il regrette profondément son état et a demandé, au mois de décembre

179

1880, à l'occasion d'une consultation, s'il n'y avait pas moyen de le ramener à la sexualité normale, puisqu'il n'a pas d'horror feminæ et qu'il aimerait bien à se marier.

Sauf les symptômes d'une neurasthénie sexuelle et spinale modérée, le sujet, d'ailleurs intelligent et exempt de stigmates de dégénérescence, ne présente aucun symptôme de maladie.

Deuxième degré: Eviratio et defeminatio.

Si, dans l'inversion sexuelle développée de cette manière, il n'y pas de réaction, il peut se produire des transformations plus radicales et plus durables de l'individualité psychique. Le processus qui s'accomplit alors peut être désigné sous le simple mot d'eviratio. Le malade éprouve un changement profond de caractère, spécialement dans ses sentiments et ses penchants, qui deviennent ceux d'une personne de sentiments féminins.

À partir de ce moment, il se sent aussi femme pendant l'acte sexuel; il n'a plus de goût que pour le rôle passif et peut, suivant les circonstances, tomber au niveau d'une courtisane. Dans cette transformation psycho-sexuelle, profonde et durable, l'individu ressemble parfaitement à l'uraniste (congénital) d'un degré plus avancé. La possibilité de rétablir l'ancienne individualité intellectuelle et sexuelle paraît, dans ce cas, absolument impossible.

L'observation suivante nous fournit un exemple classique d'une inversion sexuelle qui a été acquise de cette façon et est devenue permanente.

Observation 98.—Sch..., trente ans, médecin, m'a communiqué un jour sa biographie et l'histoire de sa maladie, en me demandant des éclaircissements et des conseils sur certaines anomalies de sa vita sexualis.

L'exposé suivant s'en tient complètement à l'autobiographie très détaillée et ne comporte que quelques abréviations à l'occasion.

Procréé par des parents sains, j'étais un enfant faible, mais j'ai prospéré grâce à de bons soins; à l'école je faisais de rapides progrès.

À l'âge de onze ans, je fus entraîné à la masturbation par un camarade avec lequel je jouais; je me livrais avec passion à ces pratiques. Jusqu'à l'âge de quinze ans, j'apprenais facilement. A mesure que les pollutions devenaient plus fréquentes, ma force de travail pour l'étude diminuait; je ne pouvais plus aussi bien suivre les leçons à l'école. Quand le professeur m'appelait au tableau, j'étais peu rassuré; je me sentais oppressé et embarrassé. Effrayé de voir baisser mes facultés et reconnaissant que les grandes pertes de sperme en étaient la cause, je cessai de pratiquer l'onanisme; toutefois les pollutions étaient fréquentes, de sorte que j'éjaculais deux à trois fois dans une nuit.

Désespéré, je consultai les médecins l'un après l'autre. Aucun n'y pouvait rien faire.

Comme je devenais de plus en plus faible, exténué par les pertes séminales et que l'instinct génital me tourmentait de plus en plus violemment, j'allai au lupanar. Mais là je ne pus me satisfaire; car, bien que l'aspect de la femme nue me réjouit, il ne se produisit ni orgasme, ni érection, et même la manustupration de la part de la puella ne put amener d'érection.

À peine avais-je quitté le lupanar, que l'instinct génital recommençait à me tourmenter par des érections violentes. Alors j'eus honte devant les filles, et je n'allai plus dans les maisons de ce genre. Ainsi se passèrent quelques années. Ma vie sexuelle consistait en pollutions. Mon penchant pour l'autre sexe se refroidissait de plus en plus. À l'âge de dix-neuf ans, j'entrai comme élève à l'Université. C'était le théâtre qui m'attirait. Je voulus devenir artiste, mes parents s'y opposaient. Dans la capitale, j'ai dû, en compagnie de mes collègues, aller de temps en temps chez les filles. Je craignais les situations de ce genre, sachant que le coït ne me réussirait pas, que mon impuissance serait révélée aux amis. C'est pour cette raison que j'évitais autant que possible le danger de devenir leur risée et d'essuyer une honte.

Un soir, assistant à une représentation d'opéra, j'avais comme voisin un monsieur plus âgé. Il me fit la cour. Je riais de tout mon cœur de ce vieillard folâtre, et je faisais bonne grâce à ses plaisanteries. Exinopinato genitalia mea prehendit, quo facto statim penis meus se erexit. Effrayé je lui demandai des explications sur ce qu'il me voulait. Il me déclara être amoureux de moi. Comme dans la clinique j'avais entendu parler d'hermaphrodites, je crus en avoir un devant moi, curiosus factus genitalia ejus videre volui. Le vieillard consentit avec joie et vint avec moi aux cabinets d'aisance. Sicuti penem maximum ejus erectum adspexi, perterritus effugi.

L'autre me guettait, me fit des propositions étranges que je ne comprenais pas et que je repoussais. Il ne me laissa plus tranquille. Je fus renseigné sur les mystères de l'amour homosexuel et sentis combien ma sensualité en devenait excitée: mais je résistai à une passion si honteuse (d'après mes idées d'alors) et je restai exempt pendant les trois années consécutives à cet incident. Pendant ce temps j'essayai à plusieurs reprises mais vainement le coït avec des filles. Mes efforts pour me faire guérir de mon impuissance par l'art médical n'eurent pas non plus de succès.

Un jour que j'étais de nouveau tourmenté par le libido sexualis, je me rappelai le propos du vieillard me disant que des homosexuels se donnent rendez-vous sur la promenade.

Après une longue lutte contre moi-même et avec un battement de cœur, j'allai à l'endroit indiqué; je fis la connaissance d'un monsieur blond et me laissai séduire. Le premier pas était fait. Cette sorte d'amour sexuel m'était adéquat. Ce que j'aimais le plus c'était d'être entre les bras d'un homme vigoureux.

La satisfaction consistait dans la manustupration mutuelle. A l'occasion osculum ad penem alterius. Je venais d'atteindre l'âge de vingt-trois ans. Le fait d'être assis à côté de mes collègues dans la salle des cours ou sur les lits des malades dans la clinique, m'excitait si violemment qu'à peine je pouvais suivre le cours du professeur. Dans la même année je nouai une véritable liaison d'amour avec un négociant âgé de trente-quatre ans. Nous vivions maritalement. X... voulait jouer l'homme, devenait de plus en plus amoureux. Je le laissais faire, mais il fallait qu'il me laissât aussi de temps en temps jouer le rôle d'homme.

181

Avec le temps je me lassai de lui, je devins infidèle, et lui devint jaloux. Il y eut des scènes terribles, des réconciliations temporaires, et finalement une rupture définitive (ce négociant fut plus tard frappé d'aliénation mentale et mit fin à ses jours par le suicide).

Je faisais beaucoup de connaissances, aimant les gens les plus communs. Je préférais ceux qui étaient barbus, grands, d'âge moyen, et capables de bien jouer le rôle actif.

Je contractai une proctitis. Le professeur (de la Faculté de médecine) était d'avis que cela venait de la vie sédentaire à laquelle je m'étais condamné en préparant mon examen. Il se forma une fistule qu'il fallut opérer, mais, cet accident ne me guérit nullement de mon penchant à prendre le rôle passif. Je devins médecin, m'établis dans une ville de province où j'ai dû vivre comme une religieuse.

J'eus l'envie de me montrer dans la société des dames; là on me vit d'un œil favorable, car on trouvait que je n'avais pas l'esprit aussi exclusif que les autres hommes, et je m'intéressais aux toilettes des femmes et aux conversations qui traitaient de ces sujets. Cependant je me sentais très malheureux et très isolé.

Heureusement je rencontrai dans cette ville un homme qui pensait comme moi, «une sœur». Pour quelque temps mes besoins furent satisfaits grâce à lui. Quand il était obligé de quitter la ville, j'avais une période de désespoir avec mélancolie allant jusqu'à des idées de suicide.

Trouvant le séjour de cette petite ville insupportable, je me mis médecin militaire dans une grande ville. Je respirai de nouveau; je vivais, je faisais souvent en un jour deux ou trois connaissances. Je n'avais jamais aimé ni les garçons ni les jeunes gens, mais seuls les hommes d'aspect viril. C'est ainsi que j'échappai aux griffes des maîtres chanteurs. L'idée de tomber un jour entre les mains de la police m'était terrible; toutefois je ne pouvais pas m'empêcher de continuer à satisfaire mes penchants.

Quelques mois plus tard, je devins amoureux d'un fonctionnaire âgé de quarante ans. Je lui restai fidèle pendant un an. Nous vivions comme un couple amoureux. J'étais la femme et comme telle dorloté par mon amant. Un jour je fus transféré dans une petite ville. Nous étions désespérés. Per totam noctem postremam nos vicissim osculati et amplexati sumus.

À T..., j'étais très malheureux, malgré quelques «sœurs» que j'ai pu y rencontrer. Je ne pouvais pas oublier mon amant. Pour apaiser le penchant grossièrement sexuel qui exigeait sans cesse satisfaction, je choisissais des troupiers. Pour de l'argent, ces gens-là faisaient tout; mais ils restaient froids et je n'avais aucun plaisir avec eux. Je réussis à me faire transférer de nouveau dans la capitale. Nouvelle liaison d'amour, mais avec bien des jalousies, car mon amant aimait à fréquenter la compagnie «des sœurs», il était vaniteux et coquet. Il y eut rupture.

J'étais infiniment malheureux, et par suite très content de pouvoir quitter de nouveau la capitale en me faisant transférer dans une petite garnison. Me voilà solitaire et inconsolable à C... Je fis la leçon à deux troupiers de l'infanterie, mais le résultat fut aussi peu satisfaisant qu'autrefois. Quand retrouverai-je le véritable amour?

182

Je suis de taille un peu au-dessus de la moyenne, bien développé au physique; j'ai l'air un peu fatigué, c'est pour cela que, quand je veux faire des conquêtes, je dois avoir recours à des artifices de toilette. Le maintien, les gestes et la voix sont virils. Au physique, je me sens jeune comme un garçon de vingt ans. J'aime le théâtre et les arts en général. Mon attention au théâtre se porte surtout sur les actrices chez qui je remarque et critique tout mouvement ou tout pli de leur robe.

En compagnie d'hommes je suis timide, embarrassé: dans la société des gens de mon espèce, je suis d'une gaieté folle, spirituel; je puis être câlin comme une chatte si l'homme m'est sympathique. Quand je suis sans amour, je tombe dans une mélancolie très profonde, mais qui s'évanouit tout de suite devant les consolations que m'offre un bel homme. Du reste, je suis très léger et rien moins qu'ambitieux. Mon grade dans l'armée ne me dit rien. Les occupations d'homme ne me sont pas agréables. Ce que j'aime le mieux faire, c'est lire des romans, aller au théâtre, etc. Je suis sensible, doux, facile à toucher, aussi facile à froisser, nerveux. Un bruit subit fait tressaillir tout mon corps, et il faut alors que je me retienne pour ne pas crier.

Epicrise.—Ce cas est évidemment un cas d'inversion sexuelle acquise, car le sentiment et le penchant génital étaient au prime abord dirigés vers la femme. Par la masturbation Sch... devient neurasthénique. Comme phénomène partiel de la névrose neurasthénique, il se produit une diminution de la force du centre d'érection et ainsi une impuissance relative. Le sentiment pour l'autre sexe se refroidit en même temps que le libido sexualis continue à subsister. L'inversion acquise doit être morbide, car le premier attouchement par une personne du même sexe constitue déjà un charme adéquat pour le centre d'érection de l'individu en question. La perversion des sentiments sexuels devient prononcée. Au début, Sch... garde encore le rôle de l'homme pendant l'acte sexuel; au cours de ces pratiques, ses sentiments et ses penchants sexuels se transforment, comme c'est la règle chez l'uraniste congénital.

Cette éviration fait désirer le rôle passif et plus tard la pédérastie (passive). L'éviration s'étend aussi au caractère de l'individualité qui devient féminine. Sch... préfère la compagnie des vraies femmes; il prend de plus en plus goût aux occupations féminines; il a même recours au fard et aux artifices de toilette pour réparer ses «charmes» en baisse et pour pouvoir faire des conquêtes.

Les faits précédents d'inversion acquise et d'éviration trouvent une confirmation très intéressante dans les faits ethnologiques suivants.

Déjà nous trouvons, chez Hérodote, la description d'une maladie étrange dont les Scythes furent atteints. La maladie consistait en ce que des hommes, efféminés de caractère, mettaient des vêtements de femmes, faisaient des travaux de femmes et donnaient à leur extérieur physique un cachet tout à fait féminin.

Hérodote donne pour cause à cette folie des Scythes, la légende mythologique d'après laquelle la déesse Vénus, irritée du pillage de son temple d'Ascalon par les Scythes, aurait transformé en femmes les sacrilèges et leurs descendants[83].

183

Note 83:

Comparez Sprengel: Apologie des Hippokrates, Leipzig, 1793, p. 611; Friedrich, Literärgeschichte der psych. Krankheiten, 1830, I, p. 31; Lallemand, Des pertes séminales, Paris, 1836, I, p. 58; Nysten, Dictionn. de Médecine, 11e édit., Paris, 1858; (art. Éviration et Maladie des Scythes); Marandon, De la maladie des Scythes (Annal, médico-psychol., 1877, mars, p. 161); Hammond, American Journal of Neurology and Psychiatry, 1882, August.

Hippocrate ne croit pas aux maladies surnaturelles; il reconnaît que l'impuissance sexuelle joue dans ce cas un rôle intermédiaire, mais il l'explique par l'habitude qu'ont les Scythes qui, pour se guérir des nombreuses maladies contractées dans leurs chevauchées continuelles, se font faire une saignée autour des oreilles. Il croit que ces veines sont très importantes pour la conservation de la force génitale et qu'en les tranchant on amène l'impuissance. Comme les Scythes considéraient leur impuissance comme une punition du ciel et par conséquent inguérissable, ils se mettaient des vêtements de femmes, et vivaient comme femmes au milieu des femmes.

Il est bien remarquable que, d'après Klaproth (Reise in den Kaukasus, Berlin, 1812, V, p. 235) et Chotomski, même dans notre siècle, l'impuissance soit encore souvent chez les Tartares la conséquence de chevauchées sur des chevaux non sellés. On a observé le même fait chez les Apaches et Navajos du continent américain, qui ne vont presque jamais à pied, font des excès de cheval, et sont remarquables par leur parties génitales minuscules, leur libido et leur puissance très restreints. Déjà Sprengel, Lallemand et Nysten savaient que des chevauchées excessives peuvent être nuisibles aux organes génitaux.

Des faits analogues et fort intéressants sont rapportés par Hammond à propos des Indiens de Pueblo dans le nouveau Mexique.

Ces descendants des Aztèques élèvent des soi-disant mujerados; il en faut au moins un pour chaque tribu de Pueblo, afin qu'il puisse servir aux cérémonies religieuses, de vraies orgies de printemps, dans lesquelles la pédérastie joue un rôle considérable.

Pour élever un mujerado, on choisit un homme vigoureux autant que possible, on le masturbe avec excès et on lui fait faire sans cesse des courses à cheval. Peu à peu il se développe chez lui une telle faiblesse d'irritation des parties génitales, que, pendant qu'il est à cheval, il se produit des écoulements séminaux en abondance. Cet état d'irritation finit par amener une impuissance paralytique. Alors le pénis et les testicules s'atrophient, les poils de la barbe tombent, la voix perd son ampleur et son accent mâle, la force physique et l'énergie baissent.

Le caractère et les penchants deviennent féminins. Le mujerado perd sa situation d'homme dans la société, il prend des allures et des mœurs féminines, recherche la compagnie des femmes. Toutefois on l'estime pour des motifs religieux. Il est probable que, en dehors des fêtes aussi, il sert aux goûts pédérastes des notables de la tribu.

Hammond a eu l'occasion d'examiner deux mujerados. L'un l'était devenu, sept ans auparavant, alors qu'il avait trente-cinq ans. Jusqu'à cette époque il avait été tout à fait viril et puissant. Peu à peu il constata une atrophie des testicules et du pénis. En même temps il perdait le libido et la faculté d'érection. Dans ses vêtements et son maintien il ne différait point des femmes parmi lesquelles Hammond l'a rencontré.

Les poils des parties génitales manquaient, le pénis était atrophié, le scrotum flasque, pendant, les testicules tout à fait atrophiés et à peine sensibles à une pression quelconque.

Le mujerado avait de grosses mamelles comme une femme enceinte et affirma qu'il avait déjà allaité plusieurs enfants dont la mère était morte.

Un deuxième mujerado âgé de trente ans, et étant depuis dix ans dans cet état, présentait les mêmes phénomènes; cependant ses mamelles étaient moins développées. Comme celle de l'autre, sa voix était d'un ton élevé, grêle, le corps était riche en tissu adipeux.

Troisième degré. Transition vers la metamorphosis sexualis paranoïca.

On arrive à un second degré de développement dans les cas où les sensations physiques se transforment aussi dans le sens d'une transmutatio sexus.

L'observation suivante est, à ce sujet, un cas véritablement unique.

Observation 99.—Autobiographie.—Né en Hongrie, en 1884, je fus, pendant de longues années, l'unique enfant de mes parents, mes sœurs et frères étant morts de faiblesse; ce n'est que tardivement qu'un frère vint au monde, frère qui vécut.

Je descends d'une famille dans laquelle les maladies psychiques et nerveuses étaient très fréquentes. Étant petit enfant, j'étais, comme on me l'assure, très joli, avec des cheveux blonds bouclés et une peau transparente; j'étais très docile, tranquille, modeste; on pouvait me mettre dans n'importe quelle société de dames sans que je gêne.

Doué d'une imagination très vive,—mon ennemie de toute ma vie,—mes talents se sont très rapidement développés. À l'âge de quatre ans, je savais lire et écrire; mes souvenirs remontent jusqu'à l'âge de trois ans. Je jouais avec tout ce qui me tombait entre les mains, soldats de plomb, cailloux et rubans pris dans en magasin d'articles d'enfants. Seul un appareil pour couper du bois, dont on m'avait fait cadeau, ne me plaisait pas. Je n'en voulais pas. J'aimais, par dessus tout, rester à la maison près de ma mère qui était tout pour moi. J'avais deux ou trois amis avec lesquels j'étais assez bien, mais j'aimais autant rester avec les sœurs de ces amis qui me traitaient toujours en fille, ce qui ne me gênait nullement.

J'étais en très bonne voie pour devenir tout à fait une fille, car je me rappelle encore très bien que souvent on me disait: «Cela ne convient pas à un garçon». Sur ce, je m'efforçais de faire le garçon, j'imitais tous mes camarades et je cherchais même à les surpasser en impétuosité, ce qui me réussissait; il n'y avait pour moi ni arbre, ni bâtiment assez haut pour ne pas grimper dessus. J'aimais beaucoup à jouer avec des soldats en plomb, j'évitais les filles, puisque je ne devais pas jouer avec leurs joujous et parce que, au fond, j'étais froissé de ce qu'elles me traitaient comme leur semblable.

185

Dans la compagnie des gens adultes je restais toujours modeste et j'étais bien vu. Souvent j'étais dans la nuit tourmenté par des rêves fantastiques de bêtes féroces, rêves qui me chassèrent une fois de mon lit sans que je me réveille. On m'habillait toujours simplement, mais très coquettement, et ainsi j'ai pris goût à être bien mis. Ce qui me paraît curieux, c'est que, même avant d'entrer à l'école, j'avais un penchant pour les gants de femme, et en secret j'en mettais toutes les fois que l'occasion se présentait. Aussi je protestai vivement un jour, parce que ma mère avait fait cadeau de ses gants à quelqu'un; je lui dis: «J'aurais préféré les garder pour moi-même.» On me railla beaucoup, et à partir de ce moment je me gardai bien soigneusement de faire voir ma prédilection pour les gants de femme.

Et pourtant ils faisaient ma joie. J'avais surtout un grand plaisir en voyant des toilettes de mascarade, c'est-à-dire des masques féminins; quand j'en voyais, j'enviais la porteuse de ce déguisement; je fus ravi de voir un jour deux messieurs superbement déguisés en dames blanches avec de très beaux masques de femmes; et pourtant, pour rien au monde, je ne me serais montré déguisé en fille, tant était grande ma crainte d'être tourné en ridicule. À l'école, je faisais preuve de la plus grande application, j'étais toujours au premier rang; mes parents m'ont, dès mon enfance, appris que le devoir passe avant tout, et ils m'en ont donné l'exemple; du reste aller en classe m'était un plaisir, car les instituteurs étaient doux et les plus grands élèves ne tourmentaient pas les petits. Un jour nous quittâmes ma première patrie, car mon père, à cause de ses occupations, fut obligé de se séparer pour un an de sa famille; nous allâmes nous fixer en Allemagne. Dans ce pays régnait une morgue brutale chez les instituteurs et aussi chez les élèves; je fus de nouveau raillé à cause de mes manières de petite fille.

Mes condisciples allèrent jusqu'à donner mon nom à une fille dont les traits ressemblaient aux miens et me donner le sien en échange, de sorte que je pris en haine cette fille pour laquelle j'ai eu de l'amitié plus tard, quand elle fut mariée. Ma mère continuait à m'habiller coquettement, et cela me déplaisait à cause des railleries que m'attirait ma mise. Je fus content le jour où je pus enfin mettre de vrais pantalons et des vestons, comme les hommes. Mais ce changement de mise amena de nouvelles peines. Les vêtements me gênaient aux parties génitales, surtout si le drap était un peu grossier, et l'attouchement du tailleur, lorsqu'il me prenait la mesure, m'était insupportable, à cause du chatouillement qui me faisait frissonner, surtout quand il touchait à mes parties génitales.

Or, je devais faire de la gymnastique et je ne pouvais pas exécuter tous les exercices, ou je faisais mal les exercices que les filles ne peuvent non plus exécuter avec facilité. Quand il fallait se baigner, j'étais gêné par la pudeur au moment de me déshabiller; cependant j'aimais à prendre un bain; jusqu'à l'âge de douze ans j'eus une grande faiblesse des reins. Je n'appris à nager que tard, mais ensuite j'arrivai à devenir un bon nageur, de sorte que je pouvais faire des tours de force. À l'âge de treize ans, j'avais des poils, j'avais environ six pieds de taille, mais ma figure resta féminine jusqu'à l'âge de dix-huit ans, lorsque la barbe commença à me pousser fortement; je fus enfin assuré de ne plus ressembler à une femme. Une hernie inguinale, contractée à l'âge de douze ans et guérie à l'âge de vingt ans, me gênait beaucoup, surtout quand je faisais de la gymnastique.

186

À partir de l'âge de douze ans, lorsque je restais longtemps assis et surtout lorsque je travaillais la nuit, il me venait une démangeaison, une brûlure, un tressaillement allant du pénis jusqu'au delà du sacrum, ce qui rendait difficile la station assise ou debout, chose qui s'accentuait quand j'avais chaud ou froid. Mais j'étais loin de me douter que cela pouvait avoir quelque rapport avec mes parties génitales. Comme aucun de mes amis n'en souffrait, cela me parut tout à fait étrange, et il me fallut toute ma patience pour supporter ce malaise, d'autant plus que les intestins me faisaient souvent souffrir.

J'étais encore tout à fait ignorant in sexualibus; mais à l'âge de douze à treize ans j'eus le sentiment bien prononcé que je préférais être femme. C'est leur corps qui me plaisait le plus, leur attitude tranquille, leur décence; leurs vêtements surtout me convenaient. Mais je me gardais bien d'en laisser transpirer un mot. Je sais toutefois pertinemment qu'à cette époque, je n'aurais pas craint le couteau du châtreur pour atteindre mon but. S'il m'eût fallu dire pourquoi j'aurais préféré être habillé en femme, je n'aurais pu dire autre chose que c'était une force impulsive qui m'attirait; peut-être en étais-je venu, à cause de la douceur peu fréquente de ma peau, à me figurer que j'étais une fille. Ma peau était surtout très sensible à la figure et aux mains.

J'étais très bien vu chez les filles; bien que j'eusse préféré être toujours avec elles, je les raillais quand je pouvais; j'ai dû exagérer pour ne pas paraître efféminé moi-même; mais au fond de mon cœur, j'enviais leur sort. Mon envie était grande surtout quand une amie portait une robe longue, et allait gantée et voilée. À l'âge de quinze ans, je fis un voyage; une jeune dame chez laquelle j'étais logé me proposa de me déguiser en femme et de sortir avec elle; comme elle n'était pas seule, je n'acceptai pas sa proposition, bien que j'en eusse grande envie.

Voilà combien peu de cas on faisait de moi. Dans ce voyage je vis avec plaisir que les garçons d'une ville portaient des blouses à manches courtes qui laissaient voir leurs bras nus. Une dame bien attiffée me semblait une déesse; si de sa main gantée elle me touchait, j'étais heureux et jaloux à la fois, tant j'aurais aimé être à sa place, revêtu de sa belle toilette. Pourtant je faisais mes études avec beaucoup d'application: en neuf ans, je faisais mes classes d'école royale et de Lycée, je passai un bon examen de baccalauréat. Je me rappelle, à l'âge de quinze ans, avoir exprimé pour la première fois à un ami le désir d'être fille; comme il me demandait pour quelle raison j'avais ce désir, je ne sus lui répondre. À l'âge de dix-sept ans, je tombai dans une société de gens dissolus; je buvais de la bière, je fumais, j'essayais de plaisanter avec des filles de brasserie; celles-ci aimaient à causer avec moi, mais elles me traitaient comme si j'avais porté aussi des jupons. Je ne pouvais pas fréquenter le cours de danse; aussitôt entré dans la salle, j'avais une impulsion qui m'en faisait partir. Ah! si j'avais pu y aller déguisé, c'eût été autre chose! J'aimais tendrement mes amis, mais j'en haïssais un qui m'avait poussé à l'onanisme. Jour de malheur, qui m'a porté préjudice toute ma vie! Je pratiquais l'onanisme assez fréquemment; et pendant cet acte, je me figurais être un homme dédoublé; je ne puis pas vous décrire le sentiment que j'éprouvais, je crois qu'il était viril, mais mélangé de sensations féminines.

Je ne pouvais m'approcher d'une fille; je craignais les filles et pourtant elles ne m'étaient point étrangères; mais elles m'en imposaient plus que les hommes; je les enviais;

j'aurais renoncé à toutes les joies, si, après la classe, j'avais pu, rentré chez moi, être fille, et surtout si j'avais pu sortir comme telle; la crinoline, des gants serrés: tel était mon idéal.

Chaque fois que je voyais une toilette de dame, je me figurais comment je serais si j'en étais revêtu; je n'avais pas de désirs pour les hommes.

Je me rappelle, il est vrai, d'avoir été attaché avec assez de tendresse à un très bel ami, à figure de fille, avec des boucles noires, mais je crois n'avoir eu que le désir de nous voir filles tous les deux.

Étant étudiant à l'Université, je parvins une fois à faire le coït; hoc modo sensi, me libentius sub puella concubuisse et penem meum cum cunno mutatum maluisse. La fille, à son grand étonnement, dut me traiter en fille, ce qu'elle fit volontiers; elle me traita comme si j'avais eu à remplir son rôle. Elle était encore assez naïve et ne me ridiculisa pas pour cela.

Étant étudiant, j'étais par moments sauvage, mais je sentais bien que j'avais pris cet air sauvage pour masquer et déguiser mon vrai caractère; je buvais, je me battais, mais je ne pouvais toujours pas fréquenter la leçon de danse, craignant de me trahir. Mes amitiés étaient intimes, mais sans arrière-pensées; ce qui me causait la plus grande joie, c'était quand un ami se déguisait en femme, ou quand je pouvais, dans un bal, examiner les toilettes des dames; je m'y connaissais très bien, et je commençais à me sentir de plus en plus femme.

À cause de cette situation malheureuse, je fis deux tentatives de suicide; je suis resté une fois sans raison pendant quinze jours sans sommeil; j'avais alors beaucoup d'hallucinations visuelles et auditives à la fois; je parlais avec les morts et les vivants, ce qui m'arrive encore aujourd'hui.

J'avais une amie qui connaissait mes préférences; elle mettait souvent mes gants, mais elle aussi me considérait comme si j'étais une fille. Ainsi j'arrivais à mieux comprendre les femmes qu'aucun autre homme; mais du moment que les femmes s'en apercevaient, elles me traitaient aussitôt more feminarum, comme si elles n'avaient rencontré en moi qu'une nouvelle amie. Je ne pouvais plus supporter du tout qu'on tînt des propos pornographiques devant moi, et, quand je le faisais moi-même, ce n'était que par fanfaronnade. Je surmontai bientôt le dégoût que j'avais, au début de mes études médicales, pour le sang et les mauvaises odeurs, mais il y avait des choses que je ne pouvais regarder sans horreur. Ce qui me manquait, c'est que je ne pouvais voir clair dans mon âme; je savais que j'avais des penchants féminins, et je croyais pourtant être un homme. Mais je doute qu'en dehors de mes tentatives de coït, qui ne m'ont jamais fait plaisir (ce que j'attribue à l'onanisme), j'aie jamais admiré une femme sans avoir senti le désir d'être femme moi-même ou sans me demander si je voudrais l'être, si je voudrais paraître dans sa toilette. J'ai toujours eu—aujourd'hui encore—un sentiment de frayeur à surmonter pour l'art d'accoucher, qu'il m'était très difficile d'apprendre—(j'avais honte pour ces filles étalées, et je les plaignais). Ce qui plus est, il me semblait quelquefois sentir avec la malade les tractions. Je fus dans plusieurs endroits employé avec succès comme médecin; j'ai pris part à une campagne comme médecin volontaire. Il m'était difficile de faire des courses à cheval; l'art équestre m'était déjà pénible lorsque j'étais encore étudiant, car les parties génitales me transmettaient des sensations féminines (monter à cheval à la mode des femmes m'eût été peut-être plus facile).

Je croyais toujours être un homme aux sentiments obscurs; quand je me trouvais avec des femmes, j'étais toujours traité comme une femme déguisée en militaire. Quand, pour la première fois, j'endossai mon uniforme, j'aurais préféré m'affubler d'un costume de femme et d'un voile. Je me sentais troublé toutes les fois qu'on regardait ma taille imposante et ma tenue militaire. Dans la clientèle privée, j'eus beaucoup de succès, dans les trois branches principales de la science médicale; je pris ensuite part à une seconde campagne. Là mon naturel me servit beaucoup, car je crois que, depuis le premier âne qui ait vu le jour, aucun animal gris n'eut autant d'épreuves de patience à traverser que moi. Les décorations ne manquèrent point; mais elles me laissaient absolument froid.

Ainsi je gagnais ma vie aussi bien que je pouvais; mais je n'étais jamais content de moi; j'étais pris souvent entre la sentimentalité et la sauvagerie, mais cette dernière n'était que pure affectation.

Je me trouvai dans une situation bien étrange, quand je fus fiancé. J'aurais préféré ne pas me marier du tout, mais des affaires de famille et les intérêts de ma profession médicale m'y forcèrent. J'épousai une femme aimable et énergique, sortie d'une famille où, de tout temps, les femmes avaient porté la culotte. J'étais amoureux d'elle, autant qu'un homme comme moi pouvait l'être, car ce que j'aime, je l'aime de tout mon cœur et je me livre entièrement, bien que je ne paraisse pas aussi pétulant qu'un homme complet; j'aimais ma fiancée avec toute l'ardeur féminine, presque comme on aime son fiancé. Seulement je ne m'avouai pas ce caractère de mes sentiments, car je croyais toujours être un homme, très déprimé il est vrai, mais qui, par le mariage, finirait par se remettre et par se retrouver. Dès la nuit nuptiale je sentis que je ne fonctionnais que comme une femme douée d'une conformation masculine; sub femina locum meum esse mihi visum est. Nous vécûmes ensemble contents et heureux et restâmes pendant quelques années sans enfants. Après une grossesse pleine de malaises, pendant laquelle j'étais dans un pays ennemi, en face de la mort, ma femme, dans un accouchement difficile, mit au monde un petit garçon qui, jusqu'à aujourd'hui, a gardé un naturel mélancolique et qui est toujours d'humeur triste; il en vint un second qui est très calme, un troisième très espiègle, un quatrième, un cinquième; mais tous ont déjà des dispositions à la neurasthénie. Comme je ne pouvais jamais rester en place, je fréquentais beaucoup les compagnies gaies, mais je travaillais toujours de toutes mes forces; j'étudiais, je faisais des opérations chirurgicales, des expériences sur les remèdes et les méthodes de traitement, j'expérimentais aussi sur mon propre corps. Je laissai à ma femme le gouvernement du ménage, car elle s'entendait très bien à diriger la maison. J'accomplissais mes devoirs conjugaux aussi bien que je le pouvais, mais sans en éprouver aucune satisfaction. Dès le premier coït et même aujourd'hui, la position de l'homme pendant l'acte me répugne, et il m'a été difficile de m'y conformer. J'aurais de beaucoup préféré l'autre rôle. Quand je devais accoucher ma femme, cela me fendait toujours le cœur, car je savais trop bien comprendre ses douleurs. Nous vécûmes longtemps ensemble jusqu'à ce qu'un grave accès de goutte me força à aller dans plusieurs stations thermales et me rendit neurasthénique. En même temps je devins tellement anémique, que j'étais obligé, tous les deux mois, de prendre du fer pendant quelque temps, autrement j'aurais été chlorotique ou hystérique ou tous les deux à la fois. La sténocardie me tourmentait souvent; alors j'avais des crampes semi-latérales au menton, au nez, au cou, à la gorge, de l'hémicranie, des crampes du diaphragme et des muscles de la poitrine; pendant trois ans environ, je sentis ma prostate comme grossie, avec sensation d'expulsion, comme si j'avais dû accoucher de quelque chose, des douleurs dans les reins, des douleurs permanentes au sacrum, etc.; mais je me défendais avec la rage du désespoir contre ces malaises féminins ou qui me paraissaient féminins, lorsque, il y a trois ans, un accès d'arthritis m'a complètement brisé.

Avant que ce terrible accès de goutte eût lieu, j'avais, dans mon désespoir et pour la combattre, pris des bains chauds autant que possible à la température du corps. Il arriva alors un jour que je me sentis tout à coup changé et près de la mort; je sautai hors du bassin d'un dernier effort, mais je m'étais senti femme avec des désirs de femme. Ensuite quand l'extrait de cannabis indica fut mis en usage et fut même vanté, j'en pris, contre un accès de goutte et aussi contre mon indifférence pour la vie, une dose peut-être trois ou quatre fois plus forte que celle d'usage; j'eus alors un empoisonnement par le haschisch qui m'a presque coûté la vie. Il se produisit des accès de rire, un sentiment de forces physiques et de vitesse extraordinaires, une sensation étrange dans le cerveau et les yeux: des milliers d'étincelles, un tremblement; je sentais mon cerveau à travers la peau; je pouvais encore arriver à parler; tout d'un coup je me vis femme du bout des pieds jusqu'à la poitrine; je sentis, comme auparavant dans le bain, que mes parties génitales s'étaient retirées dans l'intérieur de mon corps, que mon bassin s'élargissait, que les mamelles poussaient sur ma poitrine, et une volupté indicible s'empara de moi. Je fermai alors les yeux pour ne pas voir changer ma figure. Mon médecin, pendant ce temps, me semblait avoir, au lieu d'une tête, une énorme pomme de terre entre les épaules, et ma femme, une pleine lune en guise de tête. Et pourtant, quand ils eurent tous les deux quitté la chambre, j'eus encore la force d'inscrire ma dernière volonté sur mon calepin.

Mais qui dépeindra ma terreur quand, le lendemain matin, je me réveillai en me sentant tout à fait transformé en femme, en m'apercevant, lorsque je marchais ou que j'étais debout, que j'avais une vulve et des seins.

En sortant du lit, je sentis que toute une métamorphose s'était produite en moi. Déjà, pendant ma maladie, quelqu'un qui était venu nous voir avait dit: «Pour un homme il est bien patient.» Ce visiteur me fit cadeau d'un pot de roses, ce qui m'étonna et me fit pourtant plaisir. À partir de ce moment je fus patient, je ne voulais plus rien enlever d'assaut; mais je devins tenace et têtu comme un chat, en même temps doux, conciliant, pas vindicatif; en un mot, j'étais devenu femme de caractère. Pendant ma dernière maladie j'eus beaucoup d'hallucinations de la vue et de l'ouïe, je parlais avec les morts, etc.; je voyais et j'entendais les spiritus familiares; je me croyais un être double; sur mon grabat je ne m'apercevais pas encore que l'homme en moi était mort. Le changement de mon humeur fut une chance pour moi, car un revers de fortune me frappa alors, revers qui, dans d'autres conditions, m'aurait donné la mort, mais que j'acceptai alors avec résignation, au point que je ne me reconnaissais plus moi-même. Comme je confondais encore assez souvent avec la goutte les phénomènes de la neurasthénie, je prenais beaucoup de bains jusqu'à ce qu'une démangeaison de la peau, comme si j'avais la gale, se développât à la suite de ces bains qui auraient dû l'atténuer: je renonçai à toute la thérapeutique externe—(j'étais de plus en plus anémié par les bains). Je commençai à m'entraîner autant que je pouvais. Mais l'idée obsédante que j'étais femme, subsistait et devint si forte qu'aujourd'hui je ne porte que le masque d'un homme; pour le reste, je me sens femme à tous les points de vue et dans toutes mes parties; pour le moment, j'ai même perdu le souvenir de l'ancien temps.

Ce que la goutte avait laissé intact fut achevé complètement par l'influenza.

État présent.—Je suis grand; cheveux très clairsemés; ma barbe commence à grisonner; mon maintien commence à être courbé; depuis l'influenza, j'ai perdu environ un quart de ma force physique. La figure a un peu rougi par suite de troubles circulatoires; je porte ma barbe entière; conjonctivite chronique; plutôt musculeux que gras; au pied gauche apparaissent des veines variqueuses, il s'engourdit souvent, n'est pas encore enflé d'une manière perceptible, mais paraît devoir le devenir.

Le ventre a la forme d'un ventre féminin, les jambes ont la position qu'elles ont chez les femmes, les mollets sont comme chez ces dernières; il en est de même des bras et des mains. Je peux porter des bas de femmes et des gants 7 3/4 à 7 1/2; de même je porte sans être gêné un corset. Mon poids varie entre 168 et 184 livres. Urine sans albumine, sans sucre, mais contient de l'acide urique d'une façon anormale; elle est très claire, presque comme de l'eau, toutes les fois que j'ai eu une grande émotion. Les selles sont régulières, mais, quand elles ne le sont pas, j'éprouve tous les malaises de la constipation de la femme. Je dors mal, souvent pendant des semaines entières; mon sommeil ne dure que deux ou trois heures. L'appétit est assez bon, mais mon estomac ne supporte pas plus que celui d'une forte femme, et réagit contre les plats pimentés par un exanthème de la peau et des sensations de brûlure dans le canal uréthral. La peau est blanche, très lisse; la démangeaison insupportable qui m'a tourmenté depuis deux ans, s'est atténuée ces semaines dernières et ne se manifeste plus qu'à la jointure des genoux et au scrotum.

Disposition aux sueurs; autrefois presque pas de transpirations; maintenant j'ai toutes les nuances des mauvaises transpirations féminines, surtout dans le bas du corps, de sorte que je suis obligé de me tenir encore plus propre qu'une femme. Je mets des parfums dans mon mouchoir, je me sers de savons parfumés et d'eau de Cologne.

État général.—Je me sens comme une femme ayant la forme d'un homme; bien que je sente encore une conformation d'homme en moi, le membre viril me paraît une chose féminine; ainsi, par exemple, le pénis me paraît un clitoris, l'urèthre un vagin et l'entrée vaginale; en le touchant, je sens toujours quelque chose de moite, quand même il serait aussi sec que possible; le scrotum me paraît des grandes lèvres, en un mot je sens toujours une vulve et seul celui qui a éprouvé cette sensation, saurait dire ce qu'elle est. La peau de tout mon corps me semble féminine; elle perçoit toutes les impressions, soit les attouchements, soit la chaleur, soit les effets contraires, comme une femme, et j'ai les sensations d'une femme; je ne peux pas sortir les mains dégantées, car la chaleur et le froid me font également mal; quand la saison où il est permis même aux messieurs de porter des ombrelles est passée, je suis en grande peine à l'idée que la peau de ma figure pourrait souffrir jusqu'à la prochaine saison. Le matin, en me réveillant, il se produit pendant quelques minutes un crépuscule dans mon esprit, comme si je me cherchais moi-même; alors se réveille l'idée obsédante d'être femme; je sens l'existence d'une vulve et salue le jour par un soupir plus ou moins fort, car j'ai peur déjà d'être obligé de jouer la comédie toute la journée. Ce n'est pas une petite affaire que de se sentir femme et pourtant d'être obligé d'agir en homme. J'ai dû tout étudier de nouveau, les lancettes, les bistouris, les

191

appareils. Car depuis trois ans je ne touche plus à ces objets de la même façon qu'auparavant; mes sensations musculaires ayant changé, j'ai dû tout apprendre de nouveau. Cela m'a réussi; seul le maniement de la scie et du ciseau à os me donne encore des difficultés; c'est presque comme si ma force physique n'y suffisait plus. Par contre, j'ai plus d'adresse au travail de la curette dans les parties molles; ce qui me répugne, c'est qu'en examinant des dames, j'ai souvent les mêmes sensations qu'elles, ce qui d'ailleurs ne leur semble pas étrange. Le plus désagréable pour moi, c'est quand je ressens avec une femme grosse les sensations causées par les mouvements de l'enfant. Pendant quelque temps, et parfois durant des mois, je suis tourmenté par les liseurs de pensées des deux sexes; du côté des femmes je supporte encore qu'on cherche à scruter mes pensées, mais de la part des hommes cela me répugne absolument. Il y a trois ans je ne me rendais pas encore clairement compte que je regarde le monde avec des yeux de femme; cette métamorphose d'impression optique m'est venue subitement sous forme d'un violent mal de tête. J'étais chez une dame atteinte d'inversion sexuelle; alors je la vis tout d'un coup toute changée, comme je m'en rends compte maintenant, c'est-à-dire que je la voyais en homme et par contre, moi en femme, de sorte que je la quittai avec une excitation mal dissimulée. Cette dame n'avait pas encore une conscience nette de son état.

Depuis, tous mes sens ont des perceptions féminines, de même que leurs rapports. Après le système cérébral ce fut presque immédiatement le système végétatif, du sorte que tous mes malaises se manifestent sous une forme féminine. La sensibilité des nerfs, surtout celle des nerfs auditif, optique et trijumeau, s'est accrue jusqu'à la névrose. Quand une fenêtre se ferme avec bruit, j'ai un soubresaut, un soubresaut intérieur, car pareille chose n'est pas permise à un homme. Si un mets n'est pas frais, j'ai immédiatement une odeur de cadavre dans le nez. Je n'aurais jamais cru que les douleurs causées par le trijumeau sautent avec tant de caprice d'une branche à l'autre, d'une dent dans l'œil.

Depuis ma métamorphose, je supporte avec plus de calme les maux de dents et la migraine; j'éprouve aussi moins d'angoisse de la sténocardie. Une observation qui me semble bien curieuse, c'est que maintenant je me sens devenu un être timide et faible, et qu'au moment d'un danger imminent j'ai plus de sang-froid et de calme, de même dans les opérations très difficiles. Mon estomac se venge du moindre croc-en-jambe donné au régime—(régime de femme)—d'une manière inexorable, par des malaises féminins, soit par des éructations, soit par d'autres sensations.

C'est surtout l'abus de l'alcool qui se fait sentir; le mal aux cheveux chez un homme qui se sent femme est bien plus atroce que le plus formidable mal de cheveux que jamais un étudiant ait pu ressentir après ses libations. Il me semble presque que, quand on se sent femme, on est tout à fait sous le règne du système végétatif.

Quelque petits que soient les bouts de mes seins, il leur faut de la place, et je les sens comme s'ils étaient des mamelles; déjà au moment de la puberté mes seins ont gonflé et m'ont fait du mal; voilà pourquoi une chemise blanche, un gilet, un veston me gênent. Je sens mon bassin comme s'il était féminin, de même du derrière et des nates; au début j'étais troublé aussi par l'idée féminine de mon ventre qui ne voulait pas entrer dans les pantalons; maintenant ce sentiment de féminité du ventre persiste. J'ai aussi l'idée obsédante d'une taille féminine. Il me semble qu'on m'a dérobé ma peau pour me mettre dans celle d'une femme, une peau qui se prête à tout, mais qui sent tout comme si elle était d'une femme, qui fait pénétrer tous ses sentiments dans le corps masculin renfermé sous cette enveloppe et en chasse les sentiments masculins. Les testicules, bien qu'ils ne soient ni atrophiés ni dégénérés, ne sont plus de vrais testicules; ils me causent souvent de la douleur par une sorte d'impression qu'ils devraient rentrer dans la ventre et y rester; leur mobilité me tourmente souvent.

Toutes les quatre semaines, à l'époque de la pleine lune, j'ai, pendant cinq jours, tous les signes du molimen, comme une femme, au point de vue physique et intellectuel, à cette exception près que je ne saigne pas, tandis que j'éprouve une sensation comme s'il y avait écoulement de liquide et comme si les parties génitales et le bas-ventre étaient gonflés; c'est une période très agréable, surtout si, quelques jours après ces phénomènes, se manifeste le sentiment physiologique et le besoin d'accouplement avec toute la force dont il pénètre la femme à ces moments; le corps entier est alors saturé de ce sentiment, de même qu'un morceau de sucre mouillé ou une éponge sont imbibés d'eau; alors on devient avant tout une femme qui a besoin d'aimer, et on n'est plus homme qu'en seconde ligne. Ce besoin est, il me semble, plutôt une langueur de concevoir que de coïter. L'immense instinct naturel ou plutôt la lubricité féminine refoule, dans ce cas, la pudeur, de sorte qu'on désire indirectement le coït. Comme homme, je n'ai désiré le coït que tout au plus trois fois dans ma vie, si toutefois c'était cela; les autres fois j'étais indifférent. Mais dans ces trois dernières années, je le désire d'une manière passive, en femme, et quelquefois avec la sensation d'éjaculation féminine; je me sens alors toujours accouplé et fatigué comme une femme; quelquefois je suis, après l'acte, un peu indisposé, ce que l'homme n'éprouve jamais. Plusieurs fois il m'a fait tant de plaisir que je ne puis comparer à rien cette jouissance; c'est tout simplement le plus grand bonheur de ce monde, une puissante sensation pour laquelle on est capable de sacrifier tout; dans un moment pareil, la femme n'est qu'une vulve qui a englouti toute l'individualité.

Depuis trois ans, je n'ai pas perdu un seul moment le sentiment que je suis femme. Grâce à l'habitude prise, ce sentiment m'est moins pénible maintenant, bien que je sente depuis cette époque ma valeur diminuée; car se sentir femme sans désirer la jouissance, cela peut se supporter, même par un homme, mais quand les besoins se font sentir, alors toute plaisanterie cesse; j'éprouve une sensation cuisante, de la chaleur, le sentiment de turgescence dans les parties génitales. (Quand le pénis n'est pas érigé, les parties génitales ne sont plus dans leur rôle.) Avec cette forte impulsion, la sensation de turgescence du vagin et de la vulve est terrible; c'est une torture d'enfer de la volupté, à peine peut-on la supporter. Quand, dans cet état, j'ai l'occasion d'accomplir le coït, cela me soulage un peu; mais ce coït, puisqu'il n'y a pas conception suffisante, ne me donne pas une satisfaction complète; la conscience de la stérilité se fait alors sentir avec toute sa dépression humiliante; on se voit presque dans le rôle d'une prostituée. La raison n'y peut rien faire; l'idée obsédante de la féminité domine et force tout. On comprend facilement combien il est dur de travailler à son métier dans un pareil état; mais on peut s'y mettre en se violentant. Il est vrai qu'alors il est presque impossible de rester assis, de marcher, d'être couché; du moins on ne peut supporter longtemps aucune de ces trois positions; au surplus, il y a le contact continuel du pantalon, etc. C'est insupportable.

Le mariage fait alors, en dehors du moment du coït où l'homme doit se sentir comme couvert, l'effet de la cohabitation de deux femmes dont l'une se sent déguisée en homme. Quand le molimen périodique ne se manifeste pas, on éprouve le sentiment de la

193

grossesse ou de la saturation sexuelle, qu'ordinairement l'homme ne connaît pas, mais qui accapare toute l'individualité aussi bien que chez la femme, à cette différence près qu'il est désagréable, de sorte qu'on aimerait mieux supporter le molimen régulier. Quand il se produit des rêves ou des idées érotiques, on se voit dans la forme qu'on aurait si l'on était femme; on voit des membres en érection qui se présentent, et comme par derrière aussi on se sent femme, il ne serait pas difficile de devenir cynède; seule l'interdiction positive de la religion nous en empêche, toutes les autres considérations s'évanouiraient.

Comme de pareils états doivent forcément répugner à tout le monde, on désire être de sexe neutre ou pouvoir se faire neutraliser. Si j'étais encore célibataire, il y a longtemps que je me serais débarrassé de mes testicules avec le scrotum et le pénis.

À quoi sert la sensation de jouissance féminine, quand on ne conçoit pas? À quoi bon les émotions de l'amour féminin quand pour les satisfaire on n'a à sa disposition qu'une femme, bien qu'elle nous fasse sentir comme homme l'accouplement?

Quelle honte terrible nous cause l'odeur féminine! Combien l'homme est abaissé par la joie que lui causent les robes et les bijoux! Dans sa métamorphose, quand même il ne pourrait plus se souvenir de son ancien instinct génital masculin, il voudrait n'être pas forcé de se sentir femme; il sait très bien qu'il y eut une époque où il ne sentait pas toujours sexuellement qu'il était simplement un homme sans sexe. Et voilà que tout d'un coup il doit considérer toute son individualité comme un masque, se sentir toujours femme et n'avoir de changement que toutes les quatre semaines, quand il a ses malaises périodiques et entre temps sa lubricité féminine qu'il ne peut pas satisfaire! S'il lui était permis de s'éveiller sans être obligé de se sentir immédiatement femme! À la fin il languit après le moment où il pourra lever son masque; le moment n'arrive pas. Il ne peut trouver un soulagement à sa misère que lorsqu'il peut revêtir en partie le caractère féminin, en mettant un bijou, une jupe; car il ne peut pas sortir habillé en femme; ce n'est pas une petite tâche que de remplir ses devoirs professionnels pendant qu'on se sent comme une actrice déguisée en homme, et qu'on ne sait pas où tout cela doit aboutir. La religion seule nous préserve d'une grande faute, mais elle n'empêche pas les peines que l'individu qui se sent femme éprouve quand la tentation s'approche de lui comme d'une vraie femme, et quand il est comme celle-ci forcé de l'éprouver et de la traverser. Quand un homme de haute considération, qui jouit dans le public d'une rare confiance, est obligé de lutter contre une vulve imaginaire; quand on rentre après un dur travail et qu'on est forcé d'examiner la toilette de la première dame venue, de la critiquer avec des yeux de femme, de lire dans sa figure ses pensées, quand un journal de mode—(je les aimais déjà étant enfant)—nous intéresse autant qu'un ouvrage scientifique! Quand on est obligé de cacher son état à sa femme dont on devine les pensées, parce qu'on est aussi femme, tandis qu'elle a nettement deviné qu'on s'est transformé d'âme et de corps! Et les tourments que nous causent les combats que nous avons à soutenir pour surmonter la mollesse féminine! On réussit quelquefois, surtout quand on est en congé seul, à vivre quelque temps en femme, par exemple à porter, notamment la nuit, des vêtements de femme, de garder ses gants, de prendre un voile ou un masque pendant qu'on est dans sa chambre; on réussit alors à avoir un peu de tranquillité du côté du libido, mais le caractère féminin qui s'est implanté exige impétueusement qu'il soit reconnu. Souvent il se contente d'une modeste concession, telle que, par exemple, un bracelet mis au-dessous de la manchette, mais il exige inexorablement une concession quelconque.

194

Le seul bonheur est de pouvoir sans honte se voir costumé en femme, avec la figure couverte d'un voile ou d'un masque: ce n'est qu'alors qu'on se croit dans son état naturel. On a alors, comme une «oie éprise de la mode», du goût pour ce qui est en vogue, tellement on est transformé. Il faut beaucoup de temps et beaucoup d'efforts pour s'habituer à l'idée, d'un côté, de ne sentir que comme une femme, et de l'autre de garder comme une réminiscence de ses anciennes manières de voir, afin de pouvoir se montrer comme homme devant le monde.

Pourtant il arrive par-ci par-là qu'un sentiment féminin vous échappe, soit qu'on dise qu'on éprouve in sexualibus telle ou telle chose, qu'un être qui n'est pas femme ne peut pas savoir, ou qu'on se trahisse par hasard en se montrant trop au courant des affaires de la toilette féminine. Si pareille chose arrive devant les femmes, il n'y a là aucun inconvénient; une femme se sent toujours flattée quand on montre beaucoup d'intérêt pour ce qui la touche et qu'on s'y connaît bien; seulement il ne faut pas que cela se produise devant sa propre épouse. Combien je fus effrayé un jour que ma femme disait à une amie que j'avais un goût très distingué pour les articles de dames! Combien fut surprise une dame à la mode et très orgueilleuse qui voulait donner une fausse éducation à sa fille, lorsque je lui analysai en paroles et par écrit tous les sentiments et toutes les sensations d'une femme! (Je fis un mensonge en lui alléguant que j'avais puisé dans des lettres ces connaissances d'un caractère si intime.) Maintenant cette dame a une grande confiance en moi, et l'enfant qui était sur le point de devenir folle, est restée sensée et très gaie. Elle m'avait confessé, comme si c'étaient des péchés, toutes les manifestations des sentiments féminins; maintenant elle sait ce qu'elle doit supporter comme fille, ce qu'elle doit maîtriser par sa volonté et par dévouement religieux: elle se sent comme un être humain. Les deux dames riraient beaucoup, si elles savaient que je n'ai puisé que dans ma propre et triste expérience. Je dois ajouter encore que, depuis, j'ai une sensibilité beaucoup plus vive pour la température; à cela s'est joint encore le sentiment, inconnu auparavant, d'avoir la peau élastique et de comprendre ce que les malades éprouvent dans la dilatation des intestins. Mais, d'autre part, quand je dissèque un corps ou fais une opération, les liquides pénètrent plus facilement ma peau. Chaque dissection me cause de la douleur; chaque examen d'une femme ou d'une prostituée avec fluor ou odeur de crevette, etc., m'agace horriblement. Je suis maintenant très accessible à l'influence de l'antipathie et de la sympathie, qui se manifestent même par suite de l'effet de certaines couleurs aussi bien que par l'impression totale qu'un individu me fait. Les femmes devinent par un coup d'œil l'état sexuel de leurs semblables; voilà pourquoi les femmes portent un voile, bien qu'elles ne le baissent pas toujours, et pourquoi elles se mettent des odeurs, ne fût-ce que dans les mouchoirs ou dans les gants, car leur acuité olfactive en présence de leur propre sexe est énorme. En général, les odeurs ont une influence incroyable sur l'organisme féminin; ainsi, par exemple, je suis calmé par l'odeur de la rose ou de la violette; d'autres odeurs me donnent la nausée; l'ylang-ylang me cause tant d'excitation sexuelle que je ne puis plus y tenir. Le contact avec une femme me paraît homogène; le coït avec ma femme ne m'est possible que si elle est un peu plus virile, a la peau plus dure; et pourtant c'est plutôt un amor lesbicus.

Du reste, je me sens toujours passif. Souvent la nuit, quand je ne puis pas dormir à cause de l'excitation, j'y arrive pourtant, si femora mea distensa habeo, sicut mulier cum viro concumbens, ou en me couchant sur un côté; mais alors il ne faut pas qu'un bras ou une pièce de literie vienne toucher à mes seins, sinon c'en est fait du sommeil. Il ne faut pas non plus que rien me pèse ou presse sur le ventre. Je dors mieux quand je mets une chemise de femme et une camisole de nuit de dame, ou quand je garde mes gants, car la nuit j'ai très facilement froid aux mains; je me trouve aussi très bien en pantalons de femme et en jupes, car alors les parties génitales ne sont pas serrées. J'aime, plus que toutes les autres, les toilettes de l'époque de la crinoline. Les vêtements de femme ne gênent nullement l'homme qui se sent femme; il les considère comme lui appartenant et ne les sent pas comme des objets étrangers. La société que je préfère à toutes, est celle d'une dame qui souffre de neurasthénie, et qui, depuis son dernier accouchement, se sent homme, mais qui, depuis que je lui ai fait des allusions à ce sujet, se résigne à son sort, coïtu abstinet, ce qui ne m'est pas permis, à moi, homme. Cette femme m'aide, par son exemple, à supporter mon sort. Elle se rappelle encore bien clairement ses sentiments féminins, et elle m'a donné maints bons conseils. Si elle était homme et moi jeune fille, j'essaierais de faire sa conquête; je voudrais bien qu'elle me traite en femme. Mais sa photographie récente diffère tout à fait de ses anciennes photographies: c'est maintenant un monsieur, très élégamment costumé, malgré les seins, la coiffure, etc.; aussi a-t-elle le parler bref et précis, elle ne se plaît plus aux choses qui font ma joie. Elle a une sorte de sentimentalité mélancolique, mais elle supporte son sort avec résignation et dignité, ne trouve de consolation que dans la religion et l'accomplissement de ses devoirs; à la période des menstrues elle souffre à en mourir; elle n'aime plus la compagnie des femmes, ni leurs conversations, de même qu'elle n'aime plus les choses sucrées.

Un de mes amis de jeunesse se sent, depuis son enfance, comme fille; mais il a de l'affection pour le sexe masculin; chez sa sœur, c'était le contraire; mais lorsque l'utérus réclama ses droits quand même et qu'elle se vit femme aimante malgré son caractère viril, elle trancha la difficulté en se suicidant.

Voici quels sont les changements principaux que j'ai constatés chez moi depuis que mon efféminaton est devenue complète:

1° Le sentiment continuel d'être femme des pieds à la tête;

2° Le sentiment continuel d'avoir des parties génitales féminines;

3° La périodicité du molimen toutes les quatre semaines;

4° De la lubricité féminine qui se manifeste périodiquement, mais sans que j'aie une préférence pour un homme quelconque;

5° Sensation féminine passive pendant l'acte du coït;

6° Ensuite sensation de la partie qui a été futuée;

7° Sentiment féminin en présence des images qui représentent le coït;

8° Sentiment de solidarité à l'aspect des femmes et intérêt féminin pour elles;

9° Intérêt féminin à l'aspect des messieurs;

196

10° Il en est de même à la vue des enfants;

11° Humeur changée,—une plus grande patience;

12° Enfin, résignation à mon sort, résignation que, il est vrai, je ne dois qu'à la religion positive, sans cela je me serais déjà suicidé, il y a longtemps.

Car il n'est guère supportable d'être homme et d'être forcé de sentir que chaque femme est futuée comme elle désire l'être.

L'autobiographie très précieuse pour la science qu'on vient de lire était accompagnée de la lettre suivante, qui ne manque pas non plus d'intérêt.

Je dois, tout d'abord, vous demander pardon de vous importuner par ma lettre; j'avais perdu tout appui et je me considérais comme un monstre qui m'inspirais du dégoût à moi-même. Alors la lecture de vos écrits m'a rempli d'un nouveau courage, et j'ai décidé d'aller au fond de la chose, de jeter un coup d'œil rétrospectif sur ma vie, quoi qu'il en arrive. Or, j'ai considéré comme un devoir de reconnaissance envers vous de vous communiquer le résultat de mes souvenirs et de mes observations, car je n'ai trouvé cité dans votre ouvrage aucun cas analogue au mien. Enfin j'ai pensé aussi qu'il pourrait vous intéresser d'apprendre par la plume d'un médecin quelles sont les pensées et les sensations d'un être humain masculin complètement manqué et se trouvant sous l'obsession d'être femme.

Peut-être tout cela ne s'accorde pas; mais je n'ai plus la force de faire d'autres réflexions, et je ne veux pas approfondir davantage cette matière. Bien des choses sont répétées, mais je vous prie de bien songer qu'on peut avoir des défaillances dans un rôle dont le déguisement vous a été imposé malgré vous.

J'espère, après avoir lu vos ouvrages, que, en continuant à remplir mes devoirs comme médecin, citoyen, père et époux, je pourrai toujours me compter au nombre de ceux qui ne méritent pas d'être méprisés entièrement.

Enfin j'ai tenu à vous présenter le résultat de mes souvenirs et de mes méditations, afin de prouver qu'on peut être médecin malgré la nature féminine de ses pensées et de ses sentiments. Je crois que c'est un grand tort de fermer à la femme la carrière médicale; une femme découvre, grâce à son instinct, les signes de certains maux que l'homme scruta dans l'obscurité, en dépit de tout diagnostic; en tout cas, il en est ainsi lorsqu'il s'agit de maladies de femmes et d'enfants. Si on pouvait le faire, chaque médecin devrait être forcé de faire un stage de trois mois comme femme; il comprendrait et estimerait alors mieux cette partie de l'humanité d'où il est sorti; il saurait alors apprécier la grandeur d'âme des femmes et, d'autre part, la dureté de leur sort.

Epicrise.—Le malade, très chargé, est originairement anormal au point de vue psycho-sexuel; car pendant l'acte sexuel il a une sensation féminine caractéristique. Cette sensation anormale demeura purement une anomalie psychique jusqu'à il y a trois ans, anomalie basée sur une neurasthénie grave, et puissamment accentuée par des sensations physiques dans le sens d'une transmutatio sexualis, sensations suggérées par obsession à sa conscience. Le malade, à sa grande frayeur, se sent alors aussi physiquement femme et, sous le coup de l'idée obsédante d'être femme, il croit éprouver une métamorphose complète de ses pensées, de ses sentiments et de ses aspirations d'autrefois, et même de sa vita sexualis dans le sens d'une éviration. Toutefois son «moi» est capable de conserver son empire sur ces processus morbides de l'âme et du corps, et de se sauver de la paranoia. Voilà un exemple remarquable de sensations, d'idées obsédantes basées sur des tares nerveuses, un cas d'une grande valeur pour arriver à étudier comment la transformation psycho-sexuelle a pu s'accomplir.

Quatrième degré. Métamorphose sexuelle paranoïque.

Le dernier degré possible dans le processus de la maladie est la monomanie de la métamorphose sexuelle. Elle se développe sur la base d'une neurasthénie sexuelle qui dégénère en neurasthenia universalis dans le sens d'une maladie psychique, la paranoia.

Les observations nous montrent le développement intéressant du processus névrotico-psychologique jusqu'à son point culminant.

Observation 100.—K..., trente-six ans, célibataire, domestique agricole, reçu à la clinique le 20 février 1889, présente un cas typique de neurasthenia sexualis, dégénérée en paranoïa persecutoria avec hallucinations olfactives, sensations, etc.

Il est issu d'une famille chargée. Plusieurs de ses sœurs et frères étaient psychopathes. Le malade a un crâne hydrocéphale, enfoncé au niveau de la fontanelle droite; l'œil est névropathique. De tout temps, le malade eut de grands besoins sexuels; il s'est adonné à l'âge de onze ans à la masturbation; il a fait le coït à l'âge de vingt-trois ans; il a procréé trois enfants illégitimes et a cessé ensuite tout rapport sexuel de peur de faire encore des enfants et d'être trop chargé de pensions alimentaires. L'abstinence lui était très pénible; il renonça aussi à la masturbation et eut à la suite des pollutions abondantes. Il y a un an et demi, il est devenu sexuellement neurasthénique; il avait alors aussi des pollutions diurnes; il fut très affaibli et déprimé; cet état de choses durant, il a fini par contracter une neurasthénie générale et être atteint de paranoïa.

Depuis un an, il a eu des sensations paresthésiques; il lui semble avoir une grande pelotte à la place de ses parties génitales; ensuite il se figura que son pénis et son scrotum lui manquaient, et que ses parties génitales s'étaient transformées en parties génitales féminines. Il sentait des mamelles lui pousser, une natte de cheveux, et des vêtements féminins se coller à son corps. Il se figurait être femme. Les passants dans les rues lui semblaient tenir des propos comme ceux-ci: «Voyez donc cette garce, cette vieille drôlesse!»

Dans son sommeil accompagné de rêves, il avait la sensation d'un homme qui accomplissait le coït sur lui devenu femme. Il en avait de l'éjaculation avec un vif sentiment de volupté.

Pendant son séjour à la clinique, il s'est produit une interruption dans sa paranoïa et en même temps une amélioration notable de sa neurasthénie. Alors disparurent momentanément les sentiments et les idées d'une métamorphose sexuelle.

Voici un autre cas d'éviration avancée sur le chemin de la transformatio sexus paranoïca.

Observation 101.—Franz St..., trente-trois ans, instituteur dans une école primaire, célibataire, probablement issu d'une famille chargée, névropathe de tout temps, émotif, peureux, ne pouvant supporter l'alcool, a commencé à se masturber à l'âge de dix-huit ans. À l'âge de trente ans se produisirent chez lui des symptômes de neurasthenia sexualis. (Pollutions avec faiblesse consécutive, pollutions qui se produisaient aussi dans la journée, douleurs dans la région du plexus sacré, etc.). Il s'y ajouta encore de l'irritation spinale, des pressions sur la tête et de la cérébrasthénie.

Depuis le commencement de 1885, le malade s'est abstenu du coït qui ne lui procurait plus aucune sensation de volupté. Il se masturbait souvent.

En 1888, commença chez lui la monomanie de la persécution. Il remarquait qu'on l'évitait, qu'il répandait une odeur infecte, qu'il puait (hallucinations olfactives); il s'expliquait de cette façon le changement d'attitude des gens à son égard, de même que leurs éternuements, leur toux, etc.

Il sentait des odeurs du cadavre, d'urine corrompue. Il attribuait la cause de sa mauvaise odeur à des pollutions à l'intérieur. Il les percevait par une sensation, comme si un liquide montait du pubis à la poitrine.

Le malade quitta bientôt la clinique. En 1889, il revint pour y être reçu; il était déjà dans un état avancé de paranoïa masturbatoria persecutoria (monomanie de la persécution).

Au commencement du mois de mai 1889, le malade éveilla l'attention parce qu'il protestait violemment toutes les fois qu'on l'appelait: «Monsieur».

Il proteste contre cette apostrophe, car, prétend-il, il est femme. Des voix le lui disent. Il s'aperçoit que des mamelles lui poussent. Il y a une semaine, les autres malades lui ont fait des attouchements voluptueux. Il a entendu dire qu'il est une putain. Ces temps derniers il a eu des rêves d'accouplement. Il rêvait qu'on pratiquait le coït sur lui comme sur une femme. Il sentait l'immissio penis, et a eu la sensation d'une éjaculation au milieu de son rêve.

Le crâne est pointu, la face est longue et étroite; bosses pariétales proéminentes. Les parties génitales sont normalement développées.

Le cas suivant, observé dans l'asile d'Illenau, est un exemple manifeste d'inversion durable et maniaque de la conscience sexuelle.

Observation 102.—Metamorphosis sexualis paranoïca.

N..., vingt-trois ans, célibataire, pianiste, a été reçu vers la fin du mois d'octobre 1865 à la maison de santé d'Illenau. Il est né d'une famille censée être exempte de tares héréditaires, mais tuberculeuse. Le père et le frère ont succombé à la phtisie pulmonaire. Le malade, étant enfant, était faible, mal doué, mais avait un talent exclusif pour la musique. De tout temps il eut un caractère anormal, taciturne, renfermé, insociable, avec des manières brusques.

À partir de l'âge de quinze ans, il se livra à la masturbation. Quelques années plus tard, des malaises neurasthéniques se produisirent (battements de cœur, faiblesse, douleurs de tête périodiques, etc.), en même temps que des velléités hypocondriaques. L'année dernière, le malade travaillait beaucoup et durement. Depuis six mois, sa neurasthénie s'est accentuée. Il se plaignit alors de battements de cœur, congestion de la tête, insomnie, il devint très irritable; paraissait sexuellement très excité, et prétendait qu'il lui fallait se marier le plus tôt possible, pour raisons de santé. Il tomba amoureux d'une artiste, mais presqu'en même temps (septembre 1865), il devint malade du paranoïa persecutoria (voyait des actes hostiles, entendait des injures dans la rue, trouvait du poison dans sa nourriture, on tendait une corde à travers le pont pour qu'il ne puisse pas aller chez son amante). À la suite de son excitation croissante et de conflits avec son entourage qu'il considérait comme ennemi, il a été reçu dans l'asile d'aliénés. À son entrée, il présentait encore l'image typique de la paranoïa persecutoria avec les symptômes de la neurasthénie sexuelle qui devint plus tard générale; mais sa monomanie de la persécution ne s'échafaudait point sur ce fond nerveux. Ce n'est qu'accidentellement que le malade entendait dire à son entourage: «Voilà qu'on lui enlève le sperme, voilà qu'on lui enlève la vessie.»

Au cours des années de 1866 à 1868, la manie de la persécution fut reléguée de plus en plus au second rang et fut remplacée en grande partie par des idées érotiques. La base somatico-physique était une excitation violente et continuelle de la sphère sexuelle. Le malade s'amourachait de chaque dame qu'il voyait; il entendait des voix qui l'encourageaient à s'approcher d'elles; il demandait impérieusement le consentement au mariage et prétendait que, si on ne lui procurait pas une femme, il mourrait de consomption. Grâce à sa pratique continuelle de la masturbation, les signes d'une prochaine éviration se montrent déjà en 1869. Il disait que si on lui donnait une femme, il ne l'aimerait que «platoniquement». Le malade devient de plus en plus bizarre, il ne vit que dans une sphère d'idées érotiques, voit partout faire dans l'asile de la prostitution, entend par-ci par-là des voix qui l'accusent d'avoir une attitude indécente vis-à-vis des femmes. Il évite donc la société des dames, et ne consent à faire de la musique devant les dames qu'à la condition d'avoir deux hommes comme témoins.

Au cours de l'année 1872, l'état neurasthénique prend un développement considérable. Alors la paranoia persecutoria aussi reparaît de plus en plus au premier plan et avec une couleur clinique particulière due à l'état nerveux fondamental. Des hallucinations olfactives se produisent; il est influencé par l'action du magnétisme. Il dit que des «ondulations magnétiques agissent sur lui». (Fausse interprétation de malaises spinaux asthéniques.) Sous le coup d'une excitation violente et continuelle et d'excès de masturbation, le processus de l'éviration progresse de plus en plus. Il n'est plus qu'épisodiquement homme, il est consumé du désir d'être femme, et se plaint amèrement que la prostitution éhontée des hommes, dans cette maison, rende impossible la venue d'une femme vers lui; l'air empoisonné de magnétisme, l'amour non satisfait l'ont rendu mortellement malade; il ne peut pas vivre sans amour; il est empoisonné par un poison de lubricité qui agit sur l'instinct génital. La dame qu'il aime est ici, au milieu de la plus basse débauche. Les prostituées, dans cette maison, ont des «chaînes de félicité», c'est-à-dire des chaînes dans lesquelles on est enchaîné sans pouvoir bouger et dans lesquelles on éprouve de la volupté. Il est prêt, maintenant, à se contenter d'une prostituée. Il possède un admirable rayonnement des pensées par les yeux qui vaut 20 millions. Ses compositions valent 500,000 francs. À côté de ces symptômes de monomanie des grandeurs, il y a des symptômes de monomanie de la persécution; la nourriture est empoisonnée par des excréments vénériens; il sent le poison, il entend des accusations infâmes, et il demande une machine à boucher les oreilles.

À partir du mois d'août 1872, les signes de l'éviration deviennent de plus en plus nombreux. Il se comporte avec beaucoup d'afféterie et déclare qu'il ne pourrait plus vivre au milieu des hommes qui boivent et qui fument. Il pense et sent tout à fait en femme. On doit le traiter dorénavant en femme, et le mettre dans la section des femmes. Il demande des confitures, des gâteaux fins. Pris de ténesme et de spasme de la vessie, il demande à être transporté dans un hôpital d'accouchement, et à être traité comme une malade enceinte. Le magnétisme morbide des hommes qui le soignent a une action nuisible sur lui.

Passagèrement, il se sent encore, par moments, homme, mais il plaide d'une manière très significative pour son sens sexuel morbide, inverti; il veut la satisfaction par la masturbation, le mariage sans coït. Le mariage est une institution de volupté. La fille qu'il épouserait devrait être onaniste.

À partir du mois de décembre 1872, la conscience de sa personnalité se transforme définitivement en une conscience féminine. Il a été de tout temps une femme, mais, entre un et trois ans, un empirique, un charlatan français, lui a greffé des parties génitales masculines et a empêché le développement de ses mamelles en lui frottant et en lui préparant le thorax.

Il demande énergiquement à être interné dans la section des femmes, à être protégé contre les hommes qui veulent le prostituer et à être habillé en femme. Éventuellement il serait disposé à s'occuper dans un magasin de jouets d'enfants, à faire de la couture ou du découpage, ou à travailler pour une modiste. À partir du moment de la transformatio sexus, commence pour le malade une ère nouvelle. Dans ses souvenirs, il considère son individualité d'autrefois comme celle d'un cousin à lui.

Pour le moment, il parle de lui-même à la troisième personne; il déclare être la comtesse V..., la meilleure amie de l'impératrice Eugénie, demande des parfums, des corsets, etc. Il prend les autres hommes de l'asile pour des femmes, essaie de se tresser une natte, demande un cosmétique oriental pour l'épilation, afin qu'on ne mette plus en doute sa nature de femme. Il se plaît à faire l'apologie de l'onanisme, car «il était, dès l'âge de quinze ans, onaniste, et il n'a jamais cherché de satisfactions d'un autre genre». Occasionnellement on observe encore chez lui des malaises neurasthéniques, des hallucinations olfactives, des idées de persécution. Tous les faits de sa vie qui se sont passés jusqu'au mois de décembre 1872, reviennent à la personnalité du cousin.

Le malade ne peut être dissuadé de son idée fixe qu'il est la comtesse V... il invoque qu'il a été examiné par la sage-femme qui a constaté son sexe féminin. La comtesse ne se mariera pas, parce qu'elle méprise les hommes. Comme le malade n'obtient pas d'avoir des vêtements de femme ni des souliers à hauts talons, il préfère rester toute la journée au lit; il se comporte en femme noble et souffrante, fait la douillette, la pudique, demande des bonbons, etc. Autant qu'il peut, il fait de ses cheveux des nattes, il s'arrache les poils de la barbe, et il se fait avec des petits pains un buste de femme.

En 1877, il se produit une carie à la jointure du genou gauche, et bientôt s'y ajoute une phtisie pulmonaire. Le malade meurt le 2 décembre 1874. Crâne normal. Le lobe frontal est atrophié, le cerveau anémié. Examen microscopique (Dr Schüle): sur la couche superficielle du lobe frontal, les cellules ganglionnaires sont légèrement rétrécies; dans la tunique adventice des vaisseaux beaucoup de granulations graisseuses; le glia n'est pas changé; parcelles de pigment et granulations colloïdes isolées. Les couches profondes de l'écorce cérébrale sont normales. Les parties génitales sont très grosses, les testicules petits, flasques; à la coupe, aucun changement macroscopique.

Ce cas de monomanie de la transformation sexuelle que nous venons de décrire dans ses origines et les diverses phases de son développement, est un phénomène d'une rareté étonnante dans la pathologie de l'esprit humain. En dehors des cas précédents que je dois à mon observation personnelle, j'en ai observé un cas, comme phénomène épisodique, chez une dame invertie, un autre comme phénomène permanent chez une fille atteinte de paranoia primitive, et enfin un autre chez une dame atteinte de paranoia primitive.

Dans la littérature je n'ai pas rencontré d'observations sur la monomanie de la transformation sexuelle, sauf un cas traité brièvement par Arndt dans son Manuel (p. 172), un cas étudié assez superficiellement par Sérieux (Recherches cliniques), p. 33, et les deux cas bien connus d'Esquirol. Nous reproduisons ici sommairement le cas d'Arndt, bien que, pas plus que ceux d'Esquirol, il n'offre aucun renseignement sur la genèse de la monomanie.

Observation 103.—Une femme d'âge moyen, internée dans l'asile de Greifswalder, se prenait pour un homme et se comportait en conséquence. Elle se coupait les cheveux très courts, se faisait une raie sur le côté, à la mode des militaires. Un profil bien prononcé, un nez un peu fort et une certaine grossièreté de traits donnaient à sa figure un cachet bien caractéristique; des cheveux courts et collés aux oreilles achevaient de donner à sa tête une expression tout à fait virile.

Elle était de grande taille, maigre; sa voix était profonde et rauque; la pomme d'Adam anguleuse et proéminente; son maintien était raide, sa démarche et ses mouvements pesants sans être lourds. Elle avait l'air d'un homme déguisé en femme. Quand on lui demandait comment lui était venue l'idée de se prendre pour un homme, elle s'écriait presque toujours, pleine d'irritation: Eh bien, regardez-moi donc! Est-ce que je n'ai pas l'air d'un homme? Aussi je sens que je suis homme. J'ai toujours eu un sentiment de ce genre, mais ce n'est que peu à peu que je suis parvenue à m'en rendre compte clairement. L'homme qui est censé être mon mari n'est pas un vrai homme; j'ai procréé mes enfants toute seule. J'ai toujours senti en moi quelque chose de pareil, mais ce n'est que plus tard que j'ai vu clair. Et dans mon ménage, est-ce que je n'ai pas toujours agi en homme? L'homme qui est censé être mon mari, n'était qu'un aide. Il a exécuté ce que je lui ai commandé. Dès ma jeunesse, je fus toujours plutôt portée vers les choses viriles que vers les affaires des femmes. J'ai toujours mieux aimé m'occuper de ce qui se passe dans la ferme et dans les champs que des affaires du ménage et de la cuisine. Seulement, je n'avais pas reconnu à quoi cela tenait. Maintenant je sais que je suis un homme; aussi je veux me comporter comme tel, et c'est une honte de me tenir toujours dans des vêtements de femme.

Observation 104.—X..., vingt-six ans, de haute taille et de belle prestance, aimait, dès son enfance, à mettre des vêtements de femme. Devenu grand, il savait, à l'occasion des représentations théâtrales par des amateurs, toujours si bien arranger les choses, qu'on lui donnait des rôles de femme à jouer. Après avoir éprouvé une forte dépression mélancolique, il s'imagina être réellement une femme, et essaya d'en convaincre son entourage. Il aimait à se déshabiller, à se coiffer ensuite en femme et à se draper. Un jour il voulut sortir dans cette tenue. Sauf cette idée, il était tout à fait raisonnable. Il avait l'habitude de se coiffer pendant toute la journée, de se regarder dans la glace, et, à l'aide de sa robe de chambre, de se costumer autant que possible en femme.

Un jour qu'Esquirol faisait mine de lui soulever son jupon, il se mit en colère et lui reprocha son insolence (Esquirol).

Observation 105.—Madame X..., veuve, fut, par suite de la mort de son mari et de la perte de sa fortune, en proie à de vives émotions et au chagrin. Elle devint folle; après avoir commis une tentative de suicide, elle fut transportée à la Salpétrière.

Madame X..., svelte, maigre, continuellement en excitation maniaque, s'imaginait être un homme et se mettait toujours en colère quand on l'appelait: «Madame». Un jour qu'on mit à sa disposition des vêtements d'homme, elle fut transportée de joie. En 1802, elle est morte d'une maladie de consomption, et elle a manifesté, peu de temps encore avant son décès, sa manie d'être un homme (Esquirol).

Dans un précédent chapitre, j'ai fait mention des rapports intéressants qui existent entre ces faits de la métamorphose sexuelle imaginaire et la soi-disant folie des Scythes.

Marandon (Annales médico-psychologiques, 1888, p. 160) a, comme beaucoup d'autres, accepté l'hypothèse erronée que, chez ces Scythes de l'antiquité, il s'agissait d'une véritable monomanie et non pas d'une simple éviration. D'après la loi de l'empirisme actuel, cette monomanie, si rare aujourd'hui, a dû être non moins rare dans l'antiquité. Comme il est impossible de l'admettre autrement que basée sur une paranoia, il n'a jamais pu être question d'une manifestation endémique de ce phénomène, mais seulement de l'interprétation superstitieuse d'une éviration (dans le sens d'un châtiment d'une déesse), ainsi que cela ressort des allusions d'Hippocrate.

Le fait qui ressort de la soi-disant folie des Scythes ainsi que des observations modernes relevées chez les Indiens de Pueblo, reste toujours remarquable au point de vue anthropologique; avec l'atrophie des testicules, on a constaté en même temps celle des parties génitales et en général une régression vers le type féminin au point de vue physique et moral. C'est d'autant plus frappant qu'une pareille réaction est aussi insolite chez l'homme qui, à l'âge adulte, a perdu ses organes génitaux, que chez la femme adulte après la ménopause artificielle ou naturelle.

B.—LE SENS HOMOSEXUEL COMME PHÉNOMÈNE MORBIDE ET CONGÉNITAL84.

Note 84:
Ouvrages (en dehors de ceux qui seront mentionnés plus tard): Tardieu, Des attentats aux mœurs, 7° édit., 1878, p. 210—Hoffmann, Lehrb. d. ger. Med., 6° édit., p. 170, 887.—Glay Revue philosophique, 1881, n°1.—Magnan, Annal. méd.-psychol., 1885, p. 558.—Shaw et Ferrin, Journal of nervous and mental disease, 1883, Avril, n° 2.—Bernhardi, Der Uranismus, Berlin (Volksbuchhandlung), 1882—Chevalier, De l'inversion de l'instinct sexuel, Paris, 1885.—Ritti, Gaz. hebdom. de médecine et de chirurgie, 1878, 4 janvier.—Tamassla, Rivista sperim., 1878, p. 97-117.—Lombroso. Archiv. di Psychiatr., 1881.—Charcot et Magnan, Archiv. de Neurologie, 1882, nos 7, 12.—Moll, Die conträre Sexualempfindung, Berlin, 1891.—Chevalier, Archives de l'anthropologie criminelle, t. V, n° 27; t. VI, n° 31.—Reuss, Aberrations du sens génésique (Annales d'hygiène publique, 1896).—Saury, Étude clinique sur la folie héréditaire, 1880.—Brouardel, Gaz. des hôpitaux, 1886 et 1887.—Tilier, L'instinct sexuel chez l'homme et chez les animaux, 1889.—Carlier, Les deux prostitutions, 1887.—Lacassagne, Art. Pédérastie in Dictionn. encyclopédique.—Vibert, Art. Pédérastie in Dictionnaire de méd. et de chirurgie.

L'essentiel, dans ce phénomène étrange de la vie sexuelle, c'est la frigidité sexuelle poussée jusqu'à l'horreur pour l'autre sexe, tandis qu'il y a un sens sexuel et un penchant pour son propre sexe. Toutefois, les parties génitales sont normalement développées, les glandes génitales fonctionnent tout à fait convenablement, et le type sexuel est complètement différencié.

Les sentiments, les pensées, les aspirations et en général le caractère répondent, quand l'anomalie est complètement développée, à la sensation sexuelle particulière, mais non pas au sexe que l'individu atteint représente anatomiquement et physiologiquement. Ce sentiment anormal se manifeste aussi dans la tenue et dans les occupations; il va jusqu'à donner à l'individu une tendance à s'habiller conformément au rôle sexuel pour lequel il se sent doué.

Au point de vue clinique et anthropologique, ce phénomène anormal présente divers degrés dans son développement, c'est-à-dire diverses formes et manifestations.

1) À côté du sentiment homosexuel prédominant il y a des traces de sentiments hétéro-sexuels (hermaphrodisme psycho-sexuel);

2) Il n'y a de penchant que pour son propre sexe (homosexualité);

3) Tout l'être psychique se conforme au sentiment sexuel anormal (efféminaction et viraginité);

4) La conformation du corps se rapproche de celle qui répond au sens sexuel anormal.

Cependant, on ne rencontre jamais de vraies transitions à l'hermaphrodisme; au contraire, les organes génitaux sont parfaitement différenciés, de sorte que, comme dans toutes les perversions morbides de la vie sexuelle, il faut chercher la cause du phénomène dans le cerveau (androgynie et gynandrie).

Les premiers renseignements un peu exacts85 sur ces phénomènes de nature énigmatique nous viennent de Casper (Über Nothzucht und Päderastie, Casper's Vierteljahrsschr., 1852, I) qui les confond avec la pédérastie, c'est vrai, mais qui déjà fait cette juste remarque que, dans la plupart des cas, cette anomalie est congénitale et doit être considérée comme une sorte d'hermaphrodisme intellectuel.

Note 85:
M. le docteur Moll, de Berlin, attire mon attention sur le fait qu'on trouve déjà des allusions à l'inversion sexuelle concernant des hommes, dans le Moritz's Magazin f. Erfahrungsseelenkunde, t. VIII, Berlin, 1791. En effet, on y cite les biographies de deux hommes pris d'un amour délirant pour des personnes de leur propre sexe. Dans le deuxième cas, qui est particulièrement remarquable, le malade explique l'origine de son «aberration» par le fait qu'étant enfant, il n'a été caressé que par des personnes adultes, et à l'âge de dix à douze ans par ses camarades d'école. «Cela et la privation de la société des personnes de l'autre sexe ont eu pour conséquence chez moi de détourner le penchant naturel pour le sexe féminin et de le reporter sur les hommes. Maintenant encore les femmes me sont indifférentes.»

On ne peut pas dire s'il s'agissait d'un cas d'inversion congénitale (hermaphrodisme psycho-sexuel) ou acquise. Le cas le plus ancien d'inversion sexuelle qu'on connaisse jusqu'ici en Allemagne concerne une femme qui était mariée avec une autre femme et cohabitait avec son consort au moyen d'un priape en cuir. Un cas de viraginité qui s'est présenté au commencement du siècle passé, et qui est très intéressant aussi au point de vue juridique et historique, a été puisé dans les dossiers officiels et cité par le docteur Muller d'Alexandersbad dans Friedreichs Blætter f. ger. Medicin cahier 4.

Il y a là un véritable dégoût des attouchements sexuels avec des femmes, tandis que l'imagination se réjouit à la vue des beaux jeunes hommes, des statues et des tableaux qui en représentent. Ce fait n'a pas échappé à Casper que, dans ces cas, l'immissio penis in anum (pédérastie) n'est pas la règle, mais ces individus recherchent et obtiennent des satisfactions sexuelles par des actes sexuels d'un autre genre (onanisme mutuel).

Dans ses Klinischen novellen (1863, p. 33), Casper cite la confession intéressante d'un homme atteint de cette perversion de l'instinct génital, et il n'hésite pas à déclarer que, abstraction faite des imaginations corrompues, de la démoralisation produite par la satiété des jouissances sexuelles normales, il y a de nombreux cas où la «pédérastie» provient d'une impulsion congénitale, étrange, inexplicable, mystérieuse. Vers 1860, un nommé Ulrichs, qui lui-même était atteint de cet instinct perverti, a soutenu dans de nombreux écrits86, publiés sous le pseudonyme de Numa Numantius, cette thèse que la vie sexuelle de l'âme est indépendante du sexe physique, et qu'il y a des individus masculins qui, en présence de l'homme, se sentent femmes (anima muliebris in corpore virili inclusa).

Note 86:
Vindex, Inclusa, Vindicta, Formatrix, Ara spei, Gladius jurens (1864 et 1865, Leipzig, H. Matthes). Ulrichs, Kritische Pfeile, 1879, en commission chez H. Crönlein, Stuttgart, Augustenstrasse, 5. L'auteur qui combat sans se décourager les préjugés dont ses semblables ont à souffrir, a publié dans ce but, depuis 1889, à Aquila degli Abruzzi (Italie), un journal écrit en latin sous le titre: Il periodico latino.

Il désignait ces gens sous le nom d'uranistes (Urning), et réclamait rien moins que l'autorisation de l'État et de la société pour l'amour sexuel des uranistes, comme un amour congénital et par conséquent légitime, ainsi que l'autorisation du mariage entre eux. Seulement, Ulrichs nous doit encore la preuve que ce sentiment sexuel paradoxal, qui est en tout cas congénital, soit un phénomène physiologique et non pas pathologique.

Griesinger a jeté une première lumière anthropologico-clinique sur ces faits (Archiv f. Psychiatrie, I, p. 651), en montrant, dans un cas qu'il avait observé personnellement, la lourde tare héréditaire de l'individu atteint.

Nous devons à Westphal (Archiv f. Psychiatrie, II, p. 73) le premier essai sur le phénomène qu'il appelle «inversion sexuelle congénitale, avec conscience du caractère morbide de ce phénomène». Il a ouvert la discussion: le nombre des cas a atteint jusqu'ici le chiffre de 107, sans compter ceux qui sont rapportés dans notre monographie87.

Note 87:
Concernant les individus du sexe masculin: 1° Casper, Klin. Novellen, p. 36 (Lehrb. d. ger. Med., 7e édit., p. 176); 2° Westphal, Archiv f. Psych., II, p. 73; 3° Schminke, dans le même journal, III, p. 325; 4° Scholz, Vierteljahrsschr. f. ger. Medicin XIX; 5° Guck, Arch. f. Psych., V, p. 564; 6° Servaes, au même endroit, VI, p. 384; 7° Westphal, dans la même feuille, VI, p. 620; 8°, 9°, 10° Stark, Zeitschr. f. Psychiatrie, t. XXXI; 11° Liman (Caspers, Lehrb. d. ger. Med., 6e édit., p. 509, p. 292); 12° Legrand du Saulle, Annal. méd.-psychol., 1876, mai; 13° Sterg, Jahrb. f. Psychiatrie, III, cahier 3; 14° Krueg, Zeitschr., Brain, 1884, oct.; 15° Charcot et Magnan, Arch. de Neurolog., 1882, n° 9; 16°, 17°, 18° Kirn, Zeitschr. f. Psychiatr., t. XXXIX, p. 216; 19° Rabow, Erlenmeyers Centralbl., 1883, n° 8; 20° Blumer, Americ. Journ. of insanity, 1882, juillet; 21° Servage, Journal of mental science, 1884, octobre; 22° Scholz, Vierteljahrsschr. f. ger. Med., N. F., t. XL, fascicule 7; 23° Magnan, Ann. med.-psychol., 1885, p. 461; 24° Chevalier, De l'inversion de l'instinct sexuel, Paris, 1885, p. 129; 25° Morselli, La Riforma medica, 4e année, mars; 26° Leonpacher, Friedreichs Blätter, 1888, II, 4; 27° Holländer, Allg. Wiener med. Zeitung 1882; 28° Kriese, Erlenmeyers Centralbl., 1888, n° 19; 29°, 30°, 31°, 32° v. Krafft-Ebing, Psychopathia sexualis, 3e édit., Observations 32, 36, 42, 43; 33° Golenko, Russ. Archiv f. Psychiatrie, t. IX, II, 3 (cité par Rothe dans Zeitschr. f. Psychiatrie; 34° v. Krafft, Internationales Centralblatt f. d. Physiol. und Pathologie der Harn und Sexualorgane, t. I, fasc. 4; 35° Cantarano, La Psychiatria, 1887, 5e année, p. 195; 36° Sérieux, Recherches

cliniques sur les anomalies de l'instinct sexuel, Paris, 1888, Obs. 13; 37°-42° Kiernan, The medic. Standard, 1888, 7 cas; 43°-46° Rabow, Zeitschr. f. Klin. Medicin, t. XVII, Suppl.; 47°-51° v. Krafft, Neue Forschungen, Observations 1, 3, 4, 5, 8; 52°-61° v. Krafft, Psychopathia sexualis, 5e édit., Observ. 53, 61, 64, 66, 73, 75, 78, 84, 85, 87; 62°-65° Le même, Neue Forschungen, 2e édit., Observ. 3, 4, 5, 6; Hammond, Impuissance sexuelle, p. 30, 36; 68°-71° Garnier, Anomalies sexuelles, 1889, Observ. 227, 228, 229, 230; 72° v. Krafft, Friedreichs Blätter, 1891, fascicule 6; 73°-87° v. Krafft, Psychopathia sexualis, 6e édit., Observ. 78, 81, 82, 84, 85, 86, 87, 89, 93, 94, 96, 97, 98, 101, 102; 88° Fraenkel, Medic. Zeitung d. Vereins f. Hertkunde in Preussen, t. XXII, p. 102 (homo mollis); 89°-91° Bernheim, Hypnotisme, Paris, 1891, Obs. 38 et suivantes; 92° Wetterstrand, Der Hypnotismus, 1891; 93° Müller, Hydrothérapie, 1890, p. 309; 94° à 96° v. Sehrenk-Notzing, Suggestionstherapie, 1892, cas 63, 68, 97; 97° Ladame, Revue de l'hypnotisme, 1889, 1er septembre; 98° v. Krafft, Internat. Centralblatt f. d. Krankheiten der Harn und Geschlechtsorgane, t. I, fasc. 1; 99° à 100° Wachholz, Friedreichs Blätter f. gerichtl. Med., 1892, fascicule 6.

Concernant des individus féminins: 1° Westphal, Arch. f. Psych., II, p. 73; 2° Gock, Op. cit., n° 1; 3° Wise, The Alienist and Neurologist, 1883, janvier; 4° Cantanaro, La Psychiatria, 1883, 201; 5° Sérieux, Op. cit., Observ. 14; 6° Kiernan, op. cit.; 7° Müller, Friedreichs Blätter f. ger. Med., 1891, fascicule 4.

Westphal ne touche pas la question de savoir si l'inversion sexuelle est le symptôme d'un état névropathique ou psychopathique, ou bien si elle constitue un phénomène isolé. Il maintient avec fermeté que cet état est congénital.

Me fondant sur les cas que j'ai publiés jusqu'en 1877, j'ai signalé cet étrange sentiment sexuel comme un stigmate de dégénérescence fonctionnelle, et comme un phénomène partiel d'un état névro-psycho-pathologique ayant pour cause, dans la plupart des cas, l'hérédité. Cette supposition a été confirmée par l'analyse des cas qui se sont présentés depuis. On peut citer, comme symptômes de cette tare névro-psycho-pathologique les points suivants.

1° La vie sexuelle des individus ainsi conformés se manifeste régulièrement bien avant la période normale et bien après, d'une façon très violente. Souvent elle présente encore d'autres phénomènes pervers, en dehors de cette direction anormale imprimée par l'étrange sentiment sexuel.

2° L'amour psychique de ces individus est souvent romanesque et exalté; de même leur instinct génital se manifeste dans leur conscience avec une force particulière, obsédante même.

3° À côté du stigmate de dégénérescence fonctionnelle de l'inversion sexuelle, on trouve encore d'autres symptômes de dégénérescence fonctionnelle et souvent aussi anatomique.

4° Il existe des névroses (hystérie, neurasthénie, états épileptoïdes, etc.). Presque toujours on peut constater de la neurasthénie temporaire ou permanente. Cette neurasthénie est ordinairement constitutionnelle, c'est-à-dire qu'elle est produite par des causes congénitales. Elle est réveillée et maintenue par la masturbation ou par l'abstinence forcée.

Chez les individus masculins, la neurasthenia sexualis se développe sur ce terrain morbide ou prédisposé congénitalement. Elle se manifeste alors surtout par la faiblesse irritative du centre d'éjaculation. Ainsi s'explique le fait que, chez la plupart des individus atteints, une simple accolade ou un baiser donné à la personne aimée, quelquefois même le simple aspect de cette dernière, provoquent l'éjaculation. Souvent l'éjaculation est alors accompagnée d'une sensation de volupté anormalement forte, qui va jusqu'à la sensation d'un courant «magnétique» à travers le corps.

5° Dans la majorité des cas, on rencontre des anomalies psychiques (talents brillants pour les beaux-arts, surtout pour la musique, la poésie, etc.), en même temps que de la faiblesse des facultés intellectuelles (esprits faux, bizarres), et même des états de dégénérescence psychique très prononcée (imbécillité, folie morale).

Beaucoup d'uranistes en viennent temporairement ou pour toujours aux délires caractéristiques des dégénérés (états passionnels pathologiques, délires périodiques, paranoia, etc.).

6° Dans presque tous les cas où il fut possible de rechercher l'état physique et intellectuel des ascendants et des proches parents, on a constaté dans ces familles des névroses, des psychoses, des stigmates de dégénérescence, etc.88.

Note 88:
L'inversion sexuelle, comme phénomène partiel de la dégénérescence nerveuse, peut se produire aussi chez les descendants de parents exempts de névrose. Cela ressort d'une observation de Tarnowsky (op. cit., p. 34) dans laquelle le lues du procréateur était en jeu, ainsi que d'un cas du même genre rapporté par Scholz (Vierteljahrsschrift f. ger. Medicin) où la tendance perverse de l'instinct génital était liée à un arrêt de développement physique d'origine traumatique.

L'inversion sexuelle congénitale est bien profonde et bien enracinée; cela ressort déjà du fait que les rêves érotiques de l'uraniste masculin n'ont pour sujet que des hommes, et ceux de l'homosexuel féminin des individus féminins.

L'observation de Westphal, que la conscience de la défectuosité congénitale des sentiments sexuels pour l'autre sexe et du penchant pour son propre sexe, est ressentie péniblement par l'individu atteint, ne se confirme que dans un certain nombre des cas. Beaucoup d'individus n'ont pas même conscience de la nature morbide de leur état. La plupart des uranistes se sentent heureux avec leurs sentiments sexuels pervers et la tendance de leur instinct; ils ne se sentent malheureux que par l'idée que la loi et la société ont élevé des obstacles contre la satisfaction de leur penchant pour leur propre sexe.

L'étude de l'inversion sexuelle montre nettement les anomalies de l'organisation cérébrale des individus atteints de cette perversion. Gley (Revue philosophique, 1884, janvier) croit pouvoir donner le mot de l'énigme, en supposant que ces individus ont un cerveau féminin avec des glandes génitales masculines, et que, chez eux, c'est la vie cérébrale morbide qui détermine la vie sexuelle, contrairement à l'état normal dans lequel les organes génitaux déterminent les fonctions sexuelles du cerveau.

Un de mes clients m'a exposé une manière de voir très intéressante et qui pourrait être admise pour expliquer l'inversion congénitale primitive. Il prend comme point de départ la bisexualité réelle telle qu'elle se présente anatomiquement chez tout fœtus jusqu'à un certain âge.

On devrait, dit-il, prendre en considération qu'au caractère originairement hermaphrodite des parties congénitales correspond probablement aussi un caractère originairement hermaphrodite avec des germes latents de tous les traits secondaires du sexe, tels que cheveux, barbe, développement des mamelles, etc. L'hypothèse d'un hermaphrodisme latent des traits secondaires du sexe subsistant chez chaque individu pendant toute la vie est justifiée par les phénomènes de régression partielle d'un type sexuel dans l'autre, même après le développement complet du corps, phénomènes qu'on a pu constater chez les castrats, les mujerados, et, à la ménopause, chez les femmes, etc.

La partie cérébrale de l'appareil sexuel, le centre psycho-sexuel masculin ou féminin représente un des traits secondaires les plus importants du sexe; il est même égal en valeur à l'autre moitié de l'appareil sexuel. Quand il y a développement tout à fait normal de l'individu, les organes génitaux hermaphrodites du fœtus, c'est-à-dire les glandes des germes et des organes de copulation, forment d'abord des organes qui portent le caractère prononcé d'un seul sexe; ensuite, les traits secondaires du caractère sexuel—physiques et psychiques—subissent la même transition de la conformation hermaphrodite à la conformation monosexuelle (en tout cas, pendant qu'ils sont à l'état latent; ou bien pendant la vie fétale, simultanément avec les organes de la génération; ou encore, plus tard, quand ils sont sur le point de sortir de leur état latent). Troisièmement, pendant cette transition, les traits secondaires du caractère sexuel suivent l'évolution opérée sur l'un des deux sexes par les organes génitaux, pour rendre possible le fonctionnement harmonique de la vie sexuelle.

Cette évolution uniforme de tous les traits du caractère sexuel se fait régulièrement, par suite d'une disposition spéciale dans le processus du développement. L'origine et le maintien de cette disposition s'expliquent suffisamment par leur nécessité absolue.

Mais, dans des conditions anormales (dégénérescence héréditaire, etc.), cette harmonie de développement peut être troublée de différentes façons. Non seulement l'évolution des organes génitaux de l'état hermaphrodite vers l'état monosexuel peut faire défaut, mais le même fait peut aussi se produire pour les traits secondaires du caractère sexuel, pour les traits physiques et plus encore pour les traits psychiques. Enfin, l'harmonie du développement de l'appareil sexuel peut être tellement troublée qu'une partie suive l'évolution vers un sexe et l'autre vers le sexe opposé.

Quatre types principaux d'hermaphrodisme sont donc possibles (il y a des types secondaires, comme les hommes à mamelles, les femmes à barbe): 1° l'hermaphrodisme purement physique des parties génitales avec monosexualité psychique; 2° l'hermaphrodisme purement psychique, avec parties génitales monosexuelles; 3° l'hermaphrodisme parfait, physique et intellectuel, avec tout l'appareil sexuel

209

bisexuellement constitué; 4° l'hermaphrodisme croisé où la partie psychique et la partie physique sont monosexuelles, mais chacune dans un sens opposé à l'autre.

En y regardant de plus près, la première forme physique d'hermaphrodisme peut être considérée comme croisée, car les glandes génitales répondent à un sexe et les parties génitales externes à un sexe opposé.

La deuxième et la quatrième forme d'hermaphrodisme ne sont, au fond, rien autre chose que de l'inversion sexuelle congénitale89.

Note 89:
Frank Lydston (Philadelph. med. and surgical Reporter, sept. 1818) et Thierman, (Medical Standard, novembre 1888), essaient d'expliquer d'une manière analogue une partie des cas de Paranoia sexuelle congénitale en les plaçant dans une catégorie subordonnée de l'hermaphrodisme. Kiernan, pour compléter son explication, suppose que, chez les individus tarés, il se produit plus facilement des régressions vers les formes primitives de l'hermaphrodisme de la série animale: «The original bi-sexuality of the ancestors of the race, shown in the rudimentary female organs of the male, could not fail to occasion functional, if not organic, reversions, when mental or physical manifestations were interfered with by disease or congenital defect. It seems certain that a feminely functionating brain can occupy a male body and vice versa. Males may be borne with female external genitals and vice versa. The lowest animals are bisexual, and the various types of hermaphroditism are more or less complete reversions to the ancestral type.» (Op. cit., p. 9. Note de l'auteur.)

La troisième forme paraît être très rare. Cependant, le droit canonique de l'église s'en est occupé; car il exige de l'hermaphrodite avant son mariage un serment sur la manière dont il se comportera (Voir Phillip, Kirchenrecht, p. 633 de la 7e édit.).

Par appareil génital psychique monosexuel dans un corps monosexuel appartenant un sexe opposé, il ne faut pas comprendre «une âme féminine dans un cerveau masculin» ou vice versa, manière de voir qui serait en contradiction manifeste avec toutes les idées scientifiques. Il ne faudrait pas non plus se figurer qu'un cerveau féminin puisse exister dans un corps masculin, ce qui contredirait tous les faits anatomiques: mais il faut admettre qu'un centre psycho-sexuel féminin peut exister dans un cerveau masculin, et vice versa.

Ce centre psycho-sexuel (dont il est nécessaire de supposer l'existence, ne fût-ce que pour expliquer les phénomènes physiologiques) ne peut être autre chose qu'un point de concentration et d'entrecroisement des nerfs conducteurs qui vont aux appareils moteurs et sensitifs des organes génitaux, mais qui, d'autre part, vont aussi aux centres visuel, olfactif, etc., portant ces phénomènes de conscience qui, dans leur ensemble, forment l'idée d'un être «masculin» ou «féminin».

Comment pourrions-nous représenter cet appareil génital psychique dans l'état d'hermaphroditisme primitif que nous avons supposé plus haut? Là aussi, nous devrions admettre que les futures voies conductrices étaient déjà tracées, bien que fort légèrement, ou préparées par le groupement des éléments.

Ces «voies latentes» hermaphrodites sont projetées pour relier les organes de copulation (qui eux-mêmes sont encore à l'état hermaphrodite) avec le siège futur des éléments de représentation des deux sexes. Quand tout l'organisme se développe d'une manière normale, une moitié des ces voies doit plus tard se développer pour devenir capable de fonctionner, tandis que l'autre moitié doit rester à l'état latent; et, dans ce cas, tout dépend probablement de l'état du point d'entrecroisement que nous avons supposé, comme un centre subcortical intercalé.

Cette hypothèse très compliquée ne contredit pas forcément le fait que le cerveau fœtal n'a pas de structure. Cette absence de structure n'est admise que grâce à l'insuffisance de nos moyens d'investigation actuels. Mais, d'autre part, cette hypothèse repose à son tour sur une supposition bien risquée: elle admet une localisation déjà existante pour des représentations qui n'existent pas encore, en d'autres termes une différenciation quelconque des parties du cerveau qui sont en rapport avec les représentations futures. Nous ne sommes donc pas trop éloignés de la théorie si déconsidérée «des représentations innées». Mais nous sommes aussi en présence du problème général de tous les instincts, problème qui nous pousse toujours à de semblables hypothèses.

Peut-être s'ouvrira-t-il maintenant une voie par laquelle nous pourrons faire un pas vers la solution de ces problèmes d'hérédité psychique. En nous appuyant sur les connaissances modernes beaucoup plus étendues sur les faits de la génération dans toutes les séries des organismes et sur la connaissance de la connexité de ces faits que la biologie commence à nous donner, nous pourrons jeter un coup d'œil plus profond sur la nature de l'hérédité physique et psychique.

Nous connaissons actuellement le processus de la génération, c'est-à-dire la transformation des individus dans sa manifestation la plus simple. Elle nous montre l'amibe qui se scinde en deux cellules filles qui qualitativement sont identiques à la cellule mère.

Nous voyons, en allant plus loin, le détachement dans le bourgeonnement d'une partie réduite quantitativement, mais identique en qualité avec l'entier.

Le phénomène primitif de toute génération n'est donc pas une reproduction, mais une continuation. Si donc, à mesure que les types deviennent plus grands et plus compliqués, les germes des organismes paraissent, en comparaison de l'organisme-mère, non seulement diminués quantitativement, mais aussi simplifiés qualitativement, morphologiquement et physiologiquement, la conviction que la génération est une continuation et non pas une reproduction nous amène à la supposition générale d'une continuation latente mais ininterrompue de la vie des parents dans leurs descendants. Car, dans l'infiniment petit, il y a place pour tout, et il est aussi faux de se figurer que la réduction du volume progressant à l'infini, déduction qui n'est toujours qu'un rapport comparé à la grandeur du corps de l'être humain qui observe, arrive quelque part à une limite infranchissable pour la différenciation de la matière, qu'il serait erroné de croire que la grandeur illimitée de l'espace de l'univers arrive quelque part à une limite de remplissage avec des formations individualisées. Ce qui me paraît avoir besoin d'être expliqué, c'est plutôt le fait que ce ne sont pas toutes les qualités des parents, soit morphologiques en volume, soit physiologiques avec le mode des mouvements des particules, qui se manifestent spontanément dans la descendance, après le développement du germe. Ce fait, dis-je, a plutôt besoin d'être expliqué que l'hypothèse d'une différenciation héréditaire de la substance du cerveau qui a des relations fixes avec les représentations qui n'ont pas été perçues par l'individu, hypothèse sans laquelle les instincts restent inexplicables.

Magnan (Ann. méd.-psychol., 1885, p. 458) parle très sérieusement d'un cerveau de femme dans un corps d'homme, et vice versa[90].

Note 90:
Cette hypothèse tombe d'elle-même devant l'autopsie citée dans mon observation 118, autopsie qui a constaté que le cerveau pesait 1,150 grammes et celle de l'observation 130, où l'on a constaté que le cerveau pesait 1,175 grammes.

L'essai d'explication de l'uranisme congénital donné, par exemple, par Ulrichs qui, dans son Memnon, paru en 1868, parle d'une anima muliebris virili corpore inclusa (virili corpori innata), et qui cherche à donner la raison du caractère congénital féminin de sa propre tendance sexuelle anormale, n'est pas plus satisfaisant. La manière de voir du malade de l'observation 124 est très originale. Il est probable, dit-il, que son père, en le procréant, a voulu faire une fille; mais, au lieu de cela, c'est un garçon qui est venu au monde.

Une des plus étranges explications de l'inversion sexuelle congénitale se trouve dans Mantegazza (op. 1886, p. 106).

D'après cet auteur, il y aurait des anomalies anatomiques chez les invertis, en ce sens que, par une erreur de la nature, les nerfs destinés aux parties génitales se répandraient dans l'intestin, de sorte que c'est de là que part l'excitation voluptueuse, qui, d'habitude, est provoquée par l'excitation des parties génitales. Comment l'auteur, d'habitude si perspicace, s'expliquerait-il alors les cas nombreux où la pédérastie est abhorrée par ces invertis? La nature ne fait d'ailleurs jamais de pareils soubresauts. Mantegazza invoque, en faveur de son hypothèse, les communications d'un ami, écrivain remarquable, qui lui assurait n'être pas encore bien fixé sur le fait de savoir s'il éprouvait un plus grand plaisir au coït qu'à la défécation!

L'exactitude de cette expérience admise, elle ne prouverait pas que l'homme en question soit sexuellement anormal, et que chez lui la sensation voluptueuse du coït soit réduite au minimum.

On pourrait peut-être expliquer l'inversion congénitale en disant qu'elle représente une particularité spéciale de la descendance, mais ayant pris naissance par voie d'hérédité.

L'atavisme serait le penchant morbide pour son propre sexe, penchant acquis par l'ascendant, et qui se trouverait fixé comme phénomène morbide et congénital chez le descendant. Cette hypothèse est, en somme, admissible, puisque, d'après l'expérience des attributs physiques et moraux acquis, non seulement les qualités, mais aussi et surtout les défectuosités, se transmettent par hérédité. Comme il n'est pas rare que des invertis fassent des enfants, que dans tous les cas ils ne sont pas toujours impuissants (les femmes ne le sont jamais), une hérédité par voie de procréation serait possible.

L'observation 124 dans laquelle la fille d'un inverti, âgée de huit ans, pratique déjà l'onanisme mutuel,—acte sexuel qui, étant donné l'âge, fait supposer une inversion sexuelle,—plaide évidemment en faveur de cette hypothèse.

La communication qui m'a été faite par un inverti de vingt-six ans, classé dans le groupe 3, est non moins significative.

Il sait positivement, dit-il, que son père, mort il y a plusieurs années, a été également atteint d'inversion sexuelle. Il affirme connaître encore beaucoup d'hommes avec lesquels son père avait entretenu «des liaisons». On n'a pu établir s'il s'agissait chez le père d'une inversion congénitale ou acquise, ni à quel groupe appartenait sa perversion.

L'hypothèse sus-indiquée paraît d'autant plus acceptable que les trois premiers degrés de l'inversion congénitale correspondent parfaitement aux degrés de développement qu'on peut suivre dans la genèse de l'inversion acquise. On se sent donc tenté d'interpréter les divers degrés de l'inversion congénitale comme les divers degrés d'anomalies sexuelles acquises ou développées d'une autre manière chez l'ascendance, et transmises par la procréation à la descendance; encore, faut-il rappeler, à ce propos, la loi d'hérédité progressante.

D'autres ont, faute de mieux, recours à l'onanisme pour les mêmes raisons multiples qui, souvent, font repousser le coït même par les non-uranistes. Chez les uranistes doués d'un système nerveux originairement irritable, ou qui a été détraqué par l'onanisme (faiblesse irritable du centre d'éjaculation), de simples accolades, des caresses avec ou sans attouchement des parties génitales, suffisent pour provoquer l'éjaculation, et procurer par là une satisfaction sexuelle. Chez des individus moins excitables, l'acte sexuel consiste en manustupration accomplie par la personne aimée, ou en onanisme mutuel, ou en une contrefaçon du coït inter femora. Chez les uranistes de moralité perverse et puissants quoad erectionem, l'impulsion sexuelle est satisfaite par la pédérastie, acte qui répugne aux individus sans défectuosité morale autant qu'aux hommes hétérosexuels. Fait digne d'attention, les uranistes affirment que l'acte sexuel qui leur plaît avec des personnes de leur propre sexe leur procure une grande satisfaction, comme s'ils s'étaient retrempés, tandis que la satisfaction par l'onanisme solitaire ou le coït forcé avec une femme les affecte beaucoup, les rend misérables, et augmente leurs malaises neurasthéniques. La manière dont se satisfont les uranistes féminins est peu connue. Dans une de mes observations personnelles, la fille se masturbait en se sentant dans le rôle d'un homme, et en s'imaginant avoir affaire à une femme aimée. Dans un autre cas, l'acte consistait dans l'onanisation de la personne aimée, à laquelle elle touchait les parties génitales.

Il est difficile d'établir nettement jusqu'à quel degré cette anomalie est répandue[91], car la plupart des individus qui en sont atteints ne sortent que rarement de leur réserve; et, dans les faits qui viennent devant les tribunaux, on confond l'uraniste par perversion de l'instinct génital avec le pédéraste qui est simplement un immoral.

Note 91:

213

L'inversion sexuelle ne doit pas être rare; la preuve, c'est que c'est un sujet souvent traité dans les romans.

Chevalier (op. cit.) indique, dans la littérature française (outre les romans de Balzac qui, dans la Passion au désert, traite de la bestialité, et dans Sarrasine, de l'amour d'une femme pour un eunuque); Diderot, La Religieuse (roman d'une femme adonnée à l'amour lesbien); Balzac, La Fille aux yeux d'or (Amor lesbiens); Th. Gautier, Mademoiselle de Maupin; Feydeau, La comtesse de Chalis; Flaubert, Salammbô, etc.

Il faut aussi faire mention de Mademoiselle Giraud ma femme, de Belot.

Ce qui est intéressant, c'est que les héroïnes de ces romans (lesbiens) se montrent avec le caractère et dans le rôle d'un homme vis-à-vis de la personne de leur propre sexe qu'elles aiment, et que leur amour est très ardent. La base névropathique de cette perversion sexuelle n'a pas échappé non plus à l'attention de ces romanciers. Dans la littérature allemande, ce sujet a été traité par Wilbrandt dans Fridolins heimliche Ehe et par le comte Emeric Stadion dans Brick and Brack oder Licht im Schatten. Le plus ancien roman uraniste est probablement celui de Pétrone, publié à Rome à l'époque des Césars, sous le titre de Satyricon.

D'après les études de Casper, de Tardieu, ainsi que d'après les miennes, cette anomalie est probablement plus fréquente que ne le fait supposer le nombre minime des cas observés.

Ulrichs (Kritische Pfeile, 1880, p. 2) prétend qu'en moyenne, pour 200 hommes adultes hétérosexuels, il y a un adulte inverti, un sur 800, et que cette proportion est encore plus grande parmi les Magyares et les Slaves du Sud, affirmations sur lesquelles nous n'insistons pas.

Un des sujets de mes observations personnelles connaît personnellement, dans la commune où il est né (localité de 1,300 habitants), 14 uranistes. Il affirme en connaître au moins 80 dans une ville de 60,000 habitants. Il est à supposer que cet homme, d'ailleurs digne de foi, ne fait pas de différence entre l'homosexualité congénitale et acquise.

1. HERMAPHRODISME PSYCHIQUE92.

Note 92:
Comparez l'article de l'auteur: Ueber psychosexuales Zwitterthum dans l'Internat. Centrablatt f. d. Physiologie und Pathologie der Harn und Sexualorgane, t. I, f. 2.

Ce degré de l'inversion est caractérisé par le fait que, outre un sentiment et un penchant sexuel prononcé pour les individus de son propre sexe, il y a encore un penchant pour l'autre sexe, mais que ce dernier est beaucoup plus faible que le premier, et ne se manifeste qu'épisodiquement, tandis que le sentiment homosexuel tient le premier rang et se manifeste, au point de vue de sa durée, de sa continuité et de son intensité, comme l'instinct dominant dans la vie sexuelle.

Le sentiment hétérosexuel peut exister à l'état rudimentaire, éventuellement ne se manifester que dans la vie inconsciente (les rêves) ou éclater vivement au jour (du moins épisodiquement).

Les sentiments sexuels pour l'autre sexe peuvent être consolidés et renforcés par la force de la volonté, la discipline de soi-même, par le traitement moral, par l'hypnotisme, par l'amélioration de la constitution physique, par la guérison des névroses (neurasthénie), et avant tout par l'abstention de la masturbation.

Mais il y a toujours danger de céder complètement à l'influence des sentiments homosexuels, ces derniers ayant une base plus forte, et d'arriver ainsi à l'inversion sexuelle exclusive et permanente.

Ce danger peut naître surtout sous l'influence de la masturbation (ainsi que c'est le cas dans l'inversion acquise), de la neurasthénie ou de son aggravation, conséquence de la masturbation, puis, par suite de mauvaises tentatives de rapports sexuels avec des personnes de l'autre sexe (manque de sensation voluptueuse pendant le coït, échec dans le coït par faiblesse d'érection, éjaculation précoce, infection).

D'autre part, le goût esthétique et éthique pour des personnes de l'autre sexe peut favoriser le développement des sentiments hétérosexuels.

C'est ainsi qu'il est possible que l'individu, selon la prédominance des influences favorables ou défavorables, éprouve tantôt un sentiment hétérosexuel, tantôt un sentiment homosexuel.

Il me paraît fort probable que ces hermaphrodites tarés ne sont pas très rares93.

Note 93:
Cette supposition est corroborée par un renseignement que M. le docteur Moll, de Berlin, a eu la bonté de me transmettre et qui concerne un uraniste célibataire. Celui-ci a pu citer une série de cas, parmi des gens de sa connaissance, d'hommes mariés qui entretenaient en même temps une liaison avec un homme.

Comme, dans la vie sociale, il n'attire que peu ou pas du tout l'attention, et que ces secrets de la vie conjugale ne parviennent qu'exceptionnellement à la connaissance du médecin, on s'explique facilement que cet intéressant groupe intermédiaire de l'inversion sexuelle, groupe très important au point de vue pratique, ait jusqu'ici échappé à l'exploration scientifique.

Bien des cas de frigiditas uxoris et mariti reposent probablement sur cette anomalie. Les rapports sexuels avec l'autre sexe sont possibles. Dans tous les cas, dans ce degré d'inversion, il n'y a pas d'horror sexus alterius. Un terrain bien favorable s'offre là à la thérapie médicale et surtout morale.

Le diagnostic différentiel de l'inversion acquise peut être difficile; car, tant que l'inversion n'a pas fait disparaître tous les restes de l'ancien sentiment génital normal, le status præsens donnera le même résultat.

Dans l'état du premier degré, la satisfaction des penchants homosexuels se fait par l'onanisme passif et mutuel, coitus inter femora.

Observation 106 (Hermaphrodisme psychique chez une dame).—Mme M..., quarante-quatre ans, est un exemple vivant du ce fait que, dans un être, soit masculin, soit féminin, des tendances d'inversion sexuelle peuvent subsister avec une vie sexuelle normale.

Le père de cette dame était très musicien, doué d'un grand talent d'artiste, viveur, grand admirateur de l'autre sexe, et d'une rare beauté. Il est mort de démence, dans une maison de santé, après avoir eu plusieurs accès d'apoplexie. Le frère du père était névro-psychopathe; ce fut un enfant lunatique; de tout temps il fut atteint d'hyperesthésie sexuelle. Quoique marié et père de plusieurs fils mariés, il voulait enlever Mme M..., sa nièce, qui avait dix-huit ans et dont il était amoureux fou. Le père du père était très excentrique; artiste remarquable, tout d'abord il étudia la théologie, mais, à la suite d'une ardente vocation pour l'art dramatique, il devint acteur et chanteur. Il fit des excès in Baccho et Venere; prodigue, aimant le luxe, il mourut à l'âge de quarante-neuf ans d'apoplexie cérébrale. Les parents de la mère sont morts de tuberculose pulmonaire.

Mme M... avait onze frères et sœurs, dont six seulement sont restés vivants. Deux frères, tenant au physique de la mère, sont morts de tuberculose, l'un à l'âge de seize ans, l'autre à l'âge de vingt ans. Un frère est atteint de phtisie du larynx. Les quatre sœurs qui sont vivantes, ainsi que Mme M..., tiennent du physique du père; l'aînée est célibataire, très nerveuse, et fuit la société. Deux sœurs plus jeunes sont mariées, bien portantes, et ont des enfants sains. Une autre est virgo et souffre des nerfs.

Mme M... a quatre enfants, dont plusieurs sont très délicats et névropathes.

Sur son enfance la malade ne sait rien d'important à nous dire. Elle apprenait facilement, avait des dons pour la poésie et l'esthétique, passait pour être un peu exaltée, aimait la lecture des romans, les choses sentimentales; elle était de constitution névropathique, très sensible aux fluctuations de la température, et attrapait au moindre courant d'air un cutis anserina très désagréable. Il est encore à noter que la malade, à l'âge de dix ans, eut l'idée que sa mère ne l'aimait pas, trempa un jour des allumettes dans du café, le but afin de devenir bien malade et de provoquer par ce moyen l'affection de sa mère.

Le développement s'opéra sans difficulté dès l'âge de onze ans. Depuis, les menstrues sont régulières. Déjà, avant l'époque du développement de la puberté, la vie sexuelle commença à se faire sentir; d'après les déclarations de la malade elle-même, ses impulsions sexuelles furent trop puissantes pendant toute sa vie. Ses premiers sentiments, ses premières impulsions étaient franchement homosexuels. La malade conçut une affection passionnée, mais tout à fait platonique, pour une jeune dame; elle lui dédiait des sonnets et des poésies qu'elle composait; c'était pour elle un bonheur suprême quand elle pouvait admirer au bain ou pendant la toilette «des charmes éblouissants de l'adorée» ou bien dévorer des yeux la nuque, les épaules, et les seins de la belle. L'impulsion violente de toucher ces charmes physiques fut toujours combattue et refoulée. Étant jeune fille, elle devint amoureuse des «Madones» peintes par Raphaël et Guido Reni. Elle avait l'obsession de suivre pendant des heures entières les belles filles et les belles femmes dans les rues, quel que fût le temps, en admirant leur maintien et en guettant le moment de leur être agréable, de leur offrir un bouquet, etc. La malade m'a affirmé que, jusqu'à l'âge de dix-neuf ans, elle n'eut absolument aucune idée de la différence des sexes; car elle avait reçu d'une tante, une vieille vierge très prude, une éducation tout à fait claustrale. Par suite de cette ignorance, la malade fut la victime d'un homme qui l'aimait passionnément et qui l'avait décidée à faire le coït. Elle devint l'épouse de cet homme, mit au monde un enfant, mena avec lui «une vie sexuelle excentrique», et se sentit complètement satisfaite par les rapports conjugaux. Peu d'années après, elle devint veuve. Depuis, les femmes sont redevenues l'objet de son affection; en première ligne, dit la malade, par peur des suites que pourraient avoir des rapports avec un homme.

À l'âge de vingt-sept ans, elle conclut un second mariage avec un homme maladif et pour lequel elle n'avait pas d'affection. La malade a accouché trois fois, a rempli ses devoirs maternels; elle dépérit au physique et éprouva dans les dernières années de sa vie matrimoniale un déplaisir croissant à faire le coït, bien qu'il y eût toujours en elle un violent désir de satisfaction sexuelle. Le déplaisir à faire le coït a été en partie occasionné par l'idée de la maladie de son mari.

Trois ans après la mort de son second mari, la malade découvrit que sa fille du premier mariage, âgée de neuf ans, se livrait à la masturbation et en dépérissait. Elle consulta le Dictionnaire Encyclopédique sur ce vice, ne put résister à l'impulsion de l'essayer et devint elle aussi onaniste. Elle ne peut se décider à faire une confession complète sur cette période de sa vie. Elle affirme avoir été en proie à une terrible excitation sexuelle et avoir placé hors de la maison ses deux filles pour les préserver d'«un sort terrible», tandis qu'elle ne voyait aucun inconvénient à garder avec elle ses deux garçons.

La malade devint neurasthénique ex masturbatione (irritation spinale, congestion à la tête, faiblesse, embarras intellectuel, etc.), parfois même dysthymique avec un tædium vitæ très pénible.

Son sens sexuel la poussait tantôt vers la femme, tantôt vers l'homme. Elle savait se dompter, souffrait beaucoup de son abstinence, d'autant plus que, à cause de ses malaises neurasthéniques, elle n'essayait de se soulager par la masturbation que dans les cas extrêmes. À l'heure qu'il est, cette femme, qui a déjà quarante-quatre ans, mais qui a encore ses menstruations régulièrement, souffre beaucoup de la passion qu'elle a conçue pour un jeune homme dont elle ne peut pas éviter le voisinage pour des raisons professionnelles.

La malade, dans son extérieur, ne présente rien d'extraordinaire: elle est gracieusement bâtie, d'une musculature faible. Le bassin est tout à fait féminin, mais les bras et les jambes sont étonnamment grands et d'une conformation masculine très prononcée. Comme aucune chaussure féminine ne va à son pied et qu'elle ne veut pas pourtant se faire remarquer, elle serre ses pieds dans des bottines de femme, de sorte qu'ils en ont été déformés. Les parties génitales sont développées d'une façon tout à fait normale, et sans changements, sauf un descensus uteri avec hypertrophie de la portion vaginale. Dans un examen plus approfondi la malade se déclare essentiellement homosexuelle; le penchant pour l'autre sexe, dit-elle, n'est chez elle qu'épisodique et quelque chose de grossièrement sensuel. Il est vrai qu'elle souffre actuellement beaucoup de son penchant sexuel pour ce jeune homme de son entourage, mais elle estime, comme un plaisir plus noble et plus élevé, de pouvoir poser un baiser sur la joue tendre et ronde d'une jeune fille. Ce plaisir se présente souvent, car elle est très aimée parmi ces «gentilles créatures», comme une «tante complaisante», puisqu'elle leur rend sans se décourager les «services les plus chevaleresques» et se sent alors toujours être un homme.

Observation 107 (Inversion sexuelle, avec satisfaction par rapports hétéro-sexuels).—M. Z..., trente-six ans, rentier, m'a consulté pour une anomalie de ses sentiments sexuels, anomalie qui lui fait paraître comme très risquée la conclusion d'un mariage projeté. Le malade est né d'un père névropathe qui a, la nuit, des réveils subits avec angoisse. Son grand-père était aussi névropathe. Un frère de son père est idiot. La mère du malade et sa famille étaient bien portantes, avec un état mental normal.

Trois sœurs et un frère, ce dernier atteint de folie morale. Deux sœurs sont bien portantes et vivent heureuses en ménage.

Étant enfant, le malade était nerveux, souffrait comme son père de soubresauts nocturnes, mais n'a jamais été atteint de maladies graves, sauf une coxalgie à la suite de laquelle il est resté boiteux.

Les impulsions sexuelles se sont éveillées chez lui très tôt. À l'âge de huit ans, et sans y être incité par quelqu'un, il a commencé à se masturber. À partir de l'âge de quatorze ans, il a éjaculé du sperme. Au point de vue intellectuel, il était bien doué; il s'intéressait aux arts et à la littérature. De tout temps il fut d'une faible musculature, et ne prit jamais de plaisir aux jeux des garçons, ni plus tard aux occupations des hommes. Il portait un certain intérêt aux toilettes féminines, aux attifements et aux occupations de la femme. Dès l'âge de puberté, le malade s'est aperçu de son affection pour les individus du sexe masculin. C'étaient surtout les jeunes gars de la classe populaire qui lui étaient sympathiques. Les cavaliers avaient pour lui un attrait particulier. Impetu libidonoso sæpe affectus est ad tales homines aversos se premere. Quodsi in turba populi, si occasio fuerit bene successit, voluptate erat perfusus; ab vigesimo secundo anno interdum talis occasionibus semen ejaculavit. Ab hoc tempore idem factum est si quis, qui ipsi placuit, manum ad femora posuerat. Ab hinc metuit ne viris manum adferret. Maxime periculosus sibi homines plebeios fuscis et adstrictis bracis indutos esse putat. Summum gaudium ei esset si viros tales amplecti et ad se trahere sibi concessum esset; sed patriæ mores hoc fieri velant. Pæderastia ei displacet; magnam voluptatem genitalium virorum adspectus ei affert. Virorum occurentium genitalia adspici semper coactus est.

Au théâtre, au cirque, etc., c'étaient les artistes masculins qui seuls l'intéressaient. Le malade prétend n'avoir jamais remarqué chez lui un penchant pour les femmes. Il ne les évite pas; à l'occasion, il danse même avec elles, mais, en le faisant, il ne ressent pas la moindre émotion sexuelle.

À l'âge de vingt-huit ans, le malade était déjà neurasthénique, peut-être bien à la suite de ses excès de masturbation.

Ensuite ce furent de fréquentes pollutions pendant le sommeil, pollutions qui l'affaiblissaient. Dans ces pollutions il ne rêvait que très rarement des hommes, et jamais des femmes. Une fois la pollution fut provoquée par un rêve lascif dans lequel il commettait un acte de pédérastie. Sauf ce cas, ses rêves de pollutions lui représentaient des scènes de mort, des attaques par des chiens, etc. Le malade continuait de souffrir du plus violent libido sexualis. Souvent il lui venait des idées voluptueuses d'aller se réjouir à l'abattoir à la vue des bêtes en agonie ou de se laisser battre par des garçons; mais il résistait à ce désir de même qu'à l'impulsion de mettre un uniforme militaire.

Pour se débarrasser de son habitude de la masturbation et pour satisfaire son libido nimia, il se décida à faire une visite au lupanar. Il tenta un premier essai de satisfaction sexuelle avec une femme, à l'âge de vingt et un ans, un jour qu'il avait fait force libations bachiques. La beauté du corps de la femme, de même que toute nudité féminine, lui était à peu près indifférente. Mais il était capable de pratiquer le coït avec plaisir, et il fréquenta dorénavant régulièrement le lupanar, «pour raisons de santé», comme il disait.

À partir de cette époque, il trouvait aussi un grand plaisir à se faire raconter par des hommes leurs rapports sexuels avec des femmes.

Au lupanar, des idées de flagellation lui viennent très souvent, mais il n'a pas besoin de fixer ces images pour être puissant. Il considère les rapports sexuels au lupanar seulement comme des expédients contre son penchant à la masturbation et à l'amour des hommes, comme une sorte de soupape de sûreté, afin de ne pas se compromettre un jour devant un homme sympathique.

Le malade voudrait se marier, mais il craint de ne pas avoir d'amour et, par conséquent, de n'être pas puissant devant une honnête femme. Voilà pourquoi il a des scrupules et pourquoi il consulte un médecin.

Le malade est un personnage très cultivé et d'un extérieur tout à fait viril. Il ne présente rien d'étrange ni dans sa mise, ni dans son attitude. Sa démarche et sa voix ont un caractère tout à fait viril, de même que son squelette et son bassin. Ses parties génitales sont normalement développées. Elles sont très poilues, de même que la figure. Personne dans l'entourage, ni dans les connaissances du malade, ne se doute de son anomalie sexuelle. Dans ses fantaisies d'inversion sexuelle, dit-il, il ne s'est jamais senti dans le rôle de la femme vis-à-vis de l'homme. Depuis quelques années, le malade est resté presque tout à fait exempt de malaises neurasthéniques.

Il ne saurait dire s'il se considère comme inverti congénital. Il semble que son faible penchant ab origine pour la femme, à côté de son penchant très fort pour l'homme, a été affaibli encore par une masturbation précoce, et au profit de l'inversion sexuelle, mais sans avoir été complètement réduit à zéro. Avec la cessation de la masturbation le sentiment pour le sexe féminin a augmenté quelque peu, mais seulement dans le sens d'une sensualité grossière.

Comme le malade déclarait être obligé de se marier pour des raisons de famille et d'affaires, on ne pouvait éluder au point de vue médical cette question délicate.

219

Heureusement le malade se bornait à la question de savoir s'il serait puissant comme mari. On dut lui répondre qu'en réalité il était puissant et qu'il le serait selon toutes prévisions avec une femme de son choix, dans le cas où elle lui serait au moins intellectuellement sympathique.

D'ailleurs, en ayant recours à son imagination, il pourrait toujours améliorer sa puissance.

La principale chose consisterait à renforcer ses penchants sexuels pour les femmes, penchants qui n'ont été qu'arrêtés dans leur développement, mais qui ne lui manquent pas absolument. Il pourrait atteindre ce but en écartant et en refoulant tout sentiment, toute impulsion homosexuelle, même avec le concours des influences artificielles et inhibitives de la suggestion hypnotique (suggestion contre les sentiments homosexuels), ensuite en s'incitant avec effort aux sentiments sexuels normaux, par l'abstinence complète de toute masturbation, et en faisant disparaître les derniers vestiges de l'état neurasthénique du système nerveux par l'emploi de l'hydrothérapie et, éventuellement, de la faradisation générale.

Je dois à un collègue, âgé de trente ans, l'autobiographie suivante qui, à d'autres points de vue encore, mérite toute attention.

Observation 108 (Hermaphrodisme psychique; Inversion avortée).—Mon ascendance est assez lourdement chargée. Mon grand-père du côté paternel était un viveur gai et un spéculateur; mon père, un homme de caractère intègre, mais qui, depuis trente ans, est atteint de folie circulaire, sans être sérieusement empêché de vaquer à ses affaires. Ma mère souffre, comme son père, d'accès sténocardiaques. Le père de ma mère et le frère de ma mère auraient été des sexuels hyperesthésiques. Ma sœur unique, qui est de neuf ans plus âgée que moi, fut atteinte deux fois d'accès éclamptiques; elle était, à l'âge de la puberté, exaltée au point de vue religieux et probablement aussi hyperesthésique au point de vue sexuel. Pendant des années, elle eut à combattre une grave névrose hystérique; mais maintenant elle est très bien portante.

Comme fils unique, venu tardivement au monde, je fus le chéri de ma mère, et je dois à ses soins infatigables d'être, à l'âge de jeune homme, bien portant, après avoir enduré, enfant et petit garçon, toutes sortes de maladies infantiles (hydrocéphalie, rougeole, croup, variole; à l'âge de dix-huit ans, catarrhe intestinal chronique pendant un an). Ma mère, qui avait des principes religieux très rigoureux, m'a élevé dans ce sens, sans me gâter, et elle m'a toujours inculqué comme principe suprême de morale un sentiment de devoir inflexible qui a été développé jusqu'à la rigidité par un maître d'école que je considère encore aujourd'hui comme mon ami. Comme, par suite de mon état maladif, j'ai passé la plus grande partie de mon enfance dans le lit, j'en fus réduit à des occupations tranquilles et notamment à la lecture. De cette manière, je suis devenu un garçon précoce, mais non blasé. Déjà, à l'âge de huit à neuf ans, les passages des livres qui m'intéressaient le plus étaient ceux où il était question de blessures et d'opérations chirurgicales que de belles filles ou des femmes avaient dû subir. Entre autres, un récit où il est raconté comment une jeune fille s'enfonça une épine dans le pied, et comment cette épine lui fut retirée par un garçon, me mit dans une excitation très violente; de plus, j'avais une érection toutes les fois que je regardais la gravure représentant cette scène, qui cependant n'avait rien de lascif. Autant qu'il m'était possible, j'allais voir tuer des poulets, et, quand j'avais manqué ce spectacle, je regardais avec un frisson voluptueux les taches de sang, je caressais le corps de l'animal encore tout chaud. Je dois faire remarquer ici que, de tout temps, je fus un grand amateur de bêtes, et que l'abatage de plus grands animaux, même la vivisection des grenouilles, m'inspiraient du dégoût et de la pitié.

Aujourd'hui encore, l'égorgement des poulets a pour moi un grand charme sexuel, surtout quand on les étrangle; j'éprouve des battements de cœur et une oppression précordiale. Fait intéressant, mon père avait la passion de ligotter les deux mains à des filles ou à des jeunes femmes.

Je crois qu'une autre de mes anomalies sexuelles doit encore être rattachée à cette fibre cruelle de mon caractère. Ainsi que je le raconterai plus loin, un de mes jeux favoris était un théâtre de poupées que j'improvisais et où j'indiquais le sujet aux exécutants. Il y avait dans la pièce une jeune fille qui, sur l'ordre sévère de son père—c'était toujours moi,—devait se soumettre à une opération douloureuse du pied exécutée par le médecin. Plus la poupée pleurait et se désolait, plus ma satisfaction était grande. Pourquoi ai-je toujours désigné le pied comme lieu de l'opération chirurgicale? Cela s'explique par le fait suivant. Étant petit garçon, j'arrivai par hasard au moment où ma sœur aînée changeait de bas. En la voyant vite cacher ses pieds, mon attention fut éveillée, et bientôt la vue de ses pieds nus jusqu'aux chevilles devint l'idéal de mes désirs.

Bien entendu, cela fit que ma sœur redoubla de précautions; et c'est ainsi qu'il s'engagea une lutte continuelle où j'employais toutes les armes: la ruse, la flatterie et les explosions de colère, et que je soutins jusqu'à l'âge de dix-sept ans. Pour le reste, ma sœur m'était indifférente; les baisers qu'elle me donnait m'étaient même désagréables. Faute de mieux, je me contentais des pieds de nos bonnes; mais les pieds masculins me laissaient froid. Mon plus vif désir aurait été de pouvoir couper les ongles ou, sit venia verbo, les œils-de-perdrix d'un beau pied de femme. Mes rêves érotiques tournaient toujours autour de ce sujet; ce qui plus est, je ne me suis consacré à l'étude de la médecine que dans l'espoir d'avoir l'occasion de satisfaire mon penchant ou de m'en guérir. Dieu merci! c'est ce dernier moyen qui m'a réussi. Quand j'eus fait ma première dissection des extrémités inférieures de la femme, le charme funeste était rompu; je dis funeste, car en moi-même je rougissais de ces penchants. Je crois pouvoir omettre d'autres détails sur cette passion étrange qui m'a même enthousiasmé jusqu'à faire des poésies, et qui a été déjà décrite souvent en d'autres endroits.

Passons à la dernière page de mes aberrations sexuelles.

J'avais environ treize ans et commençais à changer de voix, lorsqu'un camarade d'école, qui était incidemment chez nous comme hôte, m'agaça un soir en me poussant avec son pied nu qu'il sortait de la couverture. J'attrapai son pied, et aussitôt je fus pris d'une excitation très violente qui fut suivie d'une pollution, la première que j'eus. Le garçon avait une structure de fille à s'y méprendre, et ses dispositions intellectuelles étaient conformes à cette particularité de son corps. Un autre camarade, qui avait des pieds et des mains très petits et très délicats et que je vis un jour au bain, me causa une très violente excitation. Je considérais comme un très grand bonheur de pouvoir coucher avec l'un ou

221

avec l'autre dans le même lit, mais je n'ai nullement pensé à un rapport sexuel plus intime et qui aurait dépassé une simple accolade. D'ailleurs, je repoussais avec horreur de pareilles idées.

Quelques années plus tard, à l'âge de seize à dix-huit ans, je fis la connaissance de deux autres garçons qui ont réveillé mon sentiment sexuel. Quand je me colletais avec eux, j'avais immédiatement des érections. Tous les deux étaient des garçons énergiques, gais, d'une conformation délicate, d'habitus enfantin. Lorsqu'ils atteignirent l'âge de puberté, aucun d'eux ne put plus m'inspirer un intérêt profond, bien que j'eusse conservé pour tous les deux un intérêt amical. Je ne me serais jamais laissé entraîner à des pratiques d'impudicité avec eux.

Quand je me suis fait inscrire à l'Université, j'oubliai complètement ces phénomènes de mon libido sexualis; mais, par principe, je me suis abstenu jusqu'à l'âge de vingt-quatre ans de tout rapport sexuel, malgré les railleries de mes collègues. Comme alors les pollutions devenaient trop fréquentes, que j'avais à craindre de la sorte de contracter éventuellement une cérébralasthénie ex abstinentia, je me jetai dans la vie sexuelle normale, et ce fut pour mon bien, malgré que j'en aie fait un assez grand usage.

Si je suis presque impuissant en face des puellæ publicæ, et si le corps nu de la femme me dégoûte plutôt qu'il ne m'attire, cela tient probablement aux branches spéciales de la médecine que j'ai étudiées pendant des années.

L'acte me satisfait toujours mieux quand je peux, en le faisant, fixer l'idée de la vis; mais, comme d'autre part, l'idée m'est insupportable que cette fille est satisfaite par d'autres que par moi, j'ai résolu, depuis des années, comme une nécessité pour l'équilibre de mon âme, de me payer une femme entretenue et autant que possible une virgo, bien que ces sacrifices matériels me grèvent lourdement. Autrement la jalousie la plus absurde me rendrait incapable de travailler. Je dois encore rappeler que, à l'âge de treize ans, je devins pour la première fois amoureux, mais platoniquement, et depuis j'ai souvent soupiré avec des langueurs de trouvère. Ce qui distingue mon cas de tous les autres, c'est que je ne me suis jamais masturbé de ma vie.

Il y a quelques semaines, je fus effrayé: pendant mon sommeil, j'avais rêvé de pueris nudis, et je m'étais éveillé avec une érection.

Enfin, je vais entreprendre la tâche toujours délicate de vous dépeindre mon état actuel. De taille moyenne, élégamment bâti, crâne dolichocéphale de 59 centimètres de circonférence, avec bosses frontales très proéminentes; regard un peu névropathique, pupilles moyennes, mâchoire très défectueuse. Musculature forte. Chevelure forte, blonde. À gauche, varicocèle; le frein était trop court, me gênait pendant le coït; je le coupai moi-même, il y a trois ans. Depuis, l'éjaculation est retardée, la sensation de volupté diminuée.

Tempérament coléreux, don d'assimilation rapide; bonnes facultés pour combiner avec énergie; pour un héréditaire, je suis très tenace; j'apprends facilement les langues étrangères, j'ai l'oreille musicale, mais autrement pas de talents artistiques. Zélé pour mes devoirs, mais toujours rempli du tædium vitæ, tendances au suicide auxquelles je n'ai résisté que par religion et par égard pour ma mère adorée. Du reste, candidat typique au suicide. Ambitieux, jaloux, paralysophobe et gaucher. J'ai des idées socialistes. Chercheur d'aventures, car je suis très brave; j'ai résolu de ne me jamais marier.

Observation 109 (Hermaphrodisme psychique; autobiographie).—Je suis né en 1868. Les familles de mes deux parents sont saines. Dans tous les cas, il n'y eut chez eux aucune maladie mentale. Mon père était commerçant; il a maintenant soixante-cinq ans, est nerveux depuis des années et très enclin à la mélancolie. Avant son mariage, mon père, dit-on, aurait été un vaillant viveur. Ma mère est bien portante, quoique pas très forte. J'ai une sœur et un frère bien portants.

Moi-même je me suis développé sexuellement de très bonne heure; à l'âge de quatorze ans, j'avais tellement de pollutions que j'en fus effrayé. Je ne puis plus dire dans quelles circonstances ces pollutions se manifestaient ni par quel genre de rêves elles étaient provoquées. Le fait est que, depuis des années, je ne me sens attiré sexuellement que vers les hommes et que, malgré toute mon énergie et malgré une lutte terrible, je ne puis pas vaincre ce penchant contre nature qui me répugne tant. Dans les premières années de ma vie, dit-on, j'aurais enduré beaucoup de maladies graves, de sorte qu'on craignit pour ma vie. De là vient aussi que plus tard on m'a gâté et trop choyé. J'étais confiné souvent à la chambre; j'aimais mieux jouer avec des poupées qu'avec des soldats; je préférais en général les jeux tranquilles de la chambre aux jeux bruyants de la rue. À l'âge de dix ans, on me mit au lycée. Bien que je fusse très paresseux, je comptai parmi les meilleurs élèves, car j'apprenais avec une facilité extraordinaire, et j'étais le favori de mes professeurs. Depuis mon âge le plus tendre (sept ans), j'eus plaisir à être avec les petites filles. Je me rappelle que, jusqu'à l'âge de treize ans, j'entretenais avec elles des liaisons d'amour, que j'étais jaloux de ceux qui parlaient à l'objet de mon amour, que j'avais plaisir à regarder sous les jupons des amies de ma sœur et des bonnes, et que j'avais des érections quand je touchais le corps de mes petites camarades de jeux. Je ne puis pas me rappeler avec exactitude si, à cet âge précoce, les garçons avaient pour moi un aussi puissant attrait et m'émotionnaient sexuellement. J'eus toujours beaucoup de plaisir à la lecture des pièces de théâtre: j'avais un théâtre de poupées, je contrefaisais les artistes que je voyais au grand théâtre et surtout, cherchant pour moi les rôles de femmes, je me plaisais alors à m'affubler de vêtements de femmes.

Quand l'éveil de ma vie sexuelle est devenu plus fort, le penchant pour les garçons l'emporta. Je devins tout à fait amoureux de mes camarades; j'éprouvais un sentiment voluptueux quand l'un d'eux, qui me plaisait, me touchait le corps. Je devins très farouche, je refusais d'aller à la leçon de gymnastique et de natation. Je croyais être fait autrement que mes camarades, et j'étais gêné quand je me déshabillais devant eux. J'avais plaisir à adspicere mentulam commilitum meorum, et j'avais des érections très faciles. Je ne me suis masturbé qu'une fois dans ma jeunesse. Un ami me raconta qu'on pouvait avoir du plaisir sans une femme; j'en essayai, mais je n'y éprouvai aucune jouissance. À cette époque, le hasard me fit tomber entre les mains un livre qui prévenait contre les conséquences funestes de l'onanisme. Je ne revins plus à mon premier essai. À l'âge de quatorze ou quinze ans, je fis la connaissance de deux garçons un peu plus jeunes que moi, mais qui m'excitaient sexuellement à un très haut degré. C'était surtout de l'un d'eux que j'étais amoureux. À son approche, j'étais ému sexuellement; j'étais inquiet quand il n'était pas là, jaloux de tous ceux qui lui parlaient et embarrassé en sa présence. Celui-ci ne se doutait pas du tout de mon état. Je me sentais très malheureux, je pleurais souvent et volontiers, car les pleurs me soulageaient. Pourtant je ne pouvais pas comprendre ce sentiment, et j'en sentais bien le caractère irrégulier. Ce qui me rendait particulièrement malheureux alors, c'est que ma faculté pour le travail sembla disparaître tout d'un coup. Moi qui autrefois apprenais avec la plus grande facilité, j'éprouvai subitement la plus grande difficulté: mes idées n'étaient jamais à la question, mais vagabondaient. C'était par le déploiement de toute mon énergie que j'arrivais à faire entrer quelque chose dans ma tête. J'étais obligé de répéter à haute voix ma leçon afin de maintenir mon attention en éveil. Ma mémoire, autrefois si bonne, me trahissait souvent. Je restais, malgré tout, un bon élève; je passe encore aujourd'hui pour un homme bien doué; mais j'ai une difficulté terrible à me graver quelque chose dans la mémoire. J'employai alors toute mon énergie pour sortir de cet état pitoyable. J'allais tous les jours faire de la gymnastique, de la natation et des promenades à cheval; je fréquentais assidûment la salle d'armes, et je trouvais beaucoup de plaisir à tous ces exercices. Aujourd'hui encore, je me sens très à mon aise quand je suis à cheval, bien que je ne m'entende pas bien en fait d'équitation et que je n'aie pas un don particulier pour les exercices de corps. Les relations avec mes camarades me faisaient beaucoup de plaisir, je ne manquais à aucune «beuverie»; je fumais et j'étais très populaire parmi eux. Je fréquentais beaucoup les brasseries, j'aimais à m'amuser avec les filles de brasserie, sans cependant en être sexuellement ému. Aux yeux de mes amis et de mes professeurs, je passais pour un homme débauché, un grand coureur de femmes. Malheureusement, c'était à tort.

À l'âge de dix-neuf ans, je devins élève de l'Université. Je passai mon premier semestre à l'Université de B... J'en ai gardé jusqu'à aujourd'hui un souvenir terrible. Mes besoins sexuels se faisaient sentir avec une violence extrême; je courais toute la nuit, surtout quand j'avais beaucoup bu, pour chercher des hommes. Heureusement je ne trouvais personne. Le lendemain d'une pareille promenade, j'étais toujours hors de moi-même. Le deuxième semestre, je me fis inscrire à l'Université de M...; ce fut l'époque la plus heureuse de ma vie. J'avais des amis gentils; fait curieux, je commençais à avoir du goût pour les femmes, et j'en étais bien heureux. Je nouai une liaison d'amour avec une fille jeune mais débauchée, avec laquelle je passai bien des nuits échevelées; j'étais extraordinairement apte aux joutes amoureuses.

Après le coït je me sentais dispos et aussi bien que possible. Outre cela, moi qui avais toujours été chaste, j'avais beaucoup de relations avec des femmes. Chez la femme, ce n'était pas le corps qui me charmait, car je ne le trouvais jamais beau, mais un certain je ne sais quoi; bref, je connaissais les femmes et leur seul contact me donnait une érection. Cette joie et cet état ne durèrent pas longtemps; je commis la bêtise de prendre une chambre commune avec un ami. C'était un jeune homme aimable, doué de talents et redouté des femmes; ces qualités m'avaient vivement attiré. En général, je n'aime que les hommes instruits, tandis que les hommes vigoureux mais sans éducation ne peuvent m'exciter vivement que pour un moment, sans jamais m'attacher. Bientôt je devins amoureux de mon ami. Alors arriva la période terrible qui a détraqué ma santé. Je couchais dans la même chambre que mon ami; j'étais obligé de le voir tous les jours se déshabiller devant moi; je dus rassembler toute mon énergie pour ne pas me trahir. J'en devins nerveux; je pleurais facilement, j'étais jaloux de tous ceux qui causaient avec lui. Je continuais toujours à avoir des rapports avec des femmes, mais ce n'était que difficilement que je pouvais arriver à faire le coït, qui me dégoûtait ainsi que la femme.

224

Les mêmes femmes, qui autrefois m'excitaient le plus vivement, me laissaient froid. Je suivis mon ami à W... où il rencontra un ami d'autrefois avec lequel il prit une chambre commune. Je devins jaloux, malade d'amour et de nostalgie. En même temps je repris mes rapports avec les femmes; mais ce n'est que rarement et avec beaucoup de peine que j'arrivais à accomplir le coït. Je devins terriblement déprimé, et je fus près de devenir fou. Du travail, il n'en était plus question. Je menais une vie insensée et fatigante; je dépensais des sommes énormes; je jetais pour ainsi dire l'argent par les fenêtres. Un mois et demi plus tard je tombai malade, et on dut me transporter dans un établissement d'hydrothérapie, où je passai plusieurs mois. Là je me suis ressaisi; bientôt je devins très aimé de la société; car je puis être très gai et je trouve beaucoup de plaisir dans la société des dames instruites. Pour la conversation, je préfère les dames mariées aux jeunes demoiselles, mais je suis aussi très gai dans la compagnie des messieurs, à la table de la brasserie et au jeu de quilles.

Je rencontrai, dans l'établissement hydrothérapique, un jeune homme de vingt-neuf ans qui évidemment avait les mêmes prédispositions que moi. Cet homme-là cherchait à se fourrer contre moi, voulait m'embrasser; mais cela me répugnait beaucoup, bien qu'il m'excitât et que son contact me donnât des érections et même de l'éjaculation. Un soir cet homme me décida à faire de la masturbatio mutua. Je passai ensuite une nuit terrible, sans sommeil; j'avais un dégoût horrible de cette affaire et je pris la résolution ferme de ne plus jamais pratiquer pareille chose avec un homme. Pendant des jours entiers, je ne pus me tranquilliser. Cela m'épouvantait que cet homme, malgré tout et en dépit de ma volonté, pût m'exciter sexuellement; d'autre part, j'éprouvais une satisfaction à voir qu'il était amoureux de moi et que, évidemment, il avait à traverser les mêmes luttes que moi. Je sus le tenir à l'écart.

Je me fis inscrire dans diverses Universités; je fréquentai encore plusieurs établissements hydrothérapiques, obtenant des guérisons momentanées, mais jamais durables. Je m'amourachai encore par-ci par-là d'un ami, mais jamais plus je n'eus une passion aussi violente que celle que j'eus pour l'ami de M... Je n'avais plus de rapports sexuels, ni avec des femmes, car j'en étais incapable, ni avec des hommes, car je n'en avais pas l'occasion, et je m'efforçais de me détourner d'eux. J'ai rencontré encore souvent l'ami de M...; nous sommes maintenant plus amis que jamais; sa vue ne m'excite plus, ce dont je suis bien aise. Il en est toujours ainsi; quand j'ai perdu de vue pour quelque temps une personne qui m'avait excité sexuellement, l'influence sexuelle disparaît.

J'ai passé mes examens brillamment. Pendant la dernière année, avant mes examens, j'ai commencé à pratiquer l'onanisme, c'est-à-dire à l'âge de vingt-trois ans, ne pouvant satisfaire autrement mon instinct génital qui devenait très gênant. Mais je ne me livrai à la masturbation que rarement, car, après l'acte, j'étais rempli de dégoût et je passais une nuit blanche. Quand j'ai beaucoup bu, je perds toute mon énergie. Alors je cours des heures entières à la recherche des hommes et finis par en arriver à la masturbation pour me réveiller le lendemain la tête lourde, avec le dégoût de moi-même, et pour rester en proie à une profonde mélancolie les jours suivants. Tant que j'ai de l'empire sur moi, je cherche à combattre mon naturel avec toute l'énergie dont je dispose. C'est horrible de ne pouvoir entrer en relations tranquilles avec aucun de ses amis, et de tressaillir à la vue de tout soldat ou de tout garçon boucher. C'est horrible, quand la nuit vient et que je guette à ma fenêtre si au mur d'en face, il n'y a pas quelqu'un qui pisse et me fournisse l'occasion de

225

voir ses parties génitales. Ils sont horribles ces rêves, et surtout la conviction de l'immoralité, du caractère criminel de mes désirs et de mes sentiments. J'ai de moi-même un dégoût qu'on ne peut guère décrire. Je considère mon état comme morbide. Je ne peux pas le prendre pour congénital, je crois plutôt que ce penchant m'a été inculqué à la suite d'une éducation manquée. Ma maladie me rend égoïste et dur pour les autres; elle étouffe chez moi toute bonhomie et tout égard pour ma famille. Je suis capricieux, souvent excité jusqu'à la folie, souvent triste; de sorte que je ne sais pas comment me sortir d'embarras; alors j'ai les pleurs faciles. Et pourtant j'ai un dégoût pour les rapports sexuels avec les hommes. Un soir que je revenais du cabaret, ivre et excité, et que j'avais perdu à demi conscience, l'âme pleine de libido, je me promenai dans un square public; je rencontrai un jeune homme qui me décida à faire un acte de masturbation mutuelle. Bien qu'il m'excitât, je fus après l'acte tout à fait hors de moi. Aujourd'hui même, quand je passe devant ce square, je suis pris de dégoût; récemment encore, comme j'y passais à cheval, je tombai sans aucune raison de ma monture docile, tellement le souvenir de cette vilenie m'avait révolté.

J'aime les enfants, la famille et la société, et je suis, grâce à ma position sociale, en état de fonder et de diriger un ménage. Je dois renoncer à tout cela, et pourtant je ne peux pas renoncer à l'espoir de guérir. Ainsi, je suis balancé entre la joie de l'espérance et un désespoir terrible; je néglige mon métier et ma famille. Je ne désire même pas arriver à me marier et fonder une famille. Je serais content si je pouvais dompter cet horrible penchant pour le sexe masculin, si je pouvais communiquer tranquillement avec mes amis et reprendre l'estime de moi-même.

Personne ne peut se faire une idée de mon état; je passe pour un «vert galant» et je cherche à me maintenir cette réputation. J'essaie souvent de nouer des liaisons avec des filles, car l'occasion se présente souvent. J'en ai déjà connu plus d'une qui m'aimait et qui m'aurait sacrifié son honneur; mais je ne puis lui offrir de l'amour, je ne puis rien lui donner sexuellement. Je pourrais bien aimer un homme; je ne suis excité que par des hommes très jeunes, des jouvenceaux de dix-sept à vingt-cinq ans, qui ne portent pas de favoris ou, ce qui est mieux encore, qui ne portent pas de barbe du tout. Je ne puis aimer que ceux qui sont très instruits, convenables, et de manières aimables. Moi-même je suis de petite taille, très vaniteux, très étourdi, très exalté aussi; je me laisse facilement guider par des personnes qui me plaisent et que je cherche à imiter en tout, mais je suis aussi très susceptible et facile à froisser. J'attache une très grande valeur aux apparences; j'aime les beaux meubles et les beaux vêtements, et je m'en laisse imposer par des manières aristocratiques et une mise élégante. Je suis malheureux de ce que mon état neurasthénique m'empêche d'étudier et de cultiver tout ce que je voudrais.

J'ai fait la connaissance d'un malade pendant l'automne dernier. Il n'a pas de stigmates de dégénérescence; il est d'un habitus tout à fait viril, bien que d'une constitution délicate et frêle. Les parties génitales sont normales. L'extérieur, distingué, n'a rien d'étrange. Il maudit sa perversion sexuelle dont il voudrait se débarrasser à tout prix. Malgré tous les efforts du médecin ainsi que du malade, on n'a pu obtenir qu'un degré d'hypnose très léger et insuffisant pour un traitement par suggestion.

Observation 110 (Hermaphrodisme psychique; fétichisme de la bouche).—J'ai trente et un ans; je suis employé dans une fabrique. Mes parents sont bien portants et n'ont rien de maladif. On dit que mon grand-père paternel a souffert du cerveau; ma grand'mère maternelle est morte mélancolique; un cousin de ma mère était un alcoolique; plusieurs autres parents proches sont anormaux au point de vue psychique.

J'avais quatre ans lorsque mon instinct génital commença à s'éveiller. Un homme de vingt et quelques années, qui jouait avec nous autres enfants et qui nous prenait sur ses bras, me donna l'envie de l'enlacer et de l'embrasser violemment. Ce penchant à embrasser sensuellement sur la bouche est très caractéristique dans mon état, car cette manière d'embrasser est chez moi le charme principal de ma satisfaction sexuelle.

J'ai éprouvé un mouvement analogue à l'âge de neuf ans. Un homme laid, même sale, à barbe rousse, m'a donné cette envie d'embrasser.

Alors se montra chez moi pour la première fois, un symptôme qu'on retrouve encore aujourd'hui: par moments les choses viles, même les personnes en vêtements sales et communes dans leurs manières, exercent un charme particulier sur mes sens.

Au lycée je fus, de onze à quinze ans, passionnément amoureux d'un camarade. Là aussi mon plus grand plaisir aurait été de l'enlacer de mes bras et de l'embrasser sur la bouche. Parfois j'étais pris pour lui d'une passion telle que je n'en ai jamais eu depuis de plus forte pour les personnes aimées. Mais, autant que je me rappelle, je n'eus des érections que vers l'âge de treize ans.

Durant ces années, je n'eus, comme je viens de le dire, que l'envie d'enlacer de mes bras et d'embrasser sur la bouche; cupiditas videndi vel tangendi aliorum genitalia mihi plane deerat. J'étais un garçon tout à fait naïf et innocent, et j'ignorai, jusqu'à l'âge de quinze ans, tout à fait la signification de l'érection; de plus, je n'osais pas même embrasser l'aimé, car je sentais que je faisais là un acte étrange.

Je n'éprouvais pas le besoin de me masturber, et j'eus la chance du ne pas y avoir été entraîné par des camarades plus âgés. En général, je ne me suis jamais masturbé jusqu'ici; j'ai une certaine répugnance pour cela.

À l'âge de quatorze à quinze ans, je fus pris de passion pour une série de garçons dont quelques-uns me plaisent encore aujourd'hui. Ainsi, je fus très amoureux d'un garçon auquel je n'ai jamais parlé; pourtant, j'étais heureux rien qu'en le rencontrant dans la rue.

Mes passions étaient de nature sensuelle; cela ressort déjà du fait que, rien qu'en pressant la main de l'individu aimé et en le caressant, j'avais de violentes érections.

Mais mon plus grand plaisir a été toujours amplecti et os osculari; je ne demandais jamais autre chose.

J'ignorais que le sentiment que j'éprouvais était de l'amour sexuel, seulement je me disais qu'il était impossible que j'éprouve seul de pareilles délices. Jusqu'à l'âge de quinze ans, jamais femme ne m'avait excité; un soir que j'étais seul avec la bonne dans ma chambre, j'éprouvai la même envie que j'avais jusqu'ici pour les garçons; je plaisantai d'abord avec elle, et quand je vis qu'elle se laissait faire volontiers, je la couvris de baisers;

voluptatem sensi tantam quantam nunc rarissime sentio. Alter alterius os osculati sumus et post X minutas pollutio evenit. C'est ainsi que je me satisfaisais deux à trois fois par semaine: bientôt je nouai une liaison analogue avec une de nos cuisinières et d'autres bonnes encore. Ejuculatio semper evenit postquam X fere minutas nos osculati sumus.

Entre temps, je pris des leçons de danse: c'est alors que, pour la première fois, je fus épris d'une demoiselle de bonne famille. Cet amour disparut bientôt; j'aimai encore une autre jeune fille dont je n'ai jamais fait la connaissance, mais dont la vue exerçait sur moi la même force d'attraction que la vue des jeunes gens; j'éprouvai pour elle plus que cette chaleur sensuelle que je sentais en d'autres occasions pour les filles. Mon penchant pour les filles était, à cette époque, arrivé à son point culminant: les filles me plaisaient à peu près autant que les garçons. Je satisfaisais ma sensualité, ainsi que je l'ai dit plus haut, en embrassant la bonne, ce qui provoquait toujours une pollution. C'est ainsi que je passai ma vie, de l'âge de seize ans jusqu'à dix-huit. Le départ de nos bonnes me priva de l'occasion de satisfaire mes sens. Vint alors une période de deux à trois ans, pendant laquelle j'ai dû renoncer aux jouissances sexuelles; en général, les filles me plaisaient moins; devenu un peu plus grand, j'eus honte de me commettre avec des servantes. Il m'était impossible de me procurer une maîtresse, car, malgré mon âge, j'étais rigoureusement surveillé par mes parents; je ne fréquentais que peu les jeunes gens, de sorte que je n'avais que très peu d'esprit d'initiative. À mesure que le penchant pour les femmes diminuait, l'attrait pour les jeunes gens augmentait.

Comme, depuis l'âge de seize ans, j'avais beaucoup de pollutions en rêvant tantôt de femmes, tantôt d'hommes, pollutions qui m'affaiblissaient beaucoup et déprimaient complètement mon humeur, je voulus absolument essayer du coït normal.

Cependant, des scrupules et l'idée que des filles publiques ne pourraient m'exciter, m'empêchèrent, jusqu'à l'âge de vingt et un ans, d'aller au bordel. Je soutins, pendant deux ou trois ans, un combat quotidien (s'il y avait eu des bordels d'hommes, aucun scrupule n'aurait pu m'empêcher d'y aller). Enfin, j'allai un jour au lupanar; je n'arrivai pas même à l'érection, d'abord parce que la fille, bien que jeune et assez fraîche pour une prostituée, n'avait pas de charme pour moi, ensuite parce qu'elle ne voulut pas m'embrasser sur la bouche. Je fus très déprimé et je me crus impuissant.

Trois semaines après, je visitai aliam meretricem quæ statim osculo erectionem effecit; erat robusto corpore, habuit crassa labia, multo libidinosior quam prior. Jam post tres minutas oscula sola in os data ejaculationem ante portam effecerunt. J'allai sept fois chez des prostituées, pour essayer d'arriver au coït.

Parfois, je n'arrivais point à avoir d'érection, parce que la fille me laissait froid; d'autres fois, j'éjaculais trop tôt. En somme, les premières fois, j'eus quelque répugnance à penem introducere, et même, après avoir réussi à faire le coït normal, je n'y éprouvai aucun charme. La satisfaction voluptueuse est produite par des baisers sur la bouche, c'est pour moi le plus important; le coït n'est que quelque chose d'accessoire qui doit servir à rendre plus étroit l'enlacement. Le coït seul, quand même la femme aurait pour moi les plus grands charmes, me serait indifférent sans les baisers, et même, dans la plupart des cas, l'érection cesse ou elle n'a pas lieu du tout quand la femme ne veut pas m'embrasser sur la bouche. Je ne peux pas embrasser n'importe quelles femmes, mais seulement celles dont la vue m'excite; une prostituée dont l'aspect me déplaît ne peut me mettre en chaleur, malgré tous les baisers qu'elle pourrait me prodiguer et qui ne m'inspireraient que du dégoût.

Ainsi, depuis quatre ans, je fréquente tous les dix à quinze jours le lupanar; ce n'est que rarement que je ne réussis pas à coïter, car je me suis étudié à fond, et je sais, en choisissant la puella, si elle m'excitera ou si elle me laissera froid. Il est vrai que, ces temps derniers, il m'est arrivé de nouveau de croire qu'une femme m'exciterait et que pourtant aucune érection ne s'est produite. Cela se produisait surtout quand, les jours précédents, j'avais dû faire trop d'efforts pour étouffer mon penchant pour les hommes.

Dans les premiers temps de mes visites au lupanar, mes sensations voluptueuses étaient très minimes; je n'éprouvais que rarement un vrai plaisir (comme autrefois par les baisers). Maintenant, au contraire, j'éprouve, dans la plupart des cas, une forte sensation de volupté. Je trouve un charme particulier aux lupanars de basse espèce; car, depuis ces temps derniers, c'est l'avilissement des femmes, l'entrée obscure, la lueur blafarde des lanternes, en un mot tout l'entourage qui a pour moi un attrait particulier; la principale raison en est, probablement, que ma sensualité est inconsciemment stimulée par le fait que ces endroits sont très fréquentés par des militaires, et que cette circonstance revêt pour ainsi dire la femme d'un certain charme.

Quand je trouve alors une femme dont la figure m'excite, je suis capable d'éprouver une très grande volupté.

En dehors des prostituées, mes désirs peuvent encore être excités surtout par des filles de paysans, des servantes, des filles du peuple et, en général, par celles qui sont habillées grossièrement et pauvrement.

Un fort coloris des joues, des lèvres épaisses, des formes robustes: voila ce qui me plaît avant tout. Les dames et les demoiselles distinguées me sont absolument indifférentes.

Mes pollutions ont lieu, la plupart du temps, sans me procurer aucune sensation de volupté; elles se produisent souvent quand je rêve d'hommes, très rarement ou presque jamais quand je rêve de femmes. Ainsi qu'il ressort de cette dernière circonstance, mon penchant pour les jeunes hommes subsiste toujours, malgré la pratique régulière du coït. Je peux même dire qu'il a augmenté, et cela dans une mesure considérable. Quand, immédiatement après le coït, les filles n'ont plus de charme pour moi, le baiser d'une femme sympathique pourrait, au contraire, me mettre tout de suite en érection; c'est précisément dans les premiers jours qui suivent le coït que les jeunes hommes me paraissent le plus désirables.

En somme, les rapports sexuels avec les femmes ne satisfont pas entièrement mon besoin sensuel. Il y a des jours où j'ai des érections fréquentes avec un désir ardent d'avoir des jeunes gens; ensuite viennent des jours plus calmes, avec des moments d'une indifférence complète à l'égard de toute femme et un penchant latent pour les hommes.

Une trop grande accalmie sensuelle me rend pourtant triste, surtout quand ce calme suit des moments d'excitation supprimée; ce n'est que lorsque la pensée des jeunes gens aimés me donne de nouvelles érections que je me sens de nouveau le moral relevé. Le calme fait alors brusquement place à une grande nervosité; je me sens déprimé, j'ai parfois des maux de tête (surtout après avoir refoulé les érections); cette nervosité va souvent jusqu'à une agitation violente que je cherche alors à apaiser par le coït.

Un changement essentiel dans ma vie sexuelle s'est opéré l'année passée, quand j'eus pour la première fois l'occasion de goûter à l'amour des hommes. Malgré le coït avec les femmes, qui me faisait plaisir—(à vrai dire c'étaient les baisers qui me faisaient plaisir et provoquaient l'éjaculation),—mon penchant pour les jeunes gens ne me laissait pas tranquille. Je résolus d'aller dans un lupanar fréquenté par beaucoup de militaires et de me payer un soldat en cas extrême. J'eus la chance de tomber bientôt sur un individu qui pensait comme moi et qui, malgré la très grande infériorité de sa position sociale, n'était pas indigne de moi ni par ses manières, ni par son caractère. Ce que j'éprouvai pour ce jeune homme—(et je l'éprouve encore),—c'est bien autre chose que ce que j'éprouve pour les femmes. La jouissance sensuelle n'est pas plus grande que celle que me procurent les prostituées, dont l'accolade et les baisers m'excitent beaucoup; avec lui je peux toujours éprouver une sensation de volupté et j'ai pour lui un sentiment que je n'ai pas pour les femmes. Malheureusement, je n'ai pu l'embrasser qu'à huit reprises différentes.

Bien que nous soyons séparés l'un de l'autre depuis plusieurs mois déjà, nous ne nous sommes pas oubliés et nous entretenons une correspondance très suivie. Pour le posséder, j'osai aller dans un lupanar, l'embrasser dans cet endroit, au risque d'être trahi.

Au début de notre liaison, il y eut une période pendant laquelle je n'entendis plus parler de lui; il ne me croyait pas digne d'assez de confiance.

Pendant ces semaines, j'ai souffert de chagrins et de peines qui m'ont mis dans un état de dépression et d'inquiétude anxieuse comme je n'en avais jamais éprouvé auparavant. Avoir à peine trouvé un amant et être déjà obligé de renoncer à lui, voilà ce qui me paraissait le tourment le plus affreux. Quand, grâce à mes efforts, nous nous retrouvâmes, ma joie fut immense, j'étais même tellement excité, qu'à la première accolade, après son retour, je ne pus arriver à l'éjaculation, malgré mon plaisir sensuel.

Usus sexualis in osculis et amplexionibus solis constitit, pene meo ludere ei licebat (dum ferre non possum mulierem penem manu tangere neque mulieri tangere cum concedo). Il est à remarquer d'ailleurs qu'en présence du bien-aimé j'ai immédiatement une érection: une poignée de main, même sa vue me suffit. Des heures entières je me suis promené avec lui le soir, et jamais je ne me lassais de sa compagnie, malgré sa position sociale fort inférieure à la mienne; c'est avec lui que je me sentais heureux; la satisfaction sexuelle n'était que le couronnement de notre amour. Bien que j'eusse enfin trouvé l'âme-sœur tant cherchée, je ne devins pas pour cela insensible aux femmes, et je fréquentais comme autrefois les bordels, quand l'instinct me tourmentait trop. J'espérais passer cet hiver dans la ville où se trouve mon amant; malheureusement, cela m'est impossible, et je suis maintenant forcé de rester séparé de lui jusqu'à une époque indéterminée. Cependant, nous essayerons de nous revoir, ne fût-ce que passagèrement, quand même ce ne serait qu'une ou deux fois par an; en tout cas, j'espère qu'à l'avenir nous pourrons nous

230

retrouver et rester plus longtemps ensemble. Ainsi cet hiver j'en suis de nouveau réduit à rester sans un ami qui pense comme moi. J'ai bien résolu, par crainte du danger d'être découvert, de ne plus me mettre en quête d'autres uranistes, mais cela m'est impossible, car les rapports sexuels avec les femmes ne me satisfont plus; par contre, l'envie d'avoir des jeunes gens va toujours croissant. Parfois j'ai peur de moi-même; je pourrais me trahir par l'habitude que j'ai de demander aux prostituées si elles ne connaissent pas un homme avec mes tendances; malgré cela, je ne puis renoncer à chercher un jeune homme partageant mes sentiments; je crois même qu'au besoin je prendrais le parti de m'acheter un soldat, bien que je me rende parfaitement compte du risque que je cours.

Je ne puis plus rester sans l'amour d'un homme, sans ce bonheur je serai toujours en désharmonie avec moi-même. Mon idéal serait d'entrer en relations avec une série de personnes ayant mes goûts, bien que je me trouve déjà content de pouvoir, sans empêchement, communiquer avec mon amant. Je pourrais facilement me passer de femmes si j'avais régulièrement des satisfactions avec un homme; cependant, je crois que, par moments et à des intervalles plus espacés, j'embrasserais aussi, pour me changer, une femme, car mon naturel est absolument hermaphrodite au point de vue psycho-sexuel (les femmes, je ne les peux désirer que sensuellement; mais les jeunes gens, je puis les aimer et les désirer à la fois). S'il existait un mariage entre hommes, je crois que je ne reculerais pas devant une vie commune qui me paraîtrait impossible avec une femme. Car, d'un côté, quand même la femme m'exciterait beaucoup, ce charme se perdrait bientôt dans les rapports réguliers, et alors tout plaisir sexuel deviendrait un acte sans jouissance, bien que non impossible à accomplir; d'autre part, il me manquerait le véritable amour pour la femme, attrait que j'éprouve en face des jeunes gens et qui me fait paraître désirable un commerce avec eux, même sans rapports sexuels. Mon plus grand bonheur serait une vie commune avec un jeune homme qui me plairait au physique, mais qui s'accorderait avec moi au point de vue intellectuel, qui comprendrait tous mes sentiments et qui, en même temps, partagerait mes idées et mes désirs.

Pour me plaire, les jeunes gens devaient avoir entre dix-huit et vingt-huit ans; quand j'avançai en âge, la limite des jeunes gens capables de m'exciter fut également reculée. Du reste, les tailles les plus diverses peuvent me plaire. La figure joue le principal rôle, bien que ce ne soit pas tout. Ce sont plutôt les blonds que les bruns qui m'excitent; ils ne doivent pas être barbus; ils doivent porter une petite moustache peu épaisse, ou pas de moustache du tout. Pour le reste, je ne puis dire que certaines catégories de figures me plaisent. Je repousse les visages à nez grand et droit, aux joues pâles, bien qu'il y ait là aussi des exceptions. Je vois avec plaisir des régiments de soldats, et bien des hommes me plaisent en uniforme, qui me laisseraient froid, s'ils étaient en bourgeois.

De même que chez les femmes, c'est une mise commune (surtout les jaquettes claires) qui m'excite, le costume militaire exerce un attrait sur moi. Dans les salles de danse, dans des cabarets fréquentés par de nombreux militaires, me mêler dans la foule aux troupiers et décider ceux qui me plaisent à me donner l'accolade et à m'embrasser,— bien qu'au point de vue intellectuel et social toute grossièreté de propos et de manières me répugne,—me mêler, dis-je, aux soldats, constituerait une stimulation naturelle de mes sens.

231

En présence de jeunes gens des meilleures classes, l'envie sensuelle se manifeste moins. Ce que j'ai dit de l'attrait qu'exerce sur moi le costume, ne doit pas être pris dans ce sens que ce sont les vêtements qui m'excitent. Cela veut dire que le vêtement peut contribuer à renforcer et à mieux faire ressortir l'effet que me produit la figure qui, dans d'autres circonstances, ne m'attirerait pas avec autant de force. Je puis en dire autant, seulement dans un autre sens, de l'odeur et de la fumée des cigares. Chez les hommes qui me sont indifférents, l'odeur de cigare m'est plutôt désagréable; mais chez les gens qui me sont sexuellement sympathiques, elle m'excite. Les baisers d'une prostituée qui sent le cigare augmentent ses charmes (d'abord pour cette raison particulière que cela me fait penser, bien qu'inconsciemment, aux baisers d'un homme). Ainsi, j'aimais particulièrement à embrasser mon amant quand il venait de fumer un cigare (il est à remarquer à ce propos que je n'ai jamais fumé ni un cigare, ni une cigarette; je ne l'ai pas même essayé).

Je suis de grande taille, mince; la figure a une expression virile; l'œil est mobile; l'ensemble de mon corps a quelque chose de féminin. Ma santé laisse à désirer, elle est probablement très influencée par mon anomalie sexuelle; ainsi que je l'ai déjà mentionné, je suis très nerveux et j'ai par moments tendance à m'absorber dans la méditation. J'ai aussi des périodes terribles de dépression et de mélancolie, surtout quand je songe aux difficultés que j'ai à me procurer une satisfaction homo-sexuelle correspondant à ma nature, mais surtout quand je suis très excité sexuellement et que, devant l'impossibilité de me satisfaire avec un homme, je dois dompter mon instinct. Dans cet état, il se produit, conjointement à la mélancolie, une absence totale de désirs sexuels.

Je suis très courageux au travail, mais souvent superficiel, étant porté aux travaux très rapides avec une activité dévorante. Je m'intéresse beaucoup à l'art et à la littérature. Parmi les poètes et les romanciers, je suis le plus attiré par ceux qui dépeignent des sentiments raffinés, des passions étranges et des impressions insolites; un style fignolé, affecté, me plaît. De même en musique, c'est la musique nerveuse et excitante de Chopin, Schumann, Schubert, Wagner, etc., qui me convient le mieux. Tout ce qui dans l'art est non seulement original, mais bizarre aussi, m'attire.

Je n'aime pas les exercices du corps et je ne les cultive pas.

Je suis bon de caractère, compatissant; malgré les peines que me cause mon anomalie, je ne me sens pas malheureux d'aimer les jeunes gens; mais je regarde comme un malheur que la satisfaction de cet amour soit considéré comme inadmissible et que je ne puisse obtenir sans obstacles cette satisfaction. Il ne me semble pas que l'amour pour l'homme soit un vice, mais je comprends bien pourquoi il passe pour tel. Comme cet amour est considéré comme un crime, je serais, en le satisfaisant, en harmonie avec moi-même, c'est vrai, mais jamais avec le monde de notre époque; voilà pourquoi je serai fatalement et toujours un peu déprimé, d'autant plus que je suis d'un caractère franc qui déteste tout mensonge. Le chagrin que j'ai d'être obligé de tout cacher dans mon for intérieur, m'a décidé à avouer mon anomalie à quelques amis dont la discrétion et l'intelligence sont absolument sûres. Bien que parfois ma situation me paraisse triste, à cause de la difficulté que j'ai à me satisfaire et du mépris général qu'inspire l'amour pour l'homme, j'ai souvent des moments où je tire presque vanité de mes sentiments anormaux. Je ne me marierai jamais, cela est entendu; je n'y vois aucun mal, bien que j'aime la vie de famille et que j'aie passé jusqu'ici une vie dans ma famille. Je vis dans l'espoir d'avoir à l'avenir un amant masculin pour toujours; il faut que j'en trouve un, sans cela l'avenir me paraîtrait sombre et monotone, et toutes les choses auxquelles on aspire ordinairement, honneurs, haute position, etc., ne seraient que vanité et choses sans attraits.

Si cet espoir ne devait pas se réaliser, je sens que je ne serais plus capable de me consacrer à mon métier; je serais capable de reléguer tout au second rang pour obtenir l'amour des hommes. Je n'ai plus de scrupules moraux au sujet de mon anomalie; en général, je ne me préoccupe guère de ce fait que je suis attiré par les charmes des jeunes hommes. Du reste, je juge la moralité et l'immoralité plutôt d'après mes sentiments que d'après des principes absolus, étant toujours enclin à un certain scepticisme et n'ayant pu encore arriver à me former une philosophie arrêtée.

Jusqu'ici il me semble qu'il n'y a de mauvais et d'immoral que les faits qui portent préjudice à autrui, les actes que je ne voudrais pas qu'on me fît à moi-même; mais, je puis dire à ce sujet que j'évite autant que possible d'empiéter sur les droits d'autrui; je suis capable de me révolter contre toute injustice qui serait commise envers un tiers. Mais je ne vois pas comment ni pourquoi l'amour pour les hommes serait contraire à la morale. Une activité sexuelle sans but—(si l'on voit l'immoralité dans l'absence du but, dans le fait contre nature)—existe aussi dans les rapports avec les prostituées, même dans les mariages où l'on se sert de préservatifs contre la procréation des enfants. Voilà pourquoi les rapports sexuels avec des hommes doivent, à mon avis, être placés au même niveau que tout rapport sexuel qui n'a pas pour but de faire des enfants. Mais, il me paraît bien douteux qu'une satisfaction sexuelle doive être considérée comme morale, parce qu'elle se propose le but sus-indiqué. Il est vrai qu'une satisfaction sexuelle qui ne vise pas la procréation, est contraire à la nature; mais nous ne savons pas si elle ne sert pas à d'autres buts qui sont encore pour nous un mystère; et quand même elle serait sans but, on n'en pourrait point conclure qu'il faut la réprouver, car il n'est pas prouvé que la mesure d'après laquelle on doit juger une action morale soit son utilité.

Je suis convaincu et certain que le préjugé actuel disparaîtra et que, un jour, on reconnaîtra, à juste raison, le droit aux homosexuels de pratiquer sans entraves leur amour.

En ce qui concerne la possibilité de la liberté d'un pareil droit, qu'on se rappelle donc les Grecs et leurs amitiés qui, au fond, n'étaient pas autre chose que de l'amour sexuel; qu'on songe un peu que, malgré cette impudicité contre nature, pratiquée par les plus grands génies, les Grecs sont considérés, encore aujourd'hui, au point de vue intellectuel et esthétique, comme des modèles qu'on n'a pas pu encore atteindre et qu'on recommande d'imiter.

J'ai déjà songé à guérir mon anomalie par l'hypnotisme. Quand même il pourrait donner un résultat, ce dont je doute, je voudrais être sûr que je deviendrais réellement et pour toujours un homme qui aimerait les femmes; car, bien que je ne puisse pas me satisfaire avec les hommes, je préférerais pourtant conserver cette aptitude à l'amour et à la volupté, quoique inassouvie, que d'être tout à fait sans sentiment.

Ainsi, il me reste l'espoir que je trouverai l'occasion de satisfaire cet amour que je désire tant et qui me rendrait heureux; mais je ne préférerais nullement à mon état actuel

233

une désuggestion des sentiments homosexuels sans trouver une compensation dans des sentiments hétérosexuels équivalents.

Finalement, je dois, contrairement aux diverses déclarations des uranistes que je trouve citées dans les biographies publiées, faire remarquer que, pour ma part du moins, il m'est très difficile de reconnaître mes semblables.

Bien que j'aie décrit d'une manière assez détaillée mes anomalies sexuelles, je crois que les remarques suivantes seront encore importantes pour la compréhension complète de mon état.

Ces temps derniers, j'ai renoncé à l'immissio penis, et je me suis contenté du coitus inter femora puellæ.

L'éjaculation s'est alors produite plus rapidement que par la conjunctio membrorum et, en outre, j'éprouvai une certaine volupté au pénis même. Si cette façon de rapport sexuel me fut assez agréable, cela doit être en partie attribué au fait que, dans ce genre de jouissance sexuelle, la différence de sexe est tout à fait indifférente, et qu'inconsciemment cela me rappelait l'accolade d'un homme. Mais, cette réminiscence était absolument inconsciente, bien que perçue vaguement; car je n'avais pas un plaisir dû à ma force d'imagination, mais causé directement par les baisers sur la bouche de la femme. Je sens aussi que le charme que le lupanar et les mérétrices exercent sur moi commence à s'effacer; mais je sais pertinemment que certaines femmes pourront toujours m'exciter par leurs baisers.

Aucune femme ne me semble désirable au point d'être capable de surmonter quelque obstacle pour la posséder; aucune ne le sera jamais, tandis que la crainte d'être découvert et livré à la honte ne peut que difficilement me retenir dans la recherche des étreintes des hommes.

Ainsi, je me suis laissé entraîner dernièrement à me payer un soldat chez une mérétrice. La volupté fut très vive et surtout, après la satisfaction obtenue, je fus remonté. Les jours suivants je me sentais, pour ainsi dire, réconforté, ayant à tout moment des érections; bien que je n'aie pu jusqu'ici retrouver ce soldat, l'idée de pouvoir m'en payer un autre me procure une certaine inquiétude; cependant, je ne serais parfaitement satisfait que si je trouvais une âme-sœur parmi les gens de ma position sociale et de mon instruction.

Je n'ai pas encore mentionné que, tandis qu'un corps de femme, sauf la figure, me laisse absolument froid, le toucher avec la main me dégoûterait, membrum virile me tangere dum os meum os ejus osculatur, mihi exoptatum esse; de plus, je n'éprouverais aucun dégoût à poser mes lèvres sur celles d'un homme qui me serait très sympathique.

La masturbation, ainsi que je l'ai dit, m'est impossible.

Observation 111 (Hermaphrodisme psychique; sentiment hétérosexuel développé de bonne heure, à la suite de masturbation épisodique, mais puissante; sentiment homosexuel pervers ab origine; excitation sensuelle par les bottes d'hommes).—M. X..., vingt-huit ans,

234

est venu chez moi au mois de septembre 1887, tout désespéré, pour me consulter sur la perversion de sa vita sexualis, qui lui rend la vie presque insupportable et qui, à plusieurs reprises, l'a déjà poussé au suicide.

Le malade est issu d'une famille où les névroses et les psychoses sont très fréquentes. Dans la famille du côté paternel, des mariages entre cousins ont eu lieu depuis trois générations. Le père, dit-on, est bien portant, et est heureux en ménage. Le fils, cependant, fut frappé par la prédilection de son père pour les beaux valets. La famille du côté maternel passe pour être composée d'originaux. Le grand-père et l'aïeul de la mère sont morts mélancoliques; la sœur de la mère était folle. Une fille du frère du grand-père était hystérique et nymphomane. Des douze frères et sœurs de la mère, trois seulement se sont mariés, parmi lesquels un frère qui était atteint d'inversion sexuelle et d'une maladie de nerfs, par suite d'excès de masturbation. La mère du malade était, dit-on, bigotte, d'une intelligence bornée, nerveuse, irritable et portée à la mélancolie.

Le malade a un frère et une sœur: le premier est névropathe, souvent en proie à une dépression mélancolique; bien qu'il soit déjà adulte, il n'a jamais montré trace de penchants sexuels; la sœur est une beauté connue et pour ainsi dire célèbre dans le monde des hommes. Cette dame est mariée, mais sans enfants; on prétend que c'est à cause de l'impuissance du mari. Elle resta, de tout temps, froide aux hommages que lui rendaient les hommes; mais elle est ravie par la beauté féminine et presque amoureuse de quelques-unes de ses amies.

Le malade, en venant à sa personnalité, nous raconta qu'à l'âge de quatre ans déjà, il rêvait de beaux écuyers, chaussés de belles bottes. Quand il fut devenu plus grand, il ne rêvait jamais de femmes. Ses pollutions nocturnes ont toujours été provoquées par des «rêves de bottes».

Dès l'âge de quatre ans, il éprouvait une étrange affection pour les hommes ou plutôt pour les laquais qui portaient des bottes bien cirées. Au début, ils ne lui paraissaient que sympathiques; mais, à mesure que sa vie sexuelle commença à se développer, il éprouvait, à leur aspect, de violentes érections et une émotion voluptueuse. Les bottes bien reluisantes ne l'excitaient que quand elles étaient chaussées par des domestiques; sur les pieds des personnes de son monde, elles l'auraient laissé absolument froid.

À cet état de choses ne se rattachait aucune impulsion sexuelle dans le sens d'un amour d'hommes. La seule idée de cette possibilité lui faisait horreur. Mais il lui vint à l'esprit des idées, renforcées par des sensations voluptueuses, d'être le valet de ses valets, de pouvoir leur ôter leurs bottes, de se laisser fouler aux pieds par eux, d'obtenir la permission de cirer leurs bottes. Sa morgue d'aristocrate se révoltait contre cette idée. En général, ces idées de bottes lui étaient pénibles et le dégoûtaient. Les sentiments sexuels se développèrent chez lui de bonne heure et puissamment. Ils trouvèrent alors leur expression dans ces idées voluptueuses de bottes, et, à partir de la puberté, dans des rêves analogues, accompagnés de pollutions.

Du reste, le développement physique et intellectuel s'accomplissait sans troubles. Le malade apprenait avec facilité; il termina ses études, devint officier, et, grâce à son apparence virile et distinguée, ainsi qu'à sa haute position, un personnage très bien vu dans le monde.

Il se dépeint lui-même comme un homme de bon cœur, d'une grande force de volonté, mais d'un esprit superficiel. Il affirme être un chasseur et un cavalier passionné, et ne jamais avoir eu de goût pour les occupations féminines. Dans la société des dames, il fut, comme il l'assure, toujours un peu timide; dans les salles de bal, il s'est toujours ennuyé. Il n'a jamais eu d'intérêt pour une dame du monde. Parmi les femmes, c'étaient, seules, les paysannes robustes, comme celles qui posaient chez les peintres de Rome, qui l'intéressaient, mais jamais une émotion sensuelle, dans la vraie acception du mot, ne lui vint en présence de ces représentantes du sexe féminin. Au théâtre et au cirque, il n'avait d'yeux que pour les artistes hommes. Il n'éprouvait aucune excitation sensuelle même pour ceux-ci. Chez l'homme, ce sont surtout les bottes qui l'intéressent, et encore faut-il que le porteur de ce genre de chaussures appartienne à la classe domestique et soit un bel homme. Ses égaux, quand même ils porteraient les plus belles bottes, lui sont absolument indifférents.

Le malade n'est pas encore clairement fixé sur la nature de ses penchants sexuels, et il ne saurait pas dire si l'affection l'emporte chez lui pour l'un ou pour l'autre sexe.

À mon avis, il a eu primitivement plutôt du goût pour la femme, mais cette sympathie était, en tout cas, très faible. Il affirme avec certitude que l'adspectus viri nudi lui était antipathique, et celui des parties génitales viriles lui serait même répugnant. Ce n'était précisément pas le cas vis-à-vis de la femme; mais il restait sans excitation même devant le plus beau corpus feminimum. Quand il était jeune officier, il était obligé d'accompagner de temps en temps ses camarades au bordel. Il s'y laissait décider volontiers, car il espérait se débarrasser, de cette façon, de ses idées. Il était impuissant tant qu'il n'avait pas recours à ses idées de bottes. Alors le coït avait lieu d'une façon tout à fait normale, mais sans lui procurer le moindre sentiment de volupté. Le malade n'éprouvait aucun penchant à avoir des rapports avec les femmes; il lui fallait, pour cela, une impulsion extérieure, à vrai dire une séduction. Abandonné à lui-même, sa vita sexualis consistait dans le plaisir de penser à des bottes et en rêves analogues avec pollutions. Comme chez lui l'obsession d'embrasser les bottes de ses valets, de les leur ôter, etc., s'accentuait de plus en plus, le malade résolut de faire tous les efforts possibles pour se débarrasser de cette impulsion dégoûtante, qui le blessait dans son amour-propre. Il avait vingt ans et se trouvait à Paris; alors il se rappela d'une très belle paysanne, laissée dans sa lointaine patrie. Il espérait pouvoir se délivrer, avec cette fille, de ses tendances sexuelles perverses; il partit aussitôt pour sa patrie et sollicita les faveurs de la belle campagnarde. Il paraît que, de sa nature, le malade n'était pourtant pas tout à fait prédisposé à l'inversion sexuelle. Il affirme qu'à cette époque il tomba réellement amoureux de la jeune paysanne, que son aspect, le contact de son jupon lui donnaient un frisson voluptueux; un jour qu'elle lui accorda un baiser, il eut une violente émotion. Ce n'est qu'après une cour assidue d'un an et demi que le malade arriva à son but auprès de la jeune fille.

Il était puissant, mais il éjaculait tardivement (dix à vingt minutes), et n'avait jamais de sensation voluptueuse pendant l'acte.

236

Après une période d'un an et demi de rapports sexuels avec cette fille, son amour pour elle se refroidit, car il ne la trouvait pas «aussi pure et fine» qu'il l'aurait désiré. À partir de ce moment, il a dû de nouveau recourir à l'évocation des images de bottes pour rester puissant dans ses rapports avec sa paysanne. À mesure que sa puissance diminuait, ses idées de bottes revenaient spontanément.

Plus tard le malade fit aussi le coït avec d'autres femmes. Par-ci, par-là, quand la femme lui était sympathique, la chose se passait sans l'évocation des idées de bottes.

Une fois il est même arrivé au malade de se rendre coupable de stuprum. Fait curieux, cette seule fois cet acte—qui était cependant forcé—lui procura un sentiment de volupté.

À mesure que sa puissance baissait, et qu'elle ne pouvait plus se maintenir que par les idées de bottes, le libido pour l'autre sexe baissait aussi. Chose significative, malgré son faible degré de libido, son faible penchant pour les femmes, le malade en arriva à la masturbation pendant qu'il entretenait des rapports sexuels avec la fille de paysans. Il apprit ces pratiques par la lecture des «Confessions» de J.-J. Rousseau, ouvrage qui lui tomba par hasard entre les mains. Aux impulsions dans ce sens se joignirent des idées de bottes. Il entrait alors dans des érections violentes, se masturbait, avait pendant l'éjaculation une volupté très vive qui manquait pendant le coït; il se sentait au commencement ragaillardi et stimulé intellectuellement par la masturbation.

Avec le temps cependant les symptômes de la neurasthénie, sexuelle d'abord, ensuite générale, avec irritation spinale, firent leur apparition. Il renonça pour un moment à la masturbation et alla trouver son ancienne maîtresse. Mais elle lui était devenue tout à fait indifférente et, comme il ne réussissait plus, même avec l'évocation des images de bottes, il s'éloigna de la femme et retomba de nouveau dans la masturbation qui le mettait à l'abri de l'impulsion de baiser et de cirer des bottes de valets. Toutefois, sa situation sexuelle restait bien pénible. Parfois il essayait encore le coït et réussissait quand, dans son imagination, il pensait à des bottes cirées. Après une longue abstinence de la masturbation, le coït lui réussissait quelquefois, sans qu'il eût besoin de recourir à aucun artifice.

Le malade déclare qu'il a de très grands besoins sexuels. Quand il n'a pas éjaculé depuis un long laps de temps, il devient congestif, très excité et psychiquement tourmenté par ses horripilantes idées de bottes, de sorte qu'il est forcé de faire le coït ou, ce qu'il préfère, se masturber.

Depuis un an sa situation morale s'est compliquée d'une façon fâcheuse par le fait, qu'étant le dernier rejeton d'une famille riche et noble, sur le désir pressant de ses parents, il doit enfin penser au mariage.

La fiancée qui lui est destinée est d'une rare beauté et elle lui est tout à fait sympathique au point de vue intellectuel. Mais comme femme elle lui est indifférente, comme toutes les femmes. Elle le satisfait au point de vue esthétique comme n'importe quel «chef-d'œuvre de l'art». Elle est devant ses yeux comme un idéal. L'adorer platoniquement serait pour lui un bonheur digne de tous ses efforts; mais la posséder

237

comme femme est pour lui une pensée pénible. Il sait d'avance qu'en face d'elle il ne pourra être puissant qu'à l'aide de ses idées de bottes. Mais sa haute estime pour cette personne, ainsi que son sens moral et esthétique, se révolteraient contre l'emploi d'un pareil moyen. S'il la souillait avec ces idées de bottes, elle perdrait à ses yeux même sa valeur esthétique, et alors il deviendrait tout à fait impuissant; il la prendrait en horreur. Le malade croit que sa situation est désespérée, et il avoue que ces temps derniers il fut à plusieurs reprises tenté de se suicider.

C'est un homme d'une haute culture intellectuelle, d'habitus tout à fait viril, à la barbe fortement développée, à la voix grave et aux parties génitales normales. L'œil a l'expression névropathique. Aucun stigmate de dégénérescence. Symptômes de neurasthénie spinale. On a réussi à rassurer le malade et à lui inspirer confiance dans l'avenir.

Les conseils médicaux consistaient en moyens pour combattre la neurasthénie: interdiction de continuer la masturbation et de s'abandonner à ses idées de bottes, affirmation qu'avec la guérison de la neurasthénie la cohabitation serait possible sans le secours des idées de bottes, et qu'avec le temps le malade serait apte au mariage moralement et physiquement.

Vers la fin du mois d'octobre 1888, le malade m'écrivait qu'il avait résisté victorieusement à la masturbation et aux idées de bottes. Il n'a rêvé qu'une seule fois de bottes et il n'a presque plus eu de pollutions. Il est affranchi des tendances homosexuelles, mais, malgré de fréquentes et puissantes émotions sexuelles, il n'a aucun libido pour la femme. Dans cette situation fatale, il est forcé par les circonstances de se marier dans trois mois.

2. HOMOSEXUELS OU URANISTES.

Contrairement au groupe précédent, c'est-à-dire celui des hermaphrodites psychosexuels, il y a ici, ab origine, un sentiment et un penchant sexuels exclusifs pour les personnes du même sexe; mais, contrairement au groupe qui suit, l'anomalie des individus se borne uniquement à la vita sexualis et n'exerce pas un effet plus profond et plus grave sur le caractère ni sur la totalité de la personnalité intellectuelle.

La vita sexualis est, chez ces homosexuels (uranistes), mutatis mutandis, tout à fait semblable à celle de l'amour normal hétérosexuel; mais, comme elle est contraire au sentiment naturel, elle devient une caricature, d'autant plus que ces individus sont en général atteints d'hyperæsthesia sexualis et que, par conséquent, leur amour pour leur propre sexe est un amour ardent et extatique.

L'uraniste aime, idolâtre son amant masculin, de même que l'homme qui aime la femme, idolâtre sa maîtresse. Il est capable de faire pour lui les plus grands sacrifices; il éprouve les tortures de l'amour malheureux, souvent non payé de retour, de l'infidélité de l'amant, de la jalousie, etc.

L'attention de l'homme homosexuel n'est captivée que par le danseur, l'acteur, l'athlète, la statue d'homme, etc. L'aspect des charmes féminins lui est indifférent, sinon répugnant; une femme nue lui paraît dégoûtante, tandis que la vue des parties génitales viriles, la vue des cuisses de l'homme, etc., le fait tressaillir de joie.

Le contact charnel avec un homme qui lui est sympathique lui donne un frisson de volupté; et, comme de pareils individus sont souvent neurasthéniques sexuellement, soit de naissance, soit par suite de la pratique de l'onanisme ou d'une abstinence forcée de tout rapport sexuel, il se produit facilement des éjaculations qui, dans les rapports les plus intimes avec la femme, n'auraient pas lieu du tout ou ne pourraient être forcément provoquées que par des moyens mécaniques. L'acte sexuel de n'importe quel genre, accompli avec l'homme, procure du plaisir et laisse derrière lui un sentiment de bien-être. Quand l'uraniste est capable de se forcer au coït, le dégoût agit régulièrement comme idée d'entrave et rend l'acte impossible; il éprouve à peu près le même sentiment qu'un homme qui serait forcé de goûter à de la nourriture ou à des boissons nauséabondes. Toutefois, l'expérience nous apprend que souvent des invertis de ce second degré se marient pour des raisons éthiques ou sociales.

Ces malheureux sont relativement puissants, quand, au milieu de l'étreinte conjugale, ils fouettent leur imagination et se figurent tenir, au lieu de l'épouse, un homme aimé entre leur bras.

Mais le coït est pour eux un lourd sacrifice, et non un plaisir; il les rend pour des journées entières faibles, énervés et souffrants. Quand ces uranistes ne sont pas capables de contrebalancer les idées et les représentations d'entrave, soit par l'effort énergique de leur imagination, soit par l'emploi de boissons alcooliques excitantes, soit par des érections artificiellement créées à l'aide de vessies pleines, etc., ils sont complètement impuissants, tandis que le seul contact d'un homme peut leur donner des érections et même de l'éjaculation.

Danser avec une femme est désagréable à l'uraniste. La danse avec un homme, surtout avec un homme de formes sympathiques, lui paraît être le plus grand plaisir.

L'uraniste masculin, quand il est d'une classe bien élevée, n'a pas d'antipathie pour les rapports non sexuels avec les femmes, quand leur conversation et leur goût artistique lui paraissent agréables. Il n'abhorre la femme que dans son rôle sexuel.

La femme homosexuelle présente ces mêmes phénomènes, mutatis mutandis. À ce degré de l'aberration sexuelle, le caractère et les occupations restent conformes au sexe que l'individu représente. La perversion sexuelle reste une anomalie isolée, mais qui laisse des traces profondes dans l'existence sociale et intellectuelle de la personne en question. Conformément à ce fait, elle se sent, dans n'importe quel acte sexuel, dans le rôle qui lui échouerait dans le cas d'une tendance hétérosexuelle.

Il y a cependant des cas intermédiaires, formant une transition vers le troisième groupe, dans ce sens que la personne s'imagine, désire ou rêve le rôle sexuel qui correspondrait à ses sentiments homosexuels et qu'il se manifeste incomplètement des penchants à des occupations, des tendances de goût, qui ne sont pas conformes au sexe que l'individu représente. Dans certains cas on a l'impression que ces phénomènes ont été artificiellement produits par l'influence de l'éducation, dans d'autres qu'ils représentent des dégénérescences plus profondes et produites, dans les limites du degré en question, par une activité sexuelle perverse (masturbation); ces derniers cas présentent des phénomènes de dégénérescence progressive analogues à ceux que nous avons observés dans les inversions sexuelles acquises.

En ce qui concerne la façon de se satisfaire au point de vue sexuel, il faut remarquer que, chez beaucoup d'uranistes hommes, qui sont atteints de faiblesse sexuelle irritable, la seule accolade suffit pour provoquer une éjaculation. Les personnes sexuellement hyperesthésiques et atteintes de paresthésie des sentiments esthétiques, ont souvent un plus grand plaisir à se commettre avec des individus sales et communs, pris dans la lie de la populace.

Sur le même terrain se produisent des désirs pédérastes (naturellement actifs) et d'autres aberrations; mais il est rare, et évidemment c'est seulement chez des personnes d'une moralité défectueuse et très cupides, que le libido nimia amène aux actes de pédérastie.

Contrairement aux vieux débauchés corrompus qui préfèrent des garçons et pratiquent de préférence la pédérastie, l'affection sexuelle des uranistes adultes ne paraît pas se tourner vers les individus masculins non développés.

L'uraniste ne pourrait probablement devenir dangereux pour les garçons que par suite d'un rut violent, ou quand il ne trouve pas mieux.

Le mode de satisfaction sexuelle des uranistes féminins est probablement la masturbation mutuelle et passive; ces personnes trouvent le coït aussi dégoûtant, fatigant et inadéquat que l'homme uraniste.

Observation 112.—L'observation suivante est l'extrait d'une très longue autobiographie qu'un médecin atteint d'inversion sexuelle a mise à ma disposition.

J'ai quarante ans; je suis né d'une famille très saine94, j'ai toujours été bien portant; je passais pour un modèle de fraîcheur physique et intellectuelle, d'énergie; je suis d'une constitution robuste, mais je n'ai que peu de barbe; sauf aux aisselles et au mons Veneris, je n'ai pas de poils sur le corps.

Note 94:
Plus tard, on a appris qu'un proche parent était mort fou, et que huit sœurs et frères du malade avaient péri entre l'âge de un à huit ans d'hydrocephalus acutus ou chronicus.

Peu après ma naissance, mon pénis était déjà extraordinairement grand; à l'heure qu'il est, il a en statu erectionis 21 centimètres de longueur et une circonférence de 14 centimètres. Je suis excellent cavalier, gymnaste, nageur; j'ai pris part à deux campagnes comme médecin militaire. Je n'ai jamais eu de goût pour les vêtements de femme ni pour les occupations féminines. Jusqu'à l'âge de puberté, j'étais timide en face du sexe féminin, et je le suis encore quand je me trouve en présence de femmes que je ne connais que depuis peu de temps.

De tout temps la danse me fut antipathique. À l'âge de huit ans s'éveilla en moi l'affection pour mon propre sexe. Tout d'abord j'éprouvais du plaisir en regardant les parties génitales de mes frères. Fratrem meum juniorem impuli ut alter alterius genitalibus luderet, quibus factis penis meus se erexit. Plus tard, en prenant un bain avec les enfants de l'école, les garçons m'intéressaient beaucoup, les filles pas du tout. J'avais si peu de goût pour elles qu'à l'âge de quinze ans encore je croyais qu'elles étaient munies d'un pénis comme nous autres. En compagnie de garçons ayant les mêmes sentiments, nous nous amusions vicissim genitalibus nostris ludere. À l'âge de onze ans et demi, on me donna un précepteur très sévère; je ne pouvais que rarement aller en cachette trouver mes camarades. J'apprenais très facilement, mais je ne m'accordais pas bien avec mon précepteur; un jour qu'il m'ennuyait trop, je me mis en rage et je courus sur lui avec un couteau; je l'aurais tué avec plaisir, s'il ne m'avait pas saisi le bras. À l'âge de douze ans et demi, j'ai déserté la maison paternelle pour une raison analogue, et pendant six semaines je rôdai dans le pays voisin.

On me mit ensuite au lycée; j'étais déjà développé sexuellement, et, en nous baignant, je m'amusais avec les garçons de la manière que j'ai indiquée, plus tard aussi par l'imitatio coïtus inter femora. J'avais alors treize ans. Les filles ne me plaisaient pas du tout. Des érections violentes m'amenèrent à jouer avec mes parties génitales; l'idée me vint aussi penem in os recipere, ce à quoi j'arrivai en me courbant. Je provoquai, par ce moyen, une éjaculation. C'est ainsi que j'arrivai à pratiquer la masturbation. J'en fus vivement effrayé, je me considérais comme un criminel; je me découvris à un condisciple âgé de seize ans. Celui-ci m'éclaira, me rassura et conclut avec moi une liaison d'amour. Nous étions heureux et nous nous satisfaisions par l'onanisme mutuel. En outre, je me masturbais aussi; au bout de deux ans, cette union fut rompue, mais, aujourd'hui encore, quand nous nous rencontrons par hasard—mon ami est un fonctionnaire supérieur— l'ancienne flamme se rallume de nouveau.

Ce temps que j'ai passé avec mon ami H... fut bien heureux, et j'en payerais le retour avec le sang de mon cœur. La vie m'était alors un plaisir; mes études étaient pour moi comme un jeu facile; j'avais de l'enthousiasme pour tout ce qui est beau.

Pendant ce temps, un médecin, ami de mon père, me séduisit en me caressant, à l'occasion d'une visite, en m'onanisant, en m'expliquant les procédés sexuels et en m'engageant à ne jamais me faire de manustuprations, cet acte étant très préjudiciable à la santé. Il pratiqua alors avec moi l'onanisme mutuel et me déclara que c'était pour lui le seul moyen de fonctionner au point de vue sexuel. Il a, dit-il, le dégoût des femmes; voilà pourquoi il a vécu en désaccord avec sa femme, morte depuis. Il m'invita avec insistance à venir le voir le plus souvent possible. Ce médecin était un homme de belle prestance, père de deux fils âgés du quatorze et quinze ans, avec lesquels, l'année suivante, je nouai une liaison d'amour analogue à celle que j'entretenais avec mon ami H... J'avais honte d'avoir fait des infidélités à ce dernier; toutefois je continuais mes rapports avec le médecin. Il pratiquait avec moi l'onanisme mutuel, me montrait nos spermatozoïdes sous le microscope; il me montrait aussi des ouvrages et des images pornographiques, mais qui ne me plaisaient guère, car je n'avais d'intérêt que pour les corps masculins. Plus tard, à l'occasion d'une visite, il me pria de lui accorder une faveur qu'il n'avait encore jamais goûtée et dont il avait grande envie. Comme je l'aimais, je consentis à tout. Instrumentis anum dilatavit, me pædicavit, dum simul penem meum trivit ita ut eodem tempore dolore

241

et voluptate affectus sim. Après cette découverte j'allai immédiatement trouver mon ami H..., croyant que cet homme aimé me donnerait un plaisir plus grand encore. Alter alterum pædicavit; mais nous fûmes déçus tous les deux et nous n'y revînmes plus; car, passif, je n'éprouvais que de la douleur; et, actif, je n'avais pas de plaisir, tandis que l'onanisme mutuel nous procurait la plus grande jouissance. Je me laissai faire encore plusieurs fois par le médecin, et encore je ne le fis que par gratitude. Jusqu'à l'âge de quinze ans, je pratiquai avec des amis l'onanisme passif ou mutuel.

J'étais devenu grand; les femmes et les filles me faisaient toutes sortes d'avances; mais je les fuyais comme Joseph fuyait la femme de Putiphar. À l'âge de quinze ans, je vins dans la capitale. Je n'avais que rarement l'occasion de satisfaire mon penchant sexuel. En revanche, je jouissais à l'aspect des images et des statues d'hommes, et je ne pouvais m'empêcher d'embrasser ardemment les statues aimées. L'ennui principal pour moi, c'étaient les feuilles de vigne qui couvraient les parties génitales.

À l'âge de dix-sept ans, je me fis inscrire à l'Université. De nouveau je vécus deux ans avec mon ami H...

À l'âge de dix-sept ans et demi on me poussa, alors que j'étais en état d'ivresse, à faire le coït avec une femme. Je me forçai; mais, aussitôt l'acte accompli, je pris la fuite, rempli de dégoût. De même qu'après ma première manustupration active, j'eus comme le sentiment que j'avais commis un crime. Dans un nouvel essai que je fis, sans être ivre, puella nuda pulcherrima operante erectio non evenit, tandis que la vue seule d'un garçon ou le contact de ma cuisse avec une main d'homme rendait mon pénis raide comme de l'acier. Mon ami H... venait, il y a peu de temps, de faire la même expérience. Nous nous creusâmes alors la tête, mais en vain, pour en découvrir la cause. Je laissai donc les femmes pour ce qu'elles sont, et je trouvai mon plaisir chez des amis par l'onanisme passif et mutuel: entre autres je le pratiquais avec les deux fils du médecin qui, depuis mon départ, avait abusé de ses enfants en leur faisant de la pædicatio.

À l'âge de dix-neuf ans je fis la connaissance de deux vrais uranistes.

A..., cinquante-six ans, d'un extérieur féminin, imberbe, très médiocre au point de vue intellectuel, avec un instinct sexuel très fort et qui s'est manifesté trop prématurément, a pratiqué l'amour uraniste depuis l'âge de six ans. Il venait tous les mois une fois dans la capitale. J'étais obligé de coucher avec lui: il était insatiable d'onanisme mutuel et me força aussi à la pædicatio active et passive, ce que j'ai dû accepter à contre-cœur, par-dessus le marché.

B..., négociant, trente-six ans, d'apparence tout à fait virile, avait des besoins énormes, de même que moi-même. Il savait donner à ses manipulations sur mon corps un tel charme que je dus lui servir de cynède. C'est le seul avec lequel j'éprouvai dans le rôle passif quelque jouissance. Il m'avoua que, rien qu'en me sachant près de lui, il était pris d'érections très tourmentantes: quand je ne pouvais pas le servir, il était obligé de se soulager par la masturbation.

Malgré ces amourettes, j'étais assistant de clinique à l'hôpital et je passais comme très zélé et très capable dans mon métier. Bien entendu, j'ai cherché dans toute la littérature médicale une explication de ma bizarrerie sexuelle. Partout je la trouvais stigmatisée comme un délit qui mérite d'être puni, tandis que moi je n'y pouvais reconnaître que la simple et naturelle satisfaction de mes désirs sexuels. J'avais la conscience que cette particularité m'est venue de naissance; mais, me sentant en antagonisme avec le monde entier, et souvent près de la folie et du suicide, j'essayais toujours et toujours de satisfaire avec les femmes mon immense appétit génital. Le résultat était toujours le même: ou il y avait absence de toute érection ou, quand je réussissais à faire l'acte, il y avait dégoût et horreur d'y revenir.

Étant médecin-major, je souffris énormément à la vue et au contact de milliers de corps d'hommes nus. Heureusement, je contractai une liaison d'amour avec un lieutenant qui partageait mes sentiments, et je passai encore une fois une période de divines délices.

Par amour pour lui, je me laissai décider à la pædicatio, que son âme désirait tant. Nous nous aimâmes jusqu'à sa mort, à la bataille de Sedan. Depuis, je n'acceptai plus jamais la pædicatio ni passive, ni active, bien que j'aie eu beaucoup d'amourettes et que je sois un personnage très demandé.

À l'âge de vingt-trois ans, je suis allé m'établir comme médecin à la campagne, j'étais très couru et très aimé comme médecin. Pendant cette période, je me satisfaisais avec des garçons de quatorze ans. Je me suis, à cette époque, lancé dans la vie politique et brouillé avec le clergé. Un de mes amants me trahit, le clergé me dénonça et je fus forcé de prendre la fuite. L'enquête judiciaire conclut en ma faveur. J'ai pu rentrer, mais je fus vivement ébranlé et je profitai de la guerre qui venait d'éclater (1870) pour servir sous les armes, espérant trouver la mort. Je rentrai de la guerre, avec nombre de distinctions honorifiques; homme mûr et calme, je ne trouvais plus de plaisir que dans les travaux assidus de mon métier. J'espérais que mon énorme instinct génital était près de s'éteindre, épuisé que j'étais par les immenses fatigues de la campagne.

À peine fus-je reposé que l'ancien instinct indomptable recommença à se faire sentir en moi et m'entraîna à des satisfactions effrénées. Souvent je faisais mon examen de conscience, me reprochais mon penchant répréhensible aux yeux du monde, sinon aux miens.

Pendant un an, je m'abstins, en déployant toute ma force de volonté; ensuite, j'allai dans la capitale pour me forcer aux rapports avec les femmes. Moi qui, à la vue du plus sale garçon d'écurie, étais pris d'érections violentes, je n'avais guère d'émotion auprès de la plus belle des femmes. Je rentrais anéanti. J'avais un garçon pour mon service et en même temps pour mes satisfactions sexuelles.

La solitude de la vie du médecin du campagne, le vif désir d'avoir des enfants, me poussaient au mariage. Du reste, je voulais couper court aux cancans des gens, et j'espérais en outre triompher enfin de mon fatal penchant.

Je connaissais une demoiselle pleine de bonté et de cœur, et de l'amour de laquelle j'étais convaincu. Je réussis, grâce à l'estime et à l'adoration que j'avais pour ma femme, à remplir mes devoirs conjugaux. Ce qui me facilita ma tâche, ce fut l'air garçon qu'avait ma femme. Je l'appelais mon Raphaël, je fouettais mon imagination pour évoquer des images de garçons et arriver ainsi à l'érection. Mon imagination se lassa au bout d'un moment: c'en était fait de l'érection. Je ne pouvais pas dormir dans le même lit que ma femme. Dans ces deux dernières années, le coït m'a toujours été de plus en plus difficile à exécuter, et, depuis deux ans, nous y avons renoncé. Ma femme connaît mon état d'âme. Sa bonté de cœur et son amour pour moi ont pu la décider à n'y attacher aucune importance.

Mon penchant sexuel pour mon propre sexe est resté toujours le même, et malheureusement il m'a forcé souvent à faire des infidélités à ma femme.

Aujourd'hui encore, l'aspect d'un garçon de seize ans me met dans une vive excitation sexuelle avec des érections gênantes, de sorte que je me soulage à l'occasion par la manustupration du garçon ou par la masturbation sur moi-même.

Les tourments que je souffre sont indescriptibles. Faute de mieux, uxor mea penem lerit, sed quod mulieris manus magno opere post dimidiam horam aduquitur, pueri manus post nonnulla momenta adsequitur. Et ainsi je passe ma vie misérable, esclave de la loi et de mon devoir envers ma femme!

Je n'ai jamais eu le désir de la pædicatio ni active ni passive. Quand je la faisais ou la subissais, c'était toujours par gratitude et par complaisance.

Le médecin auquel je dois cette auto-observation m'affirme que, jusqu'ici, il a eu des rapports sexuels avec au moins six cents uranistes. Il y en a beaucoup qui vivent encore et occupent des positions sociales très élevées et très respectées (10 p. 100 seulement d'entre eux sont devenus plus tard amateurs de femmes). Une autre partie ne déteste pas la femme, mais a plus de penchant pour le sexe masculin; les autres sont exclusivement et pour toujours amateurs d'hommes.

Ce médecin prétend n'avoir jamais rencontré de conformations anormales des parties génitales chez ces six cents uranistes; mais il a souvent pu remarquer certains rapprochements vers les formes féminines, le peu d'abondance des poils, un teint plus tendre, une voix plus haute. Il y avait souvent aussi un développement des mamelles; X..., affirmat ab 13-15 anno lac in mammis suis habuisse quod amicus H... esuxit. Seuls 10 p. 100 de ces hommes montraient du goût pour les occupations féminines. Tous ses amis étaient atteints d'un penchant sexuel anormalement précoce et fort. La grande majorité d'entre eux se sentait vis-à-vis l'un de l'autre comme hommes, se satisfaisait par l'onanisme mutuel, manustupration sur l'amant ou par l'amant. La plupart d'entre eux inclinaient vers la pédérastie active. Mais souvent, la crainte du Code pénal ou des raisons esthétiques contre l'anus, sont les causes pour lesquelles l'acte n'est pas exécuté. Ils se sentent rarement dans le rôle de femme vis-à-vis des autres, et ont rarement un penchant à la pédérastie passive.

Au commencement de l'année 1887, ce médecin fut arrêté parce qu'il s'était livré à des actes d'impudicité avec deux garçons de quatorze ans. Le délit consistait en ce qu'il faisait d'abord frotter par les garçons mentulam propriam inter femora viri jusqu'à ce que l'éjaculation se produisît, et qu'il exécutait le même procédé cum mentula propria inter femora pueri. Lors des débuts judiciaires, on admit qu'on se trouvait en présence d'un

244

instinct morbide; mais il fut prouvé que l'inculpé n'avait pas de troubles mentaux, qu'il n'avait pas perdu son libre arbitre, en tout cas qu'il n'avait pas agi sous une impulsion irrésistible.

Toutefois, il fut condamné à un an de prison, tout en tenant compte des plus grandes circonstances atténuantes.

Observation 113.—M. X..., de haute position sociale, m'a consulté pour une neurasthénie et une insomnie dont il souffre depuis des années. L'enquête sur la cause du mal a amené le malade à avouer qu'il a un penchant sexuel anormal pour son propre sexe, qu'il a en général de grands besoins sexuels, et que probablement sa maladie de nerfs vient de là. Les passages suivants de l'historique de la maladie de cet homme très intelligent pourront présenter quelque intérêt scientifique.

«Mon sentiment sexuel anormal remonte à l'époque de mon enfance. À l'âge de trois ans, un journal de modes me tomba par hasard entre les mains. J'embrassai les belles gravures d'hommes à en déchirer le papier, et je ne fis pas même attention aux figures de femmes. Je détestais les jeux des garçons.

J'aimais mieux jouer avec les filles, car elles avaient toujours des poupées. Je confectionnais de préférence des robes pour les poupées; aujourd'hui encore, malgré mes trente-trois ans, les poupées m'intéressent beaucoup. Étant encore petit garçon, je restais des heures entières aux aguets des cabinets ut virorum genitalia adspicerem. Quand je réussissais à en apercevoir, j'avais toujours une émotion étrange et j'étais pris d'une sorte de vertige. Les hommes frêles m'étaient peu sympathiques, mais les garçons surtout m'étaient absolument indifférents. À l'âge de treize ans, je me livrai à l'onanisme. De l'âge de treize ans jusqu'à quinze ans, je dormis dans le même lit qu'un très beau jeune homme. C'était mon bonheur! Per multas horas vespere pene erecto illum domum venientem expectavi. Quod si ille fortuito genitalia mea in tecto tetigit, summa voluptate affectus sum. À l'âge de quatorze ans, j'avais un camarade d'école qui partageait mes goûts. In schola per nonnulas horas alter genitalia alterius tenebat manibus. Ah! quelles heures délicieuses! Je stationnais dans les maisons de bains le plus souvent que je pouvais. L'aspect des parties génitales viriles me causait de violentes érections. À l'âge de seize ans, je fus envoyé dans la grande ville. La vue de tant de beaux hommes me ravissait. À l'âge de dix-sept ans et demi, j'essayai le coït avec une fille publique, mais, pris de dégoût et de répugnance, je fus incapable de l'accomplir. D'autres essais encore échouèrent, jusqu'à l'âge de dix-neuf ans. Alors je réussis une fois; mais le coït ne me procura aucun plaisir, il me laissa plutôt un sentiment de dégoût. Je me fis violence; j'étais fier du succès, de cette preuve que j'étais pourtant un homme, ce dont j'avais commencé à douter.

Des essais ultérieurs ne réussirent plus. Le dégoût était trop vif. Quand la femme se déshabillait j'étais obligé d'éteindre tout de suite la lumière. Je me crus alors impuissant; je consultai des médecins; je fréquentai les bains et les établissements hydrothérapiques pour guérir ma prétendue impuissance, car je ne savais pas du tout ce que je devais en penser. J'aimais la société des dames, par vanité peut-être, car je paraissais sympathique et aimable à la plupart des femmes. Je n'estimais chez la femme que les qualités spirituelles et esthétiques. J'aimais à danser avec des femmes douées de ces qualités, mais quand ma danseuse se serrait pendant la danse contre moi, j'éprouvais une sensation fortement désagréable, du dégoût même, et j'aurais bien voulu la battre. Quand, par hasard, il arrivait qu'un monsieur, par pure plaisanterie, dansait avec moi, j'avais toujours le rôle de la dame. Alors je me serrais, je me pressais contre lui, et j'en étais tout ravi et content. Quand j'eus dix-huit ans, un monsieur qui venait dans notre bureau dit un jour: «C'est un gentil garçon, pour lequel on pourrait, en Orient, demander à chaque instant une livre sterling.» Ce propos m'intrigua beaucoup, et j'aurais bien voulu avoir le mot de cette énigme. Un autre monsieur aimait à plaisanter avec moi et, en sortant de chez nous, il m'enlevait souvent des baisers que, hélas! je lui aurais si volontiers accordés. Ce voleur de baisers est devenu plus tard un de mes amants. Grâce à ces circonstances, mon attention fut éveillée, et j'attendais une occasion propice.

Quand j'eus atteint l'âge de vingt-cinq ans, il arriva un jour qu'un ancien capucin me fixa du regard. Il devint pour moi comme un Méphisto. Enfin il m'adressa la parole. Aujourd'hui encore, en y pensant, je crois sentir les battements précipités de mon cœur; j'étais près de m'évanouir. Il me donna rendez-vous pour le soir dans un restaurant. J'y allai; mais, arrivé à la porte, je m'en retournai; je redoutais des mystères terribles. La soirée suivante, le capucin me rencontra de nouveau. Il me persuada, m'amena dans sa chambre, car c'est à peine si je pouvais marcher, tellement mon émotion était grande. Mon séducteur me fit asseoir sur le canapé, me fixa en souriant de ses beaux yeux noirs: je perdis connaissance.

Il me faudrait beaucoup écrire pour pouvoir donner une idée approximative de cette volupté, de ces joies divines et idéales qui remplissaient toute mon âme; je crois que seul un jeune homme innocent, amoureux par-dessus les oreilles, qui, pour la première fois, arrive à satisfaire sa langueur amoureuse, pourrait être aussi heureux que je le fus dans cette soirée mémorable. Mon séducteur exigea ma vie par plaisanterie—(ce que je pris d'abord au sérieux). Je le priai de me laisser être heureux encore pendant quelque temps, et alors je serais prêt à mourir avec lui. C'eût été bien conforme à mes idées exaltées de cette époque. J'entretins alors pendant cinq ans une liaison avec cet homme qui m'est encore si cher aujourd'hui. Ah! que j'étais heureux à cette époque, mais souvent aussi malheureux! Je n'avais qu'à le voir causer avec un joli garçon, et la rage de la jalousie s'éveillait en moi.

À l'âge de vingt-sept ans, je me suis fiancé avec une jeune dame. Son esprit, ses sentiments délicats et esthétiques ainsi que des raisons financières, dans l'intérêt de mon commerce, me décidèrent à songer à me marier avec elle. D'ailleurs, je suis un grand ami des enfants, et toutes les fois que je rencontrais un pauvre journalier qui avait avec lui sa femme et un bel enfant, j'enviais son bonheur de père de famille.

Je m'illusionnais donc moi-même; je traversai sans accident ma période de fiançailles; cependant, en embrassant ma fiancée, j'éprouvais plutôt de l'angoisse et de la peur que du plaisir. Une ou deux fois il arriva pourtant qu'après un copieux dîner, en l'embrassant vivement et courageusement, j'eus des érections. Que j'étais alors heureux! Je me voyais déjà papa! Deux fois je fus sur le point de rompre le mariage. Le jour des noces,—les invités étaient déjà réunis,—je m'enfermai dans ma chambre; je pleurai comme un enfant; je ne voulais pas me marier. Cédant aux persuasions des membres de ma famille auxquels je donnais les raisons les plus futiles, je me laissai traîner en toilette de rue devant l'autel.

246

Uxor mea nuptiarum tempore menses habuit.

Oh! que j'en rendis grâce à tous les saints! Aujourd'hui encore je suis convaincu que seule cette circonstance m'a permis d'accomplir plus tard le coït.

J'ignore encore aujourd'hui comment je suis arrivé à pouvoir plus tard faire cet acte avec ma femme et procréer un charmant garçon. Il est ma consolation dans ma vie manquée. Je ne puis que remercier le bon Dieu du bonheur d'avoir un enfant. Ma vie conjugale fut pour ainsi dire une filouterie. Ma femme, que j'estime beaucoup à cause de ses qualités excellentes, ne se doute pas du tout de mon état réel; seulement elle se plaint souvent de ma froideur. Grâce à sa bonté de cœur et à sa naïveté, il me fut possible de lui faire accroire que l'accomplissement du devoir conjugal ne se fait qu'une fois par mois. Comme elle n'est pas sensuelle et que je trouve toujours une excuse dans ma nervosité, je réussis à la tromper. Le coït est pour moi le plus grand sacrifice qu'on puisse imaginer. Grâce à de fortes libations de vin et en utilisant le matin les érections produites sous l'influence de la réplétion vésicale, je réussis à faire le coït une fois par mois; mais je n'éprouve aucune volupté; j'en suis tout affaibli, et le lendemain je sens une aggravation de mes malaises nerveux. Seule la conscience d'avoir rempli mon devoir conjugal envers ma femme, que j'aime du reste, m'est alors un plaisir, une satisfaction morale. Il n'en est pas ainsi avec un homme. Je peux cohabiter avec lui plusieurs fois dans la même nuit, en me sentant toujours dans le rôle de l'homme. J'éprouve alors la plus grande volupté, le bonheur le plus pur, et je m'en sens rasséréné et content. Ces temps derniers, mon penchant pour les hommes s'est un peu relâché. J'ai même eu le courage d'éviter un beau jeune homme qui me faisait la cour. Cela durera-t-il? Je crains que non. Je ne puis pas du tout me passer de l'amour des hommes; quand je suis forcé de m'en priver, je me sens abattu, fatigué, misérable, et j'ai alors des douleurs et des congestions à la tête. J'ai toujours compris que ma bizarrerie regrettable est morbide et congénitale; je m'estimerais heureux si je n'étais pas marié. Je plains ma femme, si bonne et si gentille. Souvent je suis pris de la peur de ne pouvoir plus vivre avec elle. Alors des idées de divorce me viennent, ou je fais le projet de me suicider ou bien de partir pour l'Amérique.

Le malade, auquel je dois cette communication, ne présente à première vue aucun signe de son état. Il est d'un habitus tout à fait viril, porte une forte barbe, a la voix forte et grave, et les parties génitales tout à fait normales. Le crâne a une conformation normale; les stigmates de dégénérescence manquent absolument; seulement son œil, particulièrement nerveux, rappelle la névropathie. Les organes végétatifs fonctionnent normalement. Le malade présente les symptômes ordinaires d'une neurasthénie qu'on peut attribuer aux excès sexuels d'un homme ayant des besoins anormaux, dans ses rapports avec des personnes de son propre sexe, et aux influences nuisibles du coït forcé avec sa femme malgré son horror feminæ.

Le malade déclare être né de parents sains et n'avoir dans son ascendance ni névropathes ni aliénés. Son frère aîné fut marié pendant trois ans. Le mariage fut dissous parce que l'époux n'avait jamais eu de rapports sexuels avec sa femme. Il se maria une seconde fois. La seconde femme aussi se plaignit d'être négligée par son mari; mais elle a quatre enfants dont la légitimité n'est pas mise en doute. Une sœur est hystérique.

247

Le malade prétend avoir, étant jeune homme, souffert d'accès de vertige qui duraient plusieurs secondes et pendant lesquels il avait comme le sentiment que tout son être se désagrégeait. Il dit avoir été de tout temps très irritable, très émotif, et avoir eu de l'enthousiasme pour la poésie et pour la musique. Lui-même il dépeint son caractère comme mystérieux, anormal, nerveux, inquiet, extravagant et hésitant. Il est souvent exalté sans aucune raison, et ensuite déprimé sans motif, jusqu'à concevoir des idées de suicide. Il peut, par une transition rapide et subite, passer des sentiments religieux à la frivolité, de l'esthétique au cynisme, de la lâcheté à la provocation, de la crédulité bonasse à la méfiance, enfin de la tendance à faire du mal à autrui à celle d'être touché aux larmes du malheur des autres, d'être libéral jusqu'à la prodigalité et ensuite avare comme Harpagon. En tout cas, le malade est un être taré. Intellectuellement il semble être très bien doué; aussi nous a-t-il affirmé avoir appris avec facilité et avoir toujours été parmi les premiers en classe.

Le mariage de cet homme ne fut pas heureux. Le malade est resté neurasthénique malgré qu'il n'ait que rarement accompli avec sa femme l'acte sexuel si inadéquat et si nuisible pour lui, et qu'il n'ait pas moins rarement trouvé de compensations chez des amants masculins. Sa souffrance présentait par moments des exacerbations considérables jusqu'à désespérer de sa situation conjugale et sexuelle, et allant même jusqu'au plus violent tædium vitæ.

Sa femme est devenue hystéropathe, anémique, et le malade lui-même est d'avis qu'elle l'est devenue ex abstinentia. Quelque violence qu'il se fasse, quelque effort qu'il déploie, il lui est impossible depuis quelques années de faire le coït; les érections font absolument défaut, tandis qu'il se sent très puissant dans ses rapports avec ses amants masculins.

Le garçon de ces malheureux parents a maintenant neuf ans et se porte bien.

Le malade m'avoua encore qu'autrefois il n'était puissant pendant le coït avec sa femme qu'en évoquant par artifice dans son imagination l'image d'un homme aimé. (Extrait du Lehrbuch der Psychiatrie de l'auteur, 2e édition, avec des notes supplémentaires).

Observation 114. Autobiographie.—L'auteur de ces lignes est uraniste de naissance.

Bien que je n'aie jamais rencontré d'autres uranistes, je suis complètement renseigné sur mon état, ayant réussi à me procurer avec le temps tous les ouvrages scientifiques qui traitent de ce sujet. Il n'y a pas longtemps que j'ai eu l'occasion de lire votre livre Psychopathia sexualis.

Je vis que vous examiniez et précisiez les choses sans préjugé, seulement dans l'intérêt de la science et de l'humanité.

Bien que je ne puisse vous communiquer beaucoup de faits nouveaux, je tiens tout de même à vous mentionner certaines choses que vous voudrez bien accepter comme une pierre de plus pour votre édifice; je les remets en pleine confiance entre vos mains, convaincu que vous vous en servirez pour notre réhabilitation sociale.

Vous êtes peut-être dans le vrai en supposant que nous sommes souvent atteints d'une tare héréditaire. Mon père souffrait d'une maladie de la moelle épinière avant ma naissance; plus tard, il est devenu mélancolique et s'est suicidé.

Un autre point cependant sur lequel je ferai mes réserves, est l'opinion exprimée par vous, dans un autre passage, que l'onanisme, pratiqué dès la première jeunesse, pourrait amener un individu à des penchants pervers.

Négociant, propriétaire d'un petit fonds de commerce, célibataire—(cela va de soi),—je viens de passer ma trentième année; j'ai l'apparence d'un homme bien portant et mon extérieur s'écarte à peine du type viril normal. J'ai ressenti à partir de l'âge de dix ans mes premières émotions sexuelles qui, dès le début, se portèrent exclusivement vers le sexe masculin.

À partir de l'âge de douze ans, j'ai pratiqué la masturbation. J'ai dû jusqu'à aujourd'hui me contenter de ce genre de satisfaction, le coït avec la femme ayant été impossible, malgré tous mes essais, et n'ayant jamais éprouvé de désirs mais plutôt du dégoût pour la femme, et par conséquent n'ayant jamais la moindre érection.

Si je dois faire maintenant une confession sur la manière de satisfaire mon instinct sexuel, je dois avouer qu'autrefois des camarades d'école, des garçons de mon âge, pouvaient provoquer chez moi une excitation sexuelle. Mon penchant pour les garçons de dix ans, mais surtout pour les jeunes gens de quinze à vingt ans, subsiste encore aujourd'hui.

Ce qui me charme avant tout, ce sont les formes des corps bien vigoureux mais pourtant délicats des cadets (élèves militaires), dont l'uniforme plein de goût et les manières distinguées m'excitent particulièrement.

Je n'ai pas eu l'occasion d'entrer avec eux en rapports, même purement sociaux. Je dois me contenter de les suivre dans les rues et les promenades ou bien dans les cas plus favorables, au restaurant, sur le tramway ou en chemin de fer; je m'assieds près d'eux et, quand je puis le faire sans être aperçu, je me satisfais au moyen de l'onanisme.

Mon désir le plus ardent serait souvent d'être l'ami, le serviteur ou l'esclave d'un de ces jeunes hommes.

Je ne pense jamais à la pédérastie directe: exoptatum mihi est corpus tangere, amplecti, membrum meum ab amato juvene tangi, me autem genitalia vel podicem ejus osculare posse.

J'ai souvent cette envie que Sacher Masoch dépeint dans son roman «La Vénus à la fourrure», dans lequel un homme se fait volontairement l'esclave d'une femme, et éprouve des frissons de volupté quand il est battu ou humilié par elle. Seulement, chez moi, ce sentiment est modifié dans ce sens que je ne voudrais nullement être l'esclave d'une femme, mais l'esclave d'un homme ou plutôt d'un jeune homme que j'aimerais tellement que je me mettrais à sa merci avec tout mon être.

249

Voilà quelles sont à peu près les scènes de volupté qui sont présentes à mon esprit pendant que je m'onanise, scènes dans lesquelles je me représente toujours les jeunes hommes ou les garçons que j'ai rencontrés.

Je sens bien que l'onanisme est toujours un pis-aller bien triste et bien incomplet.

Voici comment je procède dans mon rêve de volupté.—(Je dis tout, car je tiens à écrire la vérité et toute la vérité.)—Je me figure m'être engagé à une obéissance absolue envers un jeune homme qui me plaît au physique. Je m'imagine qu'il vient m'humilier, qu'il exige, par exemple, que je baise ses pieds ou qu'il m'oblige à renifler ses chaussettes trempées de sueur. Quia quod exopto et concupisco mihi non contingit meas crepidas (chaussettes) olfacio casque in os recipio, genitalia mea iis praestringo, quibus factis mox pene erecto voluptate perturbatus semen ejaculo.

Dans l'évocation de ces images, je suis allé même jusqu'à me figurer que le jeune homme que je me représentais comme mon maître, m'ordonnait pour m'humilier de manger de ses excréments. Alors, à défaut de la réalisation de la scène imaginée, je mange de mes propres excréments, toutefois en petite quantité seulement, avec un dégoût partiel et un vif battement de cœur; alors il se produit une violente érection suivie d'éjaculation.

Cependant, je n'arrive à ces scènes malpropres d'une imagination fiévreuse et à leur exécution que lorsque je me suis privé, pendant un laps de temps plus ou moins long, du plaisir de me satisfaire par l'onanisme, dans le voisinage immédiat d'un jeune homme.

Ce dernier procédé est plus conforme à mon naturel, car il me procure un peu plus de jouissance et en quelque sorte un rassérènement physique et intellectuel, bien que je n'aie pas encore pu arriver à mon idéal d'une satisfaction réelle et directe, accordée avec consentement mutuel.

Je crois presque que l'horrible fantaisie dont j'ai parlé n'est que la conséquence de la privation des satisfactions normales, c'est-à-dire des satisfactions qui sont normales pour moi, dans ma nature d'uraniste. Je crois que, par une satisfaction régulière, corps à corps, cette passion poussée jusqu'à la folie se calmerait et renoncerait en tout cas à de pareilles extravagances. Ou, pour être plus précis, c'est l'effet final de mes essais d'abstinence, car c'est seulement après une plus ou moins longue période de privation que j'aboutis à ces images de folie et de volupté.

Je crois même que, dans d'autres circonstances sociales, je serais capable de grandes et de nobles affections ainsi que d'abnégation. Mes idées ne sont point exclusivement charnelles ou morbidement sensuelles. Que de fois, à l'aspect d'un beau jeune homme, je suis saisi d'un sentiment profond et romanesque! Et alors, je récite comme une prière ce beau vers de Heine:

«Tu es comme une fleur, si délicieuse, si belle, si pure, etc.»

Un jour que je dus me séparer d'un jeune homme que j'estimais et que j'appréciais, bien qu'il ignorât mon amour pour lui, ce furent les beaux vers de Scheffel qui me revinrent, ces beaux vers dont la dernier couplet—mutatis mutandis—résonnait surtout dans mon âme:

«Le monde est devant moi, gris comme le ciel. Mais que mon sort tourne au bien ou au mal!—Cher ami, fidèle je pense à toi;—Que Dieu t'ait en sa garde! C'eût été trop beau!—Que Dieu te protège! Le sort en a décidé autrement.»

Jamais un jeune homme ne s'est encore douté de mon amour pour lui; je n'ai porté à aucun un funeste préjudice au point de vue moral; mais il y en a beaucoup à qui j'ai frayé le chemin; alors je ne recule devant aucune peine, et je fais tous les sacrifices que je puis faire.

Quand j'ai l'occasion d'avoir auprès de moi un ami aimé, de le former, de le maintenir et de le protéger, quand mon amour, resté ignoré, est payé de retour (bien entendu par une affection non sexuelle), alors les sales images de mon imagination se dissipent. Alors mon amour devient presque platonique; il s'ennoblit, pour retomber ensuite dans la fange, quand il ne lui est pas donné de se manifester dignement.

Je suis d'ailleurs, sans me flatter, un homme qui ne compte pas parmi les plus méchants. D'un esprit plus vif que la moyenne des gens, je prends part à tout ce qui émeut l'humanité. Je suis bon, doux et facile à apitoyer; je ne ferais pas de mal à une bête et moins encore à un être humain; au contraire, partout où je le peux, je fais le bien et des actions humanitaires.

Bien que, devant ma conscience, je ne puisse rien me reprocher et que je repousse vivement le jugement du monde sur nous, je souffre beaucoup. Il est vrai que je n'ai jamais fait de mal à personne et que je crois mon amour, dans ses manifestations nobles, un sentiment aussi élevé que l'amour des hommes normaux; mais, avec le sort malheureux que nous prépare l'intolérance et l'ignorance, je souffre souvent très durement, au point d'être las de cette vie.

Il n'y a pas d'écrits ni de paroles qui puissent dépeindre toute notre misère, toutes nos situations malheureuses, la peur continuelle d'être découverts dans notre anomalie et d'être mis au ban de la société. La seule idée d'être découvert, de perdre sa position et d'être répudié par tout le monde, est plus pénible qu'on ne le croit. Alors tout ce qu'on aurait fait de bien serait oublié; tout individu de prédisposition normale se rengorgerait, fort de son sentiment de haute moralité, même s'il eût agi le plus cyniquement en ce qui concerne son amour. Je connais plus d'un individu normal dont la frivolité en amour me semblera toujours difficile à comprendre.

Cependant, qu'importe notre misère! Nous pouvons finir nos jours malheureux en maudissant l'humanité. En vérité, souvent j'aspire au calme de l'asile d'aliénés. Que ma vie finisse quand il le faudra! Le plus tôt serait le mieux; je suis prêt.

Pour passer à une autre question, je crois aussi, comme les autres qui vous ont écrit, que notre nervosité n'est que le résultat de notre existence malheureuse et infiniment misérable au milieu de la société humaine.

Et maintenant, encore une remarque. À la fin de votre ouvrage, vous parlez de la suppression de l'article du Code relativement à nos actes. Certes, par cette suppression l'humanité ne périra point. En Italie, comme je crois le savoir, il n'y a pas de paragraphe de ce genre. Et pourtant l'Italie n'est pas une contrée sauvage, mais un pays civilisé. Et moi qui suis obligé de saper ma santé par l'onanisme, je ne pourrais pas être atteint par la loi, dont jusqu'ici je n'ai violé aucun article. Pourtant je souffre de ce maudit mépris qui pèse sur nous. Mais comment l'opinion de la société pourrait-elle se modifier, tant qu'un article du Code la confirmera dans sa fausse moralité. La loi doit en tout cas répondre à la conscience du peuple, non pas à la conscience populaire qui est erronée, mais aux opinions des gens les mieux pensants et les plus instruits de la nation; elle ne doit pas se régler sur les désirs et les préjugés d'une populace superstitieuse et obscure.

Les esprits perspicaces ne doivent pas persévérer plus longtemps dans les vieilles opinions à ce sujet.

Excusez-moi, Monsieur, de terminer sans me nommer. Ne cherchez pas après moi. Je ne pourrais rien ajouter qui soit digne d'être noté. Je vous remets ces lignes dans l'intérêt de mes compagnons de malheur. Publiez-en ce que vous croyez utile dans l'intérêt de la science, de la vérité et de l'équité.

Observation 115.—Par une soirée d'été, au crépuscule, X. Y..., docteur en médecine dans une ville de l'Allemagne du Nord, a été pris en flagrant délit par un garde champêtre, au moment où il faisait sur un chemin des actes d'impudicité avec un vagabond. Il masturbait ce dernier et ensuite mentulam alius in os suum immisit. X... s'est soustrait aux poursuites judiciaires en prenant la fuite. Le procureur royal abandonna la plainte parce qu'il n'y avait aucun scandale public et que l'immissio membri in anum n'avait pas eu lieu. On a trouvé en la possession d'X... une vaste et longue correspondance uraniste qui a permis de constater que, depuis des années, il avait des rapports uranistes suivis avec des personnes appartenant à toutes les classes de la société. X... est issu d'une famille tarée. Le grand-père du côté paternel est mort aliéné et s'est suicidé. Le père était un homme de constitution faible et de caractère bizarre. Un frère du malade s'est masturbé dès l'âge de deux ans. Un cousin était inverti, il commit les mêmes actes contre les bonnes mœurs que X...; c'était un jeune homme imbécile; il a fini ses jours avec une maladie de la moelle épinière. Un frère de son grand-père du côté paternel était hermaphrodite. La sœur de sa mère était folle. La mère passe pour être bien portante. Le frère de X... est nerveux et à des accès de colère violente.

Étant enfant, X... était aussi très nerveux. Le miaulement d'un chat lui causait une peur terrible; on n'avait qu'à imiter la voix d'un chat pour qu'il se mît à pleurer amèrement et à se cramponner de peur aux personnes de son entourage.

À l'occasion de maladies peu graves, il était toujours pris de fièvres violentes. C'était un enfant calme, rêveur, doué d'une imagination très vive, mais de faibles moyens intellectuels. Il ne rechercha jamais les jeux des garçons. Il s'amusait, de préférence, aux occupations féminines. Il avait un plaisir particulier à coiffer la servante de la maison ou son frère.

À l'âge de treize ans, X... fut mis en pension. Là, il pratiqua l'onanisme mutuel, séduisit ses camarades, se rendit impossible par sa conduite cynique, de sorte qu'on dut le renvoyer chez ses parents. Déjà, à cette époque, des lettres d'amour, d'un caractère lascif et parlant d'inversion sexuelle, tombèrent entre les mains des parents.

À partir de l'âge de dix-sept ans, X... fit ses études sous la direction sévère d'un professeur de lycée. Il faisait des progrès convenables. Il n'avait du talent que pour la musique. Après avoir fait son baccalauréat, X... devint, à l'âge de dix-neuf ans, étudiant de l'Université. Là, il se fit remarquer par son genre cynique et par la fréquentation de jeunes gens sur lesquels toutes sortes de bruits couraient, avec force allusions à leurs amours homosexuelles. Il commença à devenir coquet dans sa mise; il aimait les cravates voyantes, portait des chemises très échancrées au cou, serrait ses pieds dans des bottes étroites et peignait ses cheveux d'une façon étrange. Ces penchants disparurent lorsqu'il eut terminé ses études universitaires et qu'il fut rentré chez ses parents.

À l'âge de vingt-quatre ans, il fut gravement neurasthénique pendant quelque temps. À partir de cette époque et jusqu'à l'âge de vingt-neuf ans, il parut très sérieux, se montrant très capable dans son métier; mais il évitait la société du beau sexe et rôdait toujours avec des messieurs d'une réputation douteuse.

Le malade n'a pas consenti à un examen personnel. Il s'est excusé par lettre, en disant qu'il le croit sans utilité, son penchant pour son propre sexe existant chez lui depuis son enfance et étant congénital. De tout temps, il a eu l'horror feminæ, et il n'a jamais pu se décider à goûter les charmes féminins. Vis-à-vis de l'homme, il se sent dans le rôle masculin. Il reconnaît que son penchant pour son propre sexe est anormal, mais il s'excuse de ses excès sexuels par sa prédisposition morbide.

Depuis sa fuite d'Allemagne, X... vit dans le sud de l'Italie, et, comme je l'apprends par une lettre qu'il m'a adressé, il s'adonne, comme autrefois, à l'amour uraniste.

X... est un homme grave, de très belle prestance et de traits tout à fait virils; il a une barbe très fournie; ses parties génitales sont normalement développées. Le docteur X... a mis, il y a quelque temps, son autobiographie à ma disposition; les passages suivants méritent d'en être reproduits. «Quand, à l'âge de sept ans, je suis entré dans une pension, je me sentis très mal à mon aise, et j'ai trouvé un accueil très peu avenant de la part de mes condisciples. Je ne me sentais attiré que vers un seul d'entre eux, un très joli enfant que j'aimais presque passionnément. Dans nos jeux d'enfants, je savais toujours arranger les choses pour paraître habillé en fille; et mon plus grand plaisir était de faire à notre bonne des coiffures bien compliquées. Je regrettais souvent de n'être pas né fille.

«Mon instinct génital s'éveilla à treize ans et se porta, dès son origine, vers les jeunes gens vigoureux. Au commencement, je ne me rendis pas encore compte du caractère anormal de ce penchant; je n'en eus conscience que quand je vis et entendis comment mes camarades étaient conformés sous le rapport sexuel. À l'âge de treize ans, je commençai à me masturber. À l'âge de dix-sept ans, je quittai la maison paternelle et je fréquentai le lycée d'une grande capitale, où l'on m'avait mis en pension chez un professeur marié. J'eus plus tard des rapports sexuels avec le fils de ce professeur. C'était la première fois que j'éprouvais une satisfaction sexuelle. Ensuite, je fis la connaissance d'un jeune artiste, qui

253

s'aperçut bientôt de mon naturel anormal et qui m'avoua que c'était aussi son cas. J'appris par lui que cette anomalie était très fréquente: cette communication anéantit l'idée qui m'affligeait beaucoup que j'étais le seul individu anormal. Ce jeune homme avait de nombreuses connaissances de son goût et il m'introduisit dans ce cercle d'amis. Là, je fus bientôt l'objet de l'attention générale, car, comme on disait, au physique je promettais beaucoup. Bientôt, je fus idolâtré par un monsieur d'un âge mûr, que je reçus pour une courte période; puis, j'écoutai avec complaisance les propositions d'un jeune et bel officier qui était à mes pieds. À vrai dire, celui-ci était mon premier amour.

«Après avoir fait mon baccalauréat, à l'âge de dix-neuf ans, affranchi de la discipline de l'école, je fis la connaissance d'un grand nombre de gens ayant mes penchants, entre autres celle de Karl Ulrichs (Numa Numantius).

«Lorsque, plus tard, je passai à l'étude de la médecine et que j'eus des relations avec beaucoup de jeunes gens de nature normale, je me trouvai souvent dans l'obligation de céder aux invitations de mes camarades et d'aller chez des filles publiques. Après m'être couvert de honte devant plusieurs femmes, parmi lesquelles il y en avait de très belles, l'opinion se répandit parmi mes amis que j'étais impuissant. Je donnai à ce bruit de la consistance en racontant de prétendus exploits excessifs que j'avais autrefois accomplis avec des femmes. J'avais, à cette époque, de nombreuses relations au dehors. Dans les cercles, on vantait tellement ma beauté physique, que ma réputation de beauté prit une très grande extension. Ceci eut pour conséquence qu'à chaque instant un voyageur se présentait et que je recevais une telle quantité de lettres d'amour que j'en étais souvent embarrassé. Cette situation atteignit son apogée quand, plus tard, je fus logé au lazaret comme médecin faisant son volontariat d'un an. Il y avait là un va-et-vient comme chez une personnalité célèbre, et les scènes de jalousie qui s'y jouaient à cause de moi faillirent amener la découverte de toute cette affaire. Peu de temps après, je tombai malade: j'avais une inflammation de l'articulation de l'épaule, dont je ne guéris que trois mois plus tard.

«Pendant ma maladie, on me fit plusieurs fois par jour des injections sous-cutanées de morphine, qu'on cessa brusquement un jour, mais que, en secret, je continuai de pratiquer, même après ma guérison. Avant de commencer à pratiquer comme médecin, je fis un séjour de plusieurs mois à Vienne pour faire des études spéciales. Grâce à des recommandations, j'eus dans cette ville mes entrées dans divers cercles de personnes de mon genre. J'y fis la remarque que l'anomalie dont il est ici question est, dans ses formes variées, aussi répandue dans les classes populaires que dans les hautes classes de la société, et que ceux qui sont abordables par métier, contre espèces sonnantes, se rencontrent fréquemment aussi dans les hautes classes.

«Quand je me suis établi comme médecin à la campagne, j'espérais pouvoir me débarrasser de la morphine en prenant de la cocaïne. Ainsi je tombai dans le cocaïnisme qu'on n'a pu supprimer qu'après trois rechutes, il y a un an et neuf mois. Dans ma position, il m'était impossible de trouver des satisfactions sexuelles, et je m'aperçus avec plaisir que l'usage de la cocaïne avait pour conséquence d'éteindre mes désirs. Quand je fus délivré pour la première fois du cocaïnisme, grâce aux soins énergiques de ma tante, je partis en voyage pour quelques semaines afin de me rétablir complètement. Les envies perverses étaient revenues avec toute leur force. Un soir que je m'étais amusé avec un homme en champ libre, dans les environs de la ville, je fus le lendemain mandé au cabinet du procureur royal, qui me dit que j'étais surveillé, qu'on m'avait déjà dénoncé, mais que l'acte dont on m'accusait ne tombant pas sous le coup de la loi, selon la décision de la Cour suprême de l'empire allemand, je devais cependant prendre garde, car le bruit de cette affaire avait déjà pénétré partout. À la suite de cet incident, je me vis dans la nécessité de quitter l'Allemagne et de me chercher une nouvelle patrie dans un pays où les lois et l'opinion publique considèrent que tous les penchants anormaux ne peuvent pas être supprimés par la force de la volonté. Comme je me rendais parfaitement compte que mes penchants étaient en contradiction avec la manière de voir de la société, j'essayai à plusieurs reprises de les maîtriser; je ne faisais que les attiser davantage, et mes amis disaient qu'ils avaient observé sur eux le même effet. Me sentant exclusivement attiré vers les jeunes gens vigoureux et très virils, et ne trouvant que rarement des complaisances chez ces individus, j'en étais souvent réduit à acheter ce consentement. Comme mes désirs ne visaient que des personnes de la classe inférieure, j'en trouvais toujours qui, pour de l'argent, se prêtaient à mes fantaisies. J'espère que les révélations que je vais faire ne provoqueront pas votre indignation; j'ai voulu d'abord les passer sous silence, mais il faut que je les ajoute pour rendre ma communication plus complète, puisqu'elles sont destinées à augmenter le nombre des cas que vous avez observés. J'éprouve le besoin d'accomplir l'acte sexuel de la façon suivante:

«Pene juvenis in os recepto, ita ut commovendo ore meo effecerim, ut is quem cupio, semen ejaculaverit, sperma in perinæum exspuo, femora comprimi jubeo et penem meum adversus et intra femora compressa immitto. Dum hæc fiunt, necesse est ut juvenis me, quantum potest, amplectatur. Quæ prius me fecisse narravi, eumdem mihi afferunt voluptatem, acsi ipse ejaculo. Ejaculationem pene in anum immitendo vel manu terendo assequi, mihi sequaquam amœnum est.

«Sed inveni qui penem meum recaperint atque ea facientes quæ supra exposui, effecerint, ut libidines meæ plane sint saturatæ.

«Quant à ma personne, je dois encore donner les renseignements suivants. J'ai 1m, 80 de taille; je suis d'un habitus tout à fait viril, et bien portant, sauf une irritabilité anormale de la peau. J'ai des cheveux blonds et touffus, la barbe idem. Mes parties génitales sont de grosseur moyenne et d'une conformation normale. Je suis capable de faire, dans les vingt-quatre heures, quatre à six fois l'acte dont j'ai parlé, sans éprouver la moindre fatigue. Mon genre de vie est très régulier. Je ne bois que très peu d'alcool et je suis très modéré dans l'usage du tabac. Je joue assez bien du piano, et quelques petites compositions que j'ai faites ont été très applaudies. Il n'y a pas longtemps, j'ai achevé un roman qui, comme premier ouvrage, est très favorablement apprécié par mes amis. Ce roman a pour sujet plusieurs problèmes de la vie des invertis sexuels. Étant donné le grand nombre de compagnons de souffrance que j'ai connus personnellement, je fus, bien entendu, souvent à même de faire des observations sur les diverses formes de cette anomalie; les renseignements suivants pourront donc vous être de quelque utilité.

«Le fait le plus anormal que je connaisse, c'est la manie d'un monsieur habitant les environs de Berlin. Is juvenes sordidos pedes habentes aliis præfert, pedes eorum quasi furibundus lambit. Tel est un monsieur de Leipzig, qui linguam in anum cœno iniquatum quod ei gratissimum est, immittere narratur.

«À Paris, il y a un monsieur qui, par ses insistances, a décidé un de mes amis, ut in os ei mingat. On m'affirme que d'aucuns, à la vue de bottes de cavaliers ou de pièces d'uniforme militaire, entrent dans une telle extase qu'il se produit chez eux spontanément des éjaculations.

«L'exemple de deux personnages de Vienne nous montre jusqu'à quel point certains invertis se sentent femmes, ce qui n'est pas du tout mon cas. Ces deux individus ont des sobriquets féminins: l'un est un coiffeur, qui s'appelle Die französische Laura (Laura la Française), l'autre est un ancien boucher qu'on appelle Die Selcher Fanny (Fanny la Charcutière). Tous deux ne manquent jamais, pendant le carnaval, l'occasion de se montrer déguisés en femmes. À Hambourg, il y a un personnage que beaucoup de gens prennent pour une femme, parce que cet individu est toujours, chez lui, habillé en femme et que, dans ses rares sorties, il est également revêtu d'une toilette féminine. Ce monsieur a même voulu, à l'occasion d'un baptême, figurer comme marraine, ce qui a provoqué un scandale énorme.

«Les défauts des femmes, commérages, manque à la parole donnée, faiblesse de caractère, sont le partage régulier de pareils individus.

«Je connais plusieurs cas de tendance sexuelle perverse où l'individu est en même temps atteint d'épilepsie et de psychoses; ce qui est surprenant, c'est la fréquence des hernies dans ces cas. Pendant que je pratiquais la médecine, plusieurs personnes auxquelles je fus recommandé par mes amis, s'adressèrent à moi pour des maladies contractées à l'anus. J'ai constaté deux chancres syphilitiques, un chancre mou, plusieurs fissures, et actuellement j'ai en traitement un monsieur qui a, à l'anus, des conditomes pointus, qui forment une sorte de gonflement ressemblant à un chou-fleur et ayant presque la grosseur du poing. J'ai vu à Vienne un cas d'affection primitive du palais chez un jeune homme qui avait l'habitude de fréquenter, déguisé en femme, les bals masqués et d'y attirer à l'écart les messieurs. Il prétendait toujours, au moment psychologique, avoir ses règles, et par ce moyen, il savait s'arranger de façon à ce qu'on se servît de lui per os. De cette manière il aurait, en une seule soirée, séduit quatorze jeunes gens.

«N'ayant, dans aucun des ouvrages sur l'inversion sexuelle qui me sont tombés sous les yeux, rien trouvé sur les rapports des pédérastes entre eux, je voudrais vous donner, pour finir, encore quelques renseignements à ce sujet.

«Aussitôt que deux invertis font connaissance, ils échangent mutuellement des communications sur les incidents de leur passé, sur leurs amours et leurs conquêtes, à moins qu'une pareille conversation soit impossible par la grande distance sociale qui sépare un uraniste de l'autre. Ce n'est que rarement qu'on s'abstient d'une pareille conversation quand on fait une nouvelle connaissance. Entre eux, les invertis se désignent par le mot «tantes»; à Vienne ils s'appellent «sœurs». Deux prostituées viennoises, d'allures masculines, dont j'ai fait la connaissance par hasard, et qui ont entre elles des rapports d'inversion sexuelle, me racontèrent que, dans des circonstances analogues, les femmes se servent de la désignation d'«oncles». Depuis que j'ai une conscience nette de mon état anormal, je suis entré en relations avec plus de mille individus, ayant des sentiments conformes à ma nature. Presque dans chaque grande ville il y a un lieu de réunion pour eux, ce qu'on appelle «un trottoir», un lieu de raccolage. Dans les petites villes il y a relativement peu de «tantes»; cependant, j'en ai trouvé huit dans une bourgade de 2.300 habitants; dans une ville de 7.000 habitants dix-huit dont j'étais sûr, sans parler des autres que je soupçonnais. Dans ma ville natale, qui a 30.000 habitants, je connais personnellement environ cent-vingt tantes. La plupart ont la faculté, et pour ma part je la possède au plus haut degré, de juger du premier coup d'œil si un individu a nos tendances ou non, ou, pour employer l'argot des tantes, «s'il est raisonnable ou non raisonnable». Mes amis étaient souvent étonnés de la sûreté extraordinaire de mon coup d'œil. Je reconnaissais au premier coup d'œil des «tantes» chez des individus qui, selon toute apparence, étaient organisés tout à fait virilement. D'autre part, j'ai tellement la faculté de me comporter virilement que, dans les cercles où je fus recommandé par des amis, on manifesta au premier abord des doutes sur l'authenticité de mon caractère. Quand je suis de mauvaise humeur, je peux me comporter tout à fait comme une femme. La plupart des «tantes», y compris moi, ne regardent pas leur anomalie comme un malheur; ils regretteraient plutôt de voir leur état changer. Comme, selon mon opinion et celle des autres tantes, cet état congénital ne peut guère être influencé par rien, nous n'avons qu'un espoir, c'est de voir un jour modifier les articles du Code dans ce sens que le viol ou la provocation au scandale public, quand ils sont constatés simultanément, pourraient être poursuivis par la loi».

Observation 116 (Inversion sexuelle chez une femme).—S... I..., trente-huit ans, institutrice, m'a consulté pour des souffrances nerveuses. Le père fut passagèrement aliéné; il est mort d'une maladie du cerveau. La malade est une enfant unique. Déjà, dans sa première jeunesse, elle souffrait de sentiments d'angoisse et d'idées qui la tourmentaient, par exemple, qu'elle se trouvait dans un cercueil et qu'elle s'éveillerait après qu'on l'aurait fermé, qu'elle avait oublié de dire quelque chose à confesse et qu'elle ne serait pas digne de la communion. Elle souffrait beaucoup de maux de tête, était très émotionnable, peureuse, mais avait tout de même des impulsions à voir des choses émouvantes, par exemple des cadavres.

Dès sa plus tendre enfance, la malade était excitée sexuellement, et elle en vint à la masturbation sans y avoir été entraînée par personne. Les règles se produisirent à l'âge de quatorze ans, plus tard elles s'accompagnèrent de douleurs et de coliques, d'une violente excitation sexuelle, de migraines et d'une forte dépression morale. À partir de l'âge de dix-huit ans, la malade a pu supprimer son penchant à la masturbation.

La malade n'a jamais ressenti d'affection pour une personne de l'autre sexe. Quand elle pensait au mariage, ce n'était que parce qu'elle désirait par ce moyen se caser. En revanche, elle se sentait puissamment attirée vers les filles. Elle prit au commencement cette affection pour un sentiment d'amitié. Mais bientôt elle reconnut, à l'ardeur avec laquelle elle s'attachait à ses amies, à l'immense langueur qu'elle éprouvait sans cesse pour elles, que ces sentiments étaient pourtant plus que de l'amitié.

La malade ne peut pas comprendre qu'une fille puisse aimer un homme, mais elle comprend très bien qu'un homme puisse avoir de l'affection pour une fille. Elle s'est toujours vivement intéressée aux belles femmes et aux belles filles, et leur aspect lui a toujours causé une puissante émotion. Son plus grand désir a toujours été de pouvoir embrasser ces gentilles créatures. Elle n'a jamais rêvé d'hommes, mais toujours de filles.

257

Son bonheur était de jouir de leur vue. La séparation de ses «amies» l'a toujours plongée dans le désespoir.

La malade, dont l'extérieur est tout à fait féminin et très décent, dit qu'elle ne s'est jamais sentie dans un rôle particulier vis-à-vis de ses amies, pas même dans ses rêves de bonheur. Le bassin est de conformation féminine, les mamelles sont fortes; aucune trace de barbe sur la figure.

Observation 117.—Mme R..., trente-cinq ans, femme du monde, m'a été amenée par son mari, en 1886, pour une consultation médicale. Le père était médecin et très névropathe. Le grand-père paternel était bien portant, normal, et a atteint l'âge de quatre-vingt-dix ans. Sur la mère du père de la malade on n'a pas de renseignements. Les frères et sœurs du père sont, dit-on, tous nerveux. La mère de la malade était atteinte d'une maladie de nerfs et souffrait d'asthme. Les parents de cette dernière étaient tout à fait sains. La sœur de la mère fut atteinte de mélancolie.

Depuis l'âge de dix ans, la malade a souffert de mal de tête habituel; sauf la rougeole, elle n'a eu aucune maladie; elle était très douce, a reçu la meilleure éducation; avait un talent particulier pour la musique et les langues étrangères; fut obligée de faire des études pour obtenir un brevet d'institutrice; fut pendant sa période de développement intellectuellement très surmenée et a eu, à l'âge de dix ans, une mélancolie sans délire qui a duré plusieurs mois. La malade affirme que, de tout temps, elle n'a eu de sympathie que pour des personnes de son propre sexe et qu'elle n'a eu que tout au plus un intérêt esthétique pour les hommes. Elle n'a jamais eu de goût pour les travaux de femmes. Étant petite, elle préférait à tout, courir et jouer avec les garçons.

La malade dit qu'elle est restée bien portante jusqu'à l'âge de vingt-sept ans. Alors elle est devenue, sans aucune raison extérieure, mélancolique; elle se prenait pour une mauvaise personne pleine de péchés, n'avait plus de joie à rien, était sans sommeil. Pendant cette période de maladie, elle était tourmentée d'idées obsédantes; elle se représentait sa mort, son agonie et celle de son entourage. Elle guérit après cinq mois. Elle devint alors gouvernante; elle était très surmenée; elle était bien portante sauf quelques malaises neurasthéniques et des irritations spinales périodiques.

À l'âge de vingt-huit ans, elle fit la connaissance d'une dame plus jeune qu'elle de cinq ans. Elle en tomba amoureuse et en fut aimée. Leur amour était très sensuel et trouvait à se satisfaire dans l'onanisme mutuel. «Je l'ai idolâtrée, c'est un être si noble!» disait la malade en parlant de cette liaison d'amour qui a duré quatre ans et qui s'est terminée par le mariage malheureux de cette amie.

En 1885, après bien des émotions morales, la malade fut atteinte d'une maladie, une sorte d'hystéro-neurasthénie (dyspepsie gastrique, irritation spinale, accès de catalepsie, d'hémianopie avec migraine, accès d'aphasie transitoire, pruritus pudendi et ani).

Au mois du février 1886, ces symptômes disparaissaient.

Au mois de mars, la malade fit la connaissance de son mari actuel, l'épousa sans hésiter, car il était riche, avait beaucoup d'affection pour elle, et son caractère lui était sympathique.

Le 6 avril, elle lit un jour cette phrase: «La mort n'épargne personne.» Comme un coup de foudre, ses anciennes idées obsédantes de la mort lui reviennent. Dans son obsession elle s'imaginait la mort la plus terrible pour elle et son entourage; elle se représentait des scènes d'agonie particulière; elle en perdit la tranquillité et le sommeil, et ne se plaisait plus à rien. Son état s'améliora. Son mariage eut lieu fin mai 1886, mais elle fut encore tourmentée de l'idée pénible qu'elle porterait malheur à son mari et à sa parenté.

Le 6 juin, premier coït. Elle en fut moralement très déprimée. Ce n'est pas comme cela qu'elle s'était figuré le mariage! Au commencement elle fut tourmentée par un violent tædium vitæ. Son époux qui l'aimait sincèrement, faisait tout son possible pour la rassurer. Les médecins consultés étaient d'avis que tout irait bien, une fois que la malade serait grosse. La mari ne pouvait s'expliquer la conduite énigmatique de sa femme. Elle était aimable pour lui, tolérait ses caresses, se comportait d'une façon tout à fait passive dans le coït qu'elle cherchait à éviter autant que possible; elle était, après l'acte, pendant des jours entiers fatiguée, épuisée, tourmentée par une irritation spinale et nerveuse.

Un voyage des époux lui permit de revoir son amie qui, depuis trois ans, vivait malheureuse en ménage. Les deux femmes tressaillirent de joie et d'émotion, quand elles tombèrent dans les bras l'une de l'autre; elles furent dès ce moment inséparables. Le mari trouva cette liaison amicale quelque peu étrange et pressa le départ. Il se convainquit en prenant connaissance de la correspondance de sa femme avec cette amie, que cet échange de lettres ressemblait absolument à celui qui est en usage entre amoureux.

Mme R... devint enceinte. Pendant sa grossesse, les restes de sa dépression psychique et ses obsessions disparurent. Vers le 15 septembre, avortement environ à la neuvième semaine de la grossesse. À la suite, nouveaux symptômes d'hystéro-neurasthénie; de plus antéflexion et latéroflexion à droite de l'utérus, anémie, atonie ventriculaire.

À la consultation, la malade fait l'impression d'une personne très tarée névropathiquement. L'expression névropathique de l'œil est manifeste. Habitus tout à fait féminin. Sauf un palais très étroit et très incurvé, il n'y a pas d'anomalies du squelette. Ce n'est que difficilement que la malade s'est décidée à faire des confidences sur son anomalie sexuelle. Elle se plaint d'avoir fait un mariage sans savoir ce que c'est que la vie conjugale entre homme et femme. Elle aime son mari cordialement à cause de ses qualités d'esprit, mais les rapports conjugaux lui sont un supplice; elle n'y consent qu'à contre-cœur et sans en éprouver jamais la moindre satisfaction. Post actum, elle est pendant des jours entiers tout à fait fatiguée et épuisée. Depuis l'avortement et l'interdiction du médecin de continuer les rapports conjugaux, elle se sent mieux, mais c'est l'avenir qui lui paraît terrible. Elle estime son mari, elle l'aime psychiquement, elle ferait tout pour lui, si seulement il voulait dorénavant l'épargner sexuellement. Elle espère qu'avec le temps elle pourrait devenir capable d'un sentiment sensuel pour lui. Quand il joue du violon, elle croit souvent qu'il surgit en elle un sentiment qui est plus que de l'amitié, mais ce n'est qu'un sentiment éphémère dans lequel elle ne voit aucune garantie pour l'avenir. Son suprême bonheur c'est sa correspondance avec son ancienne amante. Elle sent que c'est un tort, mais elle ne peut y renoncer; sans cela elle se sentirait trop malheureuse.

Il faut noter comme très remarquable le fait que l'anomalie peut, pendant longtemps, se borner à une simple inversion du sentiment sexuel et que l'impulsion à une satisfaction perverse ne se manifeste qu'à la suite d'une cause occasionnelle, par exemple une séduction, ou d'une névrose qui vient de se déclarer. Ces cas peuvent être facilement confondus avec ceux d'inversion morbide acquise, quand on ne peut pas démontrer anamnestiquement qu'ils sont primitifs et congénitaux par rapport au sens sexuel.

Observation 118.—Mme C..., trente-deux ans, femme d'un fonctionnaire, grande, pas laide, d'un extérieur tout à fait féminin, est née d'une mère névropathe et très émotive. Un frère était psychopathe et a péri par potus. La malade fut, de tout temps, bizarre, entêtée, renfermée, violente, coléreuse, excentrique. Ses frères et sœurs aussi sont des gens très irritables. Dans la famille, il y eut plusieurs cas de phtisie pulmonaire. À treize ans, la malade se faisait déjà remarquer par des signes d'une grande émotivité sexuelle et par un amour extatique pour une camarade de son âge. Son éducation fut très sévère; toutefois la malade lisait clandestinement beaucoup de romans et écrivait des poésies en quantité. À l'âge de dix-huit ans, elle s'est mariée, pour échapper à la situation désagréable qu'elle avait dans la maison paternelle.

Elle dit qu'elle a toujours été indifférente aux hommes. En effet, elle évitait les bals.

Les statues de femmes lui plaisaient beaucoup. Le comble du bonheur pour elle, serait d'être mariée avec une femme aimée. Il est vrai que cela lui a toujours paru inexplicable. Elle dit qu'avant d'avoir conclu son mariage, elle n'avait pas conscience de son anomalie sexuelle. La malade s'est soumise au devoir conjugal; elle a donné naissance à trois enfants dont deux ont souffert de convulsions; elle vécut d'accord avec son mari qu'elle estimait, mais uniquement pour ses qualités morales. Elle évitait volontiers le coït. «J'aurais préféré avoir des rapports avec une femme.»

En 1878, la malade a fini par devenir neurasthénique. À l'occasion d'un séjour dans une station balnéaire, elle fit la connaissance d'un uraniste féminin, dont j'ai publié l'histoire dans l'Irrenfreund (1884, n° 1, observation n° 6).

La malade rentra changée dans sa famille. Le mari rapporte à ce sujet: «Elle n'était plus mon épouse, elle n'avait plus d'affection ni pour moi, ni pour ses enfants, et ne voulait plus entendre parler de rapports conjugaux.» Elle était prise d'amour ardent pour son amie; elle n'avait plus d'idées pour autre chose. Quand son mari eut interdit la maison à la dame en question, il y eut une correspondance où l'on pouvait lire des passages comme celui-ci: «Ma colombe, je ne vis que pour toi, mon âme!» C'était une émotion terrible quand une lettre attendue n'arrivait pas. La liaison n'était pas du tout platonique. Certaines allusions laissent supposer que le procédé du satisfaction sensuelle était l'onanisme mutuel. Cette liaison amoureuse dura jusqu'en 1882 et rendit la malade neurasthénique au plus haut degré. Comme elle négligeait absolument la maison, le mari prit une dame de soixante ans comme femme de ménage, et, en outre, une gouvernante pour les enfants. La malade est devenue amoureuse de toutes les deux; celles-ci toléraient ses caresses et tiraient un profit matériel de la passion de leur maîtresse.

Vers la fin de 1883, elle dut faire un voyage dans le Midi à cause d'une tuberculose pulmonaire qui commençait à se développer. Là elle fit la connaissance d'une Russe, âgée de quarante ans, en tomba passionnément amoureuse, mais ne trouva pas l'amour en retour qu'elle aurait désiré. Un jour la malade fut frappée d'aliénation mentale; elle prenait la Russe pour une nihiliste, se croyait magnétisée par elle; elle eut un délire de persécution manifeste, s'enfuit, fut prise dans une ville d'Italie, transportée à l'hôpital où elle se calma bientôt. Elle poursuivit alors de nouveau la dame de ses propositions d'amour, se sentant infiniment malheureuse et songeant au suicide.

Rentrée au domicile de son mari, elle fut prise d'une profonde dépression de ne pas avoir sa Russe, et se montra froide et brusque envers son entourage. Vers la fin du mois de mai 1887, il se déclara chez elle un état d'excitation érotique avec délire. Elle dansait, jubilait, déclarait qu'elle était du sexe masculin, demandait après ses anciennes maîtresses, prétendait être de la famille impériale; elle prit la fuite, déguisée en homme; elle fut ensuite amenée dans un état d'émotion érotico-maniaque à l'asile d'aliénées. L'état d'exaltation disparut au bout de quelques jours. La malade devint calme, déprimée; elle fit une tentative de suicide par désespoir, elle fut ensuite atteinte d'un douloureux tædium vitæ, l'inversion sexuelle passant de plus en plus au second rang; la tuberculose faisait des progrès. La malade est morte de phtisie au commencement de l'année 1885.

L'autopsie du cerveau n'a montré rien d'étrange en ce qui concerne la structure et l'ordre des circonvolutions. Le poids du cerveau était de 1,150 grammes. Le crâne était légèrement asymétrique. Aucun signe anatomique de dégénérescence. Les parties génitales internes et externes étaient normales.

3. EFFÉMINATION ET VIRAGINITÉ.

Il y a, entre le groupe précédent et celui-ci, plusieurs cas intermédiaires qui servent de transition, et qui sont caractérisés par le degré d'influence du penchant sexuel sur la personnalité psychique, spécialement sur les penchants et l'ensemble des sentiments. Dans les cas les plus avancés du troisième groupe, des hommes se sentent femmes devant l'homme, et des femmes se sentent hommes en face de la femme. Cette anomalie dans le développement des sentiments et du caractère se manifeste souvent dès l'enfance. Le garçon aime à passer son temps dans la société de petites filles, à jouer aux poupées, à aider sa maman dans les occupations du ménage; il aime les travaux de la cuisine, la couture, la broderie, montre du goût dans le choix des toilettes féminines, de sorte que, en cette matière, il pourrait même donner des consultations à ses sœurs. Devenu plus grand, il n'aime pas à fumer, à boire, à se livrer aux sports virils; il trouve, au contraire, plaisir aux chiffons, aux bijoux, aux arts, aux romans, etc., au point de faire le bel esprit. Quand la femme représente ces tendances, il préfère fréquenter la compagnie des dames.

Son plus grand plaisir c'est de pouvoir se déguiser en femme, à l'occasion d'une mascarade. Il cherche à plaire à son amant en cherchant, pour ainsi dire instinctivement, à lui montrer ce qui plaît dans le sexe opposé à l'homme hétérosexuel: pudeur, grâce, sens esthétique, poésie, etc. Souvent il fait des efforts pour se donner une allure féminine par sa démarche, par son maintien, par la coupe de ses vêtements.

La contre-partie est représentée par l'uraniste féminin, dès l'âge de petite fille. L'endroit qu'elle préfère est le préau où s'ébattent les garçons; elle cherche à rivaliser avec eux dans leurs jeux. La petite fille ne veut rien savoir des poupées; sa passion est le cheval à bâton, le jeu de soldats et de brigands. Elle montre non seulement de l'antipathie pour les travaux féminins, mais elle y montre aussi une maladresse insigne. Sa toilette est négligée; elle aime les manières rudes et garçonnières. Au lieu des arts, son goût et ses penchants la portent vers les sciences. À l'occasion, elle fait un effort pour s'essayer à boire et à fumer. Elle déteste les parfums et les sucreries. L'idée d'être née femme lui inspire des réflexions douloureuses, et elle se sent malheureuse d'être à jamais exclue de l'université, de la vie gaie d'étudiant et de la carrière militaire.

Une âme d'homme sous un sein de femme se traduit par des penchants d'amazone pour les sports virils, de même que par des actes de courage et des sentiments virils. L'uraniste féminin aime la coupe de cheveux et de vêtements des hommes, et le comble de son plaisir serait de pouvoir, à l'occasion, se montrer habillée en homme. Son idéal réside dans les personnages féminins de l'histoire ou de l'époque contemporaine qui se sont signalés par leur esprit et leur énergie.

Quant aux penchants et aux sentiments sexuels de ces uranistes, dont tout l'être psychique est également atteint, les hommes se sentent femmes devant un homme, et les femmes se sentent hommes devant une femme. Ils éprouvent donc une répulsion en face des personnes de même sexe que le leur, mais ils sont attirés par les homosexuels ou même les gens normaux de leur propre sexe. La même jalousie qu'on trouve dans la vie sexuelle normale, se rencontre aussi là, quand une rivalité menace leur amour; cette jalousie est même souvent incommensurable, étant donné que les invertis sont, dans la plupart des cas, sexuellement hyperesthésiques.

Dans les cas d'une inversion sexuelle complètement développée, l'amour hétérosexuel paraît à l'individu atteint comme quelque chose de tout à fait incompréhensible; les rapports sexuels avec une personne de l'autre sexe lui semblent inconcevables, impossibles. Un essai dans ce sens échoue, par le fait que l'idée entravante de dégoût et même d'horreur rend l'érection impossible.

Deux individus seulement, des sujets de transition vers la troisième catégorie, que j'ai observés, ont pu parfois faire le coït, en ayant recours aux efforts de leur imagination, se figurant que la femme qu'ils tenaient entre leurs bras était un homme. Mais cet acte qui leur était inadéquat, était un grand sacrifice pour eux et ne leur donnait aucune jouissance.

Dans les rapports homosexuels, l'homme, pendant l'acte, se sent toujours comme femme et la femme comme homme. Les procédés sont, chez l'homme, quand il y a faiblesse irritable du centre d'éjaculation, simplement le succubus ou le coït passif inter femora, ou dans d'autres cas la masturbation passive ou ejaculatio viri dilecti in ore. Il y en a qui désirent la pédérastie passive. À l'occasion, il y a aussi des désirs de pédérastie active. Dans un cas d'essai fait dans ce sens, l'homme y renonça, car il fut pris de dégoût pour un acte qui rappelait trop le coït normal.

Jamais il n'existait dans les cas observés, un penchant pour des mineurs (amour des garçons). Dans des cas assez nombreux, on s'en tenait aux affections platoniques. La satisfaction sexuelle de la femme consiste probablement dans l'amor lesbicus ou la masturbation active.

Observation 119. Autobiographie.—I. Antécédents.—J'ai maintenant vingt-trois ans; comme vocation j'ai choisi les études de l'École polytechnique (École des Ingénieurs et des Mines) où je trouve une parfaite satisfaction. Je n'ai eu que des maladies d'enfance sans gravité, tandis que mon frère et ma sœur qui sont maintenant bien portants, ont eu à en supporter de très graves. Mes parents sont vivants et mon père est avocat. Il est, ainsi que ma mère, comme on a l'habitude de dire, nerveux et très surexcité. Mon père a eu un frère et une sœur qui sont morts à un âge tendre.

II. État personnel.—En ce qui concerne mes attributs physiques, j'ai un corps robuste, sans être très bien bâti; les yeux sont gris, les cheveux blonds. Barbe et poils sur le corps, raisonnablement pour mon âge et mon sexe. Les seins et les organes génitaux sont normalement développés, ma démarche est ferme, presque lourde, le maintien négligé. Ce qui est surprenant, c'est que la largeur de mon bassin soit égale exactement à celle de mes épaules.

De ma nature je suis bien doué intellectuellement. Dans un de mes certificats on a même déclaré mes capacités «excellentes». Sans vouloir me vanter, je dois dire que j'ai passé brillamment mes examens, et j'ai un vif intérêt pour tout ce qui concerne le salut de l'humanité, pour la science, les arts et l'industrie. Mon énergie a pu, avec assez de facilité relativement, ajourner à une époque opportune la satisfaction de mes besoins dont je donnerai la description plus loin. Je condamne avec intention et en pleine conscience la morale d'aujourd'hui qui force les anormaux sexuels à enfreindre des lois arbitrairement créées, et j'estime que les rapports sexuels entre deux personnes du même sexe ne doivent dépendre que du consentement libre des individus, sans que le législateur ait le droit d'intervenir. J'ai puisé dans mes études la première idée de former, d'après le procédé de Carneri, une morale basée sur les doctrines darwiniennes, morale qui, il est vrai, ne s'accorde guère avec celle d'aujourd'hui, mais qui serait capable d'élever l'homme à un niveau supérieur, et de l'ennoblir dans le sens des lois naturelles.

Je ne crois pas qu'il y ait chez moi beaucoup de stigmates ni de tares. J'ai une certaine surexcitation. Ce qui me paraît à ce sujet important à noter, c'est que j'ai fréquemment des rêves où il ne s'agit, en général, que de choses indifférentes, et qui n'ont jamais pour sujet de soi-disant images voluptueuses; tout au plus ils roulent sur les toilettes féminines, sur leur essayage, sur ce qui pour moi constitue, en tout cas, une idée voluptueuse. Parfois, surtout jusqu'à l'âge de seize ans, la vivacité de mes songes s'accentuait jusqu'au somnambulisme, et très souvent, ce qui m'arrive encore aujourd'hui, jusqu'à me faire parler à haute voix pendant mon sommeil.

Mes penchants. Mon penchant anormal dont j'ai parlé plus haut, est le principe fondamental de mon sentiment sexuel. Quand je me suis habillé en femme, j'éprouve une satisfaction complète. J'ai alors une tranquillité, un bien-être particulier, qui me permettent de me livrer plus facilement à une occupation intellectuelle. Mon libido pour

263

l'accomplissement de l'acte sexuel est très minime. J'ai aussi beaucoup de dispositions et de goût pour les travaux manuels de la femme; sans avoir reçu la moindre éducation, j'ai appris la broderie et le crochet et, en secret, j'aime à faire ces travaux. J'aime aussi à m'occuper d'autres travaux féminins, tels que la couture, etc. De sorte qu'à la maison, où je cache soigneusement mon penchant et me garde bien de m'y livrer, des preuves que je donnai involontairement de mes aptitudes, m'ont valu cet éloge que je ferais une excellente femme de chambre, éloge dont je ne rougis pas du tout, mais qui au contraire m'a beaucoup flatté en secret. Je faisais peu de cas de la danse avec les femmes; je n'aimais à danser qu'avec mes camarades d'école. Notre cours de danse était organisé de sorte que j'en avais souvent l'occasion; mais en dansant avec un camarade, je n'avais de plaisir qu'à la condition d'être dans le rôle de la dame. Je passe sur une série de rêveries et de désirs qui semblent avoir un caractère typique, étant d'une ressemblance parfaite avec les phénomènes cités dans la Psychopathia sexualis: par exemple, les fantaisies funèbres de ce jeune officier, le costume de ballerine, etc. Pour le reste, mes goûts ne diffèrent pas d'une façon notable de ceux de mon sexe. Je fume et bois modérément; j'aime beaucoup les sucreries, et je fais peu de cas des exercices du corps.

III. Historique de l'anomalie.—Après cette description sommaire de mon individualité, je peux passer à l'analyse historique du développement de mon anomalie. Dès le moment où j'ai pu quelque peu penser par moi-même et que je me suis occupé de la différence des sexes, j'eus le désir ferme et secret d'être une fille. Je croyais même l'être. Mais, en prenant un bain avec des camarades, je vis chez les autres garçons les mêmes parties génitales que chez moi, je me rendis compte de l'impossibilité de mon idée. Je dus rabattre de mes désirs et me nourrir de l'espoir d'être du moins hermaphrodite. Comme j'avais une certaine répulsion à regarder de près les images et les descriptions des parties génitales, bien que de pareils ouvrages me soient tombés souvent entre les mains, cette espérance subsista jusqu'au moment où mes études m'obligèrent à m'occuper de plus près de cette matière. Pendant ce temps, je lus tous les livres où il était question d'hermaphrodites, et quand parfois les journaux racontaient comment une personne du sexe féminin avait été élevée en homme et rendue plus tard par hasard à son sexe, j'avais le plus vif désir d'être à la place de cette personne. Bien fixé sur mon caractère masculin, j'ai dû mettre fin à mes rêves, ce qui ne m'a causé aucune joie. J'essayai par toutes sortes de moyens d'annihiler mes glandes génitales; mais les douleurs que j'éprouvai me firent renoncera à ces tentatives. Maintenant encore j'ai le désir très vif d'avoir les signes extérieurs du sexe féminin, d'avoir une jolie natte, un buste bien arrondi, une taille de guêpe.

À l'âge de douze ans, j'ai eu pour la première fois l'occasion de mettre des vêtements féminins; bientôt après l'idée m'est venue d'arranger le soir les draps et les couvertures de mon lit comme des jupons. Plus tard, avec l'âge, mon plus grand bonheur était de prendre en cachette les robes de mes sœurs et de m'en revêtir, ne fût-ce que pour quelques minutes et au risque d'être découvert. À ma grande joie il me fut un jour permis de jouer un rôle de femme dans une représentation théâtrale d'amateurs; on dit que je m'en suis assez bien acquitté. Depuis que je suis devenu étudiant et que je mène une vie plus indépendante, je me suis procuré des vêtements et du linge de femme, que je tiens moi-même en bon état. Quand le soir, à l'abri de toute découverte, je puis mettre une pièce après l'autre, depuis le corset jusqu'au tablier et aux bracelets, je suis tout à fait heureux, et je me mets au travail, calme, content dans mon for intérieur, et plein de zèle pour mon ouvrage. Quand je m'habille en femme, il se produit régulièrement une érection qui n'est jamais suivie d'éjaculation, mais qui s'apaise d'elle-même en très peu de temps. Je cherche aussi à me rapprocher extérieurement davantage du type féminin, en donnant à mes cheveux une coiffure correspondant à ce caractère et en rasant ma barbe que j'aimerais mieux voir arrachée.

IV. Penchants sexuels.—En passant à la description de mes penchants sexuels, je dois tout d'abord faire remarquer que ma maturité sexuelle s'est faite d'une façon normale, si j'en conclus par mes pollutions, la mue de ma voix, etc. Les pollutions se produisent maintenant encore régulièrement toutes les trois semaines et rarement à des intervalles plus rapprochés. Je n'en éprouve jamais une sensation de volupté. Je n'ai jamais pratiqué l'onanisme; jusqu'à ces temps derniers je n'en connaissais que le nom; quant à la chose, j'ai dû me renseigner à ce sujet par des informations directes pour être éclairé. En général, tout attouchement de mon membre en érection m'est pénible et douloureux, loin de me donner aucune sensation voluptueuse.

Autrefois mon attitude en face des femmes était très timide; maintenant je me comporte avec calme, comme un égal avec des égaux. C'est très rarement qu'une excitation directe, dans le sens sexuel, a été provoquée chez moi par une femme; mais, en analysant de plus près ces faits rares, il me semble que ce n'était jamais la personne de la femme, mais seulement sa toilette qui produisait cet effet. Je m'amourachais de ses vêtements et l'idée d'en pouvoir porter de pareils m'était agréable. Ainsi, je n'eus jamais d'excitation sexuelle, même au bordel, où mes amis m'entraînaient quelquefois; je restais indifférent malgré l'étalage de toutes sortes de charmes imaginables et même devant de véritables beautés. Mais mon cœur était capable de sentiments amicaux pour le sexe féminin. Souvent je me figurais que j'étais déguisé en femme, que je vivais inconnu parmi elles, que j'avais des relations avec elles, et que j'étais très heureux ainsi. C'étaient les jeunes filles dont le buste n'était pas encore trop développé et surtout celles qui portaient les cheveux courts, qui étaient plutôt capables de me faire quelque impression, parce qu'elles se rapprochaient le plus de ma manière de voir. Une fois j'eus la chance de trouver une fille qui se sentait malheureuse d'appartenir au sexe féminin. Nous conclûmes un pacte d'amitié solide et nous nous réjouissions souvent à l'idée de pouvoir échanger notre situation sociale. Il convient peut-être de relater encore le fait suivant qui pourrait avoir quelque importance pour caractériser mon cas. Lorsqu'il y a quelques mois, les journaux rapportèrent l'histoire d'une comtesse hongroise qui, déguisée en homme, avait contracté un mariage et qui se sentait homme, je songeai sérieusement à me présenter à elle pour conclure un mariage inverti où j'aurais été la femme et elle l'homme... Je n'ai jamais essayé le coït et je n'en ai jamais eu envie. Prévoyant que, en face de la femme l'érection nécessaire me ferait défaut, je me proposais de mettre, au cas échéant, les vêtements de la femme, et je crois que, ces préparatifs faits, le succès attendu n'aurait pas manqué de se produire.

Pour ce qui concerne mon attitude vis-à-vis des personnes du sexe masculin, je dois avant tout relever le fait que, pendant la période où j'allais à l'école, j'entretenais avec des camarades des amitiés des plus tendres. Mon cœur était heureux quand je pouvais rendre un petit service à l'ami adoré. Je l'idolâtrais réellement avec ferveur. Mais d'autre part je lui faisais pour un rien des scènes de jalousie terribles. Pendant la brouille, j'avais le sentiment de ne pouvoir ni vivre, ni mourir. Réconcilié je redevenais pour quelque temps l'être le plus heureux. Je cherchais aussi à me faire des amis parmi les petits garçons que je choyais, que je comblais de sucreries et que j'aurais volontiers embrassés. Bien que mon amour en restât toujours aux termes platoniques, il était pourtant d'un caractère anormal. Un propos que j'ai tenu alors inconsciemment sur un camarade adoré et plus âgé que moi, en fournit la preuve: «Je l'aime tant, disais-je, que je préférerais à tout le pouvoir de l'épouser.» Maintenant encore où je vis très retiré, je raffole facilement d'un bel homme, à barbe fine et aux traits intelligents. Mais je n'ai jamais trouvé une âme-sœur à laquelle j'aurais pu me découvrir, pour être comme une amie auprès de lui. Jamais je n'ai essayé de réaliser directement mes penchants ou de commettre quelque imprudence à ce sujet. J'ai finalement cessé de fréquenter les musées où sont exposés des corps d'hommes nus, car les érections que me produisait cette vue, étaient très gênantes. En secret j'ai parfois soupiré après l'occasion de pouvoir dormir à côté d'un homme, et j'en ai trouvé aussi l'occasion. Un monsieur plus âgé, et qui ne m'était guère sympathique, m'y invita un jour.

Cum eo concubui, ille genitalia mea tetigit, et bien que sa personne me fût antipathique, j'éprouvai le plus grand bonheur. Je me sentais tout à fait livré à lui; en un mot je me sentais femme.

S'il m'est permis d'ajouter encore une remarque pour finir, je dois formellement déclarer que, bien que j'aie la pleine conscience de l'anomalie de mes penchants, je ne désire nullement les changer. Je ne fais qu'aspirer après le temps ou je pourrai m'y livrer avec plus de commodité et sans risque d'être découvert, afin de me procurer un plaisir qui ne fait de tort à personne.

Observation 120.—Mlle Z…, trente et un ans, artiste, est venue à la consultation pour des malaises neurasthéniques. Elle attire l'attention par les traits grossiers et virils de sa figure, sa voix creuse, ses cheveux courts, ses vêtements à coupe masculine, sa démarche virile et son aplomb. Pour le reste, elle est tout à fait femme; elle a des seins assez développés; le bassin est féminin; pas de poils sur la figure.

L'interrogatoire, relativement à l'inversion sexuelle, donne un résultat positif.

La malade raconte qu'étant encore petite, elle aimait mieux jouer avec des garçons, notamment aux jeux «de soldat», «au marchand», «au brigand» etc. Elle dit que dans ces jeux de garçons elle était très violente et effrénée; elle n'a jamais eu de goût pour les poupées ni pour les travaux manuels de la femme; elle n'a appris que les plus rudimentaires (tricoter et coudre).

À l'école, elle fit de bons progrès et s'est surtout intéressée aux mathématiques et à la chimie. De très bonne heure, s'est éveillé en elle un penchant pour les beaux-arts pour lesquels elle montrait quelques aptitudes. Son but suprême était de devenir une artiste remarquable. Dans ses rêves d'avenir, elle n'a jamais pensé à une liaison conjugale. Comme artiste, elle s'intéressait aux beaux êtres humains, mais c'étaient seulement les corps de femmes qui l'attiraient; quant aux figures d'hommes, elle ne les contemplait «qu'à distance». Elle ne pouvait souffrir les «niaiseries des chiffons»; il n'y a que les choses viriles qui lui plaisaient. Les rapports quotidiens avec les filles lui déplaisaient, parce que leur conversation ne roulait que sur les toilettes, les chiffons, les amourettes avec les hommes, etc., ce qui lui paraissait insipide et ennuyeux. Par contre elle avait, dès son enfance, des relations d'amitié extatique avec certaines filles; à l'âge de dix ans, elle brûlait pour une camarade d'école et inscrivait son nom partout où elle pouvait.

Depuis elle eut de nombreuses amies auxquelles elle prodiguait des baisers «enragés». En général, elle plaît aux filles à cause de ses manières garçonnières. Elle adresse des poésies à ses amies pour lesquelles elle serait capable de grimper sur les toits. Elle-même trouve surprenant ce fait qu'elle soit gênée devant des filles et surtout des amies. Elle ne serait pas capable de se déshabiller devant elles.

Plus elle aime une amie, plus elle est pudique en face d'elle.

À l'heure qu'il est, elle entretient une de ces liaisons d'amitié. Elle embrasse et enlace sa Laura, se promène devant ses fenêtres, souffre tous les supplices de la jalousie, surtout quand elle voit son amie s'amuser avec des messieurs. Son seul désir est de vivre toujours à côté de cette amie.

La malade raconte qu'il est vrai que, deux fois dans sa vie, des hommes auraient fait quelque impression sur elle. Elle croit que, si on avait sérieusement sollicité sa main, elle aurait conclu un mariage, car elle aime beaucoup la vie de famille et les enfants. Si un monsieur voulait la posséder, il devrait d'abord la mériter par la lutte, de même qu'elle préfère se conquérir une amie par un combat acharné. Elle trouve que la femme est plus belle et plus idéale que l'homme. Dans les cas très rares où elle eut des rêves érotiques, il s'agissait toujours de femmes. Elle n'a jamais rêvé d'hommes.

Elle ne croit pas qu'elle puisse encore aimer un homme, car les hommes sont faux; elle est d'elle-même nerveuse et anémique.

Elle se croit tout à fait femme, mais elle regrette de n'être pas homme. Déjà à l'âge de quatre ans, son plus grand plaisir était de s'habiller en garçon. Elle a décidément un caractère viril; aussi n'a-t-elle jamais pleuré de sa vie. Sa plus grande passion serait de monter à cheval, de faire de la gymnastique, de l'escrime, de conduire des chevaux. Elle souffre beaucoup de ce que personne de son entourage ne la comprenne. Elle trouve bête de parler affaires de femmes. Beaucoup de gens qui la connaissent ont déjà émis l'opinion qu'elle aurait dû naître homme.

La malade dit qu'elle n'a jamais eu un tempérament sensuel. En donnant l'accolade à ses amies, elle a souvent éprouvé une curieuse sensation de volupté. L'accolade et les baisers étaient ses seules manifestations d'amitié.

La malade prétend être née d'un père nerveux et d'une mère folle qui, jeune fille, était tombée amoureuse de son propre frère qu'elle voulut persuader de partir avec elle pour l'Amérique. Le frère de la malade est un homme très étrange et très bizarre.

La malade ne présente aucun signe extérieur de dégénérescence; le crâne est normal. Elle prétend avoir eu ses premières menstrues à l'âge de quatorze ans. Elles viennent régulièrement, mais lui causent toujours des douleurs.

267

Observation 121.—Pour donner tout de suite à mon malheureux état le nom qui lui convient, je vous ferai tout d'abord remarquer qu'il porte tous les symptômes de l'état que vous avez désigné sous le nom d'effeminatio dans votre ouvrage Psychopathia sexualis.

J'ai maintenant trente-huit ans: grâce à mon anomalie, j'ai derrière moi une vie remplie de tant d'indicibles souffrances que je m'étonne souvent de la force d'endurance dont l'homme peut être doué. Ces temps derniers la conscience d'avoir traversé tant de supplices m'a inspiré une sorte d'estime pour moi-même, sentiment qui seul est capable de me rendre la vie encore quelque peu supportable.

Je vais maintenant m'efforcer de dépeindre mon état tel qu'il est, et selon l'exacte réalité. Je suis au physique bien portant; autant que je puis m'en souvenir, je n'ai jamais fait de maladie grave et je suis issu d'une famille saine. Mes parents, il est vrai, sont tous les deux des natures très irritables; mon père est ce qu'on appelle un tempérament coléreux, ma mère un tempérament sanguin avec un fort penchant à de sombres mélancolies. Elle est très vive, très aimée à cause de son bon cœur et de son active charité, mais elle manque de confiance en elle-même et éprouve un impérieux besoin de s'appuyer sur quelqu'un. Toutes ces particularités étaient aussi très prononcées dans le caractère de son père. J'appuie sur ce fait, parce qu'on dit de moi que je leur ressemble; quant à ces dernières particularités, je puis moi-même constater la ressemblance. J'ai toujours cru que mon amour pour mon propre sexe n'était que l'hypertrophie de ces deux traits de caractère. Mais, même quand j'essaie de me raffermir intérieurement par l'illusion que je suis fort et vigoureux, de déchirer le lien qui m'attire avec un pouvoir magique vers l'homme, il me reste toujours dans le sang un résidu que je ne puis éloigner. Aussi loin que je puis remonter dans mes souvenirs, je vois partout ce désir primitif et énigmatique d'avoir un amant. Il est vrai que la première manifestation fut d'une nature grossièrement sensuelle. Je ne suis pas si j'avais déjà dix ans, quand un jour que j'étais couché dans mon lit, je fus surpris de provoquer par une pression sur mes parties génitales des sensations nouvelles et enivrantes, en me figurant en même temps qu'un homme de mon entourage me faisait des manipulations voluptueuses. Bien des années plus tard seulement, j'appris que c'était de l'onanisme. Dans les premiers temps, je fus tellement effrayé et tellement assombri par mon mystérieux penchant que je fis alors ma première tentative de suicide. Que n'ai-je pas réussi alors! Car j'eus ensuite une série de secousses physiques et psychiques si violentes, qu'elles mirent comme une chaîne autour de mon cœur qu'elles rétrécirent et rendirent brutal et dur. Pour le dire tout de suite: jusqu'à aujourd'hui, l'onanisme ne m'a pas lâché de ses griffes; il a résisté à tous les essais, à tous les efforts de ma volonté brisée pour rompre avec lui. Trois ou quatre fois je l'ai abandonné pendant des mois entiers, dans la plupart des cas sous l'influence d'émotions morales. À l'âge de treize ans, j'eus mon premier amour. Aujourd'hui, il me souvient, qu'alors le comble de mes désirs était de pouvoir embrasser les jolies lèvres roses et fraîches de mon camarade. d'école. C'était une langueur pleine de rêves romanesques. Il devint plus violent à l'âge de quinze et seize ans, lorsque pour la première fois je souffris les supplices d'une folle jalousie plus dévorante qu'elle ne saurait jamais l'être dans l'amour naturel. Cette seconde période amoureuse a duré pendant des années, bien que je n'eusse passé que quelques jours avec l'objet de mon amour et qu'ensuite nous ne nous soyons pas revus pendant quinze ans. Peu à peu mon sentiment s'est refroidi pour lui, et je suis encore à plusieurs reprises devenu amoureux fou d'autres hommes qui, sauf un seul, étaient tous de mon âge.

268

Jamais mon amour—vous me permettrez cette expression pour désigner un sentiment condamné par la majorité des hommes—n'a été payé de retour; je n'ai jamais eu avec un homme des rapports du genre de ceux qui doivent craindre le grand jour; jamais un seul d'entre eux n'a eu pour moi plus qu'un intérêt ordinaire, bien qu'un des amis auxquels je faisais la cour, eût deviné mon désir secret. Et pourtant, je me suis consumé dans le désir ardent de l'amour des hommes. Mes sentiments sont, dans ce cas à mon avis, tout à fait ceux d'une femme aimante; et j'aperçois avec épouvante que mes représentations sensuelles deviennent de plus en plus semblables à celles d'une femme. Pendant les périodes où je suis libre d'une affection précise, mon désir dégénère, car, en me livrant à mes procédés d'onanisme, j'évoque des idées grossièrement sensuelles. Je peux encore lutter contre ce mal, mais c'est bien vainement que je tente de supprimer l'amour même. Depuis une année, je souffre de cette exaltation de mes sentiments; j'ai tant médité sur leur particularité, que je crois pouvoir vous donner une description exacte de mes sensations. Mon intérêt est toujours éveillé par la beauté physique. J'ai fait, à ce propos, la curieuse remarque que je n'ai jamais aimé un homme barbu.

On pourrait en inférer que je suis voué à ce qu'on appelle l'amour des garçons. Cependant cette supposition n'est pas exacte. Car au charme sensuel dont j'ai parlé, se joint un intérêt psychique pour la personne que je fréquente, ce qui est une source de tourments. Je suis pris d'une affection si profonde que je m'attache avec une sorte d'abnégation. On se lie à moi et cette confiance réciproque pourrait développer une amitié très cordiale, si au fond de mon âme ne sommeillait ce démon qui me pousse à une union plus intime qu'on ne saurait admettre qu'entre personnes de sexes différents. Tout mon être en languit, chaque fibre en palpite et je me consume dans une passion brûlante. Je m'étonne d'être capable d'exposer ici en quelques mots secs les sensations qui ont déchiré tout mon être. Il est vrai qu'à force de lutter, pendant des années, j'ai dû apprendre à dissimuler mes penchants et à sourire quand j'étais déchiré par les souffrances. Car n'ayant jamais été payé de retour, je n'ai connu de l'amour que les supplices, la jalousie, cette jalousie folle qui obscurcit l'esprit, pour tous ceux ou celles avec qui l'être adoré échangeait un seul regard.

J'ai réservé de m'arrêter à la fin sur l'élément psychique afin de montrer combien mon penchant anormal est enraciné. Je n'ai jamais éprouvé le moindre souffle d'amour sensuel pour l'autre sexe. L'idée d'avoir avec lui des rapports sexuels me répugne. Plusieurs fois déjà j'ai souffert en entendant affirmer que telle ou telle jeune fille était amoureuse de moi. Comme tout jeune homme, j'ai abondamment goûté aux plaisirs du monde, entre autres à celui de la danse. Je danse avec plaisir, mais je serais heureux si je pouvais danser comme dame avec des jeunes gens.

Je voudrais une fois de plus insister sur le fait que mon amour est tout à fait sensuel. Comment expliquer autrement que la poignée de main du bien-aimé et souvent son aspect me provoquent un serrement de cœur et même de l'érection!

J'ai employé tous les moyens pour arracher cet «amour» de mon «cœur». J'ai essayé de l'étourdir par l'onanisme, de l'abaisser dans la fange pour pouvoir d'autant mieux me placer au-dessus de lui.—(Il y a dix ans, pendant une de ces périodes d'amour, j'avais repoussé l'onanisme et j'avais eu la sensation que mon sentiment amoureux s'ennoblissait).—Maintenant encore j'ai l'idée fixe que si mon bien-aimé me déclarait

269

m'aimer, et n'aimer que moi, je renoncerais avec plaisir à toute satisfaction sensuelle, et je me contenterais de pouvoir reposer dans ses bras fidèles. Mais c'est une illusion que je me fais.

Très honoré monsieur, j'ai une position sociale pleine de responsabilités, et je crois pouvoir affirmer que mon penchant anormal ne me fera jamais dévier, pas même de l'épaisseur d'un fil, du devoir que je suis obligé d'accomplir. Sauf cette anomalie, je ne suis pas fou et je pourrais être heureux. Mais, l'année dernière surtout, j'ai trop souffert pour ne pas envisager avec terreur l'avenir qui, certes, ne m'apportera point la réalisation de mon désir qui couve toujours sous la cendre, c'est-à-dire le désir de posséder un amant qui me comprenne et qui réponde à mon amour. Seule une telle union me donnerait un réel bonheur psychique. J'ai beaucoup réfléchi sur l'origine de mon anomalie, surtout parce que je crois pouvoir supposer qu'elle ne m'est pas venue par hérédité. Je crois que c'est l'onanisme qui a allumé ce sentiment congénital. Il y a longtemps que j'aurais pu mettre fin à toutes ces misères, puisque je ne crains pas la mort, et que dans la religion qui, fait curieux, ne s'est pas retirée de mon cœur impur, je ne trouve aucun avertissement contre le suicide. Mais la conviction que ce n'est pas exclusivement ma faute qui fait qu'un ver rongeur a rongé ma vie dès son origine, un certain défi de rester quand même, défi que j'ai conçu précisément ces temps derniers à la suite d'un indicible chagrin, m'amènent à tenter l'expérience afin de voir s'il n'y a pas possibilité d'échafauder sur une nouvelle base un modeste bonheur pour ma vie, quelque chose qui me remplisse le cœur. Je crois que, sous l'influence d'une vie de famille tranquille, je pourrais devenir heureux. Mais je ne dois pas vous cacher que l'idée de vivre maritalement avec une femme m'est horrible, que je n'entreprendrais que le cœur saignant cette tentative de revirement, car alors je devrais rompre radicalement avec l'espoir toujours vivace, avec cette illusion que le hasard pourrait pourtant m'amener un jour le bonheur rêvé.

Cette idée fixe s'est tellement enracinée que je crains que, seule, la suggestion hypnotique puisse m'en guérir.

Pourriez-vous me donner un conseil? Vous me rendriez infiniment heureux. Le conseil le plus pressant se bornera probablement à m'interdire l'onanisme. Que je voudrais le suivre! Mais si je n'ai pas sous la main des moyens directement matériels ou mécaniques, je ne pourrai pas m'arracher à ce vice. D'autant moins que je crains qu'à la suite de ces pratiques durant des années, ma nature s'y soit déjà habituée. Les suites, il est vrai, ne m'en ont pas été épargnées, bien qu'elles ne soient pas aussi horribles qu'on les dépeint ordinairement. Je souffre d'une nervosité peu intense; je suis, il est vrai, affaibli et je paie ce vice par des troubles périodiques de la digestion; mais je suis capable encore de supporter des fatigues; j'y trouve même quelque plaisir si elles ne sont pas trop fortes. Je suis d'humeur sombre, mais je peux être très gai par moments; heureusement j'aime mon métier; je m'intéresse à bien des choses, surtout à la musique, aux arts, à la littérature. Je ne me suis jamais livré à des occupations féminines.

Ainsi que cela ressort de tout ce que je viens d'exposer, j'aime à fréquenter les hommes, surtout quand ils sont beaux, mais je n'ai jamais entretenu avec aucun d'eux des relations intimes. C'est un abîme profond qui me sépare d'eux.

Post-Scriptum.—Je crains de n'avoir pas assez précisé ma vie sexuelle dans les lignes précédentes. Elle ne consiste que dans l'onanisme, mais, pendant l'acte, je me laisse influencer par ces représentations horribles qu'on désigne par coïtus inter femora, ejaculatio in ore, etc.

Mon rôle est, dans ces cas, passif. Ces images se transforment et passent à celles de l'accouplement quand une passion m'a enchaîné. La lutte contre cette passion est terrible, parce que mon âme participe aussi au combat. Je désire l'union la plus étroite, la plus complète qu'on puisse imaginer entre deux êtres humains, la vie commune, des intérêts communs, une confiance absolue et l'union sexuelle. Je pense que l'amour naturel ne diffère de celui-ci que par son degré de chaleur, fort au-dessous du feu de notre passion. Précisément en ce moment j'ai de nouveau cette lutte à soutenir et je refoule par la violence cette folle passion qui me tient captif déjà depuis si longtemps.

Pendant des nuits entières je me roule dans mon lit, poursuivi par l'image de celui pour l'amour duquel je donnerais tout ce que je possède. Qu'il est triste que le plus noble sentiment qui ait été donné à l'homme, l'amitié, soit impossible à cause d'un vil penchant sensuel!

Je voudrais encore une fois déclarer que je ne puis pas me décider à transformer ma vie sexuelle par des rapports sexuels avec des femmes. L'idée de ces rapports m'inspire du dégoût et même de l'horreur.

Observation 122.—J'écrirai, tant bien que mal, l'histoire de mes souffrances; je ne suis guidé que par le désir de pouvoir contribuer par cette autobiographie à renseigner quelque peu sur les malentendus et les erreurs cruelles qui règnent encore dans toutes les sphères contre l'inversion sexuelle.

J'ai maintenant trente-sept ans, et je suis né de parents qui tous deux étaient très nerveux. Je rappelle ce fait parce que souvent j'ai eu l'idée que mon inversion sexuelle pourrait m'être venue par voie d'hérédité; cependant cette assertion n'est que bien vague. Quant à mes grand-pères et grand'mères, que je n'ai jamais connus, je voudrais seulement citer comme fait digne d'être retenu, que mon grand-père du côté maternel avait la réputation d'être un grand «don Juan».

J'étais un enfant assez faible et, pendant mes deux premières années, j'ai souffert de ce qu'on appelle des arthrites; c'est probablement à la suite de cette maladie que mon don d'assimilation et ma mémoire se sont affaiblis; car j'apprends difficilement les choses qui ne m'intéressent pas, et j'oublie facilement ce que j'ai appris. Je voudrais encore faire mention du fait que, avant ma naissance, ma mère fut en proie à de vives émotions morales, et qu'elle eut souvent des frayeurs. Depuis l'âge de trois ans, je suis très bien portant et jusqu'ici j'ai été épargné par les maladies graves. Entre l'âge de douze et de seize ans, j'eus parfois des sensations nerveuses étranges que je ne puis pas décrire et qui se faisaient sentir dans la tête et sur le bout des doigts. Il me semblait alors que tout mon être voulait se dissoudre. Mais, depuis de longues années, ces accès ne se sont plus renouvelés. Du reste, je nuis un homme assez vigoureux, avec une chevelure touffue, et d'un caractère tout à fait viril.

271

À l'âge de six ans, je suis arrivé tout seul à pratiquer l'onanisme auquel malheureusement je fus très adonné jusqu'à l'âge de dix-neuf ans. Faute de mieux, j'y ai recours encore assez souvent, bien que je reconnaisse le caractère répréhensible de cette passion et que je m'en sente toujours affaibli, tandis que le rapport sexuel avec un homme, loin du me fatiguer, me donne au contraire le sentiment d'avoir retrempé mes forces. À l'âge de sept ans, je commençai à aller à l'école et bientôt j'éprouvai une vive sympathie pour certains de mes camarades, ce qui d'ailleurs ne me paraissait nullement étrange. Au lycée, quand j'eus quatorze ans, mes condisciples m'ont éclairé sur la vie sexuelle des hommes, chose que j'ignorais absolument; mais leurs explications n'ont pu m'inspirer aucun intérêt. À cette époque je pratiquais avec deux ou trois amis l'onanisme mutuel auquel ceux-ci m'avaient incité et qui avait un charme immense pour moi. Je n'avais toujours pas conscience de la perversité de mon instinct génital; je croyais que mes fautes n'étaient que des péchés de jeunesse, comme en commettent tous les garçons de mon âge. Je pensais que l'intérêt pour le sexe féminin se manifesterait quand l'heure serait venue. Ainsi j'atteignis l'âge de dix-neuf ans. Pendant les années suivantes, je fus amoureux fou d'un très bel artiste dramatique, ensuite d'un employé d'une banque et d'un de mes amis, deux jeunes gens qui étaient loin d'être beaux et de porter sur les sens. Cet amour était purement platonique et m'entraînait parfois à faire des poésies enflammées. Ce fut peut-être le plus beau temps de ma vie, car j'envisageais tout cela avec des yeux innocents. À l'âge de vingt et un ans, je commençai pourtant à m'apercevoir peu à peu que je n'avais pas tout à fait les mêmes prédispositions que mes camarades; je ne trouvais aucun plaisir aux occupations viriles, ni à fumer, ni à boire, ni au jeu de cartes; quant au lupanar, il m'inspirait réellement une peur mortelle. Aussi n'y suis-je jamais allé; j'ai toujours réussi à m'esquiver sous un prétexte, quand les camarades y allaient. Je commençai alors à réfléchir sur moi-même; je me sentais souvent abandonné, misérable, malheureux, et je languissais de rencontrer un ami prédisposé comme moi, sans parvenir à l'idée qu'il pouvait bien exister hors de moi des gens de cet acabit. À l'âge de vingt-deux ans, j'ai fait la connaissance d'un jeune homme qui enfin m'a éclairé sur l'inversion sexuelle et sur les personnes atteintes de cette anomalie, car lui aussi était uraniste et, ce qui est plus, amoureux de moi. Mes yeux se dessillèrent et je bénis le jour qui m'a apporté cet éclaircissement. À partir de ce moment, je vis le monde d'un autre œil, je vis que le même sort était échu à beaucoup de gens et je commençai à comprendre et à m'accommoder autant que possible de ce sort. Malheureusement cela marchait très mal, et aujourd'hui encore je suis pris d'une révolte, d'une haine profonde contre les institutions modernes qui nous traitent si mal, nous autres pauvres uranistes. Car quel est notre sort? Dans la plupart des cas, nous ne sommes pas compris, nous sommes ridiculisés et méprisés et, dans le meilleur cas, si l'on nous comprend, on s'apitoie sur nous comme sur de pauvres malades ou des fous. C'est la pitié qui m'a toujours rendu malade. Je commençai donc à jouer la comédie, pour tromper mes proches sur l'état de mon âme, et, toutes les fois que j'y réussissais, j'en avais une grande satisfaction. J'ai fait aussi la connaissance de plusieurs compagnons de sort; j'ai noué avec eux des liaisons qui malheureusement étaient toujours de courte durée, car j'étais très peureux et prudent, en même temps que difficile dans mon choix et gâté.

J'ai toujours profondément abhorré la pédérastie, comme quelque chose d'indigne d'un être humain, et je désirerais que tous mes compagnons de sort en fissent autant; malheureusement, chez certains d'entre eux, ce n'est pas le cas; car, si tous pensaient sur ce sujet comme moi, l'opprobre et la raillerie des hommes d'un sentiment différent du nôtre seraient encore plus injustes.

En face de l'homme aimé je me sens complètement femme, voilà pourquoi je me comporte assez passivement pendant l'acte sexuel. En général, toutes mes sensations et tous mes sentiments sont féminins; je suis vaniteux, coquet, j'aime les chiffons, je cherche à plaire, j'aime à me bien habiller, et, dans les cas où je veux particulièrement plaire, j'ai recours aux artifices de toilette pour lesquels je suis assez bien expérimenté.

Je m'intéresse très peu à la politique, mais je n'en suis que plus passionné pour la musique; je suis un partisan enthousiaste de Richard Wagner, prédilection que j'ai remarquée chez la plupart des uranistes. Je trouve que c'est précisément cette musique qui correspond le mieux à notre caractère. Je joue assez bien du violon, j'aime la lecture et je lis beaucoup, mais je n'ai que peu d'intérêt pour les autres sujets; de même tout le reste dans la vie m'est assez indifférent, par suite de la sourde résignation qui m'envahit de plus en plus.

Bien que j'aie tout sujet d'être content de la destinée, ayant comme technicien une position assurée dans une grande ville d'Allemagne, je n'aime pas mon métier. Ce que j'aimerais le mieux, ce serait d'être libre et indépendant, de pouvoir, en compagnie de l'être aimé, faire de beaux voyages, consacrer mes loisirs à la musique et à la littérature, surtout au théâtre qui me paraît comme un des plus grands plaisirs. Être l'intendant d'un théâtre de la Cour, voilà une position que je trouverais acceptable.

La seule position sociale ou vocation qui me paraisse vraiment désirable, est celle de grand artiste, soit chanteur, soit acteur, soit peintre ou sculpteur. Il me semblerait encore plus beau d'être né sur un trône royal; ce désir répond à mon envie très prononcée de régner.—(S'il y a vraiment une métempsychose, question dont je m'occupe beaucoup et théorie qui me paraît très probable, je dois avoir déjà vécu une fois comme imperator ou comme souverain quelconque).—Mais il faut être né pour tout cela, et comme je ne le suis pas, je n'ai pas d'ambition pour les soi-disant honneurs et distinctions de la société.

En ce qui concerne les tendances de mon goût, je dois constater qu'il y a là une certaine scission. De beaux jeunes gens de talent et qui ont au moins vingt ans, qui se trouvent au même niveau social que moi, me paraissent plutôt créés pour un amour platonique, et je me contente, dans ce cas, d'une amitié très sincère et très idéale qui rarement dépasse les bornes de quelques accolades. Mais sensuellement je ne saurais être excité que par des hommes plus rudes et plus robustes qui ont au moins mon âge, mais qui doivent occuper une position sociale et intellectuelle inférieure à la mienne. La raison de ce phénomène curieux est peut-être que ma grande pudicité, ma timidité native et ma réserve en présence des hommes de ma position, exercent l'effet d'une idée entravante, de sorte que, dans ce cas, je n'arriverais que difficilement et rarement à une émotion sexuelle. Je souffre beaucoup de cet antagonisme,—cela s'explique,—car j'ai toujours peur de me révéler à ces gens simples qui sont au-dessous de moi et qu'on peut souvent acheter pour de l'argent. Car, dans mon idée, il n'y aurait rien de plus terrible qu'un scandale qui me pousserait immédiatement au suicide. Je ne puis pas assez me figurer combien ce doit être terrible d'être, à la suite d'une petite imprudence ou par la méchanceté du premier venu, stigmatisé devant le monde entier, et pourtant sans que ce soit de notre faute. Car que

273

faisons-nous autre chose que ce que les hommes de dispositions normales peuvent se permettre de faire souvent et sans gêne? Ce n'est pas notre faute si nous n'éprouvons pas les mêmes sentiments que la grande foule: c'est un jeu cruel de la nature.

Maintes fois j'ai cherché dans ma tête si la science et quelques hommes scientifiques sans préjugés, penseurs indépendants, ne pourraient imaginer des moyens pour que, nous, les «Cendrillons» de la nature, nous puissions avoir une position plus supportable devant la loi et les hommes. Mais toujours je suis arrivé à cette triste conclusion que pour se faire le champion d'une cause, il faut tout d'abord la bien connaître et la définir. Qui est-ce qui, jusqu'à ce jour, pourrait expliquer et définir avec exactitude l'inversion sexuelle? Et pourtant il faut qu'il y ait pour ce phénomène une explication juste, qu'il y ait une voie par laquelle on puisse amener la grande foule à un jugement plus sensé et plus indulgent, et, avant tout, obtenir du moins ceci: qu'on ne confonde plus l'inversion sexuelle avec la pédérastie, confusion qui malheureusement règne encore chez la plupart des gens, je dirais même chez tous. Par un pareil acte, on s'érigerait un monument impérissable à la reconnaissance de milliers d'hommes contemporains et futurs; car il y a toujours eu des uranistes, il y en a et il y en aura à toutes les époques, et en plus grand nombre qu'on ne le suppose.

Dans le livre de Wilbrand: Fridolins heimliche Ehe, je trouve énoncée une théorie tout à fait acceptable à ce sujet, ayant eu moi-même déjà à plusieurs reprises l'occasion de constater que tous les uranistes n'aiment pas au même degré l'homme, mais qu'il y a parmi eux d'innombrables subdivisions depuis l'homme le plus efféminé jusqu'à l'inverti qui aime encore autant et aussi souvent les charmes féminins que les autres. Ceci pourrait peut-être expliquer la soi-disant différence entre l'inversion congénitale et l'inversion acquise, différence qui, à mon avis, n'existe pas du tout. Cependant chez les cinquante-cinq individus que j'ai connus dans les trois années écoulées depuis que j'ai compris mon état, j'ai rencontré les mêmes traits de tempérament, d'âme et de caractère; presque tous sont plus ou moins idéalistes, ne fument que peu ou pas du tout, sont dévots, vaniteux, coquets et superstitieux, et réunissent en eux—(je dois l'avouer malheureusement)— plutôt les défauts des deux sexes que leurs qualités. Je sens un véritable horror pour la femme dans son rôle sexuel, horreur que je ne saurais vaincre, pas même avec tous les artifices de mon imagination qui est extrêmement vive; aussi je ne l'ai jamais essayé, car je suis convaincu d'avance de la stérilité d'une tentative qui me paraît contre nature et criminelle.

Dans les rapports purement sociaux et amicaux, j'aime beaucoup à être en relation avec les filles et les femmes, et je suis très bien vu dans les cercles de dames, car je m'intéresse beaucoup aux modes, et je sais parler avec beaucoup d'à-propos et de justesse de ces matières. Je puis, quand je veux, être très gai et très aimable, mais ce don de conversation n'est qu'une comédie qui me fatigue et qui m'affecte beaucoup. De tout temps j'ai montré beaucoup d'intérêt et d'adresse pour les travaux de femmes; étant enfant, j'ai jusqu'à l'âge de treize ans passionnément aimé à jouer aux poupées auxquelles je faisais moi-même des robes. Maintenant encore, j'ai beaucoup de plaisir à faire de belles broderies, occupation à laquelle malheureusement je ne puis me livrer qu'en secret. J'ai une prédilection non moins vive pour les bibelots, les photographies, les fleurs, les friandises, les objets de toilette et toutes les futilités féminines. Ma chambre que j'ai arrangée et décorée moi-même, ressemble à peu près au boudoir surchargé d'une dame.

Je voudrais encore mentionner, comme particularité curieuse, que je n'ai jamais eu de pollutions. Je rêve beaucoup et très vivement presque chaque nuit; mes rêves érotiques, quand j'en ai, ne s'occupent que d'hommes, mais je suis toujours réveillé avant qu'une éjaculation ait pu se produire. Au fond, je n'ai pas de grands besoins sexuels; il y a chez moi des périodes de quatre à six semaines, pendant lesquelles l'instinct génital ne se manifeste pas du tout. Malheureusement ces périodes sont très rares et sont suivies ordinairement d'un réveil d'autant plus violent de mon terrible instinct, qui, s'il n'est pas satisfait, me cause de grands malaises physiques et intellectuels. Je suis alors de mauvaise humeur, déprimé moralement, irritable; je fuis la société; mais toutes ces particularités disparaissent à la première occasion qui me permet de satisfaire mon instinct génital. Je dois remarquer que, en général, pour les causes les plus futiles, mon humeur peut varier plusieurs fois dans la même journée; elle est comme le temps d'avril.

Je danse bien et volontiers; mais je n'aime la danse qu'à cause de ses mouvements rythmiques et de ma prédilection pour la musique.

Enfin je dois faire mention d'une chose qui provoque toujours mon indignation. On nous prend en général pour des malades; c'est à tort. Car, pour toute maladie, il y a un remède ou un calmant; or aucune puissance au monde ne pourrait ôter à un uraniste sa prédisposition invertie. La suggestion hypnotique même, qu'on a souvent appliquée avec un succès apparent, ne peut pas amener de transformation durable dans la vie psychique d'un uraniste. Chez nous, on confond l'effet avec la cause. On nous prend pour des malades, parce que la plupart d'entre nous le deviennent réellement avec le temps. Je suis profondément convaincu que les deux tiers de nous, arrivés à un âge avancé, s'ils y arrivent jamais, auront une défectuosité mentale, et c'est facile à expliquer. Quelle force de volonté et quels nerfs ne doit-on pas avoir pour pouvoir pendant toute sa vie et sans interruption dissimuler, mentir, être hypocrite! Que de fois, quand, dans un cercle de gens normaux, la conservation tombe sur l'inversion sexuelle, n'est-on pas obligé de se rallier aux calomnies et aux injures, tandis que chacun de ces propos agit sur nous comme un couteau tranchant! D'autre part, être obligé d'écouter les propos et les mots d'esprit inconvenants et ennuyeux sur les femmes, feindre un intérêt et une attention pour ces conversations qui aujourd'hui sont en vogue dans la soi-disant «bonne compagnie»! Voir tous les jours, presqu'à chaque heure, de beaux hommes auxquels on ne peut se révéler, être forcé de se priver pendant des semaines, des mois même, de l'ami dont nous aurions tellement besoin, et par-dessus tout la peur terrible et continuelle de se trahir devant les hommes, d'être couvert de honte et d'opprobre! Vraiment, il ne faut pas s'étonner que la plupart d'entre nous soient incapables de tout travail sérieux, car la lutte avec notre triste destinée absorbe toute notre force de volonté et notre persévérance. Combien il est funeste pour nos nerfs d'être obligés de renfermer toutes nos pensées, tous nos sentiments dans notre for intérieur, où notre imagination déjà si vive, alimentée par tout cela, travaille avec d'autant plus d'activité, de sorte que nous portons avec nous une fournaise qui menace de nous dévorer! Heureux ceux de nous qui ne manquent jamais de la force pour pouvoir mener une telle vie, mais heureux aussi ceux qui en ont déjà fini!

Observation 123. Autobiographie.—Vous recevrez ci-jointe la description du caractère ainsi que des sentiments moraux et sexuels d'un uraniste, c'est-à-dire d'un individu qui, malgré la conformation virile de son corps, se sent tout à fait femme, dont les sens ne sont nullement excités par les femmes et dont la langueur sexuelle ne vise que les hommes.

Pénétré de la conviction que l'énigme de notre existence ne saurait être démêlée ou du moins éclaircie que par des hommes de science qui pensent sans préjugés, je vous donne ma biographie uniquement dans le but de contribuer par ce moyen à l'éclaircissement de cette erreur cruelle de la nature et de rendre peut-être un service à mes compagnons de sort de la future génération. Car des uranistes il y en aura, tant qu'il y aura des hommes, de même que c'est un fait irréfutable qu'il y en a eu à toutes les époques. Mais à mesure que l'instruction scientifique de notre époque fera des progrès, on finira par voir en moi et en mes semblables non pas des êtres haïssables, mais des êtres dignes de commisération, qui ne méritent jamais le mépris, mais plutôt la suprême pitié de leur prochain plus heureux qu'eux. Je tâcherai d'être aussi bref que possible dans mon récit, de même que je ferai tous les efforts pour rester impartial. Je dois d'ailleurs faire remarquer, au sujet de mon langage cru et souvent même cynique, que, avant tout, je tiens à être vrai: voilà pourquoi je n'évite point les expressions les plus crues, car ce sont elles qui peuvent le mieux caractériser le sujet que je veux exposer.

J'ai trente-quatre ans et demi; je suis un négociant à revenu modique; ma taille est au-dessus de la moyenne, je suis maigre, je n'ai pas les muscles forts, j'ai une figure tout à fait ordinaire, couverte de barbe et, au premier aspect, je ne diffère en rien des autres hommes. Par contre, ma démarche est féminine, surtout quand je presse le pas; elle est un peu dandinante; les mouvements sont anguleux, peu harmonieux et manquent de tout charme viril. La voix n'est ni féminine ni aiguë, mais plutôt d'un timbre de baryton.

Tel est mon habitus extérieur.

Je ne fume ni ne bois pas; je ne puis ni siffler, ni monter à cheval, ni faire de la gymnastique, ni tirer de l'épée, ni au pistolet non plus; je ne m'intéresse pas du tout aux chevaux ni aux chiens; je n'ai jamais eu entre les mains ni un fusil ni une épée. Dans mes sentiments intimes et dans mes désirs sexuels, je suis parfaitement femme. Sans aucune instruction bien solide—je n'ai passé que cinq années au lycée—je suis pourtant intelligent; j'aime à lire de bons ouvrages bien écrits; je dispose d'un jugement sain, mais je me laisse toujours entraîner par l'état d'esprit du moment; qui connaît mon faible et sait en profiter, peut me manier et me persuader facilement. Je prends toujours des résolutions sans trouver jamais l'énergie de les mettre à exécution. Comme les femmes, je suis capricieux et nerveux, irrité souvent sans aucune raison, parfois méchant contre des personnes dont la figure ne me va pas ou contre lesquelles j'ai de la rancune; je suis alors arrogant, injuste, souvent blessant et insolent.

Dans tous mes actes et gestes je suis superficiel, souvent léger; je ne connais aucun sentiment moral profond, et j'ai peu de tendresse pour mes parents, mes sœurs et mes frères. Je ne suis pas égoïste; à l'occasion je suis même capable de faire des sacrifices; je ne puis jamais résister aux larmes, et, comme les femmes, on peut me gagner par une prévenance aimable ou par des prières instantes.

Déjà, dans ma tendre enfance, je fuyais les jeux de guerre, les exercices de gymnastique, les bagarres de mes camarades masculins; je me trouvais toujours dans la compagnie des petites filles avec lesquelles je sympathisais plus qu'avec les garçons; j'étais timide, embarrassé, et je rougissais souvent. Déjà à l'âge de douze à treize ans, j'éprouvais des serrements de cœur étranges à la vue de l'uniforme collant d'un joli militaire; les années suivantes, pendant que mes camarades d'école parlaient toujours de filles et commençaient même de petites amourettes, j'étais capable de suivre pendant des heures un homme vigoureusement bâti avec des fesses bien développées et plantureuses, et je me grisais à cet aspect.

Sans réfléchir beaucoup sur ces impressions, qui différaient tant des sentiments de mes camarades, je commençai à me masturber en pensant pendant l'acte à des hommes bâtis comme des héros et bien mis, jusqu'à ce que, à l'âge de dix-sept ans, je fusse éclairé sur mon état par un compagnon de sort. Depuis ce temps j'ai eu huit à dix fois affaire avec des filles; mais pour provoquer l'érection, j'ai toujours dû évoquer l'image d'un bel homme de ma connaissance; je suis convaincu aujourd'hui que, même en ayant recours à mon imagination, je ne serais pas capable d'user d'une fille. Peu de temps après cette découverte, je préférai fréquenter des uranistes vigoureux et âgés, car à cette époque je n'avais ni les moyens ni l'occasion de voir de véritables hommes. Depuis, cependant, mon goût a complètement changé, et ce ne sont que les hommes, les vrais hommes, entre vingt-cinq et trente-cinq ans, aux formes vigoureuses et souples, qui puissent exciter au plus haut degré mes sens, et dont les charmes me ravissent comme si j'étais vraiment femme. Grâce aux circonstances, j'ai pu au cours des années faire environ une douzaine de fois connaissance avec des hommes, qui, pour une gratification de 1 à 2 florins par visite, servaient à mes fins. Quand je me trouve enfermé seul dans ma chambre avec un joli garçon, mon plus grand plaisir, c'est avant tout membrum ejus vel maxime si magnum atque crassum est, manibus capere et apprehendere et premere, turgentes nates femoraque tangere atque totum corpus manibus contractare et, si conseditur, os faciem atque totum corpus, immovero nates, ardentibus oxculis obtegere. Quodsi membrum magnum purumque est, dominusque ejus mihi placet, ardente libidine mentulam ejus in os meum receptam complures horas sugere possum, neque autem detector, si semen in os meum ejaculalur, cum maxima corum qui «uraniste» nominantur pars hac re non modo delectatur, sed etiam semen nonnunquam devorat.

Cependant j'éprouve la volupté la plus intense quand je tombe sur un homme qui est déjà dressé à ces pratiques et qui membrum meum in os recipit et erectionem in ore suo concedit.

Quelque invraisemblable que cela paraisse, je trouve toujours, moyennant quelques cadeaux, des garçons chics qui se laissent faire. Ces gaillards apprennent ordinairement ces choses pendant leur service militaire, car les uranistes savent très bien que, chez les militaires, on est bien disposé pour de l'argent; et le drôle, une fois dressé à ce service, est souvent par les circonstances amené à continuer, malgré sa passion pour le sexe féminin.

Les uranistes, sauf quelques exceptions, me laissent froid d'habitude, car tout ce qui est féminin me répugne au plus haut degré. Pourtant il y a parmi eux des individus qui peuvent me charmer aussi bien qu'un véritable homme et avec lesquels j'aime encore mieux avoir des rapports parce qu'ils répondent à mes caresses enflammées avec une égale ardeur. Quand je me trouve en tête-à-tête avec un de ces individus, mes sens excités n'ont plus d'entraves et je laisse se déchaîner complètement mes fureurs bestiales: osculor, premo, amplector eum, linguam meam in os ejus immitto; ore cupiditate tremente ejus labrum superius sugo, faciem meam ad ejus nates adpono et odore voluptari et natibus emanente voluptate obstupescor. Les hommes véritables, en uniformes collants, font sur moi la plus grande impression. Quand j'ai l'occasion d'enlacer de mes bras un superbe gaillard et de l'embrasser, cela me donne une éjaculation immédiate, fait que j'attribue surtout à une masturbation fréquente. Car je me masturbais souvent dans les premières années, presque toutes les fois que j'avais vu un solide gaillard qui me plaisait; son image m'était alors présente pendant que je faisais l'acte d'onanisme. Mon goût, en ces choses, n'est pas trop difficile; il est comme celui d'une bonne qui voit son idéal dans un solide sous-officier de dragons. Une belle figure est, il est vrai, un accessoire agréable, mais pas du tout indispensable à l'excitation de mon envie sensuelle; la principale condition est et reste: vir inferiore corporis parte robusta et bene formosa, turgidis femoribus durisque natibus, tandis que le torse peut être svelte. Un ventre fort me dégoûte, une bouche sensuelle avec de belles dents m'excite et me stimule vivement. Si cet individu a, en outre, un membrum pulchrum magnum et æqualiter formatum, toutes mes exigences, même les plus exagérées, sont parfaitement satisfaites. Autrefois l'éjaculation se produisait cinq à huit fois dans une nuit, quand je me trouvais avec des hommes qui me plaisaient et qui m'excitaient passionnément; maintenant encore j'éjacule quatre à six fois, étant excessivement lubrique et sensuel, au point que même le cliquetis du sabre d'un joli hussard peut me causer de l'émotion. Avec cela j'ai une imagination très vive et je pense pendant presque toutes mes heures de loisir à de jolis hommes aux membres vigoureux, et je serais ravi si un gaillard solide et resplendissant de force, magna mentula præditus me præsente puellam futuat; mihi persuasum est, fore ut hoc aspectu sensus mei vehementissima perturbatione afficiantur et dum futuit corpus adolescentis pulchri tangam et si liceat ascendam in eum dum cum puella concumbit atque idem cum eo faciam et membrum meum in ejus anum imittum. Seuls mes moyens financiers restreints m'empêchent de mettre à exécution ces projets cyniques dont mon esprit est très souvent rempli; autrement il y a longtemps que je les aurais réalisés.

Le militaire exerce sur moi le plus grand charme, mais j'ai encore, en outre, un faible pour les bouchers, les cochers de fiacre, les camionneurs, les cavaliers du cirque, à la condition qu'ils aient un corps bien fait et souple. Les uranistes me sont odieux pour les rapports intimes, et j'ai contre la plupart d'entre eux une aversion tout à fait injustifiée que je ne saurais m'expliquer. Aussi, sauf une seule exception, n'ai-je jamais eu une relation d'amitié intime avec aucun uraniste. Par contre, les rapports les plus cordiaux, consolidés par les années, me rattachent à quelques hommes normaux, dans la société desquels je me trouve très bien, mais avec lesquels je n'ai jamais ou de rapports sexuels et qui ne se doutent pas du tout de mon état.

Les conversations sur les questions politiques ou économiques, ainsi que toute discussion sur un sujet sérieux, me sont odieuses; par contre, je cause avec beaucoup de plaisir et avec un assez bon jugement des choses de théâtre. Dans les opéras, je me figure être sur la scène, je ma crois entouré des applaudissements du public qui me célèbre, et je voudrais, de préférence, représenter des héroïnes passives ou chanter des rôles dramatiques de femmes.

Les sujets de conversation les plus intéressants pour moi et mes semblables, ce sont toujours nos hommes; ce thème est inépuisable pour nous autres; les charmes les plus secrets de l'amant sont alors minutieusement expliqués, mentulæ æstimantur, quanta sint magnitudine, quanta crassitudine; de forma carum atque rigiditate conferimus, alter ab altero cognoscit cujus semen celerius, cujus tardius ejaculatur. Je mentionne encore qu'un de mes quatre frères s'est laissé entraîner à des actes uranistes, sans être uraniste lui-même; tous les quatre sont des adorateurs passionnés du sexe féminin et font sans cesse des excès sexuels. Les parties génitales des hommes, dans notre famille, sont, sans exception, très fortement développées.

Enfin, je répète les paroles par lesquelles j'ai commencé ces lignes. Je ne pouvais pas choisir mes expressions, car il s'agissait pour moi de fournir un sujet pour l'étude de l'existence uraniste; pour cela, il importait, avant tout, de ne donner que la vérité absolue. Veuillez donc excuser, pour cette raison, le cynisme de ces lignes.

Au mois d'octobre 1890, l'auteur des lignes qui précèdent se présenta chez moi. Son extérieur répondait, en général, à la description qu'il m'en avait faite. Les parties génitales étaient volumineuses, très poilues. Les parents auraient été sains au point de vue nerveux; un frère s'est brûlé la cervelle par suite d'une maladie nerveuse; trois autres sont nerveux à un degré très prononcé. Le malade est venu chez moi en proie au plus grand désespoir. Il ne peut plus supporter la vie qu'il mène, car il en est réduit aux rapports avec des individus vénals, et il ne peut pratiquer l'abstinence, étant donnée sa prédisposition excessive à la sensualité; il ne peut pas comprendre non plus comment on pourrait le transformer en un individu aimant les femmes et le rendre capable des plus nobles jouissances de la vie, car, dès l'âge de treize ans, il avait des penchants pour l'homme.

Il se sent tout à fait femme et aspire à faire la conquête d'hommes qui ne soient pas uranistes. Quand il est avec un uraniste, c'est comme si deux femmes se trouvaient ensemble. Il préférerait plutôt être sans sexe que de continuer à mener une existence comme la sienne. La castration ne serait-elle pas une délivrance pour lui?

Un essai d'hypnose n'amena chez ce malade excessivement émotionnel qu'un engourdissement très léger.

Observation 124.—B..., garçon de café, quarante-deux ans, célibataire, m'a été envoyé comme inverti par son médecin, dont il était amoureux. B... donna de bonne volonté et avec décence des renseignements sur sa vita ante acta et surtout sexualis, très heureux de trouver enfin une explication sérieuse de son état sexuel qui, de tout temps, lui a paru morbide.

B... ne sait rien de ses grands-parents. Son père était un homme emporté, coléreux et très excité, potator, ayant eu, de tout temps, de grands besoins sexuels. Après avoir fait vingt-quatre enfants à la même femme, il divorça d'avec elle et mit trois fois en état de grossesse sa femme de ménage. La mère aurait été bien portante.

De ces vingt-quatre enfants, six seulement sont encore en vie: plusieurs d'entre eux ont des maladies de nerfs, mais sans anomalie sexuelle, sauf une sœur qui, de tout temps, a eu la manie de poursuivre les hommes.

279

B... prétend avoir été maladif dans sa première enfance. Dès l'âge de huit ans, sa vie sexuelle s'éveilla. Il se masturba et eut l'idée penem aliorum puerorum in os arrigere, ce qui lui fit grand plaisir. À l'âge de douze ans, il commença à devenir amoureux des hommes, dans la plupart des cas de ceux qui avaient trente ans et portaient des moustaches. Déjà, à cette époque, ses besoins sexuels étaient très développés; il avait des érections et des pollutions. À partir de ce moment, il s'est masturbé presque tous les jours, en évoquant pendant l'acte l'image d'un homme aimé. Son suprême plaisir était cependant penem viri in os arrigere. Il en avait une éjaculation avec la plus vive volupté. Environ douze fois seulement, il a pu, jusqu'ici, goûter ce plaisir. Quand il se trouvait en présence d'hommes sympathiques, il n'a jamais eu de dégoût pour le pénis d'autrui, au contraire. Il n'a jamais accepté les propositions de pédérastie qui, soit active, soit passive, lui répugne au plus haut degré. En accomplissant ces actes pervers, il s'est toujours figuré être dans le rôle d'une femme. Sa passion pour les hommes qui lui étaient sympathiques était sans bornes. Il aurait été capable de tout pour un amant. Il tressaillait d'émotion et de volupté rien qu'en l'apercevant.

À l'âge de dix-neuf ans, il s'est laissé souvent entraîner par des camarades à aller au lupanar. Il n'a jamais trouvé de plaisir au coït. Pour avoir de l'érection en présence de la femme, il a toujours dû s'imaginer qu'il avait affaire à un homme aimé. Ce qu'il aurait préféré à tout, c'est que la femme lui permît l'immissio penis in os, ce qui lui a toujours été refusé. Faute de mieux, il pratiquait le coït; il est même devenu deux fois père. Son dernier enfant, une fille de huit ans, commence déjà à se livrer à la masturbation et à l'onanisme mutuel, ce dont il est profondément affligé. N'y aurait-il pas quelque remède à cela?

Le malade affirme qu'avec les hommes il s'est toujours senti dans le rôle de la femme, même dans les rapports sexuels. Il a toujours pensé que sa perversion sexuelle avait pour cause originaire le fait que son père, en le procréant, avait voulu faire une fille. Ses frères et ses sœurs l'avaient toujours raillé à cause de ses manières féminines. Balayer la chambre, laver la vaisselle étaient pour lui des occupations agréables. On a souvent admiré ses aptitudes pour ce genre du travaux, et on a trouvé qu'il y était plus adroit que bien des filles. Quand il pouvait le faire, il se déguisait en fille. Pendant le carnaval, il allait dans les bals déguisé en femme. Dans ces occasions, il réussissait parfaitement à imiter les minauderies et les coquetteries des femmes, parce qu'il a un naturel féminin.

Il n'a jamais eu beaucoup de goût à fumer ou à boire, aux occupations et aux plaisirs masculins; mais il a fait avec passion de la couture, et, étant garçon, il a été souvent grondé parce qu'il jouait sans cesse aux poupées. Au théâtre et au cirque, son intérêt ne se concentrait que sur les hommes. Souvent il ne pouvait pas résister à l'envie de rôder autour des pissotières, pour voir des parties génitales masculines.

Il n'a jamais trouvé plaisir aux charmes féminins. Il n'a réussi le coït qu'en évoquant l'image d'un homme aimé. Ses pollutions nocturnes étaient toujours occasionnées par des rêves lascifs concernant des hommes.

Malgré de nombreux excès sexuels, B... n'a jamais souffert de neurasthénie, et il n'en présente aucun des symptômes.

Le malade est délicat, a une barbe et une moustache peu fournies; ce n'est qu'à l'âge de vingt-cinq ans que sa figure est devenue barbue. Son extérieur, sauf sa démarche dandinante et légère, ne présente rien qui puisse indiquer un naturel féminin. Il affirme qu'on a déjà souvent ridiculisé sa démarche féminine. Les parties génitales sont fortes, bien développées, tout à fait normales, couvertes de poils touffus; le bassin est masculin. Le crâne est rachitique, un peu hydrocéphale, avec des os pariétaux convexes. La face surprend par son exiguïté. Le malade prétend qu'il est facile à irriter et enclin aux emportements et à la colère.

Observation 125.—Le 1er mai 1880, les autorités policières amenèrent à la Clinique psychiatrique de Gratz un homme de lettres, le docteur en philosophie G...

G..., venant d'Italie et passant, dans son voyage, par Gratz, avait trouvé un soldat qui, moyennant argent, s'était livré à lui, mais qui finalement l'avait dénoncé à la police. Comme celui-ci défendait avec le plus grand sans-gêne son amour pour les hommes, la police trouva son état mental douteux et le fit placer en observation près d'aliénistes. G... raconta aux médecins, avec une franchise cynique, qu'il y a plusieurs années déjà il avait eu, à M..., une affaire analogue à démêler avec la police et qu'il avait été, alors, quinze jours en prison. Dans les pays du Sud, il n'y a aucune loi contre les gens comme lui; en Allemagne et en France seulement, on a trouvé l'affaire mauvaise.

G... a cinquante ans; il est grand, vigoureux, avec un regard libidineux, des manières coquettes et cyniques. L'œil a une expression névropathique et vague; les dents de la mâchoire inférieure sont bien plus en arrière que celles de la mâchoire supérieure. Le crâne est normal, la voix virile, la barbe bien fournie. Les parties génitales sont bien conformées; cependant les testicules sont un peu petits. Physiquement, G... ne présente rien à noter, sauf un léger emphysème du poumon et une fistule externe à l'anus. Le père de G... était atteint de folie périodique; la mère était une personne «excentrique»; une tante était atteinte d'aliénation mentale. De neuf enfants issus du père et de la mère de G..., quatre sont morts à un âge tendre.

G... prétend avoir été bien portant, sauf qu'il a eu des scrofulides. Il a obtenu le grade de docteur en philosophie. À l'âge de vingt-cinq ans il a eu des hémoptysies, il alla en Italie où, sauf quelques interruptions, il gagnait sa vie avec sa plume et en donnant des leçons. G... dit qu'il a souvent souffert de congestions et aussi quelque peu «d'irritation spinale», c'est-à-dire que le dos lui faisait mal. Du reste, il est toujours de bonne humeur, seulement son porte-monnaie n'est jamais bien garni, et il a toujours bon appétit, comme toutes les «vieilles hétaïres». Il raconte ensuite avec beaucoup de plaisir et de cynisme qu'il est atteint d'inversion sexuelle congénitale. Déjà, à l'âge de cinq ans, son plus grand plaisir était videre mentulam, et il rôdait autour des pissotières pour avoir ce bonheur. Avant l'âge de puberté, il avait pratiqué l'onanisme. À sa puberté il s'aperçut qu'il avait un sentiment très tendre pour ses amis. Une impulsion obscure lui montrait le chemin que son amour prendrait. Il avait pour ainsi dire l'obsession d'embrasser d'autres jeunes gens, et parfois de caresser le pénis du l'un ou de l'autre. Ce n'est qu'à l'âge de vingt-six ans qu'il commença à entrer en rapports sexuels avec des hommes; il se sentait alors toujours dans le rôle de la femme. Étant encore petit garçon, son plus grand plaisir était de s'habiller en femme. Il a été souvent battu par son père, quand, pour obéir à son impulsion, il mettait les vêtements de sa sœur. Quand il voyait un ballet, c'étaient toujours les danseurs et jamais les ballerines qui l'intéressaient. Aussi loin que sa mémoire remonte, il a toujours eu l'horror feminæ. Quand il allait dans un lupanar, ce n'était que pour voir des jeunes gens, «puisque, dit-il, je suis un concurrent des putains.» Quand il voit un jeune homme, il le regarde tout d'abord dans les yeux; si ceux-ci lui plaisent, il regarde la bouche pour voir si elle est faite pour les baisers, et ensuite vient le tour des parties génitales pour voir si elles sont bien développées. G... parle avec une grande suffisance de ses ouvrages poétiques, et il fait valoir que les gens de son acabit sont tous des hommes doués de beaucoup de talent. Il cite à l'appui de sa thèses comme exemples: Voltaire, Frédéric le Grand, Eugène de Savoie, Platon, qui, selon lui, étaient tous des «uranistes». Son plus grand plaisir est d'avoir un jeune homme qui lui soit sympathique et qui lui fasse la lecture de ses vers (les vers de G...). L'été dernier, il a eu un amant de ce genre. Lorsqu'il dut se séparer de lui, il s'abandonna au désespoir; il ne mangeait plus, ne dormait plus et ne put que peu à peu se ressaisir. L'amour des uranistes est profond et extatique. A Naples, raconte-t-il, il y a un quartier où les effeminelli vivent en ménage avec leurs amants, de même qu'à Paris les grisettes. Ils se sacrifient pour leur amant, entretiennent son ménage, tout comme les grisettes. Par contre, il y a répulsion entre uraniste et uraniste, tout comme «entre deux putains; c'est une question de boutique».

G... éprouve une fois par semaine le besoin d'avoir des rapports sexuels avec un homme. Il se sent heureux de son étrange sentiment sexuel qu'il considère comme anormal, mais non comme morbide ni comme illégitime. Il est d'avis qu'il ne reste à lui et à ses compagnons qu'un parti à prendre, c'est d'élever au niveau du surnaturel le phénomène contre-nature qui est en eux. Il voit dans l'amour uraniste comme un amour plus élevé, idéalisé, divinisé et abstrait. Quand nous lui objectons qu'un pareil amour est contraire aux buts de la nature et à la conservation de la race, il répond d'un air pessimiste que le monde doit mourir et la terre continuer à tourner autour de son axe sans les hommes qui n'existent que pour leur propre supplice. Afin de donner une raison et une explication de son sentiment sexuel anormal, G... prend Platon comme point de départ, Platon, dit-il, «qui certes n'était pas un cochon». Déjà Platon a formulé la thèse allégorique que les hommes étaient autrefois des boules. Les dieux les avaient coupées en deux disques. Dans la plupart des cas l'homme se compasse sur la femme, mais quelquefois aussi l'homme sur l'homme. Alors le pouvoir de l'instinct de l'union est aussi puissant, et tous deux se raffraîchissent par devant. G... raconte ensuite que ses rêves, quand ils étaient érotiques, n'ont jamais eu pour sujet des femmes, mais toujours des hommes. L'amour pour l'homme est le seul genre qui puisse le satisfaire. Il trouve abominable de fouiller avec son pénis dans le ventre d'une femme. Comme il l'a entendu dire, c'est de cette manière dégoûtante qu'on pratique le coït. Il n'a jamais eu envie de voir les parties génitales d'une femme; cela lui répugne. Il ne considère pas comme un vice son genre de satisfaction sexuelle; c'est une loi de la nature qui l'y force. Il s'agit pour lui de l'instinct de conservation. L'onanisme n'est qu'un expédient misérable, et nuisible encore, tandis que l'amour uraniste relève le moral et retrempe les forces physiques.

Avec une indignation morale qui a l'air bien comique à côté de son cynisme ordinaire, il proteste contre la confusion des uranistes avec les pédérastes. Il abhorre le podex, un organe de sécrétion. Les rapports des uranistes ont toujours lieu par devant et consistent dans un système d'onanisme combiné.

Telles sont les descriptions de G... dont l'individualité intellectuelle est aussi, en tout cas, primitivement anormale. La preuve en est dans son cynisme, dans sa frivolité incroyable, dans l'application de ses maximes au domaine religieux, terrain sur lequel nous ne pourrions le suivre, sans transgresser les limites tracées même pour une observation scientifique; dans son raisonnement philosophique entortillé sur les causes de son sentiment sexuel pervers; dans sa manière retorse d'envisager le monde; dans sa défectuosité éthique dans tous les sens; dans sa vie de vagabond; dans ses manières bizarres et dans son extérieur. G... fait l'effet d'un homme originairement fou. (Observation personnelle. Zeitschrift für Psychiatrie).

Observation 126.—Taylor avait à examiner une nommée Elise Edwards, âgée de vingt-quatre ans. L'examen a amené la constatation qu'elle était du sexe masculin. E... avait depuis l'âge de quatorze ans porté des vêtements féminins, elle a aussi débuté sur la scène comme actrice; elle portait les cheveux longs et, à la mode des femmes, une raie au milieu. La conformation de la figure avait quelque chose de féminin; pour le reste le corps était tout à fait masculin. Elle avait soigneusement arraché les poils de sa barbe. Les parties génitales viriles, vigoureuses et bien développées, étaient fixées par un bandage vers le haut sur le ventre.

L'examen de l'anus indiquait la pratique de la pédérastie passive. (Taylor, Med. jurisprudence, 1873. 11, p. 280, 473).

Observation 127.—Un fonctionnaire d'âge moyen, marié à une brave femme et, depuis plusieurs années, père de famille heureux, présente un phénomène curieux dans le sens de l'inversion sexuelle.

L'histoire scandaleuse suivante fut divulguée un jour par l'indiscrétion d'une prostituée. X... se présentait environ tous les huit jours au lupanar, s'y costumait en femme; à ce déguisement ne manquait jamais une perruque de femme. La toilette terminée, il se couchait sur un lit et se laissait masturber par une prostituée. Il préférait de beaucoup employer, s'il pouvait l'y décider, un individu masculin, l'homme de peine du lupanar. Le père de X... avait une tare héréditaire, fut à plusieurs reprises atteint d'aliénation mentale et hyperæsthesia et paræsthesia sexualis.

Observation 128.—C... R..., servante, vingt-six ans, souffre depuis l'âge de sa formation de paranoïa originaria et d'hystérie; elle eut, à la suite de ses idées fixes, un passé romanesque et s'attira, en 1887, en Suisse, où elle s'était réfugiée par monomanie de la persécution, une instruction judiciaire. À cette occasion on constata qu'elle était atteinte d'inversion sexuelle.

On n'a aucun renseignement sur ses parents ni sur sa parenté R... prétend que, sauf une inflammation des poumons qu'elle a eue à l'âge de seize ans, elle n'a jamais été gravement malade auparavant.

La première menstruation eut lieu sans malaises à l'âge de quinze ans; plus tard les menses furent irrégulières et anormalement fortes. La malade affirme qu'elle n'a jamais eu de penchant pour les personnes de l'autre sexe, et jamais toléré qu'un homme s'approchât d'elle. Elle n'a jamais pu comprendre comment ses amies pouvaient parler de la beauté et

283

de l'amabilité des personnes du sexe masculin. Elle ne peut pas comprendre non plus comment une femme peut se laisser embrasser par un homme. Par contre, elle fut transportée d'enthousiasme quand elle put poser un baiser sur les lèvres d'une amie bien aimée. Elle a pour les filles un amour qu'elle ne peut pas s'expliquer. Elle a aimé et embrassé avec extase quelques-unes de ses amies; elle aurait été capable de leur sacrifier sa vie. Le comble de son plaisir aurait été de vivre avec une pareille amie et de la posséder seule et entièrement.

Elle se sent comme homme vis-à-vis de la fille aimée. Étant encore petite fille, elle n'avait de goût que pour les jeux des garçons; elle aimait surtout entendre les décharges des fusils et la musique militaire; elle en était tout à fait enthousiasmée et aurait aimé partir comme soldat. Son idéal était la chasse et la guerre. Au théâtre elle n'avait d'intérêt que pour les artistes des rôles de femmes. Elle sait très bien que cette tendance est contraire au caractère féminin, mais c'est plus fort qu'elle. Elle avait grand plaisir à aller habillée en homme, de même elle fit de tout temps avec plaisir toutes sortes d'ouvrages d'homme et y montra une adresse particulière, tandis que c'était le contraire en ce qui concerne les ouvrages de femme et surtout les travaux manuels. La malade aime aussi à fumer et à boire des boissons alcooliques. A la suite d'idées fixes de persécution et pour échapper à ses prétendus persécuteurs, la malade s'est, à plusieurs reprises, montrée en vêtements d'homme et a joué des rôles masculins. Elle le faisait avec tant d'adresse—(native sans doute)—qu'elle sut généralement tromper les gens sur son véritable sexe.

Il a été établi documentairement que, déjà en 1884, la malade avait vécu pendant longtemps tantôt habillée en civil, tantôt avec l'uniforme d'un lieutenant, et que, poussée par la monomanie de la persécution, elle s'était, en août 1884, habillée d'un costume semblable à celui des laquais et s'était réfugiée d'Autriche en Suisse. Là elle trouva une place comme domestique dans la famille d'un négociant; elle tomba amoureuse de la demoiselle de la maison, la «belle Anna», qui de son côté, ne se doutant pas du véritable sexe de R..., devint amoureuse du jeune et joli servant.

La malade fait sur cet épisode de sa vie les remarques caractéristiques que voici: «J'étais tout à fait amoureuse d'Anna. Je ne sais pas comment cela m'est venu, et je ne saurais me rendre aucun compte de cette inclination. C'est cet amour fatal qui est cause que j'ai pendant si longtemps continué de jouer le rôle d'un homme. Je n'ai encore jamais éprouvé d'amour pour un homme, et je crois que mon affection se tourne vers le sexe féminin et non pas vers le sexe masculin. Je ne comprend pas cet état.»

R... écrivait de Suisse des lettres à son amie et compatriote Amélie, qui ont été jointes au dossier du tribunal. Ce sont des lettres pleines d'un amour extatique qui dépasse de bien loin la mesure de l'amitié. Elle appelle son amie: «ma fleur de miracle, soleil de mon cœur, langueur de mon âme». Elle est son suprême bonheur sur terre, c'est à elle qu'elle a donné tout son cœur. Dans des lettres adressées aux parents de son amie, elle dit qu'ils veillent bien sur cette «fleur miraculeuse», car si celle-ci mourait, elle ne pourrait plus rester parmi les vivants.

R... fut pendant quelque temps internée à l'asile pour qu'on puisse examiner son état mental. Un jour qu'on autorisa une visite d'Anna près de R..., les accolades et les baisers ardents n'en voulaient plus finir. Anna avoua sans réticence qu'à la maison déjà elles s'étaient embrassées avec la même tendresse.

R... est une femme grande, svelte, et d'une apparence imposante, de conformation tout à fait féminine, mais avec des traits plutôt masculins. Le crâne est régulier, pas de stigmates de dégénérescence anatomique; les parties génitales sont normales et tout à fait vierges. R... fait l'impression d'une personne décente et moralement très pure. Toutes les circonstances indiquent qu'elle n'a aimé que platoniquement; le regard et l'extérieur indiquent une névropathe. Hystérie grave périodique, accès d'une sorte de catalepsie avec état délirant et visions. La malade est facile à mettre en état de somnambulisme par l'influence hypnotique, et, dans cet état, elle est susceptible de recevoir toutes les suggestions. (Observation personnelle, Friedreichs Blætter, 1881. Fascicule 1.)

4. ANDROGYNIE ET GYNANDRIE.

Il y a une transition à peine sensible entre la groupe précédent et les cas d'inversion sexuelle où non seulement le caractère et toutes les sensations du sens sexuel anormal coexistent, mais où même par la conformation de son squelette, le type de sa figure, sa voix, etc., en un mot sous le rapport anatomique comme sous le rapport psychique et psycho-sexuel, l'individu se rapproche du sexe dans le rôle duquel il se sent vis-à-vis des autres individus de son propre sexe. Il est évident que cette empreinte anthropologique de l'anomalie cérébrale représente un degré très avancé de dégénérescence. Mais, d'autre part, cette déviation est basée sur des conditions tout autres que les phénomènes tératologiques de l'hermaphrodisme envisagé au sens anatomique. Cela ressort clairement du fait que jusqu'ici on n'a jamais rencontré sur le terrain de l'inversion sexuelle, de tendance aux malformations hermaphroditiques des parties génitales. On a toujours établi que les parties génitales de ces individus étaient, au point de vue sexuel, complètement différenciées, bien que souvent atteintes de stigmates de dégénérescence anatomique (épi- ou hypospadies, etc.), qui entravaient le développement des organes qui étaient du reste bien différenciés au point de vue sexuel.

Mais on ne possède pas encore jusqu'ici un nombre d'observations suffisant de ce groupe intéressant: femmes en vêtements d'hommes avec parties génitales féminines, hommes en vêtements de femmes avec parties génitales masculines. Tout observateur expérimenté se rappelle sans doute avoir rencontré des individus masculins dont la manière d'être féminine (hanches larges, formes rondes avec abondance de graisse, barbe totalement absente ou très faiblement développée; traits de la figure féminins, teint délicat, voix de fausset, etc.) était surprenante, et vice versa des êtres féminins qui, par la charpente des os, le bassin, la démarche, les attitudes, leurs traits grossiers et nettement virils, leur voix grave et rauque, etc., l'ont fait douter de l'«éternel féminin».

Nous avons d'ailleurs, dans les groupes précédents, rencontré des traces isolées d'une pareille transformation anthropologique, entre autres dans l'observation 106 où une dame avait des pieds d'homme, dans l'observation 112 où il y eut développement des mamelles avec du lait à l'âge de la puberté.

285

Il paraît aussi que chez les individus du quatrième groupe ainsi que chez quelques-uns du troisième qui forment une transition vers le quatrième, la pudeur sexuelle n'existe qu'en face d'une personne du propre sexe et non pas en face du sexe opposé.

Observation 129. Androgynie.—M. V... H..., trente ans, célibataire, est né d'une mère névropathe. On prétend que dans la famille du malade il n'y aurait eu ni maladies nerveuses, ni mentales, et que son frère unique est tout à fait normal au point de vue intellectuel et physique. Le malade, dit-on, eut un développement physique tardif et, pour cette raison, on l'a envoyé à plusieurs reprises aux bains de mer et dans les stations climatériques. Dès son enfance, il était de constitution névropathique et, d'après le témoignage d'un parent, il n'était pas comme les autres garçons. De très bonne heure il s'est fait remarquer par son aversion pour les amusements des garçons et par sa prédilection pour les jouets féminins. Il détestait tous les jeux des garçons, les exercices de la gymnastique, tandis que le jeu de poupées et les ouvrages de femme avaient pour lui un charme particulier. Plus tard le malade s'est bien développé au physique, il n'a pas eu de maladies graves; mais, au point de vue intellectuel, son individualité est restée anormale, incapable d'envisager la vie d'une manière sérieuse, et empreinte d'une tendance tout à fait féminine dans ses pensées et ses sentiments.

À l'âge de dix-sept ans, des pollutions se sont produites; devenues de plus en plus fréquentes, elles avaient lieu même dans la journée; elles affaiblirent le malade et causèrent des troubles nerveux nombreux. Des phénomènes de neurasthenia spinalis se sont développés et ont subsisté jusqu'à ces dernières années, mais ils se sont atténués à mesure que les pollutions devenaient plus rares. Il nie avoir pratiqué l'onanisme, mais le contraire paraît très vraisemblable. Depuis l'âge de la puberté, son caractère apathique, mou et rêveur s'est fait de plus en plus jour. Tous les efforts pour amener le malade à une profession pratique proprement dite, restèrent infructueux. Ses facultés intellectuelles, bien que réellement saines, ne pouvaient s'élever à la hauteur nécessaire pour se diriger efficacement avec un caractère indépendant et envisager la vie d'une manière plus élevée. Il est resté sans volonté précise, un grand enfant; rien ne caractérise plus manifestement sa conformation anormale que son incapacité réelle à manier l'argent; de son propre aveu, il n'a pas l'esprit à gérer l'argent d'une façon ordonnée et sensée. Aussitôt qu'il a des fonds, il les dépense en bibelots, objets de toilette et autres futilités.

Le malade paraît aussi peu capable que possible de conquérir une position sociale, pas même d'en comprendre l'importance et la valeur.

Il n'a rien appris à fond; il a occupé son temps à sa toilette, aux passe-temps artistiques, surtout à la peinture pour laquelle il semble avoir quelque talent; mais, là non plus, il ne faisait rien, n'ayant pas la persévérance nécessaire. On ne pouvait pas l'amener à un travail intellectuel sérieux. Il ne comprenait que les apparences des choses; il était toujours distrait, et s'ennuyait toutes les fois qu'il était question d'affaires sérieuses. Des coups de tête insensés, des voyages sans rime ni raison, des gaspillages d'argent, des dettes: voilà ce qui se produisait à chaque instant dans son existence, et il ne saisissait même pas les inconvénients positifs de ce genre de vie. Il était entêté, intraitable; il n'a jamais fait rien qui vaille toutes les fois qu'on a essayé de le faire marcher tout seul et gérer lui-même ses intérêts.

286

Avec ces phénomènes d'une conformation originairement anormale et psychiquement défectueuse, s'alliaient des symptômes prononcés d'un sentiment sexuel pervers qui, d'ailleurs, sont aussi indiqués par l'habitus somatique du malade. Il se sent sexuellement femme en face de l'homme; il a de l'inclination pour les personnes de son propre sexe en même temps que de l'indifférence, sinon de l'aversion pour les femmes. Il prétend avoir eu, à l'âge de vingt-deux ans, des rapports sexuels avec des femmes, et avoir accompli le coït d'une façon normale; mais il s'est bientôt détourné du sexe féminin, d'une part, parce que ses malaises neurasthéniques s'accentuaient après chaque coït, d'autre part, parce qu'il avait peur d'être infecté et que l'acte ne lui avait jamais procuré de satisfaction. Il ne se rend pas parfaitement compte de son état sexuel anormal; il a conscience d'avoir un penchant pour le sexe masculin, mais il n'admet qu'avec réticence qu'il a pour certains individus masculins un sentiment du délicieuse amitié, sans qu'il s'y joigne un sentiment sensuel. Il n'abhorre pas précisément le sexe féminin, il se déciderait même à épouser une femme qui l'attirerait par des penchants artistiques homogènes aux siens, à la condition qu'on lui fît grâce de ses devoirs conjugaux qui lui seraient désagréables et dont l'accomplissement le rendrait faible et le fatiguerait. Le malade nie avoir jamais eu des rapports sexuels avec des hommes; mais ses dénégations sont démenties par l'embarras et la rougeur qu'il manifeste en parlant de ce sujet, et plus encore par un incident arrivé à N..., où le malade se trouvait il y a quelque temps: au restaurant, il a essayé d'entrer en rapports sexuels avec quelques jeunes gens et a provoqué ainsi un immense scandale.

L'extérieur aussi, l'habitus, la conformation du corps, les gestes, les manières, la toilette attirent l'attention et rappellent décidément des formes et des allures féminines. Le malade est d'une taille au-dessus de la moyenne, mais le thorax et le bassin sont de conformation féminine. Le corps est riche en graisse, la peau bien soignée, tendre et douce. Cette impression qu'on est en présence d'une femme habillée en homme est encore renforcée par le fait que la figure ne porte que peu de barbe qui d'ailleurs est rasée, le malade n'ayant laissé qu'une petite moustache, et aussi par sa démarche dandinante, ses manières timides et pleines de minauderies, ses traits féminins, l'expression flottante et névropathique de ses yeux, les traces de rouge et du blanc sur sa figure, la coupe gomineuse de ses vêtements, avec un veston bombé devant comme par des seins, sa cravate à franges et nouée à la façon des dames, et enfin ses cheveux séparés au milieu par une raie, ramenés et collés sur les tempes.

L'examen du corps a permis de constater une conformation d'un caractère féminin incontestable. Les parties génitales externes sont, il est vrai, bien développées, mais le testicule gauche est resté dans le canal inguinal, le mons Veneris est peu poilu, anormalement riche en graisse et proéminent. La voix est d'un timbre élevé et manque absolument de caractère viril.

Les occupations et les pensées de V... H... ont également un caractère féminin très prononcé. Il a son boudoir, sa table de toilette bien assortie devant laquelle il passe des heures entières, s'occupant de toutes sortes d'artifices pour s'embellir; il abhorre la chasse, les exercices d'armes et toutes les occupations masculines; il se désigne lui-même comme un bel esprit, parle de préférence de ses peintures, de ses essais poétiques, s'intéresse aux ouvrages féminins, tels que la broderie qu'il fait aussi; il dit que son bonheur suprême serait de passer sa vie dans un cercle de messieurs et de dames qui auraient des goûts artistiques, une éducation esthétique, d'occuper son temps en conversations, à faire de la

287

musique, à discuter des questions d'esthétique, etc. Sa conversation roule de préférence sur les choses féminines, les modes, les travaux manuels de la femme, l'art de la cuisine, les affaires du ménage.

Le malade est bien portant, mais un peu anémique. Il est de constitution névropathique et présente des symptômes de neurasthénie qui sont entretenus par son genre de vie manqué, par un trop long séjour au lit et à la chambre, par sa mollesse.

Il se plaint de maux de tête périodiques, de congestions céphaliques, de constipation habituelle; il a facilement des soubresauts d'effroi: il se plaint d'être parfois faible et fatigué, d'avoir des douleurs aiguës dans les extrémités, dans la direction des nerfs lombo-abdominaux; il se sent fatigué après ses pollutions et après ses repas; il est sensible à la pression sur le Proc. spinosi, sur le thorax, la poitrine, de même qu'à la palpation des nerfs qui y conduisent. Il éprouve d'étranges sympathies ou antipathies pour certains personnages; quand il rencontre des personnes antipathiques, il est en proie à un état singulier d'angoisse et de trouble. Ses pollutions, bien qu'elles soient actuellement devenues rares, sont pathologiques, car elles se produisent même au cours de la journée et sans aucune émotion voluptueuse.

Conclusions médicales.—1° M. V... H... est d'après tout ce qu'on a observé en lui et rapporté sur sa personne, un être intellectuellement anormal, défectueux, et il faut ajouter qu'il l'est ab origine. Son inversion sexuelle présente un phénomène partiel de cette conformation anormale au point de vue physique et intellectuel.

2° Cet état, étant primitif, n'est susceptible d'aucune guérison.

Il y a dans les centres intellectuels les plus élevés une organisation défectueuse, qui le rend incapable de diriger son existence par lui-même et d'acquérir une position sociale par l'exercice d'une profession. Son sentiment sexuel pervers l'empêche de fonctionner sexuellement d'une façon normale; il a, en outre, pour lui, toutes les conséquences sociales d'une pareille anomalie: dangers dans la satisfaction des envies perverses qui résultent de son organisation anormale, ses craintes de conflits avec la loi et la société. Cette préoccupation cependant ne doit pas être très grande, étant donné que l'instinct génital pervers du malade est minime.

3° M. V... H... n'est pas irresponsable dans le sens légal du mot; il n'y a pas lieu de l'interner dans un asile d'aliénés, cela n'est pas nécessaire.

Bien que ce soit un grand enfant, incapable de se diriger lui-même, il peut, sous la surveillance et la direction d'hommes intellectuellement normaux, vivre dans la société. Il est capable aussi jusqu'à un certain degré de respecter les lois et les prescriptions de la société civile et de les prendre comme ligne de direction pour ses actes; mais en vue des aberrations sexuelles et des conflits avec la loi qui en pourraient résulter, il faut appuyer sur le fait que son sentiment sexuel est anormal et basé sur des conditions organiques et morbides, circonstance dont éventuellement on devra lui tenir compte.

4° M. V... H... souffre aussi physiquement. Il présente des symptômes d'une anémie légère et de neurasthenia spinalis.

288

Un régime de vie rationnel, un traitement médical tonique et autant que possible hydrothérapique paraissent nécessaires. Il faut maintenir le soupçon que la masturbation pratiquée de bonne heure a été la cause première de cette maladie, et la possibilité de l'existence d'une spermatorrhée, étiologiquement et thérapeutiquement importante, paraît tout indiquée. (Observation personnelle, Zeitschrift f. Psychiatrie.)

Observation 130.—Mlle X..., trente-huit ans, s'est présentée à l'automne de 1881 à ma consultation pour de violentes douleurs spinales, une insomnie persistante qu'elle a voulu combattre et qui l'a amenée au morphinisme et au chloralisme.

La mère et la sœur avaient une maladie de nerfs; les autres membres de la famille seraient bien portants, à ce qu'elle dit. La malade prétend que sa maladie date de 1872, à la suite d'une chute sur le dos dont elle fut vivement effrayée: mais étant encore jeune fille, elle souffrait déjà de crampes musculaires et de symptômes hystériques. Par suite de sa chute, il s'est développé une névrose neurasthénico-hystérique où prédominaient l'irritation spinale et l'insomnie. Épisodiquement elle eut de la paraplégie hystérique qui dura jusqu'à huit mois, et des accès de délire d'hysteria hallucinatoria avec crampes. Au cours de sa maladie, il se surajouta des symptômes de morphinisme. Un séjour de plusieurs mois à la clinique a fait cesser le morphinisme et a atténué considérablement la névrose neurasthénique; à ce propos, la faradisation générale s'est montrée étonnamment favorable.

Au premier aspect, la malade avait fait une impression étrange par ses vêtements, ses traits et ses manières. Elle portait un chapeau d'homme, des cheveux coupés courts, un pince-nez, une cravate d'homme, une jaquette à coupe masculine et qui couvrait une grande partie de sa robe; elle avait les traits durs, masculins, une voix un peu grave: elle fit plutôt l'impression d'un homme en jupons que d'une dame, en faisant abstraction de la gorge et de la conformation féminine du bassin.

Pendant sa longue période d'observation, la malade ne présenta jamais aucun signe d'érotisme. Interrogée sur son genre d'habillement, elle répondit que la mise qu'elle avait choisie lui allait mieux. Peu à peu on lui fit avouer qu'étant petite fille encore, elle avait une prédilection pour les chevaux et les occupations masculines, mais aucun intérêt pour les ouvrages de femme. Plus tard, elle aima beaucoup la lecture et eut le désir de se faire institutrice. Elle n'a jamais trouvé aucun plaisir à la danse qu'elle a toujours considérée comme une chose insensée. Le bal non plus n'eut jamais d'attrait pour elle. Son plus grand plaisir était le cirque. Jusqu'à sa maladie de 1872, elle n'a eu d'affection ni pour les personnes de l'autre sexe, ni pour celles de son propre sexe. À partir de cette époque, elle ressentit une amitié chaleureuse, qui lui paraissait étrange à elle-même, pour les femmes, surtout pour les dames jeunes; elle éprouva et satisfit son besoin de porter des chapeaux et des paletots à la façon des hommes. Depuis 1869, elle a coupé ses cheveux et elle les porte peignés à la façon des hommes. Elle prétend n'avoir jamais été excitée sensuellement dans ses fréquentations avec les jeunes dames, mais son amitié et son dévouement pour celles qui lui étaient sympathiques, étaient illimités, tandis qu'elle éprouvait une aversion pour les hommes et leur société.

Ses parents rapportent que, avant 1872, on demanda la malade en mariage, mais qu'elle refusa; elle est, en 1877, revenue d'une station thermale tout à fait changée sexuellement; depuis elle a parfois donné à entendre qu'elle ne se considérait pas comme un être féminin.

Depuis elle ne voulut fréquenter que des dames; elle a toujours une sorte de liaison amoureuse avec l'une ou avec l'autre et laisse parfois échapper la remarque qu'elle se sent homme. Cet attachement pour les dames dépasse la mesure de l'amitié; il y a des larmes, des scènes de jalousie, etc. En 1874, comme elle passait dans une ville balnéaire, une jeune dame est tombée amoureuse de la malade qu'elle prit pour un homme déguisé en femme. Quand cette dame plus tard s'est mariée, la malade est devenue mélancolique pendant un certain temps et a parlé d'infidélité. L'attention des parents fut aussitôt éveillée par son penchant pour les vêtements d'hommes, par ses allures masculines, son aversion pour les ouvrages féminins; singularités qui ne se manifestaient que depuis sa maladie, tandis que, auparavant, la malade, du moins au point de vue sexuel, n'avait présenté aucun symptôme étrange. D'autres recherches il est résulté que la malade entretenait, avec la dame décrite dans l'observation 118, une liaison d'amour qui, en tout cas, n'était pas purement platonique et qu'elle écrivait à cette dame des billets tendres, comme un amant en écrirait à sa maîtresse.

J'ai revu en 1887 la malade dans un hôpital où elle avait été transportée de nouveau, à cause de ses accès hystéro-épileptiques, son irritation spinale et son morphinisme. L'inversion sexuelle subsistait toujours; ce n'est que grâce à une surveillance rigoureuse qu'on a pu empêcher la malade de faire des tentatives impudiques sur des malades femmes. Son état n'a pas changé jusqu'en 1889. Alors la malade fit une grave maladie, et mourut au mois d'août 1889 d'épuisement.

L'autopsie a fait constater dans les organes végétatifs: dégénérescence amyloïde des reins, fibrome de l'utérus, kyste de l'ovaire gauche. L'os frontal semblait très épaissi, inégal à sa surface interne, avec de nombreuses exostoses; la dure-mère était soudée à la boite cranienne.

Le diamètre longitudinal du crâne était de 175, le diamètre en largeur de 148 millimètres. Le poids total du cerveau œdématié, mais non atrophié, était de 1,175 grammes. Les méninges étaient fines, faciles à détacher. Écorce cérébrale pâle, circonvolutions cérébrales larges, peu nombreuses, et régulièrement disposées. Dans le cervelet et les gros ganglions, rien d'anormal.

Observation 131 (Gynandrie95).—Le 4 novembre 1889, le beau-père d'un certain comte V. Sàndor se plaignit au parquet que le comte lui avait extorqué la somme de 800 florins, sous prétexte qu'il avait besoin de cette somme pour un cautionnement qu'il devait déposer pour devenir secrétaire d'une société d'actions. On a, en outre, établi que Sàndor avait falsifié des traités, que la cérémonie nuptiale du printemps de 1889, lorsqu'il s'était uni à sa femme, était fictive, et surtout que ce prétendu comte Sàndor n'était pas un homme, mais une femme déguisée en homme et dont le vrai nom était comtesse Sarolla (Charlotte) de V...

Note 95:

Comparez les rapports détaillés des médecins légistes sur ce cas réunis par le docteur Birnbacher dans Friedreichs Blætter f. ger. Med., 1891, fascicule 1.

S... fut arrêté et une instruction judiciaire ouverte contre lui pour escroquerie et falsification de documents publics. Dans le premier interrogatoire, S..., né le 6 décembre 1866, reconnut qu'il était de sexe féminin, de culte catholique, célibataire, et vivait comme auteur, sous le nom de comte Sàndor V...

Voici les faits remarquables et corroborés par d'autres témoignages, qui ressortent de l'autobiographie de cet homme-femme.

S... est originaire d'une famille de vieille noblesse, très considérée en Hongrie, famille particulièrement excentrique.

Une sœur de la grand'mère du côté maternel était hystérique, somnambule, et resta pendant dix-sept ans au lit pour une paralysie imaginaire. Une deuxième grand'tante a passé sept ans au lit, s'imaginant qu'elle était malade à mourir, ce qui ne l'empêchait point de donner des bals. Une troisième avait le spleen et l'idée qu'une console de son salon était maudite. Si quelqu'un mettait un objet sur cette console, la dame en avait la plus vive émotion, criait sans cesse: «c'est maudit, c'est maudit!» Elle portait l'objet dans une pièce qu'elle appelait la «chambre noire», et dont elle gardait sur elle la clef. Après la mort de cette dame, on trouva dans la soi-disant «chambre noire» un grand nombre de châles, de bijoux, de billets de banque, etc. Une quatrième grand'tante n'a pas laissé balayer sa chambre pendant deux ans; elle ne se débarbouillait ni ne se peignait. Elle ne se montra qu'après ces deux ans expirés. Toutes ces femmes étaient en même temps très instruites, spirituelles et aimables.

La mère de S... était nerveuse et ne pouvait supporter le clair de lune.

On prétend que la famille du côté paternel avait une vis de trop dans ses rouages. Une branche de la famille s'occupe presque exclusivement de spiritisme. Deux parents proches du côté paternel se sont brûlé la cervelle. La majorité des descendants masculins sont des gens de grand talent. Les descendants féminins sont tous des êtres bornés et terre à terre. Le père de S... occupait un poste élevé qu'il a cependant dû quitter à cause de son excentricité et de sa prodigalité (il a mangé plus d'un million et demi de florins).

Une des manies du père fut de faire élever S... tout à fait en garçon; il la faisait monter à cheval, conduire des chevaux, chasser; il admirait son énergie virile et l'appelait Sàndor.

Par contre, ce père maniaque a fait habiller de vêtements féminins son fils cadet, et l'a fait élever en fille. La farce cessa à l'âge de seize ans, quand ce garçon dut entrer dans un lycée, pour faire ses études.

Sarolta Sàndor, cependant, resta sous l'influence de son père jusqu'à l'âge de douze ans; alors on l'envoya chez sa grand'mère maternelle, femme excentrique qui vivait à Dresde, mais qui la mit dans une pension de demoiselles, lorsque les goûts virils de la petite commencèrent à devenir trop exagérés.

À l'âge de treize ans, elle noua dans la pension une liaison d'amour avec une Anglaise à laquelle elle déclara être un garçon et l'enleva.

Sarolta revint ensuite chez sa mère qui n'avait aucune action sur sa fille et qui dut permettre que sa Sarolta redevienne Sàndor, qu'elle porte de nouveau des vêtements de garçon et qu'elle ait chaque année au moins une liaison d'amour avec des personnes de son propre sexe. En même temps, Sarolta recevait une éducation très soignée, faisait de grands voyages avec son père, bien entendu toujours habillée en jeune monsieur, fréquentait les cafés, même des lieux équivoques, et se vantait même d'avoir, un jour, au lupanar, in utroque genu puellas sedisse. Sarolta se grisait souvent, était passionnée pour les sports virils, très forte en escrime. Elle se sentait particulièrement attirée vers les actrices ou vers les femmes isolées et qui autant que possible n'étaient pas de la première jeunesse. Elle affirme n'avoir jamais eu d'affection pour un jeune homme et avoir éprouvé, d'année en année, une aversion croissante pour les individus du sexe masculin. «J'aimais mieux aller avec des hommes peu jolis et insignifiants dans la société des dames, afin de n'être éclipsée par aucun d'eux. Si j'apercevais qu'un de mes compagnons éveillait des sympathies chez les dames, j'en devenais jalouse. Parmi les dames, je préférais les spirituelles à celles qui avaient de la beauté physique. Je ne pouvais souffrir ni les dames grosses et encore moins celles qui étaient folles des hommes. J'aimais la passion féminine qui se manifestait sous un voile poétique. Toute effronterie de la part d'une femme m'inspirait du dégoût. J'avais une idiosyncrasie indicible pour les vêtements de femme et, en général, pour tout ce qui est féminin, mais seulement sur moi et en moi; car, au contraire, j'avais de l'enthousiasme pour le beau sexe.»

Depuis environ dix ans, Sarolta a vécu toujours loin de sa famille et toujours en homme. Elle eut un grand nombre de liaisons avec des dames, fit des voyages avec elles, dépensa beaucoup d'argent et contracta des dettes.

En même temps, elle se consacrait aux travaux littéraires et devint le collaborateur très apprécié de deux grands journaux de la capitale.

Sa passion pour les dames était très variable. Elle n'avait pas de constance en amour.

Une seule fois une de ses liaisons a duré trois ans. Il y a plusieurs années que Sarolta fit au château de G... la connaissance de Mme Emma E... qui avait dix ans plus qu'elle. Elle tomba amoureuse de cette dame, conclut avec elle un contrat de mariage et vécut avec elle pendant trois ans, maritalement, dans la capitale.

Un nouvel amour qui lui fut funeste, l'a décidée à rompre ses «liens conjugaux» avec E... Celle-ci ne voulait pas quitter Sarolta. Ce n'est qu'au prix de grands sacrifices matériels, que Sarolta a racheté sa liberté. E..., dit-on, se donne encore aujourd'hui comme femme divorcée et se considère comme comtesse V... Sarolta a dû inspirer aussi à d'autres dames de la passion; cela ressort du fait que, avant son «mariage» avec E..., alors qu'elle s'était lassée d'une demoiselle D..., après avoir dépensé avec elle plusieurs milliers de florins, celle-ci la menaça de lui brûler la cervelle, si elle ne lui restait pas fidèle.

Ce fut l'été de 1887, pendant un séjour dans une station balnéaire, que Sarolta fit la connaissance de la famille d'un fonctionnaire très estimé, M. E... Aussitôt Sarolta devint amoureuse de Marie, la fille de ce fonctionnaire, et en fut aimée. La mère et la cousine de la jeune fille essayèrent de la détourner de cette liaison, mais vainement. Pendant l'hiver, les deux amoureux échangèrent des lettres. Au mois d'avril 1888, le comte S... vint faire une visite, et au mois de mai 1889, il atteignit le comble de ses désirs: Marie qui entre temps avait quitté sa place d'institutrice, fut unie par un pseudo-prêtre hongrois à son S... adoré dans une tonnelle de jardin improvisée en chapelle; un ami de son fiancé figurait comme témoin.

Le couple vivait heureux et joyeux, et sans la plainte déposée par le beau-père, ce simulacre de mariage aurait encore duré longtemps. Il est à remarquer que pendant la longue période de son état de fiancé, S... a réussi à induire la famille de sa fiancée en erreur complète sur son véritable sexe.

S... était fumeur passionné, avait des allures et des passions tout à fait masculines. Ses lettres et même les convocations des tribunaux lui parvenaient sous l'adresse de «Comte S...»; il disait entre autres souvent qu'il lui faudrait bientôt aller faire ses vingt-huit jours. Il ressort des allusions faites par le «beau-père» que S...—(ce qu'il a d'ailleurs plus tard avoué)—a pu simuler l'existence d'un scrotum à l'aide d'un mouchoir ou d'un gant qu'il fourrait dans une des poches de son pantalon. Le beau-père a aussi remarqué un jour chez son futur gendre quelque chose comme un membre en érection (probablement un priape); celui-ci a même donné à entendre qu'il lui serait nécessaire de se servir d'un suspensoir toutes les fois qu'il monterait à cheval. En effet S... portait un bandage autour du corps, probablement pour attacher un priape.

Bien que S... se fit souvent raser, pour la forme, on était pourtant convaincu dans l'hôtel qu'il était femme, car la fille de chambre avait trouvé dans son linge des traces de sang provenant des menstrues (sang que S... prétendait être de provenance hémorroïdale): un jour que S... prenait un bain, la même fille de chambre, ayant regardé à travers le trou de la serrure, prétendit s'être convaincue de visu du sexe féminin de S...

Il faut croire que la famille de Mlle Marie fut pendant longtemps dans l'erreur sur le véritable sexe du pseudo-époux.

Rien ne caractérise mieux la naïveté et l'innocence incroyable de cette malheureuse fille que le passage suivant d'une lettre adressée par Marie à S... le 20 août 1889:

«Je n'aime plus les enfants des autres, mais un petit bébé de mon Sandi, une superbe petite poupée,—ah! quel bonheur, mon Sandi!»

Quant à l'individualité intellectuelle de S..., un grand nombre de manuscrits nous fournissent les renseignements désirés. L'écriture a du caractère, de la fermeté et de l'assurance. Ce sont des traits de plume foncièrement virils. Le contenu se répète partout avec les mêmes singularités: passion féroce et effrénée, haine et guerre à tout ce qui s'oppose à son cœur avide d'amour et d'affection, amour au souffle poétique, amour qui ne touche jamais à rien de vil, enthousiasme pour tout ce qui est beau et noble, goût pour les sciences et les beaux-arts.

Les écrits de Sarolta dénotent une vaste connaissance des littératures de toutes les langues: il y a là des citations des poètes et des prosateurs de tous les pays. Des gens compétents affirment aussi que les produits poétiques et la prose de S... ne sont pas sans valeur.

Les lettres et les écrits qui concernent ses rapports avec Marie, sont très remarquables au point de vue psychologique. S... parle du bonheur qui fleurit pour elle aux côtés de Marie, de son immense désir de voir, ne fût-ce qu'un moment, la femme adorée. Après tant de honte, elle ne désire qu'échanger sa cellule contre la tombe. La douleur la plus amère, c'est l'idée que maintenant Marie aussi la haïra. Elle a versé des larmes brûlantes sur son bonheur perdu, des larmes si abondantes qu'elle pourrait s'y noyer. Des feuilles entières sont consacrées à la glorification de cet amour, aux souvenirs du temps de son premier amour et de sa première connaissance.

S... se plaint de son cœur qui ne se laisse pas dominer par la raison; elle manifeste des explosions de sentiments, qu'on ne peut que sentir dans la réalité, et qu'on ne peut feindre. Puis de nouveau, des explosions de la passion la plus folle avec la déclaration de ne pouvoir plus vivre sans Marie. «Ta voix si chère et si aimée, cette voix au son de laquelle je sortirais peut-être encore de ma tombe, cette voix dont le son m'était toujours la promesse du paradis! Ta seule présence était suffisante pour soulager mes souffrances physiques et morales. C'était un courant magnétique, une singulière puissance que ton être a exercée sur le mien et que je ne saurais jamais définir. Ainsi j'en suis restée à la définition éternellement juste et vraie: Je l'aime, parce que je l'aime. Dans la nuit sombre et pleine de désolation, je n'avais qu'une étoile, l'astre de l'amour de Marie. Cet astre est éteint maintenant; il n'en est resté que le reflet, le souvenir doux et douloureux qui de sa lueur faible éclaircit encore la nuit terrible de la mort, une étincelle d'espoir...» Cet écrit se termine par cette apostrophe: «Messieurs, sages jurisconsultes, psycho-pathologues et autres, jugez-moi! Chaque pas que je faisais était guidé par l'amour, chacun de mes actes avait pour cause l'amour.—Dieu me l'a inculqué dans le cœur. S'il m'a créée telle et non autrement, est-ce ma faute ou sont-ce les voies du destin à jamais insondables? J'ai foi en Dieu et je crois qu'un jour la délivrance viendra, car ma faute n'était que l'amour même, base et principe fondamental de ses doctrines et de son empire. Dieu miséricordieux, tout-puissant, tu vois mes peines, tu sais combien je souffre: penche-toi vers moi, tends-moi ta main secourable, puisque tout le monde m'a déjà abandonnée. Dieu seul est juste. Dans quel beau langage le dit Victor Hugo dans sa Légende des Siècles! Qu'il me semble triste et singulier cet air de Mendelssohn: Chaque nuit je te vois dans mon rêve...»

Bien que S..., sache qu'aucun de ses écrits n'arrivera à sa «tête de lionne adorée», elle ne se lasse point de remplir les feuilles de l'exaltation de la personne de Marie, d'y transcrire les explosions de sa douleur et de son bonheur en amour, «de solliciter une seule larme claire et brillante, versée par un clair et tranquille soir d'été, quand le lac est embrasé des feux du soleil couchant, comme de l'or fondu, et que les cloches de Sainte-Anna et de Maria-Woerth se fondent en une harmonie mélancolique et annoncent le calme et la paix à cette pauvre âme, à ce pauvre cœur qui jusqu'au dernier soupir n'a battu que pour toi.»

Examen personnel.—La première rencontre que les médecins légistes eurent avec Mlle S..., fut en quelque sorte un embarras pour les deux parties: pour les médecins, parce que la tournure virile, peut-être exagérée, de S..., leur en imposait; pour elle, parce qu'elle craignait d'être déshonorée par le stigmate de la moral insanity. Une figure intelligente, pas laide, qui malgré une certaine délicatesse des traits et une certaine exiguïté des parties, aurait eu un caractère masculin très prononcé, s'il n'y avait pas absence totale de moustaches, ce que S... regrettait beaucoup. Il était difficile, même pour les médecins légistes, malgré les vêtements féminins de Sarolta, de se figurer sans cesse avoir devant eux une dame: par contre, les rapports avec Sàndor homme se passaient avec beaucoup plus de sans-gêne, de naturel, et de correction apparente, l'accusée elle-même le sent bien. Elle devient plus franche, plus communicative, plus dégagée, aussitôt qu'on la traite en homme.

Malgré son penchant pour le sexe féminin qui existait chez elle depuis les premières années de sa vie, elle prétend n'avoir éprouvé les premières manifestations de l'instinct génital qu'à l'âge de treize ans, lorsqu'elle enleva l'Anglaise à cheveux roux du pensionnat de Dresde. Cet instinct se manifestait alors par une sensation de volupté, quand elle embrassait et caressait son amie. Déjà à cette époque, elle ne voyait dans ses songes que des êtres féminins; depuis, dans ses rêves érotiques, elle se sentit toujours dans la situation d'un homme, et à l'occasion, elle eut aussi la sensation de l'éjaculation.

Elle ne connaît ni l'onanisme solitaire ni l'onanisme mutuel. Pareille chose lui paraît dégoûtante et au-dessous de la «dignité d'un homme». Elle ne s'est jamais laissée toucher par d'autres ad genitalia, d'abord pour la raison qu'elle tenait beaucoup à garder son secret. Les menses ne se sont produites qu'à l'âge de dix-sept ans, elles venaient toujours faiblement et sans aucun malaise. S... abhorre visiblement la discussion des phénomènes de la menstruation; c'est quelque chose qui répugne à ses sentiments et à sa conscience d'homme. Elle reconnaît le caractère morbide de ses penchants sexuels, mais elle ne désire pas un autre état, se sentant bien et heureuse dans cette situation perverse. L'idée d'un rapport sexuel avec des hommes lui fait horreur et elle en croit l'exécution impossible.

Sa pudeur va si loin qu'elle coucherait plutôt avec des hommes qu'avec des femmes. Ainsi quand elle veut satisfaire un besoin naturel ou changer du linge, elle se voit dans la nécessité de prier sa compagne de cellule de se tourner vers la fenêtre pour qu'elle ne la regarde pas.

Quand S... se trouve par hasard en contact avec sa compagne de cellule, femme de la lie du peuple, elle éprouve une excitation voluptueuse, et a dû en rougir. S... raconte, même spontanément, qu'elle fut en proie à une véritable angoisse lorsque, dans la cellule de la prison, elle fut forcée de reprendre les vêtements de femme dont elle avait perdu l'habitude. Sa seule consolation fut qu'on lui avait laissé au moins sa chemise d'homme. Ce qui est très remarquable et ce qui prouve l'importance du sens olfactif dans sa vita sexualis, c'est qu'elle nous dit que, après le départ de Marie, elle avait cherché et reniflé les endroits du canapé où la tête de Marie s'était posée, pour respirer avec volupté le parfum de ses cheveux. Quant aux femmes, ce ne sont pas précisément les jeunes et les plantureuses qui intéressent S..., les très jeunes non plus. Elle ne met qu'au second rang les charmes physiques de la femme. Elle se sent attirée comme par une force magnétique vers celles qui sont entre vingt-quatre et trente ans. Elle trouvait sa satisfaction sexuelle exclusivement in corpore feminæ (jamais sur son propre corps), par la manustupration de la femme aimée ou en faisant le cunnilingus. À l'occasion elle se servait aussi d'un bas garni d'étoupe comme priape. S... ne fait qu'à contre-cœur et avec un visible embarras pudique ces révélations; de même, dans ses écrits, on ne trouve aucune trace d'impudicité ou de cynisme.

Elle est dévote, a un vif intérêt pour tout ce qui est beau et noble, sauf pour les hommes; elle est très sensible à l'estime morale des autres.

Elle regrette profondément d'avoir par sa passion rendu Marie malheureuse, trouve pervers ses sentiments sexuels, et cet amour d'une femme pour une autre femme moralement répréhensible chez les individus sains. Elle a beaucoup de talent littéraire, possède une mémoire extraordinaire. Sa seule faiblesse est sa légèreté colossale et son incapacité de gérer, avec bon sens, l'argent et les valeurs en argent. Mais elle se rend parfaitement compte de cette faiblesse et nous prie de n'en plus parler.

S... a 153 centimètres de taille; elle est d'une charpente osseuse délicate et maigre, mais étonnamment musculeuse sur la poitrine et sur la partie supérieure des cuisses. Sa démarche, avec des vêtements féminins, est maladroite.

Ses mouvements sont vigoureux, pas désagréables, bien que d'une certaine raideur masculine, sans grâce. Elle salue par une vigoureuse poignée de mains. Toute son attitude a l'air résolue, énergique, et dénote une certaine confiance en sa propre force. Le regard est intelligent, l'air un peu sombre. Ses pieds et ses mains sont remarquablement petits comme chez un enfant. Les parties tendineuses des extrémités sont remarquablement velues, tandis qu'on ne voit pas de poils de barbe, ni même de duvet, malgré les expériences faites avec le rasoir. Le torse ne répond pas du tout à la conformation féminine. La taille manque. Le bassin est si mince et si peu proéminent qu'une ligne partie d'au-dessous de l'aisselle et allant au genou correspondant forme une ligne droite et n'est ni enfoncée par la taille, ni repoussée en dehors par le bassin. Le crâne est légèrement oxycéphale et reste dans toutes ses dimensions d'un centimètre au-dessous du volume moyen du crâne féminin.

La circonférence du crâne est de 32 centimètres, la ligne de l'oreille à la pointe postérieure du crâne de 24, la ligne de l'oreille à l'occiput de 23, celle de l'oreille au front de 26,5; la circonférence longitudinale est de 30, la ligne de l'oreille au menton de 20,5, le diamètre longitudinal de 17, le plus grand diamètre en largeur de 13, la distance des conduits auditifs de 12, la ligne des jugulaires de 11,2 centimètres. La mâchoire supérieure dépasse la mâchoire inférieure de 0,5 centimètre. La position des dents n'est pas tout à fait normale. La dent oculaire supérieure à droite ne s'est jamais développée. La bouche est remarquablement petite. Les oreilles sont décollées, les lobes ne sont pas séparés, mais se confondent avec la peau des joues. Le palais est dur, étroit et bombé. La voix est dure et grave. Les seins sont assez développés, mais sans sécrétion. Le mons Veneris est couvert de poils touffus et foncés. Les parties génitales sont tout à fait féminines, sans aucune trace de phénomènes d'hermaphrodisme, mais leur développement s'est arrêté; elles ont le type enfantin d'une fille de dix ans. Les labia majora se touchent presque complètement, les minora ont la forme d'une crête de coq et proéminent au-dessus des grandes. Le clitoris est petit et très sensible. Le frenulum est tendre, le perineum très étroit, introitus vaginæ étroit, avec muqueuse normale. L'hymen manque (probablement absence congénitale), de même les carunculæ myrtiformes. La vagina est tellement étroite que l'introduction d'un membrum virile serait impossible; d'ailleurs très sensible. Il est évident que jusqu'ici le coït n'a pas eu lieu. L'utérus est senti à travers le rectum gros comme une noix; il est immobile et en rétroflexion.

Le bassin est aminci dans tous les sens (rabougri), avec un type masculin très prononcé. La distance entre les pointes de l'os iliaque antérieur est de 22,3 (au lieu de 26,9), celle des crêtes iliaques 26,5 (au lieu de 29,3) celle des trochanter de 27,7 (31), les conjugata externes ont 17,2 (19-20), et les internes ont 7,7 (au lieu de 10,8). En raison du peu de largeur du bassin, les cuisses ne sont pas convergentes comme c'est le cas chez la femme, mais leur position est tout à fait droite.

Le rapport médical a démontré que chez S..., il y a une inversion morbide et congénitale du sentiment sexuel, inversion qui se manifeste même anthropologiquement par des anomalies dans le développement du corps, et qui a pour cause de lourdes tares héréditaires; qu'enfin les actes incriminés trouvent leur explication dans la sexualité morbide et irrésistible de la malade.

La remarque caractéristique de S.: «Dieu m'a inculqué l'amour dans le cœur; s'il m'a créée telle et pas autrement, est-ce ma faute, ou sont-ce les voies insondables de la Providence?» est, sous ce rapport, tout à fait légitime.

Le tribunal a prononcé l'acquittement. La «comtesse en vêtements d'homme», comme l'appelaient les journaux, rentra dans la capitale de son pays où elle figure de nouveau comme comte Sàndor. Son seul chagrin est que son amour heureux avec sa Marie ardemment adorée a maintenant disparu.

Une femme mariée, à Brandon (Wisconsin), dont le docteur Kiernan rapporte l'histoire (The med. Standard, 1888, nov.-déc), a eu plus de chance. Elle enleva, en 1883, une jeune fille, se laissa marier avec elle à l'église, et vécut maritalement avec elle sans être dérangée.

Un cas rapporté par Spitzka (Chicago med. Review du 20 août 1881) fournit un intéressant exemple historique d'androgynie. Il concerne lord Cornbury, gouverneur de New-York, qui a vécu sous le gouvernement de la reine Anne, et qui, évidemment atteint de moral insanity, était un débauché effréné. Malgré sa haute position, il ne pouvait s'empêcher de se promener dans les rues vêtu en femme et avec toutes les allures et les minauderies d'une cocotte.

Sur un des portraits qu'on a pu conserver de lui, on remarquera surtout l'étroitesse de son os frontal, sa face asymétrique, ses traits féminins, sa bouche sensuelle. Il est certain qu'il ne s'est jamais pris lui-même pour une femme.

Chez les individus atteints d'inversion sexuelle, le sentiment et la tendance sexuels pervers peuvent aussi se compliquer d'autres phénomènes de perversion.

Il est probable qu'il s'agit, en ce qui concerne la manifestation de l'instinct, de faits analogues à ceux qui se produisent chez les personnes hétérosexuelles perverses dans la mise en action de leur instinct.

Étant donné cette circonstance que l'inversion sexuelle va presque régulièrement de pair avec une accentuation morbide de la vie sexuelle, il est fort possible que des actes sadistes et de volupté cruelle se produisent sans la satisfaction du libido. Un exemple caractéristique à ce sujet est le cas de Zastroio (Casper-Liman, 7e édit., t. I, p. 160; t. II, p. 487), qui a mordu une de ses victimes, un garçon, lui a déchiré le prépuce, fendu l'anus, et finalement l'a étranglé.

Z... était issu d'un grand-père psychopathe, d'une mère mélancolique; son oncle maternel s'adonnait à des jouissances sexuelles anormales et s'est suicidé.

Z... était né d'uraniste; dans son habitus et ses occupations, il était de caractère masculin, atteint de phimosis; c'était un homme faible psychiquement, tout à fait déséquilibré et, au point de vue social, tout à fait inutilisable. Il avait l'horror feminæ; dans ses rêves érotiques, il se sentait femme en face de l'homme; il avait la pénible conscience de son absence de sentiment sexuel normal et de son penchant pervers; il essaya de trouver une satisfaction dans l'onanisme mutuel et eut souvent des désirs de pédérastie.

On trouve dans l'historique de quelques-uns des malades précédents de pareilles velléités sadistes chez des invertis sexuels (comp. observations 107, 108 de cette édition). Il y a aussi du masochisme parfois (comp. observations 43, 6e édition, observation 111, 114 de cette édition).

Comme exemple de satisfaction sexuelle perverse basée sur l'inversion sexuelle, nous citerons encore ce Grec qui, comme le rapporte Athenæus, était amoureux d'une statue de Cupidon et la souilla dans le temple de Delphes; puis, outre les cas monstrueux cités dans le livre de Tardieu (Attentats, p. 272), le cas horrible d'un nommé Artusio (voir Lumbroso: L'uomo delinquente, p. 200) qui a ouvert le ventre d'un garçon et l'a souillé par cette ouverture.

Les observations 86, 110, 111 prouvent que, dans l'inversion sexuelle, on rencontre quelquefois aussi du fétichisme.

DIAGNOSTIC, PRONOSTIC ET TRAITEMENT DE L'INVERSION SEXUELLE

L'inversion sexuelle n'a eu pour la science jusqu'à ces derniers temps qu'un intérêt anthropologique, clinique et médico-légal; on est arrivé, grâce aux recherches plus récentes, à pouvoir penser aussi à la thérapie de cette anomalie funeste qui, chez l'individu atteint, constitue un si grave préjudice au point de vue moral, physique et social.

La première condition d'une intervention thérapeutique, c'est la différenciation exacte entre les cas de maladie acquise et ceux de maladie congénitale, et le classement d'un cas concret dans une des catégories qu'on a pu définir par la voie de l'empirisme scientifique.

298

Le diagnostic entre les cas acquis et congénitaux n'offre pas de difficultés au début.

Si l'inversio sexualis est déjà déclarée, l'étude rétrospective du cas donnera les éclaircissements nécessaires sur la maladie.

La conclusion importante, au point de vue du pronostic, c'est-à-dire de savoir s'il y a inversion congénitale ou acquise, ne peut dans ces cas se déduire que d'une anamnèse minutieuse.

Il serait de la plus grande importance, pour juger du caractère congénital de l'anomalie, d'établir si l'inversion sexuelle existait longtemps avant que l'individu se soit livré à la masturbation. Une enquête dans ce sens se butte à une difficulté: la possibilité d'une indication inexacte de l'époque (erreur de mémoire).

Prouver que le sentiment hétérosexuel a existé avant la période de début de l'auto-masturbation ou de l'onanisme mutuel, est chose importante pour la constatation d'une inversion sexuelle acquise.

En général, les cas acquis sont caractérisés de la façon suivante:

1° Le sentiment homosexuel ne se montre dans la vie de l'individu que secondairement, et peut être dû parfois à des incidents qui ont troublé la satisfaction sexuelle normale (neurasthénie onaniste, états psychiques).

Il est cependant probable que dans ce cas, malgré un libido sensuel et grossier, les sentiments et les penchants pour l'autre sexe, surtout au point de vue de l'affection psychique et du sens esthétique, ne reposent ab origine que sur une base très faible.

2° Tant que l'inversion sexuelle ne s'est pas manifestée par des faits, le sentiment homosexuel est jugé par la conscience comme vicieux et morbide, et l'individu ne s'abandonne que faute de mieux à cette anomalie.

3° Le sentiment hétérosexuel reste pendant longtemps prédominant, et l'individu ressent péniblement l'impossibilité de le satisfaire. Ce sentiment s'efface à mesure que le sentiment homosexuel se fait de plus en plus fort.

Dans les cas congénitaux, au contraire, on observe les phénomènes suivants:

a) Le sentiment homosexuel vient en première ligne et domine la vita sexualis. Il apparaît comme une satisfaction naturelle et prédomine aussi dans les songes de l'individu.

b) Le sentiment hétérosexuel a manqué de tout temps, ou si, dans le cours de la vie de l'individu, il se manifeste aussi (hermaphrodisme psycho-sexuel), il n'est qu'un phénomène épisodique, ne trouve pas de racines dans l'âme de l'individu, et n'est qu'un moyen accidentel pour satisfaire des impulsions sexuelles.

D'après ce qui procède, la différenciation entre les divers autres groupes d'invertis congénitaux et les cas d'inversion acquise ne rencontrera guère de difficultés.

Le pronostic des cas d'inversion sexuelle acquise est de beaucoup plus favorable que celui des cas congénitaux. Dans les premiers, c'est vraisemblablement l'efférmination complète, la transformation psychique de l'individu dans le sens de ses sentiments sexuels pervers qui constitue la limite au delà de laquelle il n'y a plus rien à espérer pour la thérapeutique. Dans les cas congénitaux, les diverses catégories énumérées dans ce livre représentent autant de degrés divers de la tare psychosexuelle, et la guérison n'est possible qu'avec la catégorie des hermaphrodites, et seulement probable (voir plus loin le cas de Schrenk-Notzing) dans les états de dégénérescence plus grave.

La prophylaxie de ces états n'en serait que plus importante: empêchement pour les congénitaux de procréer de pareils malheureux; préservation pour les invertis acquis des influences nuisibles qui, d'après l'expérience, pourraient amener cette fatale aberration du sentiment sexuel.

D'innombrables héréditaires deviennent la proie de ce triste mal, parce que les parents et les précepteurs ne se doutent même pas des dangers que la masturbation peut avoir pour les enfants, sur un terrain pareil.

Dans beaucoup d'écoles et de pensionnats il y a pour ainsi dire un apprentissage de la masturbation et de l'impudicité. Aujourd'hui on se préoccupe trop peu de la situation physique et morale des élèves.

S'acquitter du programme d'études, voilà la principale chose. Qu'importe si en même temps maint élève sombre au physique et au moral!

Avec une pruderie ridicule on cache d'un voile épais aux jeunes gens qui grandissent la vita sexualis: mais on ne fait pas la moindre attention aux mouvements de leur instinct génital. Combien peu de médecins sont consultés par leurs clients souvent les plus lourdement tarés pendant la période de développement des enfants.

On croit tout devoir abandonner à la nature. Par moments celle-ci s'agite trop violemment et conduit par des voies dangereuses les jeunes gens qui manquent de conseils et de secours.

Il ne nous paraît pas à propos d'approfondir ici le côté prophylactique de la question96.

Note 96:
Les paroles suivantes, que m'a écrites le malade de l'observation 88 de la 6e édition, sont dignes d'attention sous le rapport de la prophylaxie: «Si jamais on arrivait, non pas à détruire, comme chez les Spartiates, les jeunes gens malingres pour avoir une bonne sélection dans le sens des idées darwiniennes, mais à reconnaître notre inversion sexuelle à l'âge de notre première jeunesse, on pourrait peut-être, pendant cette période, guérir par la suggestion, la pire de toutes les maladies! Il est probable que la guérison pourrait être plus facilement obtenue dans la jeunesse que plus tard.»

Les parents et les précepteurs trouveront beaucoup d'indications et d'instructions dans ce livre ainsi que dans les nombreux ouvrages scientifiques sur la masturbation.

Voici les points à remplir dans le traitement de l'inversion sexuelle:

1° Combattre l'onanisme ainsi que les autres éléments nuisibles à la vita sexualis.

2° Suppression de la névrose (neurasthenia sexualis et universalis) produite par des conditions anti-hygiéniques de la vita sexualis.

3° Traitement psychique pour combattre les sentiments et les impulsions homosexuels et développer le penchant hétérosexuel.

Le point principal de l'action devra viser à remplir la troisième indication, surtout contre l'onanisme.

L'accomplissement des points 1 et 2 du programme ne suffira que dans des cas très rares, quand l'inversion sexuelle acquise n'est pas encore arrivée à un état avancé. Le cas suivant rapporté par l'auteur dans le l'Irrenfreund de 1884, n° I, en fournit un exemple.

Observation 132.—Z... 51 ans, de mère psychopathe, a été mis dans son jeune âge à l'école des cadets où il a été entraîné à l'onanisme. Il se développa bien au physique; il avait le sens sexuel normal, et devint à l'âge de dix-sept ans légèrement neurasthénique à la suite de pratiques de masturbation; il eut des rapports sexuels avec des femmes et en éprouva du plaisir, se maria à l'âge de vingt-cinq ans, mais fut atteint un an plus tard de malaises neurasthéniques accentués et perdit alors tout à fait son inclination pour le sexe féminin. Elle fut remplacée par l'inversion sexuelle. Impliqué dans un procès de haute trahison, il passa deux ans en prison et ensuite cinq ans en Sibérie. Pendant ces sept années, la neurasthénie et l'inversion sexuelle s'aggravèrent sous l'influence de la masturbation continuelle. À l'âge de trente-cinq ans, rendu à la liberté, le malade a dû depuis visiter toutes sortes de stations thermales, à cause de ses malaises neurasthéniques très avancés. Pendant cette longue période, son sentiment sexuel anormal n'a subi aucun changement. Il vivait pour la plupart du temps séparé de sa femme, qu'il estimait beaucoup pour ses qualités intellectuelles, mais qu'il fuyait parce qu'elle était femme, de même qu'il évitait les contacts avec tout être féminin. Son inversion sexuelle était purement platonique. L'amitié, l'accolade cordiale, un baiser, lui suffisaient. Des pollutions occasionnelles se produisaient sous l'influence de rêves érotiques où il s'agissait toujours de personnes de son propre sexe. Pendant la journée aussi, la plus belle femme le laissait froid, tandis que la seule vue de beaux hommes provoquait chez lui de l'érection et de l'éjaculation. Au cirque et au bal il n'y avait que les athlètes et les danseurs qui l'intéressaient. Dans ses périodes de plus grande émotivité, l'aspect même des statues d'hommes lui provoquait du l'érection. Incidemment il retomba à son ancien vice, à la masturbation. Homme délicat de sentiment et cultivé au point de vue esthétique, il avait la pédérastie en horreur. Il considéra toujours son sentiment sexuel pervers comme quelque chose de morbide, sans s'en estimer malheureux, étant donné son libido et sa puissance manifestement affaiblis.

301

Le status præsens a montré les symptômes ordinaires de la neurasthénie. La taille, l'attitude et le vêtement ne présentaient rien d'étrange. Le massage électrique eut un succès extraordinaire. Au bout de quelques séances, le malade était très ragaillardi au physique et au moral. Après vingt séances, le libido s'est réveillé de nouveau, non dans le sens qu'il avait jusqu'ici, mais avec une tendance normale, la même que le malade eut jusqu'à l'âge de vingt-cinq ans. À partir de ce moment ses rêves érotiques n'eurent pour objet que la femme, et un jour le malade me raconta avec joie qu'il avait fait le coït et qu'il y avait éprouvé le même plaisir qu'il y a vingt-six ans. Il cohabitait de nouveau avec sa femme et espérait être délivré pour jamais de la neurasthénie et de l'inversion sexuelle. Cette espérance s'est justifiée pendant les six mois que j'ai encore eu l'occasion d'observer le malade.

Ordinairement le traitement physique, même soutenu par la thérapie morale, par des conseils énergiques d'éviter la masturbation, de supprimer les sentiments homosexuels et d'éveiller les tendances hétérosexuelles, ne suffit pas, même dans les cas d'inversion sexuelle acquise.

Seul le traitement psychique—la suggestion—peut être efficace.

L'observation suivante montre un exemple intéressant et réconfortant du succès obtenu par l'autosuggestion dans les formes atténuées de l'anomalie.

Observation 133.—Autobiographie d'un hermaphrodite psychique.—Lutte victorieuse de l'individu contre ses penchants homosexuels.

Mon père a eu une attaque d'apoplexie, mais il guérit en gardant une légère déviation de la figure. Ma mère était très anémique et très mélancolique. Tous deux ont beaucoup souffert d'hémorrhoïdes; mon père leur attribuait les maux de reins dont il souffrait par moments, même après son mariage.

Je suis, si j'ose m'exprimer ainsi, un caractère passif. Étant enfant je m'abandonnais à toutes sortes d'imaginations (les religieuses y compris). Je mouillais mes draps et pendant mon sommeil je m'amusais avec mes parties génitales, jusqu'au jour où mon père, pour m'en empêcher, m'attacha les mains. (J'étais à cette époque tout enfant et je ne me masturbais pas.) J'ai toujours été timide et maladroit dans mes rapports avec les autres. À l'âge d'environ quatorze ou quinze ans je fus poussé à l'onanisme. L'impulsion et les désirs pour la femme qui se sont manifestés lors de l'éveil de mon sentiment sexuel, n'étaient au fond que de nature platonique; d'ailleurs je n'avais pas d'occasions de me mettre en relation avec des dames. À l'âge d'environ dix-huit ans j'ai essayé de satisfaire d'une façon naturelle mon besoin sexuel, plutôt poussé par la curiosité que par une impulsion intérieure. Sans avoir eu jamais d'inclination pour la femme, j'ai depuis ce temps satisfait mon besoin par des rapports sexuels chaque fois que j'en ai eu l'occasion.

Peu après la période de la puberté, je devins très anémique et je paraissais plus que mon âge. Alors des pensées mélancoliques et des idées étranges se firent jour. J'éprouvais une vraie volupté à me représenter dans l'état de la plus grande humiliation possible. Il peut être intéressant d'ajouter encore qu'à cette époque je luttais contre des doutes religieux et que ce n'est que plus tard que j'ai trouvé le courage de me placer au-dessus de la religion. Je tombais amoureux des jeunes gens. Au commencement je résistai à ces idées, mais plus tard elles sont devenues si puissantes que je suis devenu un véritable uraniste. Les femmes me paraissaient n'être que des êtres humains de seconde classe. J'étais dans un état d'esprit désolant. Avec une lassitude de la vie, des tendances à la misanthropie s'installèrent dans mon âme malade. Un jour je lus l'ouvrage: Was will das werden? (Qu'adviendra-t-il?) Et avant que j'aie pu m'en rendre compte, j'étais devenu démocrate-socialiste, mais dans le sens idéal. La vie avait de nouveau une valeur pour moi, car j'avais un idéal: la lutte pacifique pour le relèvement social du prolétariat. Cela produisit une puissante révolution dans mon être. Comme dans mes meilleurs jours (à l'âge de seize et dix-sept ans), je m'enthousiasmais pour l'art et notamment pour le théâtre. À l'heure qu'il est, je travaille à un drame et à une comédie, et je roule dans ma tête de grandes idées. J'ai lu une remarque de Schlegel que Sophocle devait son énergie et sa puissance de travail aux exercices physiques, son sens artistique à la musique. Puis un autre passage: «L'auteur dramatique doit être avant tout d'une intelligence intacte.» Cela me tomba comme une lourde pierre sur l'âme; car mes sentiments sexuels invertis ne pouvaient être sortis d'un esprit sain et droit.

Je conçus alors l'idée de me faire traiter par l'hypnotisme, mais la honte m'en empêcha. Je me dis alors que je devais être, au fond, un être lâche et bien faible pour avoir si peu de confiance en moi-même et je résolus sérieusement de supprimer mes désirs uranistes. En même temps, je combattis par un régime rationnel ma nervosité. Je faisais des parties de canot; je fréquentais la salle d'armes, je marchais beaucoup en plein air, et j'eus la joie, en me réveillant un matin, de me trouver comme un homme tout à fait transformé. Quand je pensais à mon passé entre vingt et vingt-six ans, il me semblait que, pendant cette période, un homme tout à fait étranger et dégoûtant avait logé dans ma peau.

J'étais tout étonné que le plus bel écuyer, le camionneur de bière le plus vigoureux ne m'inspirassent plus aucun intérêt; les musculeux tailleurs de pierres même me laissaient froid. J'avais du dégoût en pensant que de pareils gens avaient pu me sembler beaux. Ma confiance en moi-même s'augmente; je suis très bon, c'est vrai, mais je suis d'un caractère foncièrement actif. Mon extérieur s'est continuellement amélioré depuis l'âge de vingt ans. J'ai maintenant l'air que comporte mon âge. J'ai, c'est vrai, des rechutes dans mes désirs uranistes, mais je les supprime avec énergie. Je ne satisfais mon libido que par le coït, et j'espère qu'en continuant ce genre de vie rationnel l'envie du coït s'accroîtra.

Ordinairement c'est la suggestion par un tiers et la suggestion provoquée par l'hypnose qui offrira des chances de succès.

Dans ces cas la suggestion posthypnotique doit désuggérer l'impulsion à la masturbation ainsi que les sentiments homosexuels, et, d'autre part, inculquer au malade la confiance dans sa puissance et lui donner des penchants hétérosexuels.

La condition première est naturellement la possibilité d'amener une hypnose suffisamment profonde. C'est précisément ce qui ne réussit pas souvent chez les neurasthéniques; car ils sont trop excités, embarrassés, et peu en état de pouvoir concentrer leur idées.

Ainsi dans un cas que j'ai rapporté (T. I, fascicule II, p. 58 de Internationale Centralblatt für die Physiologie und Pathologie der Harn und Sexualorgane), je n'ai pas réussi à obtenir l'hypnose bien que le malade la désirât vivement et fît tout son possible pour y parvenir.

Étant donnés les bienfaits énormes qu'on peut rendre à ces malheureux, quand on se rappelle le fait de Ladame (voir plus loin), on devrait dans de pareils cas faire tout son possible pour forcer l'hypnose, seul moyen de salut. Le résultat fut satisfaisant dans les trois cas suivants.

Observation 134. (Inversion sexuelle acquise par la masturbation.)—M. X..., négociant, vingt-neuf ans.

Les parents du malade étaient bien portants. Dans la famille du père, aucune trace de nervosité.

Le père était un homme irritable et morose. Un frère du père avait été un viveur et est mort célibataire.

La mère est morte à sa troisième couche, le malade avait six ans; elle avait une voix grave et rauque, plutôt virile, et était très brusque dans ses allures.

Parmi les enfants nés de cette union, il y a un frère du malade qui est irritable, mélancolique et indifférent aux femmes.

Étant enfant, le malade eut une rougeole avec délire. Jusqu'à l'âge de quatorze ans, il était gai et sociable; à partir de cette époque, il est devenu calme, solitaire, mélancolique. La première trace de sentiment sexuel s'est fait remarquer à l'âge de dix à onze ans; il fut alors initié par d'autres garçons à l'onanisme et pratiqua avec eux l'onanisme mutuel.

À l'âge de treize à quatorze ans il eut sa première éjaculation. Jusqu'à il y a trois mois, le malade ne s'est aperçu d'aucune conséquence fâcheuse de l'onanisme.

À l'école il apprenait avec facilité; parfois il avait des maux de tête. À partir de l'âge de vingt ans, il a eu des pollutions, bien qu'il se masturbât tous les jours. Quand il avait des pollutions, il rêvait de scènes d'accouplement; il voyait comment l'homme et la femme accomplissaient l'acte. À l'âge de dix-sept ans, il a été amené par un homme homosexuel à pratiquer l'onanisme mutuel. Il y a éprouvé de la satisfaction, car il a toujours eu d'énormes besoins sexuels. Il s'est passé un temps assez long avant que le malade ait cherché une nouvelle occasion d'avoir des rapports avec un homme. Il s'agissait seulement pour lui de se débarrasser de son sperme.

Il n'éprouvait ni amitié, ni amour pour les personnes avec lesquelles il entretenait des rapports. Il n'éprouvait de satisfaction que lorsqu'il était dans le rôle actif et qu'on le manustruprait. Une fois l'acte accompli, il n'avait que du mépris pour l'individu. Quand, avec le temps, le personnage lui inspirait de l'estime, il cessait les relations. Plus tard, il lui fut indifférent de se masturber ou d'être masturbé. Quand il se masturbait lui-même, il pensait toujours à la main des hommes sympathiques qui l'onanisaient. Il préférait les mains dures et rugueuses.

Le malade croit que, sans la séduction, il se serait dirigé dans les voies de la satisfaction naturelle de l'instinct génital. Il n'a jamais éprouvé de l'amour pour son propre sexe, mais il s'est plu à l'idée de cultiver l'amour avec des hommes. Au commencement il a eu des émotions sensuelles en face de l'autre sexe. Il aimait à danser; il se plaisait avec les femmes, mais il regardait plutôt leur corps que leur figure. Il avait eu aussi des érections en voyant une femme sympathique, il n'a jamais essayé de faire le coït, car il craignait l'infection; il ignore même s'il serait puissant en présence d'une femme. Il croit que tel ne serait pas le cas, car ses sentiments pour les femmes se sont refroidis, surtout depuis cette dernière année.

Tandis qu'auparavant, dans ses rêves érotiques, il avait des représentations d'hommes et de femmes, plus tard, il ne rêvait plus que de rapprochements avec des hommes. Il ne peut se rappeler d'avoir, ces années dernières, rêvé de rapports sexuels avec une femme. Au théâtre, ce sont toujours les figures féminines qui l'intéressent, de même au cirque et au bal. Dans les musées, il se sent également attiré par les statues masculines et féminines.

Le malade fume beaucoup, boit de la bière, aime la compagnie des messieurs, est gymnaste et patineur. Les manières fates lui ont toujours été odieuses; il n'a jamais eu le désir de plaire aux hommes, mais plutôt le désir de plaire aux dames.

Il ressent péniblement son état actuel, l'onanisme ayant pris trop d'empire. L'onanisme qui, autrefois, était inoffensif, montre maintenant ses effets nuisibles.

Depuis le mois de juillet 1889, il souffre de névralgie des testicules; la douleur se fait sentir surtout pendant la nuit; il a souvent des tremblements la nuit, (irritabilité réflexe exagérée): le sommeil ne le repose pas; le malade s'éveille avec des douleurs dans les testicules. Il est maintenant porté à se masturber plus souvent qu'autrefois. Il a peur de l'onanisme. Il espère que sa vie sexuelle pourra encore être ramenée dans les voies normales. Il pense à l'avenir; il a même déjà noué une liaison avec une demoiselle qui lui est sympathique, et l'idée de l'avoir comme épouse lui est agréable.

Depuis cinq jours il s'est abstenu de l'onanisme, mais il ne croit pas qu'il serait capable d'y renoncer par sa propre force. Ces temps derniers, il était très abattu, n'avait plus envie de travailler, se sentait las de la vie.

Le malade est grand, vigoureux, bien bâti, très barbu. Le crâne et le squelette sont normaux.

Réflexes profonds très accentués, pupilles plus larges que la moyenne, égales, réagissant très promptement. Carotides de calibre égal. Hyperæsthesia urethræ. Les cordons spermatiques et le testicule ne sont pas sensibles; les parties génitales sont tout à fait normales.

On rassure le malade; on le console par l'espoir d'un avenir heureux à la condition qu'il renonce à l'onanisme et qu'il reporte son sentiment actuel pour son propre sexe vers les femmes.

Ordonnance: demi-bains (24—20° R.), antipyrine, 1 gr. pro die; le soir 4 grammes de bromure de potassium.

13 décembre. Le malade vient tout effrayé et troublé à la consultation, disant qu'il ne pourra par sa propre force résister à l'onanisme; il prie qu'on l'aide.

Un essai d'hypnose plonge la malade dans un profond engourdissement.

Il reçoit les suggestions suivantes:

1° Je ne puis, ne dois et ne veux plus faire de l'onanisme;

2° J'ai en horreur l'amour pour mon propre sexe et je ne trouverai plus beau aucun homme;

3° Je veux guérir et je guérirai; j'aimerai une brave femme, je serai heureux et je la rendrai heureuse.

14 décembre. Le malade, en se promenant, a vu un bel homme et s'est senti puissamment attiré vers celui-ci.

À partir de ce moment, tous les deux jours, séances hypnotiques avec les suggestions sus-indiquées. Le 18 décembre, (quatrième séance) on réussit à obtenir le somnambulisme. L'impulsion à l'onanisme et l'intérêt pour les individus masculins diminuent.

Dans la huitième séance, on ajoute aux suggestions sus-mentionnées celle de la «puissance complète». Le malade se sent moralement relevé et physiquement renforcé. La névralgie des testicules a disparu. Il trouve qu'il est maintenant au zéro du sentiment sexuel.

Il croit être débarrassé de la masturbation et de l'inversion sexuelle.

Après la onzième séance, il déclare n'avoir plus besoin des séances médicales. Il veut rentrer chez, lui et épouser une fille. Il se sent tout à fait bien portant et puissant. Le malade est renvoyé au commencement du mois de janvier 1890.

En mars 1890, le malade m'écrit: «J'ai eu depuis encore quelquefois besoin de rassembler toutes mes forces morales pour combattre mon ancienne habitude et Dieu merci! j'ai réussi à me délivrer de ce mal. Plusieurs fois déjà j'ai pu accomplir le coït et j'y ai éprouvé un plaisir assez sérieux. Je compte avec tranquillité sur l'avènement d'un avenir heureux.»

Observation 135. (Inversion sexuelle acquise. Amélioration notable par le traitement hypnotique.)—M. P..., né en 1803, employé d'un établissement industriel, est issu d'une famille de patriciens très considérée en Allemagne centrale, famille dans laquelle la nervosité et les maladies mentales étaient fréquentes.

L'aïeul du côté paternel et sa sœur sont morts aliénés, la grand'mère est morte d'apoplexie, le frère du père est mort fou, la fille de ce dernier a péri d'une tuberculose cérébrale; le frère de la mère s'est suicidé dans un accès de folie. Le père du malade est très nerveux; un frère aîné est gravement atteint de neurasthénie compliquée d'anomalie de la vita sexualis; un autre frère est l'objet de l'observation 118 de la sixième édition de la Psychopathia sexualis, un troisième frère a une conduite excentrique et aurait, dit-on, des monomanies; une sœur souffre de crampes, une autre sœur est morte en bas âge de convulsions.

Le malade est taré, car dès sa première jeunesse, il était très bizarre, irritable, emporté; il faisait à son entourage l'impression d'un individu anormal.

De très bonne heure, la vita sexualis se manifesta chez lui violemment, il est venu à l'onanisme sans y être entraîné. À partir de l'âge de seize ans, ce garçon, très développé pour son âge, fréquentait les bordels de la capitale, profitant de ses sorties du dimanche et des jours de fêtes. Il faisait le coït avec plaisir, et pendant les jours de la semaine, il se satisfaisait par l'onanisme. À partir de l'âge de vingt ans, le malade, devenu indépendant, fit des excès avec des prostituées; il fut à la suite atteint de neurasthenia sexualis, devint relativement impuissant, et ne trouva plus de satisfaction dans le coït, à cause de sa faiblesse d'érection et de l'ejaculatio præcox. Son libido sexualis devint plus puissant que jamais; il le satisfaisait par l'onanisme. Au commencement de l'année 1888, le malade fit la connaissance d'un jeune homme.

«Par sa figure agréable, ses manières câlines et les belles formes extérieures de son corps, il s'acquit toute mon affection. J'avais le désir de lui adresser la parole et je me réjouissais d'avance du moment où je pourrais le voir, j'étais tout à fait amoureux de lui. Avec cette passion s'éteignit mon amour pour les femmes. Cet homme pouvait m'exciter à un tel point que pendant des minutes, je sentais ma mémoire s'évanouir et que je ne pouvais que balbutier.

«Bientôt après, je fis la connaissance d'un monsieur qui m'était sympathique aussi et qui devait avoir une influence décisive sur le reste de ma vie. Il était homosexuel. Je lui avouai que je n'éprouvais plus que du dégoût pour le sexe féminin et que je me sentais attiré vers l'homme.

«Un jour que je demandais à mon camarade comment il s'y prenait pour amener des soldats à se livrer à lui, il me répondit que la principale chose était d'avoir de l'aplomb et qu'alors on pouvait faire marcher n'importe qui. Vers la fin de 1888, me rappelant ce conseil, je me rapprochai d'un brosseur d'officier qui m'avait puissamment excité, bien que jamais aucune éjaculation n'en eût résulté. Voyant que ce soldat ne voulait pas se livrer, je n'insistai plus auprès de lui. Alium quondam militem in cubiculum allectum rogavi ut, veste exuta, mecum in lectum concumberet. Rogatus fecit quæ volui et alter alterius penem trivit.

307

«Bien qu'après ce succès heureux j'aie encore abusé de beaucoup de gens, je n'étais pour ainsi dire amoureux que d'un seul. C'était un très joli garçon de dix-sept ans. Sa voix me semblait si caressante, ses manières étaient si convenablement tendres, qu'aujourd'hui encore je ne puis l'oublier. Dans mes rêves je ne m'occupais que de beaux jeunes gens et souvent ma sensualité réveillée m'empêchait de dormir des nuits entières».

Au commencement de l'année 1889, les manières du malade éveillèrent des soupçons d'amour homosexuel. Une dénonciation dont il était menacé, le déprima profondément et il songea à se suicider. Sur le conseil du médecin de la famille, il partit pour la capitale. Comme le malade était incapable de renoncer par sa propre volonté à ses goûts habituels, on commença à lui appliquer le traitement hypnotique. On n'obtint qu'un léger engourdissement qui n'eut qu'un succès minime, étant données les séductions des anciens amants dans la proximité desquels le malade se trouvait.

À cette époque, il ne manquait pas encore de principes moraux solides. La situation s'améliora grâce à l'idée de sa famille désolée, et par la crainte d'une poursuite judiciaire dont il était sérieusement menacé.

Le malade se décida à essayer de se soumettre au traitement de l'auteur de ce livre.

J'ai trouvé en lui un homme délicat, pâle, gravement neurasthénique, qui désespérait de son avenir, mais qui n'avait aucun stigmate extérieur de dégénérescence. Le malade reconnaissait qu'il se trouvait dans une fausse position et semblait vouloir faire tout son possible pour redevenir un homme honnête et convenable.

Il regrettait profondément sa perversion sexuelle qu'il jugeait comme morbide, mais qu'il croyait acquise. Il ne me cacha nullement qu'en présence de jeunes gens il n'était plus maître de lui et qu'il ne pouvait pas garantir non plus de pouvoir s'abstenir de l'onanisme auquel il était forcé d'avoir recours faute de mieux. Seule une volonté puissante pourrait par suggestion l'en préserver.

Son amour homosexuel a consisté jusqu'ici exclusivement en onanisme mutuel; l'érection ne se produit chez lui qu'au contact des hommes aimés; l'éjaculation a lieu très tôt, mais l'accolade seule ne suffit pas pour la provoquer. Il ne s'est pas senti dans un rôle sexuel particulier vis-à-vis de l'homme. Les parties génitales et les organes végétatifs sont normaux.

En dehors des dispositions pour un traitement contra neurastheniam, on a commencé, le 8 avril 1890, un traitement hypnotico-suggestif.

L'hypnose réussit facilement par le simple regard et la suggestion verbale. Après une demi-minute, le malade tomba dans un profond engourdissement avec attitude cataleptiforme des muscles. Le réveil eut lieu en lui suggérant qu'il se réveillerait en comptant jusqu'à trois. Parfois, on pouvait obtenir des suggestions post-hypnotiques. Les suggestions intra-hypnotiques avaient pour sujet:

1° Défense de s'onaniser;

2° Ordre formel de considérer l'amour homosexuel comme méprisable, dégoûtant et impossible;

3° Ordre de ne trouver de beauté que chez les dames, de s'approcher d'elles, de rêver d'elles, de sentir du libido et de l'érection à leur aspect.

Les séances ont eu lieu quotidiennement. Le 14 avril, le malade m'annonça avec contentement et une sorte de satisfaction morale qu'il a fait le coït avec plaisir et qu'il avait éjaculé tardivement.

Le 16, il se sentit exempt de tendances onanistes, attiré vers la femme et tout à fait indifférent envers les hommes. Il rêve de charmes féminins et a des rapports avec des femmes.

Le 1er mai, le malade paraît tout à fait normal sexuellement et il se sent comme tel. Il est devenu au physique un tout autre homme, plein de courage et de confiance en lui-même.

Il fait le coït normal avec une satisfaction parfaite et il se croit à l'abri de toute rechute.

Dans une lettre écrite plus tard M. P... dit:

«Ce qui n'est pas autrement remarquable, c'est que je suis toujours délivré de ces aberrations. La seule chose qui me rappelle encore cette période sombre, ce sont les rêves, rares il est vrai, de mon passé désolé que je n'ai pas le pouvoir de bannir et qui parfois occupent même agréablement mes pensées. Par ma propre volonté, je l'espère, je réussirai pourtant à m'en débarrasser bientôt tout à fait. Dans le cas où je redeviendrais faible, vos exhortations instantes, j'en suis sûr, feront que je résisterai avec énergie et que je ne succomberai point.»

Le 20 octobre 1890 P... m'écrivait:

«Je suis complètement guéri de l'onanisme et l'amour homosexuel ne trouve plus de sympathie en moi. Mais la puissance complète ne semble pas encore rétablie, bien que je vive avec un régime très réglé. Toutefois je me sens content.»

Observation 136. (Inversion sexuelle acquise.)—Z..., fonctionnaire, trente-deux ans, né d'une mère hystéropathe. La mère de la mère souffrait également d'hystérie, et tous ses frères et sœurs avaient des maladies de nerfs. Un frère est uraniste. Z... était faiblement doué d'esprit; il apprenait difficilement. En dehors de la scarlatine, il n'eut pas de maladies d'enfance. À treize ans, il fut amené par des camarades de pensionnat à pratiquer l'onanisme. Il était sexuellement hyperesthésique; il commença à l'âge de dix-sept ans à faire le coït qu'il pratiquait avec plaisir et puissance complète. À l'âge de vingt-six ans, mariage par raison d'argent et pour sa position sociale. Le ménage fut malheureux. Après un ans, Mme Z..., à la suite d'une maladie utérine très grave, devint incapable de supporter le coït. Z... satisfaisait ses grands besoins avec d'autres femmes et, faute de mieux, par la masturbation. Il s'adonna, en outre, à la passion du jeu, mena une vie tout à fait dissolue, devint gravement neurasthénique et essaya de ranimer ses nerfs usés en buvant de grandes quantités de vin et de cognac. À ses malaises essentiellement cérébrasthéniques se joignirent alors des crises de rire et de pleurs; il devint très émotif. Son libido nimia subsistait toujours sans être diminué. Par suite du dégoût qu'il avait toujours eu des prostituées et de la crainte des maladies, il ne se satisfaisait qu'exceptionnellement par le coït. Dans la plupart des cas, il se soulageait par l'onanisme.

Il y a quatre ans, il s'aperçut d'un affaiblissement progressif de l'érection et de la diminution du libido pour la femme. Il commença à se sentir attiré vers les hommes, et les scènes de ses rêves érotiques n'avaient plus pour objet la femme mais des individus masculins.

Il y a trois ans, comme un garçon de bain le massait, il fut très excité sexuellement (le domestique avait aussi de l'érection, ce qui frappa l'attention du malade). Il ne put pas se retenir de se serrer contre le garçon, de l'embrasser et de se faire masturber par lui, ce que celui-ci fit volontiers. À partir de ce moment ce genre de satisfaction sexuelle fut le seul qui lui convint. La femme lui est devenue tout à fait indifférente. Il ne courait qu'après les hommes. Cum talibus masturbationem mutuam fecit, concupivit cum iis dormire. Il abhorrait la pédérastie. Il se sentait tout à fait heureux, quand une lettre anonyme (datée du mois d'août 1889) qui l'engageait à être prudent, le ramena à la conscience de sa situation. Il fut profondément bouleversé, eut des attaques hystériques, fut complètement déprimé, eut honte devant les autres hommes, se sentit comme un paria dans la société, médita un suicide, s'ouvrit à un prêtre qui le rassura. Il tomba ensuite dans les idées religieuses, voulut entre autres entrer dans un couvent par pénitence et pour se guérir de ses aberrations sexuelles. En proie à cet état d'esprit, le malade tomba par hasard sur mon livre Psychopathia sexualis. Il fut épouvanté, honteux, mais il trouva une consolation dans l'idée qu'il devait être malade. Sa première idée fut de se réhabiliter sexuellement devant lui-même. Il surmonta toute son aversion, essaya le coït dans un bordel, ne réussit pas d'abord par suite de sa trop grande excitation, mais finit par remporter un succès.

Comme ses sentiments d'inversion sexuelle ne disparaissaient pas, bien qu'il s'efforçât de les refouler par toutes sortes de moyens possibles, il vint me trouver et me demander des soins médicaux. Il se sentait, dit-il, affreusement malheureux, près du désespoir et du suicide. Il voyait devant lui l'abîme et il voudrait être sauvé à tout prix.

Sa confession fut interrompue à plusieurs reprises par de violents accès hystériques. Des affirmations rassurantes, l'espoir du salut le calmèrent.

Au point de vue physique, la malade a le front un peu fuyant; pas d'autres stigmates de dégénérescence. L'irritation spinale, les réflexes profonds exagérés, la congestion de la tête, indiquaient la neurasthénie. Du côté des parties génitales point d'anomalies, mais l'urethra était hyperesthésié. Sa mine était troublée, son maintien relâché; vie psychique désordonnée et sans aucune consistance.

Ordonnance: demi-bains, frictions, antipyrine, bromure. Interdiction de s'onaniser, d'avoir des rapports avec des hommes; interdiction d'avoir des pensées libidineuses portant sur des hommes.

Le malade revient après quelques jours et se plaint qu'il n'est pas assez fort pour exécuter ce programme. Sa volonté est trop faible. Étant donnée cette situation précaire, il n'y a que la suggestion hypnotique qui puisse porter remède.

Suggestions: 1° Je déteste l'onanisme, je ne puis et ne veux plus me masturber

2° Je trouve le penchant pour l'homme dégoûtant, détestable. Jamais je ne trouverai plus l'homme ni beau, ni désirable.

3° Je trouve que seule la femme est désirable. Je ferai le coït avec plaisir et avec puissance, une fois par semaine.

Le malade accepte ces suggestions et les répète d'une voix balbutiante.

Les séances ont lieu tous les deux jours. À partir du 15 on réussit à obtenir l'état somnambulique avec suggestions posthypnotiques à volonté. Le malade reprend une certaine solidité morale et se rétablit au physique, mais des malaises cérébrasthéniques le tourmentent encore; parfois il a encore des rêves d'hommes pendant la nuit, et à l'état de veille des penchants vers l'homme, ce qui le déprime.

Le traitement dure jusqu'au 21 septembre. Résultat: le malade est guéri de l'onanisme; il n'est plus excité par les hommes mais bien par les femmes. Coït normal tous les huit jours. Les malaises hystériques ont disparu; les malaises neurasthéniques sont très atténués.

Le 6 octobre, le malade m'annonce par lettre qu'il se porte bien, et me remercie en paroles émues de l'avoir «sauvé d'un abîme profond». Il se sent rendu à une nouvelle vie.

Le 9 décembre 1889, le malade revient pour être soumis de nouveau à mon traitement. Il a eu, ces temps derniers, deux fois des rêves érotiques d'hommes, mais à l'état de veille il n'a éprouvé aucun penchant pour l'homme, il a pu aussi résister à la tentation de se masturber, bien que vivant seul à la campagne il n'eût pas d'occasions de faire le coït. Il a plus que de l'inclination pour l'autre sexe, et ordinairement il ne rêve que de personnes féminines; rentré dans la capitale, il a fait le coït et en a éprouvé du plaisir. Le malade se sent réhabilité moralement, presque débarrassé des malaises neurasthéniques, et déclare, après trois nouvelles séances hypnotiques, que maintenant il se croit tout à fait guéri et à l'abri de toute rechute. Toutefois une rechute a eu lieu au mois de septembre 1890. Le malade, après un surmenage physique dans un voyage à travers de hautes montagnes et une série d'émotions morales, et de plus par manque d'occasions de faire le coït, était redevenu neurasthénique.

Il eut de nouveau des rêves d'hommes, se sentit attiré vers des hommes sympathiques. Il se masturba plusieurs fois et n'éprouva plus de vrai plaisir lorsque, rentré

311

dans la ville, il fit le coït. Du reste, par un traitement antineurasthénique et une seule hypnose, on réussit vite à rétablir sa santé et à rendre sa conduite normale.

Au cours des années 1890 et 1891, le malade eut encore par-ci par là des tendances à l'inversion sexuelle et des rêves dans ce sens, mais seulement lorsque, à la suite d'émotions morales ou d'excès, la névrose se manifestait de nouveau. Dans ces moments, le coït ne lui procurait plus de satisfaction. Le malade s'est vu alors dans la nécessité de faire rétablir l'équilibre par quelques séances hypnotiques, ce qui a toujours facilement réussi.

À la fin de l'année 1891, le malade déclare avec satisfaction que depuis son traitement il a su se maintenir à l'abri de la masturbation et des rapports homosexuels, et que sa confiance en lui-même, de même que son estime de lui-même, s'est consolidée de nouveau.

Quant aux autres cas d'inversion acquise, guéris par l'emploi de la suggestion hypnotique, consulter Wetterstrand, Der Hypnotismus und seine Anwendung in der praktischen Medicin, 1891, p. 52; Bernheim Hypnotisme, Paris, 1891, etc., p. 38.

Les faits que nous venons de citer et qui montrent le succès de la suggestion hypnotique en présence des cas d'inversion sexuelle acquise, font supposer qu'il est possible de porter secours aussi aux malheureux qui sont atteints d'inversion sexuelle congénitale.

Bien entendu, la situation dans ces derniers cas est tout autre, en tant qu'il s'agit de combattre une anomalie congénitale, de détruire une existence psycho-sexuelle morbide pour en créer à sa place une nouvelle qui soit saine. Cet effet paraît a priori impossible à obtenir, du moins chez l'uraniste prononcé. Mais, ce qui est en apparence impossible, devient possible par l'emploi d'artifices; cela ressort du cas de Schrenck-Notzing que nous trouverons plus loin. Il dépasse de beaucoup le cas que j'ai rapporté et dans lequel du moins la désuggestion des sentiments homosexuels a réussi avec l'emploi de l'hypnose.

Une observation analogue est rapportée par Ladame (voir plus loin).

Les conditions sont de beaucoup plus favorables chez l'hermaphrodite psycho-sexuel, chez qui on peut du moins renforcer par la suggestion et faire prévaloir les éléments et le sentiment hétérosexuel qui existent chez l'individu malade.

Observation 137.—Je suis enfant illégitime, né en 1858. Ce n'est que tard, en suivant les traces obscures de mon origine, que j'ai pu avoir des renseignements sur l'individualité de mes parents. Ces renseignements, malheureusement, sont très incomplets. Mon père et ma mère étaient cousins. Mon père est mort il y a trois ans; il s'était marié avec une autre femme et avait plusieurs enfants qui, autant que je sais, sont bien portants.

Je ne crois pas que mon père ait eu de l'inversion sexuelle. Étant enfant, je l'ai vu souvent sans me douter que c'était mon père. Il avait un aspect vigoureux et viril. D'ailleurs, on dit qu'à l'époque de ma naissance ou auparavant, il aurait eu une maladie vénérienne.

J'ai vu plusieurs fois ma mère dans la rue, mais j'ignorais alors que c'était ma mère. Elle devait avoir environ vingt-quatre ans, lorsque je suis venu au monde. Elle était de grande taille, de mouvements brusques et énergiques et d'un caractère résolu. On dit qu'à l'époque de ma naissance elle a beaucoup voyagé, déguisée en homme, qu'elle a porté les cheveux courts, fumé de longues pipes et en général qu'elle s'est fait remarquer alors par ses allures excentriques. Elle possédait une excellente instruction, avait été belle dans sa jeunesse; elle est morte sans avoir été jamais mariée et a laissé une fortune considérable.

Tout cela permettrait, le cas donné, de conclure à des penchants homosexuels ou du moins à l'existence d'anomalies. Ma mère a, plusieurs années avant ma naissance, donné le jour à une fille. Cette sœur que je n'ai jamais connue, s'est mariée très jeune; mais elle s'est empoisonnée après quelques années de mariage, pour des raisons que j'ignore encore.

J'ai 1 m. 70 de taille; 0 m. 92 de tour; le tour de mes reins est de 1 m. 02; je crois donc avoir le bassin un peu fortement développé. Le pannicule graisseux a été très développé chez moi de tout temps. La charpente osseuse est vigoureuse. La musculature est bien faite, mais pas assez développée, peut-être faute d'exercice ou peut-être sous l'influence de l'onanisme que j'ai pratiqué de bonne heure et avec persévérance: de sorte que je parais plus fort que je ne le suis. Le système pileux, les cheveux et la barbe sont normaux. Les poils des parties génitales sont quelque peu clairsemés. Le reste du corps est presque glabre. Tout mon extérieur a un caractère tout à fait viril. La démarche, le maintien, la voix, sont d'un homme complet, et d'autres uranistes m'ont souvent dit qu'ils ne se doutaient pas du tout de ma passion. J'ai servi dans l'armée et j'ai toujours pris plaisir aux exercices du cavalier, monter à cheval, faire de l'escrime, nager, etc.

Ma première éducation a été dirigée par un prêtre. Je n'avais guère de camarades de jeu pour ainsi dire. La vie de famille de mes parents d'adoption était irréprochable. Au mois d'octobre 1871, on m'a mis en pension. Là, j'ai commis les premiers actes pervers sur lesquels j'aurai à revenir en détail dans l'historique de ma vie sexuelle.

J'ai fait mes classes au lycée, puis mon service militaire comme volontaire d'un an; j'ai étudié ensuite la science forestière et je suis maintenant intendant d'un grand domaine. Je n'ai appris à parler qu'à l'âge de trois ans et ce fait a contribué à maintenir les gens dans la supposition que je suis hydrocéphale. À partir de l'époque où j'allai à l'école, mon développement intellectuel fut normal; j'apprenais même facilement, mais je n'ai jamais pu concentrer mon activité sur un point fixe. J'ai beaucoup de goût pour l'art et pour l'esthétique, mais aucun goût pour la musique. Dans mes premières années, j'avais le plus mauvais caractère qu'on puisse imaginer. Il a changé complètement au cours de ces derniers douze ans, sans que j'en puisse indiquer la cause. Aujourd'hui rien ne m'est plus haïssable que le mensonge et je ne dis plus rien de contraire à la vérité, pas même en plaisantant. Dans les affaires d'argent je suis devenu très économe, sans être pour cela avare.

Bref, aujourd'hui je ne pense qu'en rougissant à mon passé et je ne me considérerai à juste titre comme un parfait galant homme, que lorsque je pourrai être délivré de ma malheureuse perversion ou perversité sexuelle. J'ai bon cœur, toujours prêt à faire le bien dans la mesure de mes moyens, de caractère gai pour la plupart du temps; je suis un homme bien vu dans la société. Je n'ai aucune trace de cette irascibilité nerveuse qu'on

313

remarque si souvent chez mes compagnons de souffrance. Je ne manque pas non plus de bravoure personnelle. Rien dans les premières phases de mon développement n'indique une anomalie. Il est vrai qu'étant encore enfant j'aimais à être au lit et à me coucher sur le ventre; je me suis, dans cette position, le matin, frotté avec plaisir le ventre contre le lit, ce qui a souvent fait rire mes parents adoptifs. Mais je ne me rappelle pas avoir ressenti de sensations voluptueuses par ces mouvements. Je n'ai jamais recherché particulièrement la camaraderie des petites filles et je n'ai jamais joué aux poupées. De très bonne heure, j'entendis parler des choses sexuelles. Mais en écoutant ce genre de conversation, je ne pensais à rien. Même dans la vie de mes rêves, il n'y avait alors rien qui touchât aux choses sexuelles. Il n'en était pas non plus question dans mes relations avec les garçons de mon âge. Je crois pouvoir affirmer que ma vita sexualis ne s'est éveillée qu'à l'âge de treize ans, au pensionnat, après avoir été entraîné par un camarade à l'onanisme mutuel. L'éjaculation ne se produisit pas encore; la première n'eut lieu qu'un an plus tard. Malgré cela, je me livrai avec passion au vice de l'onanisme. Mais à cette époque se manifestèrent déjà les premiers symptômes d'un penchant homosexuel. Des jeunes gens vigoureux, des débardeurs de la halle, des ouvriers, des soldats apparurent dans mes rêves, et l'évocation de leur image jouait un rôle pendant la masturbation. En même temps, il se manifesta une première inclination à la pédérastie, notamment à la pédérastie passive. Jusqu'à l'âge de quatorze ans j'ai fait souvent avec mon séducteur des essais de pédérastie mutuelle sans que l'on ait réussi à accomplir une immissio. Parallèlement à ces tendances, il existait encore un penchant faible pour le sexe féminin. Environ six mois après la première masturbation, j'allai une fois chez une puella publica, mais je n'eus ni éjaculation ni volupté particulière. Plus tard j'ai fait jusqu'à l'âge de dix-neuf ans six fois le coït dans des maisons publiques. L'érection et l'éjaculation se produisaient promptement, mais sans me procurer une grande volupté. L'onanisme, surtout pratiqué mutuellement, m'était au moins aussi agréable que le coït. Je n'ai jamais eu ce qu'on appelle un «amour de lycéen». Il y a dix ans, lorsque je me trouvais à la station balnéaire de H., je crus qu'il s'éveillait en moi de l'amour pour une dame d'une beauté extraordinaire qui appartenait à une grande famille; je me sentais bien près d'elle et je m'estimai heureux quand je constatai que mon amour était payé de retour. Aussi cette liaison me détourna pendant quelque temps de l'onanisme; seulement j'avais peur, par suite de l'onanisme pratiqué pendant des années, d'être affaibli et d'être incapable de remplir mes devoirs conjugaux. Quand nous fûmes ensuite séparés par la distance, mon affection se refroidit bien vite; je m'aperçus que je m'étais berné moi-même et, deux années plus tard, je pouvais apprendre sans la moindre jalousie, que cette dame s'était mariée. Mon penchant pour la femme—si jamais il avait existé—se refroidissait de plus en plus. Il y a deux ans et demi, étant allé avec des amis très virils dans une maison publique à H., je fis mon dernier coït. J'eus encore une érection, mais plus d'éjaculation. La femme m'est devenue indifférente; la prostituée qui se comporte avec effronterie, provoque mon indignation. J'aime la société des femmes spirituelles, surtout de celles qui sont déjà d'un certain âge, bien que dans la société je sois maladroit, gauche, et souvent même sans tact. Je n'ai jamais trouvé aucun charme aux formes du corps féminin.

Mais revenons à mes tendances perverses. Quand, à l'âge de quatorze ans, je suis venu à H..., j'ai perdu de vue mon amant, mon séducteur. Il avait quelques années de plus que moi, et il entra dans la carrière administrative à l'âge de dix-neuf ans, je l'ai rencontré pendant un voyage en chemin de fer. Nous avons interrompu notre voyage, pris une chambre commune et essayé de la pédérastie mutuelle; mais, à cause des douleurs,

314

l'immissio ne nous a pas réussi. Nous nous sommes satisfaits alors par l'onanisme mutuel. À H..., j'ai eu des rapports sexuels avec deux condisciples, mais ces rapports se bornaient à de fréquentes masturbations mutuelles, mes deux camarades ne voulant pas se prêter à la pédérastie. Dans la dernière année de mon séjour à H..., j'avais alors dix-neuf ans, j'eus encore des rapports avec un troisième ami en pratiquant de l'onanisme; mais nos relations étaient déjà plus intimes; nous nous déshabillions et faisions de la masturbation mutuelle au lit. Du mois d'octobre 1869 jusqu'au mois de juillet 1870, je n'eus pas d'amant. Je faisais de la masturbation solitaire. Quand la guerre éclata, je voulus me faire enrôler comme volontaire, mais on ne m'a pas pris. En même temps que moi se présenta au bureau d'enrôlement un ancien camarade d'école qui depuis était devenu un jeune homme d'une rare beauté. J'ai dû partager avec lui dans un hôtel trop rempli le même lit pendant une nuit. Bien qu'à l'époque de notre séjour à l'école nous n'eussions jamais eu de rapports sexuels l'un avec l'autre, il se montra favorable à mes assiduités et fit une tentative de pédérastie. Elle ne réussit pas non plus, à cause des douleurs; cependant pendant ces essais il y eut ejaculatio ante anum meum. Aujourd'hui encore je me rappelle de la sensation de volupté que j'ai éprouvée et qui dépassa toute mon attente. Après la guerre j'ai encore souvent rencontré cet ami, mais nos rapports se bornèrent alors aux procédés d'onanisme mutuel. Pendant les dix-huit années suivantes, je n'ai eu que deux fois l'occasion de pratiquer l'amour homosexuel. L'hiver de l'année 1879 je rencontrai dans un compartiment de chemin de fer un beau hussard. Je le décidai à coucher avec moi dans un hôtel. Plus tard il m'avoua avoir déjà pratiqué l'onanisme mutuel avec le fils du châtelain de sa commune. Je ne pus le décider à la pédérastie. Par contre je provoquai chez lui de l'éjaculation par la receptio penis ejus in os meum. Ce procédé ne m'a procuré aucune satisfaction, mais du dégoût. Je n'y suis jamais revenu depuis et je n'ai pas accepté non plus la receptio penis mei in os alterius. En 1887 j'ai fait, c'était encore en chemin de fer, la connaissance d'un matelot que je décidai à rester avec moi à l'hôtel. Il prétendit, il est vrai, n'avoir encore jamais fait de la pédérastie, mais il s'y montra tout de suite disposé; il était dans une excitation sensuelle manifeste, eut immédiatement de l'érection et accomplit l'acte avec une ardeur non dissimulée. C'était la première fois que la pædicatio réussissait. J'eus, il est vrai, des douleurs atroces mais aussi une jouissance infinie.

Pendant mon séjour dans cette ville ma vita sexualis a subi un changement radical. J'ai constaté avec quelle facilité on peut, soit pour de l'argent, soit par goût, trouver des gens qui se prêtent à nos penchants. De tristes expériences avec des escrocs ne me furent pas épargnées non plus. Jusqu'à la fin de l'année passée j'ai goûté abondamment au plaisir de l'amour homosexuel et surtout de la pédérastie passive; depuis je n'ai pratiqué que l'onanisme mutuel de peur de contracter une maladie vénérienne. Je n'ai jamais été pédéraste actif, d'abord pour la simple raison que je n'ai trouvé personne qui pût supporter la douleur qui en résulte.

Je cherche de préférence mes amants parmi les cavaliers, les marins, éventuellement parmi les ouvriers, surtout les bouchers et les forgerons. Les hommes robustes, à la figure colorée, m'attirent particulièrement. Les culottes de peau ordinaire des cavaliers ont pour moi un charme particulier. Je n'ai pas de prédilection ni pour les baisers ni pour d'autres accessoires. J'aime aussi les grandes mains dures et rendues calleuses par le travail.

Je ne veux pas laisser passer inaperçu que, dans certaines circonstances, j'ai un grand empire sur moi-même.

Étant intendant d'un grand domaine, j'habitais une grande maison. Mon valet était un jeune homme d'une rare beauté, qui avait fait son service militaire dans les hussards. Après avoir causé une fois vaguement de cette affaire avec lui et appris à cette occasion qu'il était inaccessible, j'ai habité pendant des années avec ce jeune homme, je me suis réjoui de sa beauté, mais je ne l'ai jamais touché. Je crois qu'il ignore encore aujourd'hui ma passion. De même j'ai fait il y a deux ans et demi à C... la connaissance d'un matelot qu'aujourd'hui encore, mes amis et moi, nous déclarons être le plus bel homme que nous ayons jamais vu. Après une absence de plus de deux années, ce marin se rendit, il y a quelques semaines, à mon invitation et me fit une visite. Je sus m'arranger de façon à ce que nous couchions dans la même chambre; je brûlais du désir de m'approcher de lui. Mais avant je le sondai par une conversation confidentielle et quand j'appris qu'il méprisait tout ce qui avait rapport à l'amour homosexuel, je ne pus me décider à essayer de nouveaux rapprochements. Pendant des semaines nous avons partagé la même chambre, je me suis toujours réjoui à la vue de son corps superbe (dans les premiers jours j'en étais même excité sexuellement); j'ai pris avec lui un bain romain afin de pouvoir regardé son corps nu, mais il n'a jamais rien su de ma passion. Aujourd'hui encore j'ai une liaison idéale et platonique avec ce jeune homme qui a une instruction bien supérieure à sa position sociale et un joli talent de poète.

Jusqu'à l'âge de trente-huit ans, je n'ai pas eu une idée nette de ma situation. Je croyais toujours que je m'étais désaccoutumé de la femme par suite de l'onanisme trop précoce et pratiqué depuis, continuellement et avec intensité; j'espérais toujours que, quand je rencontrerais «la vraie femme», j'abandonnerais l'onanisme et que je pourrais trouver du plaisir avec elle. Je n'ai connu mon état qu'après avoir fait la connaissance de compagnons de souffrance et de gens de ma tendance. Je fus d'abord épouvanté; plus tard, je me suis résigné en me disant que mon sort ne dépend pas de moi. Aussi n'ai-je plus fait d'efforts pour résister à la tentation.

Il y a deux ou trois semaines, votre livre Psychopathia sexualis m'est tombé entre les mains. Cet ouvrage m'a fait une impression des plus profondes. Je l'ai d'abord lu avec un intérêt indubitablement lascif. La description de la formation des mujerados, par exemple, m'a beaucoup excité. L'idée qu'un jeune homme vigoureux soit émasculé de cette façon pour servir plus tard à la pédérastie de toute une tribu de peaux-rouges sauvages, vigoureux et sensuels, m'a tellement excité que, les deux jours suivants, je me suis masturbé cinq fois, toujours en rêvant que j'étais un de ces mujerados. Mais plus j'avançais dans la lecture du livre, plus j'en comprenais la portée sérieuse, morale, et plus j'ai pris en horreur mon état actuel. J'ai compris de mieux en mieux ce qu'il me faudrait faire pour amener, s'il en existe la moindre possibilité, un changement dans ma situation présente. Quand j'eus fini l'ouvrage, ma résolution était prise d'aller chercher remède chez l'auteur.

La lecture de l'ouvrage cité a eu sans doute un résultat. Depuis, je n'ai pratiqué que deux fois la masturbation solitaire, et deux fois avec des cavaliers. Dans ces quatre cas, j'ai eu bien moins de satisfaction qu'auparavant et j'ai toujours ce sentiment: «Ah! puisses-tu donc renoncer à tout cela!»

Néanmoins, je vous avoue que maintenant encore j'ai immédiatement des érections, quand je me trouve avec de beaux militaires.

316

Pour terminer, j'ajouterai encore que malgré, ou peut-être à cause de la fréquence de l'onanisme, je n'ai jamais eu de pollutions. L'éjaculation qui d'ailleurs ne consiste et n'a consisté habituellement qu'en quelques petites gouttelettes, ne se produit qu'après une friction d'une durée relativement longue.

Quand pour une raison ou pour une autre, je m'abstenais pendant longtemps de l'onanisme, l'éjaculation se produisait plus promptement et plus abondamment.

Il y a douze ans, Hansen a essayé, mais en vain, de m'hypnotiser.»

Au printemps de 1891 l'auteur de l'autobiographie précédente est venu me trouver, en me déclarant qu'il ne pouvait plus continuer cette existence et qu'il considérait le traitement hypnotique comme son dernier moyen de salut, ne se sentant pas lui-même la force nécessaire pour résister à son penchant funeste à l'onanisme et à la satisfaction sexuelle avec des personnes de son propre sexe. Il se sent comme un paria, un être contre nature, mis hors les lois de la nature et de la société, et se trouvant de plus en danger de tomber entre les mains des juges.

Il éprouve une horreur morale en accomplissant l'acte sexuel avec un individu masculin, et pourtant il se sent comme électrisé à la vue d'un beau troupier.

Depuis des années, il n'a plus la moindre sympathie, pas même morale, pour la femme.

La malade m'a paru, au point de vue physique et psychique, exactement tel qu'il s'est présenté dans son autobiographie.

J'ai pu constater que le crâne est un peu hydrocéphale et en même temps plagiocéphale.

Les essais d'hypnotisation se sont heurtés au commencement à des difficultés.

Ce n'est que par le moyen du Braid et en me servant d'un peu de chloroforme que j'ai pu obtenir, dans la troisième séance, un profond engourdissement.

À partir de ce moment, il suffisait de le faire regarder un objet brillant.

Les suggestions consistaient dans l'interdiction de la masturbation, dans la désuggestion des sentiments homosexuels, dans l'assurance que le malade prendrait goût à la femme et qu'il n'aurait plaisir et puissance que dans les rapports hétérosexuels.

Une seule fois il revint encore à la masturbation. Après la troisième séance, le malade rêva de femmes.

Quand, après la quatorzième séance, le malade, appelé à sa maison, par d'importantes affaires, dut partir, il se déclara complètement débarrassé des tendances à la

317

masturbation et à l'amour homosexuel: cependant, ajoutait-il, le penchant pour l'homme n'était pas encore tout à fait éteint.

Il éprouva de nouveau de l'intérêt pour le sexe féminin, et il espère en continuant le traitement se délivrer définitivement de son funeste état.

Observation 138. (Hermaphrodisme psychique.)—M. V. P., vingt-cinq ans, célibataire, issu d'une famille nerveuse, a souffert de convulsions dans son enfance. Il s'en est rétabli, mais il est resté malingre, émotif et irascible. Il n'a pas eu de maladies graves. Avant l'âge de dix ans, la vie sexuelle s'est éveillée. Ses premiers souvenirs à ce sujet se rapportent à des sensations voluptueuses qu'il a éprouvées auprès des valets de la maison. Quand il fut plus âgé, il avait des rêves érotiques où il s'agissait de rapports avec des hommes. Au cirque il s'intéressait exclusivement aux artistes masculins.

Les jeunes gens vigoureux lui étaient les plus sympathiques de tous. Souvent il ne pouvait résister à l'envie de les enlacer et de les embrasser. Ces temps derniers, le simple frôlement d'un homme le remplissait de délices et lui donnait de l'éjaculation. Il a jusqu'ici heureusement résisté à l'impulsion de nouer une liaison amoureuse avec un homme. Le malade est un hermaphrodite psychique, dans ce sens qu'il n'est pas insensible aux charmes féminins; mais il trouve l'homme plus beau que la femme. Jusqu'ici, à vrai dire, les nudités féminines ne lui ont jamais plu, et ce n'est qu'une fois qu'il aurait, d'après ses souvenirs, rêvé du coït avec une femme.

Ayant de grands besoins sexuels et ne voulant pas se commettre avec des hommes, il a toutefois commencé à l'âge de vingt ans à avoir des rapports sexuels avec des femmes. Jusque-là il s'est rarement livré à la masturbation manuelle, mais il a fait souvent de l'onanisme psychique; ce faisant, des images de beaux hommes planaient dans son imagination.

Il a fait le coït avec succès, mais sans plaisir et sans une véritable sensation de volupté. Par des circonstances particulières, il fut astreint à l'abstinence de sa vingt-deuxième à sa vingt-quatrième année. Il supporta péniblement cette abstinence, mais il se soulageait par-ci par-là par l'onanisme psychique.

Quand, il y un an, il trouva de nouveau l'occasion de faire le coït, il s'aperçut que son libido pour la femme s'était affaibli, que l'érection était insuffisante et que l'éjaculation se produisait trop tôt. Finalement il renonça au coït. Alors il se manifesta chez lui du libido pour l'homme.

Étant donnée la faiblesse irritable de son centre d'éjaculation, le seul contact des hommes sympathiques suffisait pour provoquer chez lui un écoulement de sperme.

Le malade est fils unique. Des raisons de famille exigent qu'il conclue un mariage. Il a, à juste titre, des scrupules; il se croit impuissant «imaginatif», et demande conseil et remède.

Il sait bien qu'il faudrait lui enlever ses penchants pour l'homme; c'est le seul moyen de le secourir.

Il est d'un extérieur tout à fait viril. Le crâne est légèrement hydrocéphale. Barbe richement développée, parties génitales normales. Le réflexe crémastérien ne peut pas être provoqué. Aucun symptôme de neurasthénie. Œil névropathique. Pollutions rares. Érections seulement en présence des hommes sympathiques.

Le 16 juillet 1889, on a commencé à faire de l'hypnose selon la méthode de Bernheim, afin d'agir sur lui par suggestion. Ce n'est qu'à la troisième séance, le 18, qu'on a obtenu un profond engourdissement.

Suggestions: Vous n'avez plus d'affection pour l'homme. Seule la femme est belle et désirable. Vous aimerez une femme, vous l'épouserez, vous serez heureux, et vous la rendrez heureuse. Vous êtes tout à fait puissant. Vous le sentez déjà.

Le malade accepte toutes les suggestions dans l'hypnose qui est répétée chaque jour, mais qui ne dépasse jamais l'engourdissement. Le 22 juillet il annonce qu'il a fait le coït avec plaisir. Le garçon de l'hôtel où il demeure l'intéresse de moins en moins. Toutefois, il trouve toujours l'homme plus beau que la femme. Le 1er août on a dû interrompre le traitement. Résultat: puissance complète, indifférence totale pour le sexe masculin, et aussi pour le moment pour le sexe féminin.

Le même traitement a eu un succès décisif dans le cas suivant d'hermaphrodisme psychosoxuel que j'ai rapporté dans le T. 1, fascicule 2 de l'Internat. Centralblatt für die Physiol. u. Pathol. der Harn und Sexualorgane.

Observation 139.—Monsieur V. X., vingt-cinq ans, grand propriétaire, né d'un père névropathe et emporté. Le père dit-on, est sexuellement normal. La mère souffrait des nerfs, de même que ses deux sœurs. La mère de la mère était nerveuse, le père de la mère était un viveur et faisait des excès in Venere. Le malade est enfant unique et tient de la mère. Il fut dès sa naissance malingre, souffrit beaucoup de migraines; il était nerveux, il a supporté diverses maladies d'enfance et s'est livré, sans y être entraîné, à l'onanisme à partir de l'âge de quinze ans.

Il prétend n'avoir éprouvé d'inclination ni pour le sexe féminin, ni pour le masculin, jusqu'à l'âge de dix-sept ans; alors s'est éveillé en lui le penchant pour l'homme. Il est devenu amoureux d'un camarade. Celui-ci a répondu à son amour. Ils se sont enlacés, se sont embrassés et se sont masturbés mutuellement. À l'occasion le malade pratiquait le coït inter femora viri. Il abhorrait la pédérastie.

Ses rêves érotiques n'avaient pour objet que des hommes. Au théâtre et au cirque, il ne s'intéressait qu'aux sujets masculins. Son penchant le portait vers les gens d'environ vingt ans. Une belle taille plantureuse lui inspirait de la sympathie.

Quand ces conditions étaient remplies, peu lui importait à quelle classe de la société l'homme de sa prédilection appartenait. Dans ses rencontres sexuelles, il se sentait toujours dans le rôle masculin.

À partir de l'âge de dix-huit ans, le malade fut l'objet de vives préoccupations de la part de sa famille, car il avait noué une liaison amoureuse avec un garçon de café, s'était rendu ridicule par cette affaire et s'était laissé exploiter. On le fit rentrer à la maison. Il se commettait avec des valets et des cochers. Il y eut scandale. On l'envoya en voyage. À Londres il s'attira une affaire de chantage. Il réussit à regagner sa patrie.

Ces diverses expériences ne lui furent d'aucun enseignement et il manifesta de nouveau un penchant fatal pour les hommes. On m'a envoyé le malade pour que je le guérisse de son funeste penchant (décembre 1888). C'est un jeune homme bien portant, de grande taille, imposant, robuste; il est de conformation tout à fait virile, a les parties génitales fortes et bien développées. La démarche, la voix et le maintien sont tout à fait virils. Il n'a pas de passions viriles bien prononcées. Il fume peu et seulement des cigarettes, boit très peu, aime les sucreries, la musique, les beaux-arts, l'élégance, les fleurs, et se meut de préférence dans les cercles de femmes; il porte moustache, mais le reste de la figure est rasé. Sa mise n'a rien du gommeux. C'est un homme pâle, amolli, un flâneur et un propre à rien du grand monde, qu'il est difficile de sortir du lit avant l'heure de midi. Il prétend n'avoir jamais senti le caractère morbide de son penchant pour son propre sexe. Il croit que cette disposition est congénitale; il voudrait, assagi par de fâcheuses expériences, se délivrer de sa funeste perversion; mais il n'a guère confiance en sa force morale. Il a déjà essayé, mais alors il tombe toujours dans le vice de la masturbation qu'il trouve nuisible, car elle lui cause des malaises neurasthéniques (pas trop graves d'ailleurs). Il n'y a pas chez lui de défectuosités morales. L'intelligence est un peu au-dessous de la moyenne. Il a une éducation soignée et des manières aristocratiques. L'œil un peu névropathique dénote la constitution nerveuse de l'individu. Le malade n'est pas un uraniste complet et condamné. Il a des sentiments hétérosexuels, mais ses émotions sensuelles pour le beau sexe ne se manifestent que rarement et à un degré très faible. À l'âge de dix-neuf ans, il fut pour la première fois amené par des amis dans un lupanar. Il n'éprouva pas d'horror feminæ, il eut une érection suffisante et fit le coït avec quelque plaisir, mais sans cette volupté intense qu'il éprouve entre les bras d'un homme.

Depuis, dit le malade, il a encore coïté six fois, deux fois sua sponte. Il affirme qu'il en a toujours l'occasion, mais qu'il ne le fait que faute de mieux, quand l'impulsion sexuelle le tourmente trop; enfin que le coït ainsi que la masturbation lui servent de faible compensation pour remplacer l'amour homosexuel. Il a même déjà pensé à la possibilité de trouver une femme sympathique et de l'épouser. Il est vrai qu'il considérerait les rapports conjugaux et l'abstinence définitive des hommes comme des devoirs très durs.

Comme il y avait là des rudiments de sentiment hétérosexuel et que le cas ne pouvait être considéré comme désespéré, un essai thérapeutique me sembla opportun. Les indications étaient très claires, mais on ne pouvait compter sur la volonté de ce malade amolli, qui n'avait nullement la conscience nette de sa situation. Il était donc tout indiqué de chercher dans l'hypnose un appui pour l'influence morale du médecin. La réalisation de cet espoir paraissait douteuse, par suite du récit du malade que le fameux Hansen avait, à plusieurs reprises, mais en vain, essayé de l'hypnotiser.

Toutefois, il fallait répéter les essais, à cause des intérêts sociaux importants du malade. À mon grand étonnement, la méthode de Bernheim amena immédiatement un profond engourdissement avec possibilité de suggestion posthypnotique.

À la deuxième séance, le somnambulisme a été obtenu par un simple regard jeté sur le malade qui est suggestible dans tous les sens. On peut, en lui passant la main sur la peau, provoquer des contractures. Le réveil a lieu en comptant jusqu'à trois.

La malade a de l'amnésie, en dehors de l'hypnose, pour tout ce qui s'est passé pendant son état hypnotique. On l'hypnotise tous les deux ou trois jours pour lui faire des suggestions. On fait, en outre, un traitement moral et hydrothérapique.

Les suggestions faites pendant l'hypnose sont les suivantes:

1° Je déteste l'onanisme, car il rend malade et misérable;

2° Je n'ai plus d'affection pour l'homme, car l'amour pour un être masculin est contraire à la religion, à la nature et à la loi;

3° J'éprouve du penchant pour la femme, car la femme est un être aimable et désirable; elle est créée pour l'homme.

Dans les séances, la malade répète ces suggestions sur mon ordre.

Après la quatrième séance on est surpris de constater déjà que, dans les cercles où il est présenté, le malade commence à faire la cour aux dames. Peu de temps après, quand une célèbre cantatrice passe sur la scène, il est tout feu et flamme pour elle. Quelques jours plus tard, le malade s'informe de l'adresse d'un lupanar.

Toutefois, il cherche encore de préférence la compagnie des jeunes messieurs, mais, malgré une surveillance très étroite, on n'a pu constater rien de suspect à ce sujet.

17 février. Le malade demande la permission de faire le coït et il est très satisfait de son début avec une dame du demi-monde.

16 mars. Jusqu'ici hypnose environ deux fois par semaine. Par un seul regard, le malade est plongé dans un profond somnambulisme; sur mon ordre, il répète les suggestions; il est accessible à toute suggestion posthypnotique et, à l'état de veille, il ne se rappelle plus de l'influence qu'on a exercée sur lui pendant son état d'hypnose. À l'état hypnotique, il affirme être parfois tout à fait débarrassé de l'onanisme et des sentiments sexuels pour les hommes. Comme dans l'hypnose il donne toujours les mêmes réponses stéréotypées (par exemple, d'avoir à telle ou telle date fait la masturbation pour la dernière fois) et qu'il subit trop la volonté du médecin pour pouvoir mentir, ses affirmations méritent foi, d'autant plus qu'il a les apparences d'une santé florissante, qu'il est exempt de tout malaise neurasthénique, qu'il ne donne aucune inquiétude dans ses rapports avec les messieurs, et qu'il montre un caractère franc, libre et viril.

Comme il fait parfois le coït avec plaisir et en cédant à son libre penchant, et que les pollutions qu'il a quelquefois, ne sont provoquées que par des rêves érotiques concernant des personnes féminines, on ne peut plus douter de la transformation favorable de sa vita sexualis et l'on peut supposer que les suggestions hypnotiques sont maintenant devenues des auto-suggestions directrices de la totalité de ses sentiments, de ses idées et de ses efforts. Le malade restera probablement toujours une natura frigida, mais il parle souvent de mariage, et de sa résolution, aussitôt qu'il aura trouvé une dame qui lui soit sympathique, de solliciter sa main. On cessa le traitement. (Observation personnelle. International Centralblatt für die Physiol. u. Pathologie der Harn und Sexualorgane. T. I.)

Au mois de juillet 1889, j'ai reçu une lettre du père qui m'annonce que son fils se porte bien et a une bonne conduite.

Le 24 mai 1890 j'ai rencontré par hasard mon ancien client dans un voyage. Son air de santé florissante me laissa supposer un état des plus favorables. Il me confessa qu'il trouvait encore certains hommes sympathiques, mais qu'il n'éprouvait plus aucune velléité amoureuse pour le sexe masculin. À l'occasion, il fait le coït avec des femmes, en éprouve un plaisir parfait, et il songe sérieusement à se marier.

Pour faire un essai, j'ai hypnotisé le malade selon la méthode que je lui avais appliquée autrefois et je lui demandai de répéter les ordres que je lui avais donnés.

Plongé dans un profond somnambulisme et avec la même intonation qu'autrefois, le malade me récita les suggestions qu'il avait reçues en décembre 1888. C'est, en tout cas, un exemple de la durée et de la puissance de la suggestion posthypnotique.

Le traitement par suggestion hypnotique eut un succès complet dans les cas suivants.

Observation 140. (Hermaphrodisme psychique. Amélioration par le traitement hypnotique).—M. de K..., 23 ans, d'une grande famille, très bien doué intellectuellement, scrofuleux pendant son enfance, descend d'un père qui, dit-on, a été un viveur. Le frère du père avait la réputation d'être un inverti sexuel.

Le malade affirme que, déjà à l'âge de sept ans, il avait une inclination singulière pour les personnes du sexe masculin. C'étaient surtout les cochers et les laquais à moustaches qui l'enthousiasmaient à cette époque. Il éprouvait un sentiment de bonheur étrange quand il pouvait se frotter contre ces individus.

De bonne heure, le malade fut placé au corps des cadets, où il fut entraîné à l'onanisme mutuel et où il apprit la pratique de l'imitatio coïtus inter femora viri. À l'âge de dix-sept ans, il fit pour la première fois le coït avec une prostituée.

Il accomplit l'acte très bien, mais il n'eut pas le moindre plaisir, et il reconnut ou que ce genre de satisfaction n'était rien ou bien qu'il devait être autrement conformé que les autres jeunes gens.

Toutefois, il coïtait encore souvent, contracta une gonorrhée, après la guérison de laquelle il éprouva une aversion de plus en plus vive pour le sexe féminin; il pratiqua dorénavant le coït de plus en plus rarement et seulement dans les cas où, malgré son libido très vif, il ne pouvait avoir des rapports avec des individus masculins. Son penchant pour les hommes devenait de plus en plus fort; c'étaient notamment les hommes adultes

322

bien bâtis et autant que possible peu barbus qui avaient de l'attrait pour lui. Il aboutit aux excès les plus dégoûtants dans le sens du coïtus buccalis, et de la pédérastie active et passive.

Le malade lui-même avait grande honte d'une pareille dégradation; il essayait toujours de revenir dans la bonne voie en faisant le coït avec la femme, mais il dut se rendre à cette évidence désespérante que sa force normale était insuffisante, que le rapport avec la femme le laissait froid ou même lui répugnait, et que, à vrai dire, il était créé pour les rapports sexuels avec des personnes de son propre sexe. En effet, ses songes n'avaient jamais les femmes pour objet, mais toujours les hommes, et tel était déjà le cas à un âge où il n'avait pas encore la moindre idée de la différence des sexes.

Le malade vient à la consultation, car il a compris que le bonheur de toute sa vie est en jeu. Il a clairement reconnu le caractère immoral et antinaturel de son existence sexuelle. Il croit que sa situation n'est pas désespérée, puisqu'il n'abhorre pas la femme: il y a trois semaines encore, il a coïté avec une femme, il a réussi, bien qu'il n'ait éprouvé ni plaisir, ni satisfaction morale. Il ne met pas en doute qu'il soit en réalité créé pour l'amour du sexe masculin; mais à la suite d'une neurasthénie qui vient de se déclarer, il n'a plus, même dans l'acte sexuel avec l'homme, le plaisir qu'il éprouvait autrefois dans des circonstances analogues. Il a abandonné sa position d'officier de l'armée, parce que ses troupiers l'excitaient trop sexuellement, et qu'il craignait de se compromettre un jour.

Le malade n'a pas de stigmates de dégénérescence. Il a un extérieur tout à fait viril; les parties génitales sont normales. L'examen d'un spécimen du sperme a permis de constater des spermatozoïdes en abondance. Le pénis est grand, bien développé; le système pileux sur les parties génitales et sur le corps en général est très bien fourni. Le malade a des goûts virils, mais il n'a jamais trouvé plaisir ni à fumer ni à boire. Son œil névropathique est la seule chose qu'on pourrait interpréter dans le sens d'une prédisposition nerveuse.

Il prétend que dans ses actes sexuels avec les hommes, il s'est la plupart du temps senti dans le rôle de l'homme, mais parfois aussi dans celui de la femme.

Une tentative d'hypnose a amené un engourdissement avec une attitude cataleptiforme des muscles; on l'utilise pour lui faire des suggestions appropriées à sa maladie.

Après la quatrième séance, il déclare avec satisfaction et étonnement à la fois, que les hommes le laissent froid. Il voudrait essayer sa bonne chance avec des femmes, mais il craint d'être impuissant.

Après la sixième séance, il essaie le coït cum muliere, sans y avoir été engagé. Son libido fut très grand, mais inter actum le libido ainsi que l'érection l'abandonnèrent.

Après la neuvième séance, le malade interrompt le traitement, ses affaires l'ayant obligé de rentrer à la maison. Il est content en tant qu'il se sent indifférent vis-à-vis de l'homme, et capable de résister à toute tentation. Il a la conviction certaine qu'il ne retombera plus dans ses anciennes «vilenies». Mais à l'heure qu'il est, il ne sent pas non plus le moindre intérêt pour le sexe féminin.

Observation 141.—M. X..., trente et un ans, chimiste, issu d'une famille névropathique, était, dès son enfance, nerveux, émotif, peureux et sujet aux migraines. Il se rappelle nettement qu'étant tout petit garçon, il contemplait avec plaisir les ouvriers à demi nus dans l'atelier qui se trouvait en face de la maison paternelle et qu'il se sentait attiré vers eux. Quand on l'envoya en classe, il éprouva un sentiment analogue pour ses camarades. Sans y être incité, il arriva à l'âge de onze ans à faire de l'onanisme; pendant l'acte, il pensait toujours à ses camarades d'école. Plus tard, il eut des amitiés extatiques. Sa vita sexualis est devenue toute-puissante. Devenu grand, il s'intéressa aussi aux femmes, mais le principal objet du ses désirs, c'étaient les hommes des classes élevées de la société. Il sentit l'anomalie de ce penchant, chercha des relations avec les puellis, fit plusieurs fois le coït, mais sans y éprouver un véritable agrément. Alors il s'égara de plus en plus dans la voie de l'inversion sexuelle: il pratiquait la masturbation mutuelle et le coït inter femora viri, se livrait à l'occasion aussi à la pédérastie passive, mais il y renonça bientôt car il n'en éprouvait que de la douleur.

Il affirme qu'il se sent tout à fait homme et qu'il n'a jamais eu de goûts féminins. Squelette, attitude tout à fait virils. Système pileux et barbe très abondants, parties génitales tout à fait normales. Point d'aversion pour le sexe féminin. À l'occasion, il fait le coït avec des puellis, mais sans en être satisfait. Le malade se sent très malheureux, reconnaît nettement sa fausse position, voudrait à tout prix être débarrassé de son penchant homosexuel et devenir capable de se marier. Ce serait terrible d'être toujours forcé de jouer la comédie. Dès le premier essai d'hypnotisation fait d'après la méthode de Bernheim, le malade est plongé dans un profond engourdissement. Il est très suggestible, reçoit les suggestions nécessaires, constate avec satisfaction, après la quatrième séance, que les individus masculins lui sont devenus tout à fait indifférents et qu'il commence à coïter avec plaisir, mais que dans son âme il ne se sent pas satisfait, étant donné qu'il est obligé d'avoir recours aux puellæ publicæ. Après la quatorzième séance, il déclare n'avoir plus besoin d'appui. Il est enthousiasmé d'une jeune dame et il a l'intention de l'épouser. Le malade a sollicité la main de cette dame, mais il a été éconduit. Bientôt après, il fit un voyage en Italie, et alors l'intérêt pour les hommes se réveilla de nouveau. Il eut une rechute et me demanda de reprendre le traitement. En peu de séances le statu quo ante fut rétabli.

Observation 142. (Hermaphrodisme psychique. Traitement par la suggestion hypnotique suivi de succès). M. Z..., vingt ans, prétend être issu de grands-parents bien portants, de père sain, mais d'une mère nerveuse. Il est enfant unique et il a été gâté par sa mère. À l'âge de huit ans, il a été très excité sexuellement par un valet qui lui montrait des gravures pornographiques et son pénis.

À l'âge de douze ans, Z... devint amoureux de son corépétiteur. En s'endormant il eut la vision de cet homme tout nu. Il se sentit vis-à-vis de celui-ci dans la situation d'une femme; il s'extasiait à l'idée de pouvoir l'épouser un jour.

À l'âge de treize ans, à l'occasion d'une soirée dansante donnée à la maison, une jeune gouvernante excita son imagination, et à l'âge de quinze ans il tomba amoureux d'une jeune dame. Il est resté sensuellement très excitable, mais les années suivantes ce furent exclusivement les hommes sympathiques qui lui firent cette impression. Il ne pratiquait point la masturbation.

À l'âge de vingt ans, le malade est devenu neurasthénique ex abstinentia. Il essaya alors le coït, mais ne réussit pas. En revanche, il était saisi d'un puissant libido quand, dans un hammam, il avait l'occasion de voir des viri nudi. L'un d'eux remarqua l'émotion du jeune homme, l'aborda, le masturba, ce qui lui causa un grand plaisir. Il se sentait puissamment attiré vers cet homme et se fit encore masturber par lui à plusieurs reprises. Entre temps il faisait des essais du coït avec les femmes, mais il remportait toujours un échec. Le malade en était profondément désolé; il consulta des médecins qui expliquèrent son impuissance par sa nervosité et qui étaient d'avis que cela s'arrangerait bientôt.

Jusqu'à l'âge de vingt-cinq ans, sa satisfaction sexuelle consistait à se faire masturber une fois par mois par l'homme aimé. C'est à cette époque qu'il se sentit pour la dernière fois attiré vers la femme. C'était une paysanne vierge. Elle se montra inaccessible à ses désirs. Comme son amant lui était devenu inaccessible aussi, le malade prit l'habitude de la masturbation solitaire. À la suite de ces pratiques, sa neurasthénie s'accentua de plus en plus. Il ne put pour cette raison terminer ses études; il évita les hommes, devint sombre, aboulique; il fit sans succès des cures dans divers établissements hydrothérapiques. Le malade vint me trouver vers la fin du mois de février 1890 pour me demander conseil au sujet de sa neurasthénie (cérébro-spinale) qui était grave et continue.

C'est un homme grand, svelte, de manières aristocratiques, d'allures nettement viriles, et d'apparence névropathique; lobes des oreilles grands et se confondant comme un cadre avec les joues. Les parties génitales sont tout à fait normales. Il présente les symptômes ordinaires d'une neurasthénie cérébro-spinale modérée. Il est très déprimé, se plaint que la vie lui paraît si peu agréable qu'il en est arrivé au tædium vitæ; il est péniblement affecté de son anomalie sexuelle, d'autant plus que sa famille insiste pour qu'il se marie.

Chez la femme il n'y a que l'âme qui l'intéresse et non le corps. Sexuellement il n'a d'affection que pour les hommes, et encore faut-il que ceux-ci soient du meilleur monde. Ses rêves n'ont jamais eu pour objet des individus de son propre sexe, mais toujours des personnes du sexe féminin. Dans ces rêves érotiques il s'est vu dans le rôle de la femme.

La puella la plus raffinée n'a jamais pu provoquer de l'érection ni du libido chez lui.

Ses rapports sexuels avec les hommes ont consisté dans la masturbation passive ou mutuelle. Il ne s'est livré que rarement à l'auto-masturbation et quand il ne pouvait faire autrement. Depuis cinq mois il s'en est abstenu, depuis le mois d'août 1889 il n'a pas eu non plus de rapports sexuels avec des hommes.

Un essai d'hypnose selon la méthode de Bernheim n'a pas réussi. En passant plusieurs fois la main sur le front, on provoque de l'engourdissement avec catalepsie. Cette méthode est employée pour appliquer le traitement suggestif chez ce malade digne de pitié. L'état hypnotique reste toujours le même; il est impossible de l'amener au somnambulisme.

À la troisième séance le malade reçoit les suggestions: l'onanisme et l'amour du sexe masculin sont détestables; il faut trouver les femmes belles et rêver d'elles.

Après la sixième séance (10 mars), il se produit une évolution visible dans l'existence psychique du malade. Il devient plus calme, il se sent plus dégagé, rêve par-ci par-là de femmes, et plus d'hommes, trouve que ces derniers lui sont devenus tout à fait indifférents et m'annonce avec satisfaction qu'il n'a plus de velléités de masturbation. Il s'approche du beau sexe, mais il s'aperçoit que les femmes n'exercent pas sur lui la moindre force d'attraction.

Le 19 mars des affaires rappellent le malade chez lui, de sorte que le traitement a dû être interrompu.

Le 17 mai 1890 il revient au traitement. Il affirme qu'entre temps il ne s'est pas masturbé et qu'il a su résister à son penchant pour les hommes. Aussi n'a-t-il plus rêvé d'hommes, et deux fois même dans ses songes il s'est occupé de femmes, mais tout à fait platoniquement. Son asthénie cérébrale (ex abstinentia) s'est augmentée. Il souffre évidemment du manque d'une satisfaction morale et sensuelle de sa vita sexualis, puisque l'amour homosexuel et la masturbation lui sont devenus impossibles, et que, en même temps, il est aussi privé des rapports avec les femmes. Le malade en est péniblement affecté jusqu'au tædium vitæ.

On le soumet alors à un traitement antineurasthénique (hydro-électrothérapie) et on reprend le traitement hypnotique. Ce n'est qu'après une cure laborieuse de dix semaines que les malaises neurasthéniques disparaissent. Parallèlement il se produit un changement dans l'individualité psychique.

Le malade s'aperçoit avec satisfaction qu'il devient plus vigoureux et que la vie sexuelle ne joue plus chez lui un rôle dominant. Il est vrai qu'il se sent attiré plutôt vers l'homme que vers la femme, mais il résiste facilement aux désirs homosexuels. Le boudoir qu'il avait jusqu'ici se transforme en bureau de travail; au lieu de s'occuper de luxe, de toilette et de lectures frivoles, il court dans les forêts et sur les montagnes. À cause des dangers d'un échec, on laisse le malade prendre une initiative sur le terrain hétérosexuel.

Ce n'est que dans la quatorzième semaine de sa cure qu'il se met à l'épreuve. Il réussit brillamment. Il devient un homme gai, sain de corps et d'esprit; il nourrit les meilleures espérances pour son avenir et caresse même l'idée de se marier.

Il éprouve un plaisir croissant aux rapports sexuels normaux et a, à l'occasion, des rêves érotiques concernant des femmes; il ne rêve plus d'hommes.

Vers la fin du mois de septembre, la cure du malade est terminée. Il se sent tout à fait normal sous le rapport hétérosexuel; il est délivré de sa neurasthénie et il a des idées de mariage. Toutefois il avoue franchement qu'il entre encore en érection quand il voit un homme bien fait tout nu; mais il résiste avec facilité aux envies qui pourraient le prendre à ce propos; dans la vie des songes il a exclusivement des «relations avec la femme».

Au mois d'avril 1891 j'ai revu le malade qui se portait au mieux. Il croit que sa vita sexualis est complètement assainie, en tant qu'il fait le coït régulièrement avec une parfaite puissance, qu'il ne rêve que de femmes et qu'il n'a jamais la moindre velléité de masturbation. Toutefois il me fait cet aveu intéressant que souvent post coïtum il a encore passagèrement un «léger goût pour l'homme», mais qu'il lui est facile de le dompter. Il se croit rétabli pour toujours et nourrit le projet de se marier.

Le traitement par suggestion peut réussir aussi dans l'inversion sexuelle manifestement congénitale, ainsi que le prouvent les sujets traités par l'auteur et celui de Ladame où du moins on a réussi à désuggérer les sentiments homosexuels et à obtenir une neutralisation sexuelle très salutaire, étant donnés les dangers de la honte sociale et des poursuites judiciaires. Wetterstrand a même réussi à remplacer la tendance homosexuelle par des sentiments hétérosexuels avec puissance génitale. Ce cas est cité par von Schrenk (op. cit., observation 49). Des succès analogues ont été encore obtenus par Bernheim (cité par Schrenk: observation 51), Muller (cité par Schrenk: observation 53), Schrenk (op. cit., cas 66, 67). Ce dernier même a réussi dans des cas d'efféminination (Schrenk, op. cit., cas 62 et 63).

Nous tenons à citer ici le premier de ces cas qui est pour ainsi dire un succès phénoménal et que l'auteur a pu personnellement suivre. D'ailleurs, ces succès décisifs et durables ne peuvent être obtenus que quand on peut pousser l'hypnose jusqu'au somnambulisme. Toutefois, il faut se mettre en garde contre les illusions.

Observation 143 (Cas d'inversion sexuelle congénitale amélioré par suggestion hypnotique).—R., fonctionnaire, vingt-huit ans, demanda, le 20 janvier 1880, des secours médicaux. Il est le frère du malade qui fait l'objet de l'observation 135 et par conséquent d'une famille très tarée. Vers la fin du traitement, il avoue être l'auteur de l'autobiographie qui a été insérée comme observation 83 dans la cinquième édition de ce livre et que nous allons tout d'abord reproduire ici:

«Mon anomalie consiste, pour le dire brièvement, en ce que, sous le rapport sexuel, je me sens tout à fait femme. Depuis ma première jeunesse, dans mes rêves et dans mes actes sexuels, j'ai eu devant les yeux uniquement des images d'êtres masculins et de parties génitales d'hommes. Jusqu'à ce que je sois devenu élève de l'Université, je n'y ai rien trouvé d'étrange. (Je n'ai jamais parlé à autrui de mes fantaisies et de mes rêves; je vivais, quand je fréquentais le lycée, très retiré, et j'étais très peu communicatif). Ce qui frappa mon attention, alors que j'étais étudiant de l'Université, c'est que les êtres féminins ne pouvaient m'inspirer le moindre intérêt. J'ai essayé plusieurs fois depuis, au lupanar et ailleurs, de faire le coït ou d'arriver au moins au coït, mais toujours en vain.

«Aussitôt que j'étais seul avec un être féminin dans une chambre, toute érection cessait immédiatement. J'ai pris d'abord ce phénomène pour de l'impuissance, et pourtant j'étais à cette époque si excité sexuellement qu'il me fallait me masturber plusieurs fois par jour pour pouvoir dormir.

«Mes sentiments pour le sexe masculin se sont développés bien autrement: ils sont devenus plus forts chaque année. Au commencement ils se manifestèrent par une amitié extrêmement romanesque pour certains personnages, sous la fenêtre desquels j'attendais la nuit des heures entières, que je cherchais par tous les moyens à rencontrer dans les rues, et dont je cherchais toujours à me rapprocher. J'écrivais à ces personnages les lettres les plus passionnées, mais je me gardais bien toutefois d'y déclarer trop clairement mes sentiments. Plus tard, dans la période qui suivit mes vingt ans, j'eus une conscience nette de la nature sensuelle de mes inclinations, surtout à la suite de la sensation voluptueuse que j'éprouvais aussitôt que je me trouvais en contact direct avec un de ces amis. C'étaient tous des hommes bien bâtis, aux cheveux foncés et aux yeux noirs. Je ne me suis jamais senti excité par des garçons et je ne comprends pas comment on peut avoir du goût pour la pédérastie proprement dite. À la même époque (entre ma vingt-deuxième et ma vingt-troisième année) le cercle des personnes que j'aimais, s'élargissait de plus en plus. À l'heure qu'il est, je ne peux pas voir dans la rue un bel homme sans concevoir le désir de le posséder. J'aime surtout les personnes de la basse classe dont les formes vigoureuses m'attirent: les soldats, les gendarmes, les cochers de tramway, etc.. en un mot, tout ce qui porte un uniforme. Si quelqu'un de ces gens répond à mon regard, je sens comme un frisson à travers tout mon corps. Je suis excité surtout le soir, et rien qu'en entendant le pas vigoureux d'un militaire, j'ai souvent des érections des plus violentes. C'est pour moi un plaisir particulier de suivre ces individus et de les contempler en marchant derrière eux. Aussitôt que j'apprends qu'ils sont mariés ou qu'ils se commettent avec des filles, mon émotion disparaît. Il y a quelques mois encore je pouvais maîtriser mes penchants et ils ne se faisaient pas remarquer directement. À cette époque, un soldat que je suivais, me sembla disposé à consentir à mes désirs; je l'abordai. Pour de l'argent, il fut prêt à tout. Statim summa libidine affectus sum eum amplecti et osculari neque periculo videndi deterritus sum, quominus hæc facerem. Genitalia mea apprehendit manibus et statim ejaculatio evenit. Cette rencontre me fit enfin comprendre le but de ma vie, but que je cherchais depuis si longtemps. Je savais que c'était là que mon naturel trouverait son bonheur et sa satisfaction; à partir de ce moment j'ai pris la résolution de faire tous mes efforts pour trouver un être que je puisse aimer et auquel je resterais attaché pour toujours. Je n'ai aucun remords de ma manière d'agir.

«Il est vrai que dans les moments de calme je sens très bien la grande différence qui existe entre ma façon de penser et les vues du monde; je connais naturellement aussi, étant jurisconsulte, les dangers d'une liaison telle que je la désire, mais tant que la totalité de ma nature n'aura pas changé, je ne saurais résister aux tentations qui me hantent. Malgré tout, je serais prêt à me soumettre à tout traitement pour sortir de mon état anormal.

«Je sens en femme, et je m'en rends compte, entre autres par le fait que toute représentation sensuelle ayant rapport à une femme me paraît pour ainsi dire forcée et même contre nature. Je suis certain aussi que mon estime pour une femme—je fréquente beaucoup la société des dames et je m'y trouve très bien—se convertirait en aversion dans le cas où j'apercevrais chez elle des inclinations sensuelles pour ma personne. Dans mes rêves et dans mes fantaisies érotiques concernant les hommes, je me figure toujours dans des positions telles que leur figure est tournée vers moi. Maxima mihi esset voluptas, si vir robustus nudus me tanta vi amplecteretur, ut reniti non possem. En général, je me vois dans ces positions dans un rôle tout à fait passif, et ce n'est qu'en faisant violence à mes sentiments que je pourrais m'imaginer dans une autre situation. Je suis d'une timidité vraiment féminine. Quelque grand que soit mon désir de m'approcher de tel ou tel individu, je fais des efforts aussi grands pour ne rien laisser percer de mon inclination.

Des moustaches, un système pileux très développé, et même la crasse, me paraissent particulièrement attrayants. Inutile de dire qu'au point de vue social mon état me paraît tout à fait désespérant, et si je n'avais pas l'espoir de trouver un être qui me comprenne, je ne saurais guère supporter la vie. Je sens que les rapports sexuels avec l'homme sont l'unique moyen de combattre avec efficacité mon penchant pour l'onanisme. Bien que cela m'affecte beaucoup, je ne puis pas m'en passer longtemps, car autrement, ainsi que je l'ai déjà éprouvé par expérience, je serais encore plus affaibli par des pollutions nocturnes et par des érections qui dureraient des heures entières dans la journée.

«Jusqu'ici je n'ai aimé vraiment que deux hommes. Tous les deux étaient des officiers, de beaux hommes, de grand talent, sveltes et bien bâtis, bruns, avec des yeux noirs. J'ai fait la connaissance de l'un à l'Université. J'étais amoureux fou de lui; je souffrais beaucoup de son indifférence, je passais la moitié des nuits sous ses fenêtres, rien que pour être dans sa proximité. Quand il fut transféré dans une autre garnison, je fus désespéré.

«Peu après je fis la connaissance d'un autre officier qui ressemblait au premier, et qui m'a captivé dès le premier moment. Je cherchai par tous les moyens possibles à me rencontrer avec lui; je passais toute la journée dans la rue et dans les endroits où je pouvais espérer le voir. Je sentais me monter le sang au visage quand je l'apercevais à l'improviste. Quand je le voyais causer amicalement avec d'autres, je ne me sentais plus de jalousie. Quand j'étais assis à côté de lui, j'avais l'impulsion invincible de le toucher; je pouvais à peine cacher ma grande émotion, quand j'avais l'occasion de lui effleurer les genua aut femora. Cependant jamais je n'ai eu le courage de déclarer mes sentiments devant lui, car j'ai cru deviner dans ses manières qu'il ne les aurait pas compris ou pas partagés.

«J'ai vingt-sept ans, je suis de taille moyenne, bien fait; je passe pour être joli, j'ai la poitrine un peu étroite, de petites mains, de petits pieds et une voix grêle. Au point de vue intellectuel, je crois être bien doué, car j'ai passé brillamment mon examen de brevet; je sais plusieurs langues et je suis bon peintre.

«Dans mon métier je passe pour être travailleur et consciencieux. Les gens de ma connaissance me trouvent froid et singulier. Je ne fume pas, ne pratique aucun sport; je ne puis ni chanter, ni siffler. Ma démarche est un peu affectée, de même que mon langage. J'ai beaucoup de prédilection pour l'élégance, j'aime les bijoux, les sucreries, les parfums, et je vais de préférence dans la société des dames.»

On apprend encore par les notes prises par le Dr V. Schrenk sur la maladie de cet inverti, que les entraves sociales et légales d'un côté, l'impulsion violente pour son propre sexe de l'autre côté, ont provoqué dans l'âme du malade des luttes terribles qui ont fait de sa vie un supplice. C'est pour cette raison qu'il s'est confié à un médecin.

Le 22 janvier 1889, le malade fut soumis au traitement hypnotico-suggestif suivant la méthode de l'École de Nancy. Peu à peu on réussit à le mettre en somnambulisme.

Les suggestions lui ont été faites dans ce sens: indifférence et faculté de résistance vis-à-vis du sexe masculin, intérêt croissant pour les rapports avec la femme, interdiction de la masturbation, substitution des images féminines aux images masculines dans les rêves érotiques. Après quelques séances, les formes féminines commencent à plaire au malade. À la septième séance, on lui suggère de faire le coït et d'y réussir. Cette suggestion est suivie d'effet. Pendant les trois mois suivants, le malade se trouvant sous l'influence éducatrice des suggestions périodiques, est resté en possession complète d'un fonctionnement sexuel normal. Le 22 avril 1889, il y a rechute, par suite de la séduction d'un uraniste. Repentir et horreur dans la séance suivante. Comme expiation, coït avec une femme en présence du séducteur.

Le malade se plaint que le coït avec des femmes très inférieures comme éducation, ne satisfait pas son besoin esthétique. Il espère trouver cette satisfaction dans un mariage heureux. Il cesse le traitement, se fiance quelques semaines plus tard avec une amie d'enfance, se présente six mois après comme un heureux fiancé, et croit, par suite du bonheur qu'il éprouve avec sa fiancée, être à l'abri de toute rechute.

L'auteur assure que le traitement hypnotique n'a jamais d'effet nuisible secondaire. Étant donnée la lourde tare héréditaire du malade, il ne tranche pas la question de savoir si la guérison sera durable, mais il exprime la conviction que, dans le cas de récidive, la suggestion hypnotique ne manquerait pas de produire son effet comme la première fois.

Comme le succès incroyable de ce cas m'avait intéressé au plus haut degré, et que je m'intéressais encore davantage au cours que prendraient les choses après la guérison, je me suis adressé à l'auteur en lui demandant des renseignements sur l'état de santé de son ancien malade.

Avec la plus grande amabilité, M. le Dr V. Schrenk a mis à ma disposition la lettre suivante qu'il avait reçue au mois de janvier 1890.

«Par le traitement suggestif de M. le baron V. Schrenk, j'eus pour la première fois la faculté physique d'avoir des rapports sexuels avec une femme, ce qui, jusqu'ici ne m'avait pas réussi malgré des essais réitérés.

«Comme mon besoin esthétique ne pouvait être satisfait par des relations avec des prostituées, j'ai cru trouver mon salut réel dans un mariage. Une affection amicale ancienne pour une dame que je connais depuis mon enfance m'a fourni la meilleure occasion de conclure un mariage, d'autant plus qu'à cette époque je croyais que c'était elle qui serait le plus capable d'éveiller en moi des sentiments pour le sexe féminin, sentiments qui, jusque-là m'étaient totalement inconnus. Son être répond tellement à mes inclinations que je suis profondément convaincu de trouver aussi une complète satisfaction physique. Cette conviction n'a pas changé pendant les mois qui se sont écoulés depuis nos fiançailles.

«J'ai l'intention de me marier dans quatre semaines.

«En ce qui concerne mon attitude vis-à-vis du sexe masculin, ma force de résistance—c'est le résultat le plus positif et le plus constant du traitement—subsiste toujours au même degré. Tandis que, autrefois, il m'était impossible, en voyant par exemple un beau cocher de tramway, de résister à une excitation sexuelle intense au point de me forcer à quitter la voiture: aujourd'hui je peux rester sans aucune excitation sexuelle, même quand je me trouve avec mon ancien amant. Il faut ajouter toutefois que la fréquentation de ce dernier a toujours pour moi un certain attrait qui cependant ne peut être comparé à mon ancienne passion.

«D'autre part j'ai refusé, et sans que cela m'ait coûté beaucoup d'efforts, des offres réitérées d'entrer en rapports sexuels avec des hommes auxquels autrefois je n'aurais pu résister.

«Je puis affirmer que c'est plutôt par sentiment de pitié que je ne romps pas les relations avec mon ancien amant qui a conservé pour moi son affection passionnée.

«Ces relations me paraissent plutôt comme un devoir moral que comme un besoin intérieur.

«Depuis que le traitement médical a été terminé, je n'ai plus eu de rapports avec des prostituées. Cette circonstance, ainsi que les nombreuses lettres de mon ancien amant et ses tentatives de renouer l'ancienne liaison, peuvent être considérées comme la cause de ce que, dans l'intervalle de huit mois, je me suis laissé entraîner trois ou quatre fois dans nos entretiens à un rapport sexuel. Dans ces occasions, j'ai toujours conservé la conscience d'être parfaitement maître de moi-même, ce qui était contraire à mon état passionnel d'autrefois, et m'a attiré les reproches les plus vifs de la part de mon ami. Je sens toujours une certaine barrière insurmontable qui n'est pas fondée sur des raisons morales mais qui doit être directement attribuée à votre traitement. Depuis ce temps, je n'éprouve plus pour lui d'amour dans le sens d'autrefois. D'ailleurs, depuis que le traitement a été terminé, je n'ai plus jamais cherché d'occasions d'entrer en rapports sexuels avec des hommes et je n'en éprouve pas non plus le besoin, tandis qu'autrefois il ne se passait pas un jour où je ne m'y sentisse poussé au point que par moments j'étais incapable de penser à autre chose.

«Les images sexuelles à l'état de rêve ou à l'état de veille sont devenues très rares.

«Je crois pouvoir exprimer la conviction que mon mariage, qui aura lieu d'ici quelques semaines, que le changement de domicile qui en sera la conséquence et que je désire moi-même, seront capables de détruire les derniers résidus de ma perversion, résidus qui d'ailleurs ne me gênent plus. Je termine ces lignes par l'affirmation la plus sincère que, dans mon for intérieur, je suis devenu un tout autre homme et que cette transformation m'a rendu l'équilibre moral qui m'a manqué jusqu'ici.»

Les lignes précédentes que M. le Dr V. Schrenk complète encore en rapportant une communication verbale du malade d'après laquelle celui-ci ne s'est plus livré à aucun acte de masturbation, constituent bien la preuve la plus éclatante de l'effet durable et efficace de la suggestion post-hypnotique.

Pour ma part, je tiens le sentiment hétérosexuel du malade pour une création artificielle d'un excellent médecin, et le malade lui-même semble le sentir, car il parle d'une barrière qui n'est pas fondée sur des raisons morales, mais qui doit être directement attribuée au traitement.

331

La lettre suivante, que mon collègue V. Schrenk a bien voulu mettre à ma disposition, nous montre quel sort a été réservé à ce malade intéressant.

«Monsieur le baron, rentré depuis quelques jours de mon voyage de noces, je me permets de vous envoyer un rapport sommaire sur mon état actuel. La semaine qui précéda le mariage, je me trouvai, à vrai dire, dans un état d'émotion excessive, car je craignais de ne pouvoir remplir certains devoirs. Les prières pressantes de mon ami, qui voulait à tout prix avoir encore un entretien avec moi, m'ont laissé absolument froid. Depuis que je vous ai rencontré la dernière fois, je n'ai pas revu cet ami. J'étais très inquiet à l'idée que mon mariage pourrait fatalement devenir malheureux. Mais maintenant je n'ai plus d'inquiétude à ce sujet. Il est vrai que, la première nuit, je n'ai réussi que très difficilement à me mettre en excitation sexuelle; mais la seconde nuit et les suivantes je crois avoir satisfait à toutes les exigences qu'on peut demander à un homme normal; je suis toujours capable d'y satisfaire. J'ai aussi la conviction que l'harmonie qui existe, au point de vue intellectuel, entre ma femme et moi depuis longtemps, se complète encore de plus en plus par un autre genre d'harmonie. Il me paraît impossible de revenir aux anciennes habitudes. Voici peut-être un fait significatif pour mon état actuel: la nuit passée j'ai, il est vrai, rêvé d'un ancien amant, mais ce rêve n'était pas sensuel et ne m'a pas excité.

«Quant à ma situation actuelle, j'en suis satisfait. Je sais bien que mon affection nouvelle est loin d'avoir atteint le même degré que mon affection ancienne. Mais je crois que ce penchant croîtra en force tous les jours. Déjà maintenant la vie que je menais autrefois me paraît incompréhensible et je ne puis pas comprendre pourquoi je n'ai pas pensé plus tôt à refouler ces sentiments anormaux par une satisfaction sexuelle normale. Une rechute ne me paraîtrait possible qu'à la suite d'une transformation complète de ma vie psychique actuelle, et cela, pour le dire en un mot, me semble impossible.

«Votre tout dévoué, L...»
J'apprends encore les détails suivants par une lettre que M. le Dr V. Schrenk m'a écrite le 7 décembre:

«Dans le cas présent, la guérison paraît être de plus longue durée que je ne l'aurais attendu, car, lorsqu'il y a quelques mois, j'ai parlé avec mon ancien malade, celui-ci a déclaré qu'il se sentait très heureux de la vie conjugale et, comme je l'ai compris, il s'attend à devenir père d'ici peu de temps.»

En effet, au printemps 1891, il est devenu père. Le docteur V. Schrenk a publié sur son ancien malade de nouveaux renseignements très intéressants au point de vue thérapeutique, qu'on peut relire dans la Wiener internationale klinische Rundschau 1892 ainsi que dans son livre Die Suggestionstherapie, 1892, p. 242.

IV

PATHOLOGIE SPÉCIALE

Les phénomènes de la vie sexuelle morbide dans les diverses formes et états de l'aliénation mentale.—Entraves psychiques.—Affaiblissement mental aigu.—Faiblesse mentale consécutive à des psychoses, à des attaques d'apoplexie, à une lésion de la tête ou à un lues cerebralis.—Démence paralytique.—Épilepsie.—Folie périodique.—Psychopathie sexuelle périodique.—Manie.—Symptômes d'excitation sexuelle chez les maniaques.—Satyriasis.—Nymphomanie.—Satyriasis et nymphomanie chroniques.—Mélancolie.—Hystérie.—Paranoia.

ENTRAVES PSYCHIQUES AU DÉVELOPPEMENT

En général, la vie sexuelle est très peu développée chez les idiots. Elle fait même totalement défaut chez les idiots d'un degré avancé. Les parties génitales sont, dans ce cas, petites, atrophiées, les menstrues ne se produisent que tard ou pas du tout. Il y a impuissance ou stérilité. Même chez les idiots qui ont des facultés mentales d'un niveau relativement plus élevé, la vie sexuelle ne tient pas le premier rang. Elle se manifeste, dans quelques cas très rares, avec une certaine périodicité et alors elle se fait jour avec une grande intensité. Elle ne peut apparaître que sous forme de rut et elle exige avec impétuosité une satisfaction. Les perversions de l'instinct génital ne semblent pas se rencontrer chez les individus dont le développement intellectuel reste à un degré aussi peu élevé.

Si l'impulsion à la satisfaction sexuelle se butte à une résistance, il se produit de puissants désirs accompagnés de violences dangereuses contre les personnes. Il est bien compréhensible que l'idiot ne soit pas difficile quand il s'agit de sa satisfaction sexuelle et qu'il s'attaque même aux personnes de sa plus proche parenté.

Ainsi Marc Ideler rapporte le cas d'un idiot qui voulut stuprer sa propre sœur et qui l'avait presque étranglée quand on l'empêcha de commettre l'acte.

Un cas analogue est raconté par Friedreich (Friedreichs Blätter, 1858, p. 50).

J'ai, à plusieurs reprises, donné mon avis médical sur des délits contre les mœurs commis sur des petites filles.

Girard aussi (Annales méd.-psych., 1885, n° 1) cite un cas à ce sujet. La conscience de la portée de l'acte manque toujours, mais souvent l'idiot a le sentiment instinctif que ces actes obscènes ne sont pas permis en public, c'est ce qui le décide à accomplir les actes sexuels dans un lieu solitaire.

Chez les imbéciles, la vie sexuelle est ordinairement aussi développée que chez les individus qui jouissent de la plénitude de leurs facultés mentales. Les sentiments d'arrêt moraux sont très peu développés. Voilà pourquoi la vie sexuelle de ces individus se fait jour d'une manière plus ou moins vive. C'est aussi pour cette raison que les imbéciles sont un élément troublant pour la vie sociale. L'accentuation morbide et la perversion de l'instinct sont très rares chez eux.

La satisfaction de l'instinct génital la plus usitée, c'est l'onanisme. L'imbécile ose rarement s'attaquer aux personnes adultes de l'autre sexe.

Souvent il stupre des animaux. L'immense majorité des sodomistes sont des imbéciles. Les enfants aussi sont assez souvent l'objet de leurs aggressions.

Emminghaus (Maschka's Handbuch, IV, p. 234) rappelle la grande fréquence chez eux des manifestations impudiques de l'instinct génital: masturbation dans un lieu public, exhibition des parties génitales, violences sur des enfants et même sur des personnes de leur propre sexe, sodomie.

Giraud (Annales méd.-psychol., 1885, n° 1) a rapporté toute une série d'attentats aux mœurs commis sur des enfants.

1° H..., dix-sept ans, imbécile, a entraîné avec des noix une petite fille dans un grenier, (Genitalia puellæ nudavit, sua genitalia ei ostendit et in abdomine infantis coitum conatus est. Il n'a pas du tout conscience de la signification de son acte au point de vue légal et moral.

2° L..., vingt et un ans, imbécile, dégénéré, est occupé à garder les troupeaux. Sa sœur âgée de onze ans vient avec une camarade âgée de huit ans et raconte qu'un inconnu a essayé de commettre sur elles des attentats obscènes. L... conduit aussitôt les enfants dans une maison inhabitée, essaie le coït sur l'enfant de huit ans, mais il abandonne bientôt sa tentative car l'immissio ne réussit pas et l'enfant crie. Rentré à la maison, il promet à l'enfant de l'épouser si elle ne le trahit pas. Amené devant le juge, il exprime l'intention de réparer son tort en épousant la petite.

3° G..., vingt et un ans, microcéphale, imbécile, pratique depuis l'âge de six ans la masturbation: il fut plus tard pédéraste, tantôt actif, tantôt passif; a essayé à plusieurs reprises de faire l'acte de pédérastie sur des garçons et a attaqué des petites filles. Il ne comprenait absolument pas la portée de ses actes. Ses envies sexuelles le prenaient périodiquement et sous forme de rut, comme chez les animaux[97].

Note 97:
Pour les nombreux cas de ce genre, voir Henkes Zeitschrift, XXIII, fascicule supplémentaire, p. 147.—Combes, Annales med.-psych., 1866—Liman, Zweifelhafte Geisteszustaende, p. 389).—Casper-Liman, Lehrb., 7e édit., cas 293.—Bartels, Friedreichs Blätter f. d. gerichtl. Med., 1890, fascicule 1.

Pour d'autres cas de pédérastie consulter Casper, Klin. Novellen, cas 5.—Combes, Annales méd.-psychol., juillet.

4° B..., vingt et un ans, imbécile, se trouvant seul au bois avec sa sœur âgée de dix-neuf ans, lui demande de consentir au coït. Elle refuse. Il menace de l'étrangler et la blesse d'un coup de couteau. La fille affolée lui tire violemment le pénis comme pour l'arracher, alors il renonce à sa tentative et revient tranquillement à son ouvrage. B... a un crâne microcéphale, mal conformé: il n'a aucune compréhension de son acte.

Emminghaus (op. cit. p. 234) cite un cas d'exhibitionnisme.

Observation 144.—Un homme de quarante ans, marié, avait pendant seize ans exhibitionné dans des squares et autres endroits publics devant des petites filles, des bonnes, etc. Il choisissait toujours l'heure du crépuscule et sifflait pour attirer l'attention sur lui. Des gens qui le guettaient l'avaient souvent surpris et lui avaient administré une verte correction. Il évitait alors ces endroits; mais il continuait ailleurs. Hydrocéphalie. Imbécillité à un degré léger. Le tribunal inflige une punition minime.

Observation 145.—X..., issu d'une famille chargée de tares héréditaires, imbécile, étrange et bizarre dans ses pensées, ses sentiments et ses actes, est arrivé, grâce au népotisme, à occuper les fonctions de juge suppléant. Accusatus est quod iterum iterumque ancilis genitalia sua ostendit et superiorem corporis partem de fenestra demonstravit. Hors cela aucune trace d'instinct génital. Prétend n'avoir jamais pratiqué la masturbation. (Sander: Archiv. f. Psych. T. I, p. 655)

Observation 146.—Actes de pédérastie sur un enfant. Le 8 avril 1884, à dix heures du matin, un certain V... entre en conversation dans la rue avec Mme X... qui tenait sur ses genoux un garçon de seize mois. V... lui prit l'enfant sous prétexte qu'il voulait le mener promener. Il s'éloigna à une distance d'un demi-kilomètre, revint et déclara que l'enfant lui était tombé des bras et s'était, dans sa chute, blessé à l'anus. Cette partie du corps était déchirée et il en coulait du sang. À l'endroit où l'accident a eu lieu, on a trouvé des traces de sperme. V... avoua son crime abominable, mais pendant l'audience il eut une attitude si étrange, qu'on ordonna un examen de son état mental. Il fit l'impression d'un imbécile aux gardiens de la prison.

V..., quarante-cinq ans, ouvrier maçon, moralement et psychiquement taré, est dolichomicrocéphale; il a une face étroite et resserrée, une figure et des oreilles asymétriques, un front bas et fuyant. Les parties génitales sont normales. V... fait preuve d'une sensibilité cutanée très minime en général; c'est un imbécile, il n'a pas de conception de rien. Il vit au jour le jour, sans s'inquiéter de rien, vit pour lui et ne fait rien de sa propre initiative. Il n'a ni désirs ni cœur; il n'a jamais fait le coït. Il est impossible d'obtenir de lui d'autres détails sur sa vita sexualis. L'idiotie intellectuelle et morale est prouvée par sa microcéphalie; le crime doit être attribué à un instinct sexuel indomptable et pervers. Il est interné dans un asile d'aliénés (Virgilio. Il Manicomio. Ve année n° 3).

Un cas analysé par L. Meyer (Arch. f. Psych. T. I, p. 103) nous montre des femmes imbéciles devenues indécentes, se livrant à la prostitution et à d'autres actes d'immoralité98.

Note 98:
V. Sander, Vierteljahrschrift f. ger. M., XVIII, p. 31.—Casper, Klin. Novellen, cas 27.

DÉBILITÉ MENTALE ACQUISE

Dans la pathologie générale, nous avons déjà parlé des anomalies variées de la vita sexualis dans les cas de dementia senilis. Dans les autres états de faiblesse mentale acquise, produits par l'apoplexie, le trauma capitis, ou existant comme phases secondaires des psychoses non encore établies ou bien sur la base d'inflammations chroniques de l'écorce cérébrale (lues, dom. paralytica), les perversions de l'instinct génital semblent être très rares et les actes sexuels choquants ne semblent avoir pour origine qu'une accentuation morbide ou une manifestation effrénée d'une vie sexuelle qui en soi-même n'est point anormale.

1.—DÉBILITÉ MENTALE (IDIOTIE) CONSÉCUTIVE AUX PSYCHOSES.

Casper (Klin. Novellen, cas 31) cite un cas d'impudicité commis sur un enfant et dont s'était rendu coupable un médecin, âgé de trente-trois ans, faible d'esprit consécutivement à une maladie hypocondriaque. Il s'excusa d'une manière toute puérile, ne saisissant point la portée légale et morale de cet acte qui évidemment n'était que la conséquence d'un instinct sexuel devenu indomptable par suite de la faiblesse mentale de l'individu.

Un cas analogue est cité dans l'observation 21 de l'ouvrage Zweifelhafte Geisteszustaende de Liman (Dementia par mélancolie; outrage à la pudeur; exhibitionnisme).

2.—IDIOTIE CONSÉCUTIVE À L'APOPLEXIE.

Observation 147.—B...., cinquante-deux ans, a eu une maladie du cerveau à la suite de laquelle il est devenu incapable de continuer son métier de négociant.

Un jour, pendant l'absence de sa femme, il attira deux petites filles dans sa chambre, leur fait boire des boissons alcooliques, leur fit des attouchements voluptueux, leur recommanda de ne rien dire et alla ensuite vaquer à ses affaires. L'expertise a constaté une idiotie consécutive à un double accès d'apoplexie. B... qui jusque-là avait eu une conduite irréprochable, prétend avoir commis l'acte sous l'obsession d'une impulsion qu'il ne s'explique pas lui-même et lui a fait perdre la raison. Après le délit, lorsqu'il fut revenu à lui-même, il en eut honte et il renvoya immédiatement les petites filles. Depuis ses attaques d'apoplexie, B... était affaibli mentalement, incapable d'exercer son métier, à moitié paralysé, pouvant à peine parler et penser. Il pleurait souvent comme un enfant, et fit bientôt après son arrestation une tentative puérile de suicide. En tout cas, son énergie morale et intellectuelle était trop affaiblie pour combattre ses mouvements sensuels. Pas de condamnation. (Giraud, Ann. méd.-psychol., 1881, mars).

3.—IDIOTIE CONSÉCUTIVE À DES LÉSIONS DE LA TÊTE.

Observation 148.—K..., à l'âge de quatorze ans, a été gravement blessé à la tête par un cheval. Le crâne était brisé en plusieurs endroits; il a fallu enlever plusieurs esquilles. Depuis cet accident, il paraît très borné d'esprit, violent et emporté. Peu à peu s'est développée chez lui une sensualité démesurée et vraiment bestiale qui l'amenait aux actes les plus impudiques. Un jour il viola une fille de douze ans et l'étrangla, pour qu'on ne découvrît pas son crime. Arrêté, il avoua. Le médecin légiste le déclara responsable. Exécution capitale.

L'autopsie a fait constater une soudure de presque toutes les sutures du crâne, une asymétrie remarquable des deux moitiés du crâne, des traces de fractures du crâne guéries.

La moitié du cerveau affectée était traversée par des masses cicatrisées en forme de rayons; elle était d'un tiers plus petite que l'autre moitié. (Friedreichs Blätter, 1855, fascicule 6.)

4.—IDIOTIE ACQUISE, PROBABLEMENT PAR LUES.

Observation 140.—X... officier. Sæpius cum parvis puellis stupra fecit, eas masturbare ipsum jussit, genitalia sua ostendit earumque genitalia tetigit.

X..., autrefois sain et d'une conduite irréprochable, fut atteint, en 1867, de syphilis. En 1879, il se produisit une paralysie du premier abducteur. On remarqua alors chez lui, comme conséquence de cet accident, de la faiblesse de la mémoire, un changement dans toutes ses manières et dans son caractère, des maux de tête, parfois de l'incohérence du langage, de la diminution dans la vivacité de l'esprit et de la logique, par moment de l'inégalité des pupilles, de la paralysie du côté droit de la bouche.

X..., trente-sept ans, ne présente, lors de l'examen, aucune trace de lues. La paralysie de l'abducteur subsiste toujours. L'œil gauche est ambliopique. Il est affaibli mentalement; en présence des preuves écrasantes recueillies contre lui, il prétend qu'il s'agit d'un malentendu innocent. Traces d'aphasie. Faiblesse de la mémoire surtout pour les faits très récents, caractère superficiel de la réaction morale; l'esprit se fatigue très vite au point qu'il perd la mémoire et la faculté de parler. Cela prouve que la défectuosité éthique et que l'instinct génital pervers sont des symptômes d'un état cérébral morbide qui a été probablement occasionné par des lues.

Les poursuites sont abandonnées (Observation personnelle. Jahrbuscher fur Psychiatrie).

5.—DEMENTIA PARALYTICA.

Dans cette maladie aussi, la vie sexuelle est affectée morbidement; elle est accentuée dans les premières phases de la maladie et dans les états d'excitation épisodiques; elle est quelquefois aussi perverse; vers les dernières phases de la maladie, le libido et la puissance baissent habituellement jusqu'à zéro.

Comme dans les phases prodromiques des formes séniles, on voit se produire de très bonne heure, à côté de lacunes morales et intellectuelles plus ou moins grandes, des manifestations d'un instinct sexuel exagéré (propos obscènes, lascivité dans les rapports avec l'autre sexe, projets de mariage, fréquentation des bordels, etc.), manifestations qui se font avec un sans-gêne bien caractéristique dû à l'obscurcissement de la conscience.

Excitation à la débauche, enlèvement de femmes, scandales publics, sont dans ce cas à l'ordre du jour. Au début, l'individu tient encore quelque peu compte des circonstances, bien que le cynisme de sa manière d'agir soit déjà assez frappant.

À mesure que la faiblesse mentale fait des progrès, les malades de cette catégorie deviennent choquants par exhibitionnisme, ils se masturbent dans la rue, font des actes obscènes avec des enfants.

Des états d'excitation psychique amènent le malade à des tentatives de viol ou du moins à des outrages grossiers à la pudeur, il attaque les femmes dans la rue, paraît en public dans une toilette incomplète, pénètre en toilette négligée dans les appartements d'autrui avec l'intention de faire le coït avec la femme d'un ami ou d'épouser séance tenante la fille de la maison.

De nombreux cas de ce genre se trouvent enregistrés dans Tardieu (Attentats aux mœurs), Mendel (Progr. Paralyse der Irren, 1880, p. 123), Westphal (Archiv f. Psychiatrie, VII, p. 622). Un cas rapporté par Pétrucci (Annal. méd.-psychol. 1875) nous montre que, dans ce genre de maladie, les individus atteints peuvent être aussi amenés à la bigamie.

Ce qui est très caractéristique, c'est la brutalité avec laquelle les malades à l'état avancé procèdent pour satisfaire leur instinct sexuel.

Dans un cas rapporté par Legrand (La folie, p. 519), on surprit un père de famille qui se masturbait en pleine rue. Après l'acte, il avala son sperme.

Un malade que j'ai observé, officier, issu d'une grande famille, fit dans une ville de saison, en plein jour, des tentatives obscènes sur des petites filles.

Un cas analogue est rapporté par Regis (De la dynamie ou exaltation fonctionnelle au début de la paralysie générale, 1878).

Les observations de Tarnowsky (Op. cit., p. 82), nous apprennent que, dans les phases prodromiques et au cours de la maladie, il se produit aussi des cas de pédérastie et de bestialité.

ÉPILEPSIE

Il faut ajouter aux maladies dont nous venons de parler l'épilepsie, qui est souvent une cause d'affaiblissement psychique et qui peut donner naissance à tous les faits de satisfaction sexuelle brutale dont nous venons de parler.

D'ailleurs, chez beaucoup d'épileptiques, l'instinct génital est très vif. Dans la plupart des cas, il est satisfait par la masturbation, parfois par des actes obscènes avec des enfants, par la pédérastie. La perversion de l'instinct suivie d'actes sexuels pervers ne semble se rencontrer que rarement.

De beaucoup plus importants sont les cas,—qu'on cite de plus en plus fréquemment dans les ouvrages spéciaux,—les cas dans lesquels les épileptiques ne présentent pendant certains intervalles aucun symptôme de sexualité excessive, mais seulement au moment des accès épileptiques, quand ils sont dans un état d'exception psychique équivalent ou post-épileptique.

Ces cas ont été jusqu'ici à peine analysés au point de vue clinique, et nullement au point de vue médico-légal; ils méritent pourtant une étude approfondie, car on pourrait ainsi mieux juger certains actes contre la morale et certains viols, et éviter par ce moyen certains arrêts injustes des tribunaux.

Les faits suivants feront clairement ressortir que les altérations du cerveau, qui se produisent à la suite des affections épileptiques, peuvent occasionner une excitation morbide de la vie sexuelle99.

Note 99:

Arndt (Lehrbuch d. Psych., p. 140), relève particulièrement l'état de rut qui existe chez les épileptiques. «J'ai connu des épileptiques qui se sont enflammés de la passion la plus sensuelle pour leur propre mère et d'autres qui étaient suspectés par leur père d'avoir des rapports sexuels avec leur mère.» Mais Arndt est dans l'erreur quand il prétend que partout où il y a une vie sexuelle anormale, il faut supposer l'existence d'un élément épileptique.

De plus, dans les états d'exception psychique, l'épileptique a les sens troublés et se trouve sans résistance contre ses impulsions sexuelles.

Depuis des années, je vois un jeune épileptique, très taré, qui, toutes les fois qu'il a eu des accès réitérés, s'élance sur sa mère et veut la stuprer. Le malade reprend ses sens après un certain temps, mais avec amnésie pour les faits qui se sont passés. Dans les intervalles, c'est un homme d'une moralité sévère et qui n'a pas de besoins sexuels.

Il y a quelques années, j'ai connu un valet de ferme qui, au moment de ses accès épileptiques, se livrait à une masturbation effrénée. Pendant les intervalles, sa conduite était irréprochable.

Simon (Crimes et délits, p. 220), fait mention d'une fille épileptique de vingt-trois ans, de la meilleure éducation et d'une moralité des plus sévères, qui, dans l'attaque de vertige, murmure quelques paroles obscènes, soulève ensuite ses jupons, fait des mouvements lascifs et cherche à déchirer son pantalon fermé.

Kiernan (Alienist und Neurologiste, janvier 1884) raconte qu'un épileptique avait toujours comme aura de ses accès la vision d'une belle femme en position lascive et qu'il en avait de l'éjaculation. Après des années et à la suite d'un traitement bromuré, cette vision a été remplacée par celle d'un diable qui l'attaque avec un trident. Au moment où celui-ci l'atteint, il perd conscience.

Le même auteur fait mention d'un homme très respectable qui avait deux à trois fois par an des accès épileptiques suivis de rage dysthymique et des impulsions à la pédérastie qui duraient huit à quinze jours; il parle ensuite d'une dame qui, à la ménopause, avait des accès épileptiques avec des impulsions sexuelles pour un garçon.

Observation 150.—W..., sans tare, autrefois sain, intellectuellement normal, tranquille, bon, de mœurs décentes, non adonné à la boisson, manqua d'appétit le 13 avril 1877. Le 14 au matin, en présence de sa femme et de ses enfants, il se leva brusquement de son siège, s'élança sur une amie de sa femme, la conjura et conjura sa femme ensuite de lui accorder le coït. Repoussé, il fut atteint immédiatement d'une crise épileptiforme, à la suite de laquelle il se mit à rager, cassant ce qu'il trouvait, jetant de l'eau bouillante à ceux qui voulaient l'approcher et jetant un enfant dans le foyer. Bientôt après il devint calme, resta troublé pendant quelques jours encore et recouvrit ensuite ses sens mais avec une amnésie complète pour tout ce qui s'était passé (Howalewsky, Jahrbuescher f. Psych., 1879).

Un autre cas étudié par Casper (Klin. Novellen, p. 267) dans lequel un homme ordinairement très convenable, attaqua à peu d'intervalle quatre femmes dans la rue (une fois même devant deux témoins) et en viola une, quoique son épouse, jeune, jolie et saine, habitât tout près,—peut être aussi rattaché à une épilepsie larvée, d'autant plus que l'individu en question avait de l'amnésie de ses actes scandaleux.

La nature épileptique des actes sexuels est incontestable et claire dans les observations suivantes.

Observation 151.—L..., fonctionnaire, quarante ans, époux affectueux, bon père, commit, en quatre années, vingt-cinq délits graves contre les mœurs pour lesquels il eut à purger des peines d'emprisonnement d'assez longue durée.

Comme premier chef, il était accusé d'avoir, en passant à cheval, mis à nu ses parties génitales devant des filles de onze à treize ans et attiré l'attention de celles-ci par des paroles obscènes. Même étant en prison, il s'est montré(genitalibus denudatis) à la fenêtre qui donnait sur une promenade très fréquentée.

Le père de L... était un aliéné, le frère de L... a été un jour rencontré dans la rue, vêtu seulement d'une chemise. Pendant son service militaire, L... eut deux fois des syncopes très graves. Depuis 1859, il souffrait d'étranges accès de vertige qui devenaient de plus en plus fréquents; il devenait alors tout faible, tremblait de tout son corps, devenait d'une pâleur de mort; un voile obscurcissait ses yeux, il voyait de petites étincelles scintiller; il était obligé de s'appuyer pour ne pas tomber. Après des attaques plus violentes, grande fatigue et sueurs profuses.

Depuis 1861, grande irascibilité qui attirait des blâmes sévères à ce fonctionnaire dont on avait toujours à se louer dans le service. Sa femme le trouvait changé: il y avait des jours où il se démenait comme un fou à la maison, se tenait la tête entre les mains, la cognait contre le mur et se plaignait de maux de tête. Pendant l'été de 1869, le malade est tombé quatre fois par terre, restant engourdi et les yeux ouverts.

On a constaté aussi des états de crépuscule intellectuel.

L... prétend ne rien savoir des délits qu'on lui reproche. L'observation a fait constater d'autres accès plus violents de vertigo epileptica. L... n'a pas été condamné. En 1875, il s'est développé chez lui une dementia paralytica qui se dénoua bientôt par la mort. (Westphal, Archiv f. Psych., VII, p. 113).

Observation 152.—Un homme de vingt-six ans, ayant de la fortune, vivait depuis un an avec une fille qu'il aimait beaucoup. Il faisait le coït rarement, ne se montrait jamais pervers. Pendant cette année, il a eu deux fois, après des excès alcooliques, des crises épileptiques. Le soir, après un dîner où il avait bu beaucoup de vin, il alla dans l'appartement de sa maîtresse, entra d'un pas ferme dans la chambre à coucher bien que la fille de chambre lui eût dit que sa maîtresse était sortie. De là il alla dans une autre chambre où un garçon de quatorze ans dormait: il se mit à le violer. Aux cris du garçon qu'il avait blessé au prépuce et à la main, la bonne accourut. Alors le malade laissa le garçon et fit violence à la bonne. Il se coucha ensuite et dormit pendant douze heures. En se réveillant, il ne se rappelait que sommairement de son ivresse et du coït. Plus tard, il a eu à plusieurs reprises des crises épileptiques. (Tarnowsky, op. cit., p. 52).

Observation 153.—X..., homme du meilleur monde, mène depuis quelque temps une vie très dissolue et a des attaques d'épilepsie. Il se fiance ensuite. Le jour fixé pour le mariage, peu de temps avant la cérémonie nuptiale, il paraît au bras de son frère dans la salle remplie d'invités pour la noce. Arrivé devant sa fiancée, denudat coram publico genitalia et masturbare incipit. On l'amène immédiatement dans une clinique psychiatrique; en route il se masturbe sans cesse et il est encore, pendant quelques jours en proie à cette tentation. Le paroxysme passé, le malade n'avait qu'un souvenir très vague des incidents qui venaient de se passer, et il ne put donner aucune explication de sa manière d'agir. (Le même.)

Observation 154.—Z..., vingt-sept ans, très chargé de tares héréditaires, épileptique, viole une fille de onze ans et la tue ensuite. Il nie le fait. Amnésie. L'état d'exception psychique au moment du crime n'a pas été démontré. (Pugliese, Arch. di Psich., VIII, p. 622.)

Observation 155.—V..., soixante ans, médecin, a commis des actes obscènes avec des enfants; il a été condamné à deux ans de prison. Le docteur Marandon a constaté plus tard des accès de peur épileptoïdes, démence, délire érotique et hypocondriaque par moments, accès d'angoisse. (Lacassagne, Lyon médical, 1887, n° 51.)

Observation 156.—Le 4 août 1878, la fille H..., âgée de presque quinze ans, cueillait, en compagnie de plusieurs petites filles et petits garçons, des groseilles sur la route publique. Tout d'un coup, H... terrassa la petite L..., âgée de neuf ans et demi, la dénuda, la tint ferme et invita A... âgé de sept ans et demi et O... âgé de cinq ans à exécuter une conjunctio membrorum avec la fille, ce que ces deux petits garçons firent réellement.

H... avait une bonne réputation. Depuis cinq ans elle souffrait d'irritabilité nerveuse, de maux de tête, de vertiges, d'accès épileptiques et s'était arrêtée dans son développement physique et intellectuel. Elle n'est pas encore menstruée, mais elle présente le molimen menstruale. Sa mère est suspectée d'épilepsie. Depuis trois mois, H... avait souvent, après ses accès, fait des choses de travers sans en avoir souvenance.

H... paraît déflorée. Elle ne présente pas de défectuosités intellectuelles. Elle déclare ne rien savoir de l'acte dont on l'accuse.

D'après le témoignage de sa mère, elle avait eu le matin du 4 août un accès épileptique et sa mère lui avait, pour cette raison, donné l'ordre de ne pas quitter la maison. (Purkhauer, Friedreichs Blætter f. ger. Med., 1879, II. 3.)

Observation 157. (Actes d'impudicité en état d'inconscience morbide chez un épileptique).—T..., percepteur d'impôts, cinquante-deux ans, marié, est accusé d'avoir pratiqué depuis dix-sept ans des actes d'impudicité avec des garçons en les masturbant ou en se faisant masturber par eux. L'accusé, un fonctionnaire jouissant de la plus grande estime, est consterné de cette accusation terrible, et prétend ne savoir absolument rien des actes qu'on lui impute. Son intégrité mentale paraît douteuse. Son médecin particulier, qui le connaît depuis vingt ans, fait remarquer le caractère sombre et renfermé de T..., ainsi que ses fréquents changements d'humeur.

Mme T..., de son côté, rapporte que son mari a voulu un jour la jeter à l'eau, qu'il avait de temps en temps des accès pendant lesquels il arrachait ses vêtements et voulait se jeter par la fenêtre. T... ne sait rien non plus de ces faits. D'autres témoins aussi rapportent des changements d'humeur surprenants et des bizarreries de caractère de l'inculpé. Un médecin prétend avoir constaté chez lui par moments des accès de vertige.

La grand'mère de T... était une aliénée, son père était tombé dans l'alcoolisme chronique et avait, dans ses dernières années, des accès épileptiformes; le frère de ce dernier était un aliéné qui, dans un accès de délire, avait tué un parent. Un autre oncle de T... s'est suicidé. Des trois enfants de T.... l'un était idiot, un autre louchait, et le troisième a souffert de convulsions. L'accusé déclare avoir eu, par moments, des accès pendant lesquels sa conscience s'était troublée, de sorte qu'il ne savait plus ce qu'il faisait. Ces accès étaient précédés d'une douleur en forme d'aura dans la nuque. Il éprouvait alors le besoin de respirer de l'air frais. Il ne savait pas où il allait. Sa femme le satisfaisait bien sexuellement. Depuis dix-huit ans il a un eczéma chronique au scrotum (ce fait a été prouvé) qui lui cause une excitation sexuelle extraordinaire. Les avis des six médecins étaient contradictoires (facultés mentales intactes—accès d'épilepsie larvée); les voix des jurés furent partagées, de sorte qu'il y eut acquittement. Le docteur Legrand du Saulle, appelé comme expert, constata que jusqu'à l'âge de vingt-deux ans T... avait chaque année uriné dix à dix-huit fois dans le lit. Après cette époque l'incontinence nocturne avait cessé, mais depuis il y avait des heures pendant lesquelles l'esprit de T... était voilé et il avait de temps en temps de l'amnésie. Bientôt après T... fut de nouveau poursuivi pour outrage aux mœurs commis en public; cette fois, il fut condamné à quinze mois de prison. En prison il était toujours malade et ses facultés mentales s'affaiblissaient à vue d'œil. Pour ce motif il fut gracié, mais sa faiblesse mentale progressait de plus en plus. À plusieurs reprises on constata chez lui des accès épileptiformes (crampes toniques avec perte de la conscience et tremblements). (Auzouy, Annal. méd.-psychol., 1874, novembre; Legrand du Saulle, Étude méd.-légales, etc., p. 99.)

Nous allons clore cette énumération si importante au point de vue médico-légal par le cas suivant d'un délit de mœurs commis avec des enfants, cas que l'auteur a personnellement observé et ensuite rapporté dans Friedreichs Blætter100.

Note 100:
Comparez encore Liman: Zweifelhafte Geistessustaende, cas 6; le travail de Lasègue sur les exhibitionnistes (Union méd., 1871); Ball et Chamburd, Somnambulisme (Dict. des sciences méd., 1881).

Le cas est d'autant plus curieux qu'on a pu établir avec certitude qu'au moment de l'acte, il y avait inconscience épileptique et que—ainsi qu'il ressort des species facti donnés en latin pour des raisons qu'on comprendra,—les procédés de raffinement sont pourtant possibles dans cet état.

Observation 158.—P..., quarante-neuf ans, marié, interne d'un hospice, est accusé d'avoir, le 25 mai 1883, commis dans sa chambre les horribles délits de mœurs suivants sur la personne de la petite D..., âgée de dix ans, et sur la petite G..., âgée de neuf ans.

Voici la déposition de la petite D.:

J'étais avec G..., et ma petite sœur J..., âgée de trois ans, dans le pré. P..., nous appela dans sa chambre de travail et en ferma la porte aux verrous. Tum nos exosculabatur, linguam in os meum demittere tentabat, faciem que mihi lambebat; sustulit me in gremium, bracas aperuit, vestes meas sublevavit, digitis me in genitalibus titillabat et membro vulvam meam fricabat ita ut humidam fierem. Lorsque je criai, il me donna douze kreutzers et me menaça de me tuer d'un coup de fusil si je disais un mot de ce qui s'était passé. Finalement il m'invita à revenir le lendemain.

Voici la déposition de la petite G.:

P., nates et genitalia D..., se exosculatus, iisdem me conatibus aggresus est. Deinde filiotum quoque tres annos natum in manus acceptum osculatus est nudatumque parti suæ virili appressit. Postea quæ nobis essent nomina interrogavit, ac censuit genitalia D..æ meis multo esse majora. Quia etiam nos impulit, ut membrum suum intueremur, manibus comprehenderemus et videremus, quantopere id esset erectum.

Dans son interrogatoire du 29 mai, P..., allègue qu'il ne se souvient que vaguement d'avoir, il y a peu de temps, caressé et embrassé des petites filles et leur avoir donné des cadeaux. S'il a fait autre chose, il ne doit avoir agi ainsi que dans un état d'irresponsabilité complète. D'ailleurs, depuis qu'il a fait une chute, il y a plusieurs années, il souffre de maux de tête. Le 22 juin il ne sait rien des faits du 25 mai, et il ne se souvient pas plus de son interrogatoire du 29 mai. Cette amnésie est pleinement confirmée au cours des débats contradictoires.

P..., est issu d'une famille de cérébraux; un de ses frères est épileptique. P... était autrefois adonné à la boisson. Il est exact qu'il a eu une lésion à la tête il y a plusieurs années. Depuis il eut pendant des intervalles de plusieurs semaines ou de quelques mois, des accès de troubles mentaux précédés de morosité, d'irritabilité, un penchant à l'abus de l'alcool, de l'angoisse, un délire de la persécution qui allait jusqu'aux menaces dangereuses et aux actes de violence. En même temps, il avait de l'hyperesthésie acoustique, des vertiges, des maux de tête, des congestions cérébrales. Tout cela lui causait un grand trouble d'esprit et une amnésie pour la période d'accès qui durait souvent des semaines entières.

Dans les intervalles, il souffrait de maux de tête au niveau de sa blessure (petite cicatrice cutanée à la tempe droite, douloureuse à la pression). Par l'exacerbation du mal de tête il devient irrité, morose au point d'être las de la vie; il a une certaine exaltation du sensorium. En 1879, P..., se trouvant dans cet état, a commis tout à fait impulsivement une tentative de suicide, dont il ne se souvenait plus après. Bientôt après, reçu à l'hôpital, il faisait l'impression d'un épileptique et fut pendant une période prolongée soumis à un traitement par le bromure de potassium. Reçu vers la fin de 1879 à l'hospice des infirmes, on n'observa jamais chez lui de crise épileptique proprement dite.

Dans les intervalles, c'était un brave homme, laborieux et bon, et qui n'a jamais montré trace d'excitation sexuelle, même dans son état d'exception; d'ailleurs il eut jusqu'à ces derniers temps des rapports sexuels avec sa femme. À l'époque de l'acte incriminé, P... présenta les symptômes d'un accès imminent et pria le médecin de lui faire donner du bromure de potassium.

P..., affirme que, depuis sa chute, il ne peut plus supporter les excès de chaleur ni d'alcool qui lui causent des maux de tête, et qu'il a tout de suite les sens troublés. L'observation médicale confirme ses autres assertions concernant sa faiblesse de mémoire, sa faiblesse d'esprit, son irascibilité, son mauvais sommeil.

Si l'on exerce une pression vigoureuse sur l'endroit de la trauma, P..., devient congestif, irrité, troublé; alors il tremble de tout son corps, paraît excité avec trouble des sens, et reste dans cet état pendant des heures entières.

Dans les moments ou il est exempt de ces sensations dont le point de départ est toujours la cicatrice, il paraît poli, expressif, franc, libre, serviable, mais toujours avec des facultés mentales faibles et un esprit voilé. P..., n'a pas été condamné. (Rapport détaillé dans Friedreichs Blætter.)

FOLIE PÉRIODIQUE

De même que dans les cas de manie non périodique, il se produit souvent aussi dans les accès périodiques une manifestation nette ou même une accentuation morbide de la sphère sexuelle.

Le cas suivant rapporté par Servaes (Archiv. f. Psych.), nous montre que le sentiment sexuel peut alors avoir un caractère pervers.

Observation 159.—Catherine W..., seize ans, non encore menstruée. Le père est d'une nature coléreuse et emportée.

Sept semaines avant son admission (3 décembre 1872), dépression mélancolique et irritabilité. Le 27 novembre, accès de folie furieuse qui a duré deux jours. Ensuite de nouveau mélancolique. Le 6 novembre, état normal.

Le 24 novembre (vingt-huit jours après le premier accès de folie furieuse), elle est tranquille, déprimée. Le 27 décembre, état d'exaltation (gaîté, rire, etc.), avec rut amoureux pour sa garde-malade. Le 31 décembre, accès mélancolique subit qui disparaît après une durée de deux heures. Le 20 janvier, nouvel accès tout à fait analogue au premier. Accès pareil le 18 février, en même temps traces des menses. La malade avait une amnésie absolue pour tout ce qui s'était passé pendant ses paroxysmes et apprit en rougissant et avec un grand étonnement le récit des faits passés.

À la suite elle eut encore des accès avortés mais qui, grâce à la réglementation des menses, au mois de juin, ont fait place à un complet bien-être psychique.

Dans un autre cas rapporté par Gock (Archiv. f. Psych.), où il s'agissait probablement d'une folie cyclique chez un homme chargé de lourdes tares, il se produisit pendant l'état d'exaltation un sentiment sexuel pour les hommes. Cet individu se prenait alors pour une femme; l'on peut se demander si ce n'est pas plutôt la monomanie du changement de sexe que l'inversion sexuelle elle-même qui provoqua les idées sexuelles du malade.

On peut rapprocher de ces sortes de cas, avec manifestation morbide de la vie sexuelle comme phénomène partiel d'une manie, ceux plus intéressants où un sentiment sexuel morbide et souvent pervers ne se fait jour que sous forme d'accès périodiques, et constitue un état analogue à la dipsomanie, accès qui sont le noyau de tous les troubles psychiques, tandis que, dans les périodes d'intervalle, l'instinct génital n'a ni une intensité anormale ni un caractère pervers.

Un cas assez net de cette psychopathia sexualis périodique, liée au processus de la menstruation, a été rapporté par Anjel (Archiv. f. Psych., XV, fascicule 2).

Observation 160.—Dame tranquille, arrivant à la ménopause. Lourdes tares héréditaires. Pendant sa jeunesse accès de petit mal. Toujours excentrique, violente; principes moraux rigides; mariage sans enfants.

Il y a plusieurs années, après de fortes émotions morales, accès hystéro-épileptique; ensuite, pendant plusieurs semaines, trouble mental post-épileptique. Puis insomnie pendant plusieurs mois. À la suite, parfois, insomnies dues à la menstruation et impulsion pueros decimum annum nondum agentes allicere, osculari et genitalia eorum tangere. À l'heure actuelle il n'y a pas de désir du coït et pas du tout de désirs de se rapprocher d'un homme adulte.

La malade parle parfois franchement de cette impulsion, demande à être surveillée, car elle ne pourrait pas répondre d'elle. Dans les intervalles, elle évite anxieusement toute conversation sur ce sujet, elle est très décente et n'a de besoins sexuels d'aucun genre.

Pour ces cas encore peu connus de psychopathia sexualis périodique, Tarnowsky (op. cit., p. 38) a fourni des documents précieux; mais les cas qu'il rapporte n'ont pas tous un caractère de périodicité.

Il cite des cas où des hommes mariés très bien élevés, et pères de famille, étaient de temps en temps forcés de se livrer aux actes sexuels les plus abominables, tandis que, dans les périodes d'intervalle, ils étaient sexuellement normaux, abhorraient les actes commis dans leur paroxysme et frémissaient en pensant au retour de nouveaux accès auxquels ils devaient s'attendre.

345

Quand le paroxysme éclatait, le sentiment sexuel normal disparaissait; il se produisait un état de surexcitation psychique accompagné d'insomnie, avec idées et obsessions d'exécuter des actes sexuels pervers, avec oppression anxieuse et impulsion de plus en plus forte à des actes sexuels habituellement abhorrés par l'individu, mais dans ce moment considérés comme une délivrance, puisqu'ils devaient faire disparaître l'état anormal.

L'analogie avec les dipsomanes est parfaite. Pour d'autres cas (concernant la pédérastie périodique), consulter Tarnowsky (op. cit., p. 41). Le cas 46 qui y est rapporté peut être classé dans la catégorie des épileptiques.

Le cas suivant, rapporté par Anjel (Archiv. f. Psych., XV, fascicule 2) est un des plus caractéristiques pour la manifestation périodique de l'excitation sexuelle morbide.

Observation 161.—Homme de classe sociale supérieure, quarante-cinq ans, très aimé de tout le monde, sans tare, très estimé, d'une moralité rigoureuse, marié depuis quinze ans, ayant eu autrefois des rapports sexuels normaux, père de plusieurs enfants bien portants, vivant de la meilleure vie conjugale, eut, il y a huit ans, une peur terrible. À la suite de cet incident il eut pendant plusieurs semaines une oppression angoissante, des palpitations de cœur. Ensuite vinrent des accès singuliers à des intervalles de plusieurs mois et même d'une année, accès que le malade appelle son «rhume de cerveau moral». Il perd le sommeil; au bout de trois jours perte de l'appétit, irritation d'humeur croissante, air troublé, regard fixe, regarde devant lui un point fixe, grande pâleur alternant avec la rougeur, tremblement des doigts, yeux rouges et luisants avec une expression singulière de lubricité, langage violent et précipité. Impulsion pour les petites filles de cinq à dix ans, même ses propres filles. Prière adressée à sa femme de mettre ses filles en sûreté. Dans cet état, le malade se renferme dans sa chambre pendant des jours entiers. Autrefois il avait l'obsession de guetter dans les rues les petites filles sortant de l'école, et il éprouvait une satisfaction particulière iis præsentibus genitalia nudare, se mingentem fingens.

De crainte de scandale il se renferme dans sa chambre, médite en silence, incapable de mouvement, de temps en temps tourmenté par des idées angoissantes. La conscience ne semble pas être troublée. Durée des accès: huit à quatorze jours. Causes du retour inexplicables. Amélioration subite; grand besoin de dormir; après la satisfaction de ce besoin, il se sent très bien. Dans l'intervalle rien d'anormal. Anjel suppose l'existence d'une base épileptique, et il considère les accès comme l'équivalent psychique d'une crise épileptique.

MANIE

La sphère sexuelle participe aussi souvent à l'excitation générale qui existe dans ce cas dans la sphère psychique.

Chez les maniaques du sexe féminin, c'est même la règle. Dans certains cas isolés, on peut se demander si l'instinct est réellement accentué, et s'il ne se manifeste pas seulement avec brutalité, ou bien s'il existe réellement une augmentation morbide. Dans la plupart des cas, cette dernière supposition pourrait être juste; elle existe d'une façon certaine dans les délires sexuels ou dans leurs équivalents religieux. Selon le degré de la maladie, l'instinct accentué se manifeste sous des formes différentes.

Dans la simple exaltation maniaque et lorsqu'il s'agit d'hommes, on observe la manie de faire la cour, la frivolité, la lascivité des propos, la fréquentation des bordels; quand il s'agit de femmes, on rencontre le penchant à faire des coquetteries dans la société des messieurs, à se bichonner, à se pommader, à parler d'histoires de mariages et de scandales, à suspecter, au point de vue sexuel, les autres femmes; dans l'ardeur religieuse, équivalent de l'autre manie, on note des impulsions à participer aux pèlerinages et aux missions, à aller au couvent, ou à devenir au moins cuisinière d'un curé, en même temps que la malade parle beaucoup de son innocence et de sa virginité.

Au point culminant de la manie (accès furieux), on observe des invitations directes à faire le coït, l'exhibition, les propos obscènes, une irritation démesurée contre l'entourage féminin, un penchant à se barbouiller avec de la salive, de l'urine et même des excréments, des délires religioso-sexuels, où l'on est couverte par le Saint-Esprit, où l'on a mis au monde l'enfant Jésus, etc., onanisme effréné, mouvements du coït en remuant le bassin.

Chez les hommes susceptibles d'accès furieux, il faut s'attendre à des actes de masturbation éhontée, et à des viols d'individus féminins.

SATYRIASIS ET NYMPHOMANIE

On a appelé satyriasis (chez l'homme) et nymphomanie (chez la femme), des états d'excitation psychique dans lesquels l'instinct génital, accentué d'une manière morbide, tient le premier rang.

Moreau est d'avis que ces états sont d'un genre à part: il a certainement tort d'admettre cette théorie. La complexité des symptômes sexuels n'est toujours qu'un phénomène partiel d'une psychose générale (manie, folie hallucinatoire).

L'essentiel, dans l'état d'excitation sexuelle, est un état d'hyperesthésie psychique, avec participation de la sphère sexuelle. L'imagination ne présente que des scènes sexuelles, avec des hallucinations et des illusions, et un vrai délire hallucinatoire.

Les représentations les plus indifférentes provoquent des allusions sensuelles, et l'accentuation voluptueuse de ces représentations et de ces perceptions est augmentée à un vif degré. L'objet de la conscience morbide prend un empire sur tous les sentiments et toutes les tendances de l'individu; et il y a alors une excitation physique générale, semblable à celle qui a lieu pendant le coït. Souvent les parties génitales sont en turgor constant (priapisme chez l'homme).

L'homme atteint de rage sexuelle cherche à satisfaire son instinct à tout prix, et, par là, il devient très dangereux pour les personnes de l'autre sexe. Faute de mieux, il se masturbe ou commet des actes de sodomie. La femme nymphomane cherche à attirer les hommes par exhibition ou par des gestes lascifs; la simple vue d'un homme lui cause une surexcitation sexuelle démesurée qui se traduit ou par la masturbation, ou par des mouvements du bassin, ou en se frottant contre son lit.

Le satyriasis est rare. On remarque plus souvent des cas de nymphomanie, mais moins souvent à la ménopause. Elle peut se produire même dans la vieillesse.

L'abstinence alliée à une stimulation continuelle de la sphère sexuelle par des irritations psychiques et périphériques (pruritus pudendi, oxyures, etc.) peut provoquer ces états, mais selon toute probabilité seulement chez des individus tarés101.

Note 101:
Comparez les cas intéressants de Marc-Ideler, II, p. 131.—Ideler. Grundriss der Seelenkeilkunde, II, p. 488-492.

En affirmant qu'elle peut se produire aussi à la suite de l'intoxication par les cantharides, on paraît se baser sur une confusion avec le priapisme. La sensation voluptueuse qui se manifeste au début dans le priapismus ab intoxicatione cantharidis se change bientôt en une sensation contraire. Le satyriasis et la nymphomanie sont des états morbides psycho-sexuels aigus.

Il existe du reste des cas qu'on pourrait non sans raison appeler des cas chroniques de satyriasis ou de nymphomanie.

Il faut classer dans cette catégorie de malades les hommes qui, dans la plupart des cas, après l'abusus Veneris, surtout par la masturbation, souffrent de neurasthenia sexualis, mais ont en même temps un libido sexuel très développé. Leur imagination est, de même que dans les cas aigus, surchauffée, leur âme remplie d'images malpropres, de sorte que les choses même les plus sublimes y sont souillées par des images et des scènes cyniques.

Les pensées et les désirs de ces gens ne visent que la sphère sexuelle, et, comme leur chair est faible, ils arrivent, aidés par leur imagination, aux plus grandes perversités sexuelles.

On peut appeler nymphomanie chronique les états analogues chez les femmes, états qui mènent naturellement à la prostitution. Legrand du Saulle (La folie, p. 510) rapporte des cas intéressants qui évidemment ne peuvent s'expliquer autrement.

MÉLANCOLIE

La conscience et l'humeur du mélancolique ne sont pas favorables à l'éveil des instincts sexuels. Cependant il arrive parfois que ces malades se masturbent.

Dans les cas que j'ai observés personnellement, il s'agit toujours de malades tarés et qui, avant leur maladie déjà, s'étaient adonnés à la masturbation. L'acte ne paraissait pas être motivé par la satisfaction d'une excitation voluptueuse; c'était plutôt par habitude, par ennui, par peur, pour amener un changement temporaire dans leur situation psychique très pénible.

HYSTÉRIE

Dans cette névrose, la vie sexuelle aussi est très souvent anormale; il s'agit presque toujours d'individus tarés. Toutes les anomalies possibles de la fonction sexuelle se rencontrent ici, avec des aspects variés et des complications étranges; quand il y a une base dégénérative héréditaire, de l'imbécillité morale, on peut constater les formes les plus perverses.

Le changement et l'aberration morbides du sentiment sexuel ne restent jamais sans conséquences pour la vie psychique de ces malades.

Un cas bien remarquable à ce sujet est rapporté par Giraud.

Observation 162.—Marianne L., de Bordeaux, a la nuit, pendant que ses maîtres dormaient sous l'influence du narcotique qu'elle leur avait donné, pris les enfants de ses maîtres, les a livrés à son amant pour ses jouissances sexuelles et les a fait assister aux scènes les plus outrageantes pour la moralité. On a constaté que L... était hystérique (hémianesthésie et accès convulsifs) et que, avant sa maladie, c'était une personne très convenable et très digne de confiance. Depuis sa maladie, elle s'est prostituée d'une façon éhontée, et elle a perdu tout sens moral.

Chez les hystériques la vie sexuelle est souvent excitée morbidement. Cette excitation peut se manifester d'une manière intermittente (menstruelle). Elle peut avoir pour effet une prostitution éhontée même chez des femmes mariées. Quand l'impulsion sexuelle se manifeste sous une forme atténuée, il y alors onanisme, promenades en état de nudité dans la chambre, manie de s'oindre d'urine ou d'autres matières malpropres, de se parer de vêtements d'hommes, etc.

Schule (Klin. Psychiatrie, 1886, p. 237) note surtout très fréquemment un instinct génital morbidement accentué, «qui transforme en Messalines des filles prédisposées et même des épouses qui vivaient heureuses en ménage.» Cet auteur cite des cas où, pendant le voyage de noces, des femmes ont essayé de s'enfuir avec des hommes de rencontre, des cas de femmes très respectées qui ont noué des liaisons sans choix et ont sacrifié toute dignité à leur insatiable avidité sexuelle.

Dans les délires hystériques, la vie sexuelle accentuée d'une manière morbide peut se manifester par la monomanie de la jalousie, par de fausses accusations contre des hommes pour de prétendus actes d'impudicité[102], par des hallucinations du coït[103], etc.

Note 102:
Voir plus loin, le cas Merlac dans le Lehrb. d. ger. Psychopathol., de l'auteur, 2e édit., p 322.—Morel, Traité des maladies mentales, p. 687.—Legrand, La Folie, p. 237.— Procès La Roncière dans les Annales d'hyg., 1re série, IV, 3e série, XXII.

Note 103:
C'est là-dessus que se basent les incubes dans les procès des sorcières au moyen âge.

Par moments il peut aussi se produire de la frigidité avec manque de sensation voluptueuse qui survient dans la plupart des cas par suite de l'anesthésie génitale.

Dans les diverses formes de la folie primaire, les phénomènes anormaux de la vie sexuelle ne constituent pas un fait rare. Car plusieurs formes de l'aliénation mentale provoquent le développement des abus sexuels (paranoia masturbatoire) ou des processus d'excitation sexuelle; souvent il s'agit d'individus psychiquement dégénérés chez lesquels, en dehors d'autres stigmates de dégénérescence fonctionnelle, la vie sexuelle se trouve aussi souvent chargée de lourdes tares.

C'est surtout dans la paranoia erotica et religiosa que la vie sexuelle est amenée à un degré morbide, que même elle devient perverse dans certaines circonstances et se manifeste assez distinctement. Mais, dans la folie érotique, l'état de surexcitation sexuelle ne se manifeste pas tant par des procédés et des actes qui visent directement la satisfaction sexuelle, que—il y a des exceptions—par un amour platonique, un enthousiasme romanesque pour une personne de l'autre sexe pour la satisfaction esthétique qu'elle procure; dans certaines circonstances cet enthousiasme peut se reporter sur un produit de l'imagination, un tableau ou une statue.

L'amour sans vigueur ou qui ne se manifeste que spirituellement pour l'autre sexe, n'a d'ailleurs souvent sa cause que dans l'affaiblissement des organes génitaux, résultat de la masturbation pratiquée trop longtemps; souvent sous l'enthousiasme chaste pour un être aimé, se cachent une grande lubricité et des abus sexuels. Chez les femmes notamment, une excitation sexuelle violente dans le sens de la nymphomanie peut se déclarer épisodiquement.

Le paranoia religiosa aussi porte, dans la plupart des cas, sur la sphère sexuelle qui se manifeste par un instinct sexuel d'une violence morbide et d'une précocité anormale.

Le libido trouve sa satisfaction dans la masturbation ou dans l'extase religieuse dont l'objet peut être la personne d'un prêtre ou de certains saints, etc.

Nous avons parlé assez longuement de ces rapports psycho-pathologiques sur le terrain sexuel et le terrain religieux.

À part la masturbation, les délits sexuels sont relativement assez fréquents dans la paranoia religieuse.

L'ouvrage de Marc contient un cas bien remarquable de folie religieuse qui a conduit à l'adultère. Giraud. (Annal. méd.-psychol.) a rapporté un cas d'impudicité commis sur des petites filles par un homme de quarante-trois ans, atteint de paranoia religiosa et qui était temporairement en excitation érotique. Il faut compter dans cette catégorie un cas d'inceste. (Liman, Vierteljahrssch. f. ger. Med.)

Observation 163.—M..., a mis sa fille en état de grossesse. La femme, mère de 18 enfants et qui est elle-même enceinte de son mari, l'a dénoncé au parquet. M... souffrait depuis deux ans de paranoia religieuse. «Il m'a été annoncé par le ciel que je devais coucher avec ma fille, l'éternel soleil. Alors il en naîtra un homme de chair et d'os par ma croyance qui date de dix-huit siècles. Cet homme sera un pont pour la vie éternelle entre l'ancien et le nouveau Testament.» Le fou avait obéi à cette impulsion qui selon lui était un ordre venu du ciel.

Dans la paranoia persecutoria il se produit aussi parfois des actes sexuels dus à une cause pathologique.

Observation 164.—Une femme âgée de trente ans avait attiré un garçon de cinq ans qui jouait près d'elle, en lui promettant de l'argent et un morceau de rôti; pene lusit supra puerum flexa coitum conavit. Cette femme était une institutrice, qui, séduite et ensuite délaissée par un homme, s'était jetée pendant quelque temps dans la prostitution, bien qu'auparavant sa conduite fût d'une moralité rigoureuse. L'explication de sa légèreté de mœurs se trouvait dans le fait qu'elle avait une monomanie de la persécution très étendue et qu'elle croyait se trouver sous l'influence mystérieuse de son séducteur qui la forçait à des actes sexuels. Ainsi elle croyait que c'était son séducteur qui avait mis le petit garçon en travers de son chemin. On ne pouvait pas supposer que le mobile de son crime ait été une sensualité brutale, car il lui aurait été très facile de satisfaire son instinct sexuel d'une façon naturelle. (Kuessner, Berl. klin. Wochenschrift.)

Cullere (Perversions sexuelles chez les persécutés dans les Annales médico-psychol., mars 1886) a rapporté des cas analogues, par exemple l'observation d'un malade atteint de paranoia sexualis persecutoria qui a essayé de violer sa sœur, cédant à la prétendue pression qu'exerçaient sur lui les bonapartistes.

Dans un autre cas un capitaine, atteint de la monomanie de la persécution électro-magnétique, est poussé par ses persécuteurs à la pédérastie qu'il abhorre au fond. Dans un cas analogue le persécuteur excite à l'onanisme et à la pédérastie.

V

LA VIE SEXUELLE MORBIDE DEVANT LES TRIBUNAUX[104]

Dangers des délits sexuels pour le salut public.—Augmentation du nombre de ces délits.—Causes probables.—Recherches cliniques.—Les juristes en tiennent peu de compte.—Points d'appui pour juger les délits sexuels.—Conditions de l'irresponsabilité.—Indications pour comprendre la signification psycho-pathologique des délits sexuels.—Les délits sexuels.—Exhibitionnistes; fricatores; souilleurs de statues.—Viol; assassinat par volupté.—Coups et blessures, dégâts, mauvais traitements sur des animaux par sadisme.—Masochisme et servitude sexuelle.—Coups et blessures; vol par fétichisme.—Débauche avec des enfants au-dessous de quatorze ans.—Prostitution.—Débauche contre nature.—Souillure d'animaux.—Débauche avec des personnes du même sexe.—Pédérastie.—La pédérastie examinée au point de vue de l'inversion sexuelle.—Différence entre la pédérastie morbide et non morbide.—Appréciation judiciaire de l'inversion sexuelle congénitale et de l'inversion acquise.—Mémoire d'un uraniste.—Raisons pour mettre hors des poursuites judiciaires les faits d'amour homosexuel.—Origine de ce vice.—Vie sociale des pédérastes.—Un bal de mysogines à Berlin.—Forme de l'instinct sexuel dans les diverses catégories de l'inversion sexuelle.—Pædicatio mulierum.—L'amour lesbien.—Nécrophilie.—Inceste.—Actes immoraux avec des pupilles.

Note 104:

Voir S. Weisbrod, Die Sittlichkeitsverbrechen vor dem Gesetz, Berlin, 1891.—Don Pasquale Panta, I pervertimenti sessuali nell'uomo, Napoli, 1893.

Les codes de toutes les nations civilisées frappent celui qui commet des actes contraires aux bonnes mœurs. Comme le maintien des bonnes mœurs et de la moralité est une des conditions d'existence les plus importantes pour la communauté publique, l'État ne peut jamais faire trop quand il s'agit de protéger la moralité dans sa lutte contre la sensualité. Mais cette lutte est menée avec des armes inégales; seuls un certain nombre d'excès sexuels peuvent être poursuivis par la loi; la menace du châtiment n'a pas grande action sur les exubérances d'un instinct naturel si puissant; enfin il est certain qu'une partie seulement des délits sexuels parvient à la connaissance des autorités. L'action de ces dernières est appuyée par l'opinion publique qui considère ce genre de délits comme infamant.

La statistique criminelle montre ce triste fait que, dans notre civilisation moderne, les délits sexuels ont un accroissement progressif, et particulièrement les actes de débauche avec des individus âgés de moins de quatorze ans105.

Note 105:

Comparez: Casper, Klin. Novellen.—Lombroso, Goltdammers Archiv, t. XXX.— Œttingen, Moralstatistik, p. 191.

Le moraliste ne voit dans ces tristes faits qu'une décadence des mœurs générales et, selon les circonstances, il arrive à la conclusion que la trop grande douceur du législateur dans le châtiment des délits sexuels, comparée avec la rigueur des siècles passés, est en partie la cause de l'augmentation de ce genre de délits.

Mais pour le médecin observateur l'idée s'impose que ce phénomène vital de notre civilisation moderne est en connexité avec la nervosité croissante des dernières générations, car cette nervosité crée des individus chargés de tares névropathiques, elle excite la sphère sexuelle, pousse aux abus sexuels et, étant donné que la lubricité continue à subsister même quand la puissance sexuelle est diminuée, elle conduit aux actes sexuels pervers.

On verra plus loin combien est justifiée cette manière de voir, surtout quand il s'agit d'expliquer la raison de l'accroissement remarquable du nombre des délits de mœurs commis sur des enfants.

Il ressort de ce que nous avons expliqué jusqu'ici que, en ce qui concerne l'acte des délits sexuels, ce sont souvent les conditions névropathiques et même psychopathiques de l'individu qui sont décisives. Cela posé, la responsabilité de beaucoup de gens accusés de délits de mœurs se trouve mise en doute.

On ne peut contester à la psychiatrie le mérite d'avoir reconnu et démontré la signification psychiquement morbide de nombreux actes sexuels monstrueux et paradoxaux.

Jusqu'ici la jurisprudence, législature et magistrature, n'a tenu compte que dans une mesure très restreinte de tous ces faits d'observation psycho-pathologique. Elle se met par là en contradiction avec la science médicale et risque de prononcer des condamnations et des peines contre des hommes que la science jugerait comme irresponsables de leurs actes.

Par suite de cette considération superficielle de ces délits qui compromettent gravement l'intérêt et le salut de la société, il arrive facilement que la loi condamne, à une peine déterminée, un criminel de beaucoup plus dangereux pour le public qu'un assassin ou une bête sauvage et le rende à la société après qu'il a purgé sa condamnation, tandis que l'examen scientifique démontre que l'auteur était un individu originairement dégénéré psychiquement et sexuellement, individu qui ne doit pas être puni, mais mis hors d'état de nuire pendant toute sa vie.

Une justice qui n'apprécie que l'acte, et non l'auteur de l'acte, court toujours risque de léser les intérêts importants de la société (moralité publique et sécurité) et ceux de l'individu (l'honneur).

Sur aucun terrain du droit criminel il n'est aussi nécessaire que sur ce terrain des délits sexuels que les études du magistrat et du médecin légiste se complètent; seul l'examen anthropologico-clinique peut faire la lumière.

La forme du délit ne peut jamais par elle-même éclairer sur la question de savoir s'il s'agit d'un acte psychopathique, ou d'un acte commis dans la sphère normale de la vie psychique. L'acte pervers n'est pas toujours une preuve de la perversion du sentiment.

Les actes sexuels les plus pervers et les plus monstrueux ont déjà été observés chez des personnes saines d'esprit. Mais il faut démontrer que la perversion du sentiment est morbide. Cette preuve est fournie par l'étude du développement de l'individu et des conditions de son origine, ou par la constatation que cette perversion est le phénomène partiel d'un état général névropathique ou psychopathique.

Les species facti sont très importants, bien que leur analyse ne donne lieu qu'à des suppositions, car suivant que le même acte sexuel est commis, par exemple, par un épileptique, par un paralytique ou par un homme sain d'esprit, il présente un caractère différent ou des particularités dans la manière de procéder.

Le retour périodique de l'acte sous des modalités identiques, la forme impulsive de l'exécution fournissent des indices importants pour son caractère pathologique. Mais la question ne peut être tranchée définitivement qu'après qu'on a ramené l'acte à des mobiles psychologiques (anomalies des représentations et des sentiments) et après qu'on a établi que ces anomalies élémentaires sont des phénomènes partiels d'un état général névro-psychopathique, ou d'un arrêt du développement psychique ou d'un état de dégénérescence psychique ou d'une psychose.

Les observations citées dans la partie générale et pathologique de ce livre, pourront fournir des indications précieuses au médecin légiste pour la découverte des impulsivités de l'acte.

353

Ces faits indispensables pour trancher la question de savoir s'il s'agit de simple immoralité ou de psychopathie, ne peuvent être établis que par un examen médico-légal fait selon les règles de la science, qui étudie et apprécie toute la personnalité au point de vue anamnestique, anthropologique et clinique.

La preuve de l'origine congénitale d'une anomalie de la vie sexuelle est importante, et il est nécessaire, pour l'établir, de rechercher les états de dégénérescence psychique.

Une aberration acquise, pour pouvoir être reconnue comme morbide, doit être ramenée à une névropathie ou à une psychopathie.

Dans la pratique, il faut, quand pareil cas se présente, avant tout songer à l'existence d'une dementia paralytica et à l'épilepsie.

En ce qui concerne la responsabilité, on doit principalement s'appuyer sur la preuve d'un état psychopathique chez l'individu accusé d'un délit sexuel.

Cette preuve est indispensable pour éviter le danger que la simple immoralité se couvre du prétexte de la maladie.

Des états psychopathiques peuvent amener à des crimes contre les mœurs, et en même temps supprimer les conditions de la responsabilité:

1) Quand aucune contre-représentation de nature morale ou légale ne s'oppose à l'instinct sexuel normal et éventuellement accentué; encore faut-il dans ce cas: α) que les considérations morales ou légales n'aient été jamais acquises (faiblesse mentale congénitale), ou β) que le sens moral et juridique soit perdu (faiblesse mentale acquise);

2) Quand l'instinct génital est renforcé (état d'exaltation psychique), en même temps que la conscience est voilée, et que le mécanisme psychique est trop troublé pour laisser entrer en action les contre-représentations qui virtuellement existent dans l'individu;

3) Quand l'instinct sexuel est pervers (état de dégénérescence psychique), il peut être en même temps exalté et irrésistible.

Les délits sexuels qui ne se commettent pas dans un état de défectuosité, de dégénérescence ou de maladie psychiques, ne doivent jamais bénéficier de l'excuse de l'irresponsabilité.

Dans de nombreux cas on rencontrera, au lieu d'un état psychiquement morbide, une névrose locale ou générale. Comme la ligne de démarcation entre la névrose et la psychose est incertaine, que les troubles élémentaires psychiques sont fréquents dans la première et se retrouvent presque toujours dans la perversion profonde de la vie sexuelle, et comme une affection nerveuse telle que, par exemple, l'impuissance, la faiblesse irritable, etc., exerce toujours une influence sur la perpétration de l'acte criminel, une juridiction équitable conclura toujours à des circonstances atténuantes, bien que l'irresponsabilité ne puisse être admise que lorsque une défectuosité psychique ou une maladie a été constatée.

Le jurisconsulte pratique évitera, pour diverses raisons, d'avoir, dans tous les cas de délits sexuels, recours à des médecins légistes pour provoquer une enquête psychiatrique.

Quand il se voit dans la nécessité de recourir à ce moyen de défense, c'est affaire avec sa conscience et son jugement. Des indices sur la nature pathologique pourront être fournis par les circonstances suivantes:

L'auteur du délit est un vieillard. Le délit sexuel a été commis en public et avec un cynisme étonnant. Le mode de satisfaction sexuelle est puéril (exhibition), ou cruel (mutilation, assassinat par volupté), ou pervers (nécrophilie), etc.

D'après l'expérience acquise, on peut dire que, parmi les délits sexuels qu'on peut rencontrer, le viol, l'outrage aux mœurs, la pédérastie, l'amor lesbicus, la bestialité, sont ceux qui peuvent avoir une origine psycho-pathologique.

Dans le viol compliqué d'assassinat, en tant qu'il vise encore un autre but que l'assassinat, de même dans le viol des cadavres, l'existence d'un état psychopathique est probable.

L'exhibition, ainsi que la masturbation mutuelle, feront présumer comme très vraisemblable des conditions pathologiques. L'onanisation d'un autre, de même que l'onanisme passif peut se rencontrer dans la dementia senilis, dans l'inversion sexuelle, mais aussi chez de simples débauchés.

Le cunnilingus de même que le fellare (penem in os mulieris arrigere) n'ont pas présenté jusqu'ici des symptômes psycho-pathologiques.

Ces horreurs sexuelles ne semblent se rencontrer que chez les débauchés qui, rassasiés des jouissances sexuelles naturelles, ont vu en même temps s'affaiblir leur puissance. La pædicatio mulierum ne paraît pas être de nature psychopathique, mais une pratique d'époux d'un niveau moral très bas qui ont peur de faire des enfants, ou, en dehors du mariage, de cyniques rassasiés de jouissances sexuelles.

L'importance pratique du sujet nous oblige à examiner de plus près, au point de vue médico-légal, les actes sexuels qui ont été déclarés par le législateur punissables comme délits de mœurs. Ce qui nous aidera dans cet examen, c'est que les actes psycho-pathologiques qui dans certaines circonstances sont tout à fait similaires à ceux qui appartiennent à la catégorie physio-psychologique, seront mis dans leur vrai jour par la comparaison avec ces derniers.

1. OUTRAGES AUX MŒURS PAR EXHIBITIONNISME

(Autriche, art. 516; Projet de loi, art. 195; Code allemand, art. 183.)

La pudeur est dans la vie civilisée de l'homme moderne un trait de caractère et un principe tellement enracinés par l'éducation des siècles qu'il faut bien supposer de prime abord l'existence d'un état psycho-pathologique chez ceux qui outragent grossièrement la décence publique.

On supposera, avec juste raison, qu'un individu qui blesse d'une telle façon le sentiment moral des hommes et en même temps sa propre dignité, n'a jamais pu acquérir de principes moraux (idiots), ou les a perdus (faiblesse mentale acquise), ou qu'il a agi dans un moment de trouble de sa conscience (folie transitoire, troubles de l'esprit).

Un acte très singulier et qui rentre dans cette catégorie est l'exhibitionnisme.

Les cas observés jusqu'ici nous montrent que ce sont exclusivement des hommes qui découvrent avec ostentation leurs parties génitales devant des personnes de l'autre sexe, et qui ont éventuellement poursuivi ces dernières, mais sans devenir agressifs.

La forme puérile de cet acte sexuel ou plutôt de cette manifestation sexuelle indique une idiotie intellectuelle ou morale, ou du moins une entrave temporaire aux fonctions intellectuelles et éthiques, en même temps que le libido reçoit une excitation due à un trouble considérable de la conscience (inconscience morbide, trouble des sens); elle met en doute aussi la puissance de ces individus. Il y a donc diverses catégories d'exhibitionnistes.

La première comprend les individus atteints de faiblesse mentale acquise, chez lesquels la conscience a été troublée par une maladie du cerveau ou de la moelle épinière; les fonctions éthiques et intellectuelles ont été lésées et ne peuvent former aucun contrepoids contre le libido qui a toujours été puissant ou qui a été excité par la maladie; de plus, ces individus sont impuissants et ne peuvent plus manifester leur impulsion sexuelle par des actes violents (éventuellement le viol) mais seulement par des actes puérils.

C'est dans cette catégorie que rentrent la plupart des cas rapportés106.

Note 106:
Lasègue, Union médicale, 1887, mai; Laugier, Annal. d'hygiène publ., 1878, n° 106; Pelanda, Ueber Pornopathiker, Archivio di Psichiatria, VIII; Schuchardt, Zeitschrift f. Medicinalbeamte, 1890, II. 6.

Il s'agit d'individus tombés dans la dementia senilis, dans l'idiotie paralytique, ou qui, par abus de l'alcool, par suite d'épilepsie, etc., sont devenus malades au point de vue intellectuel.

Observation 165.—Z..., fonctionnaire supérieur, soixante ans, veuf, père de famille, a provoqué un scandale parce que pendant une période de quinze jours, à plusieurs reprises, genitalia sua de fenestra ostendit à une fille qui habitait en face de lui. Plusieurs mois après, cet homme a répété dans des circonstances analogues son acte inconvenant. Dans l'interrogatoire il reconnaît lui-même le caractère abominable de son procédé, mais il ne peut en donner aucune explication. Une année après, il est mort d'une affection cérébrale. (Lasègue, op. cit.)

Observation 166.—Z..., soixante-dix-huit ans, marin, a plusieurs fois exhibitionné dans des préaux où jouent les enfants ou dans la proximité des écoles de filles. C'était son seul procédé d'activité sexuelle. Z..., marié, père de dix enfants, a eu, il y a douze ans, à la tête, une grave blessure dont il porte encore une cicatrice osseuse très profonde. Une pression sur cette cicatrice lui cause de la douleur, en même temps que la figure devient rouge et qu'il a l'air comme pétrifié. Le malade paraît somnolent; il a souvent des convulsions dans l'extrémité supérieure à droite (évidemment des états épileptoïdes en connexité avec une maladie de l'écorce cérébrale). Du reste, constatation d'une démence sénile et d'un senium très avancé. On ne sait pas si les exhibitions ont coïncidé avec des accès épileptoïdes. Preuve d'une dementia senilis. Acquittement. (Dr Schuchardt, op. cit.)

Pelanda (op. cit.) m'a communiqué une série de cas qui rentrent dans cette catégorie.

1. Paralytique, soixante ans. À l'âge de cinquante-huit ans, il a commencé à exhibitionner devant des femmes et des enfants. Il a gardé à l'asile d'aliénés (Verona) pendant longtemps encore son caractère lascif et a essayé aussi de la fellatio.

2. Vieux potator, soixante-six ans, très taré, atteint de folie circulaire. Son exhibitionnisme a été remarqué pour la première fois à l'église, pendant l'office. Son frère aussi était exhibitionniste.

3. Homme de quarante-neuf ans, taré, potator, de tout temps très excitable sexuellement, interné à l'asile pour alcoolisme chronique, exhibe toutes les fois qu'il aperçoit un être féminin.

4. Homme de soixante-quatre ans, marié, père de quatorze enfants. Chargé de lourdes tares. Rachitique, crâne microcéphale. Est exhibitionniste depuis des années, malgré les condamnations réitérées qu'il s'est attirées.

Observation 167.—X..., négociant, né en 1833, célibataire, a exhibitionné devant des enfants à plusieurs reprises: parfois il urinait devant eux; une fois, pendant qu'il se trouvait dans cette situation, il a embrassé une petite fille. Il y a vingt ans, X... a eu une grave maladie mentale qui a duré deux ans et pendant laquelle il aurait eu une attaque d'apoplexie.

Plus tard, ayant perdu sa fortune, il se livra à la boisson et, dans les dernières années, il semblait souvent avoir des absences d'esprit.

Le status præsens a amené la constatation d'alcoolisme, de senium præcox, de faiblesse mentale. Penis petit, phimosis, testicules atrophiés. Preuves de maladie mentale. Acquittement. (Dr Schuchardt, op. cit.)

Ces cas d'exhibitionnisme rappellent l'habitude des jeunes gens plus ou moins âgés et en excitation sexuelle, habitude qui se retrouve aussi chez certains adultes cyniques d'une moralité très abaissée, qui s'amusent à salir les murs des lieux d'aisance publics de dessins de parties génitales masculines et féminines. C'est une sorte d'exhibitionnisme idéal mais qui est encore très loin de l'exhibitionnisme réel.

Les épileptiques forment une autre catégorie d'exhibitionnistes.

Cette catégorie se distingue de la précédente par le fait essentiel qu'il y a absence de mobile conscient pour l'exhibition. Celle-ci semble plutôt un acte impulsif dont l'exécution s'impose à l'individu sans égards pour les circonstances extérieures, par suite d'une contrainte morbide et organique.

Il y a toujours tempore delicti une obnubilation de l'esprit. Cela explique aussi pourquoi le malheureux, sans avoir conscience de la portée de son acte, dans tous les cas sans cynisme, commet sous l'influence d'une obsession aveugle un acte qu'il regrette et abhorre quand il a repris ses sens, à moins qu'il ne soit déjà arrivé à un état permanent de faiblesse mentale.

Dans cet état d'esprit embrouillé, primum movens est, comme dans les autres actes impulsifs, un sentiment d'oppression anxieuse. S'il s'y joint un sentiment sexuel, l'idée obsédante reçoit une ligne de direction déterminée dans le sens d'un acte correspondant (sexuel).

On trouvera ailleurs l'explication du fait que, chez les épileptiques, ce sont précisément les représentations sexuelles qui surgissent avec une facilité particulière tempore insultus.

Si une pareille association d'idées s'est faite et que, dans un accès, un acte déterminé ait lieu, cette association se reproduit dans tous les accès suivants avec d'autant plus de facilité qu'il s'est formé, pour ainsi dire, un sentier battu dans la voie de la motivation.

L'état d'angoisse pendant que la conscience est voilée, fait paraître l'impulsion sexuelle associée, comme un ordre, une contrainte intérieure, qui est exécutée impulsivement et avec une suppression absolue du libre arbitre.

Observation 168.—K..., fonctionnaire subalterne, vingt-neuf ans, de famille névropathique, vivant heureux en ménage, père d'un enfant, a plusieurs fois, au crépuscule, exhibitionné devant des bonnes. Il est grand, svelte, pâle, nerveux, précipité dans ses allures. Il n'a qu'un souvenir sommaire de ses délits. Depuis son enfance, il a eu de fréquents états congestifs, avec rougeur vive à la figure, pouls accéléré et tendu, regard fixe et comme dénotant une absence d'esprit. Par ci, par là, il y avait dans ces accès, abolition des sens et vertige. Dans cet état exceptionnel (épileptique), K... ne répondait que lorsqu'on avait crié plusieurs fois; alors il revenait à lui, comme s'il sortait d'un rêve. K... prétend que, pendant les quelques heures qui précédaient les actes incriminés, il se sentait toujours excité et inquiet, qu'il éprouvait une angoisse avec oppression et fluxion vers la tête. Arrivé au summum de cet état, il sortait sans but de la maison et exhibait quelque part ses parties génitales. Rentré à la maison, il n'avait gardé de ces incidents que comme un souvenir de rêve: il se sentait très fatigué et très déprimé. Il est aussi à remarquer que, pendant l'exhibition, il allumait des allumettes pour éclairer ses parties génitales. L'avis des médecins légistes concluait que les actes incriminés s'étaient produits sous l'action d'une contrainte due à l'état épileptique. Toutefois il fut condamné, avec admission de circonstances atténuantes. (Dr Schuchardt, op. cit.)

Observation 169.—L..., trente-neuf ans, célibataire, tailleur, né d'un père qui probablement était adonné à la boisson, avait deux frères épileptiques et un qui était aliéné. Lui-même présente des crises épileptiques plus légères; il a de temps en temps l'esprit voilé; dans cet état il erre sans but et ne sait plus après où il a été. Il passait pour un homme convenable; il est maintenant accusé d'avoir dans une maison étrangère exhibé quatre à six fois ses parties génitales et joué avec. Le souvenir de ces actes était très vague chez lui.

L... avait déjà subi une grave condamnation pour avoir déserté plusieurs fois pendant qu'il était au régiment (probablement ces désertions ont eu lieu dans un état de trouble épileptique); en prison, il fut atteint d'une maladie mentale et on le transporta pour cause de «folie épileptique» à la Charité, d'où il fut plus tard renvoyé comme guéri. En ce qui concerne les actes incriminés, il faut exclure l'idée de cynisme ou d'exubérance. Il est probable qu'ils ont été commis dans un état d'obnubilation intellectuelle, ce qui ressort entre autres du fait que cet homme paraissait étrange au point de vue psychique, même aux agents qui l'arrêtaient, et qui l'appelaient l'idiot. (Liman, Vierteljahrsschr. f. ger. Med., N. F., XXXVIII, fascicule 2.)

Observation 170.—L..., trente-sept ans, s'est rendu coupable d'avoir, du 15 octobre jusqu'au 2 novembre 1889, fait un grand nombre d'exhibitions devant des filles; il avait commis ces actes en plein jour, dans la rue, et même dans des écoles où il pénétrait. À l'occasion il arrivait qu'il demandait aux filles la masturbation ou le coït, et comme cela lui était refusé, il se masturbait devant elles. À G..., se trouvant dans un cabaret, il frappa avec son pénis, mis à nu, sur les vitres, de sorte que les servantes et les enfants qui étaient dans la cuisine le virent.

Après son arrestation, on constata que, depuis 1870, L... avait déjà nombre de fois provoqué du scandale par ses exhibitions, mais qu'il avait toujours échappé à une condamnation, grâce aux preuves d'une maladie mentale établies par les médecins. En revanche, il avait subi, pendant son service militaire, des condamnations pour désertion et vol, et une fois, comme civil, pour vol de cigares. À plusieurs reprises il a été interné dans un asile d'aliénés pour maladie mentale (accès de folie). Du reste il s'était fait remarquer par son caractère changeant et querelleur, par son excitation périodique et son inconstance.

Le frère de L... est mort paralysé. Lui-même ne présente aucun stigmate de dégénérescence ni d'antécédents épileptiques. Pendant la période d'observation il n'est ni malade d'esprit, ni mentalement affaibli.

Il se comporte d'une manière très décente et exprime une profonde horreur pour ses délits sexuels.

Il les explique de la façon suivante. D'habitude il n'est pas buveur, et par moments il a pourtant une impulsion à boire. Aussitôt qu'il a commencé à boire, il se produit un afflux de sang à la tête, des vertiges, de l'inquiétude, de l'angoisse, de l'oppression. Alors il tombe dans une sorte d'état de rêve. Un charme irrésistible le contraint à se découvrir, ce qui lui procure du soulagement et de la liberté pour respirer.

Une fois découvert il ne sait plus ce qu'il fait. Comme signes précurseurs de ces accès il a des scintillements devant les yeux et du vertige.

Il n'a qu'un souvenir très vague et semblable à un rêve lointain de sa période d'obnubilation.

Ce n'est qu'avec le temps que des représentations et des impulsions sexuelles se sont associées à ses états d'obnubilation pleins d'angoisse. Déjà, plusieurs années auparavant, en proie à cet état, il avait déserté sans motif et en s'exposant aux plus grands dangers; une fois il a sauté par une fenêtre du deuxième étage: une autre fois il a quitté une bonne place et est allé sans projet dans un pays voisin où il fut bientôt arrêté pour exhibitionnisme.

Quand par hasard L... s'enivrait, en dehors de sa période de maladie, il n'exhibitionnait jamais. À l'état lucide ses sentiments et ses rapports sexuels sont tout à fait normaux. (Dr Holzen, Friedreichs Blætter, 1890, fascicule 6.) Comme autres cas voir les observations 153, 155.

Un groupe qui, au point de vue clinique, est très voisin de celui des exhibitionnistes épileptiques, est représenté par certains neurasthéniques, chez lesquels il se produit aussi par accès des états d'obnubilation[107] (épileptoïde?) avec une oppression anxieuse. Les impulsions sexuelles qui s'associent à ces états peuvent amener impulsivement à des actes d'exhibitionnisme.

Note 107:
Comparez v. Krafft, Ueber transitorisches Irresein bei Neurasthenischen, Journal Irrenfreund, 1883, n° 8 et Wiener klin. Wochenschrift, 1891, n° 50.

Observation 171.—Dr S., professeur de lycée, a provoqué un scandale public par le fait qu'il a été vu, à plusieurs reprises, genitalibus denudatis devant des dames et des enfants. S... en convient, mais il nie avoir eu ni l'intention ni la conscience d'avoir provoqué par là un scandale public; il allègue comme excuse qu'en courant rapidement avec les parties génitales découvertes, il soulage son émotion nerveuse. Son grand-père du côté maternel était hypocondriaque et a fini par le suicide, sa mère était de constitution névropathique, avait du somnambulisme (se promenait pendant son sommeil) et fut passagèrement atteinte d'une dépression mélancolique. L'inculpé est névropathe; il était somnambule, eut de tout temps une aversion pour les rapports sexuels avec les femmes, pratiqua pendant sa jeunesse l'onanisme. C'est un homme timide, sans énergie, qui s'embarrasse facilement et tombe en confusion; il est neurasthénique. Il était toujours très excité sexuellement. Il rêvait souvent qu'il courait mentula denudata ou qu'étant en chemise, il était suspendu sur la barre d'une salle de gymnastique, ayant la tête en bas, de sorte que la chemise retombait et que le membre en érection se trouvait découvert. Ces rêves lui donnaient des pollutions, et il était alors calmé pour toute une semaine.

Même quand il est éveillé, il a souvent, comme dans ses rêves, une impulsion à courir, avec son membre découvert. Quand il se met à découvrir son membre, il sent une chaleur ardente; il court alors à tort et à travers, son membre devient moite, mais il n'arrive pas à la pollution. Enfin il y a relaxatio membri, il le remet dans son pantalon, il recouvre ses sens et est très heureux quand personne n'a vu ce manège. Dans cet état d'excitation il se sent comme en rêve, comme ivre. Il n'a jamais eu, dans ces circonstances, l'intention de provoquer des femmes. S... n'est pas épileptique. Ses assertions sont empreintes d'un cachet de vérité. En effet, se trouvant dans cet état, il n'a jamais poursuivi de femmes, il ne leur a même jamais adressé la parole. La brutalité et la frivolité semblent être absentes dans son cas. De toutes façons les actes de S... sont dus à un sentiment et à une idée morbides et il se trouvait, au moment de les commettre, dans un état de trouble morbide des fonctions mentales. (Liman, Vierteljahrschrift für gerichtl. Med. N. F XXX, VIII, fascicule 2.)

Observation 172.—X..., trente-huit ans, marié, père d'un enfant. De tout temps d'un caractère sombre, taciturne; souffrant souvent de maux de tête; gravement neurasthénique, mais pas malade au physique, très tourmenté par des pollutions nocturnes; a plusieurs fois suivi dans la rue des filles de magasin qu'il avait guettées dans un urinoir; en les suivant il exhibait ses parties génitales et manipulait son pénis. Dans un cas il avait même poursuivi une fille jusque dans le magasin. (Trochon, Arch. de l'anthropologie criminelle, III, p. 256.)

Dans l'observation suivante l'exhibition n'apparaît que comme un accessoire à côté d'un penchant impulsif à satisfaire par la masturbation un libido violent qui se manifeste subitement.

Observation 173.—R..., cocher, quarante-neuf ans, marié à Vienne depuis 1866, sans enfants, est né d'un père névropathe exalté sexuellement et qui est mort d'une maladie cérébrale. Il ne présente aucun stigmate de dégénérescence.

À l'âge de vingt-cinq ans il a eu une commotio grave à la suite d'une chute d'un lieu élevé. Jusque-là sa vita sexualis était normale. Depuis il tombe tous les trois ou quatre mois dans un état d'excitation sexuelle très pénible, avec une impulsion à la masturbation. Comme signes précurseurs de ces accès, il éprouve un sentiment de grande fatigue et de malaise avec le besoin de prendre des boissons alcooliques. Dans les intervalles il est froid sexuellement, et il n'a eu que rarement le besoin de faire le coït avec sa femme qui, du reste, est depuis cinq ans malade et inapte à la cohabitation.

Il affirme ne s'être jamais masturbé pendant qu'il était jeune homme; il n'a pas songé davantage, dans les intervalles de ses accès, à ce genre de satisfaction sexuelle.

Pendant la période dangereuse, l'impulsion à la masturbation surgit toujours à la vue de certains charmes féminins, tels que jupon court, beau pied et beaux jarrets, apparition élégante. L'âge n'y fait rien. Des petites filles même peuvent exercer une impression excitante. L'impulsion est subite, irrésistible. R... donne la description des états et des symptômes d'un acte impulsif. Il a souvent essayé de résister, mais alors il se sent brûlé par une chaleur et il a des angoisses terribles; il sent comme une chaleur d'ébullition qui lui monte à la tête; il est comme dans un brouillard; il ne perd pas tout à fait conscience, c'est vrai, mais il est comme hors de ses sens. En même temps il a des douleurs et des lancements violents dans les testicules et dans les cordons spermatiques. Il regrette d'être obligé d'avouer que l'impulsion est plus forte que sa volonté. Dans cette situation il se sent contraint de se masturber, n'importe dans quel endroit où il se trouve. Aussitôt que l'éjaculation s'est produite, il se sent soulagé et il retrouve son empire sur lui-même. C'est une chose terrible et fatale. Son avocat m'apprend que R... a déjà été condamné six fois pour le même délit: exhibition et masturbation sur la voie publique. Toutes les fois il a demandé que l'état mental de son client fût soumis à un examen médical et le tribunal a toujours refusé, alléguant que dans le dossier de la cause on ne trouvait exprimé aucun doute concernant la responsabilité de l'accusé.

Le 4 novembre 1889, R... étant dans sa période dangereuse, se trouvait dans la rue au moment où un groupe de petites filles de l'école passait devant lui. Son impulsion indomptable se réveilla. Il n'eut pas le temps d'aller dans un cabinet d'aisances, il était trop excité. Aussitôt il procéda à l'exhibition, se masturba sous une porte-cochère: immense scandale, arrestation. R... n'est pas idiot ni défectueux éthiquement. Il gémit sur son sort, éprouve une honte profonde de son acte, craint de nouveaux accès, mais considère ses accès comme morbides, comme une fatalité en présence de laquelle il se trouve impuissant.

Il se croit encore sexuellement puissant. Le pénis est d'une grandeur anormale. Existence du réflexe crémastérien; réflexe patellaire accentué. Depuis quelques années, faiblesse du sphincter vésical. Divers symptômes neurasthéniques.

Le rapport médical a démontré que R... avait agi sous l'influence de conditions morbides et d'une manière impulsive. Pas de condamnation. Le malade a été interné dans une maison de santé d'où il fut relaxé quelques mois plus tard.

Dans l'observation précédente, le point clinique principal n'est pas dans la névrose existante, mais plutôt dans le caractère impulsif de l'acte (exhibition pour la masturbation).

Il est évident qu'en établissant des catégories entre les exhibitionnistes imbéciles, entre ceux qui sont mentalement affaiblis et ceux qui se trouvent sous l'influence d'un trouble névrosique des sens (épileptique ou neurasthénique), le côté médico-légal de ce phénomène n'est pas encore épuisé. On peut ajouter aux groupes précédents un autre groupe dont les représentants sont, par suite de lourdes tares (héréditaires, névrose dégénérative), poussés périodiquement et d'une manière impulsive à l'exhibition.

Dans ces états de psychopathia sexualis periodica l'impulsion à l'exhibition éveillée par hasard, n'est qu'un phénomène partiel d'un ensemble clinique, de même que dans la dipsomania periodica. Magnan, à qui j'emprunte les deux cas instructifs suivants, attribue, avec raison, une grande importance au caractère impulsif et périodique de ces penchants morbides, ainsi qu'au fait que souvent ils sont accompagnés d'une angoisse pénible qui fait place à un sentiment de grand soulagement aussitôt que les désirs sont réalisés.

Ces faits—et, dans une mesure non moins grande, toute l'histoire clinique de la dégénérescence psychique, qu'on peut dans la plupart des cas ramener à des influences héréditaires ou à des conditions qui, dans les premières années de la vie, ont nui au développement du cerveau (Rachitis, etc.),—sont, au point de vue médico-légal, d'une signification décisive.

Observation 174.—G..., vingt-neuf ans, garçon de café, a, en 1888, exhibé sous la porte d'une église en face de plusieurs filles qui travaillaient dans un magasin. Il avoue le fait, et même que plusieurs fois déjà au même endroit et à la même heure, il s'était rendu coupable du même délit, ce qui, l'année passée, lui avait valu une peine d'un mois de prison.

G... a des parents très nerveux. Son père est mal équilibré psychiquement, d'un caractère très emporté. Sa mère est de temps en temps malade psychiquement et atteinte d'une grave maladie de nerfs.

G... eut de tout temps un tic nerveux de la face; variations continuelles entre une dépression sans motif avec tædium vitæ et des périodes de gaieté. À l'âge de dix ans et de quinze ans, il a voulu se suicider pour des raisons futiles.

Quand il est émotionné, il a des convulsions dans les extrémités. Il présente constamment de l'analgésie générale. En prison il fut tout d'abord hors de lui à cause de la honte et du déshonneur qu'il causait à sa famille; il s'accusait d'être le plus mauvais des hommes et de mériter la punition la plus grave.

Jusqu'à l'âge de dix-neuf ans, G... s'est satisfait par l'auto-masturbation et la masturbation mutuelle: il a aussi une fois onanisé une fille. À partir de cette époque, employé dans un café, il était à la vue de la clientèle féminine tellement excité qu'il en avait souvent de l'éjaculation. Il souffrait presque continuellement de priapisme et, comme l'affirmait sa femme, il en perdait le sommeil, malgré le coït. Depuis sept ans, il avait, à plusieurs reprises, exhibé et s'était exposé nudatus en présence de feminis vicinis.

En 1883, il a conclu son mariage par amour. Les devoirs conjugaux ne suffisaient pas à ses besoins excessifs. Par moments, son excitation sexuelle devenait si violente qu'il en avait des maux de tête, qu'il paraissait troublé, comme s'il était ivre, étrange, et incapable de faire son service.

Se trouvant dans cet état le 12 mai 1887, il avait deux fois, à de courts intervalles, exhibitionné devant des dames dans les rues de Paris. Depuis, il livre un combat désespéré contre ses penchants morbides qui l'obsèdent presque constamment; à la fin de cet état il était toujours sombre, consterné, et il pleurait alors des nuits entières. Toutefois, il recommençait toujours. Rapport médical: preuve de dégénérescence héréditaire avec idées obsédantes et impulsions irrésistibles (perversion délirante du sens génital). Acquittement. (Magnan, Arch. de l'anthropologie criminelle, T. V, n° 28).

Observation 175.—Br., vingt-sept ans, de mère névropathe et de père alcoolique, a un frère qui est ivrogne et une sœur qui est hystérique. Quatre parents proches du côté paternel sont des ivrognes; une cousine est hystérique.

Il pratiqua, à partir de onze ans, l'onanisme, tantôt solitaire, tantôt mutuel. À partir de l'âge de treize ans il eut un penchant à exhibitionner. Il essaya dans l'urinoir d'une rue, en éprouva un bien-être voluptueux, mais eut des remords bientôt après. Quand il essayait de combattre son penchant, il sentait une angoisse violente et un serrement à la poitrine.

Étant soldat, il avait souvent l'obsession de montrer, sous divers prétextes, sa mentulam aux camarades.

À partir de l'âge de dix-sept ans, il eut des rapports sexuels avec des femmes. Il avait un grand plaisir à se montrer nu devant elles. Il continuait ses exhibitions dans les rues. Mais comme dans les urinoirs il ne pouvait compter que rarement sur des spectateurs féminins, il choisit pour théâtre de ses délits les églises. Pour pouvoir exhibitionner dans ces endroits, il était toujours obligé de se remonter le courage par quelques verres.

Sous l'influence des boissons alcooliques, l'impulsion qu'il pouvait ordinairement assez bien maîtriser, devenait irrésistible. B... n'a pas été condamné, il perdit sa place et depuis il boit encore davantage. Peu de temps après, nouvelle arrestation pour exhibition et masturbation dans une église. (Magnan, idem.)

Observation 176.—X..., garçon coiffeur, trente-cinq ans, plusieurs fois condamné pour délits de mœurs, a été de nouveau arrêté parce que depuis trois semaines il rôdait autour d'une école de filles, il cherchait à attirer sur lui l'attention des filles, et quand il y réussissait il exhibitionnait immédiatement. À l'occasion, il leur avait aussi promis de l'argent en leur disant: Habeo mentulam pulcherrimam, venite ad me ut eam lambatis.

X... avoue tout au magistrat, mais, dit-il, il ne sait pas comment il a pu arriver à commettre de pareils actes. D'habitude c'est un homme de fort bon sens, mais il a un penchant à commettre ce délit, et il ne peut pas le réprimer.

Déjà, en 1879, étant soldat, il a quitté le service pour rôder dans la ville et exhibitionner devant des enfants. Un an de prison. En 1881, même délit. Il courait après les enfants et s'arrêtait fixe. Un an et trois mois de prison. Deux jours après avoir été rendu à la liberté il disait à deux petites filles: «Si mentulam meam videre vultis, mecum in hanc tabernam veniatis.» Il nia ces paroles et prétendit qu'il était ivre. Trois mois de prison.

En 1883, nouvelle exhibition. Il ne prononça pas une parole; pendant son interrogatoire, il prétendit que depuis une maladie grave qu'il avait eue, il y a huit ans, il souffrait de ces excitations morbides. Un mois de prison. En 1884, exhibition devant des filles dans un cimetière; en 1885, idem. Il déclara: «Je reconnais mon tort, mais c'est une maladie; quand cela me prend, je ne puis pas m'empêcher de faire ces actes. Parfois il se passe un plus long laps de temps pendant lequel ces penchants ne me viennent pas.» Six mois de prison.

Relaxé le 12 août 1885, il récidive le 13 août. Même excuse. Cette fois on le soumet à un examen médical qui ne put constater aucun trouble mental. Trois ans de travaux forcés.

Après avoir purgé cette peine, série de nouvelles exhibitions.

Cette fois, l'examen a donné les résultats suivants.

Le père a souffert d'alcoolisme chronique et, dit-on, avait commis le même genre d'actes d'impudicité. La mère et une sœur sont atteintes d'une maladie de nerfs; toute la famille était d'un tempérament violent.

X... souffrit de crises épileptiques à partir de sept ans jusqu'à dix-huit ans. À l'âge de seize ans, premier coït. Plus tard, gonorrhée et prétendue syphilis. Dans la période suivante, rapports sexuels normaux jusqu'à l'âge de vingt et un ans. À cette époque il était souvent obligé de passer devant un préau; à l'occasion il satisfaisait son besoin d'uriner et il arrivait que des enfants poussés par la curiosité le regardaient.

Incidemment, il s'aperçut que ces regards curieux l'excitaient sexuellement et lui donnaient de l'érection et même de l'éjaculation. Il trouva alors plus de plaisir à ce genre de satisfaction sexuelle, devint de plus en plus indifférent au coït; il ne se satisfaisait que par l'exhibition qui envahissait toutes ses pensées et dont il rêvait même dans ses pollutions. Il lutta contre ce penchant mais en vain; sa résistance devint de plus en plus faible. Il était pris avec une telle puissance qu'il n'avait plus d'égards pour rien, qu'il ne voyait ni n'entendait plus rien autour de lui, qu'il était complètement «sans raison, comme un taureau qui veut de sa tête enfoncer un mur».

X... a un crâne d'une largeur anormale; pénis petit; le testicule gauche est atrophié. Le réflexe patellaire manque. Symptômes de neurasthénie, surtout neuro-cérébrale. Pollutions fréquentes. Les rêves ont la plupart pour sujet le coït normal, et rarement l'exhibition devant des petites filles.

Quant à ses actes sexuels anormaux, il affirme que le penchant à chercher et à attirer des filles vient chez lui en première ligne, et ce n'est que lorsqu'il a réussi, earum intentionem in sua genitalia nudata transferre, erectionem et ejaculationem fieri; pendant l'acte il ne perd pas conscience. Après il est toujours mécontent de l'avoir commis et il se dit, quand il n'a pas été pris en flagrant délit, «qu'il a encore une fois échappé au procureur».

En prison il n'a plus ce penchant; là il n'est tourmenté que par des rêves et des pollutions. Quand il est en liberté il cherche chaque jour l'occasion de se satisfaire par l'exhibition. Il donnerait dix années de sa vie, s'il pouvait se débarrasser de sa manie; «cette vie d'angoisse continuelle, cette alternative entre la liberté et la prison est insupportable».

Le rapport médical supposa une perversité congénitale du sens sexuel en même temps qu'il constatait, une tare héréditaire manifeste, une constitution névropathique, une asymétrie du crâne, un développement défectueux des parties génitales.

Il est à remarquer aussi que l'exhibitionnisme s'est déclaré à partir de l'époque où la maladie épileptique a cessé, de sorte qu'on pourrait penser à un phénomène vicariant.

La perversion sexuelle s'est développée sur la base d'une prédisposition existante et par le concours d'une association d'idées amenée par le hasard (regards curieux des enfants lorsqu'il urinait), à la suite d'un acte insignifiant en lui même.

Le malade n'a pas été condamné, mais transféré dans un asile d'aliénés. (Dr Freyer, Zeitschr. f. Medicinalbeamte, 3e année n° 8.)

Observation 177.—Par une soirée du printemps de 1891, vers les neuf heures, une dame venait toute consternée au poste de police du Stadtpark raconter l'incident suivant. Pendant qu'elle se promenait, un homme complètement nu par devant était sorti subitement d'un bosquet et s'était approché d'elle; épouvantée, elle avait pris la fuite. L'agent de police se rendit immédiatement à l'endroit désigné et y trouva un homme qui exposait aux regards ventrem et genitalia nuda. Il essaya de se sauver, mais il fut rejoint et arrêté. Il déclara avoir été, par suite d'une forte consommation d'alcool, excité sexuellement et sur le point de se mettre en quête d'une prostituée. En traversant le parc il s'était souvenu que l'exhibition lui procurait beaucoup plus de jouissance que le coït qu'il ne pratique que rarement et à défaut d'un autre genre de satisfaction. Après avoir retiré sa chemise et déboutonné la partie supérieure de son pantalon, il s'était posté dans un bosquet et quum duæ feminæ advenissent nudatis genitalibus iis occurrisse. Dans cette situation il sent une chaleur agréable et le sang lui monte à la tête.

L'inculpé est un ouvrier d'un établissement industriel; son contremaître le dépeint comme un homme consciencieux dans ses devoirs, laborieux, rangé, sobre et intelligent.

Déjà en 1886 B... a été condamné pour avoir deux fois exhibitionné sur la voie publique: la première fois en plein jour, et la seconde fois, le soir, étant assis sous une lanterne.

B..., âgé de trente-sept ans, célibataire, fait une impression étrange par sa mise de gommeux, son langage et ses manières affectés. Son œil a une expression névropathique et romanesque; autour de sa bouche se dessine toujours un sourire d'infatuation. Il prétend être né de parents sains. Une sœur de son père et une sœur de sa mère eurent une maladie mentale. D'autres sœurs de sa mère passaient pour des dévotes excentriques.

B... n'a jamais eu de maladies graves. Dès son enfance il était excentrique, fantasque, aimait les romans de chevalerie et autres, s'absorbait tout entier dans ces sortes d'histoires et finissait par s'identifier, dans son imagination surchauffée, avec les héros du roman. Il croyait toujours être quelqu'un de supérieur aux autres, attachait une grande valeur à une mise élégante et aux bijoux; et lorsque les dimanches il se pavanait, il croyait dans son imagination être un fonctionnaire supérieur. B... n'a jamais présenté de symptômes d'épilepsie. Dans sa première jeunesse, il a pratiqué un onanisme modéré, plus tard le coït d'une façon modérée. Il n'a jamais eu avant des sentiments ou des impulsions sexuelles perverses. Il vivait d'une vie retirée et employait ses loisirs à la lecture (ouvrages populaires et histoires de chevalerie, Dumas entre autres). B... n'était pas buveur. Ce n'est qu'exceptionnellement qu'il se préparait une sorte de bowle et en la buvant il se sentait excité sexuellement.

Depuis quelques années son libido ayant considérablement diminué, il avait conçu pendant ses libations alcooliques «l'idée bête en diable» et le désir genitalia adspectui feminarum publice exhibere.

366

Quand il est dans cet état, il s'échauffe; le cœur lui bat violemment, le sang lui monte à la tête, et alors il ne peut se défendre contre son penchant. Il ne voit ni n'entend plus autre chose, et il est alors tout à fait absorbé par son désir. Après il a souvent frappé à coups de poing sa tête folle et pris la ferme résolution de ne plus faire du pareilles choses, mais les idées folles lui sont toujours revenues.

Pendant ces exhibitions, son pénis n'a qu'une demi-érection et jamais il n'y a éjaculation, celle-ci d'ailleurs ne se produit que tardivement quand il fait le coït. Il lui suffit, lorsqu'il exhibe, genitalia adspicere, et il a alors l'idée soulignée par une sensation voluptueuse que cet aspect doit être très agréable aux femmes, de même que lui regarde genitalia feminarum. Il n'est capable de faire le coït que lorsque la puella se montre très prévenante. Sinon il préfère payer et s'en aller sans avoir rien fait. Dans ses rêves érotiques, il exhibitionne devant des femmes jeunes et plantureuses.

Le rapport médico-légal a démontré la personnalité héréditairement psychopathique de l'inculpé, la tendance perverse et impulsive aux délits incriminés et a fourni encore la preuve, digne d'être remarquée, que les impulsions à la consommation de l'alcool, chez cet homme d'habitude sobre et économe, doivent être attribuées à une contrainte morbide qui revient périodiquement. Il ressort à l'évidence des species facti que pendant ses accès B... se trouvait dans un état d'exception psychique, dans une sorte de trouble des sens, tout à fait plongé dans ses fantaisies sexuelles perverses. C'est ainsi que s'explique aussi le fait qu'il ne s'est aperçu de l'approche de l'agent de police que lorsqu'il était déjà trop tard pour prendre la fuite. Ce qui est intéressant dans cet exhibitionnisme héréditaire, dégénératif et impulsif, c'est que le penchant sexuel pervers a été réveillé de son état latent par l'influence de l'alcool.

Les frotteurs représentent une espèce d'exhibitionnistes remarquables au point de vue médico-légal. Leur perversion repose sur un fondement névrotico-dégénératif et clinique qui est analogue à celui des autres exhibitionnistes; mais le procédé qui les caractérise particulièrement est provoqué par un libido violent (hyperæsthesia sexualis) qui existe en même temps qu'une puissance sexuelle fort entamée.

Les trois observations suivantes, empruntées à Magnan (op. cit.), sont typiques.

Observation 178.—D..., quarante-quatre ans, taré, alcoolique et atteint de saturnisme, s'était beaucoup masturbé jusqu'à il y a un an; il avait aussi dessiné beaucoup d'images pornographiques et les avait montrées à ses amis. À plusieurs reprises, se trouvant seul chez lui, il s'était habillé en femme.

Depuis deux ans, étant devenu impuissant, il éprouvait le besoin d'aller dans la foule à l'heure du crépuscule et mentulam denudare eamque ad nates mulieris crassissimæ terere.

Pris un jour en flagrant délit, il fut condamné à quatre mois de prison.

Sa femme tient une crèmerie. Iterum iterumque sibi temperare non potuit quia genitalia in ollam lacte completam mergeret. Il éprouvait alors une sensation de volupté «comme s'il y avait contact avec du velours».

Il était assez cynique pour se servir de cette huile pour lui et pour ses clients.

En prison il s'est développé chez lui une monomanie alcoolique de persécution.

Observation 179.—M..., trente et un ans, marié depuis six ans, père de quatre enfants, lourdement taré, souffrant épisodiquement de mélancolie, a été il y a trois ans surpris par sa femme au moment où, revêtu d'une robe de soie, il se masturbait. Un jour il fut surpris dans un magasin au moment où il se frottait contre une dame. Il fut profondément confondu et demanda une punition sévère pour son penchant qui d'ailleurs était irrésistible.

Observation 180.—G..., trente-trois ans, lourdement chargé de tares héréditaires, est surpris à une station d'omnibus au moment où il frottait son membre contre une dame. Profond repentir, mais affirmation qu'à l'aspect des posteriora prononcés d'une dame il se sentait irrésistiblement entraîné à faire du frottage et qu'il est alors troublé au point de ne plus savoir ce qu'il fait.

Internement dans un asile d'aliénés.

Observation 181.—Z.... né en 1850, d'un passé irréprochable, de bonne famille, employé d'une administration privée, bonne situation matérielle, sans tare, veuf depuis 1873, après un ménage de courte durée, s'était depuis longtemps fait remarquer dans les églises par sa manie de se presser par derrière contre les femmes, jeunes ou vieilles, et de manipuler leurs tournures. On le guetta et un jour on réussit à l'arrêter en flagrant délit. Il fut consterné au plus haut degré; désespérant de sa situation, il pria, en faisant un aveu complet, qu'on le ménage, sinon il ne lui resterait qu'à se suicider.

Depuis deux ans, il était obsédé par le penchant funeste, quand il se trouvait au milieu d'une foule, à l'église ou au théâtre, à se frotter par derrière contre les femmes et de manipuler leurs robes bouffantes, ce qui lui donnait de l'orgasme et de l'éjaculation.

Z... affirme n'avoir jamais été adonné à la masturbation et n'avoir dans aucun sens de tendance sexuelle perverse. Depuis la mort prématurée de sa femme, il avait satisfait ses puissants besoins sexuels dans des amourettes temporaires, mais il avait toujours eu de la répugnance pour les bordels et les prostituées. Le penchant au frottage lui est venu subitement, il y a deux ans; il stationnait par hasard dans une église. Bien qu'il se rendît compte que c'était inconvenant, il n'a pu s'empêcher de céder immédiatement à cette impulsion. Depuis il est devenu si excité par les postérieurs des femmes qu'il se sent poussé à chercher des occasions de frottage. Chez la femme il n'y a que la tournure qui l'excite; tout le reste du corps ou la toilette lui est absolument indifférent, de même que l'âge de la femme, sa beauté ou sa laideur. Depuis il n'a plus d'inclination pour la satisfaction naturelle. Ces derniers temps des scènes de frottage apparaissaient aussi dans ses rêves érotiques.

Pendant le frottage il se rend parfaitement compte de sa situation et de la portée de son acte, et il s'efforce de procéder autant que possible de manière à n'être pas aperçu. Après il éprouve toujours de la honte d'avoir commis une pareille action.

L'examen médico-légal n'a relevé aucun symptôme de maladie mentale ou de faiblesse intellectuelle, mais bien des symptômes de neurasthenia sexualis—ex abstinentia libidinosi, ce qui est indiqué aussi par le fait que le seul contact du fétiche avec les parties génitales non exhibées suffisait à produire une éjaculation. Il est évident que le libidineux Z... qui était sexuellement très affaibli et qui se méfiait de sa puissance, a été amené au frottage par une coïncidence accidentelle: la vue de posteriora feminæ avec une émotion sexuelle. C'est cette liaison associative d'une perception avec une sensation qui a donné au postérieur féminin le caractère d'un fétiche.

Comme actes offensant la moralité publique et, par conséquent, tombant sous le coup de la loi, on peut encore ajouter aux précédents les cas d'outrages à des statues dont Moreau (op. cit.) a recueilli toute une série, dans les temps antiques et modernes. Malheureusement il ne sont rapportés que dans des récits ayant trop le caractère anecdotique pour pouvoir être analysés et jugés avec certitude. Ils produisent toujours l'impression de faits de nature pathologique. Ainsi, par exemple, l'histoire de ce jeune homme (racontée par Lucianus et saint Clément d'Alexandrie) qui se servait d'une Vénus de Praxitèle pour assouvir ses désirs; ensuite le cas de Clisyphus qui, au temple de Samos, a souillé la statue d'une déesse après avoir apposé un morceau de viande à un certain endroit de cette œuvre sculpturale.

À une époque plus récente, le journal l'Évènement du 4 mars 1877 publie l'histoire d'un jardinier qui, étant tombé amoureux de la statue de la Vénus de Milo, fut pris en flagrant délit au moment où il faisait des essais de coït sur cette statue. Ces cas sont cependant en rapports étiologiques avec un libido anormalement fort qui subsiste en même temps qu'une puissance défectueuse ou bien un manque de courage ou d'occasions pour une satisfaction sexuelle normale.

Il faut faire la même supposition, en ce qui concerne les soi disant «voyeurs108», c'est-à-dire ces hommes qui sont assez cyniques pour chercher à voir faire le coït afin de stimuler leur puissance, ou bien qui, à l'aspect d'une femme excitée, sont pris d'orgasme et d'éjaculation.

Note 108:
Le docteur Moll désigne cette perversion par le nom de Mixoskopie (μιξι, = union sexuelle et σκεπτειν, = regarder). Son hypothèse, qui la rapproche du masochisme parce que peut-être le voyeur trouve un charme à souffrir en voyant une femme en la possession d'un autre, ne me paraît pas juste. D'autres détails à voir chez Moll, Inversion sexuelle, édit. française, Carré, éditeur, Paris.

En ce qui concerne ce genre d'aberration morale que nous ne voulons pas ici traiter plus amplement, pour diverses raisons, il suffirait de renvoyer au livre de Coffignon: La Corruption à Paris. Les révélations faites dans ce livre sur le domaine de la perversité et aussi de la perversion sexuelle, sont de nature à inspirer de l'horreur.

2. VIOL ET ASSASSINAT PAR VOLUPTÉ.

Code autrichien § 125, 127; Projet de Code autrichien § 192; Code allemand § 117.

Le législateur entend par viol le fait qu'une personne adulte est forcée à subir le coït devant une menace dangereuse, ou par un acte de violence, ou quand elle est mise hors d'état de se défendre, ou qu'elle a perdu conscience d'elle-même, et enfin, le coït hors du mariage entrepris sur une fille au-dessous de dix-sept ans. Pour que le viol ait lieu, il faut au moins la conjunctio membrorum (Schütze). À notre époque, le viol commis sur des enfants est d'une fréquence surprenante. Hoffmann (Geri. Med., I., p. 188) et Tardieu (Attentats) rapportent des cas épouvantables.

Le dernier constate le fait que, dans la période de 1851 à 1875, on a jugé en France 22,017 délits de viol dont 17,657 avaient été commis sur des enfants.

Le crime de viol suppose un penchant sexuel, temporairement très puissamment excité, soit par l'alcool, soit par d'autres moyens. Il est fort improbable qu'un homme sain au moral commette un crime d'une telle brutalité. Lombroso (Goltdammers Archiv) croit que la majorité des violateurs sont des dégénérés, ce qui est surtout le cas quand le viol a été commis sur des enfants ou des vieilles femmes. Il prétend avoir trouvé des stigmates de dégénérescence chez beaucoup d'hommes de cette catégorie.

En effet, souvent le viol est un acte impulsif d'hommes tarés, d'imbéciles[109] qui, selon les circonstances, ne respectent pas même les liens consanguins de la plus proche parenté.

Note 109:
Annal. médico-psychol., 1819, p. 515; 1863. p. 57; 1867, p. 45; 1866. p. 253.

On peut supposer que des viols aient lieu au milieu d'un accès de folie furieuse, par suite de satyriasis, ou par suite d'épilepsie; en effet on a constaté déjà plusieurs crimes de viol commis dans une des circonstances que nous venons d'énumérer.

Parfois l'acte du viol est suivi d'égorgement de la victime[110]. Il peut alors s'agir d'un homicide commis sans intention préalable ou d'un assassinat commis dans le but de faire taire pour jamais le seul témoin de la forfaiture ou enfin d'un assassinat par volupté. On devrait employer, pour ces derniers cas seulement, le terme Lustmord (assassinat par volupté)[111].

Note 110:
Comparez les cas de Tardieu, Attentats, p. 182-192.

Note 111:
Comparez Holtzendorff, Psychologie des Mords.

Nous avons déjà parlé dans ce livre des mobiles de l'assassinat commis par volupté. Les exemples que nous avons cités à ce propos sont bien caractéristiques par la façon de procéder de l'auteur. On peut toujours soupçonner un assassinat par volupté dans le cas où l'on constate aux parties génitales des lésions d'un tel caractère et d'une telle dimension qu'elles ne peuvent pas être attribuées uniquement à la brutalité de l'acte du coït même. Cette supposition est encore de beaucoup plus fondée quand on trouve des plaies sur le corps, des parties du corps (intestins, parties génitales) arrachées, ou quand celles-ci manquent et qu'elles ont été enlevées par le violateur.

L'assassin par volupté, qui commet son acte dans des conditions psychopathiques, n'a vraisemblablement jamais de complices.

Observation 182. (Imbécillité. Épilepsie. Tentative de viol. Mort de la victime)112.—Le 27 mai 1888, au soir, le petit Blaise, garçon de huit ans, jouait avec d'autres enfants près du village de S... Un homme inconnu arriva par la chaussée et attira l'enfant dans le bois.

Note 112:
Tardieu, Attentats, Observation L1, p. 188.

Le lendemain on trouva dans une ravine le cadavre du garçon, le ventre ouvert, une large blessure du côté du cœur et deux blessures par coups de couteau dans le cou.

On supposa un assassinat par volupté; un homme du signalement de l'assassin du petit garçon avait déjà, le 21 mai, essayé de traiter de la même façon une fille de six ans, et il n'en fut empêché que par l'effet du hasard.

Il fut constaté que le cadavre avait été trouvé dans une position accroupie et n'ayant comme vêtement que la chemise et un gilet de flanelle: on a trouvé une longue incision sur le scrotum.

Les soupçons d'assassinat portèrent sur le valet de ferme E..., mais à la confrontation les enfants n'ont pu démontrer son identité avec l'inconnu qui avait attiré le garçon dans le bois. De plus, avec l'aide de sa sœur, E... établit un alibi.

La gendarmerie, infatigable, réussit cependant à recueillir de nouveaux indices et enfin E... fit des aveux complets.

Il avait attiré la fillette dans le bois, l'avait terrassée, lui avait dénudé les parties génitales et avait voulu en abuser. Mais comme elle avait la teigne et qu'elle criait beaucoup, il avait perdu l'envie de commettre son acte et s'était enfui.

Après avoir attiré le garçon dans le bois sous prétexte de prendre des nids d'oiseaux, il eut une envie subite d'abuser de lui. Mais comme l'enfant refusait de défaire son pantalon, il le lui avait enlevé de force, et comme il criait, il lui avait donné deux coups de couteau dans la gorge. Il avait alors fait une incision sur le pubis pour avoir un semblant de parties génitales féminines et pour assouvir son désir par cette fente. Mais le corps étant devenu tout de suite froid, il avait perdu l'envie de commettre l'acte, il s'était empressé de laver ses mains et son couteau et de prendre la fuite.

En voyant le garçon mort, il avait pris peur et son membre était tout de suite devenu flasque.

Pendant son interrogatoire E... jouait avec son chapelet, comme si l'affaire ne le regardait pas. Il a agi par faiblesse mentale. Il ne peut pas comprendre, ajoute-t-il, comment il a pu commettre une pareille action. C'est peut-être dans le sang, car souvent il devient abruti à en tomber par terre. Ses anciens maîtres affirment qu'il avait des moments où il était comme en absence d'esprit, récalcitrant, qu'alors il ne travaillait pas pendant des journées et qu'il fuyait la société des hommes.

Son père dépose que E... apprenait difficilement à l'école, qu'il était maladroit au travail et souvent si hébété qu'on n'osait pas le punir. Alors il ne mangeait rien, quittait à l'occasion la maison et restait absent pendant plusieurs jours.

Dans ces périodes, il paraissait tout à fait absorbé par ses pensées, faisait des grimaces singulières et tenait des propos incohérents.

Étant jeune homme, il pissait encore au lit, et lorsqu'il fréquentait l'école il est souvent revenu de la classe avec ses vêtements mouillés ou souillés. Son sommeil était très agité, de sorte qu'on ne pouvait pas dormir à côté de lui. Il n'a jamais eu de camarades; il n'a jamais été ni cruel, ni méchant, ni immoral.

La mère fait une déposition analogue; elle dit encore que E... eut à l'âge de cinq ans, pour la première fois, des convulsions et qu'il perdit la parole pendant sept jours. À l'âge de sept ans environ il a eu pendant quarante jours des accès de convulsions et a été aussi hydropique. Plus tard encore il avait souvent pendant son sommeil des mouvements convulsifs; il parlait pendant son sommeil et quelquefois après de pareilles nuits on trouvait le matin le lit tout mouillé.

Parfois on ne pouvait rien obtenir de ce garçon. Comme la mère ne savait pas si c'était à cause de sa méchanceté ou par maladie, elle n'osait pas le punir.

Depuis ses accès convulsifs à l'âge de sept ans, il avait tellement rétrogradé intellectuellement, qu'il ne put même pas apprendre les prières ordinaires; de plus il est devenu d'un caractère très emporté.

Les voisins, les autorités de la commune, les maîtres d'écoles, confirment que E... était un homme faible d'esprit, emporté, parfois très bizarre, et se trouvant naturellement dans un état d'exception psychique.

Voici ce qui ressort de l'examen des médecins légistes. E... est grand, svelte, maigre, son crâne a une circonférence d'à peine 53 centimètres; il est rhombiquement déformé et la partie postérieure est abrupte.

L'air est inintelligent, le regard fixe, sans expression, le maintien du corps négligé, penché en avant; les mouvements sont lents et lourds. Les parties génitales sont normalement développées. Tout l'extérieur de E... indique la torpeur et la débilité mentale.

Pas de stigmates de dégénérescence, ni anomalie des organes végétatifs, pas de troubles du côté de la motilité ni de la sensibilité. E... est né d'une famille tout à fait saine. Il ne se rappelle pas avoir eu des convulsions dans son enfance ni avoir mouillé son lit la nuit, mais il raconte que ces années dernières il a eu des accès de vertige et de «lourdeur» dans la tête.

De prime abord il nie carrément son assassinat. Plus tard il avoue tout avec un grand repentir et expose clairement devant le juge d'instruction les mobiles de son crime. Jamais auparavant une pareille idée ne lui était venue.

E... s'est adonné depuis des années à l'onanisme. Il le pratiquait jusqu'à deux fois par jour. Il prétend que par manque de courage il n'a jamais osé demander le coït à une femme, bien que, dans ses rêves érotiques, c'étaient toujours des scènes avec des femmes qui planaient devant son imagination. Ni dans ses rêves ni à l'état de veille il n'a jamais eu de tendances perverses et en particulier pas d'idées d'inversion sexuelle ni de sadisme. La vue de l'abatage des animaux ne l'aurait jamais intéressé non plus. Quand il attira la fille dans le bois, il a, sans doute, voulu assouvir son désir; mais il ne saurait pas expliquer comment il a pu en arriver à s'attaquer au petit garçon. Il a dû être alors hors de lui-même. La nuit qui suivit l'assassinat, il n'a pu dormir de peur; aussi a-t-il déjà deux fois confessé son crime pour apaiser ses remords. Il ne craint que d'être pendu. Il prie qu'on lui épargne seulement ce genre de châtiment, puisqu'il n'a agi que par débilité d'esprit.

Il ne saurait dire pourquoi il a ouvert le ventre du garçon. Il n'a pas eu l'idée de fouiller dans les entrailles, ni de les renifler, etc. Il prétend que le lendemain de son attentat sur la fille et la nuit qui suivit l'assassinat du garçon, il avait eu son accès de convulsions. Au moment de ses actes, il avait pleine conscience, mais il n'a pas réfléchi à ce qu'il faisait.

Il souffre beaucoup de maux de tête, ne supporte pas la chaleur, ni la soif, ni les boissons alcooliques; il a des heures où sa tête est tout à fait troublée. L'examen de ses facultés intellectuelles fait constater un degré très avancé d'imbécillité.

Le rapport médico-légal (Dr Kautzner, à Gratz) montre l'imbécillité et la névrose épileptique de l'accusé et admet comme vraisemblable que ses crimes dont il n'a d'ailleurs qu'un souvenir sommaire, ont été commis dans un état d'exception psychique, préépileptique, occasionné par la névrose. En tout cas, E... est un danger pour la sécurité publique et il a besoin d'être interné probablement à perpétuité dans un asile d'aliénés.

Observation 183.113 (Viol commis par un idiot sur une petite fille. Mort de la victime).—Le soir du 3 septembre 1889, Anna, petite fille d'ouvriers, âgée de dix ans, alla à l'église du village éloignée de trois quarts d'heure de marche de sa demeure, elle n'en revint pas. Le lendemain on trouva son cadavre à cinquante pas de la chaussée, dans un bosquet; la face était tournée vers le sol, la bouche était bouchée avec de la mousse; à l'anus il y avait trace de viol.

Note 113:
Comparez le rapport médical complet de ce cas dans Friedreichs Blætter, fascicule 6.

Les soupçons se portèrent sur le journalier K..., âgé de dix-sept ans, car celui-ci avait déjà, le 3 septembre, essayé d'attirer l'enfant dans le bois comme elle rentrait de l'église.

373

K..., mis en état d'arrestation, nie d'abord, mais bientôt après il fait des aveux complets. Il avait tué l'enfant en l'étouffant et, quand elle ne «remua» plus, actum sodomiticum in ano infantis perpetravit.

Pendant la première enquête judiciaire, personne n'avait soulevé la question de savoir quel était l'état mental de ce criminel monstrueux; la demande de l'avocat auquel la défense avait été confiée d'office peu de temps avant les débats judiciaires, que l'état mental de l'accusé fût soumis à un examen médical, avait été repoussée «parce qu'il n'y avait dans le dossier aucun fait mentionné qui pût faire supposer un trouble cérébral».

Par hasard le vaillant avocat réussit à faire constater que l'aïeul et la tante du côté paternel de l'accusé étaient des aliénés; que son père était depuis son enfance un buveur d'eau-de-vie et estropié d'un côté. Le défenseur a pu faire confirmer ces faits au cours de la séance publique.

Ces constatations n'eurent pas d'effet non plus. Enfin l'avocat décida le médecin légiste à proposer qu'on envoyât K... pour six semaines dans une maison de santé pour y être observé.

Le rapport des médecins aliénistes de l'asile présenta K... comme un idiot qu'on ne pouvait pas rendre responsable de son acte.

Il paraissait indifférent, abruti, apathique; il avait oublié presque tout ce qu'il avait appris à l'école: il ne manifestait jamais dans ses paroles ou dans ses gestes le moindre mouvement de pitié, de repentir, de honte, d'espoir ou de crainte pour l'avenir. Sa figure était immobile comme un masque.

Le crâne est tout à fait anormal et a la forme d'une boule: preuve que le cerveau était déjà malade dans la période fœtale ou du moins dans les premières années du développement.

Sur cet avis, K... a été interné pour toujours dans un asile d'aliénés.

Grâce à un brave avocat et à son sentiment infatigable du devoir, la magistrature a pu dans ce cas éviter de commettre un assassinat judiciaire, et la société humaine a pu sauver son honneur.

Observation 184 (Assassinat par volupté. Imbécillité morale).—Homme d'un âge moyen, né en Algérie, prétendant descendre de race arabe. Il servit quelques années dans les troupes coloniales, voyagea ensuite comme matelot entre l'Algérie et le Brésil et est parti plus tard pour l'Amérique du Nord, attiré par l'espoir d'y pouvoir plus facilement gagner sa vie. Il était connu dans son entourage comme un homme paresseux, lâche et brutal. Il a été plusieurs fois condamné pour vagabondage; on disait que c'était un voleur du plus bas étage, qu'il se promenait avec des femmes de la plus vile espèce et qu'il faisait cause commune avec elles. On connaissait aussi ses rapports sexuels pervers et ses pratiques dans ce sens. Il avait à plusieurs reprises mordu et battu des femmes avec lesquelles il avait eu des rapports sexuels. D'après son signalement, on croyait tenir en sa personne cet inconnu qui, pendant la nuit, effrayait dans la rue les femmes en les enlaçant de ses bras et en les embrassant et qu'on désignait sous le nom de Jack the Kisser (Jacques l'embrasseur).

Il était de haute taille (plus de 6 pieds), un peu voûté. Le front bas, les pommettes très saillantes, les mâchoires massives, les yeux petits, rapprochés l'un de l'autre, rouges; le regard perçant, de grands pieds, des mains comme des serres d'oiseau de proie; en marchant il lançait les pieds. Ses bras et ses mains étaient couverts du nombreux tatouages, entre autres l'image coloriée d'une femme autour de laquelle se trouvait inscrit le nom de «Fatima», fait digne d'être remarqué, car, chez les Arabes des troupes algériennes, le tatouage d'un portrait de femme est une marque de déshonneur, et les prostituées de ce pays ont une croix tatouée sur le corps. Son extérieur faisait l'impression d'un être d'une intelligence très inférieure.

N... fut convaincu d'avoir assassiné une femme d'un âge mûr avec laquelle il avait passé la nuit. Le cadavre avait plusieurs blessures, remarquables par leur longueur; le ventre était ouvert, des morceaux de boyaux coupés, de même qu'un ovaire; d'autres parties se trouvaient éparses autour du cadavre. Plusieurs des blessures avaient la forme d'une croix, et une celle d'un croissant. L'assassin avait étranglé sa victime. N... nie l'assassinat de même que tout penchant à de pareils actes. (Dr Mac-Donald, Clark University Mass.)

3. COUPS ET BLESSURES, DÉTÉRIORATION D'OBJETS, MAUVAIS TRAITEMENTS SUR DES ANIMAUX, PAR SUITE DE SADISME.

Autriche, § 152, 411; Allemagne, § 223; Autriche, § 85, 468; Allemagne, § 303; Ordonnance de police autrichienne; Allemagne, Code pénal, § 300; mauvais traitements sur les animaux.

À côté de l'assassinat par volupté, que nous avons traité dans le chapitre précédent, on rencontre aussi des manifestations plus atténuées des penchants sadistes, telles que les piqûres jusqu'au sang, la flagellation, la souillure des femmes, la flagellation des garçons, les mauvais traitements sur des animaux, etc. La signification lourdement dégénérative de ces cas ressort clairement des observations analysées dans le chapitre de la pathologie générale de ce livre. Les dégénérés intellectuels de ce genre, s'ils sont incapables de dompter leurs envies perverses, ne peuvent être que l'objet d'un internement dans un asile d'aliénés.

Observation 185.—X..., vingt-quatre ans, parents sains, deux frères morts de la tuberculose, une sœur souffre de crises périodiques. À l'âge de huit ans, X... éprouvait déjà une singulière sensation de volupté avec érection toutes les fois qu'à l'école il pressait son abdomen contre le banc.

Il se procura souvent ce plaisir. Plus tard masturbation mutuelle avec un camarade d'école. La première éjaculation a eu lieu à l'âge de treize ans. Au premier essai de coït qu'il fit à l'âge de dix-huit ans, il fut impuissant. Il continue l'auto-masturbation; il est atteint d'une neurasthénie grave, après la lecture d'un ouvrage populaire qui décrivait les suites funestes de l'onanisme. Il s'améliore par l'hydrothérapie. En renouvelant un essai de coït, il est de nouveau impuissant. Retour à la masturbation. Celle-ci échoue avec le temps.

Alors X... saisit des oiseaux vivants par le bec et les agite en l'air. L'aspect de l'animal torturé produit l'érection tant désirée. Aussitôt que l'animal touche avec la pointe de ses ailes le pénis, il y a éjaculation avec grande volupté. (Dr Wuchholtz, Friedreichs Blætter f. ger. Med., 1892, fasc. 6, p. 136.)

Observation 186 (Sadisme commis sur des garçons et des filles par un idiot moral).—K... quatorze ans et cinq mois, tue un petit garçon d'une manière cruelle. L'enquête constate, outre deux cas d'homicide, une série de sept cas dans lesquels K... a cruellement torturé des petits garçons. Tous ces enfants avaient entre sept et dix ans. K... les attirait dans un endroit désert, les déshabillait complètement, leur liait les mains et les pieds, les attachait solidement à un objet quelconque, leur bâillonnait la bouche avec un mouchoir et les battait avec un bâton, une courroie ou un bout de corde, en donnant des coups mesurés, laissant des intervalles d'une minute entre chaque coup et «souriant» pendant ce temps, sans prononcer une seule parole. Il força en le menaçant de mort un de ces garçons de dire deux fois le Pater noster, de jurer de garder le silence et ensuite de répéter des blasphèmes qu'il lui dictait. Dans un autre fait, qui a eu lieu plus tard, il donne des coups d'épingle à la joue du garçon, joue avec les parties génitales de cet enfant et lui fait aussi des piqûres dans cet endroit du corps et autour; il le fait coucher sur le ventre, piétine sur lui, le pique et le mord aux nates. Un autre garçon est mordu au nez, et reçoit plusieurs coups de couteau. La huitième de ses victimes est une petite fille qu'il attire dans le magasin de sa mère. Là il l'assaille par derrière, lui ferme la bouche d'une main tandis que de l'autre il lui coupe la gorge.

On retrouve le cadavre dans un coin, couvert de cendres et de fumier; la tête est séparée du corps, la chair détachée des os, le corps couvert de nombreuses blessures et d'incisions. La plus grande incision, blessure béante, se trouve du côté intérieur de la cuisse gauche, traversant les parties génitales jusqu'à la cavité du ventre. Une autre incision s'étend de la fosse iliaque en sens oblique à travers l'abdomen. Les vêtements et le linge sont coupés en morceaux et déchirés.

Le cadavre de la neuvième victime avait la gorge coupée, le sang avait coulé des yeux, le cœur était transpercé de coups nombreux. Nombre de coups de couteau avaient pénétré dans la cavité du ventre. Le scrotum était ouvert, les testicules étaient coupés de même que le pénis.

K... avait attiré le garçon de la même manière que la fille; il lui avait coupé d'abord la gorge et ensuite porté les coups de couteau.

K..., sur les antécédents duquel on n'a aucun renseignement, fut gravement malade pendant toute la première année de sa vie; il était alors maigre comme un squelette. Dans la deuxième année de sa vie, il se remit peu à peu, sauf qu'il se plaignait souvent de maux de tête et d'yeux, de vertiges; il aurait été bien portant jusqu'à l'âge de onze ans, alors il eut une «maladie grave» avec délire. Parfois, les maux de tête le prenaient subitement, de telle sorte qu'il interrompait brusquement ses jeux, et qu'il n'y pouvait retourner qu'après un certain laps de temps. Quand on l'interrogeait dans ces moments, il ne répondait qu'à voix basse et lente: «Oh, ma tête! ma tête!»

C'était un enfant indocile, peu obéissant et réfractaire à toute éducation. Il montrait des changements brusques dans son état d'esprit, ses désirs et ses idées. À l'âge de trois ans, on le surprit un jour, au moment où il torturait, à coups de couteau un petit poulet. Il raconte des fables avec l'air d'une véracité parfaite. À l'école il dérange les autres, fait des grimaces, murmure sans cesse, est récalcitrant et manque de respect au maître. Il considère toute correction comme une injustice. Mis à l'école de correction, il se tient à l'écart des autres élèves, s'occupe de lui-même, est méfiant, détesté par ses camarades, n'a pas d'amis. Ses facultés intellectuelles sont bonnes; on convient qu'il a une intelligence claire, de la perspicacité et une bonne mémoire. Au point de vue éthique, cependant, il se montre très défectueux. Il ne manifeste pas la moindre douleur, ni le moindre repentir de ses actes; il n'a aucune conscience de la responsabilité. Pour sa mère seule, il a quelque chose comme une velléité de tendresse. Il n'attache aucune importance particulière à ses crimes. Il pèse froidement ses chances et se dit qu'on ne pourra pas le condamner à mort puisqu'il n'a que quatorze ans; il sait que jusqu'ici ce n'est pas l'usage de pendre des garçons de quatorze ans, et, ajoute-t-il, ce n'est pas avec lui qu'on commencera à rompre avec la tradition. Quant au mobile de ses actes on ne peut obtenir aucune explication de K... Une fois, il prétend qu'à la suite de la lecture de récits sur les tortures que les prisonniers des Peaux-Rouges avaient à subir, il s'enquit de ces cruautés et fut poussé à les imiter. Il avait même, pour cette raison, voulu un jour s'enfuir et aller chez les Indiens de l'Amérique. Quand il se désignait une victime il avait toujours l'imagination remplie de scènes et d'actes de cruauté.

Le matin de ces jours-là, il s'était toujours réveillé avec du vertige et la tête lourde, et cela durait toute la journée.

Comme anomalies physiques, il n'y a que le volume considérable du pénis et des testicules. Le mons Veneris montre un système pileux complet; toutes les parties génitales ont les proportions et le développement de celles d'un homme adulte. On ne peut trouver des symptômes indiquant l'existence de l'épilepsie. (Dr Mac-Donald, Clark University Mass.)

Observation 187 (Assassinat par sadisme).—Homme marié, âgé de trente ans à l'époque de son dernier crime, c'est-à-dire au moment de la découverte. Il avait attiré une fille dans un clocher de l'église dont il était sacristain et l'y avait tuée. Devant les preuves et les indices, il avoua avoir commis encore un autre assassinat, analogue à celui-ci.

Les deux cadavres avaient de nombreuses blessures sur les parties molles de la tête, blessures causées par un instrument contondant, des enfoncements des os du crâne, des effusions de sang sous la dure-mère et dans le cerveau. Les deux cadavres n'avaient pas de blessures sur les autres parties du corps; les parties génitales particulièrement étaient intactes.

Sur le linge du criminel, qui a été arrêté bientôt après le crime, on a trouvé des taches de sperme. On décrit L... comme ayant un extérieur sympathique; il est brun, imberbe. On n'a aucun renseignement sur ses conditions héréditaires, ni sur ses antécédents, ni sur sa vita sexualis ante acta, etc.

Il donne comme mobile: «volupté de la forme la plus cruelle et la plus abominable.» (Dr Mac-Donald, Clark University Mass.)

4. MASOCHISME ET SERVITUDE SEXUELLE.

Le masochisme114 aussi, peut, dans certaines circonstances, avoir une portée médico-légale, car le droit criminel moderne ne reconnaît plus le principe du volenti non fit injuria et le Code pénal autrichien, actuellement en vigueur, dit expressément dans son article 4: «Des délits sont commis aussi sur des personnes qui demandent elles-mêmes à être endommagées par l'acte du délit.»

Note 114:
Ainsi que le fait remarquer Herbst (Handb. des oesterr. Strafrechts, Vienne 1878, p. 72), il y a pourtant des délits qui n'existent qu'à défaut du consentement de l'endommagé et qui, par conséquent, n'existent pas dans le cas où la personne qui paraît comme la partie lésée a consenti à l'acte, par exemple, à un vol, au viol.

Herbst range aussi dans la catégorie de ces actes la restriction de la liberté personnelle.

Dans ces derniers temps il s'est produit un changement important dans la façon d'envisager ce point. Le Code pénal allemand considère pour le cas d'homicide le consentement de la victime comme un fait si important qu'il inflige à la suite de cette circonstance une peine beaucoup plus atténuée (art. 216). De même le projet du Code pénal autrichien (§ 222). On a songé à ce propos aux doubles suicides des couples amoureux. Pour les coups et les blessures, ainsi que pour les séquestrations, le consentement de la personne lésée devra trouver chez le magistrat des égards analogues. Pour juger de la vraisemblance d'un pareil consentement qu'on pourrait invoquer, la connaissance du masochisme est en tout cas d'une certaine importance.

Au point de vue psychologique et médico-légal les faits de servitude sexuelle offrent un intérêt beaucoup plus grand. Quand la sexualité est trop puissante, éventuellement captivée par un charme fétichiste et que la force morale de résistance est minime, une femme rancunière ou rapace, au pouvoir de laquelle l'homme est tombé par passion amoureuse, peut pousser son amant aux crimes les plus graves. Le cas suivant en est un exemple digne d'être retenu.

Observation 188 (Assassinat de sa propre famille par servitude sexuelle).—N..., fabricant de savons à Catane, âgé de trente-quatre ans, autrefois de bonne réputation, a, dans la nuit du 21 décembre 1886, tué à coups de poignard sa femme, qui dormait à côté de lui, et étranglé ses deux filles, dont l'aînée avait sept ans et la cadette six semaines. N... nia d'abord, et essaya de détourner les soupçons sur un autre; ensuite il fit des aveux complets et pria les magistrats de le faire exécuter.

N..., issu d'une famille tout à fait saine, autrefois bien portant, négociant respecté et très capable, vivant en bon ménage, se trouvait, depuis des années, sous l'influence fascinatrice d'une maîtresse qui savait l'attirer à elle, et qui le dominait entièrement.

378

Il a pu tenir secrets ces rapports et devant le monde et devant sa femme.

En provoquant sa jalousie et en lui déclarant qu'il ne pourrait conserver la possession de ses faveurs qu'en l'épousant, ce monstre de femme a su pousser son amant, faible de caractère et fou d'amour, à assassiner son épouse et ses enfants. Après l'acte, N... força son petit neveu à le ligotter comme si lui-même avait été victime des assassins, et il imposa le silence au petit garçon en le menaçant de le tuer. Quand les gens arrivèrent, il joua le rôle d'un père de famille malheureux et victime d'un guet-apens.

Après ses aveux, il manifesta un profond repentir. Pendant les deux années de l'instruction judiciaire et à l'audience publique, N... ne présenta jamais de symptômes de troubles mentaux.

Il ne pouvait s'expliquer que par une sorte de fascination sa passion folle pour la catin en question. Il n'a jamais eu à se plaindre de sa femme. On ne trouva aucune trace d'un instinct génital anormalement fort, ni d'une tendance perverse chez ce criminel passionnel et exceptionnel. Son repentir et sa mortification prouvaient qu'il n'était pas non plus défectueux moralement. Preuve de facultés mentales intactes. Exclusion de toute impulsion irrésistible. (Mandalari, Il Morgagni, 1890, février.)

Il va de soi que la responsabilité, dans ce cas horrible et dans beaucoup d'autres analogues, ne peut pas être contestée. Dans l'ordre actuel des choses, l'analyse plus subtile des motifs d'un acte est hors de la portée des profanes et les juristes se tiennent systématiquement à l'écart de toute psychologie en raison d'un formalisme logique. Il n'y a pas lieu de supposer que la servitude sexuelle soit appréciée par des magistrats et des jurés, d'autant moins que dans ce cas le mobile de l'acte criminel n'est pas de nature morbide et que l'intensité d'un mobile en elle-même ne saurait être prise en considération.

Toutefois on devrait, dans de pareils cas, examiner et peser s'il y a encore sensibilité aux contre-motifs moraux ou si cet élément a été éliminé, ce qui indiquerait un déséquilibrement de l'état psychique.

Sans doute, dans ces cas, il s'est produit une sorte de faiblesse morale acquise qui influe sur la responsabilité. Dans les délits d'instigation, la servitude sexuelle devrait toujours être comptée comme une raison pour l'admission des circonstances atténuantes.

5. COUPS ET BLESSURES, VOL À MAIN ARMÉE, VOL PAR FÉTICHISME.

Autriche, § 190; Allemagne, § 219 (vol à main armée); Autriche, § 171 et 460; Allemagne, § 212 (vol).

Il ressort du chapitre de pathologie générale qui est consacré au fétichisme, que le fétichisme pathologique peut devenir quelquefois la cause de délits. Jusqu'ici on connaît, comme délits de ce genre: le fait de couper les nattes de cheveux (observations 78, 79, 80); le vol à main armée ou le simple vol de linges de femmes, mouchoirs, tabliers (observations 82, 83, 85, 86), souliers de femmes (observations 67, 87, 88), étoffes de soie (observation 93). Il n'y a pas à douter que les auteurs de ces actes soient psychiquement tarés. Mais pour pouvoir admettre le manque de libre arbitre et, par conséquent, l'irresponsabilité, il est absolument nécessaire de fournir la preuve qu'il y a une contrainte irrésistible soit dans le sens d'un acte impulsif, soit par une débilité d'esprit qui a mis l'individu dans l'impossibilité de dompter son penchant pervers et criminel.

Toutefois, ces délits, ainsi que la forme singulière de leur exécution qui diffère sensiblement d'un vulgaire vol ou vol à main armée, exigent une enquête médico-légale. D'autre part, ils n'ont pas toujours pour cause originaire des circonstances psycho-pathologiques, ainsi que nous le montrent les cas très rares où le coupeur de nattes115 est poussé uniquement par l'âpreté au gain.

Note 115:
D'après le droit autrichien, ce délit pourrait être qualifié de blessure légère et tomber sous le coup du § 411; d'après le droit criminel allemand, il y a dans ce cas coups et blessures. (Comparez Liszt, p. 325.)

Observation 189 (Fétichisme du mouchoir. Vols continuels de mouchoirs de femmes).—D..., quarante-deux ans, valet de ferme, célibataire, a été envoyé par les autorités, le 1er mars 1892, à l'asile du district de Deggendorff (Bavière) pour que son état mental y soit soumis à l'observation médicale.

D... est un homme de grande taille, 1m,62, fort et gras. Le crâne est sub-microcéphale, l'expression de la figure fate. L'expression des yeux est névropathique. Les organes génitaux sont tout à fait normaux. Sauf un degré modéré de neurasthénie et d'accentuation du réflexe patellaire, on ne trouve rien d'anormal physiquement du côté du système nerveux.

En 1878, D... a été pour la première fois condamné par la Cour d'assises de Straubing à une peine d'un an et demi de prison pour avoir volé des mouchoirs.

En 1880, il vola dans la cour d'une ferme le mouchoir d'une marchande de volailles; il fut condamné à quinze jours de prison.

En 1882, il essaya, sur la route publique, d'arracher à une fille de paysan le mouchoir que celle-ci tenait à la main. Accusé d'acte de brigandage il fut acquitté sur l'avis du médecin légiste, qui constata une débilité mentale d'un degré très avancé et un trouble morbide des fonctions intellectuelles tempore delicti.

En 1884, la Cour d'assises le condamna à quatre ans de prison pour vol d'un mouchoir commis avec violence et dans les mêmes circonstances que le délit précédent.

En 1888 il tira, dans un marché public, un mouchoir de la poche d'une femme. Il fut condamné à quatre mois de prison.

En 1889 il fut condamné pour un délit de ce genre à neuf mois de prison.

En 1891, idem, dix mois. Pour le reste, la liste de ses condamnations fait mention encore de quelques contraventions et détentions pour port d'armes prohibées et pour vagabondage.

Tous les vols de mouchoirs avaient été sans exception commis au détriment de jeunes femmes ou de filles et, dans la plupart des cas, en plein jour, en présence d'autres personnes, et avec tant de maladresse et si peu de ménagement que le voleur fut toujours immédiatement pris et arrêté. Nulle part, dans les dossiers, on ne trouve d'indice que D... aurait jamais volé d'autres objets, même les plus insignifiants.

Le 9 décembre 1891, D... venait une fois de plus de sortir de prison. Le 14, il fut pris en flagrant délit, au moment où, dans la bousculade d'une foire, il tirait un mouchoir de la poche d'une fille de paysans.

Il fut arrêté sur place et l'on trouva sur lui encore deux mouchoirs blancs de femmes.

Lors de ses arrestations précédentes, on avait aussi trouvé sur D... des collections de mouchoirs de femmes. En 1880, on en a trouvé 32; en 1882, on en a trouvé 17; il en portait 9 autour du corps; une autre fois 25. Lors de son arrestation en 1891, on a trouvé en le fouillant et en visitant son corps 7 mouchoirs blancs.

Dans ses interrogatoires, D... invoquait toujours comme mobile de ses vols qu'il se trouvait dans un état d'ébriété prononcée, et qu'il n'avait voulu faire qu'une plaisanterie.

Quant aux mouchoirs qu'on trouva sur lui, il prétendit les avoir en partie achetés, en partie troqués contre d'autres objets, ou les avoir reçus en cadeau des filles avec lesquelles il avait eu des rapports.

Pendant la période d'observation D... paraît intellectuellement très borné, en même temps qu'il y a chez lui une déchéance due au vagabondage, à l'ivrognerie et à la masturbation: mais au fond il est de bon caractère, docile et pas du tout réfractaire au travail.

Il ne sait rien de ses parents; il a grandi sans aucune éducation ni aucune surveillance; étant enfant, il subvenait à sa vie en mendiant; à l'âge de treize ans, il est devenu valet d'écurie et, à l'âge de quatorze ans, on abusa de lui pour des actes de pédérastie. Il affirme avoir senti son instinct génital très tôt et d'une manière puissante; il a commencé très tôt à faire le coït et il pratiquait en outre la masturbation. À l'âge de quinze ans, un cocher lui apprit qu'on pourrait se procurer un grand plaisir avec des mouchoirs de jeunes femmes en se les appliquant ad genitalia. Il essaya et trouva que le dire du cocher s'était pleinement confirmé; à partir de ce moment il essaya par tous les moyens de se procurer de ces mouchoirs. Son penchant devenait si puissant qu'aussitôt qu'il apercevait une femme qui lui était sympathique et qui tenait un mouchoir à la main ou assez visiblement dans sa poche, il était, en sentant une violente émotion sexuelle, saisi par l'impulsion de se presser contre cette personne et de lui voler son mouchoir.

À jeun il lui était presque toujours possible de résister à ce penchant, par la crainte d'encourir une condamnation. Mais, quand il avait bu, sa force de résistance disparaissait. Déjà pendant son service militaire, il s'était fait donner des mouchoirs par des jeunes filles ou des femmes qui lui plaisaient et il les avait troqués contre d'autres après s'en être servi pendant quelque temps.

Quand il passait la nuit chez une fille, il échangeait toujours son mouchoir avec elle. À plusieurs reprises il avait acheté des mouchoirs pour les échanger chez des femmes.

Tant que les mouchoirs étaient neufs et n'avaient pas encore servi, ils ne produisaient sur lui aucun effet. Ils ne l'excitaient sexuellement qu'après qu'ils avaient été portés par des filles.

Il ressort du dossier de son procès que souvent, pour mettre des mouchoirs neufs en contact avec des femmes, il en avait à plusieurs reprises mis sur le chemin où des femmes devaient passer et avait essayé de les forcer à marcher dessus. Une fois il assaillit une fille, lui pressa son mouchoir sur le cou et se sauva ensuite.

Quand il était en possession d'un mouchoir qui avait été touché par une femme, il se produisait chez lui de l'érection et de l'orgasme. Il passait alors le mouchoir ad corpus nudum, de préférence ad genitalia, et obtenait alors une éjaculation satisfaisante.

Il n'a jamais demandé le coït aux femmes; d'une part parce qu'il «craignait un refus, mais surtout parce qu'il aimait mieux le mouchoir que la femme».

D... ne fait ces aveux qu'avec beaucoup de réticences et par petits morceaux. Plusieurs fois il se met à pleurer et déclare qu'il ne veut pas continuer à parler, parce que cela le fait rougir. Ce n'est pas un voleur; il n'a jamais volé, pas même pour la valeur d'un sou, même quand il se trouvait dans la plus grande misère. Il n'a jamais pu se décider à vendre les mouchoirs.

Il affirme avec un accent très sincère et parti du cœur: «Je ne suis pas méchant garçon. Seulement quand je fais de ces bêtises-là, je suis tout sens dessus dessous.»

L'excellent rapport fait par l'administration de l'asile appuie sur le fait que les délits ont été commis sous l'influence d'une impulsion morbide et irrésistible qui repose sur la prédisposition anormale du sujet; il constate aussi une débilité mentale peu prononcée. Acquittement sur l'accusation de vol.

6. DÉBAUCHE AVEC DES INDIVIDUS AU-DESSOUS DE QUATORZE ANS. OUTRAGES (AUTRICHE).

Code autrichien, § 128, 132; Projet autrichien, § 189, 191; Code allemand, § 114, 176.

Par débauche (souillure, outrage) avec des individus non encore mûrs sexuellement, le législateur comprend toutes sortes d'actes d'impudicité commis sur des personnes au-dessous de quatorze ans, et qu'on ne peut pas qualifier comme des viols. L'expression «débauche», dans le sens juridique du mot, réunit toutes les aberrations désolantes et toutes les plus grandes abominations dont un homme embrasé par la volupté, d'une morale faible et souvent aussi d'une puissance sexuelle faible, est seul capable.

Un caractère commun à ces délits de mœurs commis sur des individus qui appartiennent plus ou moins encore à l'enfance, c'est leur manque de virilité, leur caractère de friponnerie et souvent d'ineptie. En effet, à part les êtres pathologiques, représentés par les imbéciles paralytiques, et les individus tombés dans l'imbécillité sénile, ce genre de délits est commis presque exclusivement par des gens très jeunes qui n'ont pas encore confiance dans leur courage et leur puissance, ou par des débauchés qui sont devenus plus ou moins impuissants. Il est absolument inimaginable qu'un adulte, en pleine possession de sa puissance sexuelle et de ses facultés mentales, puisse trouver plaisir à la débauche avec des enfants.

L'imagination du débauché, dans la mise en scène active ou passive des actes d'impudicité, est excessivement féconde, et l'on peut se demander si, par l'énumération suivante des actes parvenus jusqu'ici à la connaissance des hommes de loi, on ait épuisé tous les cas possibles capables de se produire dans ce domaine.

Dans la plupart des cas, l'impudicité consiste en attouchements voluptueux (selon les circonstances, flagellation116), manustupration active, entraînement des enfants à la débauche en se servant d'eux pour la masturbation ou pour l'attouchement voluptueux.

Note 116:
Pour les cas précis, voir Friedreichs Blætter, f. ger. Anthropologie, 1859, III, p. 77.

Parmi les délits plus rares sont le cunnilingus, irrumare sur des garçons ou des filles, pædicatio puellarum, coitus inter femora, exhibition.

Dans un cas rapporté par Maschka (Handb., III, p. 174), un jeune homme fit danser dans sa chambre des petites filles nues, de huit à douze ans, il les fit sauter, uriner devant lui jusqu'à ce qu'il en eût de l'éjaculation.

L'abus des garçons par des femmes voluptueuses n'est pas rare non plus; ces femmes procèdent avec les enfants à une conjunctio membrorum pour se satisfaire par la friction, ou bien elles cherchent à se procurer de la satisfaction en se faisant masturber117.

Note 117:
Les cas cités par Maschka, Handbuch, III, p. 175.—Caspers, Vierteljahreschrift, 1852, t. 1.—Tardieu, Attentats aux mœurs.

Un des exemples les plus abominables a été observé par Tardieu. Des servantes, d'accord avec leurs amants, ont masturbé des enfants qui leur avaient été confiés, ont fait le cunnilingus avec une fille de sept ans, lui ont introduit des carottes et des pommes de terre in vaginam et aussi dans l'anus d'un garçon de deux ans.

Observation 190.—L...., soixante-deux ans, lourdement taré, masturbateur, prétend n'avoir jamais fait le coït, mais avoir souvent pratiqué la fellatio. Il est à l'asile d'aliénés pour paranoia. Son plus grand plaisir était d'attirer chez lui des filles de dix à quatorze ans et de pratiquer sur elles le cunnilingus et d'autres horreurs. Il éjaculait alors avec orgasme.

La masturbation ne lui procurait pas une satisfaction aussi grande et ne lui donnait de l'éjaculation que fort difficilement. Faute de mieux il était aussi fellator virorum et occasionnellement exhibitionniste. Phimosis. Crâne asymétrique. (Pélanda, Arch. di Psichiatria, X, fascic. 3.)

Observation 191.—X..., prêtre, quarante ans, fut accusé d'avoir attiré à lui des filles de dix à treize ans, de les avoir déshabillées, d'avoir fait sur elles des attouchements voluptueux et de s'être, après ces procédés, finalement masturbé.

Il est taré, onaniste dès son enfance, imbécile moralement; de tout temps il fut sexuellement très excitable. Le crâne est un peu petit. Pénis d'une grandeur extraordinaire; symptômes d'hypospadias. (Idem.)

Observation 192.—K..., vingt-trois ans, joueur d'orgue de Barbarie, est accusé et convaincu d'avoir à plusieurs reprises attiré des garçons, parfois aussi des petites filles, et d'avoir, dans un lieu écarté, pratiqué avec ces enfants des actes d'impudicité (masturbation mutuelle, fellatio puerorum, attouchements des parties génitales des petites filles).

K... est un imbécile; il est aussi rabougri au physique, il a à peine 1m,5 de taille; crâne rachitique, hydrocéphale, avec des dents écartées l'une de l'autre, défectueuses, irrégulières.

Des lèvres épaisses, une mine abêtie, un langage bègue, des attitudes maladroites complètent l'image de la dégénérescence physique et intellectuelle. K... se comporte comme un enfant qui a été surpris pour une gaminerie.

Barbe à peine perceptible. Parties génitales bien et normalement développées.

Il a une idée vague d'avoir commis quelque chose d'inconvenant, mais il ne se rend pas compte de la portée morale, sociale et judiciaire de ses actes.

K... est né d'un père adonné à l'ivrognerie et d'une mère qui est devenue folle par suite des mauvais traitements qu'elle dut subir de la part de son mari; elle est morte à l'asile d'aliénés.

Dans les premières années de sa vie, K... devint presque complètement aveugle à la suite d'abcès de la cornée; à partir de l'âge de six ans, il fut mis chez une femme subventionnée par l'Assistance publique; devenu plus grand, il gagnait pauvrement sa vie comme joueur d'orgue de Barbarie.

Son frère est un vaurien; lui-même passait pour un homme grincheux, querelleur, méchant, capricieux et irritable.

Le rapport releva particulièrement l'arrêt de développement intellectuel, moral et physique de l'inculpé.

Malheureusement, il faut convenir que les plus abominables de ces délits de mœurs sont précisément commis par des personnes saines d'esprit, qui, trop rassasiées des plaisirs sexuels, ou par lubricité et brutalité, souvent aussi pendant l'ivresse, oublient à ce point leur dignité d'hommes.

Mais une grande partie de ces faits procèdent d'un fondement morbide. C'est surtout le cas chez les vieillards118 qui deviennent séducteurs de la jeunesse.

Note 118:
Comparez Kirn, Allgem. Zeitschrift f. Psych., XXXIX, p. 47.

Je me rallie absolument à l'avis de Kirn qui, pour ces cas, croit dans toute circonstance une exploratio mentalis nécessaire; car souvent on peut établir le réveil d'un instinct génital pervers d'une violence morbide et indomptable, réveil d'instinct qui peut être le phénomène partiel d'une dementia senilis.

7. IMMORALITÉ CONTRE NATURE (SODOMIE119).

Note 119:
Je me conforme au langage généralement en usage, en traitant la bestialité et la pédérastie sous la désignation commune de sodomie. Dans la Genèse (chapitre XIX) où ce terme a pris son origine, il désigne exclusivement le vice de pédérastie. Plus tard on a appliqué le mot de sodomie au vice de bestialité. Les théologiens moralistes, comme saint Alphonse de Ligori, Gury et autres, ont toujours judicieusement, c'est-à-dire dans le sens de la Genèse, fait la distinction entre: sodomia i. e. concubitus cum persona ajusdem sexus et bestialitas i. e. concubitus cum bestia. (Comparez Olfers, Pastoralmedicin, p. 73.)

Les Juristes ont porté la confusion dans la terminologie en admettant une sodomia ratione sexus et une sodomia ratione generis. La science devrait cependant ici se déclarer comme l'ancilla theologiæ, et revenir à l'usage juste des termes.

Code autrichien, § 129, Projet, § 190. Code allemand, § 175.

a) Bestialité120.

Note 120:
Pour notes historiques intéressantes, v. Krauss, Psych. des Verbrechens, p. 130; Mashka, Hdb. III, p. 188; Hoffmann, Lehrb d. ger. Med., p. 180; Rosenbaum, Die Lustseuche, 3e édition, 1842.

La bestialité, quelque monstrueuse et répugnante qu'elle puisse paraître à tout homme honnête, ne tire pas toujours non plus son origine de conditions psycho-pathologiques. Une moralité tombée à un niveau très bas, une forte impulsion sexuelle qui se butte à des obstacles pour la satisfaction naturelle, sont peut-être les principales raisons de cette satisfaction contre nature qu'on rencontre aussi bien chez les hommes que chez les femmes.

Nous savons par Polak qu'en Perse elle tire souvent son origine de l'idée fixe qu'on peut, par l'acte sodomique, se débarrasser de la gonorrhée; de même qu'en Europe, cette

385

croyance est encore très répandue qu'on peut, en faisant le coït avec une petite fille, se guérir du mal vénérien.

L'expérience nous a montré que la bestialité n'est pas un fait rare dans les étables de vaches et les écuries de chevaux. À l'occasion, un individu peut s'en prendre aussi aux chèvres, aux chiennes, et même aux poules, comme nous l'apprennent un cas rapporté par Tardieu et un autre par Schauenstein (Lehrb., p. 125).

On connaît l'ordre donné par Frédéric le Grand au sujet d'un cavalier qui avait sodomisé une jument: «Ce gaillard est un cochon, il faut le mettre dans un régiment d'infanterie.»

Les rapports des individus féminins avec des animaux se bornent aux relations avec des chiens. Un exemple monstrueux de la dépravation morale dans les grandes villes, est le cas rapporté par Maschka (Handb. III) d'une femme qui, à Paris, en petit comité, contre une entrée payée, se montrait devant des débauchés et se laissait couvrir par un bulldogue dressé à cette fonction!

Les tribunaux jusqu'ici n'ont pas prêté attention à l'état mental des sodomistes et n'en ont guère tenu compte.

Dans plusieurs cas, parvenus à la connaissance de l'auteur, il s'agissait de gens débiles d'esprit.

Le sodomiste de Schauenstein aussi était un aliéné. Le cas de bestialité suivant est évidemment dû à des conditions morbides. Il s'agit d'un épileptique. Le penchant sexuel pour les animaux apparaît ici comme un équivalent de l'instinct génital normal.

Observation 193.—X.... paysan, quarante ans, grec orthodoxe. Le père et la mère étaient de forts buveurs. À partir de l'âge de cinq ans, le malade a eu des accès épileptiques: il tombe par terre et perd conscience; il reste immobile pendant deux ou trois minutes; alors il se relève et se met à courir sans savoir ou, les yeux grands ouverts. À l'âge de dix-sept ans, réveil de l'instinct génital. Le malade n'a de penchants sexuels ni pour les femmes, ni pour les hommes, mais bien pour les animaux (oiseaux, chevaux, etc.). Il fait le coït avec des poules, des canards, plus tard avec des chevaux, des vaches. Ne s'est jamais masturbé.

Le malade est peintre d'images religieuses, très borné d'esprit. Depuis des années, paranoia religieuse avec états d'extase. Il a un amour «inexplicable» pour la Sainte Vierge, pour laquelle il donnerait sa vie. Reçu à la clinique, le malade ne présente pas de tares organiques ni de stigmates de dégénérescence anatomique.

Il a eu de tout temps de l'aversion pour les femmes. Ayant essayé une fois le coït avec une femme, il resta impuissant; en présence des animaux il est toujours puissant. Vis-à-vis des femmes il est toujours pudique. Le coït avec des femmes lui semble presque comme un péché. (Kowalewsky, Jahrb. f. Psychiatrie, VII, fascic. 3.)

Observation 194.—Le 23 septembre 1889, à midi, l'apprenti cordonnier W..., âgé de seize ans, attrapa dans le jardin d'un voisin une oie et fit sur cet animal des actes de bestialité, jusqu'à l'arrivée du voisin. À ses reproches il répondit: «Eh bien! est-ce que l'oie en est malade?» et il s'éloigna sur cette réponse. À l'interrogatoire devant le juge, il avoua le fait, mais il s'excusa en alléguant une absence d'esprit temporaire. Depuis une grave maladie qu'il a eue à l'âge de douze ans, il a plusieurs fois par mois des accès accompagnés de chaleurs à la tête; alors il est très excité sexuellement, ne sait comment se soulager ni ce qu'il fait. C'est dans un de ces accès qu'il a commis l'acte. Il se défendit de la même façon à l'audience publique et prétendit n'avoir appris les species facti que par les assertions du voisin. Le père déclare que W... est originaire d'une famille saine, mais que, depuis qu'il a eu, à l'âge de cinq ans, la scarlatine, il a toujours été maladif et que, à l'âge de douze ans, il a eu une maladie cérébrale avec fièvre. W... avait de bons antécédents; il avait bien appris à l'école et plus tard avait aidé son père dans les travaux de son métier. Il n'était pas adonné à la masturbation.

L'examen médical n'a amené la constatation d'aucune défectuosité morale ou intellectuelle. L'examen du corps a permis de constater que les parties génitales étaient normales. Pénis relativement très développé, augmentation considérable du réflexe du tendon du genou. Pour le reste, constatations négatives.

Il a été établi que l'amnésie tempore delicti n'a pas existé. On n'a pu constater des accès de troubles mentaux à une époque antérieure, et on n'a rien remarqué pendant la période d'observation qui a duré six semaines. Il n'y avait pas de perversion de la vita sexualis. Le rapport médical admit la possibilité d'états organiques provenant d'une maladie du cerveau (fluxion à la tête) ayant pu exercer une influence sur la perpétration de l'acte incriminé. (Puisé dans un rapport médical de M. le docteur Fritsch, à Vienne.)

Observation 195.—(Sodomie impulsive).—A..., seize ans, garçon jardinier; enfant illégitime; père inconnu; mère lourdement tarée, hystéro-épileptique. A... a le crâne et la face difformes, asymétriques; il en est de même du squelette. Il est de petite taille; masturbateur depuis son enfance; toujours morose, apathique, aimant la solitude, très irascible. Ses passions réagissaient d'une façon pour ainsi dire pathologique. C'est un imbécile; au physique, il a beaucoup dépéri, probablement par suite de la masturbation; il est neurasthénique. De plus, il présente des symptômes hystéropathiques (diminution du champ visuel, dyschromatopsie, diminution du sens olfactif et du sens auditif du côté droit, anaesthesia testiculi dextr.).

A... est convaincu d'avoir en partie masturbé, en partie sodomisé des chiens et des lapins. À l'âge de douze ans, il a vu des garçons masturber un chien. Il les imita et ne put, par la suite, s'empêcher de tourmenter de cette façon abominable les chiens, les chats et les lapins qu'il rencontrait. Il sodomisait beaucoup plus fréquemment des lapins femelles, les seuls animaux qui avaient quelque charme pour lui. La nuit tombante, il allait à l'étable à lapins de son maître pour assouvir son horrible passion. On a plusieurs fois trouvé des lapins avec le rectum déchiré. Ses actes de bestialité avaient toujours lieu de la même façon. Il s'agissait de véritables accès qui se produisaient périodiquement, environ toutes les huit semaines, le soir, et toujours avec les mêmes symptômes. A... éprouvait d'abord un grand malaise, une sensation de coups de marteau tombant sur sa tête. Il lui semblait qu'il perdait la raison. Il luttait contre l'idée obsédante qui surgissait et le poussait à sodomiser des lapins, il éprouvait une angoisse croissante et une augmentation des maux de tête au point de ne pouvoir plus les supporter. Arrivé au plus haut degré de cet état, il avait des bourdonnements, une sueur froide lui perlait à la peau, les genoux tremblaient, enfin toute force de résistance s'évanouissait, et il y avait exécution impulsive de l'acte.

L'acte consommé, il est délivré de son angoisse. La crise nerveuse disparaît, il reprend son empire sur lui-même, éprouve une honte profonde de ce qui vient de se passer et redoute le retour de cet état. A... affirme que si, dans cette situation, on le plaçait dans l'alternative de choisir entre une femme et une lapine, il ne pourrait se décider que pour cette dernière. Dans les intervalles aussi, parmi les animaux domestiques, ce sont les lapins seuls qui lui plaisent. Dans ses états d'exception, il lui suffit, pour avoir une satisfaction sexuelle, de presser, d'embrasser, etc., le lapin; mais parfois il tombe dans une telle furor sexualis qu'il lui faut impétueusement sodomiser l'animal.

Ces actes de bestialité, sont les seuls qui puissent le satisfaire sexuellement et c'est pour lui la seule forme possible d'activité sexuelle. A... affirme qu'il n'a jamais eu de sensations voluptueuses; la satisfaction consiste seulement en ce que, par ce moyen, il se délivre de la situation pénible que lui crée une contrainte impulsive.

L'examen médical a pu facilement démontrer que ce monstre était un dégénéré psychique, un malade privé de son libre arbitre, mais non un criminel. (Boeteau, la France médicale, 38e année, n° 38.)

Le cas suivant ne paraît pas être de nature psycho-pathologique.

Observation 196.—Sodomie.—Dans une ville de province, un homme de classe supérieure, âgé de trente ans, a été surpris en rapport sodomique avec une poule. Depuis longtemps, on recherchait le malfaiteur, car les poules de la maison dépérissaient l'une après l'autre.

Le président du tribunal demanda à l'accusé comment il avait pu s'aviser de commettre une action aussi dégoûtante; il se défendit en invoquant la petitesse de ses parties génitales qui lui rendait impossible tout rapport avec des femmes. L'examen médical a, en effet, constaté une exiguïté extraordinaire des parties génitales. Cet individu était tout à fait normal au point de vue intellectuel.

Pas de renseignements ni sur les tares éventuelles, ni sur l'époque du réveil de l'instinct génital, etc. (Gyurkovechky, Männl. Impotenz, 1889, p. 82)

8. ACTES D'IMPUDICITÉ AVEC DES PERSONNES DU MÊME SEXE
(Pédérastie, Sodomia sensu strictiori).

Le Code allemand ne connaît que l'acte d'impudicité entre des personnes masculines. La loi autrichienne va plus loin et vise les actes de ce genre commis entre personnes appartenant au même sexe; par conséquent, l'impudicité entre femmes peut aussi tomber sous le coup de la loi.

Parmi les actes immoraux commis entre individus masculins, la pédérastie (immissio penis in anum) tient le premier rang comme intérêt. La législation a évidemment pensé exclusivement à ce genre de perversité des actes sexuels; d'après les développements des commentateurs les plus autorisés du Code (Oppenhoff, Stgsb, Berlin, 1872, p. 324 et Rudolf et Stenglein, D. Strafgesb f. das Deutsche Reich, 1881, p. 423), l'immissio penis in corpus vivum est un fait requis pour pouvoir établir le crime prévu dans l'article 175.

D'après cette manière de voir, il n'y a pas lieu de poursuivre les autres actes d'impudicité commis entre hommes, à moins que ces actes ne soient compliqués d'une offense publique à la pudeur, ou de l'emploi de la violence, ou du fait qu'ils ont été accomplis sur des garçons au-dessous de quatorze ans. On est revenu ces temps derniers sur cette manière de voir, et on considère que le fait de délit contre nature entre individus de sexe masculin existe quand même il n'y aurait que des actes similaires du coït121.

Note 121:
Un travail sur le caractère délictueux des rapports entre hommes publié dans la Zeitschrift f. d. gesammte Strafrechtswissenschaft, t. VII, fascicule 1, ainsi qu'une étude parue dans Friedreichs Blætter f. gerichtl. Medizin, année 1891, fascic. 6, nous indiquent d'une manière excellente combien subtile et sujette à caution doit être pour le magistrat l'appréciation de ces actes «similaires du coït» pour constater le fait objectif du délit.— Consultez encore le livre de Moll: Inversion sexuelle, et celui de Bernhardt: Der uranismus, Berlin, 1882.

Les études sur l'inversion sexuelle ont mis l'amour homosexuel entre hommes sous un jour tout autre que celui sous lequel se présentaient les délits de mœurs dus à l'inversion, et particulièrement la pédérastie, à l'époque où l'on a élaboré les Codes. Le fait que beaucoup de cas d'inversion sexuelle sont causés par un état psychopathologique, permet d'admettre sans aucun doute que la pédérastie aussi peut être l'acte d'un irresponsable, et c'est pour cette raison qu'on devrait dorénavant, in foro, apprécier non seulement l'acte en lui-même mais aussi tenir compte de l'état mental de l'accusé.

Les idées données au début de ce chapitre peuvent servir ici de règles. Ce n'est pas l'acte, mais seulement le jugement sur l'état anthropologico-clinique de l'auteur qui doit trancher la question de savoir s'il y a perversité criminelle ou perversion morbide de l'esprit et de l'instinct qui, dans certaines circonstances, pourrait exclure toute condamnation.

La première question in foro doit être posée dans ce sens: le penchant sexuel pour les personnes de son propre sexe est-il congénital ou acquis? Et, dans ce dernier cas, il faut examiner si cette tendance représente une perversion morbide ou seulement une aberration morale (perversité).

L'inversion sexuelle congénitale ne se rencontre que chez des individus doués d'une prédisposition morbide (tarés), comme phénomène partiel d'une tare caractérisée par des anomalies anatomiques ou fonctionnelles ou par des anomalies de ces deux genres à la fois. Le cas se dessinera d'autant plus nettement, et le diagnostic sera d'autant plus sûr, que le caractère et la totalité des sentiments de l'individu paraîtront peu conformes à sa singularité sexuelle; qu'il y aura chez lui absence complète d'affection pour l'autre sexe ou

389

même horror pour les rapports hétérosexuels; que cet individu présentera encore dans son impulsion à satisfaire son inversion sexuelle des symptômes d'autres anomalies de la vie sexuelle ainsi qu'une dégénérescence profonde caractérisée par la périodicité de l'impulsion et des actes impulsifs, qu'enfin ce sera un névropathe et un psychopathe.

L'autre question concerne l'état mental de l'uraniste. Si cet état est tel que les conditions de la responsabilité manquent absolument, le pédéraste n'est pas un criminel, mais un aliéné irresponsable.

Ce cas est plus rare chez les uranistes congénitaux. Ordinairement ils présentent tout au plus des troubles psychiques élémentaires qui ne suppriment pas la responsabilité en elle-même.

Malgré cela, la question médico-légale de la responsabilité de l'uraniste n'est pas encore tranchée. L'instinct génital est un des besoins organiques les plus puissants. Aucune législation ne trouve répréhensible en elle-même la satisfaction sexuelle en dehors du mariage; si l'uraniste a un sentiment pervers, ce n'est pas sa faute, mais celle d'une prédisposition anormale. Son désir sexuel peut être très répugnant au point de vue esthétique; mais, envisagé au point de vue morbide de l'uraniste, c'est un désir naturel. Au surplus, chez la majorité de ces malheureux, l'instinct sexuel pervers se manifeste avec une force anormale, et leur conscience ne considère pas leur instinct pervers comme une tendance contre nature. Ils n'ont donc point de contrepoids moraux et esthétiques pour contrebalancer leur impulsion.

Bien des hommes d'une constitution normale sont capables de renoncer à la satisfaction de leur libido sans être atteints dans leur santé par cette abstinence forcée. Beaucoup de névropathes—et les uranistes le sont tous—deviennent malades, quand ils ne peuvent satisfaire leur instinct naturel ou quand cette satisfaction a lieu d'une manière qu'ils considèrent comme perverse.

La plupart des uranistes se trouvent dans une situation pénible. D'un côté, ils ont un penchant anormalement fort pour leur propre sexe, penchant qu'ils sentent comme une loi naturelle et dont la satisfaction leur paraît bienfaisante; d'autre part, il y a l'opinion publique qui flétrit leurs procédés, et la loi qui les menace de condamnations infamantes. D'un côté, des états d'âme tourmentants pouvant aller jusqu'à l'hypocondrie et au suicide, ou au moins conduire à des maladies de nerfs; de l'autre côté, la honte, la perte de leur position sociale, etc. On ne peut contester que cette malheureuse prédisposition morbide crée des cas de contrainte et de force majeure. La société et la loi devraient tenir compte de ces faits: la première, en plaignant ces malheureux au lieu de les mépriser; la dernière, en ne les punissant pas, tant qu'ils restent dans les limites tracées en général pour la manifestation de l'instinct génital.

Comme confirmation de ces vues et de ces réclamations en faveur de ces enfants mal partagés de la nature, nous nous permettons de reproduire ici un mémoire adressé par un uraniste à l'auteur de ce livre; celui qui a écrit les lignes suivantes est un personnage qui occupe une haute position sociale à Londres.

Vous n'avez pas une idée des luttes terribles et continuelles que nous tous, surtout les penseurs et les délicats, avons à soutenir encore aujourd'hui, et combien nous avons à souffrir de l'opinion erronée et presque générale sur notre compte et sur notre prétendue «immoralité».

Votre opinion que ce phénomène doit, dans la plupart des cas, être attribué à une prédisposition morbide congénitale comme cause originaire, pourra peut-être vaincre bientôt les préjugés existants et éveiller de la compassion pour nous autres «malades», en place de l'horreur et du mépris dont nous sommes encore l'objet.

Quelque profondément que je sois convaincu que l'idée que vous défendez est pour nous très avantageuse, je ne puis, dans l'intérêt de la science, accepter sans réserve le mot «morbide», et je me permettrai de vous donner à ce sujet encore quelques explications.

Le phénomène est en tout cas anormal; mais le terme «morbide» a encore une autre signification que je ne trouve pas exacte, du moins dans les nombreux cas que j'ai eu l'occasion d'observer personnellement. Je conviens a priori que, chez les uranistes, les cas de troubles mentaux, de surexcitation nerveuse, etc., peuvent être constatés dans une proportion beaucoup plus considérable que chez les individus normaux. Cette nervosité aiguë est-elle en connexité nécessaire avec la nature du l'uranisme ou ne doit-elle pas, dans la plupart des cas, être attribuée à ce que l'uraniste, par suite de la législation actuelle et des préjugés sociaux, ne peut arriver, comme les autres hommes, à satisfaire, d'une manière simple et aisée, ses penchants sexuels ou génitaux.

Le jeune uraniste, dès qu'il sent les premières émotions sexuelles et qu'il en fait naïvement part à ses camarades, s'aperçoit bientôt que les autres ne le comprennent pas. Il se replie donc sur lui-même. Confie-t-il à son professeur ou à ses parents ce qui l'émeut, on lui représente comme criminel ce mouvement qui lui paraît aussi naturel que la natation pour le poisson: et on lui dit qu'il faut combattre et supprimer à tout prix ce penchant. Voilà que commence une lutte intérieure, une suppression violente de l'instinct sexuel; et plus on en supprime la satisfaction naturelle, plus l'imagination s'échauffe et travaille, plus elle fait surgir, comme par enchantement, précisément ces images qu'on voudrait bannir. Plus le caractère qui soutient ce combat est énergique, plus le système nerveux doit fatalement en souffrir. C'est, à mon avis, cette suppression violente d'un instinct si profondément enraciné chez nous, qui développe les symptômes morbides que nous pouvons observer chez beaucoup d'uranistes, mais ces symptômes ne sont pas nécessairement en connexité avec les prédispositions uranistes.

Les uns continuent pendant une période plus ou moins longue ce combat intérieur, sans trêve, et finissent par s'user complètement; les autres arrivent finalement à la conviction que cet instinct puissant qui leur est congénital ne peut pas être un péché; ils cessent de tenter l'impossible, c'est-à-dire la suppression de leur penchant. Mais alors commence en réalité une série de souffrances et d'excitations permanentes. Le Dioning, quand il cherche la satisfaction de son instinct génital, sait toujours la trouver facilement; tel n'est pas la cas de l'urning. Il voit des hommes qui le charment, mais il ne lui est pas permis d'en rien dire, pas même de laisser voir ce qui l'émeut. Il croit que lui seul au monde a ces sentiments anormaux. Naturellement, il recherche la compagnie des jeunes gens, mais il n'ose pas se confier à eux. Ainsi il est amené à se procurer une compensation

391

de la satisfaction qu'il ne peut pas obtenir. L'onanisme est pratiqué sur une vaste échelle, et toutes les conséquences de ce vice se font bientôt sentir. Si alors, après un certain laps de temps, il se produit un délabrement du système nerveux, le phénomène morbide n'est pas occasionné par l'uranisme même, mais il a pris naissance parce que, par suite de l'opinion régnante à notre époque, l'uraniste n'a pu trouver la satisfaction sexuelle qui lui est normale et naturelle, et que, par conséquent, il a dû tomber dans l'onanisme.

Admettons que l'uraniste a eu la chance rare de rencontrer une âme qui sente comme lui, ou qu'il a été renseigné par un ami expérimenté sur les choses du monde uraniste; bien des combats intérieurs lui sont épargnés, mais une longue série de soucis troublants, de craintes, suit tous ses pas. Il sait maintenant qu'il n'est plus le seul au monde qui ait ces sentiments anormaux; il ouvre les yeux, et il est étonné du trouver tant de compagnons dans toutes les couches sociales et dans toutes les professions; il apprend que, de même que chez les Dioning, il y a aussi chez les uranistes une prostitution, et qu'on peut avoir des hommes vénals, de même qu'on achète des filles. L'occasion de satisfaire l'instinct sexuel ne fait donc plus défaut. Et pourtant, combien différent est ici le cours des choses, comparé à ce qui se passe chez les Dioning!

Prenons le cas le plus heureux. L'ami de même tendance après lequel on a langui toute sa vie, est trouvé. Mais il n'est pas permis de se livrer franchement à lui comme le jeune homme s'abandonne à la fille qu'il aime. Au milieu d'une angoisse continuelle, tous deux doivent cacher leur liaison, même une trop grande intimité qui pourrait facilement éveiller les soupçons doit rester cachée devant le monde, surtout si tous les deux ne sont pas de même âge ou s'ils n'appartiennent pas à la même classe sociale. Ainsi commence, avec la liaison même, une série d'agitations; la crainte que leur secret peut être trahi ou deviné, ne permet pas au malheureux de jouir en toute gaieté de cœur. Un incident insignifiant pour tout autre le fait trembler, car il craint que les soupçons soient éveillés, son secret percé à jour, ce qui compromettrait complètement sa position sociale et lui ferait perdre son poste et son métier. Cette agitation continuelle, ces craintes et ces soucis permanents, ne laisseraient-ils aucune trace et ne retentiraient-ils pas sur tout le système nerveux?

Un autre, moins heureux, n'a pas trouvé l'ami de sentiments similaires, mais il est tombé entre les mains d'un beau jeune homme qui d'abord a été complaisant pour lui jusqu'à ce qu'il ait pu surprendre les secrets les plus intimes de l'uraniste. Alors il se met à pratiquer le chantage le plus raffiné. La malheureuse victime, placée entre l'alternative de payer ou de se rendre impossible dans la société, de perdre une situation respectée, de se voir couvert de honte, lui et sa famille, paie; et plus il paie, plus devient avide le vampire qui le suce jusqu'à ce que finalement le pauvre jeune homme n'ait plus le choix qu'entre la ruine matérielle ou le déshonneur. Qui s'étonnera que les nerfs ne soient pas toujours assez forts pour tenir tête à cette lutte terrible? Chez les uns, les nerfs succombent complètement, le trouble mental se produit, et le malheureux trouve enfin dans une maison de santé le repos qu'il n'avait pu trouver dans la vie. Un autre, poussé au désespoir, met fin par le suicide à cet état insupportable. Combien de suicides mystérieux de jeunes gens doivent être attribués à cette circonstance! Voilà ce qu'on ne peut même s'imaginer!

392

Je ne crois pas me tromper en affirmant que, au moins la moitié des suicides de jeunes gens doivent être ramenés à de pareilles causes. Même dans les cas, où il n'y a pas un maître-chanteur inexorable qui poursuit l'uraniste, mais seulement une liaison entre les deux hommes, liaison qui en soi-même suit un cours satisfaisant, la découverte ou seulement la crainte de la divulgation pousse souvent au suicide. Que d'officiers qui avaient une liaison avec un de leurs subordonnés, que de soldats qui en entretenaient une avec un camarade, ont, au moment où ils se croyaient découverts, essayé d'échapper à la honte en se logeant une balle dans la tête! Il en est de même dans toutes les professions.

Si donc, en réalité, il faut convenir qu'on observe chez les uranistes plus d'anomalies intellectuelles et peut-être aussi des troubles mentaux en plus grand nombre, cela ne prouve pas encore que ces dérangements intellectuels soient fatalement en connexité avec l'uranisme et que l'un suppose l'autre. Ma ferme conviction est que, dans l'immense majorité, les cas de troubles mentaux qu'on a observés chez les uranistes, que leurs prédispositions morbides, ne doivent pas être mis sur le compte de leur anomalie sexuelle, mais qu'ils ont été provoqués par l'opinion erronée actuellement régnante sur l'uranisme et par la législation existante.

Celui qui n'a qu'une idée approximative de la somme de souffrances morales et intellectuelles, des craintes et des soucis qu'un uraniste doit supporter, des hypocrisies et des cachoteries continuelles dont il est obligé de faire usage pour dissimuler son penchant, des difficultés immenses qui s'opposent à la satisfaction naturelle de son instinct sexuel, celui-là ne peut que s'étonner qu'il n'y ait pas encore plus de troubles mentaux et de maladies nerveuses parmi eux. La plus grande partie de ces états morbides n'arriveraient certainement pas à se développer, si l'uraniste, à l'exemple du Dioning, pouvait trouver d'une manière simple et aisée une satisfaction sexuelle, s'il n'était plus exposé à la torture de ses craintes éternelles.

De lege lata on devrait avoir des ménagements pour l'uraniste en tant que le paragraphe en question n'est interprété que dans le sens d'une pédérastie effective et qu'il faut tenir compte et de l'anomalie psychico-somatique établie par une expertise exacte et de l'examen individuel de la question de culpabilité.

De lege ferenda les uranistes désirent avant tout la suppression de ce paragraphe. La législateur n'y consentira pas facilement, car il pense que la pédérastie est plus souvent un vice abominable que la suite d'une infirmité physique et mentale, que beaucoup d'uranistes, bien que contraints à pratiquer des actes sexuels sur des personnes de leur propre sexe, ne sont nullement forcés de se livrer à la vraie pédérastie, acte sexuel que l'on a considéré de tout temps comme cynique et dégoûtant et même nuisible, quand elle est passive. Mais le législateur de l'avenir devrait cependant mûrement peser si, pour des raisons d'utilité (difficultés d'établir la culpabilité, prétextes aux chantages les plus vils, etc.), il ne serait pas opportun de supprimer dans les Codes les poursuites judiciaires contre l'amour entre hommes.

Les raisons que j'invoque moi-même pour la suppression de ce paragraphe du Code sont les suivantes:

1° Les délits prévus dans la législation prennent d'habitude leur origine dans une prédisposition morbide de l'âme.

2° Seul un examen médical très minutieux peut différencier les cas de simple perversité de ceux de perversion morbide. Mais du moment où l'on requiert judiciairement contre l'individu, celui-ci est déjà perdu au point de vue social.

3° La plupart de ces uranistes sont non seulement atteints de perversion, mais ont encore le malheur d'avoir un instinct développé avec une vigueur anormale. En cédant à leur instinct génital, ils se trouvent donc directement sous le coup d'une contrainte physique.

4° Pour beaucoup d'entre eux, ce genre de satisfaction ne paraît nullement contre nature; au contraire, pour eux, c'est la façon naturelle, et celle qui est admise par la loi, qui est contre nature. Ils manquent donc de tous les correctifs moraux qui pourraient les empêcher de commettre leur délit sexuel.

5° À défaut d'une définition exacte de ce qu'il faut entendre par impudicité contre nature, on a laissé une trop grande latitude à l'arbitraire personnel du juge. L'interprétation de plus en plus subtile du § 175, en Allemagne, nous montre combien la manière d'envisager juridiquement le cas varie et est peu fixe. Le fait objectif est décisif pour le jugement. (En général on ne s'inquiète jamais du fait subjectif.) Comment peut-on établir le premier? Le délit est toujours commis sans témoins.

6° On ne peut invoquer aucune raison théorique ou juridique pour le maintien de l'article du Code. Il n'a que rarement pour effet d'empêcher le délit par crainte de la punition; son application ne corrige jamais, car des phénomènes naturels morbides ne peuvent pas être détruits par une punition; comme châtiment d'un acte punissable qui ne l'est que dans certaines conditions souvent erronées, l'application de cet article peut amener les injustices les plus formidables. Qu'on n'oublie pas que, dans divers pays civilisés, cet article du Code n'existe pas, et qu'en Allemagne il ne représente qu'une concession faite au sentiment de la morale publique qui cependant part d'une supposition fausse et confond la perversion avec la perversité.

7° À mon avis, la jeunesse et la moralité publique sont suffisamment protégées en Allemagne par d'autres articles du Code; l'article 175 fait plus de mal que de bien, car il favorise une des infamies les plus abominables: le chantage.

Il est vrai qu'on punit aussi le maître-chanteur qui a dénoncé le fait, mais il a pour lui la chance énorme que sa victime ne laissera pas venir les choses à l'extrême, c'est-à-dire jusqu'à la dénonciation au parquet. Dans les plus mauvais cas, un coquin de cette espèce se laisse nourrir en prison pendant quelque temps, sans qu'il soit compromis dans son existence honteuse, tandis que sa victime est déshonorée, ruinée, et finit souvent par le suicide.

8° Dans le cas où le législateur allemand croirait que la suppression de l'article 175 compromettrait la protection de la jeunesse, il suffirait d'étendre l'article 176, alinéa 1, aux individus en général, car l'article, dans sa rédaction actuelle, ne punit que les actes d'impudicité commis sur les femmes par violence ou menaces. Le Code pénal français a un paragraphe dans ce sens. Éventuellement, on pourrait songer encore à modifier l'article 176, alinéa 3, en fixant une limite d'âge plus élevée que dix-sept ans, limite à partir de laquelle les actes d'impudicité commis sur de jeunes individus ne seraient plus poursuivables. Cette extension profiterait aussi à bien des individus féminins qui, à l'âge de quinze ans, n'ont qu'exceptionnellement la maturité d'esprit nécessaire et la capacité pour se diriger elles-mêmes et pouvoir se protéger suffisamment. Par là on offrirait aussi aux jeunes individus du sexe masculin (environ jusqu'à l'âge de seize ans) une protection plus efficace que ne saurait le faire l'article 175 qui, comme on sait, ne vise que la pédérastie (et, d'après de nouvelles interprétations, d'autres actes similaires du coït), mais qui laisse impunis l'onanisme et les autres actes d'impudicité. C'est précisément par ces actes d'impudicité que les uranistes deviennent dangereux pour les jeunes gens, et exceptionnellement par la pédérastie. Le législateur n'a ni le droit ni le devoir de menacer de peines des actes immoraux inter mares qui ont lieu portis clausis et avec consentement mutuel, quand les personnes dont il s'agit ont atteint au moins leur seizième année, âge où l'individu dispose déjà d'une somme suffisante de maturité morale et intellectuelle; ces choses sont l'affaire personnelle de chacun, car aucun intérêt public ou privé n'est lésé.

Ce qui a été dit de lege lata, relativement à l'inversion congénitale, pourrait s'appliquer à l'inversion acquise. La névrose ou psychose qui l'accompagne pèsera beaucoup, au point de vue médico-légal, dans la balance, quand il s'agira de trancher la question de la culpabilité.

Un fait d'un très grand intérêt psychopathologique et, selon les circonstances, médico-légal, c'est que, dans le cas où ces invertis éprouvent un refus dans leur amour ou même une infidélité de la part de leur amant, ils deviennent capables de toutes ces réactions psychiques, jalousie et vengeance, que nous pouvons si souvent observer dans l'amour entre homme et femme et qui fréquemment poussent l'individu outragé dans ses sentiments les plus chers à des actes de violences contre l'objet de son amour ou contre celui qui lui a volé son bonheur.

Rien ne prouve mieux combien l'inversion sexuelle est enracinée dans la constitution, combien elle domine tous les sentiments, les pensées et les efforts de l'individu, et combien elle se substitue complètement à la manière normale de sentir et de se développer des hétérosexuels. Un exemple qui montre de quels actes est capable cet amour repoussé ou trahi, nous est fourni par le cas suivant, très instructif, et qui a été emprunté à la chronique judiciaire américaine. Je suis particulièrement obligé à M. le Dr Bœck, de Vienne, qui s'est donné la peine de recueillir les documents de cette cause célèbre dans les journaux et dans les comptes rendus des débats judiciaires.

Observation 197.—Une fille atteinte d'inversion sexuelle assassine son amante qui n'a pas voulu répondre à son amour.

À Memphis, aux États-Unis de l'Amérique du Nord, une jeune fille, Alice M..., issue d'une des premières familles de la ville, a assassiné, au mois de janvier 1892, son amie Freda W..., également issue d'une famille du meilleur monde. Elle lui a donné plusieurs coups de rasoir au cou.

L'enquête judiciaire a donné les résultats suivants. Alice est lourdement tarée du côté de son ascendance maternelle: un oncle et plusieurs cousins du premier degré étaient des aliénés, la mère, d'une prédisposition psychopathique, eut après chaque accouchement une période de «folie puerpérale» qui fut plus grave quand elle accoucha de son septième enfant, l'accusée Alice. Plus tard, elle tomba dans un état de débilité mentale, avec idées de persécution.

Un frère de l'accusée eut pendant quelque temps des troubles d'esprit, à la suite d'une insolation, à ce qu'on prétend.

Alice M... a dix-neuf ans; de taille moyenne, elle n'est pas jolie. La figure est enfantine et «presque trop petite en proportion du corps», asymétrique; le côté droit de la face est plus développé que le gauche; le nez est d'une «irrégularité surprenante», le regard perçant. Alice M... est gauchère.

Dès l'entrée en puberté, elle eut fréquemment de grands maux de tête d'une durée assez longue. Une fois par mois elle souffrait d'hémorragies nasales, et souvent même, ces derniers temps, d'accès de tremblement et de tremor. Une fois elle en perdit connaissance.

Alice était une enfant nerveuse, irritable, et en retard dans son développement. Elle n'éprouva jamais de plaisir aux jeux des enfants et pas du tout aux amusements des petites filles. À l'âge de quatre à cinq ans, elle trouvait beaucoup de plaisir à écorcher des chats ou à les suspendre par une patte.

Elle préférait à ses sœurs son frère cadet et ses jeux de garçon; elle cherchait à le dépasser en fouettant les toupies, dans le base-ball et foot-ball, ensuite au tir à la cible et dans toutes sortes de gamineries. Son exercice favori était de grimper, et elle y avait acquis une grande adresse. Elle aimait particulièrement à s'occuper à l'écurie auprès des mulets. Elle avait six ou sept ans, lorsque son père acheta un cheval; elle aimait à soigner cet animal, à lui donner à manger, à monter sur lui sans selle, à la façon des garçons, et à se faire mener ainsi dans les champs. Plus tard encore, elle s'occupait à nettoyer le cheval, à lui laver les pieds; elle le conduisait par la bride à travers les rues, elle lui mettait les harnais, l'attelait; elle s'entendait très bien à l'attelage des voitures et à les raccommoder.

À l'école, elle ne peut suivre que lentement et incomplètement les cours; elle est incapable de s'occuper sérieusement de quelque chose; elle saisit et retient difficilement. On essaie de lui apprendre la musique et le dessin, mais on échoue complètement; il est impossible de lui faire faire des ouvrages féminins. Plus tard, elle n'a pas non plus de goût à la lecture; elle ne lit ni livres, ni journaux. Elle est entêtée et capricieuse; ses professeurs et les gens de sa connaissance croient qu'elle n'est pas normale.

Étant enfant, elle ne se commet pas avec les garçons, n'a pas de camarades parmi eux; plus tard, elle n'a pas d'intérêt pour les jeunes gens; elle n'a personne qui lui fasse la cour. Elle se comporte toujours avec indifférence envers les jeunes gens, quelquefois avec brusquerie, et elle passe pour «folle» parmi eux.

Elle éprouva une affection extraordinaire, «aussi haut que ses souvenirs remontent», pour Freda W..., fille du même âge qu'elle et enfant d'une famille amie. Fr. était délicate et pleine de sentiment; elle avait un caractère de fille; l'affection existait des deux côtés, mais elle était beaucoup plus violente chez Alice; elle s'accrut avec les années au point de devenir une passion. Un an avant la catastrophe, la famille W. transporta son domicile dans une autre ville. Al. resta plongée dans le chagrin le plus profond. Il s'engagea alors une correspondance tendre et amoureuse.

Deux fois Al. va faire une visite à la famille de Fr.; alors les deux jeunes filles ont des rapports «d'une tendresse dégoûtante», comme l'affirment les témoins. On les voit des heures entières, couchées dans le même hamac, se pressant l'une contre l'autre et s'embrassant. «C'étaient des pressions et des baisers entre les deux filles à en avoir le dégoût». Al. a honte de faire de pareilles choses en public; elle en est blâmée par Fr.

Pendant une contre-visite de Freda, Alice essaie de la tuer; elle veut, pendant que son amie dort, lui verser du laudanum dans la bouche; la tentative échoua, car Fr. se réveilla.

Al. prend alors devant Fr. le poison et en est longtemps malade. Voici le mobile de la tentative d'assassinat et de suicide: Fr. avait manifesté de l'intérêt pour deux jeunes gens; Al. déclara ne pouvoir vivre sans l'amour de Fr.; «ensuite elle a voulu se suicider pour se délivrer de ses souffrances et rendre à Fr. sa liberté.» Après la guérison d'Al., la correspondance entre les deux amies reprend son cours et elle est plus que jamais remplie de protestations d'un amour passionné.

Bientôt après, Al. commence à développer à son amante son projet de l'épouser. Elle lui envoie une bague de fiançailles; elle menace de la tuer en cas de rupture de promesse. Toutes les deux devaient prendre un pseudonyme et fuir ensemble à Saint-Louis. Al. voulait s'habiller en homme et chercher de l'ouvrage pour toutes les deux; elle voulait aussi, si Fr. le désirait, se faire pousser des moustaches; elle espérait obtenir ce résultat en se rasant.

Peu de temps avant la mise à exécution de la fuite de Fr., le plan est dévoilé; la fuite est empêchée; on renvoie à la mère d'Al. la bague de fiancée et d'autres reliques d'amour, et l'on interdit tout rapport entre les deux jeunes filles.

Al. est complètement abattue. Elle perd le sommeil, ne prend que peu de nourriture et à contre-cœur; elle est apathique, distraite (elle met sur les comptes de ménage le nom de son amante au lieu du sien). Elle cache la bague et les autres reliques d'amour, entre autres un dé de Fr. qu'elle avait rempli du sang de l'amie, dans un coin de la cuisine où elle passe des heures entières en contemplant ces objets, tantôt riant, tantôt éclatant en sanglots.

Elle maigrit; sa figure prend une expression craintive, les yeux ont «une lueur étrange et sinistre». À cette époque, elle apprend la prochaine visite de Fr. à Memphis; elle conçoit alors le projet de tuer Fr. puisqu'elle ne peut la posséder. Elle s'empare d'un rasoir de son père et le garde soigneusement.

Elle entame avec l'amoureux de Fr., en feignant de l'intérêt pour lui, une correspondance, afin de pouvoir jeter un coup d'œil dans leurs relations et pour se tenir au courant du développement que prendrait cette liaison.

Pendant la séjour de Fr. à Memphis, toutes les tentatives d'Al. pour se rapprocher d'elle ou entrer en correspondance avec elle, échouent. Elle guette Fr. dans la rue, tente une fois déjà d'exécuter son projet; mais elle en est empêchée par un hasard. Ce n'est que le jour du départ de Fr. qu'elle réussit à s'approcher d'elle sur la route qui va au paquebot.

Profondément froissée de ce que Fr., dans toute la route qu'elle suit dans une petite voiture à côté d'elle, n'a pas une parole pour elle, pas seulement un regard, Al. saute de sa voiture, attaque Fr. et lui porte un coup profond avec un rasoir. Battue et insultée par la sœur de Fr., elle entre dans une rage folle et coupe aveuglément la gorge de Fr. à coups de rasoir vigoureux et profonds; une des blessures s'étend d'une oreille à l'autre. Pendant que tout le monde s'occupe autour de Fr., Al. part dans sa voiture à bride abattue et parcourt à tort et à travers la ville avant de rentrer à la maison. À peine rentrée, elle raconte à sa mère ce qu'elle vient de faire. Elle ne comprend pas ce que cet acte a d'horrible; les blâmes, l'évocation des conséquences graves la laissent absolument froide et ne l'émeuvent pas; c'est seulement lorsqu'elle apprend la mort et l'enterrement de Fr. qu'elle se rend compte de la perte de sa bien-aimée; elle éclate en sanglots et en pleurs passionnés; elle embrasse toutes les photographies qu'elle possède de Fr. et leur parle comme si Fr. vivait encore.

Pendant l'audience publique, elle se fait remarquer aussi par son indifférence pour les membres profondément affligés de sa famille et par son insensibilité pour tous les rapports éthiques de son action.

Seulement, quand on évoque les souvenirs de son amour pour Fr. et de sa jalousie, elle est émue et excessivement agitée. Fr. «lui a manqué de fidélité, elle l'a tuée parce qu'elle l'avait aimée». Tous les experts dépeignent le développement intellectuel de l'accusée comme étant au niveau de celui d'une fille de treize à quatorze ans. Elle comprend que des enfants n'auraient pu naître de son union avec Fr., mais elle ne veut pas convenir que son «mariage» aurait été une chose insensée. Elle repousse la supposition d'avoir eu avec Fr. des rapports sexuels (peut-être masturbation). Sur ce point, de même que sur sa vita sexualis peracta, on n'apprend absolument rien; on n'a pas procédé non plus à un examen gynécologique.

Le procès se termine par un verdict constatant l'aliénation mentale de l'accusée. (The Memphis Medical Monthly, 1892.)

LA PÉDÉRASTIE ACQUISE ET NON MORBIDE122.

Note 122:
Pour notes historiques intéressantes, consulter Krauss, Psychologie des Verbrechens, p. 114; Tardieu, Attentats; Maschka, Hdb. III, p. 174. Ce vice paraît avoir pris son origine en Asie et s'être propagé de là à travers la Crète en Grèce et y avoir été très répandu à l'époque de l'antique Hellas. De là il parvint à Rome, où il s'est développé. En Perse, en Chine (où il est même toléré), il est très répandu, mais aussi en Europe. (Comparez Tardieu, Tarnowsky et autres).

La pédérastie représente une des pages les plus épouvantables de l'histoire des débauches humaines.

Les motifs qui amènent à la pédérastie un homme qui primitivement a des sentiments sexuels normaux et qui est sain d'esprit, peuvent être très divers. Elle peut temporairement servir de moyen de satisfaction sexuelle, à défaut du moyen normal, de même que, dans des cas rares, il y a bestialité à la suite d'une abstinence forcée des jouissances sexuelles normales123.

Note 123:
Il ressort des faits recueillis par Lombroso que des rapports sexuels entre des individus du même sexe, ont lieu aussi chez les animaux forcés à l'abstinence. (Le Criminel, p. 20, etc.)

Ce fait se produit à bord des navires à longue course, dans les prisons, les bagnes, etc. Il est fort probable que, dans ces réunions d'individus, il y en a qui sont d'une moralité très basse et d'une sensualité très puissante, ou bien qu'il y a de véritables uranistes qui deviennent les séducteurs des autres. La volupté, l'instinct d'imitation, la rapacité font le reste.

Toutefois, preuve bien caractéristique de la puissance de l'instinct génital, ces mobiles suffisent pour vaincre l'horreur de l'acte contre nature.

Une autre catégorie de pédérastes est représentée par ces vieux roués qui sont saturés des jouissances sexuelles normales et qui trouvent dans la pédérastie un moyen de ranimer leur volupté, l'acte ayant pour eux le charme de la nouveauté. Ils stimulent temporairement par ce moyen leur puissance psychique et somatique abaissée. Cette nouvelle situation sexuelle les rend, pour ainsi dire, relativement puissants, et leur donne des jouissances que les rapports sexuels avec la femme ne peuvent plus leur offrir. Avec le temps la puissance pour l'acte pédéraste disparaît aussi. Alors ces individus peuvent en venir à la pédérastie passive comme à un stimulant passager qui les met dans la possibilité d'accomplir la pédérastie active, de même qu'ils ont occasionnellement recours à la flagellation, à la contemplation de scènes lascives. (Cas de bestialité cité par Maschka.)

La fin de l'activité sexuelle chez les individus atteints d'une telle dégradation morale, consiste en faits d'impudicité de toutes sortes avec des enfants, cunnilingus, fellare et autres horreurs.

Cette sorte de pédérastie est la plus dangereuse, car les individus de ce genre poursuivent avant tout et dans la plupart des cas les jeunes garçons, et leur corrompent l'âme et le corps.

Les observations que Tarnowsky (op. cit., p. 53, etc.) a recueillies à ce sujet dans la Société de Saint-Pétersbourg sont horribles. Ce sont les pensionnats qui sont le théâtre et les foyers de la pédérastie. De vieux roués et des uranistes jouent le rôle de séducteurs. Au commencement il en coûte à celui qu'on séduit d'accomplir cet acte dégoûtant. Il a d'abord recours à son imagination et évoque l'image d'une femme. Peu à peu il s'habitue à cette abomination. Finalement, semblable à l'homme détraqué sexuellement par la masturbation, il devient relativement impuissant en présence de la femme et en même temps assez libidineux pour se plaire à l'acte pervers. Suivant les circonstances, cet individu devient un cynède vénal.

Ces faits ne sont pas rares dans les grandes villes ainsi que nous l'apprennent les observations recueillies par Tardieu, Hoffmann, Liman et Taylor. Il ressort de nombreuses communications que j'ai reçues de la part d'uranistes, qu'il existe une prostitution professionnelle, de véritables maisons de prostitution pour l'amour entre individus masculins.

Ce qui est encore digne d'être remarqué, ce sont les artifices de la coquetterie que ces mérétrices mâles déploient sous forme de toilettes de luxe, de parfums et de vêtements de coupe féminine, pour attirer les pédérastes et les uranistes. Cette imitation intentionnelle des particularités de la femme se retrouve d'ailleurs spontanément et inconsciemment chez les invertis congénitaux et parfois dans les cas d'inversion sexuelle (morbide) acquise.

Les lignes suivantes fournissent des renseignements intéressants et précieux pour le psychologue et surtout pour les fonctionnaires de la police, sur la vie sociale et les menées des pédérastes.

Coffignon, La Corruption à Paris, p. 327, divise les pédérastes actifs en amateurs, entreteneurs et souteneurs.

Les amateurs (rivettes) sont des gens débauchés, mais souvent des invertis congénitaux, appartenant au monde, ayant de la fortune et qui ont des raisons de bien se garder que la satisfaction de leurs désirs homosexuels soit connue. À cet effet, il vont dans les lupanars, les maisons de passe ou dans les appartements particuliers des prostituées féminines qui ont l'habitude d'être en bons termes avec les prostitués masculins. C'est ainsi qu'ils se mettent à l'abri du chantage.

D'aucuns de ces amateurs ont assez d'audace pour se livrer dans des lieux publics à leurs désirs abominables. Ils risquent d'être arrêtés, mais moins facilement (dans les grandes villes) le chantage. On dit que le danger augmente leur jouissance secrète.

Les entreteneurs sont de vieux pécheurs qui ne peuvent s'empêcher, même au risque de tomber entre les mains des maîtres-chanteurs, d'entretenir une maîtresse masculine.

Les souteneurs sont des pédérastes qui ont subi des condamnations, qui soutiennent un petit «jésus», qui l'envoient en expédition pour attirer des clients (faire chanter les rivettes), et qui, autant que possible, surviennent au moment psychologique pour plumer la victime.

Souvent ils vivent ensemble par bandes; chacun remplit selon ses goûts actifs ou passifs le rôle d'homme ou de femme. Dans ces bandes, il y a de véritables noces, des mariages, des bénédictions nuptiales, avec banquets et accompagnement des nouveaux mariés dans leurs chambres.

400

Ces souteneurs élèvent leurs petits jésus. Les pédérastes passifs sont des «petits jésus», des «jésus», ou des «tantes».

Les petits «jésus» sont des enfants abandonnés et dévoyés que le hasard amène dans les mains d'un pédéraste actif qui les séduit et leur ouvre alors une carrière horrible pour gagner leur vie, soit comme entretenus, soit comme les hétaïres masculines des rues avec ou sans souteneur.

Les petits jésus les plus rusés et les plus recherchés sont élevés et dressés par ceux qui enseignent à ces enfants l'art d'une mise et d'un maintien féminins.

Peu à peu ils cherchent à se débarrasser de leurs professeurs et exploiteurs pour devenir «femmes entretenues»; souvent ils arrivent à cette émancipation par une dénonciation anonyme du souteneur à la police.

La préoccupation du souteneur et du petit jésus est que ce dernier garde, par toutes sortes d'artifices de toilette, son air juvénile aussi longtemps que possible.

L'extrême limite d'âge est probablement la 25e année. Alors il devient «jésus» et «femme entretenue»; dans ce cas, il est souvent entretenu par plusieurs individus à la fois. Les «jésus» se divisent en «filles galantes», c'est-à-dire ceux qui sont de nouveau tombés en la possession d'un souteneur, et en «pierreuses» (coureurs ordinaires des rues comme leurs collègues féminines), et enfin en «domestiques».

Ces derniers prennent une place de domestique chez des pédérastes actifs pour servir à leurs désirs ou parfois aussi pour leur amener des «petits jésus».

Une subdivision de cette catégorie de domestiques est composée par ceux qui se placent comme femme de chambre petit jésus. Le but principal de ces domestiques est de se procurer, étant en place, des documents compromettants à l'aide desquels ils pourront faire plus tard du chantage et se procurer, par cette extorsion, une existence assurée pour leurs vieux jours.

La catégorie la plus détestable des pédérastes passifs est bien cette des «tantes», c'est-à-dire des souteneurs de prostituées féminines, qui ont une vie sexuelle normale, mais qui, monstres au moral, pratiquent la pédérastie passive par âpreté au gain ou dans le but de faire du chantage.

Les amateurs riches ont leurs réunions, leurs locaux où les passifs apparaissent vêtus en femmes et où l'on fait les orgies les plus horribles. Les garçons de service, les musiciens de ces soirées sont tous pédérastes. Les filles galantes n'osent pas, sauf en temps de carnaval, se montrer vêtus en femmes dans les rues, mais ils savent afficher leur métier honteux par certaines marques dans leur extérieur, dans la coupe féminine de leur mise, etc.

Ils attirent par gestes, par attouchements, etc.; ils mènent leurs conquêtes dans les hôtels, les bains ou les bordels.

Ce que l'auteur dit du chantage est généralement connu. Il y a des cas où des pédérastes se laissent extorquer toute leur fortune.

La note suivante coupée dans une feuille berlinoise (National-Zeitung) du mois de février 1881, qui m'est tombée par hasard entre les mains, paraît de nature à bien caractériser la vie et les menées des uranistes.

Le bal des mysogines. Presque tous les éléments de la société de Berlin ont leurs réunions: les gros, les chauves, les célibataires, les veufs. Pourquoi les ennemis du sexe féminin n'auraient-ils pas la leur? Cette espèce d'hommes, très curieuse au point de vue psychologique, mais peu édifiante au point de vue social, donnait ces jours derniers un bal. L'affiche annonça: «Grand bal masqué viennois.» On procédait avec une sévérité extrême à la vente et à la distribution des billets: ces messieurs veulent être entre eux. Leur rendez-vous est un grand local de danse bien connu. Nous entrons dans la salle vers minuit. On danse ferme aux sons d'un orchestre très bien tenu. L'épaisse fumée qui voile les becs de gaz ne permet pas de voir ressortir assez nettement les détails des mouvements du public. Ce n'est que pendant l'entr'acte que nous pouvons passer une revue plus minutieuse. Les masques sont en immense majorité; on ne voit qu'isolément l'habit noir et la robe de soirée.

Mais qu'est-ce que c'est que cela? Une dame en tarlatan rose qui passe près de nous avec un grand bruit de froufrou, tient dans le coin de sa bouche un cigare allumé et lance des bouffées de fumée comme un cuirassier. Elle porte une petite barbe blonde à peine dissimulée par le maquillage. Maintenant elle cause avec un «ange» fortement décolleté qui est planté là, les bras nus derrière le dos et qui fume aussi. Ce sont deux voix d'hommes et le sujet d'entretien est aussi très masculin; il s'agit de ce «fichu tabac qui ne tire pas». Voilà donc deux hommes en toilettes de femmes.

Un clown, comme on en voit tant, est là-bas près d'une colonne en conversation très affectueuse avec une ballerine et enlace d'un bras la taille irréprochable de cette dernière. Elle a une coiffure à la Titus blonde, un profil très accentué et à ce qu'il paraît des formes plantureuses. Les boucles d'oreilles étincelantes, le collier avec le médaillon autour du cou, les épaules et les bras pleins et arrondis ne laissent aucun doute sur son authenticité jusqu'à ce que, avec un mouvement brusque, elle se détache du bras qui la tient et en bâillant dise d'une voix du plus bas creux: «Émile tu es aujourd'hui trop ennuyeux.» Le professeur en croit à peine ses yeux: la ballerine aussi est du sexe masculin!

Plein de méfiance nous continuons notre examen. Nous sommes près de supposer qu'ici on joue «au monde renversé», car voilà que nous voyons marcher ou plutôt trottiner un homme,—non décidément cela n'en est pas un, bien qu'il porte une petite moustache bien soignée. Ces cheveux bouclés et bien soignés, cette figure maquillée et poudrée, avec des sourcils fortement dessinés à l'encre de Chine, ces boucles d'oreilles d'or, ce bouquet de fleurs qui couvre la partie comprise entre l'épaule gauche et la poitrine et qui orne l'élégant smoking noir, ces bracelets d'or aux poignets et cet éventail élégant à la main gantée de blanc: ce ne sont point les attributs d'un homme. Et avec quelle coquetterie il manie son éventail, comme il se dandine et se tourne, comme il trottine et chuchotte! Et pourtant! Et pourtant la nature si bonne a créé homme cette poupée! Il est vendeur dans une maison de confection de notre capitale, et la ballerine que nous venions de voir à l'instant est son «collègue».

Là bas, à une table de coin, on semble tenir grand cercle. Plusieurs messieurs d'un âge mûr se pressent autour d'un groupe de dames fort décolletées qui sont assises devant des bouteilles de vin et qui, à en juger par leur hilarité bruyante, ne lancent pas des plaisanteries très discrètes. Qui sont ces trois dames? «Dames», dit en souriant mon guide expérimenté; celle à droite, aux cheveux bruns et en costume de fantaisie à demi-long, c'est la «marchande de beurre», de son métier garçon coiffeur; la seconde, la blonde, en costume de chanteuse de café-concert, avec un collier de perles, est ici connue sous le nom de «Miss Ella sur la Corde», de son métier un ouvrier tailleur pour dames; la troisième c'est la fameuse «Lotte», si connue et si célèbre.

Mais il est impossible que cela soit un homme! Voyez cette taille, ce buste, ces bras classiques, tout cet air et ces manières ont un caractère décidément féminin!

On m'apprend que «Lotte» était autrefois comptable. Aujourd'hui elle ou plutôt il est exclusivement «Lotte» et il trouve son plaisir à tenir les hommes aussi longtemps que possible en erreur sur son sexe. Lotte est en train de chanter un couplet qui n'est pas tout à fait conforme à l'étiquette d'une Cour impériale; elle fait entendre, grâce à un entraînement et à un exercice de longues années, une voix d'alto que bien des cantatrices pourraient lui envier. «Lotte» a aussi très souvent «travaillé» dans la spécialité d'«actrice comique». Aujourd'hui l'ancien comptable s'est tellement absorbé dans son rôle de dame que, même quand il sort dans la rue, il paraît toujours en toilette de femme, et les gens chez lesquels il est logé, racontent qu'il se sert même d'une robe de nuit de dame joliment brodée.

En examinant de plus près les assistants, j'ai découvert, à ma grande surprise, plusieurs personnes de ma connaissance: mon cordonnier que j'aurais pris pour tout autre chose plutôt que pour un ennemi du beau sexe; il est aujourd'hui déguisé en «Trouvère» avec épée et chapeau à plumes et sa «Léonore» en costume de fiancée me donne habituellement au bureau de tabac les «Havanne» et les «Upmann». Je reconnais bien distinctement la «Léonore» qui pendant l'entr'acte s'est dégantée: voilà bien ses grandes mains couvertes d'engelures. Tiens! voilà aussi mon fournisseur de cravates! Il court dans un costume bien risqué; il est en «Bacchus» et le céladon d'une dame attifée d'une manière déplaisante, dame qui, à d'autres heures, sert comme garçon de brasserie. Les «vraies» dames qu'on rencontre ne sauraient faire le sujet d'une description destinée à la publicité. Dans tous les cas celles-ci n'ont de rapports qu'entre elles et évitent tout rapprochement avec les hommes mysogines, pendant que ceux-ci restent et s'amusent entre eux, et ne prennent aucun souci du sexe féminin.

Ces faits méritent l'attention pleine et entière des autorités policières qui devraient être à même d'avoir légalement le même pouvoir d'agir contre la prostitution masculine, que contre la prostitution féminine.

Dans tous les cas, la prostitution masculine est de beaucoup plus dangereuse pour la société que la prostitution féminine: c'est la plus grande des hontes dans l'histoire de l'humanité.

Je sais par les renseignements d'un fonctionnaire supérieur de la police de Berlin que celle-ci connaît jusque dans ses moindres détails le demi-monde masculin de la capitale allemande et qu'elle fait tout son possible pour combattre le chantage chez les pédérastes, car souvent les maîtres-chanteurs ne craignent pas de commettre même un assassinat.

Les faits que nous venons de citer justifient notre désir de voir le législateur de l'avenir renoncer, du moins pour des raisons d'utilité, aux poursuites judiciaires contre la pédérastie.

Il est à remarquer à ce sujet que le Code français laisse la pédérastie impunie tant qu'elle ne constitue pas en même temps un outrage public à la pudeur. Peut-être pour des raisons politiques et sociales le nouveau Code italien aussi passe sous silence le délit d'impudicité contre nature, de même que la législation hollandaise, et autant que je sache les législations belge et espagnole.

Nous laissons de côté la question de savoir dans quelle mesure les pédérastes d'élevage peuvent être considérés encore comme normaux au physique et au moral. Il est probable que la plupart d'entre eux souffrent de névroses génitales. Dans tous les cas, on trouve des transitions qui se confondent presque avec l'inversion sexuelle acquise. On ne peut pas, en général, mettre en doute la responsabilité de ces individus qui sont encore bien au-dessous de la prostituée.

En ce qui concerne la forme de la satisfaction sexuelle, on peut, en somme, caractériser les diverses catégories des hommes aimant l'homme par ce trait que l'uraniste congénital ne devient qu'exceptionnellement pédéraste, et qu'il y est amené éventuellement après avoir essayé et épuisé tous les autres actes d'impudicité possibles entre des individus de sexe masculin.

La pédérastie passive est idéalement et pratiquement la forme qui correspond à l'acte sexuel. L'uraniste accomplit la pédérastie active par complaisance. L'important est son inversion congénitale et inaltérable. Il n'en est pas de même avec le pédéraste qui l'est devenu par éducation. Il s'est comporté sexuellement d'une façon normale ou du moins il a senti ainsi; et épisodiquement, à ses heures de liberté, il a encore des rapports avec l'autre sexe.

Sa perversité sexuelle n'est ni primitive ni inaltérable. Il commence par la pédérastie et finit éventuellement par d'autres pratiques sexuelles qui sont encore possibles malgré la faiblesse du centre d'érection ou du centre d'éjaculation. Son désir sexuel, quand il est à l'apogée de la puissance, n'est pas pour la pédérastie passive, mais pour l'active. Toutefois il consent, par complaisance ou par rapacité d'hétaïre masculin, à se prêter à la pédérastie passive; parfois c'est aussi un moyen de stimuler sa puissance en voie d'extinction afin de pouvoir de temps en temps encore accomplir la pédérastie active.

Une chose bien dégoûtante que nous devrions mentionner encore c'est la pædicatio mulierum124 et même uxorum, selon les circonstances.

Note 124:

Comparez Tardieu, Attentats, p. 198; Martineau, Deutsche med. Zeitg., 1882, p. 9; Virchow, Jahrbuch, 1881, p. 553; Coutagne, Lyon médical, n° 35, 36.

Des débauchés accomplissent ces actes d'un goût particulier sur des filles vénales ou même sur leurs épouses. Tardieu cite des exemples d'hommes qui, en dehors du coït régulier avec leurs épouses, faisaient de temps en temps la pédication. Parfois la crainte de provoquer une nouvelle grossesse peut pousser l'homme à cet acte et décider la femme à le tolérer.

Observation 198 (Pédérastie imputée mais non prouvée. Renseignements puisés dans le dossier).—Le 30 mai 1888 le docteur chimiste S... a été dénoncé par une lettre anonyme adressée à son beau-père comme entretenant des rapports immoraux avec le fils du boucher G..., jeune homme âgé de dix-neuf ans. On remit au docteur S... la lettre. Indigné du contenu de cette missive, il alla trouver son supérieur hiérarchique qui lui promit de procéder discrètement dans cette affaire, de s'informer auprès de la police des propos qui couraient dans le public et de ce qu'on en disait en général.

Le 31 mai au matin, la police arrêta le jeune G..., qui était atteint de blennorrhagie avec orchite et qui était couché dans l'appartement du docteur S. où on le soignait. Le docteur S. fit auprès du procureur des démarches pour obtenir la mise en liberté de G.; il offrit même un cautionnement, ce qui fut refusé. Dans sa requête adressée au tribunal, le docteur S. prétend qu'il y a trois ans il fit dans la rue la connaissance du jeune G., que depuis il l'avait perdu de vue, et qu'il ne l'aurait retrouvé qu'à l'automne de 1887 dans le magasin de son père. Depuis novembre 1887, c'est G. qui était chargé de fournir la viande nécessaire pour la cuisine du docteur; il venait le soir pour prendre la commande et le matin pour livrer la marchandise. C'est ainsi que le docteur S. fit une connaissance plus étroite de G., et peu à peu il eut des sentiments amicaux pour ce jeune homme. Le docteur S. tomba malade et resta la plupart du temps au lit jusqu'au 15 mai 1888; G. eut tant d'attentions pour lui que S. ainsi que sa femme le prirent en affection à cause de son attitude gaie, innocente et toute filiale. Le docteur S. lui montrait sa collection d'antiquités, et tous deux passaient souvent ensemble des soirées pendant lesquelles Mme S. leur tenait compagnie. S. prétend encore avoir fait avec G. des essais de fabrication de saucisses et de gelées, etc. Vers la fin du mois de février, G. fut atteint de blennorrhagie. Comme le docteur S. l'estimait comme un ami, qu'il aimait beaucoup à soigner les malades et qu'il avait étudié la médecine pendant plusieurs semestres, il s'occupa de G. et lui donna des médicaments, etc. Comme G. était encore malade au mois de mai et que, pour bien des raisons, il aurait été désirable qu'il quittât la maison paternelle, M. et Mme S. le prirent chez eux pour le soigner.

S. repousse avec indignation toutes les suspicions auxquelles ces faits ont donné lieu; il invoque son passé honorable, sa bonne éducation, la circonstance qu'à cette époque G. était atteint d'une maladie dégoûtante et contagieuse et que lui-même S. souffre d'une maladie douloureuse (calculs néphrétiques avec coliques temporaires).

En face de cette version bien inoffensive du docteur S., il faut cependant tenir compte des faits suivants qui ont été établis par l'enquête judiciaire et sur lesquels s'est appuyée la sentence du tribunal de première instance.

La liaison de S. et G. a provoqué, par son caractère choquant, bien des commentaires chez les particuliers et dans les cabarets. G. passait la plupart de ses soirées dans le cercle de la famille de S. dont il est devenu pour ainsi dire un familier. Tous deux faisaient souvent des promenades ensemble. Pendant une de ces promenades S. dit à G. qu'il était joli garçon et qu'il l'aimait beaucoup. S. prétend n'avoir touché ce sujet que pour avertir G. de certains dangers. Quant à leurs rapports dans la maison, il est établi que S. assis sur le canapé, avait parfois enlacé de ses bras G. et l'avait embrassé. Cette marque d'affection lui fut donnée aussi en présence de Mme S. et de la bonne de la maison. Lorsque G. fut atteint de blennorrhagie, S. lui montrait comment il fallait faire les injections et, à cette occasion, il prenait dans sa main le membrum du jeune homme. G. déclare qu'en demandant à S. pourquoi il l'aimait tant, celui-ci aurait répondu: «Je ne le sais pas moi-même». Quand G. restait quelques jours sans venir, S. s'en plaignait avec des larmes dans les yeux aussitôt que G. faisait sa réapparition. S. lui disait aussi que son ménage n'était pas heureux et, les larmes aux yeux, priait G. de ne pas l'abandonner, car il était l'ami qui devait remplacer sa femme.

L'acte d'accusation conclut de tous ces faits que la liaison entre les deux accusés avait une tournure sexuelle. Si tout se passait en public et de façon à être remarqué par tout le monde, c'est une circonstance qui, selon l'acte d'accusation, ne vient point à l'appui du caractère inoffensif de la liaison, mais c'est plutôt une preuve de l'intensité de la passion de S. On convient que l'accusé a des antécédents sans tache, une conduite honorable et un cœur tendre. Il est probable que la vie conjugale de S. n'était pas heureuse et qu'il avait des dispositions naturelles très sensuelles.

Au cours de l'instruction judiciaire, on a plusieurs fois soumis G. à un examen médico-légal. Il est d'une taille moyenne, avec un teint pâle, une constitution robuste. Le pénis et les testicules sont très fortement développés.

On a constaté d'un unanime accord que l'anus, par suite du manque de plis à son pourtour et du relâchement du sphincter, était altéré pathologiquement, et que ces changements permettaient avec une certaine probabilité de conclure à la pratique de la pédérastie passive.

C'est sur ces faits que fut basée la sentence du tribunal. L'arrêt a reconnu que la liaison existant entre les deux accusés n'indiquait pas d'une manière certaine l'impudicité contre nature, les constatations faites sur le corps de G. ne suffisant pas en elles-mêmes à en fournir la preuve.

Mais, prenant dans son ensemble ces deux circonstances, le tribunal s'est fait la conviction que les deux accusés étaient coupables, et considéra comme établi que: «l'état anormal de l'anus de G. n'a pu se produire qu'à la suite de l'introduction réitérée du membre de l'accusé S. dans cette partie du corps, et que G. s'est prêté complaisamment à ces pratiques et a toléré l'exécution sur lui de ces actes immoraux».

Ainsi le cas prévu par l'article 175 du R. St. G. semble être établi. En fixant les peines on a tenu compte du degré d'instruction de S., du fait que c'est lui qui a évidemment séduit G.; pour ce dernier on a pris en considération qu'il avait été séduit et qu'il était encore très jeune; pour tous les deux, on admit comme circonstance atténuante leurs bons antécédents, et, conformément à ces conditions, le Dr S. a été condamné à huit mois de prison, le jeune G. à quatre mois.

Les accusés se sont pourvus en cassation auprès du tribunal de l'empire à Leipzig et se préparaient, dans le cas où la cassation serait rejeté, à recueillir des documents afin de pouvoir demander la révision du procès.

Ils se soumirent à l'examen et à l'observation de spécialistes célèbres. Ceux-ci déclarèrent que, d'après les constatations faites sur l'anus de G., il n'y avait aucun indice d'actes de pédérastie passive.

Comme les parties intéressées attachaient aussi une grande importance au côté psychologique du cas, dont on ne s'était pas du tout occupé pendant l'audience, l'auteur du ce livre reçut la mission d'examiner et d'observer le Dr S. et son coaccusé G.

Résultats de mon examen personnel fait du 11 au 18 décembre 1888, à Gratz.—Le Dr S..., trente-sept ans, marié depuis deux ans, sans enfants, autrefois chef du laboratoire municipal à H., est né d'un père qui, à ce qu'on dit, est devenu nerveux à la suite de surmenage. À l'âge de cinquante-sept ans il a été atteint d'une attaque d'apoplexie; à l'âge de soixante-sept ans, il est mort à la suite d'une nouvelle attaque d'apoplexie. La mère vit encore: on la dépeint comme une femme vigoureuse, mais qui depuis des années souffre des nerfs. La mère de cette dernière est morte à un âge assez avancé et, prétend-on, à la suite d'un abcès du cervelet. Un frère du père de la mère aurait été buveur. Le grand-père de l'accusé du côté paternel est mort prématurément à la suite d'un ramollissement du cerveau.

Le Dr S... a deux frères qui jouissent d'une bonne santé.

Lui-même déclare qu'il est d'un tempérament nerveux et d'une constitution robuste. Il prétend qu'après avoir eu, à l'âge de quatorze ans, un rhumatisme articulaire aigu, il a souffert pendant plusieurs mois d'une grande nervosité. À la suite, il souffrait souvent de rhumatismes, ainsi que de battements de cœur et de suffocations. Ces malaises disparurent peu à peu sous l'influence de l'usage des bains de mer. Il y a sept ans, il a attrapé une blennorrhagie. Cette blennorrhagie est devenue chronique et lui a causé pendant longtemps des douleurs de vessie.

En 1887, le docteur S. a subi son premier accès de colique néphrétique. Ces accès se répétèrent plusieurs fois au cours de l'hiver 1887-1888, jusqu'au 10 mai 1888 où un gros calcul néphrétique se dégagea. Depuis ce moment, son état de santé a été assez satisfaisant. Il prétend que, à l'époque où il souffrait de la pierre, il avait pendant le coït, au moment de l'éjaculation, une douleur aiguë dans l'urètre, de même quand il urinait.

Quant à son curriculum vitæ, S. déclare qu'il a, jusqu'à l'âge de quatorze ans fréquenté le lycée; mais, à partir de cette époque, il a dû, à la suite d'une maladie grave, continuer ses études sous la direction d'un maître particulier. Ensuite, il a passé quatre ans dans l'officine d'un droguiste; plus tard, il a, pendant six semestres, suivi les cours de la Faculté de médecine; et, pendant la guerre de 1870, il a servi comme aide-volontaire de lazaret. N'ayant pas son baccalauréat, il a abandonné l'étude de la médecine; il a acquis le diplôme de docteur en philosophie; ensuite il a servi comme assistant au musée minéralogique à K., plus tard à H., et puis il s'est livré à des études spéciales de chimie alimentaire et, il y a cinq ans, il a pris le poste de chef de laboratoire municipal.

S... fait toutes ces dépositions d'une manière sûre et précise. Il ne cherche pas à rappeler ses souvenirs en faisant ses réponses; de sorte qu'on a de plus en plus l'impression d'avoir affaire à un homme qui aime et qui dit la vérité, d'autant plus que, dans les examens des jours suivants, les dépositions furent toujours les mêmes. En ce qui concerne sa vita sexualis, S. déclare avec modestie, décence et franchise, que, à partir de l'âge de onze ans, il s'est rendu compte de la différence des sexes, que jusqu'à l'âge de quatorze ans il fut pendant quelque temps adonné à l'onanisme, qu'il a fait son premier coït à l'âge de dix-huit ans, et qu'il l'a pratiqué avec modération les années suivantes. Ses désirs sexuels n'ont jamais été très grands, l'acte sexuel était normal à tous les points de vue jusqu'à ces derniers temps; il avait la puissance nécessaire et une sensation voluptueuse satisfaisante. Depuis son mariage, conclu il y a deux ans, il n'a coïté qu'avec sa femme qu'il a épousée par inclination et qu'il aime encore beaucoup; il faisait l'acte plusieurs fois par semaine.

Mme S..., qui a dû être entendue, confirme pleinement ces dépositions.

À toutes les questions contradictoires au sujet d'un sentiment sexuel pervers pour l'homme, le docteur S. répondit, dans les examens réitérés, par la négative, toujours d'accord avec ses dépositions et sans avoir la moindre hésitation dans ses réponses; même lorsqu'on veut lui tendre un piège en lui représentant que la preuve d'un sentiment sexuel pervers serait fort utile pour le but qu'il veut atteindre avec le nouvel examen médical, il persiste dans ses dépositions antérieures. On fait cette constatation très précieuse que S. ne sait rien des faits établis par la science sur l'amour homosexuel. Ainsi on apprend que ses rêves accompagnés de pollutions, n'ont jamais pour objet des individus du sexe masculin, que les nudités féminines seules l'intéressent, qu'aux bals il aime à danser avec des femmes, etc. On ne peut découvrir chez S. aucune trace de quelque inclination sexuelle pour son propre sexe. En ce qui concerne ses relations avec G., il fait exactement les mêmes déclarations qu'il a faites devant le juge d'instruction. Il ne saurait expliquer son affection pour G. que par le fait qu'il est un homme nerveux, sentimental, d'un cœur facile à toucher, et très sensible aux prévenances aimables. Dans sa maladie, il se sentait isolé et déprimé; sa femme était souvent absente, en visite chez ses parents, et c'est ainsi qu'il est arrivé à conclure une amitié avec G., jeune homme très poli et bon garçon. Maintenant encore, il a un faible pour lui, et se sent dans sa compagnie très rassuré et heureux.

Il eut déjà deux fois auparavant des amitiés de ce genre: quand il était étudiant, pour un confrère du même corps d'étudiants, un docteur A., qu'il a souvent enlacé de ses bras et embrassé; plus tard pour un baron M. Quand il le perdait de vue pendant quelques jours, il était inconsolable jusqu'aux larmes.

Il a la même tendresse et le même attachement pour les bêtes. Ainsi il a eu un chien qui est mort il y a quelque temps, et qu'il a pleuré comme si c'était un membre de sa famille; il embrassait souvent cet animal. (En évoquant ce souvenir, S... a les larmes aux yeux.) Ces dépositions sont confirmées par le frère du docteur, avec cette remarque que, en ce qui concerne l'amitié de son frère avec A. et M., le moindre soupçon d'une tendance sexuelle paraît exclu d'avance. Les interrogatoires les plus prudents et les plus insistants, les procédés les plus insinuants avec le docteur S. ne fournissent pas le moindre point d'appui pour des suppositions de ce genre.

Il prétend n'avoir jamais eu non plus en présence de G., la moindre émotion sexuelle, et encore moins une érection ou un désir sexuel. Quant à son affection pour G..., poussée jusqu'à la jalousie, il l'explique simplement par son tempérament sentimental et par son amitié exaltée. G. lui est encore cher aujourd'hui comme s'il était son fils.

Un fait bien caractéristique, c'est que S. déclare que lorsque G. lui racontait ses bonnes fortunes auprès des femmes, il ne se sentait péniblement touché que parce qu'il craignait que G. courût risque de se rendre malade par ses excès et de ruiner sa santé. Mais il n'a jamais éprouvé un sentiment de froissement personnel. Si aujourd'hui il connaissait pour G. une brave fille, il souhaiterait de bon cœur de les marier, et il aiderait à arranger ce mariage.

S. dit que ce n'est qu'au cours de l'enquête judiciaire qu'il a reconnu avoir agi avec imprudence dans ses rapports sociaux avec G. en donnant lieu aux cancans des gens. Il déclare que ses relations d'amitié étaient publiques, parce qu'elles avaient un caractère tout à fait innocent.

Il est à relever que Mme S. n'a jamais remarqué rien de suspect dans les rapports de son mari avec G., tandis que la femme la plus simple, guidée par son instinct, se serait doutée de quelque chose. Mme S. n'a non plus fait aucune objection à ce que G. fut reçu à la maison.

Elle fait valoir, à ce sujet, que la chambre dans laquelle G. était couché pendant sa maladie, se trouve au premier étage, tandis que l'appartement de la famille est au troisième; que, de plus, S. ne restait jamais seul avec G., pendant que celui-ci était à la maison. Elle déclare être convaincue de l'innocence de son mari, et l'aimer toujours comme auparavant.

Le docteur S. avoue sans réticence avoir autrefois souvent embrassé G. et avoir parlé avec lui de questions sexuelles. G. est très ardent pour les femmes, et, étant donnée cette circonstance, S., l'a souvent, par amitié, exhorté à ne pas se livrer à ces excès, surtout quand G., comme c'était souvent le cas, avait mauvaise mine à la suite de ses débauches sexuelles.

Il est vrai qu'il a dit une fois que G. était un joli garçon; mais cette remarque n'avait qu'un intérêt bien inoffensif.

C'est dans un débordement d'amitié qu'il a embrassé G., alors que celui-ci avait fait preuve d'une attention particulière ou lui avait fait un plaisir. Mais jamais il n'y avait éprouvé aucune sensation sexuelle. Aussi quand il rêvait par-ci par-là de G., c'était d'une façon bien innocente.

L'auteur de ce livre crut d'une grande importance d'étudier aussi le caractère de G. L'occasion s'en est offerte le 12 décembre de l'année courante, et il en a largement profité.

G... est un jeune homme au corps délicat, développé normalement pour son âge; il a vingt ans; il a une apparence névropathique et sensuelle. Les parties génitales sont normales et fortement développées. L'auteur croit devoir passer sur les constatations faites sur l'anus de ce jeune homme, car il ne se croit pas autorisé à émettre un jugement sur le rapport médical. Quand on s'entretient quelque temps avec G..., celui-ci fait l'impression d'un jeune homme inoffensif, bon, dénué d'astuce, léger, mais pas du tout corrompu moralement. Rien dans sa mise, ni dans son attitude n'indique un sentiment sexuel pervers. On ne peut concevoir le moindre soupçon d'avoir affaire à une courtisane du sexe masculin.

G., amené in medias res, déclare que S. et lui ont innocemment dit les choses qu'on leur reproche, et c'est là-dessus qu'on a échafaudé tout le procès.

Au début l'amitié et surtout les embrassements de S. lui ont paru étranges. Plus tard il s'est convaincu que c'était de la pure amitié, et il ne s'en est plus étonné.

G. reconnut dans S. comme un ami paternel, et il l'aima parce que ce dernier lui était agréable sans arrière-pensée.

Le mot «joli garçon» a été prononcé un jour que G. avait une amourette et qu'il exprimait ses doutes sur son bonheur à venir. C'est alors que S. l'avait consolé en lui disant: «Vous avez une jolie tournure, vous ne manquerez pas de faire un bon parti.»

Une fois S. s'est plaint à lui que sa femme avait un penchant pour la boisson, et, en lui faisant cette confidence, il avait les larmes aux yeux. Alors G. fut touché du malheur de son ami. C'est à cette occasion que S. l'avait embrassé et l'avait prié de lui conserver son amitié et de venir souvent le voir.

S. n'a jamais spontanément amené la conversation sur les choses sexuelles. Comme G. lui demandait un jour ce que c'était que la pédérastie, dont il prétendait avoir entendu beaucoup parler en Angleterre, S. lui en avait donné l'explication.

G. convient qu'il est homme de prédispositions sensuelles. À l'âge de douze ans, il a été initié à la vie sexuelle en entendant les propos des apprentis. Il ne s'est jamais masturbé; à l'âge de dix-huit ans, il a fait le coït pour la première fois, et depuis il a beaucoup fréquenté le bordel. Il n'a jamais éprouvé une inclination pour son propre sexe, ni aucune sensation sexuelle quand S. l'embrassait. Il a toujours fait le coït d'une façon normale et avec volupté. Ses pollutions dans ses rêves étaient toujours accompagnées d'images lascives concernant des femmes. Il repousse avec indignation l'insinuation qu'il s'est livré à la pédérastie passive, et invoque à ce propos qu'il descend d'une famille saine et honnête.

Avant que le bruit relatif à ces soupçons eût éclaté, il ne se doutait de rien et ne pensait nullement à mal. Il donne sur les anomalies de son anus, les mêmes essais d'explication qu'on trouve dans le dossier du l'affaire. Il nie avoir fait de l'auto-masturbation in ano.

410

Il est bon de remarquer que J. S., en entendant parler du prétendu amour homosexuel de son frère, n'en aurait pas été moins étonné que les autres personnes qui connaissaient celui-ci de plus près. Il est vrai qu'il n'a pu comprendre lui non plus ce qui attachait son frère à G., et que toutes les représentations qu'il lui avait faites sur son attitude étaient restées inutiles.

L'expert s'est donné la peine d'observer sans qu'on s'en aperçût le docteur S. et G. pendant qu'ils soupaient à Gratz, en compagnie du frère de S. et de Mme S. Cette observation n'a pas fourni le moindre indice dans le sens d'une amitié illicite.

L'impression générale que m'a faite le docteur S. fut celle d'un individu nerveux, sanguin, un peu exalté, mais en même temps de bon caractère, franc, et avant tout un homme sentimental.

Le docteur S., est au physique, vigoureux, un peu replet; il a une tête régulière et légèrement brachycéphale. Les parties génitales sont très développées, le pénis est un peu gros, le prépuce un peu hypertrophié.

Conclusions.—La pédérastie est une forme insolite, perverse, et l'on peut même dire monstrueuse, de la satisfaction sexuelle, qui, dans la vie moderne, n'est malheureusement pas rare, mais toutefois exceptionnelle parmi les populations européennes. Elle suppose une perversion congénitale ou acquise du sens sexuel en même temps qu'une défectuosité du sens moral acquise par des influences héréditaires ou morbides.

La science médico-légale connaît exactement les conditions physiques et psychiques sur la base desquelles se produit cette aberration de la vie sexuelle et, dans un cas concret, surtout lorsqu'il est douteux, il paraît nécessaire d'examiner si ces conditions empiriques et subjectives existent aussi pour la pédérastie.

À ce sujet, il faut bien distinguer entre la pédérastie active et la passive. La pédérastie active se rencontre:

I. Comme phénomène non morbide:

1° Comme moyen de satisfaction sexuelle dans le cas d'une abstinence forcée des jouissances sexuelles normales, quand en même temps l'individu a de grands besoins sexuels;

2° Chez de vieux débauchés qui, rassasiés des jouissances sexuelles normales, et devenus plus ou moins impuissants, et de plus dépravés moralement, ont recours à la pédérastie pour stimuler leur volupté par ce charme d'un nouveau genre, et remonter un peu leur impuissance psychique et somatique tombée très bas;

3° Traditionnel chez certains peuples à un niveau très bas de civilisation et dont ni la moralité ni les mœurs ne sont développées.

II. Comme phénomène morbide:

1° Sur la base d'une inversion sexuelle congénitale avec horreur des rapports sexuels avec la femme, inversion qui va jusqu'à l'impuissance à accomplir l'acte normal. Ainsi que l'a déjà remarqué Casper, la pédérastie est très rare dans ce cas. L'uraniste se satisfait avec l'homme par la masturbation passive ou mutuelle ou par des actes similaires du coït (par exemple coitus inter femora) et n'arrive qu'exceptionnellement à la pédérastie, par rut sexuel ou par complaisance, quand le sens moral est chez lui très diminué;

2° Sur la base de l'inversion morbide acquise:

a. À la suite de l'onanisme pratiqué pendant des années et ayant rendu l'individu impuissant en présence de la femme, et quand en même temps un vif désir sexuel continue à subsister;

b. À la suite d'une grave maladie psychique (imbécillité sénile, ramollissement du cerveau chez les aliénés, etc.); dans ce cas, ainsi que l'a démontré l'expérience, l'inversion sexuelle peut se produire facilement.

La pédérastie passive se rencontre:

I. Comme phénomène non morbide:

1° Chez des individus de la lie du peuple, qui ont eu le malheur d'être séduits dès l'enfance par des roués et dont la douleur et le dégoût ont été vaincus par l'argent; il faut encore que ces individus, moralement dégradés, soient tombés assez bas, quand ils arrivent à l'âge adulte, pour se plaire dans ce rôle d'hétaïres masculins;

2° Dans des circonstances analogues à celle du paragraphe I, pour récompenser un consentement à la pédérastie active.

II. Comme phénomène morbide:

1° Chez des individus atteints d'inversion sexuelle, comme compensation de services d'amour rendus et en surmontant la douleur et le dégoût;

2° Chez des uranistes qui se sentent femmes, en face de l'homme; les mobiles sont la volupté et leur penchant. Chez ces hommes-femmes il y a horror feminæ et incapacité absolue pour les rapports sexuels avec la femme. Le caractère et les inclinations sont féminins.

Telles sont les observations recueillies par la science médico-légale et la psychiatrie. La science médicale exige la preuve qu'un homme appartient à une des catégories susénumérées, pour qu'elle puisse croire que cet individu est pédéraste.

C'est en vain qu'on chercherait, dans les antécédents et dans l'extérieur du docteur S., des symptômes permettant de le classer dans une des catégories de la pédérastie active établies par la science. Ce n'est ni un individu astreint à l'abstinence sexuelle, ni un individu devenu impuissant en face des femmes par suite de débauches, ni un homosexuel, ni un individu devenu par suite d'une masturbation continuelle indifférent

412

pour la femme et poussé vers l'homme, ni un individu devenu, par suite d'une grave maladie mentale, sexuellement pervers.

Il n'a pas même les caractères généraux de la pédérastie: imbécillité morale ou dépravation d'un côté, et trop grands besoins sexuels de l'autre.

Il est aussi impossible de classer son complice G., dans une des catégories de la pédérastie passive; car il n'a ni les attributs d'une hétaïre masculine, ni les stigmates cliniques de l'homme-femme. Il est tout le contraire de cela.

Pour rendre plausible du point de vue médico-légal une liaison pédéraste entre ces deux hommes, il faudrait alors que le docteur S., présentât les antécédents et les symptômes du pédéraste actif mentionnés (I al. 2) et G., ceux du pédéraste passif cités (II al. 1 ou 2).

La supposition sur laquelle se fonde le verdict est, au point de vue de la psychologie légale, insoutenable.

On pourrait, pour la même raison, prendre tout homme pour un pédéraste. Reste encore à examiner si, au point de vue psychologique, les explications fournies par S., et G., sur leur amitié au moins étrange, tiennent debout.

Au point de vue psychologique, ce n'est pas un fait sans analogie qu'un homme excentrique et sentimental comme S., conclue une amitié transcendante sans aucune émotion sexuelle.

Il suffit de rappeler à ce propos les amitiés intimes qui se lient dans les pensionnats de filles, l'amitié pleine de dévouement de jeunes gens sentimentaux en général, la tendresse que l'homme de cœur sensible montre même envers un animal domestique, sans que personne l'interprète comme une tendance sodomiste.

Étant donnée la particularité psychologique du docteur S., une amitié exaltée pour le jeune G., est très compréhensible. La franchise avec laquelle se montrait cette amitié devant le public laisse plutôt supposer le caractère innocent de cette affection qu'une passion sensuelle.

Les condamnés réussirent à obtenir une revision de la procédure judiciaire. Le 7 mars 1890 eurent lieu les nouveaux débats contradictoires. Les dépositions des témoins fournirent en faveur des accusés des faits qui les disculpaient entièrement.

Tous reconnurent la conduite morale de S., antérieurement. La sœur de charité qui a soigné G., pendant que celui-ci se trouvait malade à la maison de S., n'a jamais remarqué rien de suspect dans leurs rapports. Les anciens amis de S., témoignèrent de sa moralité, de son amitié très tendre et de son habitude de les embrasser à l'arrivée et avant le départ. Les modifications qu'on avait autrefois constatées à l'anus de G., n'existaient plus. Un des experts convoqués par le tribunal admit la possibilité que ces anomalies de l'anus aient été occasionnées par des manipulations digitales. Leur valeur diagnostique a été contestée par le médecin-expert convoqué par le défenseur.

413

Le tribunal a reconnu que la preuve du délit présumé n'existait pas, et il a prononcé l'acquittement des accusés.

AMOR LESBICUS125.

Note 125:
Comparez Mayer, Friedreichs Blätter, 1875, p. 41; Krausold, Melankolie und Schuld, 1885, p. 20; Andronico, Archiv. di psich. scienze penali e d'anthropol., crim., vol. III, p. 145

Son importance médico-légale est bien minime quand il s'agit de rapports entre adultes. En Autriche seulement, il pourrait avoir une importance pratique. Mais, comme pendant de l'uranisme, il a une importance anthropologique et clinique. L'amor lesbicus ne paraît pas être moins rare que l'uranisme. La grande majorité des uranistes féminins ne cèdent pas à un penchant congénital, mais ils se développent dans des conditions analogues à celles de l'uranisme artificiel.

Cette «amitié défendue» fleurit surtout dans les prisons de femmes.

Krausold (op. cit.) dit: «Les prisonnières lient souvent entre elles ce genre d'amitié dans laquelle, il est vrai, on aboutit autant que possible à la manustupration mutuelle.»

Mais le but de ces amitiés ne consiste pas seulement dans une passagère satisfaction manuelle. Elles sont aussi liées pour ainsi dire systématiquement et pour une époque plus longue pendant laquelle se développent une jalousie féroce et un amour ardent d'une violence qu'on ne trouve guère plus intense parmi les personnes de sexe différent. Si l'amie d'une prisonnière s'aperçoit d'un sourire pour une autre, il y a des scènes violentes de jalousie et des crêpages de chignon.

Si la prisonnière qui s'est laissée aller aux voies de fait, a été, selon le règlement, punie et mise aux fers, elle dit que «son amie lui a fait un enfant».

Nous devons aussi à Parent-Duchâtelet (De la prostitution, 1857) des renseignements très intéressants sur l'amor lesbicus artificiellement créé.

Le dégoût provoqué par les actes les plus abominables et les plus pervers (coitus in axilla, inter mammas, etc.) que les hommes commettent sur des prostituées, poussent souvent ces malheureuses, dit l'auteur cité, à l'amour lesbien. Il ressort de ses recherches que ce sont particulièrement les prostituées de grande sensualité qui, non satisfaites par les rapports avec des impuissants ou des pervers, et dégoûtées de leurs pratiques, sont amenées à cette aberration.

De plus, les prostituées qui se font remarquer comme tribades, sont toujours des personnes qui ont fait plusieurs années de prison et qui ont contracté cette aberration dans ces foyers d'amour lesbien ex abstinentia.

Il est bien intéressant de constater que les prostituées méprisent les tribades, de même que l'homme méprise le pédéraste, tandis que les prisonnières femmes ne considèrent point ce vice comme choquant.

Parent cite le cas d'une prostituée qui, en état d'ivresse, a voulu en violer une autre à la manière lesbienne. Là-dessus les autres filles du bordel furent prises d'une telle indignation qu'elles dénoncèrent cette pervertie à la police. Taxil (op. cit. p. 166, 170) cite des faits analogues.

Mantegazza également (Études d'anthropologie et d'histoire de la civilisation) trouve que les rapports sexuels entre femmes ont surtout la signification d'un vice qui s'est développé à la suite d'une hyperæsthesia sexualis non satisfaite.

Nombre de cas de ce genre—abstraction faite de l'inversion sexuelle congénitale— sont tout à fait analogues aux cas masculins dans lesquels le vice s'est artificiellement développé, est devenu peu à peu de l'inversion sexuelle acquise avec horreur des rapports sexuels avec les individus de l'autre sexe.

Il est probable qu'il s'agit de cas de ce genre dans les correspondances que nous rapporte Parent entre amantes, correspondances aussi débordantes et aussi sentimentales que celles entre des amoureux de sexe différent; l'infidélité et la séparation mettaient hors d'elle l'abandonnée; la jalousie était féroce et amenait souvent à des vengeances sanglantes. Les cas suivants d'amor lesbicus cités par Mantegazza sont certainement morbides et peut-être des faits d'inversion congénitale.

1° Le 5 juillet 1877 a comparu devant le tribunal, à Londres, une femme qui, déguisée en homme, s'était déjà mariée trois fois avec diverses femmes. Elle a été reconnue femme devant tout le monde et condamnée à six mois de prison.

2° En 1773, une autre femme, déguisée en homme, fit la cour à une jeune fille, demanda sa main, mais sa tentative audacieuse ne réussit pas.

3° Deux femmes vécurent ensemble pendant trente ans, comme mari et femme. Ce n'est qu'en mourant que l'«épouse» a révélé le secret aux personnes qui entouraient son lit.

Coffignon (op. cit., p. 301) cite de nouveaux faits remarquables.

Il rapporte que cette aberration est maintenant très à la mode, en partie à cause des romans qui traitent de ce sujet, en partie aussi par suite de l'excitation des parties génitales par un travail excessif avec les machines à coudre, et aussi par la fait que les domestiques féminins couchent souvent dans le même lit, puis par les séductions qui se font dans les pensions par des élèves perverties ou par la séduction des filles de famille par des servantes perverses.

L'auteur prétend que ce vice (saphisme) se rencontre de préférence chez les dames de l'aristocratie et chez les prostituées. Mais il ne distingue pas entre les cas physiologiques et pathologiques, et parmi ces derniers il ne fait pas non plus la distinction entre les cas acquis et les cas congénitaux. Certains détails concernant des cas sûrement pathologiques correspondent complètement aux faits qu'on a pu recueillir sur les hommes atteints d'inversion sexuelle.

Les saphistes ont leurs lieux de réunion à Paris, se reconnaissent par le regard, les gestes, etc. Des couples saphistes aiment à s'habiller et à se parer de la même façon. On les appelle alors «petites sœurs».

9.—NÉCROPHILIE126.

Note 126:
Comparez Maschka, Hdb. III, p. 191 (bonnes notes historiques); Legrand, La Folie, p. 521.

(Code autrichien, § 306.)

Cette forme horrible de la satisfaction sexuelle est si monstrueuse que la supposition d'un état psychopathique est justifiée dans tous les cas; Maschka exige que dans ces cas on examine toujours l'état mental du sujet. Cette exigence est parfaitement fondée. Il faut une sensualité morbide assurément perverse pour surmonter l'horreur naturelle que l'homme éprouve devant les cadavres, et pour trouver du plaisir à la conjonction sexuelle avec un cadavre.

Malheureusement, dans la plupart des cas qui ont été rapportés dans les publications spéciales, l'état mental de l'individu n'a pas été examiné, de sorte que la question de savoir si la nécrophilie est compatible avec l'intégrité mentale, n'est pas tranchée. Celui qui connaît les aberrations horribles de la vie sexuelle n'oserait pas répondre à cette question par la négative.

10.—INCESTE.

(Code autr., § 122; Projet, § 189; Code allemand, § 174).

La conservation de la pureté morale de la vie de famille est due au développement de la civilisation; chez l'homme civilisé qui est encore intact au point de vue éthique, un sentiment pénible se fait toujours sentir quand il lui vient une idée libidineuse concernant un membre de sa famille. Une sensualité très puissante jointe à des idées morales et juridiques très défectueuses est seule capable d'amener un individu à l'inceste.

Ces deux conditions peuvent se rencontrer dans des familles chargées de tares. L'ivrognerie et l'ivresse chez les individus du sexe masculin, l'idiotie qui a arrêté le développement de la pudeur et qui, selon les circonstances, se trouve alliée à l'érotisme chez des individus de sexe féminin, sont les éléments qui facilitent les actes incestueux. Les conditions extérieures qui facilitent le développement de cette aberration sont la promiscuité des sexes dans les familles prolétaires.

Nous avons rencontré l'inceste comme phénomène certainement pathologique dans des cas de débilité mentale congénitale ou acquises, puis dans des cas isolés d'épilepsie et de paranoïa.

Dans un grand nombre de cas, la majorité peut-être, on ne peut cependant pas montrer les causes pathologiques d'un acte qui non seulement offense les liens du sang, mais aussi les sentiments de toute population civilisée. Dans bien des cas pourtant, qui sont rapportés dans les publications spéciales, on peut, pour l'honneur de l'humanité, supposer un fondement psychopathique.

Dans le cas de Feldtmann (Marc-Ideber, I, p. 15) un père a commis des attentats aux mœurs répétés sur sa fille adulte, et finalement l'a tuée. Ce père dénaturé était atteint d'imbécillité et probablement aussi de troubles cérébraux périodiques. Dans un autre cas d'inceste entre père et fille (loc. cit., p. 244), c'était cette dernière qui était idiote. Lombroso (Archiv. di Psichiatria, VIII, p. 519) rapporte le cas d'un paysan âgé de quarante-deux ans qui fit l'inceste avec ses filles âgées de vingt-deux ans, de dix-neuf et de onze ans, qui força même sa fille de onze ans à la prostitution, et la visitait au bordel. L'examen médico-légal a fait constater des tares, de l'imbécillité intellectuelle et morale, du potatorium.

Les cas comme celui qui a été rapproché par Schuermayer (Deutsche Zeitschr. für Staatsarzneikunde, XXII, fasc. 1) n'ont pas été analysés au point de vue psychique. Dans le cas en question, une femme a mis sur son ventre son fils âgé de cinq ans et demi et l'a violé. Dans un autre cas rapporté par Lafarque (Journ. de méd. de Bordeaux, 1877), une fille de dix-sept ans a pris sur elle son frère âgé de treize ans, a procédé à la membrorum conjunctionem et l'a masturbé.

Les cas suivants concernent des individus chargés de tares. Magnan (Ann. méd.-psych., 1885) fait mention d'une demoiselle de vingt-neuf ans qui, indifférente aux autres enfants et aux hommes, souffrait beaucoup à la vue de ses neveux, et ne pouvait résister à l'impulsion de cohabiter avec eux. Mais cette pica sexuelle ne subsista que tant que ses neveux furent tout jeunes.

Legrand (Ann. méd.-psych., 1876, mai) fait mention d'une jeune fille de quinze ans qui avait entraîné son frère à toutes sortes d'excès sexuels; quand après deux années de rapports incestueux le frère est mort, elle fit une tentative d'assassinat sur un parent. Dans le même endroit on trouve rapporté le cas d'une femme mariée, âgée de trente-six ans, qui laissait pendre par la fenêtre ses seins nus et qui faisait de l'inceste avec son frère âgé de dix-huit ans; il cite ensuite une mère âgée de trente-neuf ans qui faisait de l'inceste avec son fils dont elle était amoureuse à en mourir et qui, devenue enceinte de lui, provoqua un avortement.

Nous savons par Casper que, dans les grandes villes, des mères perverties éduquent leurs petites filles d'une façon abominable pour les préparer aux usages sexuels des débauchés. Cet acte criminel rentre dans une autre catégorie.

11.—ACTES IMMORAUX COMMIS AVEC DES PUPILLES.—SÉDUCTION

(Code autrichien, § 121; Projet, § 183; Code allemand, § 173).

Ce qui se rapproche de l'inceste mais sans blesser aussi profondément les sentiments moraux, ce sont les cas où un individu cherche à accomplir ou tolère des actes immoraux sur une personne dont l'éducation, la surveillance lui ont été confiées et qui par conséquent se trouve plus ou moins sous sa dépendance. Ces actes immoraux qui sont particulièrement définis par les codes, ne paraissent avoir qu'exceptionnellement une signification psychopathique.

26792152R00232

Printed in Great Britain
by Amazon